KB146476

계명인문역량강화사업단 한국학 우수 총서 ⑥

한국고전시가와 조선시대의 국경

이 저서는 2018학년도 대한민국 교육부와 한국연구재단의 재원으로 대학인문역량강화사업단(CORE)의 지원을 받아 수행된 연구임.

계명인문역량강화사업단 한국학 우수 총서 ⑥

한국고전시가와 조선시대의 국경

최 미 정

역락

책머리에

필자가 이 주제에 관심을 갖게 된 연원은 꽤 오래다.

필자가 지금까지 30여 년을 맡았던 계명대학교 학부 작가론은 매 학기 한 작가를 선택해 작품과 작가를 탐구하는 강의였다. 2000년대 어느 해 신경림 시인을 선택하였는데, 그의 시 <다시 남한강 상류에 와서>를 가르치려고 분석하던 중 마음을 울리는 구절이 있었다. "나라란 무엇인가고"였다. 황사영의 피어린 독백을 인용한 구절이었는데, 언제나처럼 한창 복잡했던 시국이 이 말을 바로 현실처럼 느끼게 했다. 어렴풋이 알고 있었던 <황사영백서>의 전문을 찾아 읽어봤더니, 놀랍게도, 조정과 왕권이 시퍼렇던 그 시절 황사영은 조선을 청나라에 복속시켜 교황의 전교를 받을 수 있기를 주교에게 보내는 탄원서에서 간절히 바라고 있었다. 종교 탄압으로 인한 죽음의 문턱에서 종교 왕국의 황제에게 올리는 간청으로 이해하면 간단할 수도 있으나, '개인의 행복을 억압하는 국가란 무엇인가?' 또 그럴 때 '개인은 국가가 없어지기를 바랄 수 있을까?'라는 의문이 떠올랐다. 동북아공정이 한창이던 때였다.

그런 의문을 접어둔 채 한참이 지났을 때, 한국시가학회의 발표 청탁을 받았다. 주제는 대안적 근대성에 관한 것이었다. 솔직히, 대안적 근대란 용어에 무지했던 필자는 발표를 위해 그에 관한 공부를 새로 시작할 수밖에 없었다. 그 과정에서 필자에게 새롭게 부각된 것이 국가론이었다. 근대적 개념의 국가 이전, 즉 '대한제국 이전에 우리는 국가를 어떻게 생각했을까?'로 생각의 범위가 좁혀졌다. 그것은 황사영의 울부짖음 또한 포함한 문제였다. 이들을 결합한 과제가 국경의 문제로 된 것은 대안적 근대성론을 가져온 포스트 근대론과 근대론의 차이가 국경의 문제에서도 두드러졌기 때문이다. 이 관점은 「국경 논의를 바라보는 근대·탈근대 그리고 대안적 근대성론의 관점」(2010)이라는 논문으로 우선 발표되었다. 이 논문을 준비하던 때 서해교전이 한창이었다.

이때 우리 국경은 1712년 '동두만서압록'으로 결정되었음을 알았다. 그로부터 국경 지역은 나의 관심이 되었다. 그리고 이후의 모든 시간이 무지의 확인 과정이었음을 고백해둔다. 이 논문에 활용할 작품을 찾기 위해 연행가사를 분석하느라 지도를 펴놓고 공부하던 때 자각한 사실은, 연행사의 국내 경유지 어느 곳도 제대로 아는 데가 없다는 것이었다. 지명이나 관광지만 얼핏 알 뿐, 그곳의 현재에 대해서는 아는 바가 없었다. 당연하다면 당연한 일이다. 우리 국토가 아니니까. 그러나 국경을 공부한 바로는, 그곳은 우리 국경 내이기도 하다. 당혹스러웠다. 천안함 사건이 또 한창이어서 더욱 착잡했다. 구글 위성지도가 그나마 도움이 되었다.

그러나 연행로인 서쪽에 대한 지식은 그나마도 나은 편이었다. 2013년 계명대학교 한국학연구원의 기획 발표의 주제로 기행문을 선택하여, 동쪽 국경을 공부할 때는 스스로의 무지가 한탄스러웠다. 그 무지를 극복하느라 노력한 것이 <북새곡>에 대한 논문이다. 그러면서 국경 지역을 대하는 필자의 태도는 달라졌다. 무지함을 당연하게 생각했던 것을 반성해야 했다. 그래서 더욱 혼돈스러워졌다.

2014년 연구년을 가지면서, 이에 대한 책을 준비하겠다고 계획했으나, 겨우 <용비어천가>에 대한 논문 한 편을 썼을 뿐이다. 조선 국경의 근원으로 돌아가니 공부하면 할수록 할 것이 많았고, 어려운 과제였다. <총병가>를 쓰면서는 거의 절망했다. 이렇게 강고한 사람들의 존재에 힘이 빠졌다. 그러면서도 신경림 시에서 느꼈던 균열감이 머리에서 떠나지 않았다.

그런 중에 계명인문역량강화사업단(CORE)의 <한국학 우수 총서> 발간에 참여하게 되면서, 빠져 있던 19세기를 보완하고자 <팔역가>를 보기 시작했다. 이런 연구는 직접 땅을 밟으며 해야 맞는 것일 듯한데, 일 년 동안을 아무 데도 가지 못했다. 그 결과가 이 책의 절반이다. 이 공부를 하는 동안 우리의 실질적인 국경은 또 흔들렸다. 이번에는 좋은 쪽이다. 게으른 연구를 하다 보니 이렇게 바뀌기도 하는구나 하는 생각을 방 안에서만 했다.

쓰고 보니 지독하게 무능하고 게으른 발자취를 새삼 내보이게 되어 부끄러울 따름이다.

이렇게나마 책으로 엮어낼 수 있었던 것은 전적으로 이병로 단장님을 비롯한 계명인문역량강화사업단의 지원 덕분이다. 너무 늦었지만 계명대학교 연구년의 빚도 갚게 되어 홀가분하다. 출판 기회를 제안해준 같은 과의 장요한 교수님과 정리를 도와준 오상택 선생님, 이혜경 선생님, 길기만 한 원고를 책으로 만들어준 역락출판사 권분옥 편집장님께 감사드린다.

갈림길에 섰을 때마다 방향을 일러 주셨던 권두환 교수님, 그리고 이 책이 나오기까지 기다려주신 어머니 이기복 님께 이 책을 바친다.

2019년 1월 최 미 정

차례

제2부 변새 · 경계

제3부 영토 · 전쟁 · 삶 · 문화

제3장 <북새곡>에 나타난 북관의 풍경과 관직자의 감성 / 235

제4장 <팔역가>와 18 · 19세기의 문화지리의식 / 297

0
서론

이 책은 문학작품의 배경 혹은 무대로 여겨졌던 작품 속의 공간에 대해 관심을 가지고, 각 작품에 공간이 표현된 양상을 보이고, 그렇게 표현한 작가의 의도를 창작 당대의 상황과 연관하여 고찰하고자 하는 것이다. 대상인 문학작품은 조선시대의 우리말 고전시가이고, 그 공간은 조선의 북쪽 국경으로 한정하였다.

필자가 이 주제에 관심을 가지는 이유는 궁극적으로는 '나라란 무엇인가?'에 대한 관심 때문이다. '나라=국가'가 맞다면 국가를 이루는 요소인 국민·영토·주권 중 보다 물질적이고 가시적이라고 생각되는 '영토'의 문제를 생각해보고자 한 데서 소박하게 출발하였다. 여기에서 발전적인 계기가 된 것은 '대안적 근대성론'이라는 개념을 생각해볼 기회였다. 제국주의에 의한 근대가 아닌 '각 문화의 다양한 근대성 표출의 역사적 과정'을 일컬을 수 있는 대안적 근대를 공부하며 중세의 국경이 근대의 국경과는 다른 것임을 알게 되었고, 그렇다면 우리 고전시가에는 우리가 생각하지 않은 그런 국경의 면모가 드러나 있을까가 궁금해졌던 것이다. 이 관심은 현재의 우리 국경에 대한 문학적인 성과는 어떤가를 자연히 생각하게 했기에 우리 시대의 국경을 떠올리지 않을 수 없었다. 그러나 국경은 모든 것이 국제적 규약에 따르는 오늘날에도 명확하기만 한 것이 아님을 곧 알게 되었다. 이런 인식은 국문학 연구에서 이 주제가 '전쟁'이라는 소재의 일환으로 취급된 것 외에는 본격적으로 다루어진 적이 없다는 것을 깨닫게 했고, 국경에 대한 새로운 관심과 이를 다룰 새로운 시각이 필요하다는 것 또한 자각하게 하였다.

"권력은 공간을 필요로 하고, 권력의 행사는 공간을 구성하며, 공간은 다시 사회적 권력을 형성하게 만든다."[1]는 발언이 국경만큼 정확하게 적용되는 공간은 없을 것이다. 국경 또한 공간인 만큼 이 책 역시 '개인들이 장소에 부여하는 가치'에 대한 연구의 일환이기는 하다.

그러나 장소란 '문화적 질서 형성과 지리적 경계 짓기'를 행하는 속성을 가지게 되므로 기본적으로 개인적이지 않다는 근래의 연구들은 이 문제가 결코 간단하지 않다는 것을 보여준다. 더구나 그 장소가 국경이 되면, 훨씬 복잡한 시각이 필요할 것임은 짐작할 수 있다. 그 '질서/경계 짓기'가 국경이라는 장소를 두고 문화적으로, 물리적으로 형성될 때, 국경에 대한 우리의 생각은 더욱 집단적이지 않을 수 없기 때문이다. 그러므로 국경에 대한 연구는 공간, 권력, 주체와 사회의 문제인데, 이들을 다양한 학문과 연계하여 다루는 학문이 '문화지리학'이므로, 그 관점을 앞으로의 연구에 적용하고자 한다.

소속과 주체를 생산하는 권력과 대화하며 국경에 대한 담론을 만들어내는 작품이 한국고전시가에 다양하게 존재할지는 속단하기 어렵지만, 장소의 재현을 분석해 거기에 내재된 사회적 관계를 고찰하는 문화지리학의 시각을 통해 한국고전시가 속의 국경이라는 기존의 소재와 그에 대한 논의들을 새롭게 볼 수 있기를 기대한다.

이 책의 전개는 다음과 같다.

1부의 1장에서 방법론인 문화지리학 이론을 소개하고, 2장에서는 국경의 실상과 국경 담론의 변화에 대해 고찰할 것이다.

---

1) 전종환, 『종족 집단의 경관과 장소』, 논형, 2005, 48면.

2부에서는 문화지리학의 관점에서 고전시가를 고찰하는 방법의 전망을 제시할 것이다. 특정 시기의 시조와 가사를 대상으로 이 방법론을 적용하여 지금까지의 연구와는 다른 시각이나 관점이 드러나는가를 검토하고자 한다. 문화지리학이 한국고전시가를 보는 '풍부한 발견적 장치'를 제공할 것인지를 성찰하고자 하는 것이다.

3부에서는 조선의 변경 혹은 국경에 대한 의식을 여러 면에서 고찰할 수 있는 우리말 시가 작품을 선정하여 심층적으로 분석할 것이다. 국경에 대한 시대적 논의가 어느 정도 가능하도록, 연구대상은 악장 <용비어천가>와 가사 <총병가>, <북새곡> 그리고 <팔역가>를 선정하였다.

이들 중 세 편에 대한 고찰은 이미 발표한 것이며, <팔역가>에 대한 연구는 처음으로 발표하는 것이다. 이미 발표했던 세 편의 논문에서는 문화지리학이라는 용어를 특별히 사용하지는 않았지만, 같은 관점이 유지되었으므로 부분적인 수정 외에는 원문을 따랐다.

제1부

국경 · 국경문학 · 문화지리학

제1장 국경문학과 문화지리학

국경과 연관된 문학작품을 다루는 이 책의 연구에는 '국경'에 대한 의미와 국경의 실상에 대한 심층적 고찰, 국경에 대한 다양한 상상력과 그에 대한 재현으로서의 국문시가 작품, 또 이를 다룰 방법적 인식이 필요하다. 이 중 본격적 논의에 앞서 우선 가다듬어야 할 것은 방법적 인식이다. 문학개론적으로 말하면, 국경 연구는 문학작품을 구성하는 인물・배경・사건 중 배경에 대한 것이다. 시간과 공간으로 이루어진 배경 연구에서 공간 연구란 인간이 가지는 '장소감'[1]에 관한 연구의 일환이 될 것이다. 인류학적 장소가 가진 '정체성・관계・역사의 장소'[2]로서의 의미는 국경에도 적용된다. 다만 국경은 집단이 구성원들 모두에게 이에 대한 감정이 단일하기를 바라는 특수한 곳이라고 생각한다. 이 바람에 내재된 여러 요소를 통합적으로 다룰 수 있는 '문화지리학'의 관점을 앞으로의 연구에 적용하고자 한다.

문화지리학은 정체성 형성, 문화적 차이의 구성 등을 연구하기 위해 인

1) 이-푸 투안, 구동회・심승희 역, 『공간과 장소』, 대윤, 2011, 7면. 장소란 안식처이며, 안전과 애정을 느낄 수 있는 '고요한 중심'이다.

2) 출생지는 자신의 정체성을, 또한 공동 장소의 점유는 공유된 정체성과 상호관계를 사유하게 한다. 그리고 장소가 최소한의 안정성으로 규정되는 순간부터 장소는 불가피하게 역사적이다. 마르크 오제, 이상길・이윤영 역, 『비장소』, 아카넷, 2017, 69면.

류학, 사회학, 문학연구, 인문지리학 등의 분과학문적인 성격을 가지고 있긴 하지만 경계가 흐릿하며 개방적이고 탈분과적이다.[3] 이에 더해 문화지리학의 여러 개념들을 비판적인 시각으로 탈중심화하는 비판문화지리학은 "하나의 견해가 깊이 뿌리내려져 있는 억압적인 권력관계에 효과적으로 저항하고, 그에 대한 대안들을 만들어내는 가능성"[4]을 제공하고자 한다. 한 공간에 대한 인식이 어떻게 성립되었는가를 통시적으로 밝힌다는 점에서 시간 또한 중시한다. 그러므로 역사학 또한 필요하다. 이러한 문화지리학의 관점을 이 책의 서두에서 간략히 서술하고자 한다. 또한 국문학계에서는 이를 '문학지리학'이라는 분야로 통용한 바 있으므로 이에 대해서도 언급하고자 한다.

중심용어인 '국경'의 의미를 살피는 것에서 방법론적 검토를 시작한다.

1. 변경과 국경

변경은 변경, 경계 등의 용어와 함께 사용되며 중세의 국경에 주로 쓰인다. 국경을 다루는 이 책에서는 국경의 개념이 중요하다. 우선 현실의 대한민국의 국경을 생각해보아도 그 복잡함이 실감날 것이다. 국경은 국가의 경계이니 국가의 개념 또한 무관하지 않을 것이다. 너무나 당연한 듯한 '국가', '국경'의 개념은 당연하지만은 않다. 지금의 대한민국의 정체성은 명확한데도 그러하다. 또한 조선이라는 나라의 '국'의 개념에는 오늘날의 국가와는 다른 개념을 부여하기도 하니 그것을 구획 짓는 국경은 더욱 간단치 않을 것임에도 불구하고, 단순하게 치부하는 경우가 대부분이다.

---

3) 데이비드 앳킨슨 외 편저, 이영민 외 역, 『현대문화지리학』, 논형, 2011, 10면. 이 책은 30명의 저자가 쓴 책이므로 인용한 각 글의 저자와 제목을 밝히는 것이 원칙이나 편의상 대표집필자의 이름과 전체 서명, 수록 면수로 자세한 서지사항을 대신한다.
4) 앳킨슨 외, 같은 책, 320면.

중세 자료에 많이 쓰인 '계界', '경境'은 경계를 말하는데, 경계는 오늘날의 국경으로 우선 생각할 수 있다. 그러나 오늘날의 국경과는 또 다르다. '국경'은 근대의 국민국가의 발생과 함께 전 세계를 남김없이 구획하려는 움직임과 관계 깊은 용어이다. 한편, '변경'은 양국이 공터를 사이에 두며, 변경에는 국가를 이루지 못한 여러 민족이나 부족도 공존한다. 변경지역은 '변방'이라고도 한다. "근대 국민국가의 국경과 전근대의 경계 지역으로서의 변경을 통칭"하는 용어로는 '경계'가 알맞다.[5)]

이처럼 용어는 단순하지 않다. 일단, 국경은 현대(근대)국가를 이루는 요소라고 하는 영토, 국민, 주권에서 기인하므로 역사적 근대 이후에 적용해야 하는 개념인가에 대한 문제를 생각해봐야 할 것이다. 이에 대해서는 우리의 '근대'에 대한 회의와 국가의 개념을 함께 고려해야 한다.

중세 동아시아 나라들의 특성에 대해 "무의식적으로 '국가'가 있다기보다는 '국國'이라는 지역사회가 '가家'의 윤리와 질서에 의해서 운영되고 있을 뿐이다."[6)]라고 하며, 성정性情에 바탕을 둔 가족 윤리의 재현 이데올로기에 기반한 중세 국가를 뒷받침하는 것은 "충성해야 할 보스가 있고 먹여 살려야 할 식구가 있다는 생각"이라고 지적한 바를 생각하면, 우리의 중세에 근대 이후 서구의 '국가'를 결부할 수 있을 것인가가 문제이다. 계약과 법으로 유지되는 근대국가의 사회구성원 사이의 상호계약이라는 인위적 체제에서, 기존 윤리와의 충돌 때문에 동아시아에는 진정한 근대국가조차 존재하지 못했다는 차이는 인정할 수 있다.[7)] 그러나 이것은 동양만의 문제가 아니다. 서구에서도 '다수의 하나'라는 근대 국가의 이미지를 만들기 위한 국가적 시간 만들기가 단일할 수 없었으며, 또 국가적 표상 작용이 동질적이고 평

---

5) '경계'·'변경'·'국경'·'변방'이라는 용어의 개념 규정에 대해서는 임지현 편, 『근대의 국경 역사의 변경』, 휴머니스트, 2004, 14면의 기준을 적용하였다. 단, 인용문에 사용된 '국경' 등은 그대로 기재했다.
6) 김근, 「동아시아에 국가는 있는가?」, 『중국어문학지』 16, 중국어문학회, 2004, 385면.
7) 송호근, 『시민의 탄생』, 민음사, 2013, 34-35면.

면적인 것이 아니라 '이중적이고 분열된 것'[8]이었다는 사실은 근대국가의 개념에 부여된 근원적 가치를 이미 부정하고 있다. 또한 '국민'이라는 용어도 다의적이다. 국민으로서의 개인은 각종 풍속과 관습의 총체를 구성하는 게 아니라 문화적 형성과 담론적 언설의 복합적 전략 속의 존재이다.[9] 이와 같은 비판은 '근대'라는 순수한 근원, 중심에 대한 회의 때문에 서구에서 논해진 것들이다.

김흥규 또한 같은 논리로, 근대의 의미 자체가 목적론적인 것으로, "역사적 발전 경로에서 도달해야 할 어떤 지점, 성취해야 할 가치의 실현"의 압력으로 작용해왔으며 연구자 또한 이것에 집착해 왔음을 지적하고, '근대'와 '발전'이라는 개념 자체를 괄호 속에 넣기를 제안했다.[10] 근대라는 시간대의 '경계의 유동성'과 여러 요인들이 상승작용을 일으키는 동안 근대 혹은 근대성에 덧붙여진 '의미의 과잉성', 그리고 서구중심 근대의 '특권적 기표로서의 위상'에 대한 비판적 성찰[11]은 국문학계에서도 이미 진행되고 있다는 것이다.[12]

이들을 감안하면서, 본고는 근대의 개념을 "'경험공간'과 '기대지평' 간의 거리가 현격하게 벌어지는 시간대이며 기대지평이 경험을 가공하고 재편해서 인간이 '역사만들기'를 말하기 시작하는 그런 시간"으로 폭넓게 설정하는 견해를 받아들이는 입장이다.[13] 그리고 문화의 속성이 비균질성, 다

8) 호미 바바, 나병철 역, 『문화의 위치』, 소명출판, 2002, 283-286면 참조.

9) 바바, 같은 책, 279면 참조.

10) 김흥규, 「특권적 근대의 서사와 한국문화 연구」, 『근대의 특권화를 넘어서』, 창비, 2013, 204-220면.

11) 료따르에 의하면, "근대성은 16세기 이래로 서구와 비서구 사회들을 구조화했던 많은 제도와 정체성들의 역사적 구조물이다. 이러한 과정에서 중요 역할을 수행했던 제도들은 국민국가, 도시 세계, 자본과 제국 등인데 이것들은 그 역할의 성공적 수행을 위해 모두 다 위협과 폭력의 사용을 필요로 했다. 이것들은 또한 훈육, 개념적 편협화, 그리고 감정, 젠더, 섹슈얼리티, 민족성의 관리 등을 통해 세계를 구조화하는 데 있어 핵심적인 지위에 있었다. 근대성의 핵심적 관점은 진보의 지속적 행진과 같은 메타서사를 통해 표현된다." 앳킨슨 외, 같은 책, 300면.

12) 김흥규, 같은 책, 208-216면.

성적 국면임을 강조하여 '비동시적인 것의 동시성'을 강조하는 주장과 그 이유, "집단이든 개인이든 과거에서 물려받은 기억, 지식, 몸에 새겨진 감각, 미래에 대한 기대 · 예측 · 불안이 상호작용하는 현재의 계기 속에 인식하고 행동하기 때문"[14]이라는 견해에 동의하는 입장에서 논의를 진행하고자 한다. 또한 "중화 · 조공 · 사대를 비압력적이고 비착취적인 상호적 안보레짐으로 봄으로써 아시아 역사 형성의 다양한 요소를 간과하지 말 것과 동시에 조선인들이 자신의 위치를 이데올로기적으로 고착했던 한계를 함께 봐야 한다."[15]는 동양 고유의 체제에 대한 견해도 염두에 두고자 한다.

조선은 1712년에 중국과 변경이 아닌 국경을 획정하게 된다. 세계사적으로 근대를 규정하는 기준 중 하나가 '국경의 존재'라는 관점[16]에서는 조선의 1712년은 근대를 말할 하나의 기준이기도 한 것이다. 이것이 제국주의와 만난다는 의미는 아니지만, 더 이상 변경을 유지할 수 없게 된 것이 조선의 사정이다.

그러나 백두산에서 시행된 경계 획정의 진행과 결말을 알게 되면, 당황스러운 것은 사실이다. 두 나라의 경계를 목책을 설치해 구획하고 그를 증명하는 경계비를 세운 것은 1712년이지만, 이미 국경에 대한 여러 모양의 상상이 중첩되기 시작한 것은 1712년, 아니 1644년 명나라의 멸망으로 시작되었다고 보아야 한다. 또한 이 무렵은 '성속聖俗의 전도'를 경험했다는 점에서 초기 근대라 할 만하다. '국'의 개념 또한 흔들렸다. 그러나 그때에도, 이후 오랜 동안에도, 이를 실감하지 않은 것은 그렇지 않기를 바라는 과거의 관념이 계속 표면을 장악했기 때문이다. 이것이 법제적으로 확정되어

13) 박근갑, 「말안장 시대의 운동 개념」, 박근갑 외, 『개념사의 지평과 전망』, 소화, 2009, 127면.

14) 김홍규, 같은 책, 226면.

15) 정용화, 「주변에서 본 조공체제 : 조선의 조공체제 인식과 활용」, 백영서 외, 『동아시아의 지역 질서 : 제국을 넘어 공동체로』, 창작과비평사, 2005, 79-80면.

16) 베스트팔렌조약으로 국경이 획정된 1648년을 근대의 시작으로 보는 관점.

더 이상 환상으로라도 현실의 국경을 초월하는 상상을 지속할 수 없게 된 것은 1897년이고, 그것은 제국주의의 근대와 겹친다. 제국주의에 직면한 조선의 '국경'은 관성과 제도의 갈등이었다. 피식민지로 전락하는 조선의 공간은 제도 앞에서 얼마나 무능력했던가를 역사는 생생하게 보여준다. 이 경험 때문에 우리의 국경관은 더욱 경직되어 있다.

이 과정을 모르더라도 다른 나라와의 경계를 한 치라도 밀어내어 영토를 더 넓히는 것, 그것은 고사하고라도 현존 경계라도 지키는 것이 지도자의 의무이며, 소속원의 염원임은 언제라도 부인하기 쉽지 않다. 이런 심정으로는, 근대의 서구중심적 한계를 비판하고, 조선의 선각자가 국경에 대해 어떤 관점을 획득하는 것이 바람직했던가에 대해 대답하는 것 또한 쉽지 않다. 이것에 답하는 것은 현재와 미래에 대한 담론인 만큼, 국경에 대한 담론은 과거·현재·미래가 함께 결부된 서사이다. 이 때문에 본격적 논의에 앞서 국경에 대한 다양한 관점들이 고찰될 필요가 있다. 또한 '대안적 근대성론'의 관점에는 서구중심적인 한계가 여전하다 하더라도, 이에 대한 더욱 적극적인 검토가 필요하다.

국경에 대한 상상과 그에 대한 재현이 점점 더 권력과 소속에 밀착되었다는 것은 확실하다. 제국주의와 함께 성장한 지리학자들이 "사회 내에서의 권력 및 권위의 작용과 그러한 과정에서 지리학이 수행하는 역할"에 대해 반성적 질문을 던지는 것은 당연하다. 이 과정에서 논의된 다양한 국경의 개념은 1부 2장에서 자세히 다루기로 한다. 이 책의 앞으로의 논의에서는 위의 세 용어 '국경', '변경', '경계'는 편의상 함께 사용될 것이나, 중세의 국가 간의 경계는 국경이 아니라 '변경'에 의해서 규정된다는 사실은 개념으로서 우선 기억할 필요가 있다. 다른 의미로도 사용되는 '경계'에 대해서는 다음 장에서 문화지리학의 이론을 요약한 후, 그에 비춰 좀 더 살피고자 한다.

2. 역사지리학·문화지리학·비판문화지리학

문화지리학은 “물리적 공간은 사회적 관계의 구성적 맥락이 된다.”고 보아, 의미와 사회적 이해들이 구성·경합·협상되어가는 방식을 문화·장소·공간에 관한 여러 개념들과 교차적으로 탐구하는 것이다. 장소에 대한 문화지리적 접근은 장소와 물질성과 정신적 연관성에 주목한다. 이 맥락의 내용은 “장소상에 남은 흔적들이 어떻게 경합을 벌여 장소와 사람을 규정짓는가?”[17]이며 그 연구대상은 모든 행위 주체, 활동, 관념이다. 즉 물질적/비물질적, 인간적/비인간적, 지속적/일시적, 의도적/비의도적인 모든 것이다.[18] 공간을 텍스트로 보고, 담론, 텍스트, 상상력뿐 아니라, 이를 물질세계와 연결시켜 사회집단이 공간과 관계를 맺는 방식, 인간들이 공간을 구성하고 인지하는 방식 등을 “읽어내는 것”이다.

이런 연구는 공간과 장소,[19] 경관과 환경, 공적인 것과 사적인 것 등을 대립적으로 이해하는 전통적 이분법에 갇혀서는 수행할 수 없다. 즉, 사회의 변형에 따라 출현하고 발달하는 문화적 구성들을 연구하고, 그것을 배태한 세계에 들어차 있는 권력구조를 주목하기 위해서는 이들을 통합적으로 고찰하는 태도가 필수적이다. 이제 문화지리학의 분야는 불평등, 배제, 보

---

17) 이에 대한 연구는 다음의 내용들로 이루어진다. 첫째, 장소를 두고 경합한 결과, 한 집단의 소유권 주장; 다른 집단의 쫓겨남; 전쟁; 누구의 땅도 아니게 됨; 여러 집단의 공유에 의한 혼성적인 편안한 장소 등, 생긴, 또 생길 수 있는 가능한 결과를 분석한다. 둘째, 장소는 항상 도전과 저항을 받는다. 이를 지키기 위해 장소 유지의 노력이 지속된다. 그러므로 장소의 정체성과 활동은 계속 새롭게 발생한다. 이 새로운 흔적을 지속적으로 탐구한다. 셋째, 어떻게 경계가 설정되는지를 지속적으로 분석함으로써 궁극적으로 누가 장소의 특성을 결정하는지, 나아가서는 누가 우리의 문화와 세계를 결정하는지를 탐구하게 된다. 존 앤더슨, 이영민·이종희 역, 『문화·장소·흔적』, 한울, 2013, 72면.

18) 앤더슨, 같은 책, 71면.

19) 공간과 장소는 대부분의 문화지리학자들이 구분하는 요소이다. 장소는 ‘인간이 만든 무언가를 의미한다.’로 그 차이를 요약할 수 있는데, 이론의 발전에 따라 그 근거들의 대부분이 부정되고 있다.(앤더슨, 같은 책, 76면 참조) 장소는 다시 ‘비장소’, ‘장소 없음’, ‘장소 없는 장소’ 등으로 여러 연구자에 의해 논의되고 있어 공간과의 경계가 무색하다. 본고는 둘을 구분하지 않고 사용한다.

편적 시민성 등을 주목해야 할 필요와 함께, 일상생활과 노동의 문화정치에 대한 지리학의 성찰적 인식에까지 널리 확산되었다. “지식의 생산은 내부적으로 계층과 관습성을 지니고 있고, 우월한 중심과 열등한 주변화된 지점을 가지고 있다.”는 것이 현대문화지리학의 입장이기 때문이다.[20] 여기까지 온 문화지리학의 역사를 요약하면 다음과 같다.

문화지리학은 역사지리학historical geography에 토대를 두고 있다. 역사지리학은 과거 지리의 복원, 현재 속의 과거, 지리적 변화, 역사자료의 지도화 등에 관심을 갖고 1921년 [영국지리학회]에서 처음 거론된 후, 지리학의 본질에 대한 반성으로 1932년 지리학의 한 분야로 학회에서 공인되었다. 이후 다비H.C. Darby를 중심으로 독자적 방법론을 개발하였다. 미국에서는 사우어C. Sauer가 문화경관 연구의 방법론으로서 역사지리적 시각에 관심을 가져, 1941년 문화지리학 혹은 인문지리학의 범주에서 역사지리적 방법론을 주장, 문화역사지리학으로 평가된다. 그러나 1960년대 미국의 실용주의적 분위기에서는 단순한 관점 내지 방법론 정도로만 간주되었다. 문화지리학의 2세대는 1975년 *Journal of Historical Geography*가 창간됨으로써이다. 영미 대륙간의 학술적 교류가 촉진되어, 이들은 문화경관의 가시적, 형태적 연구에 초점을 맞춘 1960년대 이래의 연구를 1세대 연구방법으로 인식하고, 1970년대 이후 새로운 사회화 및 학문적 요구를 수용, 사회 이론과 역사・철학 등 다양한 인접학문과의 연계를 시도해서 권력, 근대성, 문화정치, 담론의 영역 탐색 등 새로운 연구대상을 문화지리학으로 확립하였다.[21]

1980년대 이후의 연구 경향은 3세대의 ‘비판문화지리학’으로 발전된다.[22] 1984년 이 용어가 처음 사용된 이래, 일상생활의 당연성에 의문을 제기하는 ‘비판’[23]을 다양한 지리적 스케일에 작동시키는 비판문화지리학이 시도되

20) 앳킨슨 외, 같은 책, 16면.
21) 전종환, 『종족 집단의 경관과 장소』, 논형, 2005, 37-39면 참조.
22) 앳킨슨 외, 같은 책, 19면. 이하 비판문화지리학의 개념은 이 글 12-25면을 인용한 것이다.

었고, 이후 [세계비판지리학회International Conference of Critical Geographers]가 출범하게 되었다. 비판문화지리학은 의미의 장fields of meaning 개념을 차용, 용어·문구·개념들이 맥락의 변화에 따라서 어떻게 지리적, 역사적 상황변화를 반영하면서 복잡한 의미들로 승화되는가를 밝히고자 한다. 이 중 장소감에 대한 권력의 문제는 비판문화지리학의 주요 관심사이다. 비판지리학, 비판인문지리학이라고도 하는 이 학파는 '비판적 지식'으로 자처하며 '대항적 지리학oppositional geography'을 구성, 더 큰 사회정의, 평등, 모든 스케일에서의 자율, 연구자의 책무에 대한 자기인식을 기대하게 된 것이다. 이들은 인간과 물질세계의 연계성, 문화와 자연 간의 연계성을 다루면서 인간 복리에 중심을 두는, 다분히 정치적인 질문들을 제기하고, 개방된 혁신의 흐름들을 수용하고 있다. '일종의 구조'를 형성하는 '문화', '예술', '계급', '산업', '민주주의'를 중심 용어로, '문화와 사회의 여러 실천과 제도들'을 분석하기 때문에 여러 분야로 분화되므로, 비판문화지리학은 복수명사 '지리학들geographies'이기를 제안하기도 한다.

1990년대, 2000년대에 정치적 맥락이 광범위하게 변화함에 따라, 문화와 사회의 여러 실천과 제도들에 관계된 사건들이 매우 '지리적인 현상임을 인식하고 있는 가운데' 문화지리학의 구체적인 안건들이 또렷이 부각되면서 그 쟁점은 더욱더 정치화되었다. 우리의 중동에 대한 무지를 기억한다면 지리와 정치적인 현상의 관계가 이해될 것이다. "자연-문화, 문화-경제, 정치적인 것-경제적인 것에 대한 논쟁에서 문화적인 것은 독자적으로 존재하지 않고 다른 영역에 연결되어 있다."는 비판문화지리학의 관점은 학문간 경계를 넘나드는 통학문적 성격trans-disciplinary을 더욱 강화할 뿐 아니라, 과거의 지리적 지식들의 권위를 해체하여 비판적으로 재평가하는 탈중심적

---

23) '비판'은 하버마스의 '비판이론학파'를 의미한다. 하버마스는 여러 형태의 지식과 그것들이 기여하는 정치적 관심사들의 연결성을 탐구하였다. 그는 "논리실증주의 과학과 다양한 지배구조의 합법화, 역사적·해석적 과학과 인간의 자기 이해, 비판사회학과 인간해방 사이의 연결고리를 찾으려 노력했다.", 앳킨슨 외, 같은 책, 15면.

연구일 수밖에 없다. 다만, '문화' 그 자체가 투쟁의 장이라는 인식이 보편화되면서 비판지리학이 '문화정치'로 강하게 휩쓸려 들어간 것은 문제라고 지적된다.

비판문화지리학이 최근의 학문적 경향이라고 해서 역사지리학의 연구방식이 의미 없어진 것은 아니다. 공간 형성을 이데올로기, 사회적 관계, 권력관계, 장소 정체성 등과 관련시키는 연구들은 문화지리학에 시간의 의미를 다르게 보게 했다. 푸코의 시간 개념이 보여주는 바, 기존의 진보적, 단선론적인 시간관을 해체하고 역사의 불연속성, 단절을 강조하게 됨으로써 국지적local이고, 특수하고specific, 장소적connected with place인 시간으로써 역사지리학은 비판문화지리학과 만난다. "현대인문지리학은 역사지리학을 전위대로 삼아 역사적 감각을 키워나가고 인접 사회과학들의 시각을 인식하며 그들과의 대화 속도를 가속화하고 있다."[24]는 것은 그런 의미에서이다.

본서는 비판문화지리학의 입장을 주로 사용하나, 이하의 본서 진행에서는 일반적으로 '문화지리학'으로 통용한다.

3. 문화지리학과 경계·국경

국경의 영어는 'border'이다. 우리말로는 '경계'로도 번역되기에, 이 용어는 다른 사물 사이에도 존재한다는 점에서 한 나라와 인접한 다른 나라들 사이에 절대 저촉해서는 안 되는 차이를 인정한다는 심각한 의미를 무색하게 하는 사소한 단어라는 느낌조차 준다. 이 '사소함'은 인간 이주의 역사는 이른바 '자연적 경계(강, 대양, 산맥)에 의해 형성되었다는 당연한 상식을 생각하면 수긍이 간다. 그리고 각자의 영역은 지켜졌다. "경계를 준수하는 것은 평화를 서약하는 것"이었으므로. 한편, 경계는 항상 '교란하고 매혹하는 위

24) 전종환, 같은 책, 44면.

협'이고 그 변화를 가져오는 것은 언제나 힘, 곧 권력이었기에, 그 경계를 두고 일어난 수많은 일을 겪어왔고, 겪고 있는 것이 현실이다. 그러므로 어쩔 수 없이 우리가 느끼는 '국경'이라는 의미의 'border'는 엄중한 의미로 다가온다.

문화지리학에서 '국경과 경계borders and boundaries'는 중요한 연구대상이다. 소개한 바와 같이, 비판문화지리학은 한 공간에 대한 인식이 어떻게 성립되었는가를 통시적으로 밝히고자 한다. 물질적 경계도 물론 연구대상이지만, "경계는 항상 가로지를 수 있고, 장소는 언제나 변할 수 있다."[25]는 입장에서 담론이 어떻게 공간을 생산하는가를 주목하는 것이다. 이 공간이 국가라면 '위반되는 경계'와 '단절되는 내부'를 가진 국가라는 공간에서 "서사는 끊임없이 차이에 대해 정체성을, 외부에 대해 내부를 구성하려 하여, 외부에 대한 내부의 우월성을 가정한 상태에서 외부의 침입에 대비하는 것이다." 이로써 차이는 접합된다.[26] 이 과정, 공간에서 "내부적으로 어떻게 질서가 잡히고, 외부적으로는 어떻게 경계가 설정되는지"를 문화지리학은 탐구한다.

국경을 예로 들어 설명하였지만, 이는 장소가 하는 기본적 활동, 즉 '질서와 경계 짓기'를 말하는 것이기도 하다. 개인의 차원에서 인간은 매일매일 장소와 맺는 관계를 통해 장소에 흔적을 남겨 장소를 점유하고 만들어나간다. 그것은 한 사람의 정체성이 된다. 그뿐 아니라, 장소의 정체성은 문화적으로 질서화되고 '기억'되어 있다. 담론을 포함한 문화적 형태의 가공과 재가공이 쌓여서 형성된 것이다. 이를 공유함으로써 얻어진 '소속'은 그 장소에서 환영받는다는 의미, 이로써 '귀속된다'는 의미, 주체를 생산한다는 의미까지 포함한다. 이 '문화적 질서 형성'은 '지리적으로 경계 짓기'와 함께

25) 앤더슨, 같은 책, 71-72면.
26) 제프 베닝턴, 「포스트의 정치학과 국가 제도」, 호미 바바 편, 류승구 역, 『국민과 서사』, 후마니타스, 2011, 205면.

행해진다. 그 장소의 주류 문화집단이 누구인지를 정하게 하며, 누가 적절한 구성원인가를 가려내는 과정이기도 하다. 그 공간의 스케일이 국가일 때, 그 경계는 외부로는 국민, 내부로는 좋은 국민 등을 규정하는 것이다. 지식, 권력, 차이의 문제들을 중시하는 비판문화지리학에서 경계에 대한 연구는 이 사회적 관계 속에서 행위자(신체)가 재생산되고, 이로써 적응 혹은 저항 등의 지배화 전략이 변화하게 된다고 본다.

이러한 비판문화지리학을 통해 장소의 특수성이 정교화되는 의미는 인정하면서도, 이들 '재현적 문화지리학 연구자들이 자신의 언어적 세계에 빠져 있어'[27] 장소와 공간을 추상적인 기표의 체계로 환원함으로써 지리학이 분절화된 유물론이 되어 버린다든가, 지리적 탐구에서 지도 자체는 약화되고, 문화와 지역에 대한 권위적 재현에 대한 연구가 문화 지역의 본질에 대한 탐구를 대신한다는 우려가 있는 것도 사실이다. 그러나 비판문화지리학은 본고를 위해서는 유용한 방법이다. "이미지와 구체적인 것이 서로를 상호 생산하도록 매개해주는 역할을 하는 공간을 탐구하는 강력한 분석적 도구"이기 때문이다.[28]

지리학이 중앙 : 지방 등을 설정하고 지역차를 규명하는 것을 목적으로 하는 지역지학地域誌學이었을 때는 경계boundaries는 이쪽과 저쪽을 나누는 분류학의 한 측면이었지만, 사회인류학에서는 그 시기에 이미 이런 이분법적 분류는 부당하다고 보았다. 과도기에 놓여 있는 애매모호한 특성의 국가들이 이異문화를 이해하는 데 중요하다는 인식이 이루어졌기 때문이다. 경계선liminality[29]의 존재를 중시하고, 이분법으로는 분류되기 힘든 불확실성의 공간들이 있다는 것과 이분법의 의미는 계속 변화한다[30]는 것을 문제화하

27) 앤더슨, 같은 책, 60면.

28) 앳킨슨 외, 같은 책, 316-319면.

29) '한계성', '접경선' 등으로 번역되는 'liminality'는 담론에서의 한계성을 가리킬 경우, 전략적인 움직임을 통해 권력과 대항권력이 상호충돌하면서 혼성할 수 있는 보다 큰 영역을 제공한다. 바바, 같은 책(2002), 288면 참조.

기 위해 문화지리학의 새로운 관점이 요구되었고 발생되었다. 데리다의 '불완전한 의미화incomplete signification'의 개념을 받아들이고, '배제된 중간excluded middle'[31])을 설정하는 것은 과거에는 당연히 여겨지던 경계들이 의문시되고, 비판문화지리학이 더욱 발전할 수 있도록 여러 가능성을 열어준 이론적 주제들을 만들어준 것이다.

이는 호미 바바H. Bhabha의 탈식민주의 문학연구방법이 포스트모던문화지리학의 관점들에 적용된 것이다. 지배적이고 고정적인 위치를 차지하고 있는 지리적 지식들에도 탈안정화를 요구한 포스트모더니즘의 방법론이 가져온 '지리학의 포스트모던화'로, 문화지리학은 호미 바바와 만나, 비판문화지리학의 관심 중 하나인 인종적 범주화racing, 민족정체성 등의 주제를 새롭게 다루게 된 것이다.

바바를 포함한 포스트모던문화지리학자들은 경계를 "은유적인 동시에 공간적인 개념"으로 보는 개방적인 태도를 취한다. 이 입장에서 '접촉역, 혼성성, 접경지대, 충돌점' 등 공간적 은유의 생산을 촉발하는 개념으로 '역-기억들과 소수자적 주제들'을 연구한다.

국가라는 공간을 탐색하는 연구에서 바바는 이 '중간'은 국가의 지배적이며 일원적인 교화의 서사에 개입하고 저항할 수 있는 여지로 규정하고, 결국 국가란 "불완전하고 언제나 진행 중에 있는 국가"라는 의견을 제시한다. 이 제3의 공간은 완전성이나 폐쇄성을 탈피함으로써 내부에 자신의 대립물을 저장하고 있는 "재위치적 공간"이다. 이 재위치된 공간의 핵심 요소

30) 대립되는 의미는 고정적이지 않다. 예를 들어, '사적 : 공적'인 것의 긴장은 18세기와 20세기의 것이 다르다. 18세기에는 공적 공간이 사회질서를 누리고 '차이'를 접촉하는 의미가 부여되어 있어 '위험 : 안전'의 의미가 있었다. 그러나 20세기에는 공적 공간을 무질서와 오염의 원천이라고 부정적으로 간주하고, 자신의 집만을 친숙하고 안락하게 여기는 생각이 지배적이다. 이는 공적 공간에서 만나는 위협적인 타인에 대한 불안감과 타인과의 접촉을 꺼리는 근대 사회의 거리두기, 타자에 대한 고정 관념이 관여한 결과이다. 앳킨슨 외, 같은 책, 285면 및 290-294면 참조.

31) 70~80년대 군나르 올슨(Gunnar Olsson)이 당연히 여겨지던 경계들에 의문을 제기한 용어이다. 앳킨슨 외, 같은 책, 285면 재인용.

는 양면성이다. 여기서는 본질주의나 독창적, 근원적 문화와 같은 개념화는 비판된다. 공간과 시간에 대한 근본주의적 서사에 효과적으로 저항할 수 있는 공간인 것이다. 그러므로 이것은 '사이적inbetween 공간'으로 명명되고, 비난받았던 '혼성성hybridity'을 다른 수준으로, 저항으로 발전시킬 수 있는 공간으로 주목하게 하였다.[32]

그들은 경계 해석에서 일어나는 "의미와 가치가 (잘못) 읽혀지고 기호가 잘못 전유되는" 이데올로기적 치환, "소수자들의 담론과 논쟁적인 민족들의 이질적인 역사, 그리고 갈등하는 권위들과 긴장된 문화적 차이의 위치들"을 무시하지 말라고 경계한다. 그럼으로써 "변화하는 동일"[33]로 회귀하는 것을 우려하기 때문이다. 그러나 "권력이 내재적으로 어떤 이들의 혜택을 위해 다른 이들을 침묵시키고 시야에서 사라지도록 작동하고 있는 복속적인 권력 관계"가 되는 일은 경계에서 더욱 빈번하게 일어난다. 지식 생산의 복속적인 권력관계는 "공간에서 생동하는 신체들에 의해 생산, 재생산, 변형, 저항되기 때문에 이는 지리적 프로젝트"라고 보는 것이다. 국가의 구성이라는 행위 그 자체에서 국가공간을 탐색함으로써 국가의 지배적인 서사를 진행 중인 서사로 바꿀 수 있다는 바바의 견해는[34] 우리가 지니게 될 미래의 국경에 대한 진지한 성찰의 기회를 우리에게 제공하리라고 기대한다. 그럼으로써 가지게 될 우리의 국경관이 지금까지 구조화되어 온 기존 가치의 표면을 두드려 깨지는 못하더라도 과거의 껍질을 한 겹 더 입혀 더욱 공고히 하는 실수는 적어도 자제하게 할 수 있을 것이라고 생각한다.

"경계는 벽이 아니라 문턱이다. … 그러므로 우리의 이상은 경계 없는 세계여서는 안 되며, 모든 경계가 인정되고 존중되며 침투 가능한 세계여야

32) 바바, 같은 책(2002), 223-225면.
33) 한 예로, '변화하는 동일'의 문제점을 제기하는 입장에서는 '고국'이 디아스포라 주체를 집단적으로 동원하는 유일한 불변의 원리라는 주장을 반박하며, 역사, 연속성, 진보에 대한 선형적 관념에 대해 의문을 제기한다. 앳킨슨 외, 같은 책, 337면.
34) 앳킨슨 외, 같은 책, 320-347면.

한다."는 말을 의미 있게 생각한다. "경계라는 관념 그 자체는 개인들이 자기 의도대로 서로 자유롭게 소통하기 위해 그들 사이에 있어야 하는 최소한의 필요거리를 표시한다."는 생각 위에서 "경계를 횡단한다."는 태도가 중요하다.[35] 상이한 입장들을 가로질러 나타나는 상호적 효과와 지속적인 재협상의 기록을 통해 상호대화적인 효과를 기대할 수 있을 것이다. 서로 다른 언어는 경계임에 틀림없지만, 타자의 언어, 혹은 타자의 방언을 배운다는 것은 기초가 되는 상징적 단계를 타자와 함께 구축한다는 것이고 그를 존중한다는 것이며 경계를 횡단해 그와 연결된다는 것이라는 예로 이해가 될 것이다.

그러나 이런 비판문화지리학의 새로운 인식은 분단을 겪고 있는 우리에게는 받아들이기 쉽지 않은 생각이다. 국경은 배타적인 공간이고, 둘이 병존할 수 없는 공간인 것은 엄연한 현실이기 때문이다. 국경의 이기적, 배제적 성격을 강조하는 것은 흔한 일이다. 그러나 이러한 배타적 경향, 강박관념으로부터 이제는 벗어나야 할 것이다. 그렇다고 민족주의가 무조건 부정돼야 할 것은 또한 아니다. 다양한 민족주의들이 있으며, 자유와 이성과 연계된 민족주의는 의미가 있다. 강대국으로부터 지키고자 하는 것은 "문화, 일단의 관습과 자연 그리고 자국의 재원을 통제·개발·분배할 수 있는 수단"이며, "지역적 특수성에 맞춰 이성을 전유할 수 있는 권리"이다.[36] 물론, 이것이 문학과 국가 정당화의 관계에서 고려해야 할 요소인 '정체성에 대한 주장, 결정적 본질로서의 기원에 대한 믿음, 언어가 표현 및 소통의 투명한 기제라는 관점'에 대한 세심한 비판적 견제가 선행되었을 때 제대로 평가될 수 있는 것임은 다시 강조해야 할 것이다. 문화지리 자료를 보는 기준의 하나로 '생존과 공공선'을 생각하는 것은 그런 함정을 벗어나고자 하기 때문이다.[37] "'공공적 공간'이란 '민주적 공공성'이 행해지는 공간"이라는 주장

---

35) 오제, 같은 책, 159-160면.
36) 사이먼 듀어링, 「민족주의의 타자? 수정주의적 논거」, 호미 바바 편, 같은 책(2011), 210면.

에서도 같은 기준을 배울 수 있다. 여기서 '민주적 공공성'이란 두 가지 특징을 가진다. 의사형성과정에서 정치적인 의사결정에 의해 영향받는 모든 관계자가 배제되지 않는 "비배제성", 그리고 이해관계와 가치관을 달리하는 타자에게 자신의 사적 이익이나 가치를 추구하는 것의 '공공적인 타당한 이유'를 제시함으로써 이루어지는 '민주적 정통성', '비판적 공개성', '자기통제'에 의해 이루어지는 "민주적 통제"가 다른 하나이다. 이 "비배제성"과 "민주적 통제"에 의해 공공적 공간은 "집합적인 표상이 개개의 '행위'나 '의도'와는 관계없이 투영되는 공간이 아니라, 자신의 행위와 의견에 대해 응답을 받는 공간"일 수 있는 것이다.[38]

이 시점에서 문학작품에 나타난 국경을 다룬다는 것은 이러한 관점들을 견지하면서, 근대프로젝트가 우리에게 남긴 국경의 개념과 민족우선주의를 그대로 답습하지 않는다는 태도 위에서 이루어져야 할 것이다.[39] 소중화주의에 입각한 술회를 중요자료로 평가하는 오류 또한 벗어나야 할 것이다. 과거의 글쓰기를 평가하는 데도 이 기준이 필요하지만, 그것은 결국 오늘날 글쓰기의 기준일 수밖에 없다. 글로벌리티가 제한적인 시각을 벗어나기 위해서만, '배제되었던 근대적 개념들을 활용하는 자세'를 가졌던 것처럼, 중화주의에 대한 소개나 배타적 민족주의는 "우리와 우리 세계를 더 잘 이해하기 위해"서 활용되어야 할 뿐임을 잊지 말아야 한다. 이 태도로써 이중의 국경선을 가진 우리 스스로를 최소한 열린 이해의 시각으로 보는 것이 가능할 것이기 때문이다. 또한 한국고전시가 속의 기존의 주제를 새롭게 볼 수 있게 할 것이기 때문이다.

지금까지 본고의 문화지리학에 대한 이론적 검토는 국경-공간에 의미를 부여하는 요소들을 되새겨봄으로써, 그것을 바라보는 시선의 방향을 가다

37) 앳킨슨 외, 같은 책, 307면.
38) 사이토 준이치, 윤대석 등 역, 『민주적 공공성』, 도서출판 이음, 2009, 16면.
39) 보다 상세한 탈근대적 관점의 국경에 대한 논의는 본서 1부 2장 참조.

듬고자 하는 시도였다. 이상의 이론은 전체적인 태도로서 본서에 포괄적으로 적용될 것이나, 아래의 개념은 특히 기억하고자 한다.

첫째, "중세의 국경은 선이 아니라 면"이라는 개념으로의 전환과 둘째, "인간이 어떤 장소에 대해 갖게 되는 장소감을 훼손하는 사회적, 정신적 과정들, 그리고 이것들이 지배하는 세계는 어떤 방식으로든 빈곤해진다."[40]는 인식이 그것이다. "중세의 국경은 선이 아니라 면"이라는 것은 땅 위에 그어진 국가 간의 금(선)을 넘으면 바로 인접한 국가에 대한 위협과 침범으로 간주되어 전쟁으로 번지는 현대의 국경을 두고는 생각하기 어려운 개념이다. 중세의 국경은 양국 사이의 공한지를 두었음을 의미하기에, 그곳을 분리를 의미하는 선만 존재하는 곳으로 보지 말고, 그곳 변경 역시 사람이 사는 곳으로 보아야 한다는 의미이기도 하다. 이들을 경계를 '가로지르는' 사람들로 주목해야 할 것이다.

4. 한국의 문화지리학

4.1. 문학지리학

한국의 지리학계에서 '역사지리'라는 용어가 명시된 논문이 나온 것은 1960년대 초부터이지만, 70~80년대를 지나며 연구 주제가 확장되었고, 1988년 [한국문화역사지리학회]가 창립되었다.[41] 1990년대에는 접근방법이 다양해지며, 인접학문과의 교섭으로 기존 용어들의 재개념화 등 서구의 문화지리학 연구방법인 사회적 맥락을 적극 고려하는 연구들이 제출되었다.[42]

40) 에드워드 렐프, 김덕현·심승희 역, 『장소와 장소상실』, 논형, 2005, 5면.
41) 취락, 민가, 고지도 연구, 80년대 촌락, 교통과 상업, 종교, 어업과 어촌, 도시 읍지 연구 등.
42) 경관 자체나 공간적 배치에 특정 시대의 사상, 관념, 상징 의도가 어떻게 반영되고 있는지, 도시에 남아있는 역사적 경관을 장소성 및 장소 구축의 관점에서 해독한 것, 조선시기의

한국문학과 지리학을 연결해 '문학지리학'을 명기한 것은 2005년 김태준 편,『문학지리 · 한국인의 심상공간』1~3권이 발간되면서이다. 여기에 문학지리학에 대한 이론적 설명과 이 관심에서 쓰인 다수의 글들이 수록되었다. 제목은 '문학지리학'이나 내용은 '문화지리학'이므로 여기에서 다룬다.

편집자인 김태준 교수는 문학지리학은 "<문학>과 <지리>를 범박하게 결합한 개념"이며 여기에 실린 글들은 "다양한 글쓰기 방식"으로 이루어졌음을 서문에서 밝혔다.

> 그러나 <문학지리>가 인문학의 대안으로 통합학문이기 위해서는 우리의 학문적 전통, 동양적 인문지리학의 창조적 계승으로 새로운 학문론의 성찰이 필요하다. 특히『세종실록지리지』와 역대 시문의 문학적 총화로『동문선』이 합쳐진『동국여지승람』과 이중환의『택리지』등은 우리의 본격적 인문지리서로, 문학지리적 글쓰기의 한 모범이 된다. 일찍이 정익섭 교수의『호남가단연구』와 같은 선편도 기억될 만하다.[43]

라고 소박한 견해를 제시했고, 좀 더 구체적인 지침을 제공한 조동일 교수는

> 문학지리학은 공간적 인식이고 문학역사학은 시간적 인식이라 한 것에 또 하나를 추가할 수 있다. 문학역사학은 개별적인 것을 예로 들어 총괄론을 펼치고자 하지만, 문학지리학은 총론에서 각론으로 나아가 개별적인 것들을 그 자체로 이해하고 존중한다. 시간에서 공간, 총괄에서 개별화로 관심을 돌리는 것이 … 문학지리학 연구의 기본 철학이 되어야 될 것이다.[44]

라고 하였다. 이 견해는 그가 이미 시도한『지방문학과 세계문학』에 나타난

고지도를 당대 사람들의 우주관과 세계인식을 반영한 것으로 분석한 것, 본관 개념이 갖는 의미의 시간적 누층성 연구, 풍수 경관을 상징과 의미체로서 재해석한 것, 지역의 영역성 형성과정을 사회집단과 사회적 관계로부터 재구성한 것 등. 경제와 유통, 지역 연구, 사회집단의 영역성 등이 새로운 연구 영역으로 확장되었다. 전종환, 같은 책, 41면.

43) 김태준,「책을 펴내며」, 김태준 편,『문학지리 · 한국인의 심상공간』1, 논형, 2005.

44) 조동일,「문학지리학, 어떻게 할 것인가?」, 김태준 편, 같은 책 1, 논형, 2005, 21면.

'지방'과 '세계'를 공간의 개념으로 보는 데서 나온 것이다. 그에 따라 그가 이해한 '문학지리학의 영역'은 지방문학과 여행문학이다. 지방문학은 '정주자의 문학'이고, 여행문학은 '다른 고장에 가서 견문한 바를 다룬 문학'이라 하였으나, 이어 "지방문학과 외지인의 그 지방 여행문학은 서로 구별되기도 하고 겹치기도 한다."[45]고 하였다.

문학지리학의 이론을 소개하고 있는 글은 이은숙 교수의 「지리학과 문학의 만남」이다.[46] 여기서 이 교수는 "지리학의 한 분야로서의 문학지리학"을 설명했다. "공간 연구를 위한 자료로서의 문학작품의 효율화"를 가리키는 문학지리학의 목표는, (1)문학작품의 객관적 이용—문학작품으로부터 특정한 공간에 대한 사실적 자료의 수집,[47] (2)문학작품의 주관적 이용—문학작품으로부터 환경과 경관에 대한 감정, 관점, 태도, 가치에 관한 지식의 획득이라고 구체화했다. 곧, "문학작품은 지역에 대한 완벽한 이해를 위해 사용된다. 전자는 '사실'을 알고자 하는 데에, 후자는 '지식'을 획득하고자 하는 데에 사용된다."고 구별했다.

이 교수는 문학지리학[48]을 문화지리학의 일부라고 말하지 않았다. "지리학자가 문학작품을 지리적으로 연구하고자 할 때에는 거리나 하천이 어디

45) 1. 지방문학-어느 지방에 머물러 살면서 이룬 문학-고을문학/산천문학/사원·누정문학, 2. 여행문학-국내여행문학/한국인국외여행문학/외국인한국여행문학 등을 구분했으며, 지방문학으로는 제주, 호남, 영남문학이 주목받아 왔으나, 강화, 부안, 남해문학도 주목된다고 언급했다. 조동일, 같은 글, 22-23면.

46) 이은숙, 「지리학과 문학의 만남」, 김태준 편, 『문학지리·한국인의 심상공간』 2, 논형, 2005, 20-39면.

47) 그 자체를 지리학의 탐구 대상으로 삼아 연구하는 것. 1. 문학작품에 나타나는 지리학적 현상을 기술하고 설명하는 것, 2. 지리학이 문학에 미치는 영향을 밝히는 것, 3. 문학작품을 지역 복원을 위한 자료로 이용하는 것, 4. 문학작품을 통해서 특정시대의 특정한 장소를 이해하는 데에 필요한 사실적 정보를 수집하여 학생들에게 제시하는 것, 37-38면.

48) '문학지리학literary geography'이라는 용어를 1907년에 처음 사용한 사람은 샤프W. Sharp이며, 1970년대에 인간주의적인 접근을 시도한 지리학자들에 의해 그 의미가 확정되어 문학지리학이 지리학의 연구 분야로서 위상을 차지하게 되었다고 하였다. 이은숙, 같은 글, 22면.

에 위치하고 있는가 하는 것보다는 작중인물과 배경 사이의 관계에 초점이 맞추어져야 한다."고 했지만, 기본적으로 그는 문학지리학의 임무는 지리학에 대한 '사실적 증거의 제공'임을 강조한다. 이 글에 의하면 문학지리학의 용도는 '6. 지리학적 서술 방법의 향상', '7. 지리 교육 도구로의 이용'이다. 지리학자가 문학작품을 사용하는 것은 문학이 '인간의 체험을 가시적이고 대중적인 것으로 만든 것'이기 때문이다. 그래서 거기에 나타난 환경적 인식은 '고도로 전문화된', '특정 지역의 다수의 가치를 대변하는 자료'로 이용할 수 있다. '탐험가의 과학적 보고서와 같은 것'으로 여겨지고, '사회나 자연세계에 민감한 작가'가 제공하는 지리적 특성으로 사용하는 것이다.[49]

그러나 이 교수가 문학지리학을 설명하며, "지리학의 인간주의적 접근의 필요성에서 나왔으며, 현상학적 접근이 필요하다."고 한 것은 문화지리학의 그것과 다르지 않다. 또한 이 글의 핵심을 이루는 이-푸 투안Yi-Fu Tuan이나 에드워드 렐프Edward Relph의 이론[50]이 문화지리학의 중요한 업적임은 본고의 방법론에서도 소개한 바다. 이-푸 투안은 공간의 경험적 속성에 천착하면서 장소에 대한 인본주의적 관점을 지리학 연구에 소개하여 문화지리학에 넓은 반향을 일으켰다. 에드워드 렐프 역시 문화지리학자이다. 렐프는 사람과 장소의 관계를 이해하는 데 있어 현상학적 관점의 가치를 첫 번째로 명확히 한 대표적인 문화지리학자이다.[51] 그러니까 여기에 소개된 문학지리학은 문화지리학과 다르지 않은 것이다.

이 교수는 현상학적 접근으로 "(작중인물과 배경 사이의 관계를) 지리학자가 보게 함으로써 사람들이 환경 안에서의 자신을 발견"하게 하는 과정을 거쳐 "환경을 이해하는 방법에 관한 구조"를 발견하기 위함이라고 지리학적 필요를 강조했다.[52] 그러니 "문학작품들이 장소나 경관에 대한 지각

49) 이은숙, 같은 글, 30-32면.
50) 이은숙, 같은 글, 22-24면.
51) 앳킨슨, 같은 책, 100면.

이나 인지와 관련이 있는 정보와 자료나 경관에 풍부한 원천"이 되어야 한다고 생각하는 것이 문학지리학의 입장이라고 설명했다.[53] 또한 지리학의 입장에서 "소설은 '피상적으로 볼 때' 지리학적 지식을 확립하는 데에 필요한 많은 정보를 제공하고 … 환경적 지식을 파생시킨다." 그러나 "소설은 지리학적 증거를 수집하기 위한 자료로 사용되기에는 취약한 점이 있다. 그러므로 연구를 수행하기 전에 증거로서의 소설의 취약성과 약점이 동시에 고찰되어야 하고, 그리고 약점을 피하면서 강점이 부각될 수 있는 연구방법의 개발이 중요하다."는 로이드W. Lloyd의 견해를 인용해 지리학자를 위한 소설 이용 가이드를 제시하였다.

이처럼 이 글은 문화지리학을 본격적으로 설명하고 있다. 그러나 저자가 문학지리학에 대한 설명을 '지리학의 도구'로서 못 박고 있는 것은 한계이다. 그런데도 이 글이 문학의 입장에서 기획한 책의 이론적 설명으로 다른 견해나 이론적 반박, 또는 수정 없이 수록되었다는 것은 문제가 있다.

문학연구자를 위해서라면 이 교수는 "인문지리학과 사회이론, 즉 인문학과 사회과학에서 일어난 지리적 전환과 인문지리학의 사회적 전환이 습합하였다."[54]는 소개를 통해 문화지리학의 목적이 지리학에 고정된 것일 수 없다는 사실을 알려주었어야 할 것이다. 문학(화)지리학은 문학에서 개인적 · 집단적 주체와 공간의 문제를 다루는 것이지 지리학을 위한 도구로서 공간을 다루는 것이 아니기 때문이다.

한편, 조동일 교수는 문학지리학의 특성이 장소에 대한 관심이 시간에서 공간으로 이동하는 것으로 보았지만, 이은숙 교수가 '지리학의 도구', '보완적인 자료'로서 문학지리학을 정의한 데서도 문학지리학이 시간을 다루어야 함은 이미 명기되어 있어, 다른 시각이 필요하다.

52) 그의 '구조'는 장소와 공간을 이분법적 대립으로 보는 입장이다.
53) 이은숙, 같은 글, 29면.
54) 전종환, 같은 책, 44면.

조동일 교수가 시간과 공간을 대립시킨 것은 역사지리학을 시간으로 보고, 문화지리학은 공간으로 본 것이라 할 수 있다. 단적으로 말하면, 역사지리학은 '과거'에 관심을 두는 것이니 시간이라고 볼 수도 있다. 그러나 과거를 해석하고 이해하는 관점과 방법은 현재의 요구 및 상황에 따라 매우 유동적일 수 있으므로 역사지리학의 유형과 관점은 다양하다. 권력, 공간, 시간의 문제가 맞물려 있는 문화지리학의 관점은 새로운 시간관을 필요로 하였음은 앞에서 밝힌 바이다. 한편, 그는 "지방문학의 특수 영역에 변새문학이 있다."고 하여 본고의 관심인 국경에 관한 문학을 언급했는데, 이에 대해서는 다시 다룰 것이다.

이처럼 아직 방법론적 이해가 모호함에도 불구하고, 이 기획으로 인해 2005년 고전・현대를 아우른 국문학계에서 장소에 대한 관심이 일단 집대성된 것은 사실이다. 이때 나온 1~3권을 살펴보면, 수록 논문 간의 편폭이 크다. 조선시대『읍지』형태의 글도 있어, 대한민국 이후 새로 보완된 '신읍지新邑誌'적인 면모를 보인다고 할 수 있다. 그러나 구체적으로 들어가 보면 장소를 소재로 한 문학작품을 나열하거나, 그 고장 문인을 열거하는 데 그친 글도 적지 않다. 마치 자치단체 홈페이지 지역 소개 사이트처럼 성격이 모호해, 오늘날로 볼 때 '사회과학적'이라 할 수 있을 조선시대 읍지의 수준에 미치지 못하는 실정이다. 이 교수가 문학의 독자적 의의를 한껏 약화시킨 가운데서도 "증거로서의 소설의 가능성과 약점이 동시에 고찰되어야 한다."고 했으나 이에도 못 미치는 경우가 적지 않아 유감이다.[55] 이런 한계에도 불구하고, 이후 장소에 대한 주제를 다룬 논문이 적지 않게 나온 것에는 이 책의 영향이 없지 않다고도 할 수 있겠지만, 이 책의 영향력이 크다고 말하기도 어렵다. 이 책에 수록된 글의 저자들 중 몇 사람은 이후 관심을 지속하긴 했지만 소수였고, 이에 대한 이론적 진전은 별로 없었다.

55) 이은숙, 같은 글, 33면.

필자의 견해로는 신경림의 『민요기행』 1 · 2(1985 · 1989), 『길』(1990)과 시집 『새재』(1979), 『남한강』(1989), 『목계장터』(1999)들을 우리의 문학지리 작품으로 주목할 만하다고 생각한다. 그의 산문들은 그것만으로도 훌륭한 작품이면서, 장소의 정체성이 어떻게 역사, 정치와 문화로 인해 형성되었는가를 보여준다. 아울러 이에 대한 성찰로 그의 시가 탄생하였음을 알게 해준다.

또한 김훈의 『자전거 여행』 1 · 2(2002 · 2004)와 그의 소설들 『칼의 노래』(2001), 『남한산성』(2007), 『흑산』(2011)을 함께 볼 때 우리 현대문학의 중요한 문화지리 업적을 맛볼 수 있다고 생각한다. 김훈은 "산하의 모습에서 운명의 모습을 본다."[56] 그러나 여기서 운명은 이중환 『택리지』의 풍수지리와는 다르다. 그는 우리 산하에 대한 누적된 지식의 켜를 벗겨 가며 그 층마다에서 살기 위해 안간힘을 쓰던 사람들의 숨결을 듣고, 이를 다시 그의 작품에 녹여낸다. 그럼으로써 그의 작품 단어 하나하나가 어떻게 장소와 관계 맺고 있는가를 보게 해준다.

4.2. 변경문학

조동일 교수는 '지방문학의 특수 영역으로' '변새문학'을 언급하며, "지금은 국경이라고 하는 것을 옛사람들은 '변새'라고 했다. 압록강, 두만강 가의 변새에 가서 험난한 산에 올라 멀리 중국 땅을 바라보면서 긴장감을 느끼고 기개를 펴는 변새문학의 좋은 작품을 임제 같은 사람이 남겼고, 현대 시인 유치환이 만주를 노래하는 시가 그런 기풍을 이었다."고 하며 한문학과 현대문학 작품을 그 예로 들었다. 지방문학과 여행문학의 구분이 의미 없음은 앞에서도 지적한 바 있지만, 그가 정리한 문학지리학 연구대상 중 지방

56) 김훈, 『자전거 여행』 2, 생각의 나무, 2004, 222면.

문학의 우선순위 '고을문학, 산천문학, 사원 · 누정문학'의 어디에도 변새문학은 들어가지 않았다.[57] 그러나 국경지역인 변경을 소재로 한 국문학과 한문학 작품들은 변새시 · 변경시 · 전쟁시의 범주로 이미 많이 연구된 바 있다. 국경과 변경을 다룬 국문시가는 본고의 관심인 한국고전시가와 국경에 관한 연구의 대상이므로, 연구사적 의미에서 '변새시'에 대해 고찰해보기로 한다.

전쟁에 관한 시조를 다룬 논문들 외, 정지훈의 「변새시조의 품격 연구」[58]는 변새 곧 변경이라는 공간을 제목에 드러낸 논문이다. 그는 시조 창작의 공간에 대한 규명이 필요하다고 전제하고, 변새라는 공간이 시조 작품의 작가들에게 어떤 의미를 가지는가와 변새에서 제작된 시조들은 어떤 품격을 가지는가를 밝히는 것을 논문의 목적으로 하였다. 그가 정의한 변새와 변새문학은 다음과 같다.

> '변새'란 '변경'과 유의어로서 일차적으로는 국경 지대를 이르는 말이다. 그리고 이차적으로는 만약 국가와 국가 간의 전쟁이 진행 중이라면 변새의 의미는 달라져야 한다. 즉 전쟁이 벌어지고 있거나 전쟁이 종료된 지 오래지 않는 공간으로서 사람의 삶이 전쟁으로 인한 피해를 받고 있는 그런 공간을 일단은 변새로 인식하고자 하는 것이다. … 여기에서 논의 대상으로 하는 '변새시조'란 이러한 '변새'라는 공간을 중심축으로 하여 생산된 작품을 말한다. 이를 좀 더 구체적으로 살펴보면, 변새시조에 해당하는 작품은 첫째, 변새邊塞의 풍경과 전쟁으로 인한 특수한 인간 문제를 다룬 작품, 둘째, 시의 풍격이 분방하고 웅건하며 기상이 높은 무인武人의 작품, 셋째, 변새에 남편을 보내 놓고 노심초사하는 여인의 사상 · 감정을 노래하거나, 반대로 변새에서 느껴지는 상사의 정을 노래한 작품, 넷째, 국토 수호에 대한 애국적인 감정이 강하게 드러나는 작품으로 나눌 수 있을 것이다.[59]

57) 조동일, 같은 글, 24-26면.
58) 정지훈, 「변새시조의 품격연구」, 『국어국문학』 18, 1999, 59-86면.
59) 정지훈, 같은 글, 59면.

이런 정의는 중국문학의 '변새시邊塞詩'의 개념을 인용한 것이다. 그는 성당盛唐 시대에 활동하였던 잠참岑參, 고적高適, 왕창령王昌齡 등의 작품을 묶어 한문학의 변새시라 하고 이들을 기준으로 삼았다.[60)]

정지훈은 "조선 시대의 변새 공간은 남으로는 부산을 중심으로 한 동해안과 남해안, 그리고 북으로는 백두산을 중심으로 하여 서쪽으로 압록강 유역, 동쪽의 두만강 유역 등으로 규정할 수 있을 것"이라 하고, 시조 외의 국문시가작품으로는 가사에서는 <변새곡>, <선상탄>, <태평사>, <남정가>, <무호가>, <용사음>, 한시에서는 이안눌의 <입새곡入塞曲>, <출새곡出塞曲>, <사월십오일四月十五日>, 이기설의 <정부사征婦詞>, 임억령의 <부산포釜山浦> 등을 선정했다.

또한 본론에서는 『교본 역대시조전서』 시조 3,335수 중 100여 편을 선별하여 대상으로 하였다. 총 83수의 시조의 품격은 호방豪放·비개悲慨·침통沈痛에 해당함을 보였다. 변경의 장소로는 '호방豪放'은 백두산(장백산)·두만강·북관·만리변성萬里邊城·관산關山·원산猿山·대마도對馬島 등을 배경으로 한 30여 수가 해당된다고 했다. 비개悲慨·침통沈痛에는 북새·백두산·압록강·세병관洗兵館·수루戍樓·괘궁정掛弓亭·호산胡山·두만강·만리장성·수강루受降樓·연운만리煙雲萬里·한산寒山섬 등을 배경으로 한 43수의 시조가 해당한다고 했다.

그의 변새시조 논의는 한시의 '변새시' 이론을 바탕으로 한 것이므로, 중국의 변새시 또한 살펴보기로 한다. 최경진의 「변새시의 연원과 발전」에 의하면, 선진 이전에도 『시경』에 존재하는 전쟁시[61)]를 변새시의 연원이라고

60) 김학주, 『중국문학사』, 신아사, 1989, 259면. "'한대 시가를 대표하는 악부는 무제가 설립한 관청 이름에서 유래한 것이지만, 지금 우리에게 전해지는 시가들 중에는 서한대의 작품으로는 천자의 의식과 관계되는 교묘가사(郊廟歌辭)나 군진(軍陣)과 관계되는 요가십팔곡(鐃歌十八曲) 등이 있다.'라고 하였는데 이 중에서 당대의 변새시와 관계있는 것은 후자일 것이다." 정지훈, 같은 글, 60면.

61) 『시경』의 전쟁은 한족을 중심으로 한 이족과의 충돌이 아니므로 '전쟁시'라고 해야 한다. 최경진, 「변새시의 연원과 발전」, 『중국학』 9, 대한중국학회, 1994, 154면.

할 수 있으나, 변새시는 통일 국가 진秦나라의 형성으로 '중심'(장안과 낙양)과 '변'의 공간 개념이 생긴 데서 기인한다고 본다.[62] 이후 성당 시기에 대외로 국력을 팽창해 나가려는 시도(서역 경영), 변방의 이족(흉노)과 충돌하는 사회 상황과 고전 시가의 성숙, 무공을 중시하는 분위기 등에 의해 변새시는 중요한 분야로 자리 잡았다. 그의 설명을 요약하면 다음과 같다.

초기 변새시의 내용은 (1)전쟁을 가송歌頌한 주전主戰 문학, (2)전쟁을 비판한 비전非戰 문학, (3)변새의 경물을 읊은 것으로 구분할 수 있는 것들인데, 양한兩漢 시대 들어 전쟁의 참화와 백성들의 고통을 폭로하는 등 객관적인 묘사를 주로 했던 경향은 이후 성당 변새시에 큰 영향을 주었다.

종군 관계 시가 민간에서 문인으로 작자층이 이동한 것은 건안建安-남북조시대(동한 말기~수의 통일, 위진남북조 400년)이다. 형식으로는 민가民歌를 모방하고 악부・고시를 차용하면서, 표면적으로는 병사의 실상을 그렸지만 실제로는 자신의 실의와 고통(抒情言志)을 그렸다. 또, 종군을 제재로 건공입업建功立業의 포부와 정회를 표현하게 됨으로써 문인 개인의 적극적 진취적 이상을 표현하기 시작하였다.

위진남북조 시대의 변새시는 시인의 원대한 포부 표현과 변방 백성들의 징발의 고통이라는 두 가지를 주요 경향으로 지적할 수 있다. 분열과 전쟁이 계속되는 시대를 살면서 이 시대의 변새시에는 양한兩漢대의 태평성대와 질서를 회복하고자 하는 염원이 충만하였다.

당나라 시대의 변새시의 가장 두드러진 내용은 전쟁에 대한 지지와 승리를 가송歌頌하는 것이었다. 공명에 대한 유혹이 바탕이 되었으므로 중원과는 다른 변새의 생활과 풍광을 묘사한 시가 적지 않았다. 이 외에, 다양하게 나온 작품들은 크게 다음과 같이 나눌 수 있다. 첫째, 사회 현실을 반영한 시, 둘째, 개인적인 이상과 향수 등의 정회를 읊은 시, 셋째, 변새의 기이한

62) 최경진, 같은 글, 153면.

초목과 풍광을 찬미하는 시, 특히 셋째는 생동감이 있고 세밀하여 조국의 산천에 대한 사랑을 엿볼 수 있는 시이다.

결론적으로 당나라의 변새시는 "시경의 사실주의 전통과 건안문학의 풍골, 풍부한 사상성으로 압축"할 수 있다. 그것은 현실주의와 애국·우민의 위대한 정신을 추구한 것이며, 국가의 운명과 백성들의 질고에 관심을 가져 사회의 어두운 단면을 폭로하는 것이다.[63]

우리 한시에도 중국 한시의 변새시 못지않은 변새시가 많다. 장미경의 논문은 당시풍을 지향하던 작가들이 주제재로 창작했던 변새시와 임란종군 체험 작가들의 한시를 대비하여, 문학적 상상력으로 창작된 시, 그리고 실체험을 바탕으로 창작된 전쟁시의 특징을 살펴보았다. 그는 변새시를 '변방에 나가있는 병사들의 노래'로 규정하였다. 차천로車天輅가 편찬한 『악부신성樂府新聲』에 수록된 악부에 한정하여 175수의 악부 중 최경창·백광훈·임제·이달·이수광이 지은 변새시 25수를 다루었다.[64] 외에도 여러 연구자들이 동악東岳 이안눌李安訥과 백호白湖 임제林悌의 변새시를 다루었다.[65]

국문시가연구 중 '변새시'라는 용어를 쓴 것은 아니지만 같은 범주의 시조를 다룬 논문은 많다. 송종관은 임·병 양란 소재 시조를 거의 망라하여 자세하게 논의하였다. 새로운 작품과 작가를 확보하였고, 작품의 의미에 대해서도 구체적인 논의를 전개하였다.[66] 여기서 다루어진 작품을 대상으로 한 많은 논문이 이후에도 나왔으나 별다른 진전이 있다고 보기 어렵다. 유인희의 같은 소재의 시조에 대한 논문은 작품의 내용과 배경에 대한 역사적 전고를 좀 더 자세히 다룬 의의가 있다.[67]

---

63) 최경진, 같은 글, 160-168면.

64) 장미경, 「상상과 체험의 전쟁시」, 『우리어문연구』 24, 2001.

65) 임보연, 「임제 백호의 변새시 연구」, 경희대학교 석사학위논문, 2009; 구본현, 「이안눌 변새시 연구」, 『한국한시연구』 12, 한국한시학회, 2004; 배주연, 『이안눌의 동아시아 체험과 문학』, 보고사, 2013.

66) 송종관, 「임병양란을 배경으로 한 우국시조」, 『한민족어문학』 23, 한민족어문학회, 1993.

67) 류인희, 「임·병 양란기 전쟁시가 연구」, 숙명여자대학교 석사학위논문, 2007.

이후, 송종관의 논문에서 소개된 칠실 이덕일, 관곡 김기형에 대한 여러 논자의 작가론이 다수 있으나 작품의 의미를 깊이 있게 추구하고, 나아가서는 작품의 옥석을 가리는 노력이 부족하였다.

그간의 우리 시가의 변새시 연구 현황은 상당수의 연구가 동일한 작품을 거듭 거론하며 '전쟁'이라는 제재 위주의 분류와 피상적인 시구 해설에 머문 상태라고 평가된다. 문화지리학이라는 이론에 의해 작품을 보는 다른 시각이 가능한지 시도해볼 필요가 있을 것이다.

제2장 국경 논의의 다양한 관점

1. 서론

본고는 근대와 탈근대에 대한 이론, 그리고 대안적 근대성론의 다양한 관점으로 우리 시대의 국경의 의미를 생각해보고자 한다. 국경을 소재로 한 작품을 문화지리학의 방법으로 고찰하고자 하는 본서의 기초적인 작업으로서 국경에 대한 논의는 필수적으로 검토해야 할 부분이다.

대안적 근대성 논의는 기존의 근대성 이론이 막스 베버가 주장한, 서구의 역사발전·자본주의에 의한 사회 분화와 개인화를 근대성으로 보고, 이것이 식민세력으로 서세동점한 시기를 근대로 보는 서구 중심의 기준을 극복하려는 데서 시작되었다. 서구 : 비서구는 문명 : 야만의 대립을 낳았으며, 서구인은 진보의 광명 속에, 비서구인은 어둠 속에 존재한다는 이분법은 문화적 폭력이기도 하다는 점에서 이 기준은 오늘날 한편으로는 윤리적 도전

* 이 글은 필자의 논문 「국경 논의를 바라보는 근대·탈근대 그리고 대안적 근대성론의 관점」(『한국시가연구』 28, 2010, 29-72면)의 3~5장에 내용을 보충하여 따로 수록한 것이다. 이 부분을 이론으로 독립하는 것이 본서의 체제에 맞다고 생각해서이다. 주로 본고 3장에 새로운 내용이 추가되었음을 밝혀 둔다. 한편, 원 논문(2010)의 나머지 부분, 2장 「가사에 나타난 18세기의 국경」은 역시 작품과 내용을 보안하여 본서 2부 2장의 「17·18세기 가사에 나타난 국경에 대한 관점의 중층성」으로 수록하였음을 밝혀둔다.

을, 한편으로는 역사적 사실의 도전을 받고 있기 때문이다.

여기서 중요한 것은 대안적 근대성론[1]에서 기존의 논의를 극복한 '근대'와 '근대성'의 개념이 무엇인가 하는 것이다. 첫째, '근대세계'는 '세계성을 전면적으로 실현한 최초의 공간'으로 정의되며, 둘째, '근대성'은 '원형근대성의 성속聖俗의 통섭전도統攝顚倒'가 그 기준이 된다. 근대는 '초기 근대-역사적 근대-지구적 근대'의 시기로 진행되어 왔으며, 이 과정은 각 사회마다 다르지만, 연속적이고 누적적이라는 점에서 중층구성의 의미를 갖는다. 원형근대성을 가지고 초기 근대를 맛본 사회는, 성聖이 존재하는 가운데 현재를 중요시하는 가치를 확대시켜 나갔던 것이다. 또한 대안적 근대성은 자본주의의 교환의 개념이 변화하거나 그 비중이 달라지는 것을 의미한다. 그럼으로써 '근대성에 반하는 근대성'을 추구하는 것을 인정한다. 자본주의가 야기한 분화성과 개인주의가 아니라, 규제적 이념을 교환하는 조직 운동 등 윤리를 추구하는 비자본주의적·비자유주의적 추구를 근대성으로 보는 것도 한 예이다.[2] 지역의 문화성, 미적 근대성이 강조되는 것은 이 때문이다. 대안적 근대성론에서는 각 사회의 고유한 가치를 찾는 작업이 중요한데, 이것이 문명 간 교류 활동이 극대화되는 지구적 근대기(후기 식민주의기)를 극복할 대안이 될 것으로 보고 있다.[3]

---

1) 서구중심의 근대성 개념이 "합리적 자본주의, 합리적 법-행정 체계(관료주의), 합리적 사회분화", 즉 '합리화'의 단일한 기준이었다면, 이를 넘어서고자 하는 대안적 근대성의 이론적 줄기는 크게 둘로 나눠진다. 서구 중심의 극복, 즉 비서구 사회의 다양한 역사적 근대로의 과정을 인정하는 '중층근대성론'과 자본주의 중심의 근대론 극복, 즉 다양한 소수 문화의 다채로운 근대성 표출을 읽어냄으로써 문화적 다중성을 밝혀내고자 하는 '대안근대성론'이 그것이다. 그러나 이들의 공통점이 '다양한 역사적 경로의 구체성, 사회 구성의 복합성'을 담아내는 개념을 개발하려고 한다는 점에서, 이를 '근대성의 역사적 중층성론'이라 하고 또 '대안적 근대성론(혹은 다중근대성론)'으로 통칭하는 추세이므로, 본고에서 사용하는 대안적 근대성론은 이 둘을 포괄한다. 김상준, 「중층근대성」, 『한국사회학』 41-4, 한국사회학회, 2007, 249면; 258-260면 참조.

2) 가라타니 고진, 『세계공화국으로』, 도서출판 b, 2007 참조.

3) 이 논의에 의하면 각 사회의 '중층근대성'은 '원형기-식민·피식민기-지구화기'라는 세 단계로 전개되며, 초기 근대가 어느 시기에 일어나는가는 각 문명이 결정한다. 즉, "원형근대성의 배경을 가진 어떤 문명권에서라도 문명교호의 내외적 맥락이 맞아떨어졌을 때, 출현

최근 국문학에서 다양한 접근을 통해 성과를 보이고 있는 '하위주체'에 대한 접근은 이 성속의 전도가 기존 문화의 틀에 어떻게 균열이 생기게 하는가를 보여주고자 하는 것이다.[4] 하위주체 연구들에서 다룬 모든 주제들은 과거와는 전혀 다른 위치에서 오늘날 논의의 중심이 되고 있어, 과거에는 금기시되던 요소들 또한 자연스럽게 주류의 위치를 차지하고 있음을 볼 수 있다. 근대를 통과하며 세계를 새롭게 경험한 사회집단이 이들에 대한 인식을 다르게 한 결과를 우리는 보고 있는 것이다. 대안적 근대성론은 이 전도가 발생시킨 균열을 통해 우리 문화가 스스로 구축한 근대성의 추이를 보여주고자 한다. 또, 식민지 근대성론을 반성적으로 고찰하는 작업도 그 일환이다.

국경을 새롭게 보고자 하면서 특히 대안적 근대를 언급하는 것은, 국경의 문제는 다른 성속전도의 주제들과는 달리, 우리가 전근대, 근대 심지어는 탈근대 등의 시간을 지나는 동안 한 번도 우리의 기대를 충족시키지 못한 특별한 요소라는 데 생각이 미쳤기 때문이다. 기대는 높고 현실은 못 미치는 상황은 과거나 현재나 여전하다. 전도가 일어나지 않은 것이다. 그렇다면 '오늘날 우리의 인식은 어디에 기준을 두어야 하는가?'하는 의문이 생겼기 때문이다.

부강한 나라를 원했던 18세기의 여러 인식이 국경의 확보라는 근대로 이어지지 못한 것은 역사적 사실이다. 18세기에 요원했던 희망이 아직도 실현되지 않은 상태에서 오늘의 우리도 부강한 나라를 원하고 있는 것 또한 사실이다. 그러면서도 무엇을 추구해야 하는가에 대한 구체적인 문제의식은 부족한 것이 현실이다. 1948년 우리에게는 국경 아닌 국경이 한반도 중간에

가능하다.", 김상준, 같은 글, 267면.

4) 안토니오 그람시에 의하면 하위주체란 지배계층의 헤게모니에 종속되거나 접근을 부인당한 그룹을 지칭한다.(박종성, 『탈식민주의에 대한 성찰』, 살림, 2006, 61면 참조) 성·속의 전도를 추구하는 연구를 위해서는 이 집단의 성격에 대한 사전 고찰을 충분히 해야 하는 것이 당면한 과제이다.

현실적으로 생겼는가 하면, 최근에도 우리의 법리적인 국경의 북쪽에서는 중국의 동북공정 논의로 시끄럽지만 우리는 개입하지 못하고 있다. 어쩌면 우리가 개입할 수 없기에, 국경에 대한 우리의 관심이 문학연구에까지 연결되지 않은 것일 수도 있다. 그런가 하면 일본의 독도 발언으로 시끄러운 동쪽 국경, 그리고 어획 문제로 수시로 문제가 되곤 하는 서쪽 국경이 있다. 결국은 거의 모든 국경이 문제이다. 그러나 이 문제들에 대한 우리의 입장, 또 각 국가의 입장은 '근대적' 그대로이지는 않은가?

이에서 비롯된 질문, "세계사적으로 '영토'에 대한 논의는 진화되지 않고 있는가?", "탈근대적으로 '영토의 문제'를 바라보는 시선은 가능할까?"에 대한 대답은 "경제권역으로 재편되는 세계의 현상은 국경의 의미를 바꾸고 있다."이다. 즉, 세계는 '국민국가-피식민국가-독립국가-초국가'로 진행되어 왔다는 것이다. 이런 이론적 진전에도 불구하고, 여전히 국경은 '중심과 주변'이라는 근대의 기본을 그대로 표상하고 있는 것 또한 사실이다. 국경은 독점과 배타를 허용하는, 기본적으로 이기적인 논제인 것이다. 국경의 문제는 오늘날 날카로운 각성과 논리적 논의를 요구하지만, 정치적인 행동에 부딪치면 늘 모순적이다. '국경의 문제는 이처럼 국가 차원에서나 개인 차원에서나 근대를 벗어날 수 없는 것일까?'에 대해 생각해보는 것도 본고의 목적 중 하나이다.

대안적 근대성론에서 근대가 '성속의 통섭전도의 과정'을 말한다면, 조선이 명·청 교체로 세계의 존재를 새롭게 인식해야만 했던 17세기의 상황은 서세동점 이전 조선이 체험한 가치 전환의 시점이라는 점에서 대안적 근대성에서 제기하는 초기 근대의 시기로 구분할 만하다. 이에 이어지는 18세기의 1712년은 조선과 청 사이에 국경이 그어진 해이다. 이는 조선이 청나라를 통해 중국 혹은 세계와 맺게 되는 새로운 관계의 상징적인 사건이라고 할 수 있다. 이 사건을 조선은 어떻게 받아들였는가를 고찰할 필요가 있을 것이다.

또한, 지역논의에서 그 지역이 국경일 때 지역은 지방 : 중앙, 지역 : 세계가 맞물린 공간이기에 이곳의 문화적 다중성을 주목할 필요가 있다. 탈식민주의의 연구방법론은 "한 민족 혹은 국가의 정체성과 문화는 항상 변화하며 잡종의 상태에 있다."[5]고 하며, 지역은 그 긴장과 양가성에서 분열성, 불안정성, 미결정성 등의 역동성에서 문화의 지위를 갖는다고 하였다. 본고는 이 이론에 바탕을 두고 국경을 둘러싼 담론들에 내재해 있는 여러 주제들을 살펴보고자 한다.

2. 17·18세기의 변경과 국경

우리나라의 강역은 현재 "북방의 일면이 대륙과 연접, 백두산 지역의 영유권 문제, 간도 귀속 문제, 두만강 하구의 녹둔도鹿屯島 귀속 문제, 압록강과 두만강의 국경하천 상의 강계江界 및 국경國境 문제를 안고 있다."[6] 이들 중 간도 귀속 문제를 제외하면 모든 것이 문제가 되었던 것이 18세기의 상황이다. 조선이 1712년 '변경'에 의한 잠정적인 분계分界가 아닌, '국경'으로 중국과 구분된 사건이 그 중 가장 큰 사건이기는 하다.

중국과의 관계에서 보면, 명나라 때까지의 우리 북쪽 국경은 오랑캐와 접해 있었으며, 당시의 의식으로는 우리가 국경을 지키는 것은 중국의 입장에서는 오랑캐에 대한 이이제이以夷制夷를 실현하는 것이기도 하였다. 17세기 초반에도 명은 강성해지는 여진을 조선을 통하여 견제하려 했고, 1616년 금金으로 개칭한 여진은 이에 협조하지 않도록 조선을 감시하는 정도였으며 광해군은 외교적으로 이 세력을 조정하여 해결하려고 애썼다. 그러나 18세기 초, 청 태조의 주체 찾기는 새로운 국경을 요구했고, 우리는 대국大國인 중국과 직접 경계를 다퉈야 했던 것이다. 1712년 조·청 간 정계定界 획

5) 호미 바바, 나병철 역, 『문화의 위치』, 소명출판, 2002, 284면.
6) 양태진, 『한국변경사연구』, 법경출판사, 1989, 15면.

정에는 이런 국내 정세와 청의 국내·외 체제 정비가 관계되었다.

1712년 국경 획정 이전의 조선과 청 사이의 경계에 대해서는 추정이 가능할 뿐이다. 우선 당시 지도의 표시를 참고하면, 봉황성 동쪽 책문柵門과 흑산산맥 지대로 연결되는 선이 양국 간 국경이었을 것으로 추정된다. 이후 강희제가 『성경지盛京志』를 편찬할 때 이를 무시하고 완충지대로서 무인無人 지역인 간도지방을 청령으로 편입시키려는 의도로 현지답사 명령을 내리게 된 것이다. 내세운 이유는 강희제가 청조의 발원지를 추리해나가면서 『청태조실록』의 기록을 참조해 판단하니 그 발원지가 '장백산 동쪽'인 것 같다는 칙서 때문이다.

1712년, 청의 요구로 조선은 압록강과 두만강의 수원水源을 백두산에서 공동 조사하여 비를 세우게 되었다. 청의 대표는 목극등穆克登이었으며 우리 측 접반사는 박권朴權이었다. 그는 왕명을 받고 임무를 수행한 5개월 동안의 과정을 일기체로 작성한 『북정일기北征日記』를 남겨 그 시말을 전하였다. 목극등이 박권의 나이가 많아 산행이 곤란하다고 자신을 배제하자 자신은 책임의 한계를 분명히 하였다고 밝히고 있다.[7] 그러나 이때 동행하지 않았던 것은 그의 영토의식이 매우 희박할 뿐 아니라, 직무유기라는 비난을 면할 수가 없다는 후대의 평가를 받게 했다. 이 조사는, 백두산과 압록강과 토문강을 경계로 보는 것에는 청측의 이의가 없으므로, 이 두 강의 발원처를 조사하여 두 강이 갈라지는 곳에 "서쪽은 압록강, 동쪽은 토문강(西爲鴨綠東爲土門)"이라고 새긴 비를 세우고 이를 따라 울타리를 쳐달라는 청의 요구에 따르는 것이 목적이었다. 조선은 조선 초기부터 그 당시까지 토문강과 두만강을 분명히 구분했는데 이 무렵은 둘을 모두 두만강으로 보고 있었다. 그런 상태에서 조선이 '토문土門'으로써 생각한 경계는 두만강이었다. 그러나 목극등은 두만강과 다른, 송화강의 지류인 토문강의 수원을 정했으며,[8] 그 흐

7) 강석화, 「1712년 조·청 정계와 18세기 조선의 북방경영」, 『진단학보』 79, 진단학회, 1996, 147면.

름이 복류하는 위에 방책을 설치하라고 요구하였다.

조선은 방책을 만드는 과정에서 목극등이 정한 수원이 우리가 아는 두만강과는 전혀 다름을 알게 되었고, 백두산에 동행할 것을 끝까지 고집하지 않아서 일이 이렇게 되도록 방치한 박권을 탄핵하고, 이를 바로잡으려고 하였으나 여의치 않았다.[9] 그 결과로 조선은 두만강 내에 7백여 리 가까운 땅을 잃었다. 두만강의 발원지는 건너편 골짜기에 있고, 1712년 조사에서 수원이라고 한 것은 다만 한 작은 도랑일 뿐이었던 것이다. 목극등은 "조선에 사람이 없어 좋은 땅을 많이 잃었다."고 하였다고 한다.[10]

이상에서 소개한 1712년의 조·청의 정계는 경계가 되는 강과 수원水源에 문제가 있어 완벽한 국경조약이라고 보기 어렵다. 그러나 이후의 조선 사상에는 큰 영향을 주어 북변지역과 고구려·발해의 구강역舊疆域과 백두산에 대해 관심을 갖는 계기가 되었다. 대표적인 것이 윤관尹瓘의 9성과 선춘령비先春嶺碑의 위치 비정 및 발해에 대한 관심이다. 1730년 무렵의 홍세태洪世態의 「백두산기白頭山記」 이후, 조정에서도 백두산을 조선 영내에 있는 산으로 재인식할 뿐 아니라, 조선 산들의 종산宗山으로 인정하였다. 한익모韓翼謨가 주창한 1767년(영조 43)의 백두산 제향 등도 이의 일환이다. 1712년의 정계에 대한 부정적인 평가 역시 분분해 18세기 이후의 지도에는 두만강과 토문강을 구분하는 의식이 표현되어 있다. 이는 1712년 정계 이후 특히 18세기 후반부터 함경도 북부지역에 인구가 증가하고 주민들의 활동이 활발해짐에 따라 보다 정확한 정보가 축적되어 갔음을 반영하는 것으로 보고 있다.[11] 그러나 1600년대 말까지 지도층의 끊임없는 관심사였던 '영고탑회귀설寧古塔回歸說'[12]로 중국이 조선을 경유지로 삼을 경우 조선은 어떻게 될 것

8) 목극등은 토문강이 송화강의 한 지류임을 알지 못하고 두만강의 상류인 것으로 오인하였다.
9) 양태진, 같은 책, 261-262면.
10) 홍세태, 『유하집(柳下集)』 권9, 「기」, <백두산기>. [한국고전종합DB] db.itkc.or.kr 한국문집총간 참조.
11) 강석화, 같은 글, 156-159면 참조.

인가에 신경을 곤두세운 조정이 다수의 관찬지도 제작 등에 노력을 기울여 기존 지식이 향상되었던 것도 이유이다.13) 또, 국경에 대한 관심을 총칭하는 변방지邊方志가 다양하게 집필되었다. 이는 서문만 남아 있는 신경준申景濬의 「강계지疆界誌」(1756)를 비롯, 홍양호洪良浩의 「북새기략北塞記略」(1770년대), 「삭방풍토기朔方風土記」, 정약용의 『아방강역고我邦疆域考』(1812) 등으로 이어지고 있다.14)

3. 역사적 근대의 국경과 탈근대적 관점의 국경 논의

3.1. 국민국가의 형성과 잃어버린 국경

1876년의 개항부터 1910년 한일합병까지의 개항기의 우리 역사에 대해 단재 신채호는 '국제관계에 편입되어 열국 경쟁의 마당에 섬'과 '청일전쟁과 러일전쟁에서의 대응의 좌절'로 파악하였다. 또 다른 현대의 기록은 조선은 "계서적 국제관계질서관에서 벗어나 대등한 국제관계질서관의 세계관을 획득하기 시작하였고, 따라서 조선을 만국의 일국으로서 인식하기 시작하였다."15)고 하였다.16) 조선조의 중화사상의 이론적 배경이 전통적인 '화

12) 1600년대 후반 조선 지식인들은 '오랑캐는 100년의 운세가 없다'는 그들의 숙명 때문에 머지않아 망할 것이며, 그때는 북경에서 퇴각해 만주로 돌아갈 텐데 어느 길을 택해서 어떻게 이동할 것인지를 점치고 있었다. 그들이 생각한 청의 최종 목적지는 청 태조의 발상지라고 하는 영고탑이었으며, 그럴 때 '심양-만주-영고탑'의 길은 험하므로 조선의 서북지방을 경유하는 지름길을 택할 것이라고 생각했다. 1691년 청이 백두산에 가보고 지도를 그리겠다고 길을 빌려 달라는 사건이 생기자, 그들이 이동을 준비하러 오는 것이라고 조선은 술렁거렸다고 한다. 1712년의 국경 획정 때에도 조선은 청의 저의를 이런 상황으로 해석하려는 데서 논란이 있었다. 배우성, 「홍양호의 지리 인식」, 『진단학보』 100, 진단학회, 2005, 330-334면 참조.

13) 배우성, 같은 글, 328-340면 참조.

14) 양태진, 같은 책, 261-290면 참조.

15) 한국사편집위원회, 『한국사』 11, 한길사, 1994, 64면.

16) '계서적 국제관계질서관'이라는 내용은 "세계는 유교적 예악이 완전하게 갖추어져 있는 화(華)로서의 중국과 그 축소판으로서의 소화(小華)인 조선과 유교적 예악의 원천적 결여로서

이론華夷論'이었다면, 새로운 질서의 근거는 『만국공법』이었다. 『만국공법』은 곧 국제법이며 중국, 일본, 조선 모두에서 근대법의 개시였다.[17] 국제법이 "가만히 있는 허약한 나라에게 독립을 안겨주는 법이 아니라, 자주독립을 기하고자 효과적인 노력을 하는 민족에게 잘 이용을 하여 보람을 있게 하는 규범"[18]으로서 지금도 의미를 갖지만, 국제법은 한편으로는 제국주의의 서세동점에 따라 서구의 법 이론이 조선 정부까지 영향을 미쳤다는 사실을 의미한다.

청과의 국경선 획정에서는 개인적인 인식의 부족이 돌이킬 수 없는 국익의 손해를 초래한 반면, 복잡해진 국제관계 속에서 국경선을 지키는 데 역부족을 야기한 것은 '만국공법', 즉 '국제법'에 대한 무지였다.[19] 조선은 조약 조항의 한 구문까지도 한 번 확정되면 돌이킬 수 없는 결과를 가져온다는 것을 인지하지 못하고 있는 채로 열국의 각축장에 나서게 된 것이다. 근대국민국가의 특성은 상호모방성이다. 즉, 각 나라가 자신의 시간대로 움직일 수가 없는 것이다. 조정은 당시 『만국공법』을 금서로 취급하던 분위기였으나, 세상은 이미 식민지로 되거나 다른 나라를 식민지로 만들려는 시기로 접어들었다. 이 와중에서 조선은 스스로를 '청의 속방屬邦'이라 하기도 하

의 이(夷), 그리고 이조차도 되지 못하는 금수(禽獸)로서의 서양이 위계적인 구조를 이루면서 구성되어 있다고 생각한 것이다. 또한 소중화(小中華)로서의 조선과 이(夷)로서의 일본은 대등한 국가일 수가 없는데 하물며 이제는 일본이 금수인 서양의 모조판이 되었으므로 소화와 금수는 대등한 국교를 가질 수 없다는 논리였다."(위의 책, 62면 참조)라는 설명에 의하면 19세기 말 조선이 인식한 세계의 계서는 중화와 조선, 일본과 서구를 포함한 질서이다.

17) 최종고, 『한국법 입문』, 박영사, 1994, 16면.

18) 이상면, 「개항기 조선 주권론 충돌」, 『서울대학교 법학』 47-2, 서울대 법대, 2006, 146면.

19) 만국공법은 마틴(William Martin, 중국명 丁韙良)이 위튼(Henry Wheaton)의 『Elements of International Law』(1836)를 번역하여 중국에서 발간한 『만국공법(萬國公法)』(1864)이라는 책의 이름이기도 하고, '국제관계를 율(律)하는 보편적인 규범'이기도 하다. 이 책으로 인해 조선의 유교적 세계관은 동요가 컸던 듯, 1881년에는 홍시중, 홍재학 등이 이를 종로에 내다가 불살라버리라는 주장을 하기도 하였다.(한국사편집위원회, 같은 책, 64-65면 참조) "조선이 「만국공법」으로 조약을 맺게 된 것은 1876년 2월 병자수호조규 교섭 때였다. 그러나 그때는 조정이 「만국공법」의 실체도 알지 못한 채 조약은 체결되었고, 실체를 접하게 된 것은 1877년 일본공사가 내조해 조정에 증정함으로써이다." 이상면, 같은 글, 98면.

며,[20] 조선이 '독립자주국'이라는 것을 인정하는 것에 거부반응을 보이기도 하였다. 실제로 조선이 사대교린을 공식적으로 끊어버릴 결심을 하게 된 것은 1894년 <홍범14조>를 통해 "첫째는 청국에 부치는 생각을 끊어버리고 확실히 자주독립하는 기초를 세우는 일"임을 천명함으로써 가능했다.[21] 이 시차는 국제법이라는 세계적 국가시스템의 작용 속에 우리가 이미 들어있으면서도, 그것을 깨닫는 데는 시간이 걸렸다는 것을 의미한다. 이 틈을 타 일본은 조약구문을 내세워 조선이 '홀로 일본의 보호를 받는 의미'로 만방에 알려지도록 조선의 '독립자주'를 강변하기도 하였다.[22] 그런 와중에 일

20) 김윤식은 1882년 조미조약을 앞둔 예비회의에서 이홍장이 제일관(第一款)에 "조선구위중국속방(朝鮮久爲中國屬邦)"을 넣자는 충고대로 "그렇게 하면 천하가 조선을 가볍게 보는 마음이 덜해질 것"이라 여겨 "조선(朝鮮)이 구위중국속방(久爲中國屬邦)이나 이외교내정사의(而外交內政事宜)는 균득자주(均得自主)"를 별관(別款)에 넣자는 데 동의하였다. 이홍장은 이를 넣은 초안을 가지고 미국 대표인 슈펠트와 만났다. 슈펠트는 조선이 내치외교가 자주라면 그럴 이유가 없다고 이를 강력히 거부하였고, 이홍장의 3, 4차의 수정안 고집에도 불구하고 이 구문은 들어가지 않았다. 1882년 정작 조선 대표는 참석하지 않은 가운데 조약문은 작성되었다. 이후 조선은 이홍장의 주장에 따라 다시 미국 대통령에게 이 내용을 '조회문'으로 보냈으나, 미국은 그것은 청과 조선의 문제이고 미국은 청이나 조선을 똑같이 독립국으로 대한다는 입장이므로 전혀 응답이 없었다. 이후에도 조선은 영국, 독일, 프랑스 등과 국교를 수립할 때 국왕의 명의로 같은 조회문을 보냈으나, 각국의 입장은 미국과 같았다. 이후 청국은 조선에 제국주의 열강들이 후진국에 요구하는 '영사재판권' 등의 제도를 요구하였는데, 이들에 '중국우대속방지의(中國優待屬邦之意)'의 취지를 담은 조항은 하나도 없었다. 이상면, 같은 글, 102-108면 참조.

21) 1894년 <홍범14조>(한글서고문에는 '열네가지법'으로 번역)에는 "첫째는 청국에 부치는 생각을 끊어버리고 확실히 자주독립하는 기초를 세우는 일(割斷附依淸國慮念 確建自主獨立基礎)임을 천명하고, "이로써 중화적 질서에 의한 증공국(贈貢國)으로서의 조선은 국제 질서 속에서 평등하고 독립적인 나라로 스스로를 천명하였다. 1895년 1월 7일 조선은 1637년 청과 맺은 조약에 의해 '사대교린(事大交隣)'을 국시로 하던 것을 <독립서고문(獨立誓告文)>을 통해 '만국공법식'으로 변경하고, "오직 자주하고 독립함이 이에 국가를 굳게 함일세, … 이제부터 다른 나라를 믿지 말고, 나라 운수를 융숭하고 창성하게 회복하며, 생민의 복을 지어서, 자주독립하는 기업(基業)을 굳게 할지라."고 다짐하였다. 1897년 10월 25일 고종은 국호를 대한국(大韓國)으로 선언하고 황제로 즉위하여 (중국으로부터의) 독립국임을 선언하였다. 1899년 8월에는 <대한국(大韓國) 국제(國制)>를 선포하였다. 이것이 한국 최초의 근대적 헌법이며, 이로써 조선은 입헌군주국이 되었다. 모두 9조로 된 이 <대한국 국제>의 제1조에는 대한국이 "세계만방에 공인되어 온바 자주독립해 온 제국"임을 천명하고, 제2조에는 대한국의 정체를 "전제정치"로 규정하였다.

22) 이상면, 같은 글, 144-145면.

본은 조선의 철도부설권을 얻어내어 조선의 국토를 중국과 대륙으로 가는 길로, 또 전략요충지로 사용하고자 하였다. 다음으로는 동경을 기준으로 한 표준시를 실시함으로써 조선의 시간과 공간을 일본 영토에 봉합해버렸다. 다음은 일본국민의 식량을 공급하는 농토로 조선의 영토가 사용되었다.[23] 그 과정에서 조선의 생명이 일본의 부富가 되었다. 대한제국의 국민이 일본 주권자에 의해 일본의 국민이 되거나, 제2국민이 되거나, 그마저도 아닌 추방자로 결정되게 된 것이다. 이렇게 조선의 영토, 국민, 주권은 근대로 편입되었다. 이에 대해서는 탈근대의 시각에서 다시 성찰하기로 한다.

3.2. 국경의 역사적 근대

"대한민국의 영역은 협의로는 한반도와 그 부속도서로서 구성되며 영해와 영공은 당연히 이에 포함된다."[24]고 한다. 그러나 현행 헌법에서도 영토의 문제는 명확하지 않은 부분이 많다. 우리나라 헌법 제3조에는 대한민국의 영토는 "한반도 내륙과 그 연안의 부속도서"[25]라고 되어 있다. 이 문제는 반도라고 하는 지리적 여건과 38선으로 시야가 묶여버린 우리에게 별로 큰 의미로 다가오지 않는다. 우리의 주권이 미치는 범위를 법이 현실화하지 못하고 있기 때문이다. 우선 헌법에 따르면 북한 지역은 당연히 우리의 영토이나 우리의 국가권력이 미치지 못하는 만큼, 이를 법리적으로 해석하는

23) 일본은 조선으로부터 경인철도부설권(1898), 일본군의 전략요충지로 조선 토지 사용권(1904)을 획득하고, 일본표준시 강요(1912), 미곡통제령(1933)을 조선에 실시하는 등으로 조선의 영토를 점령하였다.

24) 성낙인, 『헌법학』, 법문사, 2001, 98면.

25) 서-동경 124도 11'/ 동-동경 131도 52' 42"/ 극남-북위 33도 06' 44"/ 극북-북위 43도 00' 39" 함경북도 온성군 유포진 북단 내의 육지와 다음의 해역이 우리나라의 영토이다. 서해-제주도 남도의 마라도에서 압록강 최하구인 평안북도 용천군 마안도(馬鞍島) 서역으로 이어지는 해역/ 동해-독도/ 남해-대한해협(동수도(東水道), 서수도(西水道)로 구분). 양태진, 같은 책, 15면 참조.

데는 이론이 분분하다. 또 헌법은 "영토변경에 관해서는 침묵하고 있"기도 하다. 영토변경은 우리나라의 공간적인 존립기반을 다치는 것으로 국가의 인적인 기반과 법질서에도 변화를 가져오기 때문에 헌법 개정을 전제로 해서만 가능하고 합병 등으로 변경된 지역의 주민의 국적 변경과 일체의 권리·의무의 포괄적 이전이 있게 되어 법질서의 폐지 내지 개정이 따라오는 중대한 사항임에도 그러하다.[26] 대한민국의 영토를 규정한 헌법 제3조의 해석은 지리적·역사적인 개념을 바탕으로 한다. 게다가 북한영역의 지위에 대한 법적 해석은 연구자에 따라 다르다.[27] 그러기에 근대의 국경을 학술적으로 이해하는 것도 만만하지 않다.

그러나 문제는 지도에 그어진 금만이 아니다. 더 근본적인 문제는 근대국가가 그 태생에서부터 끊임없이 움직이는 경계를 갖고 있다는 사실이다.

전통적인 국가 3요소론에 의하면 국가의 존립에는 국민과 일정한 영토 및 최고국가권력기관으로서의 주권이 필수적이다. 혈통을 중심으로 한 개념인 민족의 개념과 구별된다는 '국민'은 "국가의 항구적 소속원으로서 영토 내의 어디에서든지 국가의 통치권이 미치는 인적 범위를 말한다."고 한다.[28] 또한 "국민은 한 가지 목적을 가진 정치적 통일체 하에서 공동체로서 결합되고 국내법에 따라 그 지위가 부여되는 법적 개념"이다.[29] '주권'은 대외적으로는 독립된 권력이며, 대내적으로는 국가의사를 결정하는 최고의 권력으로 정의된다.

근대국가에서의 국민은 주권을 행사하는 지위를 갖는다. 동시에 대외적

26) "그러나 자연적 원인, 국제조약, 사실행위 등에 의해서 우리의 영토가 변경되는 것을 배제할 수는 없다. 다만, 우리의 헌법은 침략적 전쟁을 부인하고 있기 때문에 무력적 수단에 의해서 영토를 변경하는 것을 금지하고 있다고 할 것이다.", 허영, 『한국헌법론』, 박영사, 2000, 184면 참조.

27) 김철수, 『헌법학개론』, 박영사, 2000, 6면.

28) 이에 비해 민족은 언어, 종교, 풍속, 관습 등 문화적 요소와 내부적 동질성이라는 감정적 요소에 의하여 결부된 사회학적 개념이다.

29) 성낙인, 같은 책, 98면.

으로 강한 국가, 국경을 다른 나라의 침입으로부터 막아 주권을 지켜주는 국가를 만들기 위해 국민은 자발적으로 '국민화의 회로'에 들어간다.[30] 다시 말해, '정형화하기'가 행해지는 것이다.[31] 이에 동의하지 않는 자를 처리하는 권리 역시 주권이다. 주권은 곧 추방하는 자를 결정하는 권리이기도 한 것이다. 이로 인해 주권의 의미는 대내외적으로 같지 않을 수 있다. 각 나라의 국민은 대외적으로는 주권을 가진 것으로 규정되지만, 대내적으로 행사할 수 없는 권력을 가진 사람은 과연 주권을 가진 것인가 하는 점이 문제인 것이다. 이처럼 근대 이후의 국경은 출생을 통해 생명과 연결되지만, 또한 주권자가 누구를 '추방시킬 것인가' 아니면, '국경 내에 살게 할 것인가'를 결정함으로써 생명의 의미를 결정하는 선이 되는 것이기도 하다. 오늘날의 국민은 삼권분립과 대의제도 등에 의해 자신들의 주권을 주권자에게 위임하였기 때문에 그들의 생명의 가치 여부를 판단하는 것은 국민이 아니라, 주권자에 의해서이기 때문이다. 국경 내에도 경계가 있는 것이다. '국민'이 편하게 살 수 있는 '영역'의 통합을 위해 현실이 요구하는 국경선은 계속 이동하고 있다. 근대국가는 '영토국가'에서 '인구국가'로 이동하였다는 푸코의 말은 이것을 지적한 것이다.[32]

결과적으로 국경은 인간의 바람직한 삶을 보장하는 것이 아니라, 정치적인 삶을 보장하는 것이다.

주권자는 국민 개개인의 몸의 구석구석까지를 지배한다는 점에서 '생체권력'을 행사한다. 법이 효력을 발생하려면 신체가 필요한 것이 사실이라면, 이를 "신체를 소유하려는 법의 욕망"이라고 말할 수 있다. 이 때문에 근대

---

30) 국민통합은 경제통합, 국가통합, 국민통합, 문화통합으로 달성되며, 공간의 국민화, 시간의 국민화, 습속의 국민화, 신체의 국민화에 의해 이루어진다. 그 반대 면이 '탈락의 회로' 혹은 '비국민의 회로'이다. 니시카와 나가오, 윤대석 역, 『국민이라는 괴물』, 소명, 2002, 70면.

31) 박종성, 같은 책, 53면.

32) 조르조 아감벤, 박진우 역, 『호모 사케르』, 새물결, 2008, 37면.

민주주의는 바로 이러한 '신체'의 요구와 제시로써 탄생했다고 하며, 이는 근대민주주의를 '생명정치'라 부르는 근거가 된다.[33] "근대민주주의는 성스러운 생명을 제거하지는 않는다. 그러나 그것을 산산조각 내어 모든 개인들의 신체 속으로 산포시키고 그것을 정치적 갈등의 쟁점으로 만들었다."[34]는 아감벤의 말은 국민이 되기 위하여 자신의 부분 중 많은 것을, 국가가 요구하지 않는 많은 부분을 제외해야 하는 현실을 말한 것이다.

주권(을 가진 생명)과 대립되는 것은 '비정치적인 요소'이며, '벌거벗은 생명'이다. 마찬가지로 국민으로 인정된 자도 수시로 자신 속에 있는 '벌거벗은 생명', 즉 추방될 운명에 처해진 생명을 자신의 신체 밖으로, 국경 밖으로 격리시켜야 남아 있을 수 있다. 주권자가 행하는 그 추방령의 경계가 국경이며, 그 안이 '영역(영토)'이 되는 것이 국민국가 이후의 실질적인 국경이다.

이것은 또한 근대민주주의의 강점이면서 모순이다. 주권자는 국가의 통합이라는 명목 하에 비국민을 골라내기 위한 배타적 패러다임을 고안해낸다. 과거에는 협력할 수 없었던 대립된 정치체제, 경제, 과학 등과 협력하여 새로운 경계를 계속 만들어낸다. 나치의 수용소, 의무적 군복무 불응자에 대한 처리, 살아있을 가치가 없는 생명의 처리, 안락사의 문제 등이 이렇게 결정된다. 그 '벌거벗은 생명'의 극단적 형태인 '수용소'는 "근대성(이라는) 정치적 공간의 숨겨진 패러다임"이다.[35] 다양한 분리・배제・봉쇄의 작용

---

33) 아감벤, 같은 책, 243면

34) 아감벤, 같은 책, 244면.

35) 오늘날 수용소는 주권-국민(출생)-영토라는 과거의 삼위일체에 추가되면서 그것을 파괴시켜 버린 제4의 불가분의 요소라고까지 말해진다.(조르조 아감벤, 같은 책, 331면 참조) 또 "난민이란 그 자체로 출생-국민의 결합 관계에서 인간-시민의 결합관계에 이르는 국민국가의 기초적인 범주들을 근본적으로 의문시하며 또한 이를 통해 벌거벗은 생명이 국가 질서 내에서든 아니면 인권의 형태로든 더 이상 격리되고 예외화되지 않는 새로운 정치를 위한 범주들의 재생을 위한 길을 열어 줄 수 있는 어떤 한계 개념으로 간주되어야만 한다.", 한나 아렌트, 「국민국가의 종말과 인권의 쇠퇴」, 『전체주의의 기원』, 아감벤, 같은 책, 260면 재인용.

에 따라 예외 공간은 늘어난다. 예외 상태란 본질적으로는 실제의 위협상황을 근거로 법질서를 임시로 유보하는 것이지만, 예외 상태가 모두가 소망하는 것인 한 그것은 예외와 구별되지 않는 새롭고 배타적인 정치적 패러다임으로 도입된다.[36] 푸코와 사이드가 말했듯, '권력과 지식'의 도움으로 이 예외 공간은 '법질서 없는 위치확정'으로 굳어가고 있다.

결국, 주권은 누구를 보호할 것인가를 결정할 수 있는 권리이다. 국가가 주권-독립을 천명한다는 것이 국제법 분야에서 통용되는 국가의 구성요소로서 국가의 원천이기도 한 것[37]은, 주권으로써 국민에 대한 외국으로부터의 보호가 보장되기 때문이다. 주권을 잃은 식민지 조선에서 통치자는 조선인이고자 하는 사람을 조선 내에 살지 못하게 한다. 일본의 제2국민이 되기를 원치 않는 사람은 기꺼이 자신을 다른 나라(일본)에 처하게 하거나, 어쩔 수 없이 제3국으로 가져가야 한다. 결국, 식민지 조선의 국경 내에 사는 사람은 일본의 제2국민이므로 다른 나라의 국민이 사는 것이다. 피식민국 조선의 조선인은 모두가 벌거벗은 생명으로 국경 밖에 방치되었다.

그러나 역사는 자꾸 잊혀 가고, 과거의 대안은 현재에 지도적 지위를 차지했다가 어느 새 또 다른 것이 주류가 된다. 그 과정에서 과거의 실수들은 묻혀버리기에, 대안적 근대성을 탐구하는 분산적 연구만으로는 과거를 통해 반성할 기회를 갖기 어려운 것이다. "근대성은 언제나 일시적이지만 끊

36) "슈미트에 따르면 '미풍양속', '충분한 근거', '대의명분', '공공의 안녕과 질서', '위험한 상황', '유사시' 같은 개념들처럼 규칙이 아닌 상황을 가리키는 개념들이 대규모로 법 속에 침투함으로써 … (법의 환상인) 확실성과 계산 가능성을 규칙의 외부로 옮겨버림으로써 모든 법적 개념들을 무규정적인 것으로 만들어버렸다…. (위의 용어들이) 어떤 외부의 사실적 정황을 가리키는 대신에, 사실과 법을 즉각적으로 일체화하는 일반 조항으로 기능하고 있다.", 아감벤, 같은 책, 325면.

37) 서양에서의 국가주권의 개념은 1576년에 발간된 장 보댕(Jean Bodin)의 『공화국론』에서 주권과 절대적 독립 사이의 균형을 정립한 데서 비롯되었다.(성낙인, 같은 책, 132면 참조) 국민에게 주권을 부여하여 국민주권주의를 바탕으로 한 근대민주주의의 입헌주의는 1776년 버지니아 권리장전에서 존 로크(J. Locke)의 사상인 천부인권 · 국민주권 · 혁명권 등을 규정하고, 1789년 프랑스 인권선언 제16조에서 헌법은 인권보장과 권력분립이 그 내용이라고 함으로써 이루어졌다. 김철수, 같은 책, 110면 참조.

임없이 확장되는 회복을 위한 변명을 가지고 있다."[38]는 말은 여러 층위에 적용된다. 사회를 억압하는 근대성도 그러하고, 연구자 자신 속에 있는 근대성도 그러하다. 그러므로 사회적 회귀, 정형화를 경계하기 위해서도 과거는 들춰져야 하는 것이기도 하다.

이것이 근대의 관점에서 근대를 다시금 성찰해야 하는 이유이다. 다만 나를 강조하는 것이 남을 억압하고, 그것이 또 다른 자기소외를 낳는 악순환에 빠지는 것은 내 속의 근대성이 회귀되는 것이기에 철저히 경계해야 할 것이다.

3.3. 탈근대적 관점의 국경 논의

위와 같이, 근대에 대해 비판적으로 볼 수 있게 된 것은 모두 탈근대의 이론들 때문이다. 푸코의 '규율권력 강화'의 논리는 근대국가를 비판적으로 바라보는 데 긴요한 시선이다. 푸코는 수용소를 주목하여 국경 밖의 이러한 예외 상황인 난민을 논한 한나 아렌트와 함께 탈근대 논의의 핵심이 되었다. 어느 국경 내에든 위치지어져야 할 난민을 오늘날 합법화하는 논리가 '<세계인권선언>이 세계적으로 공포됨으로써'라는 것은 모순적이다. 정확히는 이를 고의적으로 왜곡하는 국가들의 동의에 의해서 난민은 벌거벗은 생명으로 예외적 공간에 위치한다.[39] 이들을 비판하며 진행되어 온 역사적

38) 울리히 벡, 『위험사회-새로운 근대(성)을 향하여』, 새물결, 1997, 24면.

39) 세계인권선언 13조 2항은 "모든 사람이 자신의 조국을 포함하여 어떠한 다른 나라도 떠날 수 있는 권리가 있다"는 점을 규정하였다. 그런데 그 뒷부분은 "그리고 그의 나라로 되돌아 올 권리"인데, 팔레스타인사람들의 고향으로 돌아갈 권리를 격렬하게 반대했으므로 이 생략된 부분은 언급하지 않으려는 암묵적 동의가 작동한다. 14조는 "모든 사람은 박해를 피해 다른 나라에서 정치적 피난처를 찾고 거주할 권리가 있다."고 선언한다. 그러나 미국의 여러 사례는 미국이 인권선언을 타자에 대해 선택적인 무기로 사용해 왔음을 보여준다.(220-221면) 이제 14조의 해석은 "'가치 있는 희생자들'은 14조의 적용범위에 들지만 '가치 없는 희생자들'은 그렇지 않다는 것이었다."(224면) 인권선언은 "신권에서 기원한 왕권에서 국민주권으로의 이행하면서 그 순환을 막아버린 것으로 평가된다. 완

근대에 대한, 또 국경과 나라에 대한 새로운 연구, 근대적 국민에 대한 문학적 연구의 새로운 관점은 위에서 지적한 움직이는 국경, 국가 내에 존재하는 국경을 무시하고 진행되어 온 단일함을 타개하려 한다. 이는 조국, 모국어 등의 단어들에 내포된 의미영역, 즉 이런 은유들의 원관념에 대한 연구를 포괄하는데, 거기서 나온 결과들이 단일할 것이라고 생각하는 것은 이런 근대 이후의 실정이 반영된 것이었다. 새로운 경향은 과거의 연구들이 '다수의 하나'라는 명제에 의한 합의에 동의하는 동시에, 국민 : 비국민의 경계를 더욱 굳게 다지는 것이기에 이 단일화에 반대하는 것이다. 반면, '국민'이라는 이름으로 저지를 수 있는 문제들을 사려 깊게 거부했던 사례, 즉 '비국민의 회로', 혹은 오늘날의 시민불복종 등에 대한 연구 역시 국경과 나라에 대한 문학적 연구로서 최근에는 더욱 주목되는 분야이다. 이는 "국민화된 신체에 아직 남아 있는 자연이고 국민국가에서 서로 모순되고 대립되는 가치의 존재를 밝혀내는 작업"[40]이다.

또한 '따라하기'를 강요하면서 동시에 자신들과 '구분하기'를 강요한 식민지 지배자들에게 그 둘을 행함으로써 '양가적'이 되고 '잡종'이 된 '경계선상' 혹은 '사이-속'에 있는 존재에 대한 연구는 식민주의가 강요한 것이 성공인 것처럼 보이지만 결국은 실패라는 것을 보여주는 의의가 있다.[41] '사이-속'에 대한 호미 바바의 견해는, 앞서 설명한 것처럼 18세기 국경에 대한 고찰에 새로운 관점을 갖게 하고, 이동하는 국경에 의해서 생긴 난민이나 수용소의 문제에도 유용하며, 식민주의가 낳은 대규모 이산離散의 결과인 '디아스포라diaspora'의 정체성 또한 성찰하게 한다. 이들이 모두 인종의 탈영토화 과정을 통해 타자화를 명시적으로 재현하고 있다는 점을 주목하

수되는 장으로 간주되어야 한다.", 노암 촘스키, 『불량국가』, 장영준 역, 두레, 2001, 220-224면 참조.

40) 니시카와 나가오, 같은 책, 71면.

41) 박종성, 같은 책, 58면.

기 때문이다. 탈식민주의는 이들의 정체성에 대한 관심을 환기하여, 국경 밖의 존재나 피식민지인의 표현에 대해 주체의 유연한 정체성, 문화의 혼종성을 주제화하고, 그들의 '고향상실'의 문학적 · 문화적 표현을 상실이 아니라 그들의 아이덴티티의 표현으로 보고자 한다. 이것은 '해방, 정의, 자유' 같은 가치들과는 다른 개념이기에 전복의 의미를 가진다.[42] 즉, 문화적 무의식, 국가에 대한 무의식을 넘어설 수 있는 것이다.

국경의 폐쇄성에 대한 다른 처방으로는 국경 자체가 극복되어야 한다는 의견이 대세이다. 앤서니 기든즈는 "국가는 다시 국경보다는 변경을 갖게 될 것"이라고 예견하며 그를 위해서는 '세계주의적 민족'이 될 것을 요구했다. 과거의 민족이 대부분 다른 민족들에 대한 적대감으로부터 형성되었던 반면, '세계주의적 민족'은 주권의 새로운 한계를 수용할 만큼 그 스스로에 대해 확신을 갖는 민족을 말한다고 한다.[43] 그러나 이미 시도된 NGO(초국가적 비정부조직들)나 유럽연합의 초국가적 정당조직인 유럽 의회 등은 많은 부분 현실에서 이미 그 부정성이 증명되었다.[44] 획기적인 이 방법도 문제로 드러난 상태에서 국경의 이기성에 의해 국제적인 문제는 계속되고 있다.

국경의 이런 단일성, 폐쇄성, 이기성에 대해, 촘스키는 이 "TINA(There Is No Alternative), 즉 대안이 없다."가 실질적 민주주의-자유, 국민주권, 인권

---

42) 스튜어트 홀에 의하면, 차이를 통한 정체성의 개념은 (1)자유롭게 부동하는, 정치적으로 무저항적인 의미, (2)전통적이고 반동적인 민족주의적 종족성 개념, (3)이 둘과 동시에 투쟁하기 위해 잠정적이고 정치화된 종족 정체성의 개념들이다. 돌아가야 할 어떤 신성한 고향과의 관계 속에서만 그 정체성이 확보되는 것은 '제국주의적', '헤게모니적'이므로 '흩어진 종족성'이라는 용어는 사용하지 않는다. 셀던 외, 같은 책, 285면 참조.

43) 앤서니 기든스, 한상진 · 박찬욱 역, 『제3의 길』, 생각의나무, 1998, 194-201면 참조.

44) 왜냐하면 난민이나 수용소의 문제는 철저히 근대국가의 성립의 본질을 이루는 정치적인 문제인데 NGO는 정치적임에 분명한 문제를 비정치적으로 다루는 약점이 있고(아감벤, 같은 책, 258-259면 참조), "유럽연합은 여전히 '유럽'이 국가이성(자국의 이익을 최우선시하는 국가의 기본준칙)이다. 그렇게 볼 때 유럽연합은 포스트 국민국가 시대의 가능성은 아니다.", 니시카와 나가오, 같은 책, 56면.

등—에 대한 심각한 공격을 가져왔다고 날카롭게 지적한다. 인간이 만든 것은 필요하다면 해체되고 바꾸어질 수 있는 것이어야 하며, "이러한 책무는 정직하고 용기 있는 사람들이 역사의 고비마다 수행해왔던 것"이라 한다.[45] 프레드릭 제임슨이 현존하는 지배 체제에 관심을 기울이지 않는 미국의 진보적 비평은 도리어 이를 공고히 하는 데 기여하고 있다고 비판하는 것은 새겨둘 만하다. 문화적 관점과 정치적 관점이 이렇게 연결되어 있다는 사실을 간과한다면, 탈식민주의 방법론도 국가의 탈영역화, 재영역화를 호도할 수도 있다는 문제점을 자칫 잊을 수 있기 때문이다.[46] 신자유주의는 치환된 디아스포라의 개념이기도 한데,[47] 탈식민주의와 디아스포라를 지지하고 연구하면서 신자유주의에 대해 침묵하는 연구는 모순에 봉착할 수밖에 없다는 경고이다.

18세기의 국경 논의가 현재 '국가의 내부에 만들어지는 국경', '비국민을

45) 촘스키, 같은 책, 339면.

46) 고부응, 「변경의 지식인」, 『초민족시대의 민족 정체성』, 문학과지성사, 2002, 65면. 난민이나 수용소의 문제는 이들의 정체성에 대한 관심을 환기하며, 자의 혹은 타의로 고향을 떠나 타국에 위치한 디아스포라(흩어진 공동체, 이산)에 대한 문화이론인 탈식민주의이론을 떠올리게 한다. '사이에 있던 존재들'로 치부되던 이들에 대해 주체의 유연한 정체성, 문화의 혼종성을 주제화하는 것이 탈식민주의의 관점이다. 그들의 '고향상실'의 문학적 · 문화적 표현이 상실이 아니라 그들의 아이덴티티의 표현이라는 것이다. 탈식민주의는 20세기 들어 식민지국가들의 독립으로 이들이 자신의 문화를 재창조해야 할 때 생기는 식민지적인 잔재와의 충돌 등의 이중의식을 연구하는 데는 유용한 관점이어서 식민담론을 '새롭게 쓰기'를 함으로써, 그들의 이중적 의식을 드러내는 것이다. 이는 치환된 디아스포라의 개념이다. 원래 유태인에게 국한되어 사용되었던 디아스포라의 원개념은 이미 세계사적으로 귀환할 생각이 없는 디아스포라로 드러나고 있다.

47) 신자유주의와 디아스포라는 공통점이 있다. "철저하게 근대화되어 버린 자본의 디아스포라의 결과이자 원인"인 신자유주의는 상징적 · 문화적으로만 고향을 상정하고 개인적 자본과 그것을 움직일 정치권력을 이용하고는 세계로 떠나버린다. 이들의 무대는 세계이며, 이들은 귀향을 거부한다. 그러므로 "실제 고향은 단지 디아스포라인 것이다."(신항식, 「신자유주의와 자본디아스포라의 역사」, 『비교문화연구』 12-2, 비교문학회, 2008, 260-261면 참조) 디아스포라라고 하면서도, 기업들은 개인의 권리를 훨씬 능가하는 권리를 부여받는다. WTO의 규율 아래 기업들은 소위 "내국인 대우"의 권리를 그 나라에서 요구한다. 살과 피를 가진 자연인은 누리지 못하는 권리도 기업, 즉 "불멸의 사람"들은 누릴 수 있다. 촘스키, 같은 책, 332면.

배제하는 경계'에 무심한 채로는 국가 무의식의 지배적 권위를 다시 확인하는 것일 뿐이라는 본고의 입장은 이에 동의하기 때문이다. 이 자세를 견지하는 것은 틀림없이 의미 있는 일이지만, 고전문학을 연구하는 입장에서 볼 때 탈근대의 이론은 근대에서 시기적으로 먼 시점에는 적용되기 어려운 것이 사실이다. 근대의 여러 모순들로부터 발전된 탈근대의 이론은 근대적 관점이 아직 싹도 보이지 않은 시대의 논의에 시사점을 던져주기 어려운 경우가 많다. 대안적 근대성론의 관점이 좀 더 의미 있는 것은 이 부분이다.

3.4. 대안적 근대성론의 관점에서 본 국경

기존 근대 논의가 집중했던 '유럽'이라는 문명소의 중심과 근원을 제거한 후의 각 국가는 모두 자신의 근원을 갖는다는 대안적 근대성론의 관점은 우리의 관심을 끌기에 충분하다. 사실, 이것이 '내재적 발전론'이므로 대안적 근대성론은 내재적 발전론을 다시 정립하는 것이다. 근대를 자신이 가진 "세계성을 전면적으로 실현한 시기"라고 정의할 때,[48] 각 나라는 세계성의 근원을 각자 정의하고, 자기의 나라에서 그것을 찾아보기 시작하는 것이다. 대안적 근대성론의 입장에 선 국경 논의, 국가 논의의 핵심은 민족국가를 근대의 규범으로 삼는 대신 국가를 다양한 유형으로 분류하고 그 밖의 다양한 대안적 국가형태들을 연구하는 논의들을 진전시키는 것이며, 또 정치행위와 사회구조 간의 긴장관계를 다각도로 조명함으로써 근대국가상을 가설적으로나마 세우는 것이다.[49] 이 관심의 연구들을 문학연구에서도 주목할 필요가 있다.

조선 후기의 최한기崔漢綺(1803-1879)는 "동아시아의 전통적 사유를 나름대로 갱신하는 한편, 서양을 참조하면서 새로운 세계구상을 마련해 간" 학

48) 김상준, 같은 글, 249면.
49) 전진성, 『역사가 기억을 말하다』, 휴머니스트, 2005, 94-97면 참조.

자로 평가된다.[50] 그는 '사해동포'와 '대동大同'을 핵심으로 하여 '화호和好'를 주장하였다. 이 '화호'가 칸트가 말한 "한 이방인이 낯선 땅에 도착했을 때 적으로 간주되지 않을 권리"를 말하는 '우호Hospitalität'라는 개념과 대비될 수 있다고 본 것은 국경을 주제로 삼는 본고의 관점에서 중요하다. 더구나 최한기가 국가가 갖는 이미지를 국제관계 속에서 문제 삼음으로써 "국가를 하나의 독립된 개별적 인격체"로 인식했을 가능성을 지적한 점은 대안적 근대의 관점에서 주목해야 한다. 국제 정치나 국내 정치 모두에서 그가 주장한 평화주의 사상의 정치적 관용과 '조민유화兆民有和'(백성에게는 평화가 있어야 한다)로써 세계시민적 덕목으로 삼는 사상은 칸트와는 또 다른 의의, 즉 '비서구문명의 비서구국가에서' 진지하게 거론된 세계평화론이라는 점에서 더욱 주목할 가치가 있다는 지적은 타당하다. 그의 견해의 한계가 '순진함과 거침'에 있다고 할지라도, 또 아직 국민, 국민국가, 국가주권 등에 대한 명확한 개념적 파악은 없었다고 하더라도[51] 그의 기학氣學을 통해 우리가 조선의 근대의 원근대성을 추구할 수 있는 것은 다행이다.

한편, 조선의 상황 변화를 면밀히 검토하여 우리의 입장에서 필요했던 태도들의 특성을 분석하는 연구들도 대안적 근대성을 탐구하는 시각의 일환이다. "중화이념적 개념인 중화, 정치군사적 상황의 산물인 사대, 때로는 경제적 필요의 산물인 조공을 구분하지 않고 일원적으로 파악하면 동아시아 역사 형성의 다양한 요소를 간과할 수 있다."[52]고 경계하는 입장도 다름 아닌 대안적 근대성 연구의 출발이다. 이들의 결론은 책봉과 조공의 관계를 비억압적이고 비착취적인 상호적 안보레짐의 한 형태로 보는 것이다. 다만 "한반도인들은 자신의 위치를 이데올로기적으로 고착, 유연한 현실감각을

50) 박희병, 『운화와 근대』, 돌베개, 2003, 24면.
51) 박희병, 같은 책, 100-102면 및 129면 참조.
52) 정용화, 「주변에서 본 조공체제 : 조선의 조공체제 인식과 활용」, 백영서 외, 『동아시아의 지역 질서 : 제국을 넘어 공동체로』, 창작과비평사, 2005, 79-80면.

획득하지 못한 것"[53]이 문제였다는 지적이다.

그러나 역사적 사실은 이보다 심각하기에 문제이다. 조선은 명에 대한 전쟁에도 청의 요청으로 징발되어야 했으며 부당한 물자 조달과 외교적 수모를 감당해야 했음은 『심양장계』[54]에 역력히 나타나 있다. 또, 청일전쟁 전후의 사정을 봐도 맞는 이야기는 아니다. 커져 가는 일본의 야욕 앞에 청은 노골적으로 기득권을 주장하며 조선의 이익을 무시하였다. 그러나 이 안보레짐으로 보는 견해는 "근대 국제법적 개념에서의 주권이나 독립권의 개념은 전통적 동아시아 질서에서 조공책봉관계를 주권인가 아닌가를 판단할 분명한 기준을 제공하지는 못한다. 국가 정치외교적 규범으로서 존재한 것이며 그만큼 동아시아 세계의 고유한 창안이다."라는 입장이다. 이것은 오늘날 우리 입지를 생각하는 견강부회에서 나온 것이 아니라, 현대에 이르기까지 세계사에 존재한 국제질서의 양태들 중 이러한 질서가 어디에 속하는가 하는 개념지도들 위에서 나온 것이라는 데서 일단 의의를 생각할 수 있다.[55]

정치학계에서 주로 논의되는 이 시각은 현대의 위기를 해석하는 데 보다 정확한 시점을 제공한다는 이점이 있다고 여겨져 최근 많이 연구되고 있다. 그러나 앞서 <3.1. 국민국가의 형성과 잃어버린 국경>에서 지적했듯이, 이는 열강의 압력 속에서 조선이 다른 나라들에 청과의 관계를 규명할 때 취했던 입장과 같다. 그러나 그 식민지-피식민지 시기에 이런 해명이 어떤 나라에 받아들여지거나 거부되는 것은 각국의 이익에 따라 달랐을 뿐이다. 그 시기의 세계에는 위계질서 혹은 대등한 관계 외에는 없었기 때문이다. 여전히 세계는 식민주의의 욕망에 있음은 분명하나, 이런 새로운 관점들은 과거의 교훈을 통해 이제 우리는 제3세계 전반의 문제로 한국의 안보를 생각해

53) 이삼성, 『동아시아의 전쟁과 평화』 1, 한길사, 2009, 209면.
54) 소현세자 시강원, 정하영 등 역, 『심양장계』, 창비, 2008.
55) 이삼성, 같은 책, 162면.

야 함을 주장한다.

조선조의 파병에 관한 한 연구도 같은 관심과 같은 결론을 내린다. 조선이 파병을 요청받고 국익의 차원에서 고민했던 경우들과 사대이데올로기 고착으로 합리적 결론을 내리지 못했던 과거를 역사적 전개로부터 도출해 내는 이 연구는[56] 오늘의 우리 고민과 다르지 않기 때문에 그 논의가 주목된다.

4. 결론

이상에서 본고는 1712년 국경의 획정을 살펴보고, 이로부터 백여 년 후 외세 속에서 진행되는 국민국가의 형성 과정에서 국경을 지킬 수 없었던 우리의 역사적 근대를 정리하였으며, 탈근대성이론을 포함한 성찰적 근대성 이론의 논의들을 원용하여 근대의 국경의 의미를 살펴보았다. 마지막으로 대안적 근대성 이론과 관계있는 우리의 연구들을 거칠게나마 소개하였다. 북쪽의 국경에 관심을 갖고 그 시간과 공간을 반추해보는 것은, 우리의 현실적 국경이 분단에 가로막혀 우리의 상상력마저 제한해왔다는 것을 새삼 깨닫게 했다는 점에서, 이 분야의 앞으로의 연구에 대한 의미를 보여주는 의의가 있다고 할 것이다.

그 결과, 앞으로는 '사이-속'의 존재로서의 조선의 현실이 더욱 연구되어야 하며, 그 와중에서 구체적으로 모색했던 다양한 국가의 양상과 역할이 다각적인 연구를 통해서 드러나야 한다는 것을 국가 논의와 국경 논의의 과제로 갖게 되었다. 또한 그러기 위해서는 '근대'라는 용어의 우월적 지위에 매몰되지 않는 시각을 가져야 함을 알게 되었다.

이 결론에 이르는 과정이 필자에게는 '성속의 전도'에 맞먹는 무게로 느

56) 계승범, 『조선 시대 해외파병과 한중 관계』, 푸른역사, 2009 참조.

껴졌다. 국경에 대한 논의를 공부하는 것은 스스로의 근대성의 뿌리가 얼마나 깊은가를 계속 들여다보게 되는 과정이었으며, 그 자체가 작은 성과였다고 할 수 있다. "비평가와 작품 모두가 문화 내에서의 그들의 위치와 관련하여 이해될 필요가 있다. 어떠한 해석 행위도 먼저 그 스스로를 위치시켜야만 하며, 그렇게 함으로써 해석자에 대한 한계와 가능성을 깊이 생각하여야 한다."는 점을 연구자가 가져야 할 '필수적인 자의식'이라고 한 말이[57] 새삼 큰 의미로 다가오는 시간이었다.

근대의 문화정치적 헤게모니와 그 일차적 근대성은 과연 정리되었는가? 근대의 모순에 의해 외풍에 시달리며, 통일을 아직 이루지 못한 우리 현대사와 현실을 직시하면, 이런 관점에 앞서 근대로의 과정과 동조, 또 그에 대한 저항 의지 등, 근대가 남긴 과제를 더 정확히 정리하는 것이 급선무이지는 않은가? 라는 생각을 내내 떨치기 어려웠던 것이다. 역사는 자꾸 잊혀가고, 과거의 대안은 현재에 지도적 지위를 차지했다가 어느 새 또 다른 것이 주류가 된다. 그 과정에서 과거의 실수들은 묻혀버리기에, 대안적 근대성을 탐구하는 분산적 연구만으로는 과거를 통해 현재를 반성할 기회를 갖기 어렵다는 우려가 떨쳐지지 않는 것이다. 제3세계는 근대와 탈근대를 동시에 극복해야 한다는 현실 위에서 근대국가에 다가가는 19세기 조선에 우리의 국경을 없애려는 세계의 폭압을 바라보면서 혹은 연구하면서 자꾸 힘의 논리에 매몰되려는 자신을 보는 것이다.

필자가 느끼는 이런 불안을 호미 바바는 특히 경계하여, "국가의 근대적 영토성의 격세유전적 전환"이라 하였다. 지역성의 이중적인 것의 재현은 쉽게 포착되지 않을 수 있다. '유령 같은 것', '부유하는 것'이기 때문이다. '확실성의 붕괴라는 참을 수 없는 고통' 때문에 이 희미함을 '역사적으로' 극복하려는 담론, 이데올로기적 치환은 자꾸 반복된다. 즉, "국가의 근대적 영

57) 셀던 외, 같은 책, 293면.

토성은 격세유전적으로 낡은 전통주의의 시간성으로 전환된다."[58] 그럼으로써 '국가'에 대해서 가지는 국민의 무의식이 강화된다는 것이다. 모든 연구자가 탈근대와 대안적 근대로 방향을 돌렸을 때도 근대성은 다시 일어날 수 있기 때문이다.

이와 함께, "근대성은 언제나 일시적이지만 끊임없이 확장되는 회복을 위한 변명을 가지고 있다."[59]는 말 역시 새삼스러운 의미로 다가온다. 호미 바바가 사회적으로 재귀되는 근대성을 지적하고 있다면, 울리히 벡의 이 말에서는 연구자 자신 속에 있는 근대성이 떠오른다. 그러므로 필자의 불안은 극복되어야 한다는 것이다. 이것이 근대의 관점에서 근대를 다시금 성찰해야 하는 것 역시 계속해야 하는 이유이다.

이런 자각 위에서 대안적 근대성론의 과제와 의미를 다시 확인해본다. 대안적 근대성의 연구 과제는 우리의 원근대성을 찾아내는 노력과 함께, 이것이 역사적 근대로 이어지지 않은 현상을 고찰하고, 한편으로는 이것이 힘의 논리에 귀착되지 않는 방향으로 뿌리내리도록 애썼던 그간의 노력들을 함께 찾아내는 것이다. 또한 적절한 시기에 이 원근대성이 우리 현실에서 긍정적인 의미로 실현될 수 있도록 가다듬는 것을 포함한다. 이 과제들을 수행하기 위해서는 끊임없는 자기비판이 필요하지만, 이것이 스스로를 무력하게 만들지 않도록 힘쓰는 동시에, 우리 안의 근대적 국경을 애써 극복하고자 하는 노력 또한 함께 해야 할 것이다. 대안적 근대성론으로써 꿈꾸는 미래의 국가상은 지금 우리 눈앞에서 벌어지는 아직 근대 그대로인 정치적 양상들을 이에 비추어 전혀 다른 차원에서 해석하고 해결하도록 이끄는 새로운 시야를 열어줄 것으로 기대한다.

58) 바바, 같은 책, 294면.
59) 벡, 같은 책, 24면.

제2부

변새 · 경계

제1장 문화지리학으로 국경에 관한 시조 읽기

1. 서론

중세의 국경은 경계, 변경이라는 용어로 말해졌다. 본고에서는 변경을 배경 또는 대상으로 하여 지어진 시조를 문화지리학적 입장에서 분석하여 변경문학에 대한 문학연구의 전망을 살펴보고자 한다. 변경이라는 장소에 대한 어떤 '장소감'을 누가, 왜 시조에 드러내었는지를 고찰하는 것이다. 본서의 서론에서 고찰한 대로 국경지대를 말하는 '변경'과 유의어인 '변새'란 용어는 동일 범주를 가리키므로, 1부에서 소개한 방법론과 변새시조에 대한 논의들은 본고의 진행에 유용하다.

최경진의 변새시조 정의를 다시 인용하면, 첫째, 변새邊塞의 풍경과 전쟁으로 인한 특수한 인간 문제를 다룬 작품, 둘째, 시의 풍격이 분방하고 웅건하며 기상이 높은 무인武人의 작품, 셋째, 변새에 남편을 보내놓고 노심초사하는 여인의 사상·감정을 노래하거나, 반대로 변새에서 느껴지는 상사의 정을 노래한 작품, 넷째, 국토 수호에 대한 애국적인 감정이 강하게 드러나는 작품으로 분류할 수 있다.[1] 그 외 변새시조에 대한 그간의 연구에 대해

---

1) 최경진, 「변새시의 연원과 발전」, 『중국학』 9, 대한중국학회, 1994.

서는 앞에서 요약한 바 있으므로 재론을 줄이고, 본고에서는 작품 분석의 실제를 보이고자 한다.

시조에 드러난 변경을 논하기 위해서는 그 지리적 배경이 핵심이 된다. 변경에 대한 장소감이 연구대상이므로 우선 변새시조에 지명이 드러났는지를 구분하고, 그곳이 동북 혹은 서북인지를 구분하여 시조에 드러난 감정의 구체적 내용을 파악하고자 한다. 다음으로 작자가 부방赴防의 임무를 띤, 즉 변경지대에 파견되어 변방을 맡고 방위 임무를 맡은 무인 혹은 관인인지, 혹은 유배자인지, 아니면 관람자 혹은 거주자인지를 구분할 필요가 있다. 변방은 중앙으로부터 멀리 떨어진 곳이므로 '유삼천리流三千里'에 해당하는 유배지였다. 그러므로 이곳에 유배 온 중앙의 실력자였던 인물들의 상실감은 시조의 기본적인 내용이며 자성自省 혹은 왕에 대한 충성 표현 등의 내용도 공통적이어서 관습적이라 느껴질 정도이나 때로는 진지한 현실 발언도 있다.

이런 의미들을 구분하기 위해서는 그 함의를 정확히 밝힐 필요가 있다. 한시 작품의 의미를 온전하게 파악하기 위해서는 시어에 사용된 용사用事를 밝히는 데서 출발해야 하는 것처럼, 시조에도 배경이 된 사건과 상황을 제대로 파악하는 것은 필수적이다. 한시의 용사는 당대의 교양 범위에서는 당연히 소통되는 것이고 오늘날에도, 과거만큼은 아니라 할지라도, 한시를 감상하고자 하는 사람은 그 전거典據를 찾아서 이해하고자 한다. 반면, 시조 속에 함축된 시·공간은 한문이 아닌 한글로 서사의 전거를 구성하고 있을 수도 있는데도, 우리말이므로 심상하게만 치부하고 말 수도 있다. 이런 독법으로 읽은 시조에서의 장소감은 상투적이거나 피상적으로 보이는 데 그칠 수 있다. 내포된 의미가 제대로 전달되지 않는 것이다. 이를 극복하고 작품 이해에 유익한 맥락을 풍부하게 제공할 수 있는 것이 작품의 발생에 얽힌 부대설화이다. 물론 설화의 근거가 부정확하다는 위험부담은 있지만, 여기에서 얻을 수 있는 화자와 청자, 장소와 시간에 대한 정보를 통해 연구자는 작품을 이해할 문제의식과 문화지리적 정보를 가질 수 있다. 또 수용 과정에서 생겨나는 많은 이형versions은 한 작품에 대한 적층된 의미를 맛볼 수 있어 3행시에 담겨 있는 다양한 상상력의 부피를 엿보게 할 수 있다. 이를 활용하여 작자 및 수용자가 느끼는 공간에 대한 감정의 적층적인 의미까지 고려해보는 것이다.

이처럼 문화지리학으로 작품을 읽는 것은 작품의 배경을 보다 세심하게 작품 이해에 활용하는 것이다. 그러나 이를 작품 평가의 기준으로 삼는 것은 아니므로 신비평에서 경계하는 발생의 오류에 빠질 우려는 없다. 문화지리학이 제공하는 시조 작품의 공간에 대한 정확한 정보들은 화자의 발화 상황과 정서가 문화지리적 맥락 속에서 보다 구체적으로 이해되도록 돕는 것이다.

다음에서 변경시조로 규정되는 시조 몇 편에 대한 문화지리학적 읽기의 예를 살펴보고자 한다. 시조의 의미를 제대로 읽어 '○○을 소재로 한 시조' 등으로 소재에 의한 유형분류에 그치는 논의를 지양하고, '정체성의 장소, 관계의 장소, 역사의 장소'[2]에 대한 의미가 동일한 것이기를 구성원에게 바라는 곳인 변경과 경계에 작자는 어떤 의미를 부여하였는지를 살펴보고자 한다. 대상 시조는 조선 초기의 작품으로 한정하였다.

2. 시조에 나타난 분계分界의 존재

1712년 조·청 간에 경계를 긋게 된 사건을 소재로 해 '국경의 존재' 그 자체를 문제 삼은 시조가 『역대시조전서』에 전한다.[3]

---

2) 마르크 오제, 이상길·이윤영 역, 『비장소』, 아카넷, 2017, 69면.

3) 작품 인용은 심재완 편, 『교주 역대시조전서』(세종문화사, 1972)의 것을 따랐으며, ( ) 안에 한자의 독음, 또는 한자, 혹은 다른 원전의 표기를 부기하였다. 원전 정보는 '『교주 역대시조전서』 수록 번호, 작자, 창조(唱調), 『원전』 번호'이다. 이후에서 『교주 역대시조전서』는 『전서』로 표시하며, 그 외 다른 책에서 시조를 인용한 경우는 게재서를 밝혀둔다.

백두산 나린 물이 鴨綠江(압록강)이 되얏도다
크고 큰 천지에 分界(분계)는 무삼 닐고
슬푸다 요동 옛ᄯᅡ흘 뉘라셔 ᄎᆞ질소냐 (1176, 강응환姜膺煥, 『물기재집勿欺齋集』)

여기서 화자는 우리의 것이었던 '요동 옛 땅'을 빼앗겼다고 인식하고 있다. 작자 강응환姜膺煥(1735-1795)은 문장세가文章世家 출신이나 위로 삼대에는 과거출신자나 입사자入仕者가 없었다. 그는 일찍이 무반을 지향해, 가사 <무호가武豪歌>를 지었으며 36세에 무과에 합격 후, 40세(1774) 때 처음 군관으로 임명됐다. 44세 때 내직으로 들어온 다음 해 칠원수령이 된 후에는 목민관과 무반을 계속 수행한 이력을 보여준다. 그의 임지는 호남과 영남으로 주로 남쪽이었으나, 1788년 함경도 고령진高嶺鎭 첨사로 부임하였고 3년 뒤에는 평안도 창성에도 부임하였다.[4] 그는 <청북변성도淸北邊城圖>와 <고려중요처도高麗重要處圖>라는 두 폭의 지도를 제작하여 남겼다. 전자는 청천강 이북 청북지역의 의주에서 강계에 이르는 군사시설을 그린 지도이며, 후자는 동해안 영해에서 하동에 이르는 영남의 해안지역을 그린 것이다. 둘 다 관방지도로 분류되는데, 그 제작에는 17세기 후반부터 시작되어 각종 지도가 다양하게 제작된 18세기의 사회적 분위기가 배경이 되었고,[5] 56세 때 창성昌城도호부사와 58세 때 경상좌도수군절도사를 지낸 이력은 직접적인 계기가 되었다.

이 시조의 제목은 <창성회고가昌城懷古歌>로, 창성도호부사로 <청북변성도>를 제작한 경험이 분계分界를 정확히 명기明記한 시조를 쓰게 한 것이다. 그가 '요동옛땅'을 탄식한 것은 중장에 분계에 대한 불만이 나타나 있으므로 청에 대한 불만과 반청숭명反淸崇明을 표현한 것이라고 볼 수 있겠지만,[6]

4) 백순철, 「강응환과 그의 <무호가> 소고」, 『어문논집』 39, 안암어문학회, 1999, 222-247면 참조.

5) 본서 2부 3장 <북새곡>, 주45 참조.

6) 김유경, 「18세기 후반 물기재 강응환의 관방지도 제작에 관한 연구」, 성신여자대학교 석사

사실 조선이 청에 의해 요동을 빼앗긴 것은 아니기 때문에 무조건적인 반청사상이라면 몰라도, 구체적인 연관은 찾기 어렵다. 이보다는 유득공의 『발해고』(1784) 등 당대에 관심이 높았던 발해, 요동에 대한 관심, 동국 역사 연구의 영향 때문으로 볼 수 있다. 그는 '분계'를 분명한 역사적 사건으로 인식했고, 이해가 부딪치는 관계의 장소로 느끼고 있었다.

강응환의 위의 시조는 변경을 단어로 정확히 드러내고 있기 때문에 명확하게 변경시조로 분류된다. 여기에 1712년 분계가 그어진 사실과 그의 무반으로서의 이력과 지도제작의 이력을 활용해 그의 탄식의 의미를 좀 더 정확하게 파악할 수 있었다.

같은 방법으로 남이장군의 시조를 심층적으로 분석해보고자 한다.

3. 조선 초기 변경시조에 나타난 호기豪氣의 내용

A 赤土馬(적토마) 술지게 먹여 豆滿江(두만강)에 싯겨 세고
龍泉劍(용천검) 드는 칼을 션뜻 쎄쳐 두러메고
丈夫(장부)의 立身揚名(입신양명)을 試驗(시험)헐ㄱ가 ᄒᆞ노라
(2572, 남이, 우삼삭대엽, 『가곡원류』 143)

B 장검을 싸혀들고 白頭山(백두산)에 올라보니
大明天地(대명천지)에 腥塵(성진)이 줌겨셰라
언제나 南北風塵(남북풍진)을 헤쳐볼고 ᄒᆞ노라
(2498, 남이, 『진본청구영언』 265)

C 烏騅馬(오추마) 우는곳에 七尺長劍(칠척장검) 빗겻는듸
百二函關(백이함관)이 뉘 ᄯᅡ이 되단말고
鴻門宴(홍문연) 三擧不應(삼거불응)을 못니 슬허 ᄒᆞ노라
(2089, 남이, 이수대엽, 『병와가곡집』 61)

학위논문, 2009, 15-29면 참조.

시조 A, B, C 세 편은 남이장군의 작으로 전해진다. 남이南怡(1441-1468)는 태종의 외손으로 이시애의 난에 공을 세우고 변방을 지키는 데도 큰 역할을 했으나, 유자광의 모함으로 죽음에 처해진 인물이다. 남이장군의 이력을 생각하지 않더라도 시조 A, B에는 조선의 동북 변방이 나타나 있어 변경시조임을 쉽게 알 수 있다. 그러나 시조 C를 변경시조로 보려면 좀 더 고찰해야 한다.

시조 C에는 항우·유방의 결전과 항우의 패배를 말하는 '홍문연鴻門宴'[7] 고사가 인용되어 있어 이 시의 내용은 한의 유방과 초의 항우가 천하를 두고 싸운 역사임을 알 수 있다. 초·중장은 항우가 수세에 몰려 해하성垓下城에서 사면초가四面楚歌 당하며 결국 천하는 유방에게로 돌아간 사건을 전한다. 종장은 항우가 유방을 제거할 기회였던 홍문의 연회에서 유방을 놓친 사건을 말하며, 기회를 놓친 것이 결국 패인敗因이 되었음을 탄식한 것이다. 이 고사에 해당하는 함관은 중국 하남성河南省 영보현靈寶縣에 위치한 곳으로, 함곡관函谷關, 혹은 함곡새函谷塞라고도 한다. '함관을 지나면 강남'이라 하듯, '중원中原에서 관중關中으로 통하는 관문關門'을 말한다.[8] 지세가 매우 험준해 '백이산하百二山河로 불리기도 했다는 곳이다.[9] 진秦의 땅이던 그곳에서 초와 한이 접전했으나 결국은 한漢의 땅이 되었다. 그러니 '칠척장검을 빗겨찬' 무인인 항우가 이 시의 화자요, 함곡관을 통과해야만 들어가 차지할 수 있는 중원을 놓친 아쉬움이 드러난 시이다.

『역대시조전서』에 의하면 시조 C의 이형이 몇 개 존재한다. 종장을 "팔천제자를 언의ᄂᆞᄎᆞ로 볼연요(『해동가요 일석본』)"(C-1)라고 한 시조 C-1은 전투에 동원된 수많은 병사를 잃은 패장敗將이며 망국亡國의 왕인 항우의 책임

7) 중국 진(秦) 나라 말에 섬서성(陝西省)의 홍문(鴻門)에서 열린 항우(項羽)와 유방(劉邦)의 연회. 항우의 모신(謀臣)인 범증(范增)의 계략으로 유방은 죽을 위기에 처했으나, 번쾌(樊噲)와 장량(張良)의 도움으로 위기를 벗어남.
8) [한국고전종합DB] 고전용어시소러스, <함곡> 참조.
9) 『일석본 해동가요』에는 "백이산하"로 되어 있다.

을 보다 강조한 점이 다르다. 항우는 오강烏江까지 탈출했으나, 팔천 병사를 다 죽여 다시 돌아갈 면목이 없음을 깨닫고 자결하였다.

한편, 시조 C-2는 관련 고사의 한문구, 혹은 삼국지 구문을 그대로 사용했다.

> C-2 오추마(烏騅馬) 우ᄂᆞᆫ 고데 칠척장검 빗ᄂᆞ거다
> ᄌᆞ방(子房)은 결승철리(決勝千里)ᄒᆞ고 한신(韓信)은 전필승공필취(戰必勝功必取)라
> 항우(項羽)ᄂᆞᆫ 일범증부릉용(一范增不能用)ᄒᆞ니 잇기ᄂᆞᆫ덧(ᄋᆡᄉᆞᆺᄂᆞᆫ듯)
> (2090, 무명씨, 『지씨본 시조』 3)

이처럼 잘 알려진 역사적 사건, 시구, 경전 구절의 한문에 현토하여 시조 구문으로 삼는 유형은 조선 후기 시조에 유행하였다. 그 경우 한문현토가 한글의 전부인 경우도 있어 성의 없는 시작詩作으로 평가되는 경우도 적지 않다. 그래도 시조 C-2는 남이의 시조를 활용한 초장에서 '빗겻ᄂᆞᆫ듸'를 '빗ᄂᆞ거다'로 바꿨다. 이 변화는 초·한의 접전 현장을 묘사한 듯, 칼을 정지한 것으로가 아닌, 번뜩이며 빛나고 있는 것으로 그리기 위한 것이었다는 해석이 가능하다. 작은 변화지만, 전하려고 하는 시조의 내용에 맞춘 변형이라 할 만하다. 어쨌든 C군群 세 시조는 서사를 전달하는 외에 조금씩은 다르나 모두 항우의 속마음을 보여주고자 하였다.

그러나 위의 내용을 보아도 C군의 시조를 우리나라 변경시조로 볼 이유, 즉 이들과 우리나라 변경을 연결할 수 있는 요소는 아직 명확하지 않다. 작자가 남이장군이므로 전장을 연결할 수는 있다고 해도 조선 초기의 상황과 항우 패배의 고사는 그다지 어울리지 않는다. 이 둘이 연결되기 위해서는 문화지리적 지식이 필요하다.

승리의 기회가 있었으나 때를 놓쳐 지금의 상태에 이른 것, 즉 "百二函關이 뉘 ᄯᅡ이 되단말고"라고 변새에서 탄식한다면, 그 이유는 잃어버린 '백이

함관'의 영토일 것이다.

이 시조를 남이의 탄식으로 본다면 이 내용은 많은 땅을 잃은 장수의 후회로 해석될 것인데, 조선이 잃어버린 땅은 어디일까? 하는 것이 문제이다.

남이는 1467년 이시애의 난 진압과, 또 같은 해에 명나라의 요청으로 출정한 건주위 여진 정벌, 두 출정에 공을 세웠다.

함곡관函谷關・함관函關・함관령函關領은 함관령咸關領과 통용되고,10) 이 함관령咸關領은 '함길도(함경도) 함주咸州와 홍원洪原 경계에 있는 고개 이름'으로 고려 공민왕恭愍王 때 이성계李成桂가 원나라 군대를 무찌른 곳'11)이다. 이 시조를 해석해온 글들에서는 함관을 '우리나라 북쪽 끝'이라고 보거나, 다른 한시의 용례처럼 '함경도로 넘어가는 성문'이라고 보기도 한다.12) 이렇

---

10) 이시애의 난을 평정하는 데 부총사로 참여한 조석문(曺錫文, 1413-1477)의 묘비명에는 '函關'을 함홍으로 사용했다. 삼탄(三灘) 이승소(李承召), <창녕부원군 충간공의 묘비명 병서(昌寧府院君忠簡公墓碑銘 幷序)>, 이승소, 『삼탄집』 권13, 「비갈」.

11) [한국고전종합DB], 고전용어시소러스, <함관> 참조.

12) 이시애의 난 진압에 조석문은 부사로, 남이는 대장으로 참여했다. 위의 삼탄의 글 중 남이와 관계된 내용을 소개하면, "정해년(1467) 여름에 길주(吉州) 사람 이시애(李施愛)가 동생인 이시합(李施合)과 더불어 여러 불령(不逞)한 무리들을 선동하고 꾀어 절도사를 살해하고는 군사를 일으켜 반란을 도모하였다. 그 당파(黨派) 사람들에게 쪽지를 보내어 사주하여 영흥(永興) 이북의 목사와 수령들을 모두 죽였으며, 드디어는 감사까지 죽이고 경사(京師)가 거짓으로 공문을 보내었다.
그러자 상께서 구성군(龜城君) 이준(李浚)을 병마도총사로 삼고 공을 부사로 삼은 다음 제도(諸道)의 군사를 거느리고 가서 정벌하게 하였으며, 진북장군(鎭北將軍) 강순(康純)과 평로장군(平虜將軍) 박중선(朴仲善) 등을 모두 절도사의 직에 제수하였다. 대군이 진군하여 북청(北靑)에 주둔하였다. 이시애가 한밤중에 철기(鐵騎)들을 거느리고 바짝 다가오자 장사(將士)들이 모두 결사적으로 싸웠다. 이에 적이 패하여 이성(利城)으로 돌아갔다. 공은 적들이 몰래 군사를 보내어 빈틈을 타고 쳐들어올 것을 염려하여 장사들을 나누어 보내 요해처를 먼저 지키게 하였다. 그러자 적들이 사나운 장수로 하여금 다른 길을 경유하여 함흥(咸興)을 습격하려고 하다가 관군에게 막혀 진격하지 못하였다.
또, 적들이 보낸 간첩을 잡아 그들의 허실을 모두 알아낸 다음 북을 치면서 진격해 함관령(函關嶺)을 넘어가자, 적들이 멀리서 바라만 보고서도 모두 무너져 달아났다. 이에 이들을 추격해 이성(利城)에 이르러 거산역(居山驛)에서 크게 싸웠다. 적들이 지형이 험한 곳에 의거하여 저항하였는데, 우리 측 군사들이 용맹을 뽐내어 먼저 올라가자, 사면이 다 무너졌으므로 이시애가 도망쳐 길주로 돌아갔다. 이에 이시애 휘하의 군사들을 묶어서 군전(軍前)으로 보냈으며, 수급(首級)을 경사(京師)로 보내었다. 그러자 나머지 잔당들이 모두 평정되었다. 공이 장사들을 편성하고 군량을 조달하며 기

게 지명을 실제적인 것으로 볼 때 시조 C는 변경시조라기보다는 이시애의 난을 평정할 때 지은 시조라고 볼 여지가 더 많다. 그러나 '뉘 땅이 된단 말이냐'는, 아무리 탄식이라 하더라도, '막비왕토莫非王土'의 신념을 가지고 평란平亂에 나선 장수가 하는 말과는 거리가 멀다. 그러므로 백이함관은 우리 변경에 대한 상징적 단어로 보는 것이 더 맞다. 즉, 이 실지失地에 대한 탄식은 남이의 출정 중에서 건주위 토벌로 봐야 할 것이다.

이렇게 이 시조의 작자를 남이장군으로 보고, 초·한 고사와 그의 이력을 생각하면, '건주위 토벌이 조선의 영토를 넓힐 수 있는 기회였는데 이를 명에 주고 말았다는 한'을 토로한 것으로 해석된다.

지금까지 이 시조를 이렇게 해석한 경우는 없는 듯하다. 그러나 이렇게 해석한다면, 이 시조는 당시로 보면 상당한 위험부담을 안고 있는 내용이다. 젊은 장수 남이의 패기, 호기의 표현일 뿐 아니라, 세종의 국토경영이 그의 시대, 곧 세조의 시대에도 계속되어야 한다는 아픈 각성을 던져 세조의 시대 혹은 예종의 시대를 자극하는 것으로 볼 수 있는 것이다. 그것은 그의 죽음에 또 하나의 죄명이 추가될 꼬투리를 제공할 치명적인, 위험한 생각이기도 하다. 남이는 두 번의 공을 세우고 난 바로 다음 해 유자광의 모함으로 사형당했다. 유자광柳子光(1439-1512)은 남이가 지은 한시의 한 구 "男兒二十未平國"을 "男兒二十未得國"[13]으로 바꿔 전함으로써 그를 역적으

회에 임해 계책을 결정하면서 성패를 헤아린 것이 마치 촛불로 환히 밝히고 거북 껍데기로 점을 치는 것과 같았다. 그러므로 이준은 오직 공(조석문, 필자 주)이 계책을 지시하기만을 바랄 뿐이었다.

개선하고 돌아오자 상께서 무송군(茂松君) 윤자운(尹子雲)에게 명해 종재(宗宰)들과 더불어 교외로 나가 맞이하게 하고는 … 특별히 좌의정에 제수하고 정충출기포의적개공신(精忠出氣布義敵愾功臣)의 호를 하사하였다. 얼마 뒤에 영의정으로 승진되었다.

무자년(1468, 세조14) 7월에 파직되었다. 9월에 세조께서 승하하고 예종(睿宗)께서 즉위하였다. 무신(武臣) 남이(南怡) 등이 모역(謀逆)하였는데, 공은 상의 계책을 도와 이들을 주벌하였다. 그러자 정난익대공신(定難翊戴功臣)의 호를 하사하였다." 이승소(李承召), 같은 글 참조.

13) "白頭山石 磨刀盡이오 두만강수 飮馬無라/ 남아이십에 未平國이면 後世誰稱 대장부랴/ 아마도 이글 지은 자는 남이장군인가 ᄒᆞ노라"(1179, 『고대본 악부』 870)와 같은 시조는 남이장군

로 몰았다. 그런데 이 시조의 의미가 세조 13년의 조선이 명에 대결하지 않음을 탄식한 내용이라면, 그의 죄명은 하나 더 추가될 정도이다. 남이가 당대에 던진 또 다른 항거의 증거가 되는 셈이다.

이런 문제의식에 대해 명의 원병으로 전쟁에 나간 그가 어떻게 명에 대항하는 마음이 있었겠냐고 반문할 수 있지만, 그에 대한 해답은 조선 초기, 조선 북방의 여진을 두고 명과 조선이 줄다리기 한 상세한 상황을 안 연후에 결론 내려야 한다. 그러므로 이 질문은 "조선은 이미 명에 절대적으로 순종하기 시작했는가?"하는 물음과 같다. 이 문제를 알아보기 전에 첫째, 남이의 이력, 둘째, 남이의 다른 시조에 대한 고찰이 필요하다.

남이(1441-1468)는 태종의 딸인 정선공주貞善公主와 의산군宜山君 남휘南暉가 낳은 남빈南份의 아들이다. 세조世祖에게 남이南怡는 고종사촌의 아들인 셈이다.

남이는 1460년(세조 6) 20세에 무과(경진무거庚辰武擧)에 급제하여 관직에 올랐다. 계유정난癸酉靖難(1453)으로 왕위에 오른 세조가 훈신을 견제하려 구성군龜城君 이준李浚(1441-1479) 등 젊은 종친들을 중용한 분위기 또한 약관의 남이가 도약할 수 있었던 배경의 하나이다.

1467년(세조 13) 남이는 김용달金用達과 함께 포천抱川, 영평永平 일대 도적 떼의 토벌을 지휘했고, 그해 5월 이시애李施愛(?-1467)의 난이 일어나 이준이 도총사都摠使가 되어 이끈 토벌군에 군관으로 참여했다. 진북장군鎭北將軍 강순康純의 휘하에서 선봉장으로 활약하여 북청北青 전투에서 공을 세웠고, 그 일로 행부호군行副護軍이 되었으며 당상관으로 임명되었다. 8월 이시애의 난[14]을 평정한 후에는 행호군行護軍이 되어 종성鍾城에 주둔하며 온성穩城,

---

의 한시를 시조화한 것이다.

14) 이시애(李施愛)가 반역할 때에 치밀하게 자기편을 배치하고 기일을 정하여 거사하니, 함흥 이북 사람들이 하룻밤 사이에 장수와 관리들을 다 죽이고 호응하였다. 그가 가령 새로 일어난 날카로운 사기를 인하여 길게 몰아 재를 넘어왔다면 누가 방어할 수 있었겠는가. 시애가 이성(利城)에 이르러 현감의 아내를 차지하고는 미혹되어 환락에 빠져 남쪽으로 전진

경원慶源, 경흥慶興 등의 고을을 다스렸으며, 군공을 인정받아 적개공신敵愾功臣 1등으로 포상되었다.

세조는 이준을 28세에 영의정으로 임명하면서 동갑인 남이도 공조판서와 오위도총부 도총관의 지위를 겸하게 했다. 8월 그는 병조판서에 임명되었지만 한계희韓繼禧 등 대신들의 반대로 9월에 병조판서의 자리에서 물러나 다시 겸사복장이 되었으며, 조부와 마찬가지로 의산군宜山君으로 봉해졌다. 또한 1467년 중추부 동지사中樞府同知事가 되었다. 이어 10월에 명의 요동군遼東軍이 남만주 일대에 거주하는 건주여진을 토벌하기 위해 조선에 파병을 요청해오자 강순, 어유소魚有沼와 함께 윤필상尹弼商이 이끄는 북벌군에 참여하여 공을 세웠다. 그리고 그해 음력 12월, 27세의 나이로 공조판서가 되었으며, 겸사복장의 지위를 겸하였다.

1468년(세조 14) 음력 5월에 술에 취해 세조에게 이준을 편애한다고 실언하였다가 구금되었다. 다음날 풀려났지만 겸사복장의 지위에서 파직되었다. 세조가 승하하고 예종이 즉위하자 1468년(예종 즉위년) 10월 병조참지 유자광의 고변[15]으로 역모의 혐의를 받았고, 10월 27일에 강순, 변영수卞永壽, 변자의卞自義, 문효량文孝良 등과 함께 29세의 나이로 저자에서 거열형으로 처형되었다. 그의 어머니도 다음날 거열형으로 처형되었으며, 딸은 한명회韓明

할 마음이 없게 되자, 여러 사람들의 마음이 해이해져서 드디어 멸망하게 되었다고 한다. 한국고전번역원 역, 국역 『대동야승』, 김시양, 『부계기문』 참조.

15) 『예종실록』, 즉위년(1468)/10/24(경술). "유자광이 아뢰기를 … 남이가 어두움을 타서 신에게 와서 말하기를, '세조께서 우리들을 대접하는 것이 아들과 다름이 없었는데 이제 나라에 큰 상사(喪事)가 있어 인심이 위태롭고 의심스러우니, 아마도 간신이 작란(作亂)하면 우리들은 개죽음할 것이다. 마땅히 너와 더불어 충성을 다해 세조의 은혜를 갚아야 할 것이다.' … 오늘 저녁에 남이가 신의 집에 달려와서 말하기를, '혜성이 이제까지 없어지지 아니하는데, 너도 보았느냐?' 하기에 신이 보지 못하였다고 하니, 남이가 말하기를, '이제 천하(天河) 가운데에 있는데 광망(光芒)이 모두 희기 때문에 쉽게 볼 수 없다.' 하기에 신이 『강목(綱目)』을 가져와서 혜성이 나타난 곳을 헤쳐 보이니, 그 주(註)에 이르기를, '광망이 희면 장군이 반역하고 두 해에 큰 병란(兵亂)이 있다.'고 하였는데, 남이가 탄식하기를, '이것 역시 반드시 응(應)함이 있을 것이다.' 하고, 조금 오랜 뒤에 또 말하기를, '내가 거사(擧事)하고자 하는데….'"

澮의 노비가 되었으나 이듬해 남이의 장인, 즉 외조부인 권람의 공이 참작되어 사면되었다. 이 사건을 '남이의 옥獄'이라고 한다.

김시양金時讓(1581-1643)은 『부계기문涪溪記聞』에서, "예종은 그를 매우 꺼렸다. 어떤 사람이 그가 공주公主와 증烝하였다고(사통私通하였다고) 하여 하옥시키고, 이어 모반으로 다스려 죽였다. … 고변한 자와 추관推官은 다 녹훈되어 자손들이 그 이익을 누리고 있다. 그러나 남이가 죽임을 받은 일은 지금까지도 그 진위眞僞를 분변할 수 없다."는 말을 한 바 있다. 김시양은 병조판서에 올라 팔도도원수 등을 지냈으나, 광해군 때 종성에 유배되기도 했다. 이후 복귀하여 1623년 이괄의 난 때 도체찰사 이원익의 종사관이 되어 활약했던 사람이다. 『부계기문』은 부계, 즉 종성에서 들은 일을 기록한 것으로 그곳으로 유배되어 왔던 사람들의 이야기가 많다. 그가 비록 소문을 모아놓은 부분에 이 글을 실었다고 해도 그런 이야기가 있었던 사실은 알 수 있다.

이를 참조하여 다시 서두에 소개한 남이의 시조 A <적토마~>와 B <장검을~>을 살펴보자.

B 장검을 싸혀들고(빼어들고)[16] 白頭山(백두산)에 올라보니
大明天地(대명천지)에 腥塵(성진)이 잠겨셰라
언제나 南北風塵(남북풍진)을 헤쳐볼고 ᄒᆞ노라

시조 B는 백두산에서 강 건너를 바라보며 읊은 시조이다. 남다른 기상을 보여 <호기가豪氣歌>라는 부제로도 불리는 작품이다. 백두산에서 멀리 보이는 대명천지의 전운에 유감을 표하며 평화가 오기를 기대하는 내용이다.

단순하게 보면, '대명천지'는 환한 대낮이라는 뜻으로 '흐린 성진'과 대비되는 경관을 그린 것으로 해석할 수도 있지만, '성진腥塵'이 '유목하는 야만

---

16) 『가곡원류』, 『화원악보』에는 '씌여'이다.

족'을 가리키는 말이니, 이의 대구인 대명천지는 '명나라의 천지'라고 해석하는 게 맞다. 그 단어가 명나라를 의미하는 경우[17]가 더 일반적이고, 시조 1행 4음보로 볼 때, '대명 천지'가 더 적당한 것도 사실이다. 이렇게 볼 때, 명·청 교체기의 분위기를 많이 보여 그 시기의 작품이 아닌가 하는 의심도 있지만,[18] 전해지는 작자를 무시할 수는 없으므로 남이의 작으로 본다.

이 시조 B는 시기적으로 시조 C보다 앞선 것으로 볼 수 있다. 1467년 8월 이시애의 난을 평정하고 1467년 10월 여진 정벌에 출정하기 전에 그는 종성鍾城에 주둔하며 육진 지역을 다스렸다. 그 시절 그의 부임지 동북국경에서 강 건너를 바라보며 지었다고 보는 것이 어울린다. 여기서 남·북풍진의 '남'은 아직 이시애의 난이 지난 지 얼마 안 되었기 때문에 정리해야 할 남쪽의 여러 혼란(1467년 9월 함길도가 남·북으로 갈리는 등)을 말한다고 볼 수 있다. 한편 '북'의 혼란은 두만강 너머의 여진 문제로 본다.

그렇다면 백두산에서 건너다 볼 수 있는 강 저쪽은 명나라의 땅을 말하는가? 하는 의문이 생긴다. 문화지리적으로 보면, 그것은 당연하지 않은 생각이기 때문이다. 그곳은 여진족이 사는 공간이고, 동북 여진의 존재는 조선 건국 과정에 관계되는 중요한 문제였기 때문이다. 필자는 <용비어천가>를 통해 여진의 협력이 조선 건국에 도움이 되었음을 강조하는 조선 초기 건국공신과 세종의 관점을 드러내 보인 바 있다.[19] 먼저, 조선 초기 조선과 여진의 관계를 보여주는 시조 1수를 보여, 조선 초기 여진의 위상 및 조선

---

17) "용천검 삐여 들고 만리장성 즛바르니/ 旄頭星(모두성) 써러지고 胡天이 뷔거고야/ 아마도 대명일월을 다시 볼가 ᄒᆞ노라"(김성응(金聖應), 2172, 고대본 악부 113) 숙종~영조조 무신인 김성응의 이 시조는 명의 회복을 희망사항으로 하고 있다.

18) "언제나 聖主(성주)를 뫼(뵈)ᄋᆞᆸ고 太平聖代(태평성대)을"이라는 종장을 가진 시조 A의 다른 작품들이 『남훈태평가』, 『지씨본 시조』, 『이씨본 시여』 등에 시조창으로 남아있는데, 이들은 망국 명나라와 관계된 것이 분명하다. 이런 면에서 '대명천지'라는 용어를 존명(尊明)의식을 보이는 명·청 교체기 이후의 용어로 보는 게 너 맞다고 볼 수 있는 깃이다. 이 경우 '남북풍진'은 왜란과 호란으로 전운이 가시지 않는 조선의 모습을 묘사했다고 보아 무리가 없다.

19) 본서 3부 1장 <용비어천가>, 140-141면 참조.

과 그들의 관계를 설명하고자 한다. 이 시조 역시 문화지리학으로 접근하는 것이 작품 이해에 유용하다.

> 楚山(초산) 우는 虎(호)와 沛澤(패택)에 좀긴 龍(용)이
> 吐雲(토운) 生風(생풍)ᄒᆞ여 氣勢(기세)도 壯(장)ᄒᆞᆯ시고
> 秦(진)나라 외로온 ᄉᆞ슴은 갈 곳 몰나 ᄒᆞ더라
>
> (2941, 이지란, 『육당본청구영언』 43)

이 시조 작자 이지란李芝蘭(1331-1402)은 퉁두란佟豆蘭으로 알려졌으나 그의 본명은 쿠룬투란티무르古論豆蘭帖木兒이다. 여진인으로 북청에서 나서 아버지의 지위인 원나라의 천호千戶를 물려받았으며, 1356년(공민왕 5) 쌍성총관부 수복 이후 귀화해 북청에서 거주하며 이씨 성을 하사받았다. 1380년, 1385년 등 수 차례 이성계 휘하에서 왜구를 무찔러 공을 세웠다. 1388년 위화도회군에 참가해 회군일등공신이 되었으며, 1392년 명을 도와 건주위를 정벌한 공으로 명에 의해 청해백靑海伯에, 1392년 조선개국일등공신으로 태조 이성계에 의해 청해군靑海君에 봉해졌다. 1·2차 왕자의 난에도 역시 공을 세웠으며 태조의 양위와 함께 그도 물러났고, 태조의 묘정에 배향되었다.

이 시조는 초산의 범(항우)과 패택의 용(유방)이 '토운생풍'하는 기세를 초, 중장에서 보여준다. 그러나 종장에서는 갈 곳 모르는 외로운 사슴이 그려져 갑자기 '장한 기세'의 풍격을 낮추므로, 해석을 위해 사슴을 좀 더 고찰할 필요가 있을 것이다.[20)]

일단 초한의 영웅이 용호상박龍虎相搏하는 고사는 두 비등한 세력의 승부가 결정되는 변동의 시기를 대변하고 있다. 갈 곳을 잃은 약한 존재는 이 결정을 따라야 하는 수동적인 존재이다. 이 시조를 영사시詠史詩로 읽는 입

---

20) '사슴'은 왕권을 둘러싼 투쟁을 '축록(逐鹿)'이라고 표현한 『사기』, 「회음후열전」의 표현에 의거, '왕위'의 의미로 추론한 바 있다. 임주탁, 「이두란 시조의 맥락과 함의」, 『문학교육학』 52, 한국문학교육학회, 2016, 223-251면.

장에서는 이지란의 활동시기가 여말선초이니만큼, 이를 대표해 정몽주와 이성계가 서로 다투는 광경으로, 사슴은 망국 고려를 뜻해 건국 세력이 승리를 자축하는 내용으로 보았다.

그러나 다른 견해도 제기되었다. 임주탁은 이런 해석은 이 시조에 사용된 "천하인민이 세계 질서의 향방을 정하는" 용사의 스케일과는 거리가 있다고 보아, 시적 배경을 고려 내부의 것으로 보는 것에 반대하였다. 세계사적으로는 원·명 교체기니 만큼, 상호쟁박의 상황은 중원을 차지하기 위한 명과 원의 전투이며, 1369년 북원으로 쫓겨간 원나라 황제의 입장이 사슴이라고 했다. 결국 이 노래는 1370년 무렵의 원·명 상황을 노래해, 쌍성총관부의 '고려인도 아닌 여진인, 퉁두란'이 고려에 귀부하고자 하는 의사를 표명한 노래로 본 것이다.[21] 그러나 이 논지를 수긍한다 해도, 논자도 이두란의 문학적 능력에 어느 정도 회의를 표했듯이, 이런 광대한 뜻을 시조라는 장르에 담는 것이, 또 그런 의사를 시조를 통해 타진하는 것이 가능한가에 대한 문제는 남아있다.

본고는 위의 시조와 <용비어천가> 55장이 같은 고사를 내용으로 하고 있으므로, <용비어천가>를 참조할 때 더 자세한 설명을 할 수 있다고 보는 입장이다.

> 逐鹿未掎(축록미기)에 燕人(연인)이 向慕(향모)하여 梟騎(효기) 보내어 戰陣(전진)을 도우니
> 潛龍未飛(잠용미비)에 北人(북인)이 服事(복사)하여 弓劒(궁검)차고 좌우(左右)에 좇으니
> (사슴을 쫓았으나 아직 다리를 잡기 전에 연나라 사람들이 우러러 사모하여 멀리서 용맹스러운 기병을 보내어 싸움을 도왔네
> 물에 잠긴 용이 아직 날기 전에 북쪽 야인들이 섬겨 언제나 활과 칼을 차고 좌우에서 가까이 모셨네) (<용비어천가(이하 용가)> 55장)

---

21) 임주탁, 같은 글, 237-239면.

이에 대해 『용비어천가』 「주해」에는 "한 고조와 초나라는 모두 (삼황산 위) 광무廣武에 진을 쳤다. 북맥北貊 연인燕人이 용맹한 기병을 보내 한나라를 도왔다. 물에 잠긴 용이 아직 날지 않은 일은 위에(53장에) 있다."[22]고 했다. 용가 55장 선사・차사의 두 사건은 연인과 북쪽 야인이 영웅을 도운 일이다. 「주해」에서 참고하라고 한 용가 53장은 <용비어천가>가 강조하고 있는 태조 이성계를 만든 두 우연 중 하나인 태조와 북방 여진과의 관계를 자세히 드러낸 부분이다.[23] 53장의 선사에 나오는 '새외북적塞外北狄'으로 대표되는 북인(여진)의 도움이 건국에 절대적인 존재였음을 강조하는 것이며, 용가 55장은 북인의 이성계에 대한 신뢰가 오래되었음을 강조한 것이다.

위의 시조는 이 용가 55장이 시조화된 것이라고 생각해도 무방하다. 즉, 이 시조는 용사를 사용한 전형적인 시조이다. 다만 그 전거가 한문 고전이 아닌 <용비어천가>의 구문일 뿐이다. 용가를 활용한 시조가 많지 않은 듯하지만, 드문 것만은 아니다. 사실 함흥지역을 소재로 한 시조들은 대부분 용가의 내용을 시조화하고 있기 때문이다. 용가 55장은 선사의 한 고조를 돕는(사슴을 잡는) 연인처럼 북인이 차사에서 이성계(용)를 도왔으니 승리(사슴을 잡음)는 자명하다고 노래하고 있다. '승리자・경쟁자・조력자(북인)・사슴'으로 이루어지는 용가의 설정은 시조에서도 같다. 시조는 승리할 자격이 있는 두 영웅을 초장에서 말하고, 중장에서는 '토운생풍'하는 용의 승리를 보였다. 종장에서는 결국 잡힐 것인 사슴을 초라한 모습으로 대비하였다. 양자의 차이는, 용가는 전쟁이 주제이므로 적이 누구인가는 맥락 속에 있고 북인의 도움은 의도적으로 드러내 강조한 반면, 시조는 승자 용의 적을 호랑이로 드러내고 북인을 '이두란 작'이라는 창작 상황의 맥락에 존재하게 한 점이다. 용과 호랑이의 설정은 '축록미기'의 고사에 내재된 용호상박龍虎相搏이라고 할 경쟁관계의 두 영웅을 전통적인 수사로 구체화한 것이

22) 이윤석 역, 『완역 용비어천가』 하, 효성여자대학교 한국전통문화연구소, 1992, 33면.
23) 본서 3부 1장 <용비어천가>, 147-155면 참조.

다. 드러나지 않았으면서도 보다 강조되고 있는 것은 그 둘 중 북인이 도운 사람이 승자가 되었다는 사실이다. 이 용호상박의 현장을 도와서 이룩하고, 기록하여 증명한 인물이 북인이기 때문이다. <용비어천가>가 선 · 차사 두 행의 대비와 많은 전고典故로 시적 공간을 넓힌 데 비해, 시조는 짧은 형식이므로 상황을 응집해야 하는 한계가 있다. 이를 위해 '이두란 작'은 부대설화의 비중에 맞먹는 역할로, 전체 맥락을 장악하는 요소로 작용하는 것이다. 이두란이 실제 저자이든 아니든, 그가 저자라고 알려져 전승된 것은 그의 존재를 드러냄으로써 여진 등의 도움뿐 아니라 동반자 여진의 성장 또한 보여주고자 한 당대의 요구가 반영된 것이다. 용가 55장 역시 방대한 분량의 「주해」가 없었다면 이해할 수 없는 작품이다. 이 시조의 주해는 바로 용가 55장이므로 그 내용이 맥락 속에 공유되어 있으므로 이를 참조할 때 의미가 더 풍부하게 드러난다.

이미 대세가 기울어 갈 곳을 모르게 된 '진나라의 사슴'은 고려일 수도, 최영을 의지한 우왕일 수도 있다. 여기에 귀화를 앞둔 이두란의 착잡한 심정이 끼어들 이유는 없다. 북인(이두란)은 그 '장한 기세'를 도운 당당한 존재이기 때문이다. 그런 이두란의 눈에 용은 이성계이고, 호랑이는 최영이다. 이두란이 회군일등공신이 된 위화도회군으로 우왕은 이성계가 세운 창왕에게 왕위를 물려주어야 했고, 최영은 회군한 군사들의 요청으로 잡혀 유배지를 전전하다 창왕 즉위 후 요동을 정벌한 죄를 물어, "공은 한 나라를 뒤덮지만, 죄는 천하를 가득 채운다."라고 선고받고 처형된 역사가[24] 말해준다.

이렇게 북인을 협조자로 둠으로써 이성계는 회군 세력의 우두머리가 될 수 있었고, 조선을 건국하고 변경을 유지할 수 있었음은 본서에 수록된 다른 글에서 이미 밝힌 바이다. 건국 초기 조선은 압록강을 건너가 요동 땅에 초소를 설치하고 여진을 방어하는 한편, 조선은 두만강 대안의 여진도 관리

24) 『고려사』 권113, 「열전」 26, <최영>. 국사편찬위원회, [한국사DB] db.history.go.kr 참조

하고 있었다.[25] 두만강변의 여진지역은 실질적인 명의 관할이 미치지 않는 곳으로 위소도 형식적인 것일 뿐이었다. 이 지역의 여진을 조선은 "조선 속의 또 다른 조선"으로 보고 관리하고 있었던 것이다.[26] 동북국경 지역에 조선의 뿌리가 있다고 생각했기 때문이다. 그런데 그곳을 1467~8년 경의 남이가 '대명 천지'로 인식한다면 격세지감을 느끼지 않을 수 없는 것이다.

한편, 서북국경의 여진에 대한 정책 또한 조선으로서는 공한지空閑地의 유지와 함께 중요한 현실인식의 소산이었다. 조선과 명이 모두 여진을 견제하면서도 다독거리는 입장이었고, 여진 또한 이를 잘 활용하고 있는 양상이었다. 명나라는 여진을 자신의 인호人戶라고 주장하는데, 그들이 공한지 부근에 살고 있으므로 자연스럽게 공한지 역시 명의 소유로 주장하게 되기 때문에 강 건너 땅의 문제는 가볍게 생각할 수 있는 문제가 아닌 것이다. 또한 여진도 견제하지 않으면 자기들끼리 연합하게 되므로 조선으로서는 잘해줄 수만은 없는 문제였다. 이런 여진 중 건주여진은 점차 성장해 100여년 뒤에는 여진의 중심이 된 후금으로, 다시 더 강성해져 청나라로 되었다는 것을 생각하면 이 고민은 당대 현실의 문제이고, 미래의 문제이기도 한 것이다.

그렇게 지내오다 1433년 세종은 요동의 파저강을 넘어 여진을 정벌했다. 이 사건은 명에 알리지 않고 단독 행동을 하여 여진을 제압한 작전이었다. 변경의 여진족을 계속 자신들의 주민으로 간주하는 명의 행동과, 이를 틈타 조선을 곤란하게 하는 여진을 방비하기 위해 조선은 명나라에 사전 양해를 구하지 않고 행동을 한 것이다.

성호 이익은 『성호사설』에서 이에 대해 자세히 상고한 바 있다.

---

25) 이만주의 할아버지 아합출(阿哈出)과 그의 아들 석가노(釋家奴)는 공이 있다는 이유로 명나라에서 성명(姓名)을 하사하여, 아합출은 이사성(李思誠), 석가노는 이현충(李顯忠)이라 하였다.

26) 본서 3부 1장 <용비어천가>, 주73 참조.

『국조정토록』에, "파저강婆猪江 추장 이만주李滿住가 건주위 지휘建州衛指揮가 되었다. 이에 앞서 만주는 임합라林哈剌·심타납노沈吒納奴와 더불어 화라온火剌溫의 야인복野人服을 덮어 쓰고 여연부閭延府로 들어와 많은 인축人畜을 약탈해 가고서 세종 15년 계축癸丑(1433) 봄 정월 임술壬戌에 남녀 64명만을 돌려보내고 거짓 말하기를 '화라온이 조선 사람을 약탈해 가므로 내가 수정산守定山까지 추격하여 빼앗아 돌려보낸다.' 하였다.

임금께서, '파저강 적이 화라온에게 쫓겨서 그 살던 소혈巢穴을 잃고 강가에 머물러 있도록 해달라고 애걸하기에 내가 그렇게 하라고 했던 것인데, 지금 와서는 도리어 이 같은 행동을 하니 쳐버리지 않으면 나중에 반드시 제어하기 어려울 것이다.'하고, 판중추判中樞 최윤덕崔潤德(1376-1445)을 명하여 평안도 도절제사平安道都節制使로 삼아 중군中軍을 거느리게 하고 … 본도병本道兵을 출동시키게 했다.

(1433년) 3일 경진일庚辰日에 윤덕은 모든 장수를 강계江界로 회합시켜 군사에게 맹세한 다음 강을 건넜다. 이순몽은 만주로 향해 가고 … 이증석李證石은 올라兀剌에게로, 김효성은 임합라의 아버지가 주둔한 책문柵門으로, 홍사석洪師錫은 팔리수八里水에게로, 윤덕은 임합라에게로 향했는데, 이 8로路의 군사가 모두 1만 5천 7백 명이었다. … 임인일壬寅日에 임합라를 토벌했는데, 심타납노의 군사가 먼저 허물어졌다. 이때 저들의 흩어진 군사를 찾아 잡은 후에 진영을 석문石門으로 옮기고 녹각성鹿角城을 설치하였다.

이때 온 들판이 불에 타 말 먹이가 없었고, 또 큰 비가 내렸다. 윤덕은 하늘에 기도하면서 눈물을 흘리니, 비가 갑자기 그치고 멀리 뻗치는 백기白氣가 한 필 비단처럼 진영 위에 떠 있었다. 점을 쳐보니, '길한 징조다.' 하였다. 타납노의 진영에까지 진군하여 그들의 책문柵門에 항복하라는 방문榜文을 써서 붙이고 돌아왔는데, 적군을 죽인 수효가 3백 30명이고 말과 소를 빼앗은 것이 1백 80필이나 되었으나, 우리 군사는 죽은 자가 네 명밖에 되지 않았다. 그리고 5월에 대첩大捷한 공을 임금께 주달하였다." 하였다.[27]

이상의 고찰은 조선 건국을 도운 여진의 조선 건국 초기의 위상, 조선과 명을 저울질하며 이득을 취하던 여진의 모습과 이를 단독으로 정벌하는 조

27) 이익, 국역 『성호사설』 권19, 「경사문(經史門)」, <정건주위(征建州衛)>. [한국고전종합DB], 고전국역총서, db.itkc.or.kr 참조.

선의 모습을 살펴본 것이다. 이처럼 조선 초기 양강안兩江岸을 누구의 땅으로 보는가 하는 문제는 간단한 것이 아니다. 명과 조선의 문제만이 아니라, 조선과 명, 그리고 여진 세 나라의 문제이기 때문이다.

한편, 남이가 활약하던 시대는 세종의 사후이다. 여진을 사이에 두고 명과 팽팽하게 겨루던 세종의 국경 확보 전쟁이 중지된 상태라고 하더라도, 남이가 동북 변경을 수호하며 강 너머의 땅을 중국의 것으로 보는 것, 명의 요청에 의해 압록강을 건너 건주여진을 토벌하러 갔다고 해서 서북 변경 여진의 땅을 중국의 것으로 보는 것을 쉽게 당연하다고 볼 수 없는 이유이다. 남이의 시대를 구체적으로 살펴보자.

문종 이후 조선은 제대로 된 국토 정책을 수립할 수 없어 결국은 명의 요구에 따르는 모양새였다. 이런 기조에서 세조는 1467년(세조 13) "동녕위東寧衛의 남녀로서 왕의 나라로 도망하여 이른 자 배송裵訟 등 13명의 인구를 압송押送하여 돌려보내라."는 등의 명나라 요구[28]에 맞춰 조처하였고, 명은 이를 조선이 명의 정책에 협력하는 것으로 받아들여 만족한 가운데 조선에 협공할 원군을 요청하였다. 이것이 남이가 출정한, 건주위 이만주 일당을 정벌해달라는 명의 요청에 부응해 성공한 경진북정庚辰北征이다.

그 경과에 대해 성호의 같은 글을 인용한다.

> … 세조世祖 13년(1467) 여름 4월에 의주목사 우공禹貢 등이 대창산大昌山 밑에 모여서 사냥하다가 적을 만나 겨우 자신은 죽음을 면했으나 군사들은 많이 살해당했다. 그러므로 토죄할 것을 의논하였다. 가을 8월에 요동도사遼東都事의 이자移咨에, "건주삼위建州三衛가 변경邊境을 누차 침범하므로 오는 9월 27일에 그들의 소혈을 타도하려고 합니다. 이 계획을 이미 조정에 주달한 결과, 조선 국왕朝鮮國王에게 적의 돌아갈 길을 차단시키라는 칙명勅命이 내렸기에 그대로 보고합니다." 하였다.

28) 『세조실록』, 13년(1467)/8/17(경술).

세조는 이 작전의 명령을 직접 세세하게 시달하며 명과 협력하였다.

"먼저 출발할 인마人馬가 건주建州의 노구虜寇의 산채山寨 부근으로 나가되, 땅 이름이 발저강潑猪江이든, 혹은 의주성義州城이든 편한 대로 길을 취하여 앞으로 나아가라. 발저강 이동以東을 취하고, 건주建州 적구賊寇 이만주의 아고여녀阿姑女女 등 일대 산채 적 소굴을 엄하게 무찔러 죽이는 일을 먼저 행하고, 군사를 건주의 동북에 옮겨서 적인들이 도망하여 가는 처소에 군마를 포진시키기를 엄히 하고 삼가서 다방면으로 파수를 보라."29)

다시 성호를 인용하면, 이 글을 통해 군공을 세우는 남이장군을 볼 수 있다.

그러므로 중추지사中樞知事 어유소魚有沼를 좌상대장左廂大將으로, 동지사同知事 남이南怡를 우상대장右廂大將으로, 진북장군鎭北將軍 강순康純을 서정주장西征主將으로, 우참찬右參贊 윤필상尹弼商을 선위사宣慰使로 삼아 모든 군사에 대한 방략方略을 지휘하도록 하였다.

병술일에 강순은 기·보병을 부대별로 나눠서 5천 4백 명은 좌상대장 어유소에게 소속시켜 의주義州를 경유해 가도록 하고, 4천 3백 명은 우상대장 남이에게 소속시켜 주고, 순은 스스로 억세고 용감한 6백 명과 사자위 사대獅子衛射隊를 인솔하고 강계江界로부터 황성평黃城坪까지 이르렀다. 여러 장수들은 모두 군사를 합치려고 하였으나 남이는, '여기서 방장防墻까지 거리를 따지면 2백 리가 넘는데 길은 좁고 험해서 사람도 두 줄로 갈 수 없고 말도 열 지어 달릴 수 없다. 지금 치중輜重과 2만 여 군사가 물고기 꿴 것처럼 진군하다가 만약 호인胡人이 먼저 안현鞍峴을 막는다면 전군前軍이 적의 공격을 받는데도 후군後軍은 응원할 수 없게 될 것이니 위험하다. 그러니 좌상左廂은 구랑개동仇郎介洞으로부터 올미부兀彌府를 공격하고 우상은 삼기현三岐峴으로부터 포주蒲州를 공격하는데, 배도倍道로 행군하여 갑자기 공격하는 것만 못하다.' 하자, 강순도 그의 말을 옳게 여겼다. 신묘일에 우상은 파저강을 건넜는데, 남이와 전봉前鋒 이극균李克均 등은 이두리李豆里와 고납합古納哈의 부락을 공격하고 함진장陷陣將 유자광柳子光은 이만주의 부락을 공격하여 이만

29) 『세조실록』, 13년(1467)/10/2(갑오).

주 · 고납합 등 24급級을 목 베고 그 부하와 한인漢人 30명과 우마牛馬 30여 필과 병장兵仗 · 기계 따위를 수없이 노획鹵獲했으며, 그들의 집과 재산을 불태워버렸다. 그리고 큰 나무를 깎아 희게 한 다음 '조선주장朝鮮主將 강순康純이 군사 1만 명을 거느리고 건주위建州衛를 섬멸하고 하루를 유하면서 천병天兵을 기다렸으나 이르지 않으므로 회군回軍한다.'라고 써놓고 방장防墻으로 퇴진退陣하는데, 적은 높은 데로 올라가 우리에게 포로된 자의 이름을 부르면서 가슴을 치며 통곡했다. 다음날 적의 기병騎兵 1백여 명이 와서 쏘아대는 화살이 비오는 듯하였으나 극균 · 자광 등이 모조리 격퇴시켰다.

어유소는 다회평多會坪을 습격하여 승리하였고, 위장衛將 우공禹貢과 이숙기李叔琦 등은 올미부兀彌府를 공격하여 또 큰 승리를 거두어 … 나머지 적들은 모두 도망쳐 갔다. 10월에 환군하여 승전을 아뢰었다.

공격은 성공하였고 이 정벌의 결과에 대해 세조는 매우 만족하여, 이만주 등 건주여진과의 그간의 관계를 밝히고, 이제야 이만주 부자와 그 소굴이 다 정리되었음을 기념하여 흉악범을 제외한 범죄자의 사면을 행한 것이 『조선왕조실록』에 남겨져 있다.

"내가 천도天道에서 죽이는 것을 미워하는 줄로 알지만, 그러나 죽임으로써 죽임을 그치게 한다면 죽일지라도 가可하다 할 것이다. 제종諸種 야인野人들이 우리의 조종祖宗 이래로 아울러 연무憐撫함을 입어 그 생업生業을 얻어 편안하였는데, 난익卵翼의 은혜를 돌아보지 않고 문득 완흉頑兇한 꾀를 부리어 우리 선조에 있어서도 여러 차례 서쪽 변방을 침범하여 변민邊民들이 해독을 입었었다. 우리 선왕께서 주토誅討하였는데, 그때에 이만주李滿住가 몸을 숨기어 멀리 도망하여 천주天誅를 도피할 수 있었다. 내가 왕업을 계승하자, 산을 넘고 바다를 건너 모두 이르러서 계상稽顙하여 예물(琛)을 바쳤으므로, 내가 제종諸種에게 무수撫綏하기를 더욱 돈독히 하였다. 이만주가 이에 자신自新하기를 청하고, 돌아와 건주에 살고 여러 아들들을 모두 보내어 와서 알현하고, 동산童山의 무리 등 여러 추장酋長들도 모두 와서 투화投化하였으므로, 내가 옛 정의를 잊지 아니하고 모두 존무存撫를 더하였더니, 오히려 흉계를 품고 왕년에는 우리의 창성昌城과 의주義州에 침구하였고, 또 의주에 침구하였으나, 내가 오히려 노여움을 참고 그 허물을 뉘우치기를 기다렸다. 그가 또 뉘우치지 아니하고, 요동遼東을 초략抄掠하여 죄가 가득차고 악惡이 극極에 달하였다.

황제께서 칙서를 보내어 군사를 청하였는데, 내가 강순康純 등에게 명하여 편사偏師로써 이에 응하게 하였다. 이에 첩서捷書가 이르러 이르기를, '길을 나누어 들어가서 공격하여 그 소혈巢穴을 다 없애고, 이만주와 이고납합李古納哈의 부자父子를 참斬하고, 사로잡거나 죽인 사람을 헤아릴 수가 없으며, 모두 그 둔락屯落을 불살라버렸다.'고 하니, 여러 해 묵은 적구賊寇를 하루아침에 다 죽인 것이다. 이는 실로 조종祖宗의 하늘에 계신 신령이 말없이 도와서, 이 큰 공功을 이루어 우리 변맹邊氓으로 하여금 길이 태평太平을 누리게 하였도다. 이미 큰 경사가 있으니, 마땅히 특수한 은전을 넓혀야 하겠도다."[30]

세조가 이 사건을 두고 선왕의 업을 이어 완성한 것이고, 조종이 도와 이루어진 일이며, 이로써 변맹邊氓이 번영을 누릴 수 있게 되었다고 만족을 표했더라도, 1433년과 1467년의 두 '파저강[31] 정벌'의 의의는 같지 않다. 세종은 변경에 공한지를 존재하게 함으로써 변경을 유지할 방법을 모색하기 위한 것이었다면, 세조의 건주여진 정벌은 명의 땅을 보전해준 것이다. 변경사에서 명이 조선을 견제하는 것이 아니라 명의 경계를 침범하는 여진 토벌에 조선의 힘을 빌린 것이어서 주목된다고 하는 것도 명은 조선이 더 이상 도발하지 않을 것을 알아서 그랬을 것으로 풀이된다. 그러나 결국 명군은 나타나지 않았으니 중국의 전통적인 이이제이以夷制夷 전략인 것도 사실이나, 명분은 조·명 연합작전인 것이다. 여진의 어부지리를 더 이상 묵과하지 않게 된 이 사건은 명의 조선 견제 정책에 일대 전환을 가져왔다. 이렇게 압록강을 사이에 둔 명과 조선의 변경은 조선 건국 후 100년 동안

---

30) 『세조실록』, 13년(1467)/10/12(갑진).

31) "파저강은 호지(胡地)에서 발원하여 이산(理山)까지 이르러 압록강으로 들어간다. … 이 파저강은 소요수의 별명인 듯하다." 이익, 같은 글.

에는 지속되었다. 그 사이 명의 의식은 성장했으나 조선은 안일한 채여서 결국 1500년대에 공한지는 줄어들고 만다.[32]

이 사건이 획기적인 이유는 조선 건국 초기의 명의 여진 초치 정책과 조선의 여진 포섭정책의 얽힘, 세종대의 여진에 대한 강경책과 명의 정책 변경을 거쳐 명과 조선의 협공 시대에 이른 외교상의 변화가 가볍지 않기 때문이다. 그러나 시조 B에서 남이장군이 '장검을 빼어들고 백두산에 올라서' 내려다보는 땅을 '대명 천지'라고 보는 시야는 세종이 그곳을 변경으로 유지하려고 했던 노력과는 달리, 두만강 밖 여진을 당연히 명에 예속하는 것으로 보는 입장이라고 볼 수밖에 없다. 여진을 명과 협공해 일소하는 세조대의 인식은 강계江界 너머를 공한지로 인식하는 세종대의 인식에서 후퇴하고 이제는 변경을 명의 세력권으로 인정하고 있다는 한계에 대한 비판을 면하기 어렵다.

결론적으로 시조 C가 잃어버린 압록강 건너의 땅을 애석해 하는 내용이라면, 시조 B는 백두산에서 건너보는 땅을 명나라의 것으로 인정하는 내용이어서 상반된다. 앞에서 시조 C의 아쉬움의 표현이 남이의 죄목에 하나가 더해질 발언이라고 한 바 있는데, B에 나타났던 남이의 의식이 건주위 정벌을 거쳐 달라졌기 때문에 그런 생각을 하게 되었다고 볼 수 있다는 뜻이다. 물론 자세한 시기를 알 수 없으므로 이 변화는 추정에 불과할 수도 있다. 이 차이의 의미를 좀 더 살펴본다.

다시 남이의 시조 A를 보자.

A 赤土馬(적토마) 술지게 먹여 豆滿江(두만강)에 싯겨 세고
龍泉劍(용천검) 드는 칼로 션뜻 쎄쳐 두러메고
丈夫(장부)의 立身揚名(입신양명)을 試驗(시험)헐ㄱ가 ᄒᆞ노라

32) 본고 3부 1장 <용비어천가>, 주98 참조.

김종서는 그의 유명한 '삭풍은~'(1421, 이수, 『병와가곡집』 324) 외에 여진 토벌을 두고 지은 시조 1수를 전하고 있는데, 시조 A는 김종서의 이 시조와 '말을 씻겨'의 구절을 공유한다.

> 長白山(장백산)에 旗(기)를 쫏고 豆滿江(두만강)에 물을 씻겨
> 셕은 져 션비야 우리 아니 ᄉᆞ나희냐
> 엇더타 凌烟閣上(능연각 상) 뉘 얼골을 그릴고
>
> (2505, 김종서, 이수대엽, 『병와가곡집』 325)

두 시조의 '입신양명'과 '능연각'의 속뜻은 사실상 상통한다. 능연각에 이름이 오르면 입신양명은 보장되는 것이기 때문이다. 그러나 김종서의 시조는 능연각의 역기능을 강조하고 있으므로 전체 의미는 대립된다는 점을 주목할 필요가 있다.

우선 김종서의 변경 활약을 보면, 김종서를 함길도관찰사로 임명한 1434년부터 세종은 함길도 방면의 6진 개척을 시작하였다.[33] 두만강변의 종성·온성·회령·경원·경흥·부령의 여섯 진을 설치하게 된 것이다. 건주좌위도독인 맹가첩목아가 피살된 것이 6진 설치의 계기가 되었다. 맹가가 살던 알목하斡木河(회령)는 조종이 설치한 "우리나라의 번리"인데 맹가의 패망으로 다른 강적이 들어와 살게 되면 우리의 변경을 잃어버릴 뿐 아니라 다른 강적이 생기게 되기 때문이다.[34]

그러므로 수루에 선 김종서의 적이 여진족인 것은 명확하다. 그러나 여진족만이 그의 적이 아닌 것은 불행이다. 육진개척을 위해 여진족과의 싸움도 힘겨운데, 김종서는 육진개척에 반대하는 조정의 의논과도 싸워야 했다. 그 울분이 "셕은 져 션비야 우리 아니 ᄉᆞ나희냐"로 소리치게 했다. 능연각

33) 영북진(寧北鎭, 즉 종성진)을 시작으로 회령, 경원, 경흥, 온성의 두만강 유역 5진(鎭)과 부령진(1449, 세종 31)을 말함. 시조 '삭풍은~'의 배경이다.

34) 『세종실록』, 15년(1433)/11/19(무술).

은 당 태종 이세민이 개국공신 24명의 초상을 걸어놓은 곳인데, 그것으로 조선 건국 공신, 지금은 훈신勳臣이 된 그들을 호출해 "과연 너희가 조선개국공신의 자격이 있느냐?"고 묻고 있는 것이다. 세종의 의지가 김종서라는 충신·명장을 만나 육진 개척이라는 결과를 얻게 했지만 육진 개척의 과정은 험하고, 설치된 육진도 지키기 어려운 것이 현실인데 조정에서는 추진력을 주고 돕기는커녕, 개척의 의미를 회의하고 약화시키며 기회만 있으면 김종서를 없애려고 하는 입장이기 때문이다. 김종서의 기상은 "만리변성"의 "긴ᄑᆞ롬 큰 ᄒᆞᆫ 소ᄅᆡ에"도 "거칠거시 업"다고 자부할 수 있지만 보이지 않는 중앙의 적은 더 귀찮은 존재이고, 결국 그를 쓰러뜨린 존재였다. 세종의 고명대신顧命大臣이었던 그는 수양대군의 계유정난(1453)으로 처형되었다. 그런 상태에서 여진을 방비하는 것은 훨씬 어려운 일이었기에 김종서 없이 이룬 여진정벌이 세조에게는 더 의미가 있었는지 모른다.

그러나 언급했다시피, 같은 여진을 적으로 삼는 것이더라도 김종서가 여진과 싸우는 것은 조선의 영토에 그들을 편입시키고자 하는 것인 반면, 강 너머를 '대명 천지'로 보는 남이의 대결은 그들을 중국에 내어주기 위해 싸우는 것이다. 압록강, 두만강이 정해진 조선의 경계이고 그 밖은 조선과 무관한 땅인가?가 시조 B로 인한 질문임을 상기하자.

이에 대해 류재춘은 "조선시대에는 북방의 군사적 경계선을 주로 압록강–두만강에 의지하여 확보하려고 하였기 때문에 통상적으로 이를 국경인식으로 해석할 수도 있지만 그렇다고 하더라고 인국隣國과의 양분론적 관념에 의해 강북지역을 중국의 영역이라고 간주하는 것은 잘못된 생각"이라고 지적하였다.[35]

세종이 함경도절제사에게 내린 전지 중 "두만강의 경계를 회복하여 수어하는 곳으로 벌여 두고 북쪽 변경을 진압한다."는 말은 변경의 의미를 정확

---

35) 류재춘, 「15세기 전후 조선의 북변 양강지대 인식과 영토 문제」, 『조선시대사학보』 39, 조선시대사학회, 2006, 41면.

하게 보여준다. 이 인식은 중세의 세계적인 특징이기도 하다. 이것은 그 너머에 있는 명과의 변경을 유지하려는 노력이었고, 여진은 이를 위해 달래야 하는 존재였을 뿐이다. 그러나 여진의 세력이 점차 강성해짐으로써 여진은 조선과 직접 조약 맺기를 요구하는 시기가 온다. 정묘호란의 결과로 조선과 금은 형제조약을 맺고, 서로 압록강을 넘지 않기로 맹약하게 된다.

> "지금 이후부터는 두 나라 병마가 다시는 압록강에서 한 걸음의 땅도 넘지 않으면서 각각 봉강을 지키고 각각 금약을 준수하여 백성들을 편안히 하고 전쟁을 종식시켜, 부자와 부부가 서로 보존되게 합시다. 맹약을 위반하게 되면 천지신명이 바로 죄벌을 내릴 것입니다."[36]

조선은 이것이 지켜지기를 희망했지만, 이에 머물 수 없었다. 병자호란으로 조선은 청과 부자관계를 맺은 후, 자연경계가 아닌 경계를 1712년에 확정한다. 그것이 백두산정계비의 설정이다.

위에서 살펴본 차이와 함께, 두 시조의 '입신양명'과 '능연각에 대한 회의'는 대립되고, 그 지향점도 '현실의 출세'와 '미래의 가치'라는 차이가 있다. 두만강 변새에서 나라를 지키는 장부의 기상의 목적이 '입신양명'이라는 것은, 출장입상出將入相을 수신의 목표로 하는 유교의 가르침에 의하면 당연하기는 하다. 그러나 그 자명한 목표가 눈앞의 변경의 갈등만 보고 국가의 먼 미래를 보지 못하는 한계에 머물게 하였는지도 모른다.

이처럼 '호기'의 품격으로 분류되어 그 속성 역시 같을 것으로 분류된 변경시조들도 그 배경이 무엇인가를 구체적으로 살필 때 작자들이 지향한 의미가 서로 다름을 알게 된다.

> 綠駬霜蹄(녹이상제) 술지게 먹여 시닉물에 씨셔타고

---

36) 『인조실록』, 5년(1627)/2/15(임자). 원창군(原昌君) 이구(李玖)를 인질로 보내고, 요구한 재물은 다 못 보낸다는 내용의 국서.

龍泉雪鍔(용천설악) 들게 ᄀᆞ라 다시 ᄲᅥ혀 두러메고
丈夫(장부)의 爲國忠節(위국충절)을 적셔(셰워)볼가 ᄒᆞ노라

(649, 삼삭대엽, 최영, 『병와가곡집』 799)

남이의 시조 A와 말・칼・장부의 모티프를 공유하는 최영의 시조에서 그가 지키는 대상은 누구일까? 시조에는 변경이 나타나지 않았지만, 전쟁으로 점철된 최영崔瑩(1316-1388)의 생애 자체가 변경의 삶이었다.

최영이라는 이름을 처음 알린 1354년의 출정은 원의 요청으로 장사성張士誠의 난군을 토벌한 것이었으나, 서북병마부사가 되고 나서는 원에 속했던 압록강 서쪽 8참站을 수복했다. 1364년에는 덕흥군을 앞세워 원의 통치를 부흥하려는 군대가 쳐들어오자 이들을 의주에서 섬멸했다. 그러나 1388년 이성계 등이 위화도회군을 일으켜 실패로 돌아가게 된 요동정벌은 명의 철령위 설치에 반대하려던 것이었으므로 명이 그 적국이기도 하다. 또 1359년 서경에 들어온 홍건적을 물리쳤고, 홍건적이 1361년 개경에 들어오자 다시 이를 격퇴했다. 1376년에는 삼남에 쳐들어온 왜구를 홍산에서 무찔렀다. 그러므로 이 시조의 창작시기를 모른다면 그 칼로 벨 원수가 누구인지 정확하게 알 수는 없다. 공간도 확실하지 않다. 같은 공간에서도 때로는 고려를 점령한 원을 위한 싸움이기도 했고, 때로는 원으로부터 고려를 지키기 위한 것이기도 했다. 그 적이 누구든 최영은 망해가는 고려의 국토를 지키기 위한 수비를 해야 했던 것이다. 그러니까 그의 정체성은 오로지 위국충절로 고정되어 있으므로, 그에게 전쟁터와 변경은 무엇보다 관계의 장소로서 의미심장하다.

변경에서 전쟁을 치르는 장수에게 변경이 가진 장소감의 의미는 더욱 총체적이다. 그러나 정체성의 장소, 관계의 장소, 역사의 장소 중 가장 무겁게 다가오는 것은 관계의 장소로서일 것이다. 그리고 누구보다 그 무게를 치열하게 경험하게 될 것이다. 누구와 공유하는가가 공동체의 역사가 되는 것이

기 때문이다.

최영장군은 무수하게 공유를 고민하고 경계의 변동을 경험하고 결정하기도 하였다. 반면, 내란으로 호기를 키운 남이장군에게도 변경에서의 전투는 관계의 장소에 대해 좀 더 생각하게 하는 계기가 되었다. 그리고 그것이 자신의 정체성과 직접 연관되는 것임도 더욱 느끼게 되었다. 시조 B와 C에서 차이를 보이는 변경의 장소감은 그가 역사의 장소로서의 변경을 자각했기 때문이라기보다는 자신의 정체성의 장소로서 변경을 실감했기 때문이라고 생각한다.

이는 시적 상황을 공유한 두 장군의 시조에 나타난 '위국충절'과 '입신양명'이 말해 주는 차이이다. 둘 다 유교의 가르침이고 병행되는 것이라고 생각할 수 있지만 그 거리는 자못 멀다.

4. 시조에 대한 문화지리학적 연구의 전망

이상에서 조선 초기 변경과 관계된 시조를 들어, 그 해석에 작자의 삶과 관련된 당대의 변경에 대한 지식이 어떻게 도움이 되는가를 보이고자 했다. 각각 개인의 정서를 읊은 것으로만 생각되던 시조들도 이들에 대한 문화지리적 지식과 관점에 따라 깊이 있는 설명이 가능하고 이로써 작자가 시조에 남긴 장소감이 같지 않음을 볼 수 있었다. 변경시조를 일차적으로는 소재, 이차적으로는 화자가 소재를 다루는 태도를 당시의 상황을 고려하여 면밀하게 고찰한 결과들을 분류한 후, 그 유형들을 문화지리적 관점에서 세심하게 고찰한다면 시조의 표면에 나타난 피상적인 감상의 상투어들 이면에 있는 감정의 깊이와 개성을 드러나게 할 수 있을 것이라고 생각한다. 전쟁 중인 변경에서의 감정은 다양하기 어렵겠지만, 부방赴防 관인의 감정은 더 다양할 수 있어 자세히 고찰될 여지가 더 많을 것이다.

제2장 17 · 18세기 가사의 국경에 대한 관점의 중층성

1. 서론

본고는 18세기 조선에서 진행된 국경에 대한 논의가 18세기 가사 작품에 나타난 바를 살펴보고자 한다. 본고가 주목한 것은 크게는 '18세기에 나라란 무엇인가'이다. 세계와의 만남과 관계의 재편이 실행되는 역사적 근대를 전후하여 나라에 대한 인식이 어떻게 달라지는가를 살펴보는 것이 필자의 궁극적인 관심이지만, 여기서는 우선 그 역사적 근대의 직전인 18세기의 나라에 대한 의식을 '18세기 가사에 나타난 국경의 의미'라는 좁은 범위에서나마 살펴보고자 한 것이다. 국경은 국가권력이 가장 첨예하게 부딪치는 부분인 만큼, 오늘날에도 개인의 의견이 반영되기 어렵기에, 그 재현에서도 중층성과 다양성을 기대하기 어려운 부분임을 알고 있지만, 17~18세기에

* 이 글은 필자의 논문 「국경 논의를 바라보는 근대 · 탈근대 그리고 대안적 근대성론의 관점」(『한국시가연구』 28, 2010, 29-72면)의 2장을 작품과 내용을 보충하여 독립된 논문으로 수록한 것이다. 논문 발표 당시의 기획이 18세기로 한정되어 있었으므로 작품 선정에 제한이 있었기 때문이다. 기존 논문에서 다룬 작품에 대한 논지는 바꾸지 않았으나 부분적으로 수정하였다. 한편, 원 논문(2010)의 나머지 부분, 1장과 3~5장은 역시 보안하여 이론 부분인 본서 1부 2장의 「국경 논의의 다양한 관점」으로 수록하였음을 밝혀둔다.

국제 정세의 변화를 온몸으로 겪은 조선인 사이에 서로 다른 의견들이 존재하는가에 대해 알아보고자 하는 것이다.

1636년 병자호란을 통과하며, 조선은 천붕지렬天崩地裂의 경험을 하고 은위병용恩威併用 정책의 대상이던 여진족에게 조공을 하러 가는 처지에 놓인다. 거기에 마지못해 섬겨야 하는 청나라가 백두산에서 두 강의 수원水源을 조사하여 조선과 경계를 획정하자고 요구하는 사건이 1712년에 일어난다. 이로써 조선과 청 사이에 국경이 그어진다. 이는 조선이 청나라를 통해 중국 혹은 세계와 맺게 되는 새로운 관계의 상징적인 사건이라고 할 수 있다. 이 사건을 조선은 어떻게 받아들였으며, 또한 이것이 가사적 재현으로 드러났는가의 여부를 살펴보고자 한다. 국경이 정해지기 이전 17세기의 가사들에는 조선이 겪은 세계사적인 변화가 드러나 있을 것이므로 17세기의 가사 또한 같이 살펴볼 것이다. 1712년 국경 획정 이전은 변경·경계라고 하는 것이 원칙이지만 본고에서는 변경을 포함해 국경으로 표현할 것이다.

이로써 가사 작품들을 문학적으로 새롭게 볼 수 있는 수확이 있으면 더욱 바람직할 것이나, 주안점이 다르므로 본고가 그런 기대에 부응하기에는 한계가 있다 하더라도, 이를 통해 우리는 '지금' 국경을 어떻게 보고 있는가를 살펴보고 그 의미를 성찰할 수 있는 단초가 될 수 있다면 나름대로의 수확이 있을 것으로 생각한다.

2. 가사에 나타난 17·18세기의 국경

이미 서론에서 검토한 문화지리학적 관점과 국경에 대한 논의를 바탕으로 진행할 것이므로 이론적 고찰은 따로 하지 않을 것이나, 앞의 이론적 검토를 통해 국경을 논의할 네 가지 기준을 도출하였다. 1)월경越境 때의 감상, 2)명·청 교체에 대한 의식, 3)구강역舊疆域 회복의식, 4)변경민邊境民에 대한 인식이 그것이다.(본문의 설명에서 1)~4)의 표시는 이 항목을 가리킨다.)[2)]

17·18세기 가사 중 동북 국경을 언급한 것과 서북 국경을 언급한 것을 나누어 위의 요소들을 살펴보고자 한다.

조선의 17·18세기에 국경을 자의로 넘는 순간의 포착은 연행가사에 우선 나타날 것이다. 얼핏 보면, 연행가사에서의 강계江界인 압록강은 앞으로 가야 할 만리노정萬里路程에 대한 개인적인 심회를 돋우는 계기로 작용하는 정도이며, 강 건너 호인들의 모습에 새로움을 느끼는 정도이다. 한편, 책문을 지나 요동벌을 지날 때의 감회와 심양에서 느끼는 바는 사행자들에게 역사를 상기하게 한다. 그들이 느꼈을 격세지감을 감안해 이를 대청관對淸觀으로 부를 수도 있겠으나 일관된 사상으로 정리하기에 부족하다고 평가하게 되는 것은 기행가사의 관습적인 요소가 강하기 때문이다. 그러나 위의 네 요소를 중심으로 좀 더 고찰해보면 편차를 발견할 수도 있을 것으로 기대한다. 주로 다룰 자료는 3편의 연행가사와 3편의 가사이다. 17세기 가사는 1666년 남용익南龍翼(1623-1692)의 <장유가壯遊歌>, 1694년 유명천柳命天(1633-1705)의 <연힝별곡>, 1695년 박권朴權(1658-1715)의 <서정별곡西征別曲>(1695)을 대상으로 하며, 비교를 위해 19세기의 연행가사도 언급할 것이다. 18세기에는 연행가사가 거의 창작되지 않았으므로,[3] 비교가 될 것이다. 18세기 가사로는 정우량鄭羽良의 <총병가>, 이용李溶의 <북정가> 그리고 작자미상의 <갑민가>를 대상으로 하였다.

2) 임기중, 『연행가사연구』, 아세아문화사, 2001, 79면 참조. <장유가>를 제외한 본고의 연행가사 작품의 출처는 임기중의 『연행가사연구』이나, 행 구분은 필자가 수정하였다.

3) 이방익의 <표해가>(1797년 작)를 사행가사의 범주에 넣은 경우도 있으나(유정선, 『18·19세기 기행가사 연구』, 역락, 2007, 133면 참조), 본고는 <표해가>는 사행과는 관계가 없다고 보는 입장이므로 연행가사 창작에서 18세기는 유독 비어 있다고 본다.

2.1. 서북국경

2.1.1. 남용익 〈장유가〉(1666)

<장유가壯遊歌>는 비교적 최근에 학계에 알려진 연행가사이다.[4] 호곡壺谷 남용익南龍翼(1628-1692)이 28세 때인 1655년의 일본통신사 체험과 39세 때인 1666년 연행사의 체험을 함께 가사화한 것이다. 남용익은 21세에 문과에 급제, 대제학을 역임, 이조판서에 이르렀다. 그러나 기사환국 때 장희빈의 아들(경종)이 세자에 책봉되는 것을 반대한 것 때문에 추방당해 유배지에서 생애를 마쳤다. 그는 1666년 사행 때 부사副使로 가는데, 1644년 명나라가 망한 지 얼마 안 된 시기에 가는 사행이니 만큼 명 멸망에 대한 기사가 많은 것이 특징이다.

위의 기준, 1)월경越境 때의 감상, 2)명·청 교체에 대한 의식, 3)구강역舊疆域 회복의식, 4)변경민邊境民에 대한 의식으로 살핀다.

1)떠나기 전 그는 마치 국경을 본 것처럼, 의주의 통군정에 올라 건너 편 광경을 두고 "삼국(三國) 지경(地境)이 안중의 요요하다"고 했다. 중국에 갈 때는 "용만(龍灣, 의주)의 대취(大醉)하야 월강(越江)한 줄 몰랐더니"로 감상이 없고, 돌아올 때는 "금석산(金石山) 지나면서 백마산성(白馬山城) 바라보니/ 동래 회박(回泊)적과 어느이야 더 기쁘니"라며 10년 전 일본서 돌아올 때를 회상했을 뿐이다. 그러면서도 일정을 마친 기쁨은 "농중(籠中) 탈출한 새 이도곤 쾌할쏘냐"로 일을 마친 시원함을 표현했다. 3)·4)에 대한 것은 없다.

한편, 2)명·청 교체에 대한 의식은 중국에서 느끼는 감회의 대부분을 차지한다. 그가 가는 길은 연산관(아골관)을 거쳐 요동에 이르러 광녕으로 가는 이른 바 '아골대로'[5]인데, 사하보沙河堡 이후에는 "간 데마다 전장이라"며

---

4) 임형택, 『옛노래, 옛사람의 내면 풍경』, 소명출판, 2005, 11-38면(원문은 39-44면). 이 중 연행에 대한 것은 26-38면이다. 본고의 작품과 각주의 인용은 이 책에 의한 것이며, 인용은 현대문으로 한다.

5) 책문-봉황성-진동보(송참)-진이보(통원보)-연산관(아골관)-첨수참-요동-[안산-경가장-우

들르는 곳마다에서 명의 멸망 순간을 되새기며 아쉬워하고 눈물겨워 했다. 여정과 그의 감정을 나열해 이후의 연행가와 비교한다.

요동에서는 명·청의 접전장을 모두 기억하며 애통해 한다.6)

우가장 : "십 리 오 리에 연대(煙臺) 벌여시니
방비(防備)는 이러하되 어이하여 못 지키고"
광연위 : "병화(兵火)의 탕패(蕩敗)하되"
송산보 : "백골이 그저 있고"
대릉하 : "한 물결 슬피 운다"
금주위 : "홍승주(洪承疇) 항로(降虜)는 일러 슬데없거니와
금주위(金州衛) 역사(役事)는 지금(至今)에 목이 멘다"
(영원성) : 원숭환(袁崇煥)의 억울한 죽음, 고기잠(高起潛)의 충성, 조대수(祖大壽)의 실절(失節)

북경에서는 황극전皇極殿의 용상이 의구한 것을 보고 "삼백 년 명 천하는 어이하야 잃단 말가/ 도라 와 탄식하고 옛 일을 생각하니" 한 뒤, 명 태조의 건국과 북경 천도遷都를 칭송하고, 이자성李自成·오삼계吳三桂를 탓하고, 숭정황제가 자결한 자금성 뒷산에서 "천재(千載) 충혼을 뉘라서 조상하리/ 만세산(萬歲山) 송백(松柏)이 한가지로 없어 있다/ 황하수(黃河水) 언제 맑아 한위의(漢威儀) 다시 볼꼬"라며 성인이 나타나 명의 영화를 다시 볼 수 있기를 고대했다. 병자호란 이후 볼모로 끌려가던 봉림대군이 시조를 지은 청석령靑石嶺과 초하곡草下谷를 지나며는 "선왕의 어제가(御製歌) 읊어보니 오열(嗚咽)하다"고 감상을 드러내었다. 그는 이미 심양을 바라보며 지나갈 때 "고평(高平) 반산(盤山)의 괴로움도 가이없다"라며 심양에 억류되었던 세자 일행을 괴롭게 회상했다.

가장-반산]-광녕-소릉하-산해관-심하역-영평부-풍윤현-옥전현-계주-통주-북경. 소재영 외, 『연행노정, 그 고난과 깨달음의 길』, 박이정 2004, 62면 참조.

6) 명·청 간의 접전과 명의 멸망에 대한 과정은 본서 3부 2장 <총병가>, 191-197면 참조.

그는 청나라에 사신으로 간 것이니만큼, 내놓고 청나라를 무시하는 발언을 하지는 못했으나 한족에 대한 우호의 감정으로 은근하게 대신했다. 산해관에서 "성장(城將)은 한인(漢人)이라 예모(禮貌)도 공근(恭謹)하다/ 배반(杯盤) 음악(音樂)으로 진성(盡誠)하야 술 권하되 마음의 먹은 말을 번거하여 못 다 한다"고 명나라를 그리워하는 마음이 이심전심임을 말했다.

그는 청나라에 가서 명나라를 보고 온 것이며 "한 입으로 못 이르고 열흘에도 못 다 볼다"하는 번화한 문물의 모든 곳에서 명의 과거를 오버랩했다. 사실 북경의 사물은 아직 모두 명나라의 것이므로 당연한 것이다.

이상에서 본 그의 감상은 이후 연행가사에 되풀이되는 원천이 된다. 그는 북경에 대한 놀라움을 자세하게 적지 않았지만 이후 가사들은 어쩔 수 없이 새로운 문물에 대한 감탄과 즐거움을 표현하게 되어 소재와 길이가 확장되지만, 도정에서의 감상은 재생산된다. 전쟁에 대한 것은 호곡의 회상이 앞으로 다루려는 가사들보다 비교적 정확하고 안정적이다. 지나친 감상을 자제하려는 태도도 보인다. 그러나 그가 의주의 통군정에서 멀리를 바라보며 "삼국 지경(地境)이 안중의 요요하다"라고 할 때, 그 삼국을 조선·명·청이라고 보고 있는 것은 아닐까? 하는 생각도 든다. 산해관에서 음산陰山[7]을 보며 "막북(漠北) 왕정(王庭)[8]은 자세치 못하여도"라고 한 것을 보면 삼국은 조선·청·몽고일 가능성이 있지만, 통군정에서 몽고가 보이는 것은 아니므로, 회상과 희망 속의 통군정 조망권에서 그는 아직 명나라를 보고 있는 것이 아닐까 생각되는 것이다.

2.1.2. 유명천 〈연행별곡〉(1694)

1693년 사행에 대해 쓴 퇴당退堂 유명천柳命天(1633-1705)은 이조참판 재직 중 경신대출척(1680)으로 음성에 유배되었다가 1688년 기사환국으로 중

7) 내몽고 지역의 횡으로 뻗어 있는 산.
8) 몽고지역의 통치자 선우(單于)가 거처하는 곳을 이르는 말.

용된 후 요직을 거쳤다. 1693년 정사正使로 사행한 후, 1694년 갑술옥사 때 지난날 임금을 오도하였다는 죄목으로 파직불서용罷職不敍用의 명이 내려졌으며, 이후 흑산도에 위리안치되었고, 1701년에는 인현왕후 모해의 탄핵을 받고 다시 지도智島에 위리안치되었다가, 1704년에 고향으로 돌아왔다. 그는 숙종 19년(1693) 11월부터 숙종 20년(1694) 3월까지 삼절연공행三節年貢行의 정사正使로 북경을 다녀오면서 한문본 『연행일기燕行日記』를 썼으며, <연행별곡>은 그 일부를 한글 가사체로 쓴 것 같다. 필사본 『가사선』에 작품이 실려 그간 필자 미상으로 알려져 여러 인물이 작자로 추론되었으나, 임기중에 의해 유명천으로 밝혀졌다.[9] 이 작품은 임기중의 『역대가사문학전집』과 [한국역대가사문학집성DB]에 수록되어 있다.[10]

1)은 "압록강 작별시예 풍셜이 즈쟈 잇다" 뿐이고, 돌아올 때는 "젼뢰(前路)가 비록 머나 힝역(行役)을 니즐노다"로 후련함을 표현했다. 3)에 대한 것은 없고, 4)는 귀국길 통군정 바라보며 "홍분(紅粉)을 ᄀ득 시러 치션(采船)을 빗겨 잇고"라고 한 기생들의 마중 장면뿐이다.

2)에 대한 것은 비슷하면서도 37년 사이의 변화를 느낄 수 있어 흥미롭다. 그는 요양에서 "신셩(新城)도 조커니와 구셩(舊城)이 거룩ᄒ다"라 하고, 심양[11]에서는 "빅두산 ᄂ린 줄기 이거시 쥬봉일다"로 지리만 묘사한다. 명·청의 전쟁에 대한 평가도 다르다. 호곡이 언급했던 조대수祖大壽의 '변절'은

9) 임기중, 같은 책, 아세아문화사, 2001.

10) 임기중 편, 『역대가사문학전집』 42, 여강출판사, 1988; DB는 임기중, 『한국역대가사문학집성』, [KRpia], http://www.krpia.co.kr 참조. 본고는 최강현, 『기행가사자료선집』1(국학자료원, 1996)을 인용하였다.

11) 남용익, 유명천 두 사람의 사행 노정은 다르다. 1663년은 심양을 들어가지 않는 여정으로 '책문(柵門)-요동(遼東)-광녕(廣寧)-산해관(山海關)-영평(永平)-통주(通州)-북경(燕京)'이며, 회정(回程)도 같다. 그러나 1665년 청나라가 심양에 성경부(盛京府)를 설치함으로써 남용익은 '요동-[성경-우가장]-광녕'으로 가게 되었다. 이후 1679년에 바다를 방어하려고 우가장에 성보를 설치하게 되자 '요동-[봉천-고가자-백기보-소흑산]-광녕'으로 가게 되었다. (소재영 외, 같은 책, 62-64면 참조) 이로써 연행로가 확정되었으므로, 유명천은 심양은 들어가지 않고 돌아서 가는 길로 연행한 것이다.

그가 청나라에서도 벼슬을 했다는 점인데, 유명천은 "죠딕수(祖大壽) ᄉᆞ세훈업(四世勳業)[12] 냥픽루(兩牌樓)[13] 나뭇도다"라고만 평가했다. 오삼계吳三桂의 행적도 그가 명에 의해 평서왕平西王에 임명된 것만 말하고("오삼계란 쌍힌가 지세도 거록ᄒᆞ다") 명을 배반해 청에 산해관을 열어줌으로써 멸망에 이르게 한 것은 전혀 언급하지 않았다. 그러므로 그는 먼저 갔던 호곡보다 청의 문물을 좀 더 즐길 수 있었다. 그는 대도회 통주通州에도, 운하의 물화와 인물에도 "거록하다!"는 감탄사를 남긴다. 황성에서는 "장(壯)ᄒᆞ고 장(壯)홀시고 이 그르시 정 커[크]도다"고 감탄했다. 그의 명나라 회상은 없지는 않지만, 아주 은근해 거의 눈치 채지 못할 정도이다. 황제를 만나는 황극전에서 "명죠(明朝) 쩍 졔작(製作)인가 굉려(宏麗)홈도 굉려(宏麗)ᄒᆞ다" 하고, 만리장성을 바라보며 "빅뎨ᄌᆞ(白帝子)[14] ㅣ 어딕 간고 몽념(夢念)의 헷슈괼다[헛수고다]"라 하는 등이다. 장성 모습에서 연상되는 백룡, 즉 한고조 유방劉邦을 떠올리지만, 바로 '꿈이고 헛수고'라고 지워버리는 것이다. 이런 변화가 일반적인 것이라고는 할 수 없다. 명에 대한 의리를 지키는 존주대의사상은 아직도 조선에서는 강고하게 지속되고 있기 때문이다. 3), 4)는 없다.

2.1.3. 박권 〈서정별곡〉(1695)

<서정별곡西征別曲>은 1694년 11월에 사행한 서장관 박권朴權(1658-1715)이 이듬해인 1695년(숙종 21)에 지은 것이다.[15] 박권은 1712년 청의 요구로 압록강과 두만강의 수원을 백두산에서 조사하여 비를 세울 때 청의 대표인 목극등의 접반사를 맡아 조선의 정계定界를 책임진 인물이기도 하다. <서정별곡>은 개인소장본이다. 임기중 『역대가사문학전집』 권40 및 최강현 『기

---

12) 조진 · 인 · 승훈 · 대수의 4대가 명나라를 위하여 공을 이룬 일.
13) 두 개의 석탑 형식의 문.
14) 한고조(漢高祖) 유방(劉邦)이 흑룡을 죽이고 왕이 되었다고 하여 스스로 일컬은 이름.
15) 최강현, 같은 책, 56면.

행가사자료선집』에 실려 있다.

압록강에 이르기까지 거의 기행가사에 가까운 감정으로 '고국풍년이 긔슈를 도도놋다'라고 읊어진 감상은 1)월경에서도 개인의 감상이 이어졌다.

… 통군정 올나보니 / 호쳔 지쳑의 의디슈 가려시니 / 청구 일역이 여긔와 진탄 말가/ 힝장을 졈검ᄒᆞ야 압녹강 건너리라/ 여가(驪歌)를 다 부ᄅᆞ니 셕양이 거의로다/ 졍거의 쉬코 올나 고향을 도라보니/ 종남산 일쳔리의 구름이 머흐럿다/ 삼강수[압록강] 다 지나셔 구련셩 도라드니/ 음풍은 권지(捲地)ᄒᆞ고 삭셜이 영장(盈丈, 열 자)ᄒᆞᆫ디/ 황모 빅위간의 포막을 나쵸 치고/ 일졈 ᄒᆞᆫ등이 침변의 발가시니/ 강두의 취ᄒᆞᆫ 술이 하마ᄒᆞ면 다 ᄭᅵ거다/ 공명도 구름 갓고 부귀도 츈몽이라/ 인싱이 언마완디 형역(形役)이 되야 이셔/ 고당 학발의 온졍을 못밧들고/ 빅운 쳔말(天末)의 방촌만 서기는고[16]

여기서 "호천(胡天) 지척에 의디슈 가려시니/ 청구 일역이 여긔와 진(盡)탄 말가"는 경계를 의식한 표현이다. 이어 압록강을 건널 때는 역시 "정거(停車)에 쉬코 올라 고향을 도라보니"처럼 취해서 강을 건넌다.

반면, 2)명·청 교체에 대한 인식은 상당히 조심스럽게 표현되었다. "황죠(皇朝) 옛궁전이 완연히 잇다마는 한관 위의를 어디가 ᄎᆞᄌᆞ보리" 정도이다. 한편, 보다 주목할 것은 다음의 3)이다.

… 충효 어니 다를소니/ 금셕산 지나거냐 셜암이 어듸미오/ 봉황산 겻틔 두고 안시셩 여긔로다/ 당가(唐家) 빅만병이 예 와셔 픠탄 말가/ 산쳔은 의구ᄒᆞᆫ디 인걸은 어디 간고/ 져근 듯 비러다가 셩쥬긔 드리고져/ 요동 옛 지계를 거의 회복 ᄒᆞ련마는/ 쳔츄의 챵망ᄒᆞ니 속절업슬 ᄲᅮᆫ이로다[17]

양만춘이 당 태종을 이긴 안시성 싸움을 회고하며 "요동 옛 지계(地界) 거

16) 최강현, 같은 책, 61면.
17) 위와 같은 곳.

의 회복"할 계책은 없어 속절없다고 한 <서정별곡>에 나타난 3)구토회복 의식은 이보다 한 해 앞선 1693년 사행에 대해 쓴 유명천의 <연행별곡>에는 보이지 않았던 것이다.

이렇게 단편적이기는 하나 구토회복에 대한 아쉬움을 표현한 박권의 의식은 행동으로는 연결되지 못했다. 앞서 보인 것처럼, 박권은 1712년 사계査界를 위한 담당자로서의 의무에 최선을 다하지 않음으로써 국경의 혼란을 야기하고 국토를 축소당하게 만든 원인제공자로서 두고두고 원망을 샀다.[18] 이에 비해 역관이던 김경문金慶門은 소임 이상을 다해, 압록강의 수원에 대해서는 조선 측의 요구를 청에 강력히 주장해 두 개의 수원水源을 모두 그리게 하였으며, 그 중 위의 것에 대해 발원지로 표기하게 하였으므로,[19] 더욱 대조되었다.

2)박권 역시 남용익처럼 가는 곳마다 명 멸망을 회상하지만, 나라의 위기에서 충성했던 중국의 인물, 한족과 오랑캐의 대립에 관계되는 인물, '노련자盧連子(노중련盧仲連)', '이소경李少卿(이릉李陵)' 등의 인명을 이용해 한족의 과거의 승리를 회고하고 아쉬워했다. 그러나 명나라 의종황제가 자결한 곳인 만수산萬壽山[20]에서는 감상적인 반응을 보이지 않았다. 다만 지나치게 인공적이라며 "민역(民役)이 견딜쇼냐"라고 했다. 4)는 없다.

<서정별곡>과 19세기 가사인 김지수金芝叟(1787-?)의 <무자서행록戊子西行錄(서힝녹)>(1828년 작)을 비교하면, 전자에는 대청관이 이제묘에서 은유적으로만 처리된 반면("산듕의 나는 미궐 히마다 풀우거든/ 슬프다 금세 ᄉᆞ람 킈올 줄 모로ᄂᆞᆫ쏘다"), 후자 <무자서행록>에는 2)전통적인 존주의식과 소중화의식이 노출되어 있다. 그러면서도 청의 문물에 대한 호기심과 문화

18) 조광, 「조선 후기의 변경의식」, 『백산학보』 16, 백산학회, 1974, 166-167면 참조.
19) 양태진, 같은 책, 262-263면 참조.
20) 만세산(萬歲山)이라고도 함. 청나라 때는 경산(景山)이라 함. 명 건국 후 영락제가 자금성의 해자에서 파낸 흙으로 산을 만들고 만세산이라 하였음.

적 충격이 장황하게 소개되었다. 반면, 변경의 호인들에 대해서는 다분히 관념적인 우월감을 보인다. 국경에 대한 그의 언급은 "방광ᄒᆞᆫ 쾌한흉금 여긔와 열"린다는 상쾌감으로 표현되는가 하면, 줄어드는 조선땅의 회복도 명의 부활을 기대하는 상투적인 표현 정도이다. 또한 <무자서행록>은 3)통군정에서 요동들에 대한 구토회복의식과 아울러 진천자眞天子가 사해를 통일하기를 염원하는 중화주의의식을 드러낸다.[21] 그러나 이때는 이미 북학파 등의 역사지리적인 의식이 많이 유포되어 있는 상태이므로 여기 드러난 바를 새로운 의식이라 할 수는 없다.

한편, 이보다 후대작인 홍순학洪淳學(1842-1892)의 <병인연행가丙寅燕行歌>(1866)에서는 변경이나 구토에 대한 감회는 없다. 그는 심양에서는 삼학사를 생각하고 '분ᄒᆞᆫᄆᆞ음'을 잠시 느꼈으나, 바로 "오속기와 고루거각 져긔 잇는 졀일흠은…"하며 새 문물에 마음을 빼앗긴다.[22] 같은 사행을 두고 쓴 유인목柳寅睦(1839-1900)의 <북행가北行歌>(1866)에서 작자는 도강渡江을 앞두고도 기생과의 이별이 더 장황하다.[23] 이 시기는 이미 '중화 : 소중화 : 이夷'의 구도에 금수禽獸(서양)가 새롭게 자리한 시기이다. 그러므로 과거의 연장에서 이들의 대청의식을 주목할 의의는 거의 없을 것이다. 그러나 같은 장소를 다녀가는 연행가의 감상이 조금씩 겹치는 것은 사실이다.

이상에서 살펴본 바, 17 · 18세기의 서북국경을 언급한 가사에는 1) · 2) · 3)은 나타나지만, 4)는 전혀 나타나지 않는다. 도강渡江까지는 국내 여정에 몰두하여 감상적이 되고, 도강 이후 요동까지는 공한지대空閑地帶로서 인적을 볼 수 없는 탓이기도 하다. 그렇다고는 해도 압록강가의 주민에 대한 자세한 언급 역시 18세기 가사 어디에서도 찾아볼 수 없다.

---

21) "이달을손 요동들이 일축국 ᄒᆞ야와셔/ 갓득의 젹은조션 북원이 바히쥬니/ 언제나 시운도라 텩디(尺地)를 멀니ᄒᆞ고/ 불연즉 진텬ᄌᆞ가 ᄉᆞ히를 통일ᄒᆞ야/ 즁국을 졍돈ᄒᆞ고 셩진을 졍히쓸어/ 만국이 일가되여 져혀롤 놉히고져", 임기중, 같은 책, 152면.

22) 임기중, 같은 책, 318면.

23) 임기중, 같은 책, 423-425면.

한편, 여러 가사에 산견散見되는 1)~3)의 진정한 의의를 파악하기 위해서는 조정의 명으로 사신으로 가는 이들의 대청관을 간략하게라도 짚어볼 필요가 있다.

18세기에 연행가사가 지어지지 않은 것에 대해 북벌론의 대두를 이유로 드는 것은 문제를 지나치게 단순화시키는 것이다. 실제 사정은 훨씬 복잡하다. 1704년(숙종 30)은 명이 망한지 1주갑周甲 되는 갑신년으로 국가는 대보단大報壇을 창설한 바 있다. 송시열이 대청복수론, 대명의리론의 의미로 청주 화양동에 임란 때 구원병을 보낸 명의 신종과 마지막 황제 의종을 제사지내던 의미를 계승하여 그 제자들이 만동묘를 설치하였던 것을 국가차원에서 수용한 것이다. 또, 정조대에는 『황단배향제신목록皇壇配享諸臣目錄』이 발간되어 이들의 현창顯彰작업을 세밀하게 분류하였다. 이에 대해 "이 작업이 200여 년 간 계속되었다는 것을 의미하며, 이제 다음 시대의 준비 작업에 오히려 걸림돌이 되기 십상인 구시대의 이념을 '청산하기 위한' 시도가 제기되었음을 알 수 있다."는 지적은 중요하다.[24] 이 기간 동안 호란시 충신의 자손임을 이유로 사신 임무를 거부하는 사람에게는 이를 허락하는 일도 있었다. 그러나 정조가 "저들이 우리를 대하는 것이 후하다"며 신하를 설득하는 사례 역시 찾을 수 있다.[25] 이에 대한 연구는 정조는 존주론의 완성에 누구보다 신경을 쓰고 있음을 볼 수 있으나, 이것을 더 이상 끌고나갈 수 없음을 또한 누구보다 더 잘 절감하고 있었던 것으로 결론짓고 있다.[26]

조정이 이런 복합적인 상태에 있으므로 사행使行의 의무감이나 의미 역시 복합적일 수밖에 없다. 그러므로 국경에서의 감정은 개인차가 클 것이라고 기대할 수 있을 것이다. 그러나 실제로 연행가사에는 국경을 넘을 때의 감

24) 정옥자, 같은 책, 113면(' ' 표기 필자).

25) 『조선왕조실록』, 정조 7(1783)/6/13(계유).

26) 1794년 황단례(皇壇禮) 때 이미 참석자가 별로 없거나 1796년 춘추대의(春秋大義)를 공언(空言)으로 비웃는 사태 등에 대한 정조의 고민에 대한 사례는 정옥자, 같은 책, 124-128면 참조.

상이 간단하고,[27] 국경 지방에 대한 관심은 거의 없다. 또한 연행 노정에서 보이는 의식도 상투적이다. 이것은 연행로燕行路가 엄격히 규정되어 있고, 가사 작자들이 인기 있었던 연행록을 이미 읽고 오기 때문에 같은 역사적 사실을 반복하는 탓으로 볼 수 있다. 그러므로 이 길에 대해 '감회가 새롭다'는 상투적인 발언도 나름대로의 의미는 부여할 수 있을 것이다. 또한 19세기의 연행가사에는 17세기의 것들보다 문화충격이나 사소한 일상이 전면에 나타난다. 구체적인 표현이 늘었다는 의의는 있겠지만 이 개인적 반응은, 『심양장계』에서 볼 수 있었던 청과의 화약和約 초기 사신들의 위기의식・책무의 고단함과 비교하면,[28] 유람과 기행에 가깝다. 그 이유는 사행길에서 조선 사신들이 만난 만주인이 조선인의 학문을 알아주는 것을 즐기기 때문이기도 하고, 반대로 청의 발전상을 탐구의 대상으로 보고 있기 때문이기도 하다.

이상에서 본 <연행가>의 장소는 인류학적 장소의 속성을 다 가지고 있다. 연행로는 경로이고, 국경은 교차로이며, 가는 곳마다 연행록, 연행가 등을 통해 계승된 기념물이 있다. <연행가> 속의 장소들은 장소를 "은유의 공간"[29]으로 보고 장소에 대한 인식의 성립을 분석하는 문화지리학의 상징적 과제로 뽑을 만하다. 이때 공간이란 "서로 다른 것들이 서로를 형성하는 관계 속에서 차별화되고, 상이한 점유자들에 의해 차별적으로 경험되는 것"으로 보는 것이다. 교차로인 국경은 '관계의 장소'로서 의미가 클 것이나, 사친思親이나 사향思鄕이 포함된 우울한 정서 정도이며 이들도 거의가 상투적이다. 사신들은 누구나 송별연에 바빠 감정도 구체성이 없다. 그들에게

---

27) 각종 연행록에는 국경을 넘을 때의 이별이 비교적 묘사되어 있다. 연암은 <막북행정록(漠北行程錄)>에서 도강(渡江)시 기생들이 노래 부르는 장면을 "이는 우리나라에서 제일 눈물 나는 순간이다."라 하였는데(김명호, 『열하일기 연구』, 창작과비평사, 1990, 178면 참조) 이후의 가사인 <병인연행가>와 <북행가>에는 이 이별 장면이 반영되어 있다.

28) 소현세자 시강원, 정하영 등 역, 『심양장계』, 창비, 2008 참조.

29) 데이비드 앳킨슨 외 편저, 이영민 외 역, 『현대문화지리학』, 논형, 2011, 320면.

가장 중요한 것은 상징적 장소들이다. 그러나 조공 대상이 청나라가 된 직후에 조성된 감상이 이후 답습되어, 기대한 만큼의 큰 변화는 감지되지 않는다. 청에 대한 의무감과 반감은 비중의 미묘한 변화는 있으되 조공이 국법으로 금지되는 시점까지도 큰 흐름은 지속된다. 방대한 분량의 연행가와 연행록은 괄목할 만한 다양한 '시간스케일'을 보여주지는 않기에, 장소에 대한 '기억의 집합적 회상'을 보여주는 자료로 의미가 있는 정도이다.

연행가가 아닌, 동북국경을 배경으로 한 가사이며 18세기 후반의 작으로 추정되는 <총병가>를 보자.

2.1.4. 정우량 〈총병가〉

정우량鄭羽良의 작으로 알려진 <총병가>[30]는 잘 알려진 임경업의 일대기를 가사화한 것이다. 그러나 작자에 대한 논의는 분분한 실정이다. 임경업이 청의 포로로서 조선의 요청으로 국문을 받으러 등주-심양-산해관을 거쳐 귀국하는 노정은 연행가에 공통적으로 나타나는 지명과 오랑캐 금나라에 당한 송 멸망에 관한 고사·일화를 담고 있다. 1)여기에는 임경업이 죄인으로서 함거를 타고 국경을 넘어 들어오는 장면이 들어있는데 "世子大君(세자대군) 뫼신 후의 檻車(함거)로 압송하니 … 평양을 다시보니/ 강산도 됴커이와 物色(물색)이 의구하다"로 보통의 기행문처럼 심상하게 표현한다. 2)결국 죽음을 당하는 그를 추모하는 부분에서는 명나라를 생각하며 "皇朝(황조)의 再造恩(재조은)", "슬프다 崇禎日月(숭정일월)/ 어늬 ᄯᅢ예 다시 볼이", "불상한 弘光皇帝(홍광황제) … 칼 알릐 魂魄(혼백)이라", "山海關(산해관) 第一門(제일문)이 뉴ᄉᆞ의 國(국)이 되니 漢道(한도)가 落止(낙지)이라"고

30) 영조 때 병조판서, 우의정을 지낸 정우량(鄭羽良, 1692-1754)의 작으로 알려진 <총병가>는 필사본 한문소설 <임장군전>에 시조 <탄중원가(歎中原歌)> 1수와 함께 실려 있다. 여기 표기된 鄭羽亮을 鄭羽良일 것으로 추정하여 <총병가>를 18세기 작으로 본다. 홍재휴, 「총병가·탄중원가고」, 『국문학연구』 9, 효성여대, 1986, 4면.

울분을 토로한다. 그런 만큼 이 시기에는 다소 균열을 보이기 시작한 존주 사상과 대청복수관이 이 작품에는 흔들림 없이 투철하게 나타나 있으며, 그 외 3), 4)는 찾아볼 수 없다. 임경업은 국제 정세와 국내 정세의 변동이 맞물린 시대의 비극적인 인물을 대표하므로 별고에서 자세히 다루기로 한다.[31]

2.2. 동북국경

2.2.1. 이용 〈북정가〉

<북정가北征歌>(1776년 경)는 이용李溶의 작으로 알려져 있다. 이용은 농암 김창협의 사위인 유수기兪受基(1651-1708)의 둘째 아들 유언민兪彦民(1709-1773)의 측실여서로 전주이씨 무안대군 후손으로 추정된 바 있다.[32] 이 작품은 지금까지 대체로 기행가사로 알려져 왔다.

이용은 회양, 덕원, 원산, 함흥, 성진, 길주, 오산, 회령, 종성, 온성의 국경 지방을 여행하였다. 그의 변방 묘사는 기행 가사 이상이다. 이 가사에는 1), 2), 4)가 나타나 있다. 우선 1)은 그가 국경을 넘은 것은 아니지만 선춘령비 등의 사적지에서 변경 수비의 여러 사건을 상기하는 데에서 경계지역에 대한 그의 의식으로 드러난다. 무엇보다, 그는 국경을 확실히 알고 있었다. "豆滿江(두만강) 흐른 고데 鴻溝(홍구)를 난화시니/ 鰲山(오산)으로 地界(지계) 삼아 눈알픠 막켜 잇고"에서처럼 지계地界를 확실하게 알고 있으며, 강을 경계로 국경이 성립되는 것을 알고 있다. 또한 무인武人으로서 국경의 현실을 지적하기도 한다.

---

31) 본서 3부 2장 <총병가> 참조.

32) <북정가>는 130행 260구의 정형가사로 필사본 한문시집 『적의(適宜)』(국립중앙도서관 소장)에 부록으로 실려 있다.(최강현, 「미발표 관북가사 북정가」, 『풀과별』 6, 풀과별사, 1972, 74-84면 참조) 이용은 수주(愁州, 종성)에 부임한 후 33년간 외직 근무, 1776년 한양에 돌아와 <북정가>를 쓴 것으로 추정된다. 최강현, 「북정가소고」, 『어문논집』 1, 고려대 국어국문연구회, 1966, 105-119면. 작품 인용은 최강현, 같은 책, 132-137면 참조.

한편, 2)명・청 교체에 대한 인식은 은유적으로 표현되어 있다. 이용은 과거 사실의 인용에서 사용된 '호인胡人'이라는 칭호로 지금의 청나라를 지칭하며, 과거의 비하감을 그대로 지속하여 표현하였다. 또, 4)변경민의 삶의 모습이 약간 소개되는 가운데 2)명・청 교체의 감회가 같이 드러나기도 하였다. 북변삼시北邊三市(중강, 회령, 경원) 중 하나인 회령에서 양국의 교역 모습을 묘사한 것에서는 그의 중국관을 읽을 수 있다. "接賓館(접빈관)에 드는 거시 紅抹頭(홍말두) 言佅傻(언미사)라/ 장ᄉᆞᄒᆞ는 胡人(호인)들은 … 寧塔(영탑)[영고탑]의 모화 두어 別區(별구)를 삼앗고야[33]"라고 묘사했으나 그의 마음은 편치 않다.

> 兩國(양국)이 交收(교수)ᄒᆞ려 和親(화친)을 ᄒᆞ돗던가/ 宋(송)나라 運盡(운진)할 제 兩靑衣(양청의) 行酒(행주)ᄒᆞ고[송의 휘종, 흠종이 금의 침입을 받고 수모당함]/ 五國城(오국성)의 주리단 말 드럿더니 보완지고/ 江左(강좌)의 英雄(영웅)드리 됴흔 謀策(모책) 업돗던지/ 千萬代(천만대)에 붓그림을 써서보기 어려웨라/ 路傍(로방)에 纍纍(누누)ᄒᆞ미 皇帝塚(황제총)이 眞傳(진전)인가/ 荒原衰草(황원쇠초) 너른 들에 金棺玉匣(금관옥갑) 슬프도다

라고 호인들이 들락거림을 못마땅해 하였다. 송이 금나라에 멸망할 때 끌려간 휘종・흠종을 구하지 못한 것은 '천만대에 부끄럽다'고 했다. 육진이 있었던 종성과 온성에서는 변방이 안정되었음을 묘사하고, 우리의 다스림으로 호인이 순치되었다고 설명하였다. 그러나 그에게는 이런 설명보다 경치 감상이 우선이다.

---

33) 『적의』에 수록된 한시 <북정록(北征錄)> 중 <호시가(胡市歌)>에서 이용은 개시를 약국에 대한 교린으로 보고 있다.(유정선, 같은 책, 49면 참조) 그러나 개시는 병자호란 후 승전국의 패전국에 대한 일종의 배상적 성격을 띤 불평등 교역으로 성립된 것이다. 이 시기에는 점차 불평등이 해소되어 조선은 만주지방 청인에게 생필품을 수출하고, 청은 대체로 사치성 소비재들을 수입하였다.(이삼성, 『동아시아의 전쟁과 평화』 1, 한길사, 2009, 584면 참조) 이용은 이를 반대로 전한 것이다.

녯부터 (회령에) 移住(이주)ᄒᆞ여 이 城(성)을 직희돗다/ 兵馬(병마)의 精强(정강)ᄒᆞᆷ과 元戎(원융)의 深謀(심모) 遠慮(원려)/ 적국이 저허ᄒᆞ니 邊疆(변강)이 ᄆᆞᆰ을시고/ 沙漠(사막)에 王庭(왕정) 업기 몃 백년 지낫관ᄃᆡ/ 인민이 乘化(승화)하여 淳俗(순속)이 되어ᄂᆞᆫ다/ 종은성 넘어드러 강변으로 조ᄎᆞ가니/ 胡塵(호진)이 咫尺(지척)이라 花草(화초)도 만흘시고/ 春來(춘래)에 不似春(불사춘)이 녯글도 날속여라

하는 대목에서는 앞에서의 명·청 교체에 대한 자신의 감회가 경치로 인해 지속되지 않음을 솔직히 시인하였다. 무이보撫夷堡에서는 "撫夷鎭(무이진) 나즌 城(성)의 防卒(방졸)이 數十(수십)이라/ 關隘(관애)를 防禦(방어)ᄒᆞ미 疎迂(소우)ᄒᆞᆷ도 疎迂(소우)ᄒᆞ다"며 방졸을 본 광경을 옮겼으나, 이것은 직분을 잠깐 드러낸 정도 이상은 아니었다. 무관인 그에게 방졸防卒은 군사일 뿐, 생활인인 변경민은 아니다. 그는 군관임에도 명천에서의 열병閱兵 외에는 소임 의식이 거의 없는 것으로 보일 정도이므로, 군사에 대한 다른 의식을 기대하기는 어렵다.

이 정도의 현실인식도 곧 잊혀지고, 태조 이성계와 열성어조列聖御朝의 설화 유적을 설명하는 것으로 넘어간다. 태조 유적지인 어사대를 묘사하고, 적도赤島, 적지赤池의 고사를 소개한 후, 이어서 "西水羅(서수라)[경흥] 싱긴 터히 瓢子(표자)ᄀᆞᆺ치 드러가셔/ 夷夏(이하)롤 난혼 고데 瑟海(슬해)롤 ᄀᆞ리치니/ ᄯᅡ 밧근 바다히요 물 밧근 하날이라/ 平生(평생)에 아ᄂᆞᆫ 바ᄂᆞᆫ 하ᄂᆞᆯ따히 ᄀᆞᆺ다더니/ 이제야 ᄢᅵ닷과라 하ᄂᆞᆯ이 너르도다/ … / 태산에 오른 말이 좁거니 좁은 海東(해동)/ 天下(천하)도 젹엇ᄂᆞ니 容納(용납)할 ᄃᆡ 專(전)혀 업다"고 자신의 객수를 강조하고, 돌아가 노모를 위로하겠다는 말로 마무리하였다.

1712년 정계定界 이후의 가장 큰 변화는 두만강 강변과 폐사군 지역 및 백두산 남쪽 지역 방비론防備論이 본격적으로 제기되고, 이 지역에서의 주민들의 입주와 경작 활동을 정부에서도 인정하게 되었다는 것이다. 17세기 말부터 압록강, 두만강 중상류 지역까지 주민의 이주가 활발히 전개되었는데,

먼저 주민들이 모입冒入하여 경지를 개간하고 거주하고 있는 상황을 국가가 추인한 것이다. 그러나 영조대에는 읍치와 관방시설을 세워야 한다는 논의가 끊임없이 제기되었다. 1734년에는 함경도 갑산甲山의 유생 김숙명金淑明 등이 갑산, 삼수 지역 방위를 위해 운총보와 혜산진을 합쳐 군을 설치해줄 것을 청하기도 하였다. 그러나 이 지역의 주민 거주나 개간은 잠상潛商이나 월경越境의 문제와 직결되므로 북변지역 개발론이나 읍치邑治 설치론이 곧바로 시행된 것은 아니었다. 정조대의 장진부長津府 신설(1787)과 순조대의 후주부厚州府 설치(1823)는 함경도 강변지역 인구증가와 개발 추세를 정부에서 제도적으로 뒷받침한 것이었다.[34)]

<북정가>의 변방의 모습은 이런 행정의 변화가 나타난 것이다. 이에 대한 이용의 입장은 다분히 자위적이며 피상적이다. 윤관(선춘령비) 등 과거사에 대한 소개가 많은 것과는 별도로, 이용은 현재의 상태를 받아들이며 크게 분개하지는 않는다. 그러나 양국 관계의 정립은 부자국父子國으로서 힘의 우열에 의한 것임에도 이용은 우리의 자발적인 의지로 호도하고 있다. 양국의 교체에 대해서도 못마땅한 정도이지 비분강개하지는 않는다. 청은 '호인', '호진胡塵'으로 표현하였고, 우리와 청은 '이하夷夏'로 표현하였다. 이는 변방인을 비하하는 당대의 표현에 비하면, 특별한 감정을 담고 있지 않은 말로 판단된다.

그에게 국경에서의 이러한 감개는 곧 경치에 대한 감상으로 바뀐다. 무관을 청하여 경기도-강원도-함경도로 여행했던 경험으로 그는 세상이 넓다는 것을 알았다. 그러나 그것은 미지의 세계에 대한 감상 정도이다. 경성鏡城 원수대에서 발해만을 굽어보며 느꼈던 '吾道(오도)의 廣大(광대)'함은 슬해瑟海(노령露領 연해주沿海洲)를 바라보는 국경 지대에서는 '좁거니 좁은 해동'을 느끼게 하였다. 공자가 태산에 올라 깨달은 것과 같이 '등원수대登

34) 강석화, 『조선 후기 함경도와 북방영토의식』, 경세원, 2000, 155-156면.

元帥臺 소조선小朝鮮'을 느낀 것이다. 바다를 볼 때보다 계속 이어질 육지를 바라보면서 더 큰 땅을 느낀 것은 그의 상상력보다는 지식에 의한 것이라고 봐야 한다. 그러나 그의 무관으로서의 발언이 일시적이었던 것처럼 이런 감회도 잠깐뿐이고, 그는 일반 유람객처럼 '遠客(원객)의 離鄕心事(이향심사)'와 귀향의 바람으로 가사를 마무리하였다. 이것이 <북정가>가 기행가사, 제영題詠가사로 분류되는 이유이겠으나, 본고는 이 <북정가>에서 조·청 간 국경의 현실을 받아들이면서도 청에 대한 우월감을 느끼는 18세기 후반의 상황을 볼 수 있다는 점을 주목한다.

2.2.2. 갑산민의 〈갑민가〉

<갑민가>는 필사본 『해동가곡』에 실려 있는 112행 225구의 가사로 성명 미상의 갑산 사람이 1792년(정조 12)에 지은 것으로 알려져 있다.[35]

내용은 군사도망 행색의 갑민과 생원 혹은 초관哨官 차림의 양반의 대화이다. 갑민은 조상이 남중양반南中兩班으로 참소를 입어 변방에 이사, 7~8대를 살다 자기 대에서 언수의 모해를 입어 차차충군次次充軍이 된 인물이다. 자신은 봉사하느라 매어 있으나 일가친척이 도망, 12명의 신역을 사십육 냥으로 물어야 할 처지이고, 채삼에 실패하고 돈피 사냥하러 "백두산 등에 지고 分界江河(분계강하) 내려가서" … "빈 손으로 돌아오니" 검천 거리로 겨우 목숨은 살아 왔으나 동상으로 발가락 잘린 신세라 소에 실려 고향에 돌아오게 되었다. 전토가장을 모두 팔아 돈을 바치러 가니 돈피 외에는 안 된다 하여, 부모를 위해 준비해두었던 수의를 팔아 26장 돈피를 샀으나 십여일이 걸렸다. 차지次知에게 잡혀 옥에 갇히니, 병든 아내는 목을 매어 죽고, 노부모는 기절하니 시체를 찾아 겨우 장사를 지냈다. "한 몸에 여러 신역 물다가 할 새 없어/ 또 금년이 돌아오니 流離無定(유리무정)"을 결정했으나,

35) 이상보, 「갑민가」, 『현대문학』 143, 현대문학사, 1966, 325-330면; 이상보, 「작자미상의 갑민가」, 『한국고전시가연구·속』, 태학사, 1984, 197-202면.

북청부사가 선정을 베푼다는 말을 듣고, 금창령-단천-성대산 넘어 북청으로 가고자 한다. "身役(신역) 업는 군사"가 되기 위한 자구책이다.

여기서 갑민이 북청으로 가고자 하는 것은 갑산에서는 13인의 신역을 본인이 져야 하는 족징을 견딜 수 없고 북청은 이것을 돈으로 대납할 수 있는 곳이기 때문이다. 갑민은 북청에 도망하기 전 이와 같은 예를 취하자고 영문 의송議訟을 올렸으나 벌을 받았을 뿐이다.

여기서 갑민의 이 행위는 의미심장하다. "경계를 넘어간다"는 점에서 정치적 행위이며 자신의 몸이 정치의 대상임을 갑민이 의식하고 있다는 것을 주목해야 한다. 비록 국경을 넘는 것은 아니지만 수탈에 시달리는 갑민은 스스로 살 곳을 선택한다는 점에서 속지적屬地的이며 혈통적인 중세의 방식을 무시한다. <갑민가>를 성대중成大中(1732-1809)의 선정에 대한 찬양이라고 보는 견해로서는 갑민이 이웃 고을(북청)에서는 이런 어려움에서 벗어났으리라는 예상을 할 수도 있겠지만, 갑민이 이후 이웃 고을에서 안정을 찾게 될 가능성은 당대 현실에서는 거의 없다. 더구나 이미 족징族徵을 지고 있으므로 갑산을 떠난다고 다 탕감되는 것을 아닐 것이다. 그는 스스로를 유리민으로 만든다.

여기에 그려진 변경민의 삶은 김창흡이나 홍양호가 변경을 여행한 후에 가졌던 문제의식의 원인들을 거의 망라하였다. 이로 볼 때, <갑민가>의 창작계층은 양반이라고 보는 것이 더 타당하다. 그들의 의식에서는 그런대로 실효를 거두고 있는 옆 고을로 갑민을 이주시킴으로써 조세 정책의 개혁을 의도했겠지만, 갑민을 비롯한 다수의 변경인들은 국경을 넘을 가능성이 더 크고, 스스로를 난민으로 만들 가능성이 더 크다. "백두산 등에 지고 分界江河(분계강하) 내려가서" 등은 당시 금지된 분계지역에 위험을 무릅쓰고 들어가는 변방민의 삶을 그대로 묘사하였다. 금지된 채삼 행위 등을 하다 청국에 적발되면 각각의 국적에 따라 처벌되지만 조선 조정의 힘이 미치기는 쉽지 않다. 갑민과 같은 사람들은 스스로를 백성에서 난민으로 만드는 것이다. <갑민가>에는 <북정가>에서는 그냥 스쳐간 변경의 군사 모습이 제대로 묘사되어 있다("요상(腰上)으로 볼작시면 베적삼이 깃만 남고/ 허리 아래 굽어보니 헌 잠뱅이 노닥노닥"). 이처럼 개인 삶의 비극이 보편적 질서를 압도하는 마당에 2)나 3) 같은 역사의식은 아무 의미가 없다. <갑민가>에는 4)가 전면에 드러나고 1)월경의 의미는 극히 개인적이다. 그러나 이 개인성은 19세기 류인목柳寅睦의 <북행가北行歌>에서 작자가 도강渡江을 앞두고도 기생과의 이별을 장황히 전했던 사소함과는 전혀 다른 것이다. <갑민가>의 방졸은 모든 행위가 월경과 같은 비중으로 엄중하게 금해졌던 변경 지역에서 멧돼지 잡기를 절박한 심정으로 시도한다. 그것이 얼마나 위험한가는 안중에도 없다. 다만, 하늘이 도와주지 않아 못 잡는 것이 안타까울 뿐이다.

국문학에서는 찾기 어려운 북관민의 사정이 한문학에서는 드물지 않다. <북정가>와 <갑민가>에 보이는 18세기의 국경 인식은 삼연三淵 김창흡金昌翕(1653-1722)의 한문학에서 거의 모두 발견할 수 있다. 삼연은 1716년 64세 때에 거의 석 달 동안 육진六鎭, 북관을 여행하였다. 그는 앞서 강화도를 돌아보고(1699) "지금의 걱정은 오히려 오랑캐가 마음대로 넘나드는 국경 백두산에 있으니 우리나라가 천험이 없는 것이 아니지만 조정이 이를 등한히 한다."고 통탄한 바 있는데, 근 20년 후인 이 북관행에서 그는 변경의 현실과 방비의 허실을 충격적으로 체험하였다.[36] 여기에는 변경의 현실에 어두운 조정, 정계 이후 우리 어선들이 녹둔도 동쪽으로 고기잡이 나가지 못한 현실, 겨울 개시開市에서 발생하는 폭력사건과 무질서, 그리고 채삼 금지로 인해 곤궁해진 백성들의 생활상 등에 관한 관심이 폭넓게 드러나 있다. 그는 군역軍役의 폐해와 역리驛吏의 부패도 문제라고 지적하였다.[37]

---

36) 이승수, 『삼연 김창흡연구』, 안동김씨삼연공파종중, 1998, 182면 및 290-292면 참조. 이하 삼연의 문학에 관해서는 이승수, 같은 책 참조.

37) 김창흡, 『삼연집(三淵集)』 권13, 「시」, <새상잡영(塞上雜詠)>; 습유 권28, 「일기」, <북관일기(北關日記)>에 실려 있다. [한국고전종합DB] db.itkc.or.kr 한국문집총간 참조.

그의 <육진탄六鎭歎>과 <봉수탄烽燧歎>은 북새北塞의 현실을 그린 대표적인 작품이다. 특히 <육진탄>은 육진의 백성과 만주의 주민들이 두만강을 이웃하여 문화의 기질이 서로 비슷하게 섞이는 모습을 그렸다. 그러나 삼연은 이를 “역동성이나 다양성이 아니라 자칫 혼란과 불안으로 이어질 것을 걱정했다.”[38] 한편, <봉수탄>에서는 북변의 수졸이 삼을 캐러 오는 호인을 감시하느라 봉화를 올리는 의무를 제대로 못하기도 하고, 추운 겨울에 황구 가죽도 못 얻어 입는 어려운 생활을 수졸의 목소리로 들려주고 있다. 이런 상황은 <갑민가>의 사연과 비슷하다. 그러나 갑민은 한미한 사족으로 양역良役을 지게 된 것을 억울해 하며 저간의 사정을 드러낸 반면, 삼연은 이를 통해 ‘사士’라는 자기 정체성을 회의한다. 그 답은 부정적이다. “누가 놀고먹는 선비들을 몰아 군대를 만들고 병장기를 잡게 할까/ 오랑캐가 와도 방어하기에 족하리니/ 금성탕지가 적음을 근심하지 않아도 될 터인데”[39] 하며 양역 개혁까지를 제안한다. 이 문제의식은 삼연으로 하여금 이후 <갈역잡영葛驛雜詠>에서 양반의 반대로 실행되지 않은 호포법을 시행할 것을, 양정良丁으로 제대로 된 군대를 만들 것을 주장하는 등 민생의 어려움을 개선하는 여러 안을 내게 하였다. 삼연의 작품은 이후 북관에 대한 관심에 많은 영향을 주었다.

한편, 이계耳溪 홍양호洪良浩(1724-1802)는 삼연 몰후沒後의 사람으로 삼연의 시대보다 더 발전된 문화지리적 지식과 인식으로 북관과 만주의 역사를 고증했다. 그는 요동 전체를 역사적 영토로 간주했으므로, 역사적 영토의 범위를 넓게 잡은 인물로도 유명하다.[40] <북새기략北塞記略>, <삭방풍토기朔方風土記> 등을 통해서는 서북지역 개발을 주장했다. 또, 그는 성공적인 관료였으므로 그의 한시 <북새잡요北塞雜謠>, <삭방풍요朔方風謠>, <유민원流

---

38) 이승수, 같은 책, 302면 참조.
39) 김창흡, 같은 책, 습유 권11, 「부」, <13(其十三)>.
40) 조광, 같은 글 참조.

民怨> 등은 파장이 더 클 수 있다. 그가 여기에서 드러낸 북관과 변경의 풍속, 역사, 민의 삶은 경흥부사로 제수되어 임지에 가서 돌아올 때까지의 경험과 감상을 표현한 것으로, 몇 달 동안의 관람과 시찰에 의한 여타 북관 문학과는 깊이가 다르다. 그의 <삭방풍요> 중 <북정>과 이용의 <북정가>에는 비슷한 역사적 사건들이 드러나 있다.[41] 그러나 이용의 <북정가>는 위에서 보인 바와 같이, 이계나 노가재의 한시에 비해 문제의식이 왜곡되어 있거나 피상적이다. 문화지리에 관한 학문적 깊이의 차이가 큰 이유이겠지만, 표현 장르의 차이도 문제가 된다고 생각한다. 이 시기의 한시가 민풍民風 수용으로 깊이를 더하고 문제의식을 현실화한 반면, 양반가사는 점차 교훈적인 속성을 줄여가는 과정에 있었다는 전반적인 경향도 작용했다고 생각한다.

이상에서 본 바와 같이 가사 작품들에는 1)~4)의 요소가 부분적으로 드러나 있다. 그 양상을 드러내는 것도 성과이지만, 이 장면들을 어떻게 바라볼 것인가를 계속 고민해야 할 것이다. 또 한시의 경우, 그 양상이 많이 다르다는 것은 조금 언급하였지만,[42] 이런 관점이 다른 시가, 다른 장르에는 어떻게 나타나는가는 앞으로 고찰할 과제이다.

3. 17·18세기 국경 논의의 중층성과 이에 대한 연구의 전망

이상에서 본 바와 같이, 17·18세기 가사들에서 4)변경민의 삶에 대한 관심은 <북정가>와 <갑민가>에만 나타나 있다. 두 작품들이 모두 변경의 실정을 오로지 조선의 하층민의 문제로, 피지배의 공간으로서만 보고 있다는

41) 성범중, 「이계 홍양호의 북새문학에 대한 일 고찰」, 『관악어문』 9, 서울대 국문과, 1984 참조.
42) 19세기 구강(具康, 1757-1832)의 <북새곡>에는 북관민의 이질적인 삶의 모습이 더욱 다양하게 묘사되었다.(이형대, 「<북새곡>의 표현방식과 작품 세계」, 고려대학교 고전문학·한문학연구회 편, 『19세기 시가문학의 탐구』, 집문당, 1995, 251면 참조) 이 성과가 변경민의 특별한 존재 양상에 대한 인식으로까지 확대될 수 있는가는 본서 3부 3장 <북새곡> 참조.

것을 주목해야 한다. 이 점은 그 시대로서는 당연한 것이지만, 새로운 시각으로 볼 때는 재고의 여지가 있기 때문이다.

변방은 중앙에 대립하는 개념이다. 국가에 대한 논의에는 항상 목적론적인 단합의 개념과 호미 바바가 '문화의 위치감각'[43]이라고 말하는 복합적인 삶의 형식이 대립된다. 이곳은 "의미와 가치가 (잘못) 읽혀지고 기호가 잘못 전유되는" 각 문화 사이의 경계 지역이다.[44] 곧, "지역감각locality의 창조적인 인간화"의 대상이 되는 곳이다. 그러므로 국경을 선線으로서가 아니라 면面으로서, 즉 국가의 경계로서 끝나는 곳이 아니라 바깥으로 연결되는 생활이 이루어지는 곳으로 볼 자세로 접근하는 것이 필요하다. 18세기의 국경지역성의 역사를 이러한 시각으로 본다면 사회적 대립관계를 이항적으로 구조화하는 것에 비해 문화적 차이와 동일성을 한층 더 혼성적으로 보여줄 수 있을 것이다.[45]

이런 관점에서 보면, 변경은 국제적인 공간이며 그러기에 변경민의 삶도 국제적일 것이다. 변경민의 삶을 가렴주구나 국방의 의무에 시달리는 국내 정세의 희생물로서 보는 것만 해도 당시로서는 진전된 생각이지만, 오늘날 우리의 인식은 그들의 삶은 이중적이라는 점을 파악하는 데에까지 나아가야 한다. 국제 정치와 문화의 접경에 있는 생활인으로서 운동하는 그들을 이해하고자 하는 것이다. 양반은 민족과 소중화를 강조하지만 실제로 변경민은 청의 귀화인일 경우도 있을 테고, 때에 따라서는 청국으로 강제 귀속될 수도 있는 처지에 있는 경우도 있을 것이라는 점이 이해되어야 한다. 예로서, 사행의 마두나 쇄마꾼으로 일하는 사람들은 이 변방지역의 주민들로, 한 차례에 반 년 정도 걸리는 노정을 평생 동안 수십 차례 오가는 이들이다. 그러기에 그들의 생활공간은 '도강渡江-북경-도강渡江'의 길 그 자체이

43) 바바, 같은 책, 279면.
44) 셀던 외, 『현대문학이론개관』, 정정호 외 역, 한신문화사, 1998, 282면.
45) 바바, 같은 책, 279면.

다. 그들은 양국의 교섭과 충돌의 증인이고, 이를 몸으로 해결하는 사람들이기도 하다. 그들은 조선인이지만, 때로는 만주인, 중국인이다. 그 모두로부터 이득을 얻는가 하면, 그 모두로부터 내침을 당하고 처벌을 받기도 한다. 개시開市에 모여 상거래를 하는 이들이나, 책문–요동에서 사신들의 숙식으로 벌이를 하는 중국인 혹은 조선의 후손들도 마찬가지이다. 하층인물에 대한 애정 있는 묘사로 그들의 "생기발랄한 행동에 찬탄을 금치 못하면서 야성적인 그들의 개성을 적극 형상화하고 있는" 연암의 특성이 표현 형식의 관점에서 논의된 바 있거니와,[46] 이들의 행동 양상과 감정에 대한 더욱 다각적인 고찰이 필요하다. 이런 상황을 이해하고 그들을 들여다본다면, 그들의 '다원적 개성'이나 생활과 문화의 '다원주의적 방식'이 새롭게 보일 것이다. 당시의 사대부들은 상상조차 할 수 없는 것이었지만, 이 다원성이 당대의 문제를 치유할 수도 있다는 관점에서 변경과 변방을 연구[47]하는 것이 앞으로의 전망이 될 것이다.

또한 이상의 논의를 통해 17세기 이후 작품 및 담론에 나타난 변경·국경에 대한 생각들의 진폭을 볼 수 있다. 정리하자면, 맨 위에는 아직도 북벌을 생각하는 관념①이 있는가 하면, '영고탑회귀설'의 실현을 희망하면서도 닥칠 혼란을 두려워하는 어긋난 현실 파악②이 있고, 여기서처럼 존주사상으로 청을 무시하면서도 청의 압력이나 청에 대한 사대事大의 정책은 어찌할 수 없다는 현실③이 있고, 억울하게 땅은 뺏겼으나 방비를 튼튼히 해야 한다는 의식과 함께 북방민의 삶을 돌아보는 의식④이 있다. 비슷한 층위에는 청을 이미 중국으로 인정하되 과거에 중국에 잃었던 우리 땅을 찾으려는 의식⑤이 있고, 청이 이룩한 새 문명과 새로운 질서에 정신을 빼앗기면서도 우리가 겪은 치욕을 잊지 않으려는 의식⑥이 있다. 그 밑에는 생활 때문에 국경은 불편한 금일 뿐이라고 느끼지만, 그런 말을 할 기회도 없는 생

46) 김명호, 같은 책, 239면 참조.
47) 셀던 외, 같은 책, 292면 참조.

활인의 감정⑦이 있고, 또 극소수로는 황사영처럼 종교적 가치를 추구하기 위해 조선을 청의 속국으로 만들자는 생각⑧도 있다.

이 중 신분으로 따지자면 ⑦을 제외한 ①~⑧이 모두 지배계층이다. 여기에서 하위주체의 발언은 ⑦뿐이다. ⑦에서 하위주체는 가사의 논쟁적 담론을 통해 발언하고 있으나, 스스로를 사족士族의 후예라 밝힘으로써 당대로서는 예외적인 발언 기회에 설득력을 주었다. ④에도 역시 한시 속에 하위주체의 발언이 인용되어 있다. 시점의 혼융과 ⑦과 같은 문답식도 사용하고 있으나,[48] 현실에 대한 적극적인 인식은 장르 혹은 작자에 따라 다르다. 그 외, ⑧은 천주교도 탄압을 극심하게 받아 생명과 존재의 위협을 느낀 황사영黃嗣永(1775-1801)의 토로이므로, 그를 중세질서로부터 내쳐진 추방자라고 볼 때 ⑧ 역시 하위주체의 극단적인 발언이기도 하다. 이들을 하위주체의 언어와 말로 다시 쓰는 작업은 근대문학 이전에는 잘 발견되지 않는다. 그 중 ④·⑦은 현실을 비판적으로 바라보는 실세失勢한 사대부의 공감을 얻으며 각성의 계기가 될 수 있었던 반면, ⑧은 절대로 그렇게 될 수 없었고 탄압의 기폭제가 되었을 뿐이다. 이 외에도 이 다양성에는 조선의 국경은 중국을 포함하는 것이라는 생각도 포함될 수 있을 듯하다. 이 생각은 ⑧과 극단에 있을 수도 있지만, 한편으로는 동전의 양면일 수도 있기 때문이다.

이렇듯 그 양상이 다양하기에, 이들을 국경에 대한 18세기의 중층적 지형이라고 말할 수 있을 것이다. 이들이 당시 상층의 대부분이 표방하고 있는 존주사상에 비하면 다양한 모습인 것은 사실이다. 그러나 각 층위의 본질을 파악하는 데에는 세심한 고려가 필요하다. 각 층위 내에서도 그에 속한 담론들 사이의 편차는 작지 않기 때문에 이들을 하나로 위치 지우기에는 무리가 있으므로, 이 층위는 가설적이다. 18·19세기 영토에 대한, 국경과 나라에 대한 상층의 담론을 예로 들면, 평면적으로는 누구나 비슷한 소

48) 시점 혼융과 문답체의 장·단점에 대해서는 진재교, 「<북새잡요>에 나타난 북관의 진경(眞景)과 변경민의 삶」, 『한국학논집』 37, 한양대 한국학연구소, 2003, 53-54면 참조.

재를 다루지만, 거기에는 존주사상과 대청의식, 고토회복의식, 동국의식 등이 미묘하게 결부되어 있어서 이들 사이의 문화적 질서의 양상을 드러내는 것은 까다롭고 어려운 작업이다. 즉위 처음부터 위기에 처한 대명의리大明義理의 완성을 목표로 했던 정조 임금조차도 18세기 말에는 그것의 시효가 다했음을 내심 인정해야 했던 것이 이 시기임을 생각하면, 다양한 생각이 있다는 것은 새삼스런 것은 아니다. 문제는 19세기가 되면 이 차이는 점점 더 다양해질 수밖에 없었고, 그래야 했을 것이지만, 갑자기 닥쳐온 국제관계 속의 조선에서는 이 다양성은 억압될 수밖에 없었고, 하나로 수렴되기를 강요당할 수밖에 없었다는 사실이다. 그 과정은 역사적 근대로 가는 과정이다. 독립국가의 수립, 즉 '주권과 국민이 행사되는 영역이 영토'라는 근대국가의 개념에 맞는 나라를 만드는 것이 기본적으로 불가능했던 시대를 향해 가고 있으면서도 이념은 단일하기를 기대했던 것이다.

이상의 본고의 논의는 당시 자료들이 국경에 대해 가진 의식의 중층적 양상을 가설적으로나마 드러내, 국경에 독점적·배타적 권위를 부여하는 관점 외에는 아무 것도 용납하지 않을 것 같은 그 시기에 생각의 균열과 다양성을 볼 수 있었다는 데에 의의가 있다. 이 장소감의 스펙트럼에 대해서는 더 자세한 연구가 필요하거니와, 우선 이런 양상을 보일 수 있었던 것은 국경에 대한 단일한 감정을 당연한 것으로 보지 않았기 때문이다. 이로써 이후의 자료들을 구체적으로 바라볼 시야를 확보할 수 있었다. 또한, 국경을 사람이 사는 곳으로 보는 논의는 앞의 방법론에서 보인 문화지리학적 국경론이다. 그러므로 앞으로 18세기의 다양한 논의들, 나아가 근대 이후의 논의들에 이르기까지의 국경에 대한 담론 자료들을 다양하게 찾고, 또 다루기 위해서는 국경을 바라보는 배타적·독점적인 시각을 견제하며 다른 논의들에 귀기울일 수 있는가를 계속 자문해야 할 것이다.

제3부

영토 · 전쟁 · 삶 · 문화

제1장 〈용비어천가〉에 나타난 여말선초의 영토전쟁과 변경

1. 서론

본고는 <용비어천가> 내용의 근간을 이루는 3~16장에서 강조된 소재에 주목하여, <용비어천가>에서 중요시되는 내용인 여말선초의 영토 문제를 구체적으로 알아보며, 이를 통해 세종대 <용비어천가> 제작의 의미를 고찰하고자 하는 데 목적이 있다.

<용비어천가>는 크게 보아 서사, 본사, 결사의 세 부분으로 구성되었다. <용비어천가> 구성에 대한 지금까지의 논의들이 이 3단 구성을 어떻게 나누는가 하는 점에서는 조금씩 다른 입장을 취하고 있지만,[1] <용비어천가>가 3~16장을 근간으로 하고 있다는 점에는 이견이 거의 없다. 3~16장 각

---

1) 본고는 1~2장 서사, 3~109장 본사, 110~125장 결사로 보는 입장이다. 본사는 3~16장에 보이는 '4조→태조' 고사가, 17~89장까지 다시 시대 순으로 펼쳐져 있는 구조이다. 이는 최항이 발문에서 밝힌 '반복부진(反覆敷陳)' 원리를 적용한 배치이며, 여기에 태종고사를 90~109장에 첨부해 본사를 구성하였다. 이러한 구성과 구조는, 대체로 본사의 서사(敍事) 구조를 '주기적 순환의 원리'로 분석한 성기옥 교수의 논의를 기초로 한 것이다. 성기옥, 「용비어천가의 서사적 짜임」, 백영 정병욱선생 환갑기념논총 간행위원회 편, 『백영 정병욱 선생 환갑기념논총』, 신구문화사, 1982, 421-424면. 그러나 본고가 110~124장의 '물망장'을 결사에 포함하는 점에서는 차이가 있다.

장의 소재는 이후 다시 등장하기에 서사敍事 구성의 기본 단위라 할 만한다. 따라서 여기서 강조한 내용은 <용비어천가> 125장의 핵심일 것이므로, <용비어천가>의 이 부분은 특별한 의미로 주목할 필요가 있다. 그 의미가 무엇인가를 확인하기 위해 아래에 먼저 3~16장의 차사[2])를 옮긴다.[3])

3장 : (목조) "우리 始祖(시조)가 慶興(경흥)에 사셔서 '王業(왕업)'을 여시니"

4장 : (익조) "'野人(야인) 사이에 가시니' 야인이 침범하거늘 '德源(덕원)으로 옮기심'도 하늘의 뜻이시니"

5장 : (익조) "'赤島(적도) 안의 움집'을 지금에 보니 '王業(왕업) 艱難(간난)'이 이러하시니"

6장 : (익조) "麗運(여운)이 衰(쇠)하므로 '나라를 맡으시려 할쌔' 東海(동해) 가가 저자 같으니"

7장 : (도조) "뱀이 까치를 물어 나뭇가지에 얹으니 '聖孫(성손) 將興(장흥)'에 嘉祥(가상)이 먼저시니"

8장 : (환조) "世子(세자)를 하늘이 가리시어 帝命(제명)이 내리시거늘 聖子(성자)를 내신 것이외다"

9장 : (태조) "'唱義班師(창의반사)하실쌔(義를 외쳐 군사를 돌이킬새)' 千里人民(천리인민)이 모이더니 '聖化가 깊으시어' 北狄이 또 모이니"

10장 : (태조) "狂夫(광부, 우왕禑王)가 肆虐(사학)할새 '義旗(의기)'를 기다려 簞食壺醬(단사호장)으로 길에서 바라니"

11장 : (태조) "'威化振旅(위화진려)'하심으로부터(위화도에서 군대를 멈추니) 輿望(여망)이 모두 모이나, '至忠(지충)'이실쌔 中興主(중흥주)를 세우시니"

12장 : (태조) "첫날에 '讒訴(참소)를 들어' 凶謀(흉모)가 날로 더하니 勸進

---

2) <용비어천가> 각 장의 두 편 시는 선사(先詞), 차사(次詞)로 지칭한다.

3) 이하는 「용비어천가」에서 차사만 옮긴 것이다. 그 중 ' '로 표시한 부분은 각 장의 주인공에 직접 관계된 단어들이다. 용가 차사의 직역은 이윤석 역, 『완역 용비어천가』를 옮겼으며 의역이 필요한 부분은 같은 책의 현대어역을 참조하여 ( ) 안에 부기하였다. 문법적 설명이 필요한 경우는 허웅 주해, 『용비어천가』(정음사, 1977)를 참조했다. 본문에서는 필요한 경우에만 선사를 함께 인용하였다.

之日(권진지일)에 '평생의 뜻을 못 이루시니'"[4]

13장 : (태조) "노래를 부르는 사람 많되 '天命(천명)을 모르시므로'[5] 꿈으로 알리시니"

14장 : (태조) "'聖子(성자)가 三讓(삼양)하시나(우리나라의 성스러운 자손이 세 번씩 사양하며 비록 마음을 굳혔으나)' 五百年(오백년) 나라가 '漢陽(한양)에 옮겼습니다'"

15장 : (태조) "公州(공주)의 江南(강남)을 저어하여 子孫(자손)을 가르치신들(훈계를 했으나) 九變之局(구변지국 : 아홉 번 바뀌는 국면)이 어찌 사람의 뜻이리이까"[6]

16장 : (태조) "옮으려고 임금이 오시며(도읍을 옮기려고 행차도 해보고)[7] 姓(성)을 가려 員(원)이 오니(성씨를 가려 부윤도 시켜 보았으나) 오늘날에 내내 우스우리"

이성계의 태조 등극은 14장의 "성자가 세 번 사양하시나(공양왕에게 자신의 직책을 세 번 사임한 사실)"와 "오백년 나라가 한양에 옮았나이다" 사이의 일로 짐작할 수 있을 뿐 명시되어 있지는 않다.[8] '위화도회군(1388)'은

4) 이성계를 추대하는 날 그가 극구 사양하고 병을 핑계로 나오지 않으므로 조준이 전문(箋文)을 올려 당위성을 설득하여 결국은 이성계가 고려 왕조에 충성하려는 뜻을 굽히지 않을 수 없었음을 말한다.

5) "배극렴 등이 왕위에 오르기를 권하였으나 … 태조는 굳이 거절하며 말하기를 "예로부터 임금이 일어나는 데는 하늘의 명이 없으면 안 되는데 나는 사실 덕이 없는데 어찌 감히 될 수 있겠는가"라고 하며 응하지 않았다."(I.115면)

6) 왕건의 훈요 예언. "차현(車峴) 이남과 공주강 밖은 산형과 지세가 모두 배역(背逆)하는 형상이니 그 아래 주군(州郡)의 사람들이 조정에 참여하고 임금이나 그 친척과 혼인하여 나라의 정권을 잡으면, 나라에 변란이 생길 수도 있다. … 비록 양민이라 하더라도 자리에 앉아 일을 하는 것은 마땅하지 않다."(I.149면) '구변지국'은 신지(神誌, 단군 때 사람)가 지은 도참(圖讖). 동국 역대의 도읍이 아홉 번 변할 것을 예언하였다 한다. 이씨 조선이 천명을 받아 도읍을 옮길 것도 예언하였다 한다. 김성칠·김기협 역, 『역사로 읽는 용비어천가』, 들녘, 1992, 93면. *이하 이 책을 인용할 때 저자는 '김기협'으로 통일한다.

7) "고려 숙종 때 김위제가 글을 올려 한양으로 천도할 것을 청했는데 신지와 도선의 도참에 근거한 것이었다. 고려에서는 이씨 성을 가진 사람으로 한양부윤을 삼았는데 역시 도참의 글에 근거를 둔 것이다."(I.153면)

8) 태조가 왕이 된 것은 12장에 '권진지일'이 나오므로 그날 등극했다고 볼 수 있으나, 13장에도 망설임이 크게 드러나 있어 등극일은 14장까지 지연된다. 17장 이후 대체로 시간적으로 배열된 장들에서도 조선의 건국과 태조의 등극은 77장과 78장 사이에 이루어진 것으로 짐

조선 건국을 가져온 전환적 동기이며, 마지막 '한양 천도(1405)'는 조선 건국을 마무리 지었다는 점[9]에서 14장까지에서 두 사건이 채택된 이유는 자명하다. 그러나 전체적으로 보면 3~16장의 핵심은 두 가지로 요약된다. '위화도회군'과 선대先代의 '북방 이주'가 그것이다.

우선, '위화도회군'은 <용비어천가> 전체에서 처음 나오는 역사적 사실이다. 9장에는 "창의반사하실쌔(의를 외쳐 군사를 돌이킬새)"[10]로, 11장에는 "위화진려"로 나오는데, 조선 건국은 이로써 동기가 마련돼 14장의 '한양 천도'로 마무리된다. 위화도회군은 무공武功으로 이름을 알린 개인 이성계가 자신의 판단에 의해 역사를 바꾼 획기적인 사건이었기에, 제일 먼저 부각된 것이다. 이 위회도회군은 다시 고려 말의 역사적 상황('여운의 쇠함'-6장, '우왕의 사학'-10장) 때문에 피할 수 없던 것으로 확인되며, 하늘이 이미 준비한 "천명天命-13장"을 통해 조선 건국을 위한 역사적 필연으로 16장 내에서 그 의미가 거의 다 제시된다. 여기에 초현실적 우연인 '조짐'("가상"-7장)과 '꿈'(몽금척夢金尺-13장)과 '예언'(왕건의 훈요訓要 예언, 신지神誌의 도참설-15, 16장)이 더해져서 필연성은 강화된다.

이런 초현실적 우연뿐 아니라 현실의 우연도 조선 건국에 중요한 역할을 한다.

3~8장에서 강조된 또 다른 사건이 그것이다. 바로 이씨가문李氏家門 선대先代에 일어났던 일들로, '목조穆祖가 북쪽으로 거처를 옮겨 경흥慶興에 살게

작할 수 있을 뿐이다.

9) 고려는 1390년 8월(공양왕 2) 한양으로 천도했다가 1391년 2월 개경으로 환도했다. 조선은 건국 이후 1394년 8월 한양으로 천도한 후, 1399년 3월 개경유후사로 다시 천도, 1404년 6월 한양을 다시 도읍으로 해 양경 체제로 지내다 1404년 10월(태종 5) 한양으로 재천도, 도읍을 확정했다. 장지연, 「태종대 후반 수도 정비의 의미」, 『조선시대 문화사(상)』, 일지사, 2007.

10) 이윤석 역, 『완역 용비어천가』는 이 부분을 '하늘의 명을 받들어 죄를 치니'라고 했으나 직역으로는 김기협의 '의(義)를 외쳐 군사를 돌이킬새'가 더 정확하다고 생각하므로 후자를 부기한다. 김기협, 같은 책, 35면.

된 것'(3장)과 도조度祖의 맏아들이 죽어 이성계의 아버지인 환조桓祖가 '성자聖子'가 된 사실(8장)이다. 이 우연은 이성계가 왕이 되는 데 없어서는 안 될 필요조건이라 할 만한 일들이다.

조짐과 꿈 등의 초현실적 우연은 악장으로서의 <용비어천가>를 논의할 때 많이 거론된 것이지만 '선조의 북방 이주'와 '환조의 차자次子 상속'은 상대적으로 주목을 덜 받은 사건이다. 본고는 이 현실적 우연들을 더 주목한다. 왜냐하면, 당시에는 우연히 일어난 사건이었지만, 목조가 북쪽으로 가지 않았더라면, 환조의 형이 죽어 환조가 장자가 되지 않았더라면, 둘 중에 어느 하나가 없었더라면, 이성계에 의해 조선은 건국되지 않았을 것이기 때문이다. 이 중에서도 중요한 것은 '북방 이주'이다.

3~16장의 건국 과정을 확대해 구체적으로 노래하기 시작하는 첫 장인 17장의 소재 역시 목조의 북방 이주다. 이 사건의 사단은 고을 원과 목조가 관기官妓를 사이에 두고 다툰 지극히 미미한 일이었다.[11] 그러나 '왕업王業'으로 열매 맺었으므로, 그 시작도 의미 있는 우연으로 격상된다. 경흥과 덕원에서 겪은 '간난艱難'은 '야인野人'과의 갈등이며 이를 잘 다스린 것(4장, 5장)은 결국 왕업의 기틀이 된 것임을 3~16장은 강조하고 있다.

이성계의 공은 "무덕武德으로 백성을 구"한 것(45장)인데 그 대부분은 북방에서 일어난 전투에서였다. 그러므로 <용비어천가>의 내용에는 문덕文德보다는, 또 무덕武德보다는, 무공武功이 압도적으로 많다. 이에 주목해, 본고는 <용비어천가>의 서두에서 목조의 북방 이주와 야인을 거론하는 의미가 이성계가李成桂家가 두각을 나타낸 북방의 영토전쟁과 무관하지 않다고 보고, <용비어천가>에 나타난 여말선초의 영토전쟁을 살펴보고자 한다.

이성계 생존시기(1335-1408)와 겹치는 조선의 건국 과정은 대내외적으로 전쟁과 정쟁政爭의 연속이었다. "이 시기를 성공적으로 통과한 이성계는 스

11) "官妓(관기)로 怒(노)하심이 官吏(관리)의 탓이언마는 肇基朔方(조기삭방)을 재촉하셨습니다"(17장)

스로의 운명을 국가의 운명과 동일시함으로써 자신의 이름을 떨친 것"[12]이라는 피터 리(Peter H. Lee)의 <용비어천가>에 대한 설명이나, <용비어천가>는 이성계가라는 한 가정의 역사가 일국의 역사가 되는 과정("화가위국化家爲國"[13])을 보여준다고 본 기존연구[14] 역시 같은 관심이라 할 수 있다. 그러나 피터 리는 무공보다는 문덕을 강조하는 입장이고, 다른 두 연구는 역사학 분야가 주이다. 본고는 125장의 <용비어천가>를 문덕보다는 무공을, 개인보다는 공동체의 운명에 집중하여 조명하는 입장이다. 또한 역사와 문화지리학 분야의 연구를 참고하고, 원·명 교체기라는 세계사적 시간 속의 동북아 정세를 염두에 두면서 여말선초의 영토전쟁을 중점적으로 살펴보고자 한다.

그러나 악장인 <용비어천가>는 주인공의 활약을 짧은 단어로 압축해서 전달하는 데 치중하여 그 진행이나 결과는 보여주지 않으므로, <용비어천가>뿐만 아니라 10권으로 찬진된 『용비어천가』 「주해註解」를 함께 활용하여[15] 영토전쟁의 구체적인 성과는 당시의 영토에 어떤 결과를 가져왔는지를 밝히고자 한다. 또한 이런 무공들을 드러낸 세종과 <용비어천가> 찬진자들의 의도는 무엇인가 또한 고찰할 것이다.

---

12) 피터 리, 김성언 역, 『용비어천가의 비평적 해석』, 태학사, 1998, 129면.

13) 김기협, 같은 책, 6면.

14) 심재석, 「용비어천가에 보이는 고려말 이성계가」, 『외대사학』 4-1, 한국외대 사학연구소, 1992, 172-173면.

15) 본고에서는 <규장각총서> 제4 『용비어천가』 복간본 『龍飛御天歌』(全)(아세아문화사, 1972)를 번역한 이윤석 역, 『완역 용비어천가』 상·중·하, 효성여자대학교 한국전통문화연구소, 1992-1994를 주로 인용한다.
*이하 『완역 용비어천가』 인용에서, 상·중·하권은 I·II·III으로 표기하여 그 면수와 함께 기재한다.(예 : 'II.45면'은 『완역 용비어천가』, 중권, 45면) 주해에 대한 할주 번역 인용일 경우, 면수와 함께 '할주'라 표시하였다.
*악장 용비어천가는 <용비어천가>로, 10권의 주해서 용비어천가는 『용비어천가』로 표기한 김승우의 전례에 따라 본고도 필요한 경우 같은 방식으로 구분하나(김승우, 『용비어천가의 성립과 수용』, 보고사, 2012), 이하 본문에서는 <용가>는 기호 없이 용가로, 『용비어천가』는 기호 없이 주해로 표기한다.

본격적인 논의에 앞서 한 나라의 영토를 공인받는 경계인 국경을 의미하는 용어에 대한 규정이 필요하다.

<용비어천가>에는 영토에 관계되는 용어들이 나온다.[16] <용비어천가>와 주해에 보이는 '계界', '경境'은 경계를 말하고 '강疆'은 영토를 말한다.

<용비어천가>에 나타난 '계界', '경境' 등의 용어는 오늘날의 국경으로 우선 생각할 수 있다. 그러나 오늘날의 국경과는 또 다르다. 본고의 배경이 되는 여말선초의 국가 간 경계는 '변경'으로 지칭해야 한다. '변경' 혹은 '변방'은 양국이 공터를 사이에 둔 경계를 가지며, 국가를 이루지 못한 여러 민족이나 부족도 공존하는 곳이다. 본고에서는 "근대 국민국가의 국경과 전근대의 경계 지역으로서의 변경을 통칭"하는 '경계'라는 용어를 사용하고자 한다.[17] 또한 '강疆'은 국토로도 번역 가능하나 변경과의 관계를 생각해 '영토'라는 용어를 사용한다.

2. 선행연구 검토

본고의 선행연구로는 『용비어천가』「주해」에 대한 연구들과 용가 제작 목적 및 의의에 관한 연구들이 주목된다.

본고의 주자료인 『용비어천가』「주해」 10권은 정인지 등이 1445년(세종 27) 용가 125장을 찬진한 후, 세종의 명으로 다시 1447년(세종 29) 완성한 것이다. 『용비어천가』「주해」는 『태조실록』 권1 「총서總序」와 많은 부분 겹친다.[18] 『태조실록』 총서는 태조 이성계의 조상들이 함경도 영흥지방에 정

---

16) '非爲侵犯貴境也'(35장 주해, 479면), '徑築長城以固封疆'(50장 주해, 659면), '逐出疆外'(50장 주해, 659면), '四境開拓'(53장, 667면), '以鴨綠江爲界'(53장 주해, 673면) 이상에서 면수는 『龍飛御天歌』(全)의 인용 면수이다. *이하에서 주해 원전의 한자 인용 면수는 모두 이 책의 면수이다.

17) '경계'·'변경'·'국경'·'변방'이라는 용어의 개념 규정에 대해서는 임지현 편, 『근대의 국경 역사의 변경』, 휴머니스트, 2004, 14면의 기준을 적용하였다. 단, 인용문에 사용된 '국경' 등은 그대로 기재했다.

착하게 되는 과정, 사조四祖의 사적史蹟, 이성계에 관한 사실을 편년체編年體로 기록한 것이다. 이 둘은 모두 여말선초의 구체적 상황에 대한 정보와 깨달음을 주는 자료이지만, 특히 『용비어천가』 「주해」는 시와 산문의 거리라는 문학연구의 근본적인 과제를 새삼 탐구하게 하는 또 다른 성찰을 주는 자료라는 점에서 문학연구에서 주목할 자료이기 때문에 실록 기사를 참고하는 것과는 다른 의의를 가지고 있다.

주해를 포함한 『용비어천가』에 대한 주요 선행연구는 다음과 같다.

박승길 외(1991)는 『용비어천가』가 이성계의 왕조 개창과 직접적인 관련하에 충성심, 천명을 강조함으로써 왕이 될 재목은 정해져 있다는 점을 강조하고자 한 것임을 지적하였다.[19] 또, 정두희(1994)는 「조선 건국사 자료로서의 용비어천가」에서 『용비어천가』의 제작 목적과 위상을 여말선초의 역사해석 문제와 연관지어 검토하였다.[20] 『용비어천가』의 제작은 『고려사』의

18) 용가의 제작이 구체화되던 것은 1438년(세종 20) 무렵인데, 『태조실록』에 실렸던 사실들은 1445년(세종 27. 4. 5.) 완성된 용가 125장에 포함되었을 것으로 추정된다. 이후 개수된 『태조실록』의 사료들 또한 주해에 첨입(添入)된 것으로 보인다. 1447년(세종 29. 2.) 완성된 『용비어천가』 주해는 『태조실록』에서 이때 발췌한 내용을 담고 있으므로, 주해의 많은 부분은 『태조실록』, 「총서」와 같다. 한편 세종은 1446년(세종 28. 10.)에 『고려사』 증수를 위해 목조~태조 관련 사초(史草)를 자세히 상고해 올리도록 했는데, 이 새로 수집한 사실들이 『태조실록』에는 빠져 있으므로 세종은 『태조실록』의 증보를 다시 명해, 증보가 완성된 것은 1448년(세종 30. 6.)이다. 이번에는 반대 방향으로 주해의 내용이 『(증보)태조실록』에 실리게 된 것이다. 그 결과로 "<용비어천가>는 그 자체로서 사론(史論)의 의미"를 갖게 된 것이다.(김승우, 같은 책, 66-81면 및 90-91면 참조) 또한 『고려사』의 편찬이 시작된 것은 1449년(세종 31)이다. 『고려사전문(高麗史全文)』은 세종 24년에 완성되었지만, 반포가 중지되고(세종 28. 8.) 책임자의 문책 등으로 물의를 빚어 세종은 『고려사』를 다시 편찬하게 하였다. 이로써 『태조실록』 「총서」의 내용이 어느 정도 『고려사』에 실렸으나, 『고려사』의 태조 관련 기사가 『용비어천가』에 비해도 많이 소략한 것은 『고려사』의 완성이 세종 승하 후이기도 하지만, 사서(史書) 편찬에 왕권의 개입을 막으려는 신하들의 명분이 작용했기 때문이다. 정두희, 「용비어천가와 조선 왕조 건국사」, 『왕조의 얼굴 : 조선 왕조 건국사의 새로운 이해』, 서강대출판부, 2010, 239-270면 참조.

19) 박승길 외, 「용비어천가 찬술의 역사사회적 의미에 관한 연구」, 『한국전통문화연구』 7, 대구가톨릭대학교 인문과학연구소, 1991, 57-84면 참조.

20) 정두희, 「조선건국사 자료로서의 용비어천가」, 진단학회 편, 『한국고전 심포지엄』 4, 일조각, 1994; 정두희, 같은 책, 239-270면 재수록.

편찬과 밀접한 관련이 있음을 밝히고, 조선 건국을 가져온 고려의 상황을 『고려사』에서는 유교적 가치관의 타락 때문으로, 『용비어천가』에서는 이민족의 침입 때문으로 보았다. 따라서 후자에서는 이성계와 같은 무인의 활약을 중심으로 고려 말의 역사가 서술됐음을 지적했다. 그는 두 책의 편찬과정을 살핌으로써 사실의 변조나 허위사실의 유포, 왕권의 강압적인 행사와 같은 방법을 동원하지 않으며, 또 그런 일을 용납하지도 않았을 당시의 분위기를 파악할 수 있었다는 점을 중시했다. 정구복(2000)은 <용비어천가>에 나타난 역사인식은 직계의식의 혈족주의적 관점이 강하게 반영되어, 조선 건국이 선대의 공적이라는 점을 강조했다는 점 등을 주목했다.[21]

뒤의 두 연구는 <용비어천가> 각 장의 배경을 자세히 고찰한 이성계가에 대한 앞선 연구인 심재석(1992)의 「용비어천가에 보이는 고려말 이성계가」[22]를 선행연구로 한다고 할 수 있다.

김기협(1998) 또한 『용비어천가』의 역사의식을 분석했다. 그는 『용비어천가』에 포함된 중국사 관련 사항에 대해 주로 평설評說하며, "<용비어천가>가 과연 사대문자事大文字인가?"라는 의문을 제기하였다. 그는 오히려 <용비어천가>에는 자주적·독자적 성격이 강하게 표출되고 있다고 분석하였다.

위의 정구복은 국문학에서 주해에 대한 구체적인 연구가 없음을 특히 지적했는데,[23] <용비어천가>에 대한 최근 연구인 김승우(2012)의 『용비어천가의 성립과 수용』은 용가와 주해를 함께 다룬 본격적인 연구이다. 이 연구는 용가의 제작 기반을 세종대의 정치·문화적 사안들과 폭넓게 연관 지어 새롭게 검토하였고, 선초 이래 구한말까지 『용비어천가』가 수용·변전되는 궤적을 살폈다. 그가 선사先詞에 활용된 폭넓은 전고 인용의 배경을 세종대

21) 정구복, 「용비어천가에 나타난 역사의식」, 『한국사학사학보』 1, 한국사학사학회, 2000, 15-42면.

22) 심재석, 같은 글 참조.

23) 주해를 다룬 선행연구로는 정무룡, 「<용비어천가>의 주해문 일고」, 『한민족어문학』 56, 한민족어문학회, 2010 참조.

의 경연의 활성화에 따른 중국 역대 사서에 대한 이해의 심화에서 비롯되었다고 구체적으로 밝힌 점은 이 연구의 중요한 성과이다. 또한 용가의 활용방식과 의미 규정에 대한 조선왕조 오백 년 동안의 수용 양상을 세밀하게 추구한 논의도 주목할 점이다.[24] 이처럼 이 연구는 본고가 대상으로 하고 있는 주해와 용가에 대한 연관 자료들을 치밀하게 고찰해 새로운 사실들을 밝히고 있어, 본고의 관점에도 많은 도움을 주었다. 또한 이 책은 그간 국문학연구 초기부터 이어진 용가에 대한 문학적 연구 업적들을 자세하게 정리하고 있어,[25] 용가에 기울였던 선학들의 관심의 추이를 보여주며 근래 상대적으로 뜸했던 용가 연구의 맥을 이어 주었다. 이 연구에 기대어 본고에서는 용가 전반에 대한 자세한 연구사는 따로 정리하지 않고 본고의 관심과 동궤인 몇몇 연구에 대해서만 언급하기로 한다.

용가 제작 의의에 대해서, 피터 리(1975)는 *Songs of Flying Dragons, A Critical Reading*[26]에서 "교화에 필요한 정치적 방략과 정통 교의를 집대성한 하나의 백과사전"의 자격을 용가에 부여했다. 그는 문文과 무武 그리고 감계鑑戒의 세 가지로 나눌 수 있는 내용과 그것을 구성하는 원리를 분석하는 비평적인 해석을 시도했으며 유가적 정치·도덕 사상에 대한 논의를 통해, "용가는 한국 역사상 유학이 지배했던 시대의 이상과 열망, 그리고 민족적 목표에 대한 강렬한 의식을 담고 있는 작품"이라는 의미를 부여했다. 한편, 피터 리의 위의 책의 번역자이기도 한 김성언(2004)은 정치에 관여하는 문학의 양상을 둘로 나눠, 피치자를 통치권역으로 동화시키는 태도와 치자를 비판, 규계하며 극단적인 경우 적극적으로 통치 권력의 기반을 붕괴시키려는 태도라 하였는데, 용가는 한 작품 속에 두 모델을 다 수용하고 있는 경우로

24) 수용에 관한 부분적 연구로는 임치균, 「세종대의 서사문학」, 한국정신문화연구원 편, 『세종시대의 문화』, 태학사, 2001 참조.

25) 김승우, 같은 책, 13-28면 참조.

26) Peter H. Lee, *Songs of Flying Dragons, A Critical Reading*, Havard Univ. Press, 1975; 피터 리, 김성언 역, 같은 책, 20면.

보았다. 여기서 그는 동아시아의 아송문학, 또 『주역』을 그 사상의 원천으로 강조하였다.[27] 또한 김흥규(2000)는 용가에서 "도덕적 영웅과 천명天命을 강조하여 형성화된 성왕聖王의 규범으로써 왕권을 견제하려는 사대부의 정치의식"을 지적했다.[28] 이 외에도 용가의 정치사상을 논한 연구들, 악장에 대한 전반적인 논의 속에서 용가를 고찰한 조규익(2005)의 「조선조 악장의 이념적 지향」을 비롯, 용가의 악장으로서의 성격을 논한 연구들[29] 및 교술장르로 용가를 본 연구들은 본고의 관심과 밀접한 관계에 있음을 지적해둔다.

3. 〈용비어천가〉에 나타난 영토전쟁

3.1. 이성계의 사경四境 개척開拓의 공로

용가 53장은 이성계의 공로를 '사경개척四境開拓'이라고 강조한다. 노랫말에서는 사경개척은 한마디로, 남쪽 변방인 요徼를 지켜 왜구를 막은 일은 조금 길게 찬양했으나, 주해에서는 그가 복속시킨 동·서·남·북의 구체적 상황을 열거하고 있다. 본고의 관심과 일치하는, 당시의 경계를 살필 수 있는 좋은 자료이다.

> 四境(사경)을 開拓(개척)하샤 셤 안에 도적 잊으니 徼外南蠻(요외남만)인들 아니 오리잇가
> (사방을 개척하여 섬에서 도적을 경계하지 않으니 요새 밖 남만인들 어찌

27) 김성언, 「용비어천가에 나타난 조선 초기 정치사상연구」, 『석당논총』 9, 동아대학교 석당전통문화연구원, 1984; 김성언, 『문학과 정치』, 동아대출판부, 2004, 28-29면.

28) 김흥규, 「선초악장의 천명론적 상상력과 정치의식」, 『한국시가연구』 7, 한국시가학회, 2000 참조.

29) 조규익, 「왕조의 꿈, 그 과거·현재·미래」, 『조선조 악장의 문예미학』, 민속원, 2005, 106-142면; 조흥욱, 「용비어천가의 편찬과 세종의 정치적 의도」, 『한국학논총』 39, 국민대학교 한국학연구소, 2013, 57-78면.

오지 않으리오)(53장)

짧은 찬양에 비해 주해는 길다. 역사적 사실이 복잡하기 때문이다. 설명의 필요상, 용가 53장 주해의 본문을 다섯 부분으로 나누어볼 때, 건국 이후 태조의 치적을 말한 부분은 아래 인용의 2)이다. 이에 앞서, 주해의 1)은 이성계 이전의 고려의 경계를 말해주는 내용으로 시작된다.

> 1)삼국의 말기에 평양 이북은 모두 야인野人들의 사냥터가 되었다. 고려 때 남쪽의 인민들을 여기에 옮겼다. 그리고 의주에서 양덕陽德(평안도 양암과 수덕)까지 곧게 장성을 쌓아 국경을 굳게 했다.(自義州至陽德 徑築長城 以固封疆,[30] 673면) 그러나 사는 것이 불안하여 자주 반란을 일으켰으므로 심지어 군대를 내어 치기까지 했다. … 안변 이북은 여진이 점령한 곳이 많아 국가의 정령政令이 미칠 수 없었다. 예종은 장수를 보내 깊숙이 쳐들어가 적을 이기고 공을 세워 성읍城邑을 세웠으나 곧바로 다시 잃었다.(III.25면)

이런 상태에서 이성계로 인해 달라진 경계, 즉 고려 말 조선 초기의 우리 강역은 몇 번의 전쟁을 겪은 후인 주해 4)부분에 설명돼 있다.

> 4)공주孔州(경원慶源) 이북에서 갑산甲山까지 고을과 진을 설치하여 백성의 일을 다스리고 군사를 훈련시켰다(自孔州(慶源)迤北 至于甲山 設邑置鎭 以治民事 以練士卒). 또 학교를 세워 경서를 가르치니 문무의 정치가 이에 모두 행해졌다. 사방 천리에 있는 모든 것이 판적版籍(호적)에 들어갔다(延袤千里皆版籍, 682면). 강 밖의 풍속이 다른 사람들도 서로 다투어 의로움을 사모하여, 혹 친히 와서 조공하고, 혹 자제를 보내며, 혹 관작을 내려주기를 청하고, 혹 내지로 옮기며, 혹 토물土物을 바치는 자가 길에서 끊이지 않았다. 강 가까이 사는 사람이 우리나라 사람과 다툼이 있게 되면 관가에서 옳고 그름을 가려 혹 가두기도 하고, 혹 곤장을 치기도 했는데 감히 원망하지 못했다. 또 변방의

30) 이하 주해 원문은 한문 인용의 면수를 표기한다. 본문에서는 주로 용가의 차사를 인용했으며, 필요한 경우에만 선사를 함께 인용했다. 인용한 용가의 직역은 이윤석 역, 『완역 용비어천가』를 주로 옮겼다.

장수들이 사냥할 때면 모두 삼군(몰이꾼)에 속하기를 원했다. 짐승을 쏘면 관가에 바치고 법률을 범하면 벌을 받으니 우리나라 사람과 다름이 없었다. … 태조가 즉위하자 유구국 왕이 사신을 보내어 신하라고 칭하며 전箋을 바치고 자주 와서 방물을 드리며 왜적에게 잡혀간 우리나라 사람들을 많이 돌려보냈다.(III.29-30면)

이렇게 되게 한 태조의 구체적인 공은 다음과 같다.

2)태조가 하늘의 명령을 받은 후에는 성교聲敎가 멀리까지 미쳤다. 그래서 서북쪽 인민들의 생업이 안정되고 즐겁게 되어 농토가 날로 열리고 인구가 날로 늘어났다. … 의주에서 강을 따라 여연閭延에 이르기까지 고을을 세우고 관리를 두어 압록강으로 경계를 삼았다(自義州江沿北 至于閭延建邑置守以鴨綠江爲界, 673면). 오랑캐들도 혁면革面(비록 마음을 고친 것은 아니지만 얼굴을 바꿔서 가르침을 따르는 것)하고 와서 다시 상고商賈를 통했다(통상했다). 남도의 인민들이 안심하고 전거奠居(거처)를 정했다. 호구戶口가 늘어나고 닭 우는 소리와 개 짖는 소리가 서로 들렸다. 그리고 바닷가의 땅이나 멀리 떨어진 섬도 남김없이 개간하니 전쟁을 모르고 날마다 먹고 마실 뿐이었다. 동북쪽 지방은 본래 나라가 비롯된 곳으로 위엄을 두려워하고 덕을 생각한 지 오래되었다. 야인의 추장들이 멀리 이란두만移蘭豆漫(이란투먼)[31]에서까지 와서 모두 복종하여 섬겼는데 칼과 활을 지니고 와서 집을 지키고 좌우에서 가깝게 모시며 동서로 정벌할 때 따르지 않음이 없었다."(III.24-26면)

3)태조는 즉위하여 이들에게 천호千戶와 만호萬戶의 직책을 헤아려서 주고 이두란으로 하여금 여진을 불러 안심시키도록 하니, 머리를 풀어 헤치던 풍속이 모두 관을 쓰고 허리띠를 매는 풍속을 따르고 짐승 같던 행실을 고쳐 예의의 가르침을 익혀 나라 사람들과 서로 혼인을 했다. 그리고 세금을 내고

31) 알타리(斡朶里), 화아아(火兒阿), 탁온(托溫)의 세 성을 그곳에서는 이란두만이라고 한다. 삼만호(三萬戶)라는 말과 같은데, 대개 세 사람의 만호가 그 땅을 다스리기 때문에 그렇게 부른다. 경원부에서 서북쪽으로 한 달을 가면 이르게 된다.(III.26면 할주) 모두 강 이름이다. 화아아, 탁온 두 강은 모두 서에서 북쪽으로 흐르는데 세 성은 서로 차례로 강을 따라 있다.(III.26면 할주)

> 부역을 지니 편호編戶와 다름이 없게 되었다. 또 추장에게 부역하는 것을 부끄럽게 여기고 모두 나라 백성 되기를 원했다.(III.29면)

노랫말과는 달리 여기에는 북방에서의 활동, 여진과의 관계를 주로 소개하고 있다. 이 모든 것이 가능했던 것은 이성계가 함경도 북단 혹은 두만강 지역에 태를 묻고 조상의 산소를 둔 인물이었기 때문이다. 태조는 그의 아버지 이자춘에 대해 '환왕桓王', 다시 태종은 할아버지에게 '환조연무성환대왕桓祖淵武聖桓大王'이라는 시호를 봉헌했다. '환桓은 땅을 열고 먼 곳을 복속시킨' 의미를 가졌기 때문이다. 여기서 '먼 곳'은 환조가 원으로부터 수복하는 데 큰 공을 세운 '쌍성'(용가 24장 참조)을 가리킨다. 그뿐 아니라 환조가 익조, 도조를 세습한 원의 관리인 쌍성의 천호였다가 공민왕 때 고려의 관리가 된 것 자체가 고려의 땅이 확장된 것이다. 그를 통해 많은 몽고(북원), 야인이 고려에 복속되었기 때문이다.(II.24-25면) 또 왕이 된 후 태조가 5)"동북면에 가서 산릉山陵을 뵈올 때 두만강 밖의 야인野人들이 다투어 먼저 와서 뵈었다."(III.30면)고 용가는 북방의 타민족과 태조의 어울림을 강조하였다.

이것이 우연한 '목조의 경흥 행'에 용가가 조선 건국의 필요조건 자격을 부여한 이유이다. 위화도회군으로 공양왕을 세운 9공신은 비슷한 세력의 인물들이었다.[32] 이들 중 이성계는 여말선초의 국제 정세와 결부된 북방 경영에서 여진족이나 오랑캐 및 기타 부족을 통솔할 수 있는 사람이었다는 탁월하게 유리한 조건을 만들어주었다는 점에서 목조의 북방 이주는 의미가 있다.

50장은 노래보다는 주해에 고려 <창왕昌王의 교서>(1388, 창왕 1)를 인용하여 본고의 관심인 이성계의 국토 전쟁을 다음과 같이 열거하였다.

---

32) 9공신은 태조, 심덕부, 지용기, 정몽주, 설장수, 성적린, 조준, 박위, 정도전이다.(I.97면 할주)

야인胡人 납합출納哈出이 우리 동북지방을 침범했을 때(犯我東北鄙), 여러 장수들이 패하여 달아나니 승세를 타고 갑자기 고주高州의 경계(乘勝奄至高州之境)에까지 이르렀다. 경은 갑옷을 벗고 겸행兼行(하루에 이틀 갈 거리를 감)하여 드디어 국경 밖으로 쫓아냈다(逐出疆外). 계묘년(1364)에 서얼 덕흥군이 군대를 일으켜 서쪽 지방에 들어오니(擧兵入西鄙) 경이 경기병輕騎兵을 이끌고 저들의 예봉을 꺾었다.(III.16면, 원문 659면)

이상에서 보인 50장 창왕의 교서와 53장 사경개척의 공에 나오는 고려 말의 영토전쟁을 연도순으로 하면 1)쌍성 수복, 2)납합출 격퇴, 동녕부 정벌, 3)철령위 사건이다. 이에 대해 구체적으로 살펴보기로 한다.[33)]

3.2. 고려 말 영토전쟁

3.2.1. 쌍성 수복(1356)

24장은 환조 이자춘(1315-1361)의 쌍성 수복을 간단하게 노래하고 있다.

남은 뜻 다르거늘 임금을 求(구)하시고 六合(육합)에도 精卒(정졸)을 잡으시니
아우는 뜻 다르거늘 나라에 돌아오시고 雙城(쌍성)에도 役徒(역도)를 平(평)하시니
(다른 사람의 뜻은 다르거늘 (조광윤만은) 임금을 구하시고 육합에서도 강한 군사를 잡으시니
아우의 뜻은 다르거늘 (환조만은) 나라에 돌아오시고 쌍성에서도 역적을 평정하시니)[34)](24장)

---

33) 본고에서는 북방의 경계에 한정하므로 이성계의 왜구토벌에 대해서는 논의하지 않는다. 또 이성계가 등장하는 것은 1361년(공민왕 11) 홍건적의 2차 침입 때 활약한 것(33~34장)이지만, 주장(主將)은 아니었으므로 다루지 않는다.

34) 24장의 현대어역은 허웅 주해, 『용비어천가』(정음사, 1977), 143면 참조.

1356년(공민왕 5) 공민왕은 반원운동反元運動의 일환으로 쌍성을 공격했다.[35] 용가 24장의 주해는 이에 앞서, 쌍성의 토착민이며 실력자인 이씨 일가를 받아들이는 공민왕을 보여 주고 있다. 공민왕은 대대로 물려받아 원의 다루가치(千戶)를 하는 인물인 이자춘李子春에게 "그대의 할아버지와 아버지는 몸은 비록 밖에 있었지만 마음은 왕실에 있어, 나의 할아버지와 아버지께서 총애가 극진했었소. 이제 그대도 그대의 할아버지와 아버지를 욕되게 하지 않으니, 내가 장차 그대를 크게 이루게 하리라."고 했다. 3장에서 경흥으로 떠났던 목조 후손의 개경 입성(1355)이 이루어진 것이다. 원의 신하와 부마로서 익조와 충렬왕이, 이어 도조와 충숙왕이 만난 것처럼 도조의 직을 계승한 환조는 공민왕과 이렇게 만났다.

주해는 "쌍성은 멀리 떨어진 변방이므로 다스림이 소홀한 곳이나, 땅은 옥야沃野이고 백성은 많았다. 그래서 동남 지방의 백성 가운데 재산이 없는 사람들이 많이 갔다."고 설명하고 있다. 이들뿐 아니라 쌍성지역에는 고구려의 유이민과 여진 사람도 섞여 살았다. 그러나 1258년(고종 45) 지역민 조휘趙暉와 탁청卓靑이 고려의 지방관을 죽이고 몽고에 항복한 후, 원은 여기에 쌍성총관부雙城摠管府를 두었고 화주(함남 영흥) 등 함경남도 지역과 원흥진, 요덕진 등을 원이 직접 통치하였다. 화주에 치소를 두고 조휘를 총관, 탁청을 천호로 삼은 이후, 조・탁의 일족이 이곳을 세습하며 다스렸다. 이성계가도 이 지역의 토착민이었다.

이 무렵 기황후의 오라비 대사도大司徒 기철奇轍(?-1356)이 황후의 세력을 믿고 횡포가 자심해, 쌍성의 반민叛民들과 내통하여 한 동아리를 이루어 반

---

35) 이보다 한 달 전인 5월, 인당(印璫)을 비롯하여 강중경, 신순, 유홍, 최영 등으로 하여금 압록강 건너 요동 팔참(八站)지역을 치게 했다. 인당이 군사를 거느리고 압록강을 건너 파사부(婆娑府) 세 참(站)을 공격하여 격파했다.(1356. 6.) 원이 반격하겠다고 위협하자 공민왕은 도리어 인당을 처벌하고, 이들이 반란을 일으킨 것처럼 이중적인 태도를 보였다. 『고려사』, 공민왕 5(1356)/7/(무신) 참조.
*이하 『고려사』 인용은 국사편찬위원회, [한국사DB]를 참조했다.(인용서지의 예 : '『고려사』, 공민왕 5(1356)/7/(무신)'은 '국역 『고려사』, 공민왕 5년(1356년)/7월/무신일'을 의미한다.)

역을 꾀했으나 쉽게 진압이 되지 않았다. 앞서의 인연으로 1356년 공민왕은 이자춘에게 소부윤小府尹의 직책을 주어 동북면 병마사 유인우柳仁雨와 내응하게 했는데, 조휘의 손자인 조돈도 이에 가담해, 당시 지배자였던 조소생은 도망가고, 쌍성총관부는 99년 만에 폐지되었다. 이후 이자춘은 동북면 병마사에 임명되어 이 지역에서 세력을 확대했다.[36] 이로써 찾은 땅은 함길도에 속하는 화주(영흥), 등주(안변), 정주(정평), 장주(장곡), 예주(예원), 고주(고원), 문주(문천), 선주(덕원) 등의 여러 성과 예원의 선덕진·원흥진, 영흥의 영인, 요덕, 정변 다섯 진鎭이었고, 함주(함흥부) 이북의 합란哈蘭(하란), 홍긍洪肯(홍원), 삼산參散(북청)의 실지失地까지 회복했다.(II.25-27면)[37] 이로써 "고려의 영토는 쌍성총관부 경계를 넘어 해양海洋(길주)에 이르렀고 서북쪽으로 압록강 상류에 닿아, 오늘날 압록강변 만포 부근에 강계만호부를 세웠다."[38] 철령-자비령 이하로만 제한됐던 고려의 주권을 회복해, 마천령을 동북쪽 경계로 하게 된 것이다.

공민왕은 이자춘에게 대중대부大中大夫의 품계를 주고, 사복시司僕寺의 경卿으로 옮겨, 서울에 집을 하사, 머물러 살게 했다.(II.27면) 흥미로운 것은 이자춘의 아우 이자선은 귀순하지 않은 점을 노랫말이 강조한 사실이다. 인용한 24장의 선사는 송을 건국한 조광윤趙匡胤의 일화다. 그는 후주後周 세종世宗 휘하의 장군으로 북한北漢과 후주가 고평에서 충돌했을 때 세종을 구하고 전투를 승리로 이끌었으며, 이후 등극한 어린 황제(공제)를 돕다가 양위를 받았다. 차사의 고려를 돕지 않는 '아우(이자선)'와 선사의 뜻이 다른 '남(他人)'을 병치시킨 것은, 망해가는 후주를 도운 조광윤이 뒷날 송 왕조의 시조가 된 것처럼, 망해가는 고려를 도운 이자춘의 아들은 조선의 왕이 된 것을 부각하기 위한 것이다. 이 일화로 이자춘의 아우가 귀순하지 않은 것은 쌍

---

36) 24장 주해, II.24면 및 25-27면 요약.
37) 현재 지명은 II.26면, 할주; 김구진, 같은 글, 104면 참조.
38) 방동인, 『한국의 국경 획정 연구』, 일조각, 1997, 109면.

성 토박이로 자리 잡은 이자춘가李子春家의 기득권이 만만한 것이 아니기 때문이라는 사실 또한 확인할 수 있다.

어쨌든 이자춘은 좋은 선택을 했다. 그러나 중앙 정계에 진출하려 하자 중앙의 기득권 세력은 용가 26장에 나온 것처럼 바로 거세게 반대한다. 그에게 그 땅을 맡기는 것은 적에게 돌려주는 것과 같다는 것이 반대의 요지다. 이자춘이 그런 말을 듣는 것은 개인적인 자질 때문이 아니라, 그곳은 '반역의 땅'이고 고려인으로서 그곳에서 세력을 가지고 사는 인물들은 일종의 부역자로 치부되기 때문이다. 그러나 공민왕은 반대를 무릅쓰고 이자춘을 기용한 결과로 고려인으로 이자춘처럼 원의 백성이 된 사람들뿐 아니라 여진족 등의 다른 민족에 속한 사람들도 고려의 백성이 되었으므로 그는 고려에 꼭 필요한 사람이었다.(II.56면)

쌍성 지역이 고려의 땅이 됐음에도 고려로 돌아오지 않으려고 하는 이자춘의 아우처럼 고려를 조국으로 느끼지 않는 고려인들도 적지 않았을 것이다. 그런가 하면 이민족이지만 고려와의 친화력이 남다른 사람들도 다수 존재한다는 점에서, 당시의 변경에는 여러 민족이 모여 살면서 각 민족이나 각 국가의 여러 힘이 함께 작용했다는 것을 확인할 수 있다.

55장은 이런 가계에서 자란 이성계와 북방 이민족의 밀접한 관계를 노래하였다.

> 潛龍未飛(잠룡미비)에 北人(북인)이 服事(복사)하여 弓劒(궁검)차고 左右(좌우)에 좇으니
> (물에 잠긴 용이 아직 날기 전에 북쪽 야인들이 섬겨 언제나 활과 칼을 차고 좌우에서 가까이 모셨네)(55장)

'잠룡미비'는 아직 왕이 되기 전이니 잠저 시절을 통틀어 말하는 것이다. 또한 앞에서 인용한 53장의 주해에는 얼마나 많은 이민족이 이성계의 휘하에 들어왔는지가 자세히 밝혀져 있다. 그러나 이런 친화력은 중앙의 인사들

에게는 '이성계 일가'를 야인들과 같은 사람으로 평가하게 할 뿐이다. 애써 나라를 지켜봤자 변경의 군인은 'ᄉᆞ가발 군마'(36장)로 평가절하될 뿐인 것처럼, 중앙 권력층이 이자춘의 중앙 입성을 '하리(헐뜯음)'했던 것도 같은 의미였다. 거친 변방의 삶을 살아내기 위한 북방의 습속習俗은 같은 민족이라 하더라도 유자儒者와 중화中華의 잣대로 보면 모자란 것, 야만의 것이었기에 언제나 차별의 대상이었다. 그러면서도 차지하고 싶은 곳이 변경이었다. 이 차별을 딛고 도약해야 하는 이성계에게 변경은 발판이기도 했다.

3.2.2. 납합출의 격퇴(1362), 동녕부 정벌(1370)

ᄉᆞ가발 軍馬(군마)를 이길쌔 혼자서 물러나 좇기사 모진 도적을 잡으시니이다
(시골의 군사를 이기고 쳐들어오니 몸을 솟구쳐 나가 거짓 패한 척하여 저 흉악한 적을 드디어 능히 사로잡도다)(35장)

원나라 승상 납합출納哈出[39]이 (쌍성에서 달아난) 조소생의 권유를 듣고는 삼산參散과 홀변忽面(홍원)의 땅에 쳐들어왔다. 도지휘사 정휘가 여러 번 패하고는 태조를 파견해달라고 청했다. 공민왕이 태조를 동북면 병마사로 삼아 보냈다. 납합출이 수만 명을 이끌고 조소생, 탁도경과 함께 홍원의 달단동(다대골)에 주둔했다. … 태조가 덕산동원의 넓은 들에서 만나 격퇴시켰다. … 이날 태조는 물러나 답상곡(답상골)에 주둔했다. 납합출이 노하여 덕산동으로 옮겨 머무르니 태조가 밤을 타서 습격하여 무찔렀다.(II.96면) … 며칠 후에 태조가 함관령을 넘어 곧바로 달단동에 이르렀다. 정주定州(정평)에 주둔하여 며칠 머물면서 병사들을 쉬게 하고 먼저 요충지에 복병을 두었다. 좌군은 성곶城串(함흥부 북쪽), 우군은 도련포都連浦(도린都麟, 함흥부 남쪽 30리), 자신은 중군을 이끌고 송원松原(고두듥)으로 갔다. … 납합출이 대적할 수 없음을 알고는 흩어진 병졸을 수습하여 달아났다. 납합출, 아내, 누이 모두 마음으로

39) 나하추, 나하치 등으로 번역 표기되기도 하는데, 여기서는 『용비어천가』「주해」의 표기를 따라 '납합출'로 표기한다.

심복하였다. 태조의 뛰어난 무덕을 보고는 마음으로 기뻐하여 또한 말하기를, "이 사람이야말로 전하의 무쌍無雙이다."라 하였다.(35장, II.95-100면)

이 싸움은 이성계의 태생지인 함흥을 둘러싸고 일어난 일이다. 쌍성은 1356년 이미 고려에 수복되었다. 그런데 1362년 원의 승상 납합출이 다시 옛 쌍성총관부의 땅인 함흥 일대를 공격한 것이다. 그러나 이성계는 납합출을 크게 무찌름으로써 원이 침범하려고 했던 함흥지역, 함주, 화북을 지켜내(1362. 12.) 공민왕의 신임을 얻게 되었다.

다음 해 부원附元 세력의 근원인 기황후는 공민왕을 폐하고 충선왕의 서자인 덕흥군德興君(탑사첩목아塔思帖木兒)을 임명(1363. 5.), 그를 앞세워 의주를 공격했다.(42장) 또한 여진의 삼선三善・삼개三介도 침입했다.(1364. 1.) 이를 모두 물리쳐 이성계는 고려의 경계를 지켜냈으며(33・38장), 공민왕의 복위도 이루어졌다.(1364. 9.) 이로써 압록강변 만포 부근에 강계만호부를 세웠고, 이런 움직임은 명의 건국이라는 대외정세의 변화와 맞물려 1370년(공민왕 18) 요양遼陽 지방의 동녕부東寧府 정벌로 이어졌다.[40]

1368년 주원장이 명 황제에 등극한 이후 몽고벌판 상도上都로 옮긴 원의 잔존 세력인 북원은 여전히 고려에 영향력을 행사하려 하는 동시에 고려를 도발하여, 부원세력인 기철의 아들 기새인첩목아奇賽因帖木兒 역시 덕흥군과 유사한 위협이 되었다. 그들은 기철의 재 요동 근거지이자 동녕부의 치소였던 요양성을 차지하고 이미 없어진 동녕부의 형식을 이용, 요동에 산거하던 고려계 군민들을 규합하여 도전하였다.[41]

---

40) 박종기, 「고려 후기 정치체제의 변동과 정치세력의 추이」, 『한국사』 5, 한길사, 1994, 250-251면.

41) 동녕부는 원의 고려계 군민의 통제기구로 고려의 서북면을 강점하는 형태로 처음 설치된 후, 1290년 이 지역이 고려에 반환되면서 그 형식만이 남아 있던 기관이다.(오기승, 「공민왕대 동녕부정벌의 성격」, 중앙대학교 석사학위논문, 2010, 58-59면 참조) 1270년 원이 서경에 설치한 동녕부는 고려 정국의 변동에 대한 원의 간섭에 의한 것이다. 1269년 임연(林衍) 등의 정변으로 원종이 폐위되었다가 다시 복위하자, 임연을 벌주라는 명분으로 반란을

드디어 공민왕은 동녕부 정벌을 시도, 1370년 동북면 병마사 이성계를 압록강 건너로 원정, 파견하였다. 이성계는 요녕성 야돈촌也頓村에 주둔, 신기神技에 가까운 궁술, 마술馬術, 병법을 발휘하여 계속 승전하였다.(39~41장) 그 결과 20여 성의 항복을 받아냈다. 용가 35장에서 납합출 일족이 감탄한 이성계의 무술과 무공이, 비록 그가 변방군사인 'ᄉ가발 군사'를 거느렸지만, 변방의 수준을 넘어 중원의 판도 변화에 일조하는 기회였다. 덕분에 고려군은 양강지대 북안北岸은 물론이고 멀리 요양에 이르기까지 모두 접수하고 압록강에서 동녕부에 이르는 지역을 정리했다. 2차 정벌은 8월에 이성계와 서북면원수 지용수가 함께 요양성을 정벌, 함락시키고 다음 해 2월에 회군했다. 이 정벌을 용가 42장은 "東寧(동녕)을 하마 앗으사 구름이 비치거늘/ 日官(일관)을 따르시니"라고 노래했다. 주해에 의하면 이성계의 신기한 활솜씨와 일관의 예측을 따른 작전으로 고려가 대승한 사건이었다.

그 결과, 『고려사』에서는 "동쪽으로 황성皇城(집안集安), 북쪽으로 동녕부, 서쪽으로 바다, 남쪽으로 압록강에 이르는 광범한 지역에서 적이 일소되었다."고 기록하고 있다.42) 동녕부를 정벌한 후 고려 도평의사사에서 동녕부東寧府로 보낸 공문에 "요심遼瀋 지역은 애초 본국의 옛 영토였으나 원나라를 섬기게 된 이후 장인과 사위의 관계를 맺는 바람에 행성行省의 관할로 두었던 것"이라 했고, 또 강계만호부에 지시해 금주, 복주 지역에 붙인 방문에도 "요심은 원래 우리나라 땅이다(遼陽元是國界). … 압록강을 건너와 우리의 백성이 되기를 원하는 자는 관청에서 양식과 종자를 주어 저마다 생업에

도모했던 최탄(崔坦) 등이 고려 서북의 60여 성을 들어 몽고에 투항하였고(『고려사』 원종 10(1269)/10/경자), 쿠빌라이는 이 지역을 동녕부로 삼았다. 이 동녕부는 서경인 평양과 서해도의 경계가 된다. 이후 1290년까지 20년 동안 지속되었다. 이와는 달리 원 말의 혼란기에 다시 설치된 동녕부는 남의현에 의하면, "요양행성의 힘이 미약하게 미치던 것이지만, 방어거점으로 중요했으며, 지금의 혼강(渾江)이나 압록강 중류에 설치된 것"으로 보고 있다. 남의현, 「원・명 교체기 한반도 북방경계인식의 변화와 성격 : 명의 요동위소와 3위(동녕・삼만・철령)를 중심으로」, 『한일관계사연구』 39, 한일관계사학회, 2011, 53면.

42) 『고려사』, 공민왕 19(1370)/1/(갑오).

안착하게 해주겠다."고 했다.[43] 1차 정벌에서 이성계가 돌아올 때 귀순한 3백여 호를 바쳤는데, 울라산성 부근에서 1만 수천 호 정도가 따라왔을 것으로 추정하기도 한다. 이로써 고려는 북원의 부원세력을 일소하였다.

이 무렵은 원이 중원에서 밀려나고 요동 지방에 장시간의 정치적 공백 상태가 일어나 요동 지역에서 고려계 군민들을 관할하던 기존 고려계 통치 조직이 사라져 이들이 널리 퍼져 산거하고 있던 상황이었다. 이때 이루어진 고려의 동녕부 정벌은 "적대적 세력인 기씨 일파를 미연에 저지하기 위해 선제공격을 가한 것으로 확장을 위한 정복전쟁보다는 자위를 위한 일종의 예방전쟁"[44]의 의미로 볼 수 있다.

그러나 요동반도를 텅 비게 하고(爲之一空), 돌아오는 무리가 저자를 이룰 정도로(歸者如市)[45] 이 지역의 수많은 민호들이 고려에 소속하게 되었다는 것은 중세의 변경에서는 큰 의미를 가진다. 이 동녕부 및 북원 정벌의 의미를 류재춘은 "명보다 고려에서 먼저 군사적인 행동을 한" 점에 두었다. 또 "명이 연산관連山關 이동以東 지역을 포기하고 압록강으로부터 멀리 떨어진 곳에 국경을 설정한 것은 이러한 사실과 관련이 있을 것"으로 생각했다.[46] 그 결과, 조선 건국 이후에도 연산관 이동지역은 조·명 어느 나라에도 예속되지 않은 특수한 구역으로 되어 명과 조선의 영토의식에도 큰 영향을 주었다는 의미이다. 한편, 정구복은 "요심은 원래 우리나라 땅(遼陽元是國界)"이라는 발언에 주목한다. 요동이 기자조선으로 우리 것이 된 데서 출발, 고구려→당→원의 소유로 정리하고, 다시 고려가 원의 부마로서 탕읍으로 받은 곳으로 인식한 점에 대해서, 발해와 거란을 거론하지 않은 것은 상고사上古史에 대한 이해 부족이며 "요동지방이 원나라 시대에 우리에게 할양된 강역

---

43) 『고려사』, 공민왕 19(1370)/12/(정사); 용가 42장 주해.

44) 오기승, 같은 글, 48-59면.

45) 『고려사』, 공민왕 19(1370)/1/(갑오).

46) 류재춘, 「15세기 전후 조선의 북변 양강지대 인식과 영토 문제」, 『조선시대사학보』 39, 조선시대사학회, 2006, 57-64면.

이었음에도 불구하고 이를 차지할 적극적 의지가 없었다."고 그 한계를 지적했다.[47]

이성계는 또한 이 시기에 더욱 극성했던 왜구의 침입을 한반도 전역에서 막아냄으로써(47~52장) 개경이 무너지고 공민왕이 피난 가야 하는 상황에서 도탄에 빠진 백성들에게 그의 명성은 드높아진다.

한편, 북원은 한때 납합출이 명 원정군을 격파(1372)하기도 했으나, 1387년 3월, 명이 20만 대군으로 납합출이 둔거하고 있는 금산金山을 공격한 결과, 6월 납합출은 명에 항복하였고, 그 부하 20여 만 명도 투항하였다. 이후 명에 의해 납합출은 해서후海西侯에 봉해졌으나 북원은 없어지게 되었다. 구원舊元 세력인 납합출이 소탕된 후에 명明의 철령위 설치 사건이 진행되었다.

3.2.3. 철령위 사건(1388)

1388년(우왕 15) 명의 철령위鐵嶺衛 설치 통고에 저항하여 요동을 정벌하려 한 우왕과 최영의 의사에 반대하여 이성계가 위화도에서 회군한 것에서 이성계의 조선 건국이 비롯되었으므로,[48] 철령위 설치는 조선 건국의 빌미가 된 사건이다.

고려는 1368년 명나라가 서자 바로 사대관계를 맺고 원나라 잔존세력 협공에 호응하였다. 1370년부터 명의 연호를 사용했으며, 명에 대한 조공을 여러 차례 요청한 후 1374년부터 3년에 1회 조공하기로 하였다. 그러나 그해 10월 공민왕이 서거했으며, 공마貢馬 징발차 고려에 왔던 명의 사신이 고려 호송관에 의해 살해된 사건이 일어나 명과 고려의 관계는 악화되었다.

---

47) 정구복, 같은 글, 39면.

48) "이제 명나라 유지휘(劉指揮)가 군사를 이끌고 와서 철령위(鐵嶺衛)를 세운다는 말을 듣고(立衛之言) 급히 명나라를 치는 것은 나라와 백성에게 복이 되지 않습니다", 용가 9장 주해, I.58면.

1375년 공민왕의 상사喪事를 알리러 명에 갔던 사신이 구금되는 사태가 벌어져, 이후 명은 우왕의 왕위계승을 인정하지 않고 양국의 평화적인 조공·책봉관계는 단절되었다. 그러다가 우왕 10년(1384)에야 단절 10년 만에 우왕 5~9년까지의 5년분 공물이 전부 운송되고, 우왕이 공민왕의 시호를 명에서 받음으로써(1385) 정상화되었다.[49]

그러나 1388년 명에 갔던 고려 사신 설장수偰長壽가 돌아와, 명측이, 조공으로 보낸 말이 마음에 들지 않으며, 또 고려가 몰래 사람을 태창太倉으로 보내 명의 군사 정보를 정탐하게 한 점 등을 추궁하고, 앞으로는 사신도 보내지 말라고 하며, "철령 이북지역은 애당초 원나라에 속했으니 개원로開元路의 군민을 그대로 요동관할에 귀속시키도록 하라."고 했다고 구두로 전했다.[50] 이 '개원로(원나라가 길림吉林과 요동 지방에 설치한 도로명)'는 이때부터 고려와 명의 쟁점이 된다.

명 태조의 포고는 곧 실행으로 이어져, 1388년 2월 서북면 도안무사都安撫使 최원지崔元沚가, 명의 이사경李思敬이 가져온 같은 내용의 황제 칙령이 방으로 붙여졌음을 전했다.[51] 이어 3월에 다시 최원지는 '철령위 설치' 진행상황을 보고했다. 결국 명은 1388년 3월 27일 철령위를 설치한 후, 고려 조정에 사람을 보내 이를 통보했다. 우왕은 병을 핑계로 백관들로 하여금 사신을 도성 바깥에서 맞이하게 했다.[52] 고려와 명의 관계가 악화된 과정이다.

설장수의 보고 이후 2월부터 우왕과 최영이 계획한 요동정벌의 목표는 압록강 건너 요양지역과 압록강 중·하류에 걸쳐 있었다. 철령위가 설치된 봉집현奉集縣도 요동정벌의 대상이었다.[53] 태조의 '위화도회군'을 다루고 있

---

49) 김순자, 「고려의 우왕 책봉 요청과 공물의 증액」, 『한국 중세 한중 관계사』, 혜안, 2007, 83-105면 참조.

50) 『고려사』, 우왕 14(1388)/2/(경신).

51) 용가 9장 주해, I.51-52면; 『고려사』, 우왕 14(1388)/2/(경신); 우왕 14(1388)/3/(을해); 『고려사』, 「열전」 26의 '최영'조 등에 거의 비슷한 내용으로 실려 있다.

52) 『고려사』, 우왕 14(1388)/3/(을해).

53) 남의현, 같은 글(2011), 65면.

는 용가 9장의 주해에 이 사건이 자세하다. 4월에 요동 공격이 정식으로 시작됐으며, 5월에 좌우군이 압록강을 건넜다. 예상대로 상황은 좋지 못했다. 군사의 사기는 떨어지고, "압강鴨江을 건널 때 첫 번째 여울에서 빠져 죽은 자가 수백 명이고, 두 번째 여울은 더욱 깊어서 섬 중에 머물며 양식만 헛되이 낭비하고 있습니다. 여기서부터 요동성까지 사이에 큰 강이 많아 쉽게 건너지 못하겠습니다."라고 알렸으나 우왕은 고집을 굽히지 않았다. 결국 이성계가 "만약 상국의 땅을 범한다면(犯上國之境, I.60면) 천자께 죄를 짓는 것이므로 종사와 백성에게 화가 곧바로 미칠 것"이라며 임금 곁의 악한 무리들을 제거할 뜻을 밝히니, 여러 장수들이 "우리나라 사직의 안위가 공(태조)의 한 몸에 달렸으니 감히 명을 따르지 않겠는가?"라고 했다. 이에 이성계 등은 군사를 돌려 압록강을 건넜다. 이때 큰 비가 며칠 내렸으나 물은 붇지 않았다. 군사를 돌이켜 겨우 물가에 닿았을 때 큰물이 몰려와 온 섬이 물에 잠겼다. 사람들이 모두 신기하게 여겼다.(I.57-61면) 결국 정변은 성공하고 "輿望(여망)이 모두 모이나"(11장), 회군의 후속조치는 우왕을 축출하고 태조가 아닌, 우왕의 아들 창왕을 옹립했다. 그 의미는 "과격파와 온건파 사이의 절충의 결과"[54]로 해석된다.

1388년의 고려의 요동 출병의 역사적 의미를 보는 시각은 다양하다. "(명이) 한반도 북부의 옛 원나라 판도를 거둬들이겠다는 철령위 설치 방침을 세운 것은 아직 손길이 미치지 못하는 곳에 일단 선언적인 조치를 해둠으로써 장차 분쟁의 가능성에 대비한 것으로 보인다. … 이런 일을 놓고 고려가 철령위 지역의 방어에 그치지 않고 철령위의 배후가 될 요동으로 출병하려 한 것은 상식적으로 이해하기 어려운 일"[55]이라고 보거나, "고려와 명이 철령위 설치를 놓고 벌인 갈등은 각기 다른 지점을 두고 생긴 지리 개념에 대한 오해 때문"[56]이라는 견해도 있다.

54) 김기협, 같은 책, 9장 평설, 55면.
55) 김기협, 같은 책, 9장 평설, 53면.

그러나 요동정벌론은 명과 고려 사이에 요동을 중심으로 경계와 영토를 둘러싼 갈등들이 응축되어 종합적으로 표출된 사건이라고 보는 시각이 대부분이다. 당시의 현실은 명이 요동진출을 확대하기 위해 요동도사遼東都司[57]를 중심으로 25위 체제를 확대하고 있었고, 1384년 명군이 북청주를 침입하여 고려군과 충돌한 사건도 있었다. 철령위 5,600명 군사와 둔전屯田이 압록강 가까이에 설치되면 압록강변이 명의 영토가 된다는 의미이므로 고려로서는 날을 세우지 않을 수 없는 사건이었다.[58] 또한 우왕의 요동 출병은 앞서 동녕부 정벌에서 요동을 원의 부마로서 받은 식읍으로 이해한 의식과 무관하지 않다고 본다면, 실제 그 지역의 소유권에 대한 고려 조정의 지적이 훨씬 많았을 것이나 회군에 대한 미사여구에 묻혀버렸을 것으로 추정하기도 한다.[59]

명으로 보면 과거 공민왕의 과감한 고려 영토 수복 전쟁을 지켜보았고, 더구나 고려가 원元 잔여세력과 연대하여 명을 적대하는 것을 최악의 상황으로 여기고 있던 터였다. 이에 대한 명의 민감한 반응이 철령위를 설치하려 했을 것이라는 견해[60] 등은 모두 요동정벌이 동북아시아에 미친 영향을 의미 깊게 보는 견해이다. 회군을 알게 된 명이 이성계를 '진실로 명나라 조정의 충신'(I.73면, III.43면)이라고 추켜세운 것을 봐도 고려의 요동출병은 명나라에 파장이 클 수밖에 없는 사건이다.

영토의 관점에서 볼 때, 그간의 논의 쟁점은 두 가지이다. 하나는 철령의

---

56) 이화자, 『한중국경사연구』, 혜안, 2011, 270면.

57) 요동도사의 범위는 동쪽으로는 압록강, 서쪽으로는 산해관, 남쪽으로 여순 해구(海口), 북쪽으로 개원(開原)에 이르렀다. 이 중 철령위는 요동반도와 요서주랑(遼西走廊) 사이에 위치한 것으로서, 요양성, 요해, 심양중, 철령이 속한 위소(衛所)의 가장 동쪽에 위치하였다. 이화자, 같은 책, 270면 참조.

58) 남의현, 「원말명초 조선·명의 요동쟁탈전과 국경분쟁 고찰」, 『한일관계사연구』 42, 한일관계사학회, 2012, 90면; 남의현, 같은 글(2011), 65면.

59) 정구복, 같은 글, 39면, 주65 참조.

60) 류재춘, 같은 글, 63면.

위치이다. 즉, 압록강 이남 반도 내인가? 아니면 요동 벌판인가? 하는 것이다. 다른 하나는 위화도회군으로 명의 철령위 설치 계획은 어떻게 되었는가? 하는 것이다.

철령위의 위치에 대해, 한국 학계는 함경도와 강원도 경계에 있는 철령을 명이 설치하려고 한 철령위의 위치로 보는 입장이다. 위에 인용한 김기협의 의견도 같다. 한편, 이들과 관점을 달리하는 논의가 없었던 것은 아니다. 김용덕은 "명 태조는 처음부터 요동에 철령위를 설치하려 했"다고 보았다.[61] 그러나 이 견해는 한국 학계에서는 그다지 인정받지 못했다. 반면, 중국학자들이 보는 철령위의 위치는 모두 요동이다. 처음부터 요동에 설치했다는 견해가 대부분이고, 원래는 압록강 동쪽, 즉 조선 자강도 130리 지역에 두었다가 요동에 옮겼다는 퇴설론退設論 또는 이설론移設論이 주류를 차지한다.[62]

요동으로 보는 견해의 심각성은 "명이 압록강 이남은 고려의 땅이라는 확답을 주었음"에도, 중국 땅에 세워지는 철령위에 대해 거병으로 반응한 고려의 예민함은 이해가 가지 않는다는 결론에 도달한다는 점이고, 압록강 이남으로 보는 우리 학계의 문제는 위화도회군의 결과로 실제 철령위는 어떻게 되었는지를 자세히 보여주지 않는다는 점이다.[63] 즉, 고려의 뜻이 받아들여져 철령위는 요동에 설치됐다는 뜻으로 봐야 하는지 의문이다. 전자를 풀기 위해서는 "압록강을 계하界河로 한다는 두 나라 간의 경계가 과연 존재했는가? 존재했다면 그것은 실질적인 경계의 의미를 갖는가?"를 밝혀내야 할 것이며, 후자는 "명이 요구한 인호人戶 관할(주민 관할)은 어떻게 되

61) 김용덕, 「철령위고」, 『중앙대논문집』 6, 중앙대학교, 1961.
62) 철령의 위치에 대한 한·중의 논의 정리는 이화자, 같은 책, 268-269면 참조.
63) 이화자에 의하면, "진실이 어떻든 간에 조선왕조의 통치자들과 사관들은 이 일(철령위의 위치에 관한 일)을 꺼내지 않았으며, 그로 인하여 후세의 사료에 아무런 설명도 없이 역사 속에 파묻히게 되었다. 그리하여 중한 양국 사료를 결합하여 자세히 살펴보지 않을 경우, 그 진실을 알아낼 수 없다."고 한다. 이화자, 같은 책, 280면.

었는가?"에 대한 문제로, 결국은 "조선 초기 조선의 영토는 어디를 말하는가?"를 밝혀냄으로써 해결해야 할 것으로, 이는 본고의 궁극적인 의문 중 하나이기도 하다.

위의 설장수의 보고에 대해 고려는 박의중朴宜中을 보내 고려의 의사를 전했다. 박의중이 가지고 간 표문을 요약하면 다음과 같다.

1356년 고려가 쌍성을 수복한 일을 설명한 후,

> ① 철령부터 북으로 가면서 문文, 고高, 화和, 정定, 함주咸州 등 여러 고을을 지나 공험진公嶮鎭까지는 옛부터 우리 땅이며 예종 때 (윤관이) 성을 쌓은 곳이다.
> ② 압록강 이남 지역의 문文, 고高, 화和, 정定, 함주咸州의 고을은 옛 쌍성총관부 땅이었으나, 원으로부터 수복한 고려의 땅이다.
> ③ 우리나라 함주 근처인 화주에도 옛날에 쌓은 작은 성城이 2개소 있어 쌍성이라는 이름이 붙었으며, 금金나라의 요동 함주로咸州路 부근에 있는 심주에도 쌍성현雙城縣이 있다.(즉, 혼동의 여지가 있다.)
> ④ 지금 '철령 이북, 이동, 이서 지방이 원래 개원開元의 관할 하에 있었으니 그곳의 군민軍民들을 요동에 속하게 하라!'는 명의 지시를 받았다.
> ⑤ 철령은 우리 수도인 개경과 불과 3백 리밖에 떨어져 있지 않으며, 공험진을 국경으로 삼은 것은 한두 해 전의 일이 아니다.(철령은 압록강 이남이며 공험진은 국계선이다.)
> ⑥ 당신의 두터운 혜택으로 중원과 일시동인一視同仁의 대우를 받게 되었으니, 몇 개 주의 땅을 우리나라의 강토로 인정해주기를 바란다.[64]

표문 전반부에 압록강 이남에도 철령이 있음을 밝힌 것은 분명하다. 그러나 그것이 고려가 철령을 옛 쌍성총관부 땅으로 본다는 의미는 아니라고 생각한다. 그리고 ④ 이후 표문 후반부의 논의 대상은 쌍성총관부 지역의 문제가 아니라 공험진 이하에 있는 보다 넓은 범위의 땅에 대한 것이라고

64) 『고려사』, 우왕 14(1388)/2/(경신). 전체 요약 및 괄호 안 첨부는 필자.

봐야 한다. 요동 지역의 인호人戶에 대한 명 관할을 선언받은 시점에서, ⑤ 부분에서 한때 원에게 지배를 받았던 두만강 이남의 지역(쌍성)은 물론, 두만강 북쪽에 있는 공험진 이하의 요동 땅, 즉 개원로의 일부(요동 철령 주변 지역)도 우리의 것임을 고려는 주장하고 있는 것이다. 왜냐하면 철령위가 그곳에 설치되면 지역의 주민이 그 위소衛所의 관할 하에 있게 될 것임을 명이 통고해왔기 때문이다. 그러므로 고려의 입장은, '철령위는 요동에 설치하겠다는 것임을 알고 있으나, 요동 철령을 중심으로 한 지역의 일부는 압록강 이남의 땅과 함께 고려의 것'임을 강조하고 있다고 생각한다.

박의중의 이 표문에 대해 명 태조는, "고려가 과거에는 압록강을 경계로 삼았으면서 이제 와서 철령이라 꾸며 말하니 거짓임이 분명하다. 이러한 뜻을 짐의 말로써 효유하여 본분을 지키게 함으로써 쓸데없는 상쟁의 원인을 낳지 않게 하라."[65]고 했다. 명 태조는 고려가 요동의 영토를 요구하는 것으로 이해한 것이다.

앞서 공민왕의 반원운동은 요녕과 울라산성을 공격하여 요동을 잠시 고려의 수중에 두기도 하였다. 그러므로 요동의 문주, 고주, 화주, 정주 등의 지방[66]을 고려의 것이라 주장하는 것은 가능하다. 그렇지 않다면 명 태조가 고려의 표문을 받고, '고려가 압록강 이북 요동벌에 있는 땅을 고려 땅이라고 주장하는 것'으로 보는 이유를 알 수 없다.[67] 이화자의 말처럼, 어이없게

65) "二十一年 四月 禑表言 鐵嶺之地實其世守 乞乃舊便 帝曰 高麗舊以鴨綠江爲界 今修飾鐵嶺 虛僞昭然 其以朕言諭之 俾安分 毋生釁端"(「明史 朝鮮烈傳」(洪武 21년 4월), 국사편찬위원회, 『국역 중국정사조선전』, 1986, 660면(국역, 392면 참조) 명 태조의 이 답변은 명이 국경을 압록강으로 보았음을 명확히 드러내는 말이어서 주목해야 한다. 조선은 건국 초기 명과의 관계에서 경계를 확인하고자 할 때마다 예전에 "철령의 일로 인하여 왕의 말이 있었다(王國有辭)"라며 명 태조의 말을 근거로 해, 두 나라가 압록강을 경계로 하였음을 계속 강조하기 때문이다. 『태종실록』, 4년(1404)/5/19(기미) 등.

66) 요동에도 압록강 이남의 문주, 고주, 화주, 정주 등의 지방과 같은 명칭이 있다.

67) 명 황제는 "여러 주의 땅이 고려 말대로라면 그들에게 예속되어야 하지만, 이치를 따져보면 옛날에 원에 통속되었으므로 오늘날 마땅히 요동에 속해야 한다. 하물며 철령에 이미 위가 설치되었으며 우리 군대가 주둔하여 지키고 있고 민이 통속되어 있으므로 고려의 말을 믿을 수 없다."라고 했다 한다. 『명태조실록』 권190, 홍무 21년 4월 임술(18일). 이화자,

도, 명과 고려는 서로 다른 철령을 가리키며 긴장한 것으로 보게 될 뿐이다.

최근 철령을 압록강 너머의 철령으로 보는 우리 연구자가 적지 않다. 남의현은 철령 지역을 곧 압록강 유역으로 보는 입장이다.68) 설장수가 전한 명 태조의 지시에서, "'개원에 속했다'는 것은 원나라 시대의 개원로에 속했다는 것이며, 곧 지금의 길림지방을 말하는 것"이기 때문이다. 명이 원래 철령위를 두려던 곳은 강계 부근이었으나, 그곳이 아닌 요동 집안성 부근에 고려의 요동 출병 이전에 이미 설치했음은 본 바와 같으나, 고려의 요동출병으로 철령위의 위치가 바뀐 것은 아니고69) 명의 25위 설치 전체 구도의 변화 때문이라고 그는 주장한다. "위화도회군으로 명의 철령위 설치 계획은 어떻게 되었는가?"에 대한 답은 이것이다.

명은 25위 설치로 "요동의 요양을 중심으로 개원 등의 요동 북부지역과 요하 서쪽의 대녕大寧 등을 연결하는 하나의 방어진을 형성"하고자 했다. 25위 중 3위(동녕위, 삼만위, 철령위) 설치의 처음 계획은 명과 조선의 경계를 두만강과 압록강으로 하여, 원의 요양행성 지역을 명의 영역으로 끌어들이려는 것이었다. 명이 철령위를 설치하려는 시점(1387. 12.)은 납합출과의 전쟁을 막 끝낸 직후였고, 명이 자문을 고려에 보낸 시점(1388. 3.)은 납합출과의 전쟁을 승리로 끝낸 시점이다. 요동도사 판도版圖 외外 지역을 요동도사 판도版圖 내內 지역으로 만들기 위한 것인데, 이 초설지에 3위가 설치되지 못했다는 것은 명 홍무제의 계획이 좌절되었다는 의미라는 것이 남의현의 설명이다.70) 류재춘 역시 명의 초설지 좌절 이유를 "고려와의 직접적인 접

같은 책, 275면 재인용.

68) 남의현, 같은 글(2011), 65면.

69) 봉집현은 심양 동남쪽 40리, 요양성 북쪽 80리에 위치한 곳이며, 철령위는 이곳에 있다가 조선 건국 후인 1393년 4월에 북쪽으로 옮겨져 고은주(古嚚州, 지금의 만주인 요녕성 철령)에 설치되었다.

70) 동녕위는 이성계가 정벌한 동녕부와 관계 깊다. 명은 이를 부활하여 고려의 요양을 향한 북진을 막고자 했으며 요동도사의 힘이 미치지 않는 여진을 흡수하고자 했다. 두만강 등에 설치를 시도했다 좌절되고, 결국 요동도사의 중심인 요양으로 옮겨와 흡수 통합되었다. 삼

경이 상호간 불필요한 긴장을 야기할 가능성이 있고 그로 말미암아 고려를 자극하는 것이 명나라에게도 이롭지 못하기 때문이었을 것이며, 또 다른 하나는 연산관 이동지역에 대한 군사적인 점거가 용이하지 않았기 때문"이라고 설명했다. 요동팔참에 참站이 제대로 정비되지 않아 식량조달이 어려운데다가 개활지가 많은 이곳을 야인의 침입으로부터 안전하게 유지하는 것이 실제 어려웠기 때문이다. 원 잔여세력을 완전히 섬멸하지도 못한 상황에서 명은 이곳에 과다한 군사력을 보낼 형편이 되지 못하였던 것이다.[71]

이로써 압록강을 조선과 명의 국경선으로 삼으려는 명나라의 계획은 실패하였다. 삼위 설치의 좌절로 명나라는 압록강 유역에 군사적 영향력을 발휘할 수 없었고, 압록강 대안 180리에 해당하는 압록강-연산관連山關 지역은 결국 변경공한邊境空閑 지대로 남게 되었다. 그러므로 명 계획 좌절의 배경과 과정을 고찰하면 결과적으로 "조선과 명의 국경선이 압록강이라는 명의 주장은 재고할 필요가 있으며, 두만강도 조선과 여진 사이에 놓인 것으로 봐야 한다."[72]는 설명은 설득력이 있다고 생각한다. 건국 초기 조선은 압록강을 건너가 초소를 설치하고 여진을 방어했다. 또한 조선은 두만강 대안의 여진도 관리하고 있었다. 두만강변의 여진지역은 실질적인 명의 관할이 미치지 않는 곳으로 위소도 형식적인 것일 뿐이었다. 이 지역의 여진을 조선은 "조선 속의 또 다른 조선"으로 보고 관리하고 있었던 것이다.[73]

만위는 두만강 유역의 알타리(斡朶里) 지역에 처음 설치하려다 식량 부족 등의 이유로 요동도사 북부의 중진인 개원(開原)으로 옮겨졌다. 철령위는 압록강변에 설치하려다 요동 북부 철령에 최종 건립되었다. 결국 홍무년간의 여진정책은 철령위, 삼만위, 동녕위의 설치 시도와 좌절에서 나타나듯이 뚜렷한 효과를 볼 수 없었으며 명 영락년간을 기다려야만 했다. 남의현, 같은 글(2011), 49-54면.

71) 류재춘, 같은 글, 57-64면.

72) 남의현, 같은 글(2012), 109-110면; 남의현, 같은 글(2011), 63면.

73) 삼만위 때 명에 협력하려던 오도리는 명의 퇴각으로 훈춘강 유역으로 남하, 이주하였고, 이웃하게 된 오랑캐와 우호적으로 지내며 이성계의 설득으로 만호, 천호, 백호 등의 직책을 받았다. 또한 조선조에 귀순하는 한편, 명의 부름에도 응하는 거중양역(居中兩役, 기회주의적 태도)을 취했다. 양태진, 『한국영토사연구』, 법경출판사, 1991, 359면 참조.

이 사정을 알게 되면, 명이 '압록강 이남은 고려땅'이라고 인정한 이유가 이해된다. 명은 압록강 부근 요동의 여진에 대한 독점적 관할권을 주장한 것이다. 조선의 입장은, 이 말을 근거로 하여 압록강 계하界河를 주장하는 한편,[74] 강 이북의 관할권 역시 포기하지 않는 것이다. 이는 오늘날로 보면 모순이라 할 만하다. 이 문제를 살펴보기로 한다.

4. 위화도회군 후의 변경과 조선 초기의 경계

용가 53장 주해에 압록강 이남을 조선의 영토로 한다는 기록이 있음은 확인한 바 있다. 그리고 이미 1395년 "의주에서 여연閭延에 이르기까지의 연강沿江 천 리에 고을을 설치하고 수령을 두어서 압록강으로 국경을 삼았다." 고 했으며, 또 "경원 이북에서 갑산까지 고을과 진을 설치했다."고 했다.[75] 이후 세종은 6진을 진행하며 "신설한 네 읍은 우리 조종께서 처음 기초를 정하신 땅으로 두만강으로 경계를 삼은 것이었다. … 두만강은 하늘이 저들과 우리와의 한계를 만들어준 것이었다."[76]라고 조선의 경계를 못 박은 바 있다.

그러면서도 조선은 건국 이후 끊임없이 영토의 일로 긴장하고 중국과 갈등을 겪는 것은 무슨 이유인가?

이는 여진을 사이에 둔 명과 조선의 이해관계가 주요인이다.

---

74) 주58 참조.

75) 경원(북위 42도 위), 갑산(북위 41도 위)을 연결하면 대체로 함경산맥과 비슷하다고 볼 수 있다. 조선은 태종 13년 평안도 · 영길도(함경도), 태종 14년 경기도를 끝으로 8도 체제를 완성했는데, 북단은 방어주, 진 등 군사목적을 우선해서 행정조직을 갖추었다. 이존희, 「조선 전기 지방 행정 제도의 정비」, 『한국사』 7, 한길사, 1994, 150면.

76) 『세종실록』, 19년(1437)/5/20(기유).
*이하 『조선왕조실록』은 국사편찬위원회, [한국사DB] db.history.go.kr 국역 『조선왕조실록』 참조. 인용서지의 예 : '『세종실록』, 6년(1424)/7/2(을해)'는 '『세종실록』, 세종 6년(1424년)/7월/2일(을해일)'을 의미한다.

이에 대해 류재춘은 "조선시대에는 북방의 군사적 경계선을 주로 압록강-두만강에 의지하여 확보하려고 하였기 때문에 통상적으로 이를 국경인식으로 해석할 수도 있지만 그렇다고 하더라도 인국隣國과의 양분론적 관념에 의해 강북지역을 중국의 영역이라고 간주하는 것은 잘못된 생각[77]"이라고 지적하였다.

이 사실을 변경을 사이에 둔 양국이 공유할 때, 변경지역인 요동지역에서의 군사적인 움직임은 명도, 조선도 상대를 예민하게 하는 일이라는 사실이 인식되고, 함께 조심해야 하는 것으로 공유되는 것이다. 명이 여진을 관할하고자 하면서도 인호人戶의 일과 지면地面, 즉 영토의 일을 구분하는 태도도 같은 맥락에서이기는 하다.

조선은 태조 때부터 두만강 유역의 여진을 '번리藩籬'라고 불렀다. 즉, '국가의 울타리'로 생각했다. 번리가 있는 곳은 원래 우리의 영역인데, 들어와 살던 여진이 태조 때부터 순종했으므로 편호編戶,[78] 즉 호적에 등록하고 조세 부역을 부담시키는 인호처럼 관할해왔었다. 조선은 명이 사신을 보내 조선과 여진의 결탁을 책망하는 경우를 당하면서도(1393. 5.)[79] 여진의 교역소를 동북면에 설치하는 등(1406) 꾸준히 외교관계를 맺었다. 그러나 1408년 태조가 승하한 이후, 건주위建州衛의 세력은 점점 확장되었다. 우랑호, 우티호, 오도리가 경원에 침입하자(1410. 3.) 태종은 모린위毛憐衛[80] 정벌을 단행했다. 그러나 이 정벌은 여진을 자극해 경원부를 후퇴하여 경성에 옮겨야

77) 류재춘, 같은 글, 44면.

78) "민은 편민(編民)으로 편호(編戶)라고도 하는데 지붕을 가지런히 하고 서로 잇대어 사는 것이니 민적(民籍)에 들어가면 높고 낮은 차이가 없다."(III.29면 할주) 호등제(戶等制)에 의해 과역(課役)할 때 역(役) 부담이 어려운 호(戶)의 경우, 불완전한 호를 묶어 과역이 가능한 호로 편성하므로 편호라 한다. 김무진, 「조선 전기 촌락 사회의 구조와 농민」, 『한국사』 8, 한길사, 1994, 97면.

79) 명은 투항한 여진족의 송환을 요구하며, 사신을 보내 조선이 여진족을 부추겼다고 책망하는 조칙을 보냈다.(1393. 8. 29.) 조선은 조언(曹彦)을 명에 보내 조선의 억울함을 변명하였다.

80) 오랑캐는 조선에서 칭한 명칭이고, 명에서는 모린, 청에서는 와이객(瓦爾喀)[와묘카]이라 했다. 양태진, 같은 책, 362면.

하는 등 북방은 항상 가변적이었다.[81)]

명 태조(홍무년간, 1368-1398)는 조선의 내정에는 간섭하지 않을 의사를 분명히 하였으나, 조선의 여진 유인과 요동진출에 대해서는 극도로 민감한 대응을 하였다. 정도전을 표전表箋 문제의 책임을 물어 명에 호출한 것도 조선의 요동진출 장본인이 정도전이라고 믿기 때문이었다. 명 태조의 죽음과 정도전의 제거로 첨예하던 양국의 대립은 어느 정도 무마되었으나, 다시 명 성조成祖(영락년간, 1402-1424)의 대외확장정책에 의해 요동의 여진을 초무하는 과정에서 조선과의 갈등이 재개되었다.

태종 4년 4월 4일 여진인을 입조시키라는 사건[82)]으로 명은 조선을 압박하였다. 이에 조선은 같은 해 5월 19일 김첨金瞻을 명에 보내, 철령위 설치 사건 때 명 태조가 보낸 자문을 근거로 하여 이들 여진 지역은 태조의 고향이었고, 조선의 관할이므로 계속 그렇게 하게 해달라고 요청하였다.[83)] 이를 받고, 명은 "삼산參散의 천호千戶 이역리불화李亦里不花 등 10처處의 인원을 청한 대로 허락한다."고 하였다.[84)] 그러나 여진을 사이에 둔 명과 조선의 신경전은 거듭된다.

이 사건들과 함께, 알타리 만호 동맹가첩목아童猛哥帖木兒라는 여진인의 초치를 조선이 방해하고 있다고 명이 책망한 사건에서 태종은 "중국에서 일찍이 동북면 10처의 인민을 바치라고 하기에, 김첨을 보내어 이를 변정辨定하였다. 그때에 땅을 찾아가지 않았는데, 맹가猛哥의 호소를 듣고 우리 땅을 바치라 하겠는가?"라고 하였다.[85)] 조선은 여진초무에 대해 항상 영토의 문

81) 『태종실록』, 10년(1410)/3/9(을해).

82) 『태종실록』, 4년(1404)/4/4(갑술).

83) 이때, 주65의 내용과 함께 주문(奏文)에는 공험진 이하 경흥, 길주(해양), 영주(삼산), 단주(독로올), 웅주(홍긍), 함주(합란) 등과 쌍성총관부의 땅이 모두 고려의 것임을 주장하면서, 명이 초유하는 '삼산', '독로올'이라는 명칭이 우리 땅에 여진인이 섞여 살다보니 자기들 말로 이름을 지어 부른 것이라고 해명하고 있다. 『태종실록』, 4년(1404)/5/19(기미).

84) 『태종실록』, 4년(1404)/10/1(기사).

85) 『태종실록』, 11년(1411)/1/20(신사).

제로 보고 긴장했음을 여기서도 확인할 수 있다.

그 원인은 요동을 친정親政하려는 명 성조의 의지가 강해, 항상 정벌의사를 감추지 않았기 때문이다. 명 성조의 강경책에는 조선으로 피난 왔던 조선 출신의 요동 거주 군민軍民조차 모조리 송환시키지 않을 수 없는 정도였다.[86] 이런 상태에서 조선은 영토 침입의 위협을 느끼고 어쩔 수 없이 계속 경계의 확인을 다짐받을 수밖에 없었다. 명과 책봉·조공 관계를 맺은 상태에서, 변경을 유지받고, 유지하기 위해서였다.

명 성조는 적극적인 대외확장정책을 시도했으나, 성조가 죽고 명 인종과 선종의 소위 인선의 치(仁宣之治) 시대에는 확장정책이 축소되었다. 이 시기와 이 뒤를 이은 명 영종英宗시대(정통년간, 1436-1463)의 시작이 세종에 해당한다. 여진인 이만주李滿住가 거느린 기병이 북부 평안도의 여연閭延에 침입하는 등 여진의 도발이 끊이지 않자,[87] 세종은 명의 여진 장악력이 약화되어 가는 배경에서, 이에 대한 응징을 이유로 명에 예고도 하지 않고 1433년(세종 14) 압록강을 넘어 파저강婆猪江(퉁가강) 일대 건주위에 거주한 이만주를 토벌하였고, 1437년(세종 19) 다시 한 번 토벌하여 압록강에 4군을 설치했다.

또한 1434년부터 함길도 방면의 6진 개척이 시작되었다.[88] 앞의 맹가가 피살된 것이 6진 설치의 계기가 되었다. 맹가가 살던 알목하斡木河(회령)는 조종이 설치한 "우리나라의 번리"인데 맹가의 패망으로 다른 강적이 들어와 살게 되면 우리의 변경을 잃어버릴 뿐 아니라 다른 강적이 생기게 되기 때문이다.[89] 이 지역은 야인(여진, 오랑캐, 우지캐 등)의 거주 지역으로 남쪽에서 온 우리 이주민은 거의 없었던 곳인데, 조정이 실질적인 군사·행정

86) 『태조실록』, 2년(1393)/8/29(임인); 『태조실록』, 7년(1398)/8/11(임진).

87) 『세종실록』, 6년(1424)/7/2(을해).

88) 종성진(鍾城鎭)을 시작으로 회령, 경원, 경흥, 온성의 두만강 유역 5진(鎭)과 부령진(1449, 세종 31)을 말함.

89) 『세종실록』, 15년(1433)/11/19(무술).

력을 행사한 것이다. 5진의 성 밑에 살던 야인들은 심처深處 야인 올적합 등의 동정을 알려주는 등으로 협조하고 조선은 이들을 편호編戶・편맹編氓처럼 대함으로써 번리의식을 강화하였다.[90]

한편으로 세종은 옛 땅의 근거를 찾고자 공험진公嶮鎭에 대한 고찰을 계속했다. 중국은 강계江界가 이미 확정되었음을 강조하나, 고려나 조선으로서는 이를 고마워할 일이 아니었다. 현대로서는 이해할 수 없는 일이나, 중세로서는 경계를 둘러싼 양국 간의 이해관계가 부딪치는 변경의 존재는 당연한 것이므로 그 중간이 어디인가를 명백히 하기 위해서는 서쪽으로는 압록강 이남이 조선이라는 사실을 거듭 확인해야 했고, 동쪽의 경계 역시 재확인하고자 했던 것이다. 태종 때만 해도 공험진 이남은 조선의 관할이라며 이를 명에 확인하게 하는 지형도본까지 있었음에도[91] 왜 그 사이에 정확한 위치를 알 수 없게 되었는지는 의문이지만, 공험진은 '동북지경의 경계'로 옛부터 알려진 곳이면서도 '장백산(백두산) 북쪽 기슭에 있다'는 것만 알려졌을 뿐, 정확한 위치를 알지 못했기 때문이다. 또한 윤관이 여진을 쫓고 공험진을 개척했음을 기록한 비를 세운 선춘령[先春岾] 역시 확실한 위치를 알 수 없으므로 세종은 김종서에게 이를 자세히 알아보도록 지시했다.[92] 또한 "공험진이 길주 가는 도중에 있다."는 기록이 전하므로 길주가 당시의 길주인지 다른 곳인지도 알아보고자 하였다.

선춘先春은 주해 53장 '실안춘實安春(샨츈, Shanchun)'에 나타나는데, 이를 하나의 성城이 아니라 주州, 진鎭의 개념으로 보는 입장에서는 "북쪽으로 수분하에서 남쪽으로 두만강 내외 유역까지, 동쪽으로 바다에서 서쪽으로 목단강牧丹江 중상류 지역까지이므로, 골간Korgan, 올적합兀赤哈이 거주하던 지

90) 한성주, 「조선 전기 두만강 유역 여진 번리・번호의 형성과 성격」, 『한국사학보』 41호, 고려사학회, 2010, 185면.

91) 본고 주83 참조.

92) 『세종실록』, 21년(1439)/8/6(임오).

역"으로 비정하고 있다.[93]

공험진은 고려 윤관尹瓘이 쌓은 9성 중 가장 북쪽의 성이다. 9성은 윤관이 1108년(예종 3) 완공하고 대대적인 사민정책徙民政策을 강행하며 고려의 기미주羈縻州로 삼으려 했으나, 생활근거지를 잃은 토착여진의 반발이 심해 1109년(예종 4)에 여진에게 돌려주되 행정력은 여전히 고려가 장악한 지역이다.[94] 그러나 이때 공험진은 돌려주지 않았다.[95] 이곳은 목조 이안사李安社가 이주해 살았으며, 또한 묻힌 곳인 경흥 부근으로 추정된다.[96] 『세종실록』「지리지」의 <고경원부古慶源府>는 "북으로 공험진까지 7백 리, 동으로 선춘현까지 7백 리, 서북쪽으로 오음회吾音會 석성기石城基까지 150리"라고 했다.[97] 이로써 보자면 공험진의 위치가 확실히 파악되었다고 볼 수 있으나, 오늘날의 지리로는 확실하게 알기는 어렵다. 그러나 조선이 공험진을 통해 두만강 건너 북쪽 지역 7백 리를 조선의 영역으로 보고 있는 것은 확실하다. 이 영토관은 이후 세종의 북진정책의 지침이 되었다.

이후 명과의 연합으로 1467년(세조 13)에 이만주 부자를 죽인 일은 명이 조선을 견제하는 것이 아니라 명의 경계를 침범하는 여진 토벌에 조선의 힘을 빌린 것이어서 주목된다. 중국의 전통적인 이이제이以夷制夷 전략인 것도 사실이나, 이 사건은 명의 조선 견제 정책에 일대 전환을 가져왔다. 이렇게 압록강을 사이에 둔 명과 조선의 변경은 조선 건국 후 100년 동안에는

---

93) 김구진, 같은 글, 86면.

94) 반환의 이유는 여진의 반발이 심한 것과 요나라 세력이 이에 개입할 것을 우려했기 때문이다. 김구진, 같은 글, 99면.

95) 김구진, 같은 글, 101면 도표 참조.

96) 정도전이 태조 7년 소다로(蘇多老, 공주(孔州))를 목조의 발흥지로 숭상하여 토성을 석성으로 개축하여 진을 두고 경원으로 명명했다.(양태진, 같은 책, 337면 참조) 이후 묘소는 태종 10년(1410) 함흥으로 이장하였다. 53장 주해, III.30면 참조.

97) 공험진 방어사를 광주(匡州)방어사로 개칭하였으며, 광주(匡州) → 공주(孔州) → 경흥(慶興, 고경원(古慶源))으로 바뀌었다. "경원은 옛날 공주인데 광주라고도 부른다. 오랫동안 오랑캐들이 차지했었는데 고려 예종 때 윤관이 오랑캐를 쫓아내고 진을 설치하고 방어사를 두었다. 따로 추성(秋城)이란 이름이 있다. 지금 그 땅을 나눠 경흥도호부라 하고 함길도에 속하게 했다." I.7면 할주; III.30면 할주; 『세종실록』, 「지리지」, 권155, 「경원도호부」.

지속되었다. 실질적인 지배를 확장하려고 양쪽 모두 노력하면서도 변경의 유효성을 어느 쪽도 일방적으로 파기할 수는 없었던 것이다. 이런 시기가 지나면서 명의 영토 확장 의욕이 강해질 무렵에, 조선의 사행로使行路 변경 요구를 들어준다는 명목으로, 명이 동팔참 지대에 진鎭과 보堡를 설치하며 공한지가 좁혀지고 만 것[98]은 안타까운 일이다.

명이 여진에 대한 친정지배를 약화한 시점은 조선에게는 호기가 될 것이나, 조선은 야인을 편호와 같다 하면서도 이들의 특성을 인면수심人面獸心으로 보았으며 '은위병용恩威竝用'을 대 여진정책의 기조로 삼았다.[99] 그러기에 변경지대의 평화만큼이나 중앙의 집권층이 필요로 하는 것은 유교적 교화였다.

> 威惠(위혜) 넓으실쌔 披髮(파발)이 冠帶(관대)러니 오늘날에 至德(지덕)을 우웁나니
> (위엄과 은혜가 널리 미쳐 머리를 풀어헤친 사람들이 관을 쓰고 띠를 매게 되니 오늘날까지 지극한 덕에 감격의 눈물을 흘리도다)(56장)

라고 했지만 노래와는 달리 이민족은 쉽게 동화되지 않았다. 야인들은 겉으로는 복사服事했을지언정 완전히 편입된 것은 아니었다. 그것 또한 변방의 삶의 모습이었지만, 이 다양성은 명과 조선이 정치적으로 서로 장악하려고 다툴 때만 때로, 또 기만적으로 존중되었을 뿐이다. 여진은 명과 조선으로부터 멀어진 상태에서 패권 다툼을 거쳐 건주여진이 여진사회에서 우위를 점령하게 된다."[100] 여진족도 힘의 단일화를 꾀함으로써 본격적인 영토전쟁에 나설 계기를 마련한 것이다.

---

98) 명의 변경공한지대(邊境空閑地帶) 점거에 대한 양성지의 우려 참조. 『연산군일기』, 8년(1502)/4/30(신미).
99) 박원호, 『명초조선관계사연구』, 일조각, 2002, 278-280면.
100) 명 성조의 대외정책은 박원호, 같은 책, 274-275면 요약.

5. 세종대의 영토관과 〈용비어천가〉

태조의 사경 개척의 공으로 이룬, 여연-갑산에 이르는 조선 초기의 경계는 고려 말의 경계와 같으며, 그것은 세종대로 볼 때 과거의 것이다. 53장 주해에서 이 말과 함께, "(경원에서 서북쪽으로 한 달을 가야 도달하는) '이란두만'의 야인野人의 추장들이 동정東征·서벌西伐할 때에도 따라가지 않은 적이 없었다."고 '조선의 힘이 미치는 영역'을 덧붙인 것은 과거 역사의 묘사지만, 세종대가 지향하고자 하는 미래의 영토관을 함축하고 있다.

그 미래는 요동이며, 또한 윤관 9성 이래 고려의 관할이었던 두만강 너머의 옛 공험진 영역이다. 『태조실록』 「총서」와 용가 주해에 이 지역 여진의 고향과 이름을 열거한 것은 세종 때에 와서 더욱 심각해진 명·조선·여진의 관계를 조선에 유리하게 이끌려고 하는 의욕의 발로이다.

고려는 요동지역에 소유의식을 가져 요동정벌을 단행했다. 그러나 이성계는 '상국의 땅을 범할 수 없다.'는 영토관으로 위화도에서 군대를 돌이켰다. 이런 영토관과 회군으로 이성계는 25위를 설치해 요동을 관장하려는 명의 편을 들어준 것이 된다. 그것은 조선의 미래에 어떤 의미로 작용했을까? 건국 초기 조선의 왕으로서 세종은 선대先代 왕이 위화도에서 회군한 결과로, 영토를 넓힐 기회가 좌절되고 '압록강 이남은 고려땅'이라는 명의 기준에 감사하며 그것이 준수되기만을 기다려야 하는 수동적인 위치의 조선을 어떻게 받아들였을까?

영토 면에서 위화도회군은 득과 실이 없다고 봐야 한다. 명을 상대로 전쟁을 치르기에는 고려는 역부족인 것이 현실이었으며, 이미 철령위도 설치된 상태였기 때문이다. 그러나 명은 고려의 철령위 설치 항의를 묵살할 때, '압록강 이남은 조선땅'이라고 못 박았는데, 그 말은 이후 조선이 명과 영토 문제가 생길 때마다 기준으로 활용할 근거가 되었다. 위화도에서 회군한 이성계를 "명나라 조정의 충신"이라고 했으니, 이후 그것이 지켜진 것에는 그 영향이 없다 할 수 없을 것이다. 또한 두만강 이남은 이성계의 고향이고 조선의 발흥지라는 이유 때문에 조선의 권한이 일정 정도 인정된 것도 사실이다. 그러나 태조 역시 강계江界에 만족할 수 없었던 것을 알 수 있다. 이성계는 여진을 억제할 능력이 있었고, 정세를 읽을 능력이 있었다. 건국 후 정벌을 나서지는 않았지만 강 너머의 여진들에 대한 신경을 거두지도 않았다. 이성계는 변경을 지키는 선에서 영토를 수호하는 것을 목표로 삼은 셈이다. 앞에서 조선・명・여진의 관계에서 본 것처럼, 조선은 양국이 공존하는 변경이 유지되는 것을 요구했던 것이다.

여말선초의 경계와 변경은 오늘날과는 다르다. 영토를 지키기 위한 군사시설과 관할 시설을 경계선에 설치하지 않는 것이다. 그 이유는 조선의 경계 주변에는 조선의 백성은 아니나 조선의 관할을 받고 때로는 관직을 받는 인호들이 존재한다. 그러나 그들은 언제든지 돌아설 수 있는 사람들이다. 또한 우리가 그 안에 깊숙이 들어가 자리를 차지하는 것은 거주민들의 이익을 착취하는 것일 수 있어, 그들을 자극하고 적대감을 가중시킬 우려가 있다. 그러므로 조약에 의하지 않는 전통적인 의미에서의 중세의 국경은 인접한 국가 간에 공표된 것이라기보다는 양해받는 것이다. 윤관이 9성을 힘들게 쌓았지만 토착여진들의 경작지를 빼앗은 것이 되어 그들의 원성을 다스릴 수 없게 되자, 결국 그들의 원대로 돌려준 것은 그런 경우이다. 또 육진의 위치도 경우에 따라 북진하거나 남하하는 것도 그런 이유이다. 세종이 함경도 절제사에게 내린 전지 중 "두만강의 경계를 회복하여 수어하는 곳으로 벌여 두고 북쪽 변경을 진압한다."[101]는 것은 바로 그런 의미이다. 중세의 국경은 선이 아니라 면인 것이다.

성종대에도 두만강 강북지역 야춘耶春에 성을 쌓는 문제에 대해 "이제 (두만강에 설치한 견고한 육진의 성을 버리고) 오랑캐의 지역에 깊숙이 들어가

101) 『세종실록』, 19년(1437)/5/20(기유).

서 수고롭게 성보城堡를 쌓고 사방으로 흩어진 땅에 군사와 백성을 두면 이는 바로 고기를 굶주린 호랑이의 입에 던지는 것이 계책으로는 훌륭한 것이 아닙니다."[102]라는 반대 논의는 이런 입장을 보여준다. 지키지 못할 영토를 개척하는 것은 식량조달 등으로 유지가 어려울 뿐 아니라 도리어 화가 된다는 뜻이다. 이런 사정은 조선 후기에도 마찬가지다. 함길도는 여전히 조선의 변방이고 그 유지가 어려운 곳이어서, 한 도읍의 주민이 적어지면 행정단위를 하향 조정하고, 급기야는 그곳에 있었던 시설을 철수하여 남하하는 일이 적지 않다. 이는 국경이 처음 그어진 1712년 이후에도 적용될 수밖에 없었던 사정이다.[103] 이처럼 변경은 오늘날과는 달리 유동적 경계로 존재하기는 하지만 영토전쟁은 끊이지 않았다.

명은 두만강 지역의 여진 및 야인들을 위무하는 정책을 계속했다. 조선과 지리적으로 더 가까워 명의 행정력이 미치기 어려운 만주 및 두만강 지역의 여진에 대해서는 영락 원년(1403. 11.)에 화아족火兒族의 아합출阿哈出을 건주위의 지도사로, 다시 건주좌위를 분리하여 맹가첩목아를 지도자로 임명(1416)하는 등으로, 세력이 강한 회령 일원의 동북면 여진을 초유하여 조선과의 밀접한 관계를 견제했다. 또 두만강 이남에 거주하고 있었던 여진 중에는 옛 공험진 이북 지역에서 남하해 사는 부족이 많아, 북쪽 인구의 조선 유입을 막으려는 명의 의지가 각별했으나, 두만강 이남의 권리를 주장하는 조선에 대해 표면적으로는 '인호의 문제'라고 강조했다.

세종이 <정대업>을 <문덕곡>에 비해 중요시했던[104] 의도는 그런 배경

---

102) 『성종실록』, 24년(1493)/10/6(정묘).

103) 본서 3부 3장 <북새곡>, 282-283면 참조.

104) 세종의 친제 정재의 세 종류인 <정대업>·<보태평>·<발상>은 용가의 소재를 대표한다. 곧 높은 무덕(耆武), 신령한 계획과 거룩한 공업(神謨與聖烈), 상서로운 명령(瑞命)으로 크게 나눌 수 있다. <보태평>과 <정대업>의 연희 상태는 <정대업>이 한층 강화된 비중과 인상으로 나타나게 된다. <정대업>의 길이가 <보태평>보다 약 두 배 가량으로 확대되어 있는 점, <정대업>이 <보태평>에 앞서 제작되고 연주되었던 정황, 용가에서는 다루어진 바 없는 사적들이 <정대업>에 새로 삽입된 점 등으로 미루어 세종은 <정대

에서는 당연한 것이다. 조선으로서는 원·명·여진이 일어나고 무너지는 변화무쌍한 곳인 북방을 제어하는 것에 조선의 '깊은 뿌리'가 있고, 미래 또한 있음을 잘 알고 있기 때문이다. 조선은 여진족의 평안도 내습이 다시 있자 1445년 여러 여진족들의 사신 왕래를 제한하고, 분급分給도 정하는 등 여진과의 거리를 두면서도, 명나라가 여진을 회유하려고 하는 것은 항시 경계한다. 이 무렵이 <용비어천가>가 제작, 간행되는 시점이다.

세종은 명의 달라진 정책을 간파하고 건주위를 공격해 여진에 대한 지배력을 키워갔다. 세종의 무기는 정확한 지식과 단일한 힘에서 나오는 국방력이었다. 거기에는 백성의 피폐한 정황을 참을 수 없는 '인仁'이 명분으로, '사대事大'가 한계로 작용했다. 공험진의 위치, 길주의 위치 등에 대한 비정으로 역사적 근거를 확실히 하려는 노력도 영토를 지키기 위한 기본을 쌓은 것이다. 북방의 개척이 본격적으로 시작되는 세종 10년대에 『세종실록』 「지리지」의 기초가 완성된 것도 군수물자의 조달과 재정의 안정이 절실히 요구되는 맥락에서이다.[105] 용가의 작성에 『세종실록』 「지리지」가 적극 반영된 점, 『역대병요』[106]의 편찬이 반영된 것은 그런 노력의 일환이다.

업>, <보태평> 가운데 특히 <정대업> 쪽에 강조점을 두었으며 이로써 조종의 행적 중에서 특히 강인한 무장으로서의 색채를 한층 앞세워 놓았다는 사실을 알 수 있다. 김승우, 같은 책, 245-261면 참조.

105) 1432년(세종 14) 윤회, 신장에게 명하여 전국 각 군의 연혁을 올린 『신찬팔도지리지(新撰八道地理志)』가 인쇄되지 않고 국가의 중요 문서처럼 남아 있다가, 『세종실록』 권148-155에 부록으로 실렸다. 특히 서문에 "양계(兩界)에 새로 설치한 주(州)·진(鎭)을 들어 그 도(道)의 끝에 붙인다."고 한 것처럼 세종대의 경계 정비를 위한 노력이 집결돼 있다.(정두희, 「통치 영역의 확정과 그 지배권의 천명 : 조선 초기 지리지 편찬의 역사적 의미」, 같은 책, 153-238면 참조) 『용비어천가』의 주해는 거의 문화지리적인 성격을 가지고 있다. 한 지명(地名)에 대해 삼국시대부터 조선 초기까지의 유래를 망라하여 적고, 주해 본문의 지명 사용은 "지금 이렇게 부르는 것에 의거하여 썼다."(I.7면 3장 할주)라고 원칙을 밝히고 있다.

106) 세종은 1443년 『역대병요(歷代兵要)』를 편찬하게 함으로써 무략과 병술 관련 사적을 특화할 수 있었다. 그뿐 아니라, 세종 승하 후 문종 1년(1451)에야 완성되어 수양대군이 쓴 「서(序)」에 "이 책에는 병가(兵家)의 변화와 치평(治平)의 요도(要道)가 모두 구비되어 있습니다. 상하 수천 년 동안의 득실과 성패, 강약의 형세, 임진(臨陣)과 대적(對敵), 용겁(勇怯)과 교졸(巧拙), 충성스럽고 간사한 행적이 일목요연하게 드러나 있으니 기정(奇正)의 전

세종 서거 후 출간돼 수양대군이 쓴 「역대병요서歷代兵要序」에는 이것을 편찬하게 한 세종의 마음이 읽혀진다. "군주가 이것을 읽으면 국경을 지키는 신하를 생각하게 되고, 신하가 이것을 보면 의열義烈의 마음을 키우게 되며, 선비가 보면 무략武略을 터득하게 되고, 무인이 보면 문덕文德을 터득하게 되며, 일을 도모하는 육조六曹의 관원들은 모두 다투어 크게 소리치게 되고 내달리는 팔방의 무사들은 다같이 화합하여 의견을 나누게 될 것입니다." 여기에서 '국경을 지키는 신하'를 생각하는 군주의 마음은 변방을 조석으로 생각하는 세종(세조) 그 자신이다. 병략은 상무尙武만을 위한 것이 아니고, 문덕文德도 겸하게 된다는 점에서 세종이 무에 기울인 생각, 용가가 무공을 더 중시하는 태도의 근원을 알 수 있다.

흔히 말하는 "세종의 육진 개척으로 계하로써 경계가 굳어진 것"으로 보는 시각, 즉 더 뻗어나갈 수 있는데 멈추고 말았다는 시각은 문제가 있다. 건주좌위를 통해 여진에게 명목뿐인 직위를 주는 등 기미정책을 쓰며 조선과 여진의 유착을 차단하려 조선과 줄다리기를 계속했던 명은, 조선에 대한 신경질적인 촉각은 어느 정도 거두고 압록강에 접안하여 행정 및 군사 시설을 설치하는 것을 자제하는 등으로 요동지역을 조선과의 공한지역으로 백 년 가까이 유지하게 된다. 그러나 15세기 후반에는 명은 변경의 의미 자체를 약화시키는 영토관을 드러낸다.

명의 영락년간은 정화鄭和(1371-1434) 원정대가 1405~1407년 1차 원정을 시작하여, 1431~1433년 7차 원정에 이르기까지 중국에서 아라비아에 이르는 해양 원정을 떠난 때로, 세계지리에 대한 관심과 지식이 깊어지는 때였다. 말하자면 중국은 나름대로 자신들의 근대를 마련하는 중이었다. 명은 영통년간 잠시 주춤했으나 이후는 이들 경험으로 인해 조선과의 관계에서

술을 배우려는 자들이 어찌 칠서(七書)에서 찾을 필요가 있겠으며 중용을 배우려는 자들이 어찌 『오경(五經)』에서만 추구할 필요가 있겠습니까?"라고 한 데서 문덕과 무공을 같이 강조하고 있음을 볼 수 있다. 「역대병요서」, 김승우, 같은 책, 157면에서 재인용.

도 그전처럼 변경의 존재를 인정하지 않으려고 하였다. 그 과정의 시기에 용가를 제작하면서 세종은 이를 해결했던 선대의 투쟁사를 부각하였다.

용가는 건국 투쟁사임에도 '천명天命사상'의 모델인 은주혁명殷周革命에서 역성혁명易姓革命의 정당성을 찾으려고 한 만큼, "위로 하늘을 공경하는 것은 아래로 백성을 보살피는 것"이라는 '천하天下'질서의 이념[107]을 강조하고자 무덕武德을 설파하고 있는 것이 사실이다. 당대의 이상인 도덕성을 소홀히 하지 않기 위해 쇠 활촉을 쓰지 않고 나무 화살촉을 쓰는 태조의 일화(54장)나 동녕부 정벌 때 적장 처명處明을 살려서 거두려고 일부러 투구 끝을 활로 쏘는 일화(42장) 등이 들어 있기는 하나, 전쟁에서의 관용을 용가에 남긴 것은 "선전"에 지나지 않는다.[108] 어느 시대이든, 영토란 "폭력을 독점한 하나의 권력이 지배하는 배타적인 공간"[109]이다. 또 전쟁은 허가받은 폭력이다. 그것이 "보다 높은 목표와 의무의 완수"라는 '천명'[110]으로 포장된다 하더라도 현실의 전쟁에서 필요한 것은 방략方略이며, 무덕武德이라기보다는 무공武功일 수밖에 없다. 당대로서는 무공은 주권을 수호하는 데, 어쩔 수 없이, 필요한 것임을 부정할 수 없다.

세종은 그 시기의 문제를 명확하게 인식하고 125장의 악장을 제작하게 하였다. 무력과 외교로도 나라를 지키지만, 용가를 노래하는 것이 공동체의 지향을 분명하게 하는 의미임을 인식하고, 그것이 대대로 확고하게 이어지기를 기대한 것이다. 용가의 '물망장勿忘章(110~124장)'에 태조의 전쟁(112~118장)이 대부분을 차지하는 것도 이것이 세종이 전달하고자 하는 핵심으로서 기억에 새겨지기를 기원했기 때문이다.

세종은 국가의 미래에 대한 전망을 가졌으며 그에 다가가기 위해 다방면

107) 김기협, 같은 책, 44면.
108) 피터 리, 같은 책, 148면.
109) 카야노 도시히토, 김은주 역, 『국가란 무엇인가』, 산눈출판사, 2010, 147면.
110) 피터 리, 같은 책, 126면.

의 노력을 기울이는 한편, 그 꿈을 구성원과 공유하고자 하였다. 그것이 위정자 한 사람의 능력과 영도력에 의해서가 아니라, 제도와 문화의 완성에 의해서 가능하다고 본 것 또한 세종의 위대한 점이다. 수성기의 군주이기도 했지만 변경을 다스리며 영토를 개척하는 데 있어서는 창업기의 군주이기도 했던 세종의 이러한 국가관·가치관은 오늘날에도 큰 의미를 가진다고 생각한다.

6. 결론

본고에서는 용가에서 핵심이 되는 3~16장의 구성을 분석해 이성계와 그 조상의 뿌리가 북방에 있다는 사실을 용가 창작자들이 중요하게 의식하고 있음을 보였다. 또, 이 뿌리로 인해 북방 변경을 장악할 수 있는 능력의 소지자인 이성계가 위화도회군 후 대표적인 존재로 부상되어 조선 건국을 가능하게 했음을 확인했다. 그 과정에서 이성계가가 참여한 여말선초의 영토전쟁을 <용비어천가>와 『용비어천가』 「주해」를 통해 구체적으로 살펴보았다. 이로써 우리의 강역과 그에 대한 고려·조선의 인식 또한 알 수 있었다.

일정한 영토 안의 단일화된 힘이 다른 국가로부터 그 구성원을 지켜낼 때 한 나라의 주권은 대외적으로 인정되어 국가로 존재한다. 한 국가의 영토는 '힘이 미치는 영역'이 아니라, '다른 국가로부터 단일한 힘의 영역으로 인정받는 범위'이다.

조선이 '의주에서 여연', '경원 이북에서 갑산까지'라고 조선 초기의 경계를 말한 것은 '명과 여진이 인정하는' 조선의 영토이다. 오늘날 함경도와 강원도를 가르는 철령으로 한정되었던 원 지배하 고려의 동북방 경계, 원 동녕부의 지배를 받았던 고려의 서쪽 경계를 올리고 넓히는 데 이성계는 요동에서, 동북면에서 피와 땀을 흘려야 했음은 이상에서 살핀 바 있다. 인접하는 두 나라의 배타적인 욕망이 부딪치는 곳에서 힘이 부동不同한 조선은

'압록강 이남은 조선(고려)땅'이라는 명 태조의 말을 금과옥조로 내세우면서도 변경의 이민족인 여진족에 대해서는 회유와 정벌을 함께 구사하며 영향력을 놓치지 않으려고 애썼다. 여진을 직접 관할하려는 명의 의지는 강력했지만, 이에 압박당하지 않으려고 조선은 사대의 형식 속에서 분투한 것이다.

이 과정에서 <용비어천가> 및 『용비어천가』「주해」는 세종이 필요로 하는 힘과 지식과 문화의 융합으로서 탄생했다.

1430년대는 조선으로서는 수성의 시기이면서도, 창업의 시기이기도 하다. 명이 영종시대를 맞아 여진에 대한 직접 통치 의욕이 잠시 주춤했기 때문에 세종에게는 조선의 영토를 개척하고 확인할 시기였기 때문이다. 세종은 태조의 힘이 북방을 다스리는 데서 나왔다는 것을 정확히 알았다. 여진을 이夷로만 취급하지 않고 이들과도 단일성을 이룰 때 지성사대의 범주 내에서 명과 대적할 수 있음을 알았던 것이다. 세종은 태조의 이 힘을 절실히 필요로 했다. 변경에서 일어나는 일에 대한 명의 끊임없는 간섭과 요구를 당하면서도, 주권을 지키고, 조선 내의 단일한 힘으로서 길지 않은 왕조의 왕권을 강화해가는 세종은, 실록을 열람하는 금기를 범하면서도 이 과정을 문학화하고 정재呈才화하여 구성원의 합의를 얻고 공동의 목표를 갖고자 했다. 그러므로 용가 제작의 중요한 의의 중 하나는 '변경이라는 배타적이며 공존적인 공간에서의 투쟁을 기록과 문학으로 보여주어 주권의 역사적 정통성을 대외적으로 해명하고, 구성원의 합의를 얻어 그 단일한 힘이 지속될 문화적인 기반을 얻고자 하는 노력'이라고 할 수 있다.

세종은 용가 편찬자인 신하들과 단합하기 위해 도덕이 본질인 사회에서 군주의 바람직한 행동을 규계規戒로써 전달하는 것보다 더 중요한 것은 조선의 경계 확정과 그 주위의 인정임을 조선 초기의 사서史書에 못 박으려 하였고, 또한 같은 사항을 악장으로 알리고 기억하게 하려 했다. 이 의도는 후손인 왕들에게 전해진 것 같다. 조선이 외적의 침입으로 위기에 봉착했던

경험 뒤에는 어김없이 용가의 활용이 논의되었다는 것이 용가의 수용에서 확인되기 때문이다.[111]

이처럼 용가는 세종의 국가관이 그 시대의 문제와 함께 잘 드러나고 있는 작품이다. 용가는 그 중에서도 영토의 문제를 가장 크게 다루며, "국가란 무엇인가?"라는 질문을 감당하고자 하는 거대한 지성적 노력의 결과물임을 강조하고자 한다. 이러한 본고의 논의가 <용비어천가>의 작품 세계에 대한 이해를 더욱 넓히는 데 기여함과 동시에 오늘날 잊고 있는 북방 국경의 문제를 새삼 인식하는 데 도움이 되기를 기대한다.

(『고전문학연구』 47집(고전문학회, 2015) 수록)

111) 왜란 이후 광해군 4년(1612)의 제1차 중간본(萬曆本)의 제작, 호란 이후 효종의 제2차 중간본(順治本) 제작 등을 예로 들 수 있다. 김승우, 같은 책, 366-370면 참조.

제2장 임경업 연보의 가사화, 〈총병가〉 고찰

1. 문제제기와 선행연구 검토

<총병가摠兵歌>는 임경업林慶業(1594-1646)의 일대기를 율문화하고, 그의 비극적 삶의 한이 풀어지기를 기원한 필사본 중편가사이다. '총병'은 임경업이 40세 때(1633년) 명明의 공유덕·경중명의 반란을 진압할 때 세운 공으로 명 황제로부터 받은 직함에서 따온 것이다. <총병가>는 53년에 걸친 한 사람의 일생을 격동의 시대 속에 잘 짜 넣은 능숙한 솜씨의 작품이다. 언뜻 보기에는 임경업의 일생을 따라가고 있어 단순한 일대기의 요약으로 치부할 수 있으나, 이 가사는 구성과 표현에서 상당한 수준을 보이고 있어 재음미할 필요가 있는 작품이다.

<총병가> 작자는 조선 인조대의 내우외란의 역사를 씨줄로 삼고, 임경업의 일생을 날줄로 하여 가사 150행으로, 한 역사적 인간의 일생을 보여주고, 독자로 하여금 사건의 주인공 임경업에 대해 이해하게 하였다. 임경업이 가진 우직한 세계관을 독자가 이해하게 하는 작자의 솜씨를 오늘날의 우리가 감상하기 어려운 것은 당대의 사건에 대한 지식이 적고, 작자가 활용한 고사에 취약하기 때문이다. 더구나 필사자의 한자에 대한 미숙함, 경상도식의 모음 표기(으, 어의 혼동), 지나친 두음법칙의 혼란(ㄴ·ㄹ·ㅁ·

ㅇ 사용에서는 규칙을 발견하기 어려울 정도이다.) 등이 작품의 몰입을 방해하기에 더욱 외면을 받았을 것이다.[1]

현재 <총병가>에 대해 고찰한 논문은 1980년대에 발표된 두 편뿐이다.[2] 두 편 다 자료 소개이다. 1986년 홍재휴 교수는 이 작품을 학계에 가장 먼저 발표했다. 그는 <총병가>는 “임장군 전기를 시로 승화시킨 것”이라며 형식에 대해 주로 설명하고, 작품 전문을 게재했으나, 한자 오기誤記를 지적한 9개 외에 다른 주해는 덧붙이지 않았다. 다음 해인 1987년 이복규 교수는 논문에서, 이보다 앞선 1982년에, 한국정신문화연구원 소장 목판본 <임장군전林將軍傳>(송시열)의 후미에, <총병가>와 시조 <탄중원가>가 필사되었음을[3] 발견했다고 발굴 경위를 밝혔다. 홍 교수의 앞의 작품과 같은 출전의, 같은 작품임에도 불구하고, 이 교수가 이 작품이 학계에 소개된 바 없다고 한 것으로 보아 홍 교수의 논문 발표를 몰랐던 것 같다. 그의 논문에는 홍 교수의 선행 논문에서 지적한 오자誤字 정정이 반영되지 않았다. 이 교수는 이 논문에서 내용에 대한 주해를 상당 부분 해결하는 진전을 보였다. 또 “<총병가>는 우리나라 유일의 영웅가사인 셈인데 … 허구적 요소가 가미된 소설과 다르게 사실 자체를 보여주고 있어 교술갈래로서의 특징을 잘 보여준다. 임경업의 대명충의大明忠義를 지나치게 강조해 정치적 목적성을 띠고 있는 송시열의 <임장군전>과 달리, 임경업이란 인물 자체의 됨됨이를 그 행적을 통해 보다 자세하게 강조하되 율문이 가지는 감응력을 충분히 활용하고 있는 점에서 교술산문인 전傳과도 구분되는 독자적 면모를 지니고 있다.[4]”고 평가하였다. 탁견卓見이지만, 구체적인 논의에 근거를 둔 것

---

1) 작자와 필사자가 동일인물이 아니라는 점은 앞선 두 연구자 모두 지적하고 있는 사실이다. 필자도 이에 동의한다.

2) 홍재휴, 「<총병가> <탄중원가>고」, 『국문학연구』 9, 대구효성여대, 1986, 3-19면; 이복규, 「정우량 작, <총병가>와 <탄중원>」, 『국제어문』 8, 국제어문학회, 1987, 205-214면.

3) 홍재휴 교수는 한국정신문화연구원 소장 목판본 <임경업장군전>(송시열)의 후미에 첨부되어 있었다고 했으나, 현재 한국학중앙연구원에 남아있는 자료는 <임장군전>이 맞다.

4) 이복규, 같은 글, 205면.

은 아니었다. 두 논문의 자료를 비교해볼 때, 4구로 행 배열 한 가사 자료로서의 양자는 몇 자를 제외하고는 거의 차이가 없다. <총병가>는 이후 이상보 교수의 『18세기 가사전집』(민속원, 1991)에 게재되었고, 임기중 교수의 『한국역대가사문학집성』의 전자자료에 데이터베이스화되어 있다.

이처럼 <총병가>에 대한 학계의 관심은 최초 자료 소개에서 지금까지 벗어나지 않고 있다. 같은 작품이 거듭 논의되는 고전시가 분야 연구에서는 드문 일이다. 본고는 이 작품을 명·청 교체기를 겪는 조선에 대한 문학적 표현으로 조명하고자 하면서 우선 <총병가>에 대한 주해가 선행되어야 할 필요를 느낀다. 이를 기초로 해야 작품의 의미와 문학적 가치 및 가사의 발전과정에서의 문학사적 가치를 논할 수 있을 것이기 때문이다.

현재 연구자들이 가장 접근하기 쉬운 <총병가>의 전자자료는 저본을 홍재휴 교수의 것으로 한다 하였으나, 홍 교수의 언급은 소개되지 않았고, 이 교수의 주해를 그대로 전재하였다. 필자가 원본과 대조해본 결과, 학계에 최초 소개된 것은 홍 교수의 활자화이고, 이 교수의 것은 뒤에 나왔음에도 후자에 도리어 오독이 많았다. 본고는 아래 <2장>에 원본자료를 왼쪽에(자료 가), 필자의 교정이 가해진 것을 오른쪽에(자료 나) 제시하였다. <자료 가>의 구독은 홍 교수의 것을 기본으로 하였으며, 이 교수의 주해를 첨부하였다.[5] 한편, <자료 나>는 가독성을 위해 한자음을 한글로 고치고, 필자가 원자료를 본 바에 의해 <자료 가>에 가필 혹은 정정한 후, 가능한 모든 주해[6]를 가한 것이다. 본고의 일차적인 목적은 기초적인 주해를 완성해 <총병가>의 이해를 도와 이후의 활발한 연구에 도움이 되고자 하는 것이

5) <자료 가>에 진하게 표기하고 밑줄 친 글자들은 원전의 명백한 오자를 홍 교수가 이미 바로잡은 것들이다. 이를 제외한 <자료 가>의 주해와 ( ) 안에 바로 잡고 진하게 표시한 글자들은 모두 이 교수의 논문에 의한 것이다.

6) <자료 나>에 진하게 표현한 부분들은 의미에 영향을 주지 않는 한도 내에서 의미 소통을 위해 필자가 원본의 글자를 최소한 수정한 것이다. 대체로 필사자의 개인적인 버릇에 의한 ㄴ·ㄹ·ㅁ·ㅇ의 혼용을 문법적인 다른 해석의 우려가 없는 한, 바로잡아 읽기 쉽게 하고자 하였다. 이미 <자료 가>에서 교정한 것은 진하게 표시하지 않고 그대로 옮겨 적었다.

므로,[7] 주해 작업은 본고의 중요한 부분이다. 충분한 단계는 아니지만, 이로써 <총병가>를 본격적으로 논의하기 위한 저본으로 삼고자 한다.[8]

2. 〈총병가〉 주해

기 : 출생-이괄의 난(1594-1624, 31세) [9]

<자료 가>	<자료 나>
乾坤이 豊富ᄒᆞ고 山川이 兆朕ᄒᆞ야	건곤이 풍부ᄒᆞ고 산천이 조짐ᄒᆞ야
天下 奇男子을 東國의 ᄂᆡ오시니	천하 기남자를 동국의 ᄂᆡ오시니
本官(貫)은 平澤니뇨 姓號ᄂᆞᆫ 林某[10]로다	본관은 평택**이요** 성호ᄂᆞᆫ 임모로다
生年 月日時ᄂᆞᆫ 仔佃(細)치 못ᄒᆞ야도	생년 월일시[11]ᄂᆞᆫ 자세치 못ᄒᆞ야도
人朝 前後事를 於大綱 이료니라	입조 전후사를 어대강 이료**리**라
童穉적 ᄇᆡ혼거신 忠與孝 二事어ᄂᆞᆯ	동치적 ᄇᆡ흔 거시 충여효 이사어ᄂᆞᆯ
壯盛의 니긴거신 弓與馬 兩技료다	장성의 니긴 거신 궁여마 양기료다
穿楊 葉破矢을 虎榜의 試驗ᄒᆞᆫ니	천양 엽파시를 호방의 시험ᄒᆞᆫ니
一時 姓名니 群傑의 웃듬니라	일시 성명**이** 군걸의 웃듬이라
玉塞 千里外예 防秋[12]을 다산 後의	옥새 천리외예 방추를 다산 후의[13]
小農堡 邊鎭將은 武夫의 礿(初)職이라	소농보 변진장[14]은 무부의 초직이라
龍馬을 어더거든 龍劍인들 안이오며	용마를 어더거든 용검[15]인들 안이오며

---

7) 작품 주해의 많은 부분은 『국역 충민공실기 임경업장군(國譯 忠愍公實記 林慶業將軍)』(류정기 역, 평택임씨종친회, 1985.)을 참고한 것이다.(*이하 『실기』라 표기함.) 특히 권5 · 권6의 「연보」(265-421면)를 주로 인용하였다. 그 외 중국 인명 및 고사는 『사기』, 「열전」과 『중국역대인명사전』(임종욱 편저, 이화, 2010) 등 각종 사전류를 참고했으며, 따로 출전을 명기하지는 않았다.

8) 각주는 <자료 가>의 이 교수의 기존 주해와 <자료 나>의 필자의 것이 일련번호로 되어 있다. 기존 주해 중에서 수정이 필요한 것은 <자료 나>의 각주를 통해 필자의 의견을 제시하였다.

9) 작품의 기승전결 4단 구성 및 소제목은 필자가 작성한 것임.

10) 신원(伸冤) 이전이기 때문에 이름은 숨긴 듯함.

11) 1594년 11월 2일 생.(<연보>, 『실기』, 163면. *이하 '연.163'으로 표기함.)

12) 북쪽 오랑캐의 침략을 방어함.

13) 25세에 갑산(甲山) 방추. 동생 사업(嗣業)도 연방(聯榜)하여 함께 임관함.(연.269)

14) 27~28세에 삼수(三水) 소농권관(小農權官)일 때 절충장군에 가자(加資)되었다.(연.270)

黃金甲을 어더거든 白銀鞍이 어듸 갈랴	황금갑을 어더거든 백은안이 어듸 갈랴
戎器을 別備ᄒᆞ고 軍糧이 積峙ᄒᆞᆫ이	융기를 별비ᄒᆞ고 군량이 적치ᄒᆞᆫ이
朝廷이 表奏ᄒᆞ니 國王이 嘉賞ᄒᆞ샤	조정에 표주ᄒᆞ니 국왕이 가상ᄒᆞ샤
恩官은 折衝니뇨 姓號ᄂᆞᆫ 表裡로다	은관은 절충**이요** 성호ᄂᆞᆫ 표리로다[16]
體察使[17] 金昇平이 幕佐의 블너더니	체찰사 김승평이 막좌의 블너더니
時運이 不幸ᄒᆞ야 适賊이 일어나니[18]	시운이 불행ᄒᆞ야 괄적이 일어나니
盜賊을 破竹勢로 安現(**鞍峴**)의 뉘 당할니	도적을 파죽세로 안현[19]의 뉘 당할니
兄及弟 三人勇猛 張晩[20]의 볼만이라	형급제 삼인용맹 장만의 볼만이라[21]
意氣 崢嶸ᄒᆞᆫ듸 慷慨을 못 이긔여	의기 쟁영ᄒᆞᆫ듸 강개를 못 이긔여
榻前의 伏地ᄒᆞ야 出戰을 사모ᄒᆞ니	탑전의 복지ᄒᆞ야 출전을 사모ᄒᆞ니
은발이 빅비단니 鐵衣의예 빗나셔라	은발이 빅비단니 철의예 빗나셔라
矢石의 차을 잡고 一鼓로 號令ᄒᆞ니	시석의 차을 잡고 일고로 호령ᄒᆞ니
百萬 强固賊니 어롬녹듯 기냐픅듯	백만 강고적**이** 어롬녹듯 기냐픅듯

15) 공이 항상 지니고 다닌 두 개의 검은 전투용인 용천검(龍泉劍)과 호신용 추련검(秋蓮劍)이다. 오늘날 추련검만 전한다. 전설에 의하면 용천검은 평안도 철산에서 소농보로 근무시, 용천이라는 못가를 거닐 때 큰 뱀이 물고 나와 던져주었다고 한다.(연.270) 추련검은 의주부윤 때 청천강에서 물개 한 마리가 보검을 물고 나와 바쳤다고 한다. 이경선, 「임경업의 인물 · 유적 · 전설의 조사연구」, 『한국의 전기문학』, 민족문화사, 1988, 20면.

16) 1620년(27세) 서반 정3품 당상관인 절충장군으로 가자(加資)를 받고(연.270), 1628년(35세) 왕으로부터 표리 일습(一襲)을 특별히 받았음(연.275). '표리'는 은사(恩賜)나 헌상(獻上)으로 주는 옷의 겉감과 안감이다. '성호는 표리(表裡)로다'는 대구를 맞추기 위해 쓰였으나, 맞지 않는 표현이다.

17) 지방에 군란(軍亂)이 있을 때 그 지방에 나아가 일반 군무를 두루 통찰하는 군직(軍職).

18) 이괄(李适)의 난.

19) 1624년 1월 군사를 일으킨 이괄은 계속 남하하여 2월 10일 한양에 입성했다. 인조는 이괄이 8일 임진강을 넘었다는 소식에 서울을 버리고 수원, 천안을 거쳐 12일 공주로 피난 간 상태였다. 이괄의 전세가 기울기 시작한 것은 2월 11일 안현(길마재) 전투에서였다. 장만과 임경업이 길마재를 지켜 이괄의 군대는 패배했으며, 광주로 향하다가 장만, 정충신, 남이흥이 이끄는 관군의 추격으로 흩어졌다. 2월 12일 이괄은 부하에게 살해되어 반란은 저지되었다. 이괄이 추대한 인조의 숙부 흥안군은 체포되어 살해되었다. 한명기, 『병자호란』 1, 푸른역사, 2013, 57-71면.

20) 조선의 무관(1566-1629). 인조반정 이후 팔도 도원수로서 이괄의 난을 평정한 인물.

21) '임경업의 형제 삼인(형 승업(承業), 아우 준업(俊業)이 함께 응모 출정함)이 장만 등 삼인(장만과 함께 일등공신을 받은 정충신(鄭忠信), 남이흥(南以興))에 비길 만함.' 연보에는 형제 3인 모두 1등 공신에 등록되었다고 하나(연.272) <연보>와는 달리, <백봉석찬 전>에는 경업은 1등 공신에, 승업과 준업은 2등 공신으로 등록되었다. 백봉석, <대명충의공전>, 『실기』, 156면. *이하 <백봉석찬 전>이라 표기함.

算官 金汝義는 눌노ᄒᆞ여 사라는고[22]	산관 김여의는 눌노ᄒᆞ여 **살았**는고
滿城 玉帛을 다 혜여 맛긴 後의	만성 옥백을 다 혜여 맛긴 후의[23]
노포(**弩砲**)을 노피 들고 幸(行)在로 나아가니	노포**를** 노피 들고 행재로 나아가니
나라 回復 마흔 功이 原從의 第一이라	나라 회복 **만**흔 공이 원종의 제일이라

승 : 전쟁과 명성(1626-1644, 51세)

① 정묘호란(1627)

嘉善體 나인(**내린**)후의 낙안군수 ᄒᆞ단말가	가선체[24] 내린 후의 낙안군수 ᄒᆞ단말가
平生의 壯ᄒᆞᆫ 뜻을 어닉 고ᄃᆡ 베플손고	평생의 장ᄒᆞᆫ 뜻을 어닉 고ᄃᆡ 베플손고
觀察使 中軍任을 여러 번 辭謙ᄒᆞ고	관찰사 중군임을 여러 번 사겸ᄒᆞ고
節度使 左營將은 무삼 일노 하단말가	절도사 좌영장은 무삼 일노 하단말가[25]
새외쳔교ᄌᆞ[26]는 잇ᄢᅴ에 남목ᄒᆞᆫ니[27]	새외 쳔교ᄌᆞ는 잇ᄢᅴ에 남목ᄒᆞᆫ니[28]
江都[29]는 天險이뇨 晋陽이 되여셔라	강도는 천험이뇨[30] 진양이 되여셔라[31]

---

22) 이괄의 난 중 용산(龍山)의 군수(軍需) 책임자인 김여의(金汝義)가 도적에게 붙들렸다가 임경업의 도움으로 구출된 일.

23) 용산의 부고(府庫)의 재보(財寶)와 장부(簿書)를 적으로부터 보호해 강도(江都)로 호송한 공으로 원종일등공신이 됨.(연.272)

24) 1624년 7월 가선대부(嘉善大夫)를 배수(拜受)했다.(연.272)

25) 34세 때 "관찰사는 후방에서 지휘할 뿐이므로 출전해서 죽음으로 보국하기를 원한다."고 하였다.(연.274)

26) 새외천교자(塞外賤狡子)는 변방에 사는 천하고 교활한 오랑캐 무리들을 말하는 듯.

27) '남륙(濫戮)하니'의 잘못인 듯.

28) '남쪽을 눈 여겨 보니'로 추측.

29) 강화도.

30) 공은 정묘호란(1627) 때 걸어서 강화도에 갔으나 벌써 강화(講和)가 되어 그대로 돌아왔다.(연.274)

31) BC 200년 유방이 흉노를 치러 진양에 갔을 때 흉노 왕 묵특의 꾀에 빠져 7일 동안 포위된 위기에서 결국 묵특 아내에게 뇌물과 속임수를 써 빠져 나올 수 있었으나, 이후 전한과 흉노는 형제관계의 굴욕적인 협정을 맺었다. 정묘호란으로 양국이 형제관계를 맺은 것을 표시.

② 의주부윤(1633), 우가장 출정(1633)

防禦使 助防將은 喪中의 起復ᄒᆞ고	방어사 조방장은 상중의 기복ᄒᆞ고[32]
請ᄒᆞ냐 어든 兵을 뉘 訴啓예 막도던고	청ᄒᆞ야 어든 병[33]을 뉘 소계예 막도던고
寧邊府使 定州牧使 到任을 하듯마듯	영변부사 정주목사 도임을 하듯마듯
鐵馬山城[34] 다쓴 後의 義州尹府(府尹)돌아안자	철마산성[35] 다쓴 후의 의주부윤 돌아안자[36]
常平倉 베픈 後의 十二屯을 두단 말가	상평창 베픈 후의 십이둔을 두단 말가
蒼生을 子息보듯 戰士을 撫恤ᄒᆞ니	창생을 자식보듯 전사를 무휼ᄒᆞ니[37]
功德이 司(思)慕한ᄃᆡ 天書는 오락가락	공덕이 사모한ᄃᆡ 천서는 오락가락
椵島의 叛한 盜賊 先伐謀의 흣터지니	가도의 반한 도적 선벌모의 흣터지니

---

32) 1632년 2월 8일 부친의 상을 당했으나 탈상하지 못하고 1633년 우가장의 명 반란군을 진압하러 조·명 연합군으로 출정한 일.(연.286)

33) 1633년 6월 의주부윤 겸 청북방어사에 임명된 이후, 인조에게 만 명의 병력을 주청(奏請)해 비밀리에 허락받았으나 조정에서는 화의가 이미 굳어져서 그럴 필요가 없다고 거절.(연.288) 1636년에도 공이 정탐한 바에 의하면 적이 남침할 우려가 있으므로 병력 2만을 요구했으나 간관이 "대병(大兵)을 변신(邊臣)에 주면 안 된다"고 반대해 무산되었음.(연. 294-296)

34) <연보>에는 검산산성(釰山山城)과 백마산성(白馬山城) 수축(修築)의 일만 나와 있음. 연보 본문에는 '劍山'으로, 역주에는 '釰山'으로 되어 있음.(연.278.)

35) 공은 산성 방어사로 여러 성을 축조했다. 검산산성 방어사(1631), 정주목사(1631), 영변부사(1633), 의주부윤 겸 청북방어사(1634)의 순서이다. 의주부윤 때, 백마산성(1633)을 구축하였다. 그러나 '철마'는 기록에 보이지 않는다. 시기적으로는 백마산성으로 봐야 한다.(연.285)

36) 1633년 잠시 틈을 내어 상을 마치기 위해 사직했다. 1634년 4월 탈복(脫服) 후 다시 의주부윤 겸 청북방어사로 돌아왔다. '돌아안자'는 1635년 백성을 잘 다스려 승급됐으나 관직을 삭탈당했다가 1636년(41세)에 다시 의주부윤에 임명된 사실을 말하기 위함인 듯하다. 관직 삭탈은 김자점이 자기의 주장이 성립되지 못한 것에 앙심을 품고 공을 무고해, 공은 군장을 빼돌렸다(勒奪)는 혐의로 체포되었으나, 청북인들이 대궐에 가서 여러 번 진정한 것이 받아들여져 곧 풀려난 사건이다.(연.283) 앞서 1634년 1월에 김자점은 청북은 넓고 인구는 드물어 그것을 지키기는 어려우니 그만 떼어버리기를 요청했으나, 공이 조종의 국토를 한 번 병화를 겪었다고 가볍게 버려서는 안 된다고 해서 서로 논쟁으로 결정짓지 못했던 일이 있다.(연.282)

37) 1634년 의주부윤 부임시 "의주에는 병화(兵火)가 있은 뒤로 거민(居民)이 거의 없어지고 수졸(戍卒)도 없다."며 생민의 산업을 세워야 함을 주장했다. 은전 천 냥과 면 백 필을 얻어와 그것으로 중국과 만주의 물화를 교역해서 평창소(平倉所)를 개설하여 백성을 구제하고, 둔전 12개소를 설치해 살림을 풍족하게 했다.(연.289)

金花揷頭 摠兵大將 崇禎皇帝 表忠이뇨 금화삽두 총병대장 숭정황제 표충이요[38]
非禮勿動 征虜將軍 崇禎皇帝 御筆이뇨 비례물동 정로장군 숭정황제 어필이요
分天下 萬房侯ᄂᆞᆫ 崇禎皇帝 密詔로다 분천하 만방후ᄂᆞᆫ 숭정황제 밀조로다[39]

③ 병자호란(1636)

簡堞을 만니ᄒᆞ고 烽燧을 일삼더니 A [간첩을 만이ᄒᆞ고 봉수를 일삼더니
虜賊이 伺釁ᄒᆞ냐 一朝의 乘突ᄒᆞ니 노적이 사흔[40]ᄒᆞ야 일조의 승돌ᄒᆞ니
白馬山城 布張(帳)빗치 바라보니 粉堞이라
백마산성 포장빗치 바라보니 분첩이라[41]
三炬 十二頭의 兵威도 盛할시고 삼거 십이두[42]의 병위도 성할시고
마롬닙희 ᄡᅳ린 고기 賊將을 쇼기도다 마롬닙희 ᄡᅳ린 고기 적장을 쇼기도다[43]]

---

38) 영변부사 때(1633, 40세) 명의 공유덕(孔有德)·경중명(耿仲明)이 가도에서 모반을 일으켜 우가장(牛家庄)을 점거한 것을 임경업과 명이 협공하려 했으나 명의 장수들이 공을 다투다 공격이 늦어지고, 공만 선공(先攻)했다 하여 명 황제가 총병으로 임명하고 금화를 하사했다. 이로써 '총병관'의 이름이 높아졌다고 한다.(연.286) 여기서 '가도의 반한 도적'은 '가도의 도적이 반한 것'으로 이들을 정벌하러 나간 곳은 '우가장'이므로 본고에서는 이후 이 사건을 '우가장 출정'으로 칭한다. 1637년에 가도를 정벌하러 갔던 '가도정벌'과 구분하기 위함이다. 가도정벌은 주125 참조.

39) 황제가 내린 화상과 밀조는 47세(1640) 때 청의 금주위 공격에 동원된 임경업의 거짓 싸움을 칭찬한 것이다.(연.322) '분천하만방후(分天下萬房侯)'는 수군을 싣고 오면(주51 참조) 천하를 나누어 만호를 봉하리라는 밀조의 내용이다. '非禮不動'이라 쓰인 명 숭정황제의 어필과 명 장수가 황제에게 공의 모습을 보이기 위해 명나라에서 화사(畫師)를 보내 그리게 한(연.322) 화상 두 폭 중 하나가 충북 충주시 단월동에 있는 충렬사(忠烈祠)에 보관돼 있다. 충렬사는 1726년(영조 2)에 세워졌다.(이경선, 같은 책, 19면 참조) 뒤에 정조는 충렬사를 수리하고 화공을 보내 이 화상을 보수하게 하였다.(연.414) '정로장군'은 평로장군(平虜將軍), 즉 오랑캐를 평정하라는 직함에서 온 것이다.

40) 틈을 엿봄.

41) '분첩'은 성벽 위에 작게 쌓은 성. 분첩이 높아 보이게끔 흰 베로 온 성을 둘렀다는 일화를 채용했다.(연.299)

42) 의주부윤으로 있을 때 송골(松鶻), 봉황(鳳凰)의 양 산에 봉화대를 만들고 호적이 나타나면 횃불을 두 개, 범경(犯境)해 오면 세 개('三炬'), 접전이 되면 네 개 들기로, 또 각기는 세 가지(三枝)로 하기로 약속하였다.(이선, <충민공전>, 『실기』, 82면, 이하 <이선찬 전>.) 이 봉화가 전해지지 않은 이유를 "김자점이 바로 변보를 올리지 않아서"(<백봉석찬 전>, 182면), "원수(元帥)에[의] 김자점이 막아서 조정에 듣기지 못했음"(연.299) 등으로 지적하나, 병란 직후 조정에서는 청군을 통과시킨 죄를 도원수 김자점, 평양감사 유림, 의주부윤 임경업에게 물어야 한다는 의논이 분분했다. 『인조실록』, 인조 14년/12/15(을유) 참조.

43) 12둔지(屯地)를 만들어 곡물 등을 모두 성 안으로 들이며, 우역(牛疫)으로 죽은 소를 모두

슬플사 南漢山城 月暈이 둘너셰라
江華가 陷沒ᄒᆞ니 落花岩이 ᄭᅩᆺ빗치라
두어라 그젹 辭說 ᄎᆞ마 어니 다 니ᄅᆞ니
鴨綠江 눈온 밤의 賊馬을 몬져 ᄡᅩ니
要退(魋)의 百斤甲니 졔 피의 다 젓거다
清皇의 金방올을 奇謀로 어더ᄂᆡ여
統軍亭 大坐起에 멋변이나 거려던고
볼모가는 세자대군 눈믈지고 녀희오니
憤鬱ᄒᆞ며 頓足ᄒᆞ니 江山이 昧沒ᄒᆞ고
膽氣가 欲裂ᄒᆞ니 日月이 無光이라
三學士의 숀을 잡고 大誼로 送別ᄒᆞ니
志氣 相合이라 뉘 안이 歎服할니
三泊ᄀᆡ 노픈 碑예 天朝을 쓴탄말가
禮樂 文物니 腥塵의 더려이니
龍泉劍 ᄲᅢ녀 들고 玉龍사을 依地(支)ᄒᆞ녀
南朝을 生覺ᄒᆞ고 北幕을 睨視ᄒᆞ니
ᄋᆡ돌고 슬픈 눈믈 비오ᄃᆞᆺ 심솟ᄃᆞᆺ

B [슬플사 남한산성 월훈이 둘너셰라
강화가 함몰ᄒᆞ니 낙화암이 ᄭᅩᆺ빗치라
두어라 그젹 사설 ᄎᆞ마 어**이** 다 니ᄅᆞ**리**]
압록강 눈온 밤의 적마**를** 몬져 ᄡᅩ니
요추의 백근갑**이** 졔 피의 다 젓거다[44]
청황의 금방**울**을 기모로 어더ᄂᆡ여
통군정 대좌기에 **몇번**이나 거려던고[45]
C [볼모가는 세자대군 눈믈지고 **여**희오니
분울ᄒᆞ며 돈족ᄒᆞ니 강산이 매몰ᄒᆞ고
담기가 욕열ᄒᆞ니 일월이 무광이라
삼학사[46]의 숀을 잡고 대의로 송별ᄒᆞ니
지기 상합이라 뉘 안이 탄복**하리**
삼박ᄀᆡ 노픈 비예 천조를 쓴탄말가[47]
예악 문물이 성진의 더려이니(더럽혀지니)
용천검 **빼어** 들고 옥룡사을 의지하**여**
남조를 생각ᄒᆞ고 북막을 예시ᄒᆞ니
ᄋᆡ돌고 슬픈 눈믈 비오ᄃᆞᆺ 심솟ᄃᆞᆺ

포(脯)로 만들어 저장하고, 나무를 산처럼 쌓아서 짚으로 덮어 군량을 쌓은 것처럼 보이게 했으며, 큰 못을 파고 큰 고기를 길러 사신이 오면 대접함으로써 성내에서 용수(用水)를 자급할 수 있는 것으로 소문나게 해, 백마산성이 대진(大鎭)으로 평가되게 했다.(연.293, 297) 이 때문에 병자호란 때 청군은 방비가 잘된 의주성을 지나쳤고 월강(越江)한 지 6일 만에 서울을 침범했다.(연.300)

44) 청병이 조선을 침략한 후 변경이 명과 연락할 것을 걱정해, 청은 300여 기를 먼저 청으로 돌아가게 했다. 그 중 홍타이지의 조카인 요추는 철의(鐵衣)로 중무장하고 눈처럼 흰 차림으로 다니는데, 용력(勇力)이 출중해서 그가 임진(臨陣)하면 모두 피하곤 했다. 공은 뒤따라가서 압록강 위에서 그를 말에서 떨어뜨려 죽이고 그 철의를 벗겨 입으니 무게가 백여 근이나 되었다는 일화이다. 이때 공은 기병 태반을 죽이고 포로로 끌고 가던 남녀 130여 명을 구출했다.(연.301)

45) 항복 후인 1637년, 의주에 청병의 침학(侵虐)이 심해 변민(邊民)들이 살 수가 없자 공은 청왕에게 "방울을 하나 얻어 군대에 명령할 수 있게 해달라."고 했다. 청의 사자(使者) 등이 왔을 때 방울을 내보이며 "너희 왕의 명령을 어기려 하느냐?"고 하며 포악한 짓을 못하게 하였다.(연.304)

46) 홍익한, 윤집, 오달제. 공이 홍익한의 결박이 너무 심한 것을 보고 풀어주게 하고 위로하였다.(연.305)

47) 1639년(인조 17) 12월 삼밭나루 곧 삼전도(三田渡)에 '대청황제공덕비'를 세움으로써 명을 배신했다는 의미.

胸胸 一斗膽니 눈는돗 타는돗	흉흉 일두담이 눅는돗 타는돗]
壬辰恩 갑프려고 通信을 일삼더니	임진은[48] 갑프려고 통신을 일삼더니[49]
君父의 辱본 일과 臣子의 셜운 辭說	군부의 욕본 일과 신자의 셜운 사설
大綱만 혜알이며 別紙의 쓰로 뼈셔	대강만 혜알이며 별지의 쓰로 뼈셔
한 즁을 어더 닉여 明將계 付値오니	한 즁을 어더 닉여 명장계 부치오니
獨步의 일흠니 華人의 嘉稱이라	독보의 일흠이 화인의 가칭이라[50]

④ 청·조군 명군 정벌(1640)

오랑키 北犯할 제 請兵의 將帥 도여	D [오랑키 북범할 제 청병의 장수 되여
밋 업슨 白羽箭과 알 업슨 빈 鳥銃의	밋 업슨 백우전과 알 업슨 빈 조총의
헛쇼릭 阿呼聲의 색호는 듯 흐다마는	헛쇼릭 아호성의 색호는 듯 흐다마는
機微을 想痛(相通)흐고 進退할 싼이로다	기미를 상통흐고 진퇴할 싼이로다[51]]

48) 임진왜란 때 명의 원병(援兵)으로 조선은 다시 태어났다 하여 재조지은[再造藩邦之恩]이라 함(진단학회 편, 『한국사』, 근세전기편, 을유문화사, 1962, 678-679면). 명 황제는 밀조에서 임경업의 거짓싸움(주39, 주51 참조)이 "임란 때 구원한 은혜를 갚은 것"이라고 언급했다.(연.322)

49) 공이 1637년 후로 명에 조선의 사정을 알리려 하나 통할 길이 없던 중에 묘향산 승 신헐(申歇)과 의기 상통하여, 이시백과 의논하여 작성한 통문과 편지를 신헐이 명에 전했다. 그는 명의 석성도(石城島)에 도달, 홍승주(洪承疇)의 회신을 가지고 왔다.(연.311)

50) 독보(獨步)는 곧 신헐이다. "명인들은 절로(絶路)한데 그가 독(獨)히 왕래(往來)함을 가상(嘉尙)해서 호를 독보(獨步)라고 한 것"(연.344)이므로, '華人 嘉稱'이라 했다. 독보는 등주에서 황종예에게 공을 소개하는 역할을 하지만, 결국 황종예가 도망 후 마홍주에게 공의 계획을 누설해서 마홍주가 공을 청에 넘겨주는 원인이 된다.(연.373) 「황조배신록(皇朝陪臣錄)」에는 독보 역시 조선에 돌아왔으며, 공의 죄에 독보도 연좌되어 울산부로 귀양간 것으로 전한다. 황경원, 「황조배신록」, 『실기』, 135면.

51) 1640년 청이 명의 금주위(錦州衛)를 공격한다고 조선에 원병을 요청, 공은 주사상장(舟師上將)이 되어 청의 군사를 거느렸으나 지연작전으로 명에 유리하게 하며 배 세 척을 석성도에 밀송하여 명 도독 홍승주(洪承疇)에게 자신의 진정을 전하고자 했다. 6월 개주(蓋州)에서 명선 40척을 만나 접전하는데, 공이 활의 촉을 빼고 포의 탄환을 빼는 술수를 써서, 명군이나 조선군의 피해가 극히 적었다.(연.321-328) 반면, 청에서는 1640년 6월 29일 청황의 칙서를 보내 이런 사실을 비난했으며, 장군과 군병 등은 조선으로 돌아가라고 했다.(연.327) 공은 조선에 돌아가 명황의 밀서를 인조에 전했다.(연.330) 그러나 조선의 사신이 청에 가니, 공을 처벌하지 않으면 안 된다고 하므로, 1641년 관직을 삭탈당했다가, 12월에 다시 동지중추부사로 임용되고, 백의별장이 되었다.(연.331)

⑤ 금교역 도피(1642), 명으로 망명(1643), 그리고 명 망국(1644)

戰功을 못 일오고 淸國의 罪을 어더	E [전공을 못 일오고 청국의 죄를 어더[52]]
金交驛 가단 날의 握劍이 쒸녀 나니	금교역 가단 날의 악검이 쒸여 나니
檜巖寺 三門 밧긔 어ᄂᆡ 즁이 맛돗던고	회암사 삼문 밧긔 어ᄂᆡ 즁이 맛돗던고
한 笥箱 나온 거시 여려보니 袈裟長衫	한 사상(상자) 나온 거시 여려보니 가사 장삼
嘉平(加平)의 馬을 노코 陽衢(楊口)로 드려가셔	가평의 말을 노코 양구로 드려가셔
草幕의 過冬ᄒᆞ고 痲田으로 가단 말가	초막의 과동ᄒᆞ고 마전으로 가단 말가
襄陽의 路阻ᄒᆞ니 登山狙伏 苦行이라	양양의 노조ᄒᆞ니 등산저복 고행이라[53]
行裝을 收拾ᄒᆞ니 知明이며 小明[54]이뇨	행장을 수습ᄒᆞ니 지명이며 소명이뇨
糧食을 準備ᄒᆞ니 金渾이며 武金[55]로랴	양식을 준비ᄒᆞ니 금혼이며 무금[56]로랴
化主僧 일홈 비려 商賈船 어더 타고	화주승 일홈 비려 상고선 어더 타고
南風의 돗출 달아 登州으로 向ᄒᆞ오니	남풍의 돗출 달아 등주으로 향ᄒᆞ오니
魯仲連[57]의 東海節이 秦帝을 붓글인 듯	노중련의 동해절이 진제를 붓글인 듯[58]
祖逖[59]의 擊楫盟誓 晋室回復 期約ᄒᆞ니	조적의 격즙맹서 진실회복 기약ᄒᆞ니
노중의 모든 젹군 眼前의 뵈여셔라	노중의 모든 젹군 안전의 뵈여셔라[60]

52) 1642년 명 도독 홍승주가 청에 투항하여 신헐과 내통한 사실을 다 고변하여 청은 공을 잡아들이라 했다.(연.334)

53) 1642년 10월 청으로 잡혀가던 중 12월 금교역에서 도망, 양구현에 들어가 양주 회암사에서 삭발, 중이 되고 1643년 3월에 명에 들어가기로 했다.(연.334) 이 사건으로 청은 공 대신 처자·제질(弟侄)을 심양에 잡아 갔다. 한 달 만에 다른 사람들은 모두 방환되었으나 부인은 나오지 못했는데, 9월 26일 더 이상 치욕을 당하지 않겠다고 칼로 자결했다.(연.337)

54) 임경업과 동행한 승명(僧名).

55) 임경업과 동행한 선인(船人) 금혼(金渾), 상인(商人) 김무금(金武金).

56) 김자점의 하인 이름. 이무금이 맞음.(연.340)

57) 전국시대 제(齊)의 변사(辯士). 고절(高節)의 선비로서 조(趙)나라의 평원군(平原君)을 설복하여 진왕(秦王)을 황제로 섬기지 못하게 함.

58) 노중련은 위(魏)와 조(趙)가 진시황(秦始皇)을 황제로 모시려 할 때 차라리 동해물에 빠져 죽을지언정 진을 제로 모실 수 없다고 하여, 노중련의 절개('東海節')가 진시황을 축출하는 데 공을 세웠다.(『사기』, 「추양열전(趨陽列傳)」)

59) 중국 동진(東晋)의 무장(266-321). 석륵(石勒)과 제휴하여 황하 이남을 진(晋)의 영토로 만들었음.

60) 흉노가 장안을 점령한 오호(五胡)의 난으로 서진은 멸망했다. 317년 사마예(司馬睿)는 동진(東晋)을 세우고 조적을 서주자사로 임명했다. 조적은 자청해 북벌을 떠나며 배가 장강의

瀋陽의 계신 東宮 故都로 뫼셔오며	F [심양의 계신 동궁 고도로 뫼셔오며
國家의 羞恥事와 皇朝의 再造恩을	국가의 수치사와 황조의 재조은을
하마ᄒᆞ면 갑플려고	하마ᄒᆞ면 갑플려고]
一葉船 밧비 져허 萬頃蒼波 나드더니	일엽선 밧비 **저어** 만경창파 나드더니
風勢 不順ᄒᆞ야 海豊의 漂泊ᄒᆞ니	풍세 불순ᄒᆞ야 해풍의 표박ᄒᆞ니
非其罪 漏泄中의 辛苦도 ᄒᆞ도 할샤	비기죄 누설중의 신고도 ᄒᆞ도 할샤[61]
皇宗裔軍 幕下의 賓主禮을 맛ᄃᆞᆺ마ᄃᆞᆺ[62]	황종예군 막하의 빈주례를 맛ᄃᆞᆺ마ᄃᆞᆺ
一壺酒 깁픈 꾀에 海賊을 다 ᄌᆞ부니	G [일호주 깁픈 **꾀에** 해적을 다 ᄌᆞ부니[63]
天朝의 奏文ᄒᆞ고 大將禮를 찰오더니	천조의 주문ᄒᆞ고 대장례를 찰오더니[64]]
中原이 政非ᄒᆞ야 流賊이 일어나니	H [중원이 정비ᄒᆞ야 유적이 일어나니[65]
萬歲山 노픈 峯의 帝向이 流涕로다	만세산 노픈 봉의 제향이 유체로다[66]
吳三桂 한 片紙의 絶父書 나단 말가	오삼계 한 편지의 절부서 나단 말가

중류에 이르렀을 때 노로 강물을 치며 중원의 오랑캐를 소멸하고 진나라의 영화를 회복하지 않으면 강남으로 돌아가지 않겠다고 맹세했다('中流擊楫'). 조적은 장강을 건너 군대를 모으고 계속 융적(戎狄)을 무찌르며 북상해 황하 이남 땅이 모두 동진에 속하게 되었다. 풍국초, 이원길 역, 『중국상하오천년사』, 신원문화사, 2005.

61) 1644년 풍랑 때문에 임경업은 중국 제남부 해풍현에 표박, 첩자로 오해받았다. 관원은 공을 감옥에 가두고 황제에게 주문(奏文)했는데, 명의 등주(登州) 수장(水將) 황종예(皇宗裔)가 알고 공을 데려오게 했다. 등주에 있던, 공이 명에 보내곤 했던 승 독보(獨步), 즉 신헐 등이 표류해 온 이가 임경업임을 확인해주었다. 공은 황종예에게 병자호란의 전말 및 조·청 연합으로 명을 공격해야 했던 사정을 변명해 오해를 풀었고, 두 사람은 의기투합하여 요심(遼瀋)의 회복책을 논했다. 그러나 명이 이미 기울어 실현할 수 없었다.(연.349-359)

62) 마치는 둥 마는 둥.

63) 조운(漕運)을 약탈하는 도적을 황종예의 부탁으로 술과 대포를 싣고 가 도적들을 대취(大醉)하게 해서 잡는 등, 황종예의 신임을 얻음.(연.359-361)

64) 명이 공을 부총령으로 임용하려 한 일.(연.358) 그러나 북경 함락으로 이루어지지 않았다. <이선찬 전>, 『실기』, 104면.

65) 이자성(李自成, 1606-1645)의 난으로 1644년 북경이 함락되었다. 이자성은 섬서성 출신으로 1631년 농민군에 합류했으며, 1636년부터 농민군을 이끌었다. 기복을 거듭 했으나 농민군은 1641년 낙양을 점령, 복왕(福王)을 죽이고, 1643년 양양을 점령한 뒤 이자성은 자신을 신순왕(新順王)으로 칭했다. 1644년 서안을 점령하고 황제가 되어 국호를 대순(大順)이라 했다. 그러나 이자성에 대항하는 반란군이 북경을 함락할 때 이자성은 북경, 서안에서 후퇴를 거듭한 후 호북(胡北)의 구궁산에서 1645년 죽었다. 1664년 이후 농민반란군은 청에 의해 완전히 궤멸되었다.

66) 이자성의 반란군이 북경을 공격, 1644년 4월 25일 자금성이 함락되자, 숭정제는 처첩과 딸을 죽이고 자신도 자금성 북쪽에 있는 왕궁 후원 만세산(萬歲山)에서 자살했다.

山海關 第一門이 뉴ᄉᆞ의 國이 되니　　산해관 제일문이 뉴ᄉᆞ(流沙?)의 국이 되니
漢道가 落止이라 一身이 可憐ᄒᆞ다　　한도가 낙지이라 일신이 가련ᄒᆞ다[67]
所願을 못 일우고 눈믈이 피가 되니　　소원을 못 일우고 눈믈이 피가 되니
슬프다 崇禎日月 어ᄂᆡ ᄯᅢ예 다시 볼이　　슬프다 숭정일월 어ᄂᆡ ᄯᅢ예 다시 볼이
블상한 弘光皇帝 南京의 卽位ᄒᆞ야　　블상한 홍광황제 남경의 즉위ᄒᆞ야
帝業을 못 일우고 칼 알릐 魂帛이라　　제업을 못 일우고 칼 알릐 혼백이라
孝陵의 슬픈 哭聲 天地變覆 타시로다　　효릉의 슬픈 곡성 천지변복 타시로다[68]]

전 : 구금과 압송(1645-1646, 53세)

賊舷이 如山ᄒᆞ야 舟中의 敵이 된이　　적현(적선)이 여산ᄒᆞ야 주중의 적이 된이
皇自明의 潛逃함을 그 뉘라셔 아올쇼라　　황자명의 잠도함을[69] 그 뉘라셔 아올쇼랴
商舡을 즙아 타고 南京으로 가랴ᄶᅥ니　　상강을 즙아 타고 남경으로 가랴ᄶᅥ니
獨步의 姦貪함미 秘記을 漏泄中의　　독보의 간탐함미 비기를 누설중의[70]
燕市의 달인 金이 馬登의 奇貨로다　　연시의 달인 금이 마등의 기화로다[71]

---

67) 오삼계(1612-1678)는 제독으로 산해관을 수비하는 임무를 맡고 있었으며, 숭정제는 이자성이 북경에 쳐들어올 때 오삼계에게 북경의 수호를 명했다. 오삼계는 북경으로 향하던 중, 숭정제 자살 소식을 들었다. 이자성은 북경에 있던 오삼계의 아버지 오양(吳襄)에게 아들을 투항시키는 편지를 쓰게 했다. 이를 받고 오삼계가 망설이던 중, 자신의 애첩이 이자성 휘하 장수에게 납치되었다는 소식을 듣고는 분기탱천하였다. 청의 힘을 빌려 이자성에게 원한을 갚으려고 오삼계는 청의 섭정 도르곤과 접촉, 도르곤에게 투항하여, 변발을 하고 청에 원군을 청했다. 도르곤이 이끄는 청군은 오삼계를 길잡이로 산해관으로 들어와 이자성의 반군을 격파한 뒤 북경으로 진입했다. 소현세자 또한 도르곤을 따라 이 원정에 동행했다. 결국 오삼계·도르곤은 협공으로 산해관으로 향하던 이자성의 군대를 무찔렀다. 이후 오삼계는 청에 의해 운남성을 관리하는 평서왕(平西王)에 봉해졌으나, 1673년 청의 철번(撤藩) 명령에 대항, 청의 한족 탄압에 대항해 명 재건을 기치로 상지신, 경정충의 도움으로 난을 일으켰다(三藩의 亂). 1678년 오삼계는 황제를 자칭, 국호를 주(周), 연호를 소무(昭武)로 했으나 그해 8월에 죽어 삼번의 난은 8년 만에 종결되었다. 한명기, 같은 책 2, 345면 참조.
68) 홍광제 주유숭(朱由崧, 재위 1644-1645)은 만력제의 손자, 복왕의 아들이다. 1641년 이자성에 의해 복왕이 죽고 목숨을 겨우 구한 그는 낙양을 떠돌다, 1644년 숭정제가 자살하자 남경[南京留都]이 부각되어 그는 황제로 추대되고, 명은 남명으로 명맥을 이었다. 그러나 홍광제는 다음 해 청군과 싸우다 사로잡혀 북경에 압송되어 1646년 살해되었다. 명은 1664년 남송의 정무제가 사망함으로써 완전히 멸망하였다. 효릉은 명 태조 주원장의 무덤이다.
69) 남경의 홍광제 즉위 소식에 황종예가 남경으로 도망간 사실.
70) 주61와 같은 구문이나, 여기서는 독보가 청에 공을 밀고한 사실을 말한다.(연.368-377)
71) 연경에 달인(韃子), 오랑캐인 '청'이 들어온 것을 가리키는 것으로 추측. 즉 북경 함락이 마

吳波口의 禍을 만나 鐵獄의 갓쳐신이	오파구의 화[72]를 만나 철옥의 갓쳐신이
文天常(祥)[73]의 足不履地 니안이 긔 ᄯᅡᇰ오며[74]	
	I [문천상의 족불이지 **이 아니** 긔 ᄯᅡᇰ이며[75]
謝枋得[76]의 一小樓가 그 안이 뉘올넌가[77]	
	사방득의 일소루가 그 **아니 루**樓올넌가[78]
장거군의 달닉오미 우눈의 利口여눌	장거군의 달닉오미 **유우**의 이구여눌[79]
高山의 脅迫ᄒᆞ미 綠山의 猛虎로다	고산의 협박ᄒᆞ미[80] 녹산[81]의 맹호로다

홍주(馬弘周) 등에게는 절호의 기회가 되었음을 말하는 듯. 북경 함락 후 황종예가 남경으로 탈주하고, 등주에는 공과 마홍주가 있었다. 공이 상선을 타고 남경으로 독보와 함께 가자고 하자 독보는 재물에 대한 욕심으로 공의 계획을 마홍주에게 고하였다. 마홍주도 남경 함락 소식에 청에 투항하였고, 공을 청에 넘겨 결국 공은 북경으로 압송되었다.

72) '吳波口'는 악비(주94 참조)가 1135년 절도사로 임명되어 각지의 봉기군을 군사적으로 진압할 때 8,000명을 매복하여 동정호 일대에 봉기한 양요(楊幺)의 무리를 와해한 장소.

73) 문천상(文天祥, 1236-1282)은 중국 송나라 말기의 충신. 1276년 수도 임안(臨安)이 함락된 후 단종(端宗)을 받들고 근왕군(勤王軍)을 일으켜 원(元)에 대항했으나, 1287년에 생포되어 처형당했다.

74) 이 아니 그 땅이오며.

75) '문천상이 밟으려고 하지 않으려 한 그 땅이 이 땅이며'의 의미. 문천상이 항복하지 않자 원(元)이 그를 대도(大都, 북경)로 압송해 가던 중, 그는 중도에 도망쳐 복주에서 새 왕조를 옹립한 익왕을 받들고 추밀사가 되어 군대를 이끌고 저항했으나 포로가 되었다. 1279년 송은 망하고 문천상은 북경으로 이송됐으나, 원의 회유를 거부하고, 2년의 옥살이 끝에 참수되었다.

76) 사방득(謝枋得, 1226-1289)은 중국 송 말기의 충신. 원(元) 군사의 맹공을 받고 송이 쇠퇴하자, 복건(福建)・건양(建陽)에 망명하여 절식(絶食)으로 사망함.

77) 그 아니 누(樓)일런가.

78) 사방득도 억지로 북경에 불려갔으나 끝내 원의 부름에 응하지 않고 단식하다 죽었다. 여기서는 북경을 한족을 멸한 오랑캐가 지배하는 땅으로 보고 임경업 역시 이들과 같은 의지를 가졌음을 표현했다.

79) '장거(掌據)에게 항복하라고 말한 것은 유우의 말솜씨거늘'로 추정. 5호 16국 시대(304-439) 376년 전진(前秦)의 부견(符堅)이 13만 대군으로 전량(前涼)을 섬멸하려 했다. 부견이 보낸 염부와 양수가 장천석을 회유하려 했으나 장천석은 이들을 죽였다. 이에 부견의 대군이 쳐들어오자 장천석은 정동장군 장거(掌據)에게 전진군을 막게 했다. 전투에서 장거의 말이 죽는 등 전세가 크게 불리하자 동유는 자신의 말을 주며 후퇴하라고 권했으나 장거는 거절하고, 서쪽을 향해 절한 뒤 자결하였다. 며칠 뒤 장천석은 항복하고 전량(前涼)은 망했다. '우눈'은 장거를 설득하려 했던 유우(劉虞, ?-193)의 오기.

80) '고산(高山)'은 북경에서 공을 협박, 회유하던 사람이다. <성호찬 전>에는 高山, 연표에는

蘇子卿의 節을 잡고 顔杲卿의 몸이 되어	소자경의 절을 잡고[82] 안고경[83]의 몸이 되어
關雲長의 一片心이 曺孟德을 感動ᄒᆞ고	관운장의 일편심이 조맹덕을 감동ᄒᆞ고[84]
世子大君 뫼신 後의 檻車로 押送ᄒᆞ니	세자대군 뫼신 후의[85] 함거로 압송ᄒᆞ(되)니
孟嘗君 函谷關이 엇지구려 열이거다	맹상군 함곡관이 엇지구려 열**리**거다[86]
河銀(**銀河**)八月秋의 故國으로 오단 말가	은하 팔월추의 고국으로 오단 말가

固山이다. 여기서는 '高山'과 '綠山'을 대구로 하기 위해 안녹산의 '祿山'까지 '綠山'으로 바꿔 썼다.

81) 안녹산(安祿山, 703?-757)의 난을 말한다. 당 현종 때 절도사였던 안녹산은 양귀비의 환심을 사 세력을 키웠고, 755년에 범양에서 150,000명의 군사로 궐기해 12월 낙양을 점령, 다음 해 장안을 점거했다. 현종으로부터 양위받은 숙종은 위구르 모옌초르에게 원병을 요청, 그의 조력으로 757년 장안을 탈환하는 데 성공했으며, 그해 안녹산은 병으로 약해져 아들에게 죽임을 당함으로써 안녹산의 난은 평정되었다.

82) '소자경의 절'은 전한 때 소무(蘇武, BC140?-BC60)가 흉노에 사신으로 갔을 때 가지고 간 표식. 소무는 한 무제 때 한과 흉노의 평화 사절로 방문했으나, 휘하의 장성이 문제를 일으켜 흉노의 선우가 부하를 문책하라고 하자 그에 불복, 칼로 자신의 몸을 찔렀다. 소무의 지조에 감탄한 선우의 회유와 억압에도 불구, 소무는 추운 곳(北海)에서 양을 치며 19년이 지난 후에야 풀려날 수 있었다. 그동안 그는 가져갔던 황제가 내린 정절(旌節)을 매일 하도 쓰다듬어서 그가 돌아올 때는 대만 남은 정절을 들고 있었다 한다.

83) 안진경(顔眞卿)의 동생. 상산의 태수로 있을 때 안녹산의 난으로 붙들리자, 안녹산을 크게 꾸짖었다. 안녹산이 그의 혀를 잘랐으나 굴하지 않았다고 한다[常山舌].

84) 관우(?-219)의 자는 운장, 촉의 유비, 관우, 장비는 199년 하비성을 차지해 다스렸다. 유비는 소패(小沛)로 귀환했으나, 관우는 유비의 가족과 함께 하비성을 지키며 태수를 맡았다. 200년 조조가 동정(東征)에 나서 유비는 원소(袁紹)에게 투항했으나 관우는 조조의 포로가 되었다. 조조(조맹덕)는 관우를 편장군(偏將軍)으로 우대했음에도, 관우는 조조를 떠나 다시 유비에 합류했다. 여기에 이 고사를 쓴 것은 임경업이 북경에서 18개월 투옥당하고도 회유에 응하지 않고 자신을 남경에 보내달라고 하며 "네가 만약 나를 남경을 보내준다면 하늘도 감동해서 너를 도울 것이고 나도 또한 감동해서 너에게 갚을 것이다. 옛적에 조맹덕이 관우를 석방하니 관우는 맹덕의 은혜를 갚았으니 나 비록 무신해도 관운장만 못할까"라고 제안한 일(연.380)을 인용한 것이다.

85) 소현세자는 1645년 2월에 이미 영구 귀국하여 그 해 6월 운명했다.

86) 전국시대 제(齊)의 정치가인 맹상군(?-BC279?)은 식객을 잘 접대하기로 유명했다. 진(秦)에 들어갔다 소왕(昭王)에게 피살될 위기를 알아채고 도망했으나 함곡관이 아직 닫힌 새벽이어서 나갈 수 없었을 때, 식객의 닭울음소리 흉내로 함곡관을 통과해 위기를 모면했다. 뒤에 그는 한(漢), 위(魏)와 함께 함곡관을 통해 입성, 진을 무너뜨렸다. 공의 경우, 청으로부터는 탈출이나 조선이 그의 사지(死地)임을 알고 입국하는 것을 참조하면, 공의 압록강 도강을 함곡관에 비긴 것은 청에 대한 혐오감이 그만큼 크다는 것을 보여준다.

결 : 입국과 죽음(1646, 53세)

龍鰻江 빗머니예 金自點은 무삼일고
義州을 잠간 지나 平壤을 다시보니
江山도 됴커이와 物色이 依舊ᄒᆞ다
動雪(**洞仙**)嶺 넘어들어 松都을 바라보니
므덕므덕 모든 시름 遮馬痛哭 무삼 일고
유정한 삼각산흔 유정ᄒᆞ녀 반기ᄂᆞᆫ 듯
無道한 母岳지ᄂᆞᆫ 엇지 글이 無道한고
延秋門 들이달나 경회 南門 돌아드니
故宅을 못보거든 漢江水냐 다시 보랴
賊臣이 煆鍊ᄒᆞᆫᄃᆡ 聖君이 推돌(**撻**)한니
三魂九魄 흣터지니 昊天罔極 ᄒᆞ여셔라
內司 僕馬쇼릐예 뉘 안니 流涕할니
袁燦[93]의 一片忠魂 멋 변이나 울어시며
岳飛의 盡忠報國 秦賊의 빠지거다
忠貫日月이뇨 義獨古今이라

J [용만강 빗머**리**예 김자점은 무삼일고[87])
의주**를** 잠간 지나 평양을 다시보니
강산도 됴커**니**와 물색이 의구ᄒᆞ다
동설령 넘어들어 송도**를** 바라보니
므덕므덕 모든 시름 차마통곡[88] 무삼 일고
유정한 삼각산**은** 유정ᄒᆞ**여** 반기ᄂᆞᆫ 듯
무도한 무악지ᄂᆞᆫ 엇지 글이 무도한고
연추문 들이달나 경회 남문 돌아드니
고택을 못보거든 한강수**야** 다시 보라]
K [적신이 하련ᄒᆞᆫᄃᆡ[89] 성군이 추돌한니[90]
삼혼구백 흣터지니 호천망극 ᄒᆞ여셔라[91]]
L [**내사복 마쇼릐**예 뉘 안니 유체할니[92]]
M [원찬의 일편충혼 **몇 번**이나 울어시며
악비의 진충보국 진적의 빠지거다[94]
충관일월이요 의독고금[95]이라

87) 1646년 6월 8일 의주로 들어옴.(연.382)
88) 말을 못 가게 막고 통곡함.
89) 적신이 불에 달궈 지지고
90) 임금이 죄상을 캐내려 매질하니
91) '김자점이 고문하는데 왕이 추달하니'. 공의 죄명은 심기원의 역모사건에 연좌된 것이나 심기원은 이미 죽었다.(1644) 이 조사의 담당은 김자점이므로 적신은 김자점의 무리이다.
92) '공의 말 울음소리에 눈물짓지 않을 이 없음'. '내사복'은 왕의 말이나 마차를 다루는 부서. 공이 망명갈 때 가평에서 공의 말을 풀어놓은 것을('가평에 말을 노코') 누군가 몰아다 내사복의 마구간에 놓았는데 공이 처형되던 날, "너의 옛 주인이 죽었다."고 하니 말이 머리를 숙이고 눈물을 흘리다가 소리를 지르면서 울다 죽었다 함.(연.386) '내사복마 쇼릐예'보다는 '내사복 마쇼릐예'가 더 의미에 맞다고 본다.(앞선 두 자료는 모두 '내사 복마'로 되어 있음.)
93) 남송(南宋)의 관리. 제왕(齊王) 소도성(蕭道成)이 명제(明帝)를 시역(弑逆)하려는 음모를 미리 알아 그를 주살하려다가 탄로되어 도리어 죽임을 당함.
94) 북송이 금(金)의 침입으로 멸망, 남송을 세웠을 때 송 악비(1103-1141)의 군대는 정병(精兵)으로 명망을 날리며 승전해, 금의 세력을 위축시켰다. 남송의 재상 진회(秦檜)는 화평론을 주장, 1141년 악비에게서 군 지휘권을 박탈, 그를 투옥한 뒤 살해했다. 진회가 죽은 후 악비는 명예를 회복, 구국의 영웅으로 악왕묘(岳王廟)에 배향되었다. '진적'은 진회이다.

千萬里 구든 城이 一朝의 문허지니	천만리 구든 성이 일조의 문허지니
天地가 근심는 듯 山川이 쯩긔는 듯	천지가 근심는 듯 산천이 쯩긔는 듯
大樹의 슬픈 바름 古今의 브려셔라	대수의 슬픈 바름 고금의 브려셔라[96]
하놀이 사룸 날 제 有意한 듯 하것마은	하놀이 사룸 날 제 유의한 듯 하것만은
니리금 되는 냥은 神鬼이 회진는 듯	이리금 되는 냥은 귀신이 회진는 듯[97]
達川江 西湖水의 將軍의 恨이 들어	달천강[98] 서호수의 장군의 한이 들어
녀흘녀흘 슬피 우러 漢陽으로 들어갈 졔 眞實노	녀흘녀흘 슬피 우러 한양으로 들어갈 졔 진실노
九重의 司(思)慕ㅎ면 聖主도 슬허하스리라	구중의 사모ㅎ면 성주도 슬허하시리라]

3. 임경업 일대기 가사의 시가적 특성

3.1. 〈총병가〉의 시적 장치

한 사람의 인생을 소재로 한 가사는 많다. 그러나 핵심이 되는 몇 가지 사건을 중심으로 하지 않고, 53년의 인간사 거의 다를 섭렵한다는 것은 쉬운 일이 아니다. <총병가>의 작자는 주인공에게 일어난 거의 모든 일들을 문면에 담으면서, 또한 그를 둘러싼 변화무쌍한 환경을 짧은 구문 안에 적절히 소화하여, <총병가>의 가사문학적 우수성을 유감없이 보여주고 있다. <총병가>에서 다루어진 많은 사건들은 구체적 상황보다는 사건 전개의 흐름이 강조되고 있어 진행이 바쁜 것이 사실이다. 그러나 산문으로 느껴지려

95) 마홍주가 공의 존명(尊明)을 가리켜, "충심은 일월을 뚫고 의리는 고금에 드물다."라고 함. (연.371)

96) 두보의 <과송원외지문구장(過宋員外之問舊莊(옛 연못가 별장을 지나며)>에 나오는 "更識將軍樹 悲風日暮多(장군수가 해질녘 슬픈 바람 더욱 많은 것을 알겠네)"를 인용하여 무상함을 표현. '장군수', 즉 '대수(大樹)'는 후한의 풍이(馮異)장군이 겸손하여 장수들이 서로 공을 다툴 때 늘 나무 밑으로 피해 있어 사람들이 그를 '대수장군'이라 한 데서 기인(『후한서』 권17, 「풍이전」). 임경업의 겸손함이 허망하게 무너졌음을 한탄함.

97) 훼방하는 듯.

98) 1646년 6월 18일 달천의 구거(舊居)에 장사지냈다.

할 즈음에 대구, 첩어, 압운, 이미지 대비 등이 적절하게 활용되어 있어 율문의 리듬감을 회복하면서 감상자로 하여금 멈춰서 음미할 필요가 있음을 상기시켜 준다.

홍재휴 교수는 <총병가>는 사류士類 가사이며 대표적인 정격가사로, 정격구 147구, 편구 1구, 복합격구 1구로 이루어졌다고 하였다. 이 150구는 서의사叙意辭-계의사繼意辭-수렴사收斂辭를 기본단위로 하는 연들이 중첩된 형식이다.[99] 가사의 대부분에 나타나는 이 집적의 단위는 독립성이 강한데, 이들은 대체로 2~3행을 넘지 않아 산문으로 읽히는 것을 방해하고 가사의 본래 기능을 강조하는 것이다.[100] <총병가>는 가사의 이런 기본적 장치와 그 이상의 기교를 적절히 활용한 작품이다. 구체적으로 살펴보기로 한다.

<총병가>가 사용한 주인공의 일대기를 담는 방식은 한시에서 용사用事를 활용하는 기법을 연상하게 한다.

우선, 명사의 활용으로 "용마를 어더거든 용검인들 안이오며" 구문은 심상하게 무인에게 필요한 말과 검을 말하는 듯하지만, '용검'이란 단어에 '용천검 설화'를 포함하고 있다. 이에 대한 설명이 필요 없으므로 그만큼 짧은 길이에 많은 내용을 담을 수 있는 것이다. 이런 명사의 활용법은 '안현'으로 이괄의 멸망을, '가사장삼'으로 임경업의 승려 변장 도피를, '무금(김자점의 하인)'[101]으로 김자점과의 악연을 말하고자 한다. 그 명사들의 전거典據는 모두 임경업의 일생이다. 그러므로 실전實傳들에 의거하지 않고는 <총병가>를 제대로 읽어낼 수 없다. 한편, 역사적 고사에서 나온 명사들이 작자의 의도를 대신하는 예는 이루 말할 수 없이 많다. 백제의 망국을 말하는

99) 홍재휴, 같은 글, 9면.

100) 반면, 2~3행 단위의 행 결합이 무너져서 몇 행에 걸쳐서 사건을 파악해야 하는 형식과 산문적 성격의 관계는 서인석, 「가사와 소설의 갈래 교섭에 대한 연구」, 서울대학교 박사학위논문, 1995, 32-33면 참조.

101) 임경업의 첩 매환이 김자점의 종이었고, 무금은 매환의 남동생이라 함. 『인조실록』, 인조 24년/6/17(임진).

'낙화암'이 병자호란 때 강화도에서 겪었던 여성들의 굴욕의 순간을 대신하는 경우도 있지만, 대부분은 중국의 고사들이다. 그것들은 모두 작자의 의도 속에서 섬세하게 선택된 것들이다. 즉, 고사는 대부분 오랑캐와 한족의 대결에서 한도漢道가 패망할 때 의리를 지킨 인물들에 대한 것이다. 이들 인유引喩는 모두 임경업을 비유한 것이다. 즉, 임경업의 명에 대한 불굴의 정신을 의미하고자 쓰인 것이다. 이들의 활용에는 약간의 의미를 부연하여 주제의식을 강화했다.('문천상의 족불이지', '사방득의 일소루', '장거군의 달니오미', '소자경의 절'을 잡고, '안고경의 몸' 등) 그러나 이 역시 임경업의 생애에서 그가 겪은 '회유'와 그에 대항한 임경업의 '의지'와 '절의'의 구체성을 알아야 그 시어의 사용이 정확하게 파악되는 부분이다.

그런가 하면, 명사 주어에 해당되는 술어에 자신의 의사를 반영해 좀 더 많은 사연을 전달하는 경우도 있다. "가도의 반한 도적 선벌모의 흣터지니"는 주어(도적)와 술어(흣터지니) 같지만, '선벌모의'는 '선벌모의에'의 의미로 "명군이 서로 공로 다툼을 하느라 공격이 늦어진 사이 임경업이 먼저 공격하였다"는 사건을 압축한 것이다. '김여의'로 이괄의 난 때 임경업의 활약을 설명할 수도 있지만 "산관 김여의는 눌노ᄒᆞ여 사라ᄂᆞᆫ고"처럼 구체적 사연을 암시하기도 한다. "청ᄒᆞ야 어든 병을(은) 뉘 소계예 막도던고"도 마찬가지이다. 이 술어의 사용에서 특히 눈에 띄는 것은 의문문의 활용이다. 이들은 답변을 요구하는 단순한 의문문이 아니라, 대상에 대한 작자의 평가까지를 포함한 깊은 의미를 부여한 경우로 주로 사용되고 있다. 임경업의 관직을 설명하며 "관찰사 중군임을 여려 번 사겸ᄒᆞ고/ 절도사 좌영장은 무삼 일노 하단말가"에서 의문문은 "관찰사는 후방에서 지휘할 뿐이므로 출전해서 죽음으로 보국하기를 원한다."며 후방 근무를 거절하고 굳이 변방에 나간 임경업의 무인 정신을 알리기 위한 것이다. 마치 비난하기라도 하는 듯한 작자의 어조는 독자로 하여금 그 이유에 대한 호기심을 갖게 만든다. 그러나 작자는 그 이유를 생략함으로써 독자가 임경업의 의지를 알고자 하게 하는 효과를 얻어내고 있다. “상평창 베픈 후의 십이둔을 두단 말가” 등의 의문문 역시 화자가 주인공에 대한 신뢰와 칭찬을 부각시키기 위해 쓴 것이다. “청ᄒᆞ야 어든 병을 뉘 소계예 막도던고”의 감정은 안타까움이지만 이 역시 임경업의 북방 경영을 칭송하기 위한 것이다. 이런 용도의 의문문 사용은 긴 사연을 생략하기 위한 작자의 전략이다. <총병가>에서 문장의 주어를 임경업으로 하는 의문문에는 주인공의 행위에 대한 반감이나 반론을 제기하는 성격으로 쓰인 의문문은 없다. 그러나 “용만강 빗머리에 김자점은 무삼 일고”에서처럼 다른 사람이 주어일 때, 의문문 본연의 의미로 쓰인 경우도 있다. 이런 경우는 주어에 대한 확실한 판단을 피할 수 있는 이점이 있다. 즉, 명백함을 피하고자 하는 전략적 어법인 경우도 찾을 수 있는 것이다.

이런 장치들을 통해 긴 사건을 한 줄에 압축하는 솜씨는 사건을 빠른 속도로 소개함으로써 일생을 모두 보여주는 소기의 목적을 달성하는 방법이다. 빠른 전개는 율문의 특성을 잘 살릴 때 시가적 효과를 발휘한다.

우선, 율격을 느끼게 하는 리듬을 살펴보기로 하자. 소설과는 달리, 『실기』를 참고할 때 임경업은 한미하기는 하나 관운이 없는 무관이 아니었다.[102] 그가 무과에 급제한 다음 해에 동생 사업嗣業도 급제하여 가문을 알렸으며, 이괄의 난 후 그의 삼형제 모두 공신의 반열에 올랐다. <총병가>에서 작자는 이 삼형제의 영광을 이괄의 난 때 도원수인 장만張晩에 비겨 “형급제 삼인용맹 장만의 볼만이라”라고 운을 맞추었다. 이런 율문의 리듬감은 “백만 강고적이 어름녹듯 기냐폭듯”, “ᄋᆡ돌고 슬픈 눈믈 비오듯 심솟

102) 부친 황(篁)은 절충장군이고 조부는 무과부장이며 증조는 사헌부감찰이고, 외조부는 찬성 윤임(尹任)의 아들이다.(<이선찬 전>, 『실기』, 74면.) 그러나 『인조실록』에는 “임경업은 본래 천얼로 외람되이 본읍에 제수되었는데…”(『인조실록』, 인조 6년/3/15 병자), 또 “경업은 충원(忠原) 사람이다. 본시 미천한 신분이었는데 무과로 발신(發身)하자, 상신(相臣) 김류가 그의 초일(超逸)한 재주를 사랑하여 청북방어사를 제수하였다.”(『인조실록』, 인조 24년/6/17 임진)라고 하였다.

ᄃᆞᆺ/ 흉흉 일두담이 눅ᄂᆞᆫ ᄃᆞᆺ 타ᄂᆞᆫ ᄃᆞᆺ” 등에서 보듯 첩어의 사용이나 반복의 율격[103] 등의 표현기법으로 구사되고 있다. 또 가사에는 소설과는 다르게 많은 에피소드가 생략되어 있지만, 색채 대비를 보여주는 에피소드는 포기하지 않은 것도 눈에 띄는 점이다.[104] 시각적 이미지를 통한 대구의 활용이다. “高山의 脅迫ᄒᆞ미 綠山의 猛虎로다”처럼 대구를 위해 한자를 동음이의어로 대체하는 기교(주80 참조) 등을 작자는 율문의 특성을 의식하고 활용하고 있는 것이다. 연도가 다른 일화들임에도 불구하고 하나의 사건처럼 합해서 나열한 ‘~는 숭정황제 ~로다’ 구문 역시 반복율격의 실현을 위한 의도적 배치이다. 이런 율문장치들의 활용은 한시에 능한 작자의 역량을 짐작하게 한다.

다음, <총병가>의 압축의 묘미도 눈길을 끈다.

생략과 집약에 능숙한 작자의 이와 같은 필력은 긴 시간을 150행에 압축하고 있는 만큼, 역사적 사건의 경과를 요약하는 데서 더 발휘된다.(작품 인용의 A, B, E, G, H 부분) 특히 H 부분의 명 말의 상황은 명이 망하고 남명이 건국되었다가 남명 역시 패망하는 “천지번복”의 기막힌 상황을 단 열 줄로 잘 전달하고 있다. 여기에는 ‘숭정제-오삼계-홍광제’의 극적인 사건뿐 아니라, ‘만세산-산해관-남경’의 역사적 장소까지도 짧은 구문 속에 활용하고 있다. 사건 소개뿐만 아니라, 이 때문에 자신의 뜻을 이룰 수 없게 된 임경업의 좌절과 분노 또한 압축되어 있다.

이런 생략은 작자의 태도와도 관련 있다. B는 작자가 큰 울분을 느낄 수밖에 없는 병자호란의 전말이다. 그러나 딱 두 줄로만 압축한 솜씨가 돋보인다. “슬플사 남한산성 월훈이 둘너셰라/ 강화가 함몰ᄒᆞ니 낙화암이 ᄭᅩᆺ빗치라” 그리고는 “두어라 그젹 사설 ᄎᆞ마 어니 다 니ᄅᆞ니”로 짧게 끊었다.

---

103) “유정한 삼각산은 유정ᄒᆞ여 반기ᄂᆞᆫ ᄃᆞᆺ/ 무도한 무악지ᄂᆞᆫ 엇지 글이 무도한고”, “금화삽두 총병대장 숭정황제 표충이요/ 비례물동 정로장군 숭정황제 어필이요/ 분천하 만방후ᄂᆞᆫ 숭정황제 밀소로다”

104) “황금갑을 어더거든 백은안이 어디 갈랴”

<총병가>에 나타난 압축으로 또 하나 특기할 만한 것은 임경업의 최후에 대한 것이다. 단 두 줄이다. "적신이 하련훈딕 성군이 推됼(推撻)한니/ 삼혼구백 훗터지니 호천망극 ᄒᆞ여셔라"로 임경업의 최후를 급박하게 보고한다. 병자호란은 청군이 국경을 넘은 지 6일 만에 남한산성에 들이닥쳤고, 임경업의 죽음은 국문 이틀 만에 벌어진 일이니 이 속도감은 사실성을 강조하는 측면이 있다. 그러나 임경업의 죽음을 둘러싼 사건의 보고는 절제라고 말하기엔 지나칠 정도여서, 허술하다고 평가해야 할 정도이다. 경과보고가 너무 짧아 의아하게 느끼는 청자에게 화자는 자신의 감정을 뒤에 따로 첨부했다.

보고와 감상의 짧고 긴 대조 때문에 그의 죽음을 애도하는 효과가 부각되는 것은 사실이다. 앞의 병자호란 부분에서도 짧은 경과보고(B) 후에 굴욕적 강화에 대한 격한 심정의 토로(C)를 보였는데, 여기서도 같은 방식이다. 더구나 짧은 경과보고(K)와 격한 슬픔의 토로(M), 그 사이에 임경업의 애마(愛馬) 일화(L)가 들어간 것은 묘수라 할 것이다. 민간전설을 거의 수용하지 않은 작자가 여기서는 적절하게 활용한 말의 울음은 무정하고 탐욕한 인간을 금수보다 못한 존재로 질타하는 효과를 준다. 이것이 도화선이 된 듯 화자의 애도는 터져 나온다. 역대의 충신 고사를 나열하다가 급기야 천지, 산천, 귀신까지 모두 불러내어 왕이 임경업의 충의를 알아주기를 호소하고 있다. 이는 입전의 후기나 소설의 후일담의 기능이면서도, 서정적으로 작자의 의도를 대변한다. 한 영웅적 인간의 파란만장한 인생이 "달천강 서호수의 장군의 한이 들어/ 녀흘녀흘 슬피 우러 한양으로 들어"가는 장면은 잔잔한 시적 영상과 함께 비극적 결말에 대한 호소의 강렬함을 역설적으로 더해주는 효과를 갖는다.

이렇게 작자의 시작 의도는 완수하였으나, 임경업의 죽음에 대해 독자에게 정보를 아끼는 작자 태도에 대해서는 아쉬움을 여전히 지적하지 않을 수 없다. 즉, 작자의 소극적인 일면에 대한 것이다.

화자가 독자에게 주는 정보의 유형은 작가의 말·사고 내용·지각 내용·감정 등과 작중 인물의 그것들일 수 있는가 하면, 다른 경우는 작중 인물의 말과 행동 그리고 눈에 보이는 것에만 의존할 수도 있다. 그러나 "작가가 하는 선택의 대부분은 종류의 선택이 아니라 정도의 선택이다."라는 말을 되새길 필요가 있다.[105] <총병가>의 화자는 분명 '화자>인물'이다. 즉, 화자가 인물보다 더 많이 아는 경우이다. 그러나 임경업의 마지막에 대한 지나치게 간결한 서술, 혹은 '김자점은 무슨 일고'처럼 문맥을 파악할 수 없는 화법이나 장면은 전지적 시점의 화자가 서사의 중요한 사건에 대한 입장을 회피했다는 점에서 '화자<인물'로 전환되므로 의문을 갖게 한다. 즉, 사건에 대한 작자의 '거리' 문제로 볼 수 있는 것이다.[106] 뒤에서 부연할 것이다.

3.2. 〈총병가〉의 화법

<총병가>의 서술은 앞에서 본 것처럼 53년의 인생, 명·청·조선을 아우르는 시공간에서 벌어지는 사건들을 보여준다. 그 앞·뒤로 화자의 말 걸기와 화자의 희망사항이 붙어 있다. 즉, <총병가>의 화자는 일인칭서술로 시작하나, 사건 밖에서 사건을 관찰·보고한다는 점에서 삼인칭서술이 대부분이다. "이야기 속에 등장하지 않는 화자가 이야기 속에 등장하는 모든 인물에 대하여 서술하는 방식"을 삼인칭전지자적 시점이라고 한다면, <총병가>는 전지자적 통찰에 의한 서술임에 틀림없으나,[107] 일인칭화자를 배제할 수 없다는 것이 정확할 것이다. 그 일인칭화자는 이야기에 근접한 위

---

105) 하일지, 『소설의 거리에 관한 하나의 이론』, 민음사, 1991, 118-120면 참조.

106) 하일지, 위와 같은 곳 참조.

107) 조세형, 「가사의 시적 담화 양식」, 김학성·권두환 편, 『신편 고전시가론』, 새문사, 2002, 399면.

치에 있거나 수시로 이야기 속을 들락거리는 화자이다.

화자는 "생년 월일시는 자세치 못한 임모"라는 사람의 "입조 전후사를 이료리라"고 시작하여 불특정한 청자(그러나 뒤에 가면 왕을 의식한 점도 보인다.)에게 말을 건다. 이어 1594~1646년의 일이 시간적 흐름에 따라 펼쳐져서 소설과 같은 서사성을 맛보게 하지만, 서술자의 개입은 종종 드러난다. 즉, 화자는 임경업의 행적을 진술하면서 임경업을 대변하는 한편, 자신의 감상을 피력하고 있다.

보통의 가사가 "이내말씀 들어보소"로 시작하는 것과 비교하면, "~를 이료리라"라고 할 때 화자는 청자보다 스스로를 우위에 두며, 자신이 말하고자 하는 것에 대해 확신을 가지고 있다는 것을 알 수 있다. 이어 화자는 과거 사건을 전달하고 있음에도 현재진행형을 사용하여, 임경업의 생애에서 일어났던 사건들과 국내외의 사건들을 엮어나가는 한편, 그에 대한 주관적 감정을 때때로 표출한다. 여기에서 주인공 임경업의 목소리로 느껴지는 것이 가끔 있지만, 이들은 여전히 화자의 목소리이다. 병자호란에 대한 감정의 경우, 굴복 이후의 상황에서 울분을 감추지 않는 화자는 "분울ᄒᆞ며 돈족ᄒᆞ니 강산이 매몰ᄒᆞ고/ 담기가 욕열ᄒᆞ니 일월이 무광이라"라고 토로하였다. 특히 "삼박ᄀᆡ 노픈 비예 천조를 �탄 말가/ 예악 문물이 성진의 더려이니"에서 보듯, 삼전도의 굴욕에서 청을 황제라 칭한 것은 예악문물이 더럽혀진, 참을 수 없었던 사건으로 특기하였다. 이처럼 화자는 사건 밖에 있으면서도 독자의 판단에 영향을 미치기 위해 개입한다. 남명이 망했음을 알고 천추의 한을 토로하는 장면(H), 황자명이 도망가고 독보의 배반으로 청에 잡혀있을 때의 탄식(I)은 임경업과 완전히 동화한 화자의 목소리이다. 임경업의 최후에서 화자의 이런 특성은 두드러진다.

"의주를 잠간 지나 평양을 다시보니/ 강산도 됴커이와 물색이 의구ᄒᆞ다/ 동설령 넘어들어 송도를 바라보니/ 므덕므덕 모든 시름 차마통곡 무삼 일고/ 유정한 삼각산은 유정ᄒᆞ여 반기는 듯 … 고택을 못보거든 한강수야 다시

보라”는 압록강-한양 노정의 묘사이지만, 압록강을 건너온 임경업이 고국 산천을 보는 감상과 수레를 붙잡고 우는 백성들에 대한 심정을 대변하게 되니 직접 화법으로 느껴지기도 한다. 이어지는 구문에서도 “적신이 하련훈 딕 성군이 추돌한니”는 국문을 당하면서 원통해 하는 임경업의 목소리로도 들리지만, “삼혼구백 흣터지니 호천망극 ᄒᆞ여셔라”는 죽은 사람이 할 수 없는 말이니, 분명 화자의 목소리이다. 짧게 전한, 고문-죽음의 임경업의 최후 보고에서도 이렇게 화자는 여러 역할로 느껴지는 전지적 서술을 보인다. 그러나 “달천강 서호수의 장군의 한이 들어/ 녀흘녀흘 슬피 우려 한양으로 들어갈 졔/ 진실노/ 구중의 사모ᄎᆞ면 성주도 슬허하시리라”에서의 화자는 그저 전달하는 화자가 아니라 청자의 생각을 장악하고자 하는 작자로 드러난다.

실제 작품 속에서 여러 가지 시점이 복합적으로 나타나는 것은 <총병가>뿐이 아니다.

가사는 본래 일인칭화자가 자신의 체험을 술회하는 것을 기본으로 하는 주석적 화법이 주류였으나, 조선 후기 가사에서는 일인칭화자가 특정 인물의 행적을 진술하는 것이 대거 나타난다. 이로써 서사적 인물이 창조될 수 있는 것이다. 그러나 가사는 기본적으로 화자가 자신을 표현하고자 하는 욕구에서 출발하는 장르이므로, 가사에 나타난 현실세계는 서사적으로 형상화하면서도 이에 대한 자신의 평가를 전달하고자 하는 화자의 정감 전달이 서술의 구심점으로 작용한다는 특색이 있다.[108] 그러나 감상자의 시선이 화자보다 인물이나 사건에 머물게 된다면 그 작품은 서사적 가사가 아니라 본격적 서사물이 될 것이다. 조선 후기의 소수의 작품에 나타나는 인물형상은 그 인물에 대한 작자의 비판적 거리를 보여주려는 의도였으나, 서술의 대상인 인물과 사건 자체에 좀 더 중점을 두게 되는 결과를 낳아 의도하지 않게 당대의 세태와 현실을 보여주는 효과를 얻게 된다. 그 이유는 작품 속

108) 조세형, 같은 글, 394-396면 참조.

세계의 이질성 때문이다. "가사의 서사성은 현실에서 부닥치는 갈등이 기존의 관념과는 이질적인 것일 때 사실이나 사건을 객관적으로 나타내고자 하는 데서 시작"하기 때문이다. 그러므로 주인공의 목소리가 직접화법으로 전달되고, 따라서 일인칭화자의 시점에서 옮겨가는 '시점의 혼효'가 일어난다. 그러나 대부분의 서사가사의 경우를 '가사의 서사화 경향'이라고 부르는 것은 "서술 대상인 '인물'이 화자의 '보고'에 갇혀 있고 그 행적들의 연결도 서사적 구성의 유기성을 갖추지 못하는 경우가 대부분이기 때문이다.[109] 앞에서 인용한 임경업의 목소리가 들리는 것처럼 보이는 부분에서도 화자와의 이질성은 전혀 없을 뿐 아니라, 마지막의 화자의 목소리는 어느 부분보다도 강력하게 감상자를 장악하려는 작자를 대변함으로써 서사성은 희석돼버린다. 또한 여기서는 화자가 임경업을 대리하고 있는 것으로 보이므로 시점의 혼효는 일어나지 않는다.[110] <총병가>를 이해하기 위해서는 많은 고사성어와 임경업의 생애에 대한 이해가 필요했던 것도 이 작품이 서사의 전달보다는 작자의 의도 전달에 목적을 두었기 때문일 것이다. 즉, <총병가>의 주인공의 행적은 서사적 유기성을 갖추고 있으나 전체를 장악하는 화자의 지향이 너무 뚜렷하여, 서사성이 교술성에 압도당하는 상황이다.

그럼에도 불구하고 이상의 시적 장치들은 <총병가>를 <연보>와 구분해서 문학이게 하는 요소들이다. 다음에서는 임경업 일생을 구성하는 작자의 관점을 통해 가사 <총병가>의 특성을 다른 산문 자료들과 비교해서 고찰해보고자 한다.

---

109) 서인석, 같은 글, 34면.

110) "체찰사 김승평이 막좌의 블너더니/ 시운이 불행ᄒᆞ야 괄적이 일어나니"에서는 이괄의 난이 일어났음을 전하는 김승평의 목소리를 직접화법으로 들려주는 듯하나, 다음 문장 "도적을 파죽세로 안현의 뉘 당할니"는 김승평의 목소리가 아니라, 임경업의 활약으로 이괄의 난이 평정된 것을 화자가 전하고 있다. "이런 시점의 전이는 서술자가 가사 속에서 소설적 전개를 꾀하려고 했던 데에서 오는 혼돈"으로 평가할 수밖에 없다.(서영숙, 「조선후기 가사의 서술적 변모 양상」, 사재동 편, 『한국서사문학사의 연구』 V, 박이정, 1995, 1850면 참조) 즉, 화법의 불완전한 구사는 서사화의 미숙으로 보아야 할 부분이다.

4. 〈총병가〉의 구성과 자료 선택

4.1. 임경업 일생을 전달하는 방식

현전하는 임경업에 대한 다양한 소설들은 임경업에 대한 당대의 관심 정도를 알려준다. 가히 <임경업전류>라 할 소설들을 형성한 요인은 실기, 역사적 사건, 실존인물(신헐, 심기원, 김자점, 소현세자 등) 그리고 설화이다. 이들을 바탕으로 한 많은 종류의 고소설 이본이 존재하므로 소설 <임경업전>에 대한 연구는 일찍부터 다각도에서 이루어져 왔다. 특히 <임경업전> 필사본류, 목판본류, 활자본류 각각의 이본들 간의 비교는 이미 여러 차례 이루어졌다. 이 결과들을 기준으로 세 종류들 간의 비교뿐 아니라, 이들과 한문소설의 비교 역시 여러 방면에서 진행되었다. 이에 비해 가사 <총병가>는 언급된 바가 없으므로, 선행연구 결과를 활용하여 임경업의 일생을 기술하는 여러 양상을 비교해보기로 한다. 이를 위해 일단 <총병가>의 구성을 정리해본다.

<총병가>에 드러난 사건은 '무관 입사-소농보로 초임-국왕의 가자加資-이괄의 난의 활약과 포상 받음-/낙안군수-절도사 좌영장-정묘호란-영변부사-정주목사-의주부윤-우가장 출정-숭정황제 하사-의주산성의 대비-병자호란-병자호란 패배 후의 조선 사정과 분한 마음-승 독보 명 파견-청의 원병으로 거짓 싸움(총병 제수)-청의 죄수돼 이송 중 금교에서 탈출-회암사에서 중이 됨-배로 등주로 향함-중국 해풍에 표박-황종예 만남-해적 잡음-명의 대장으로 임명 논의-명나라 망함-/황자명 남송으로 도망-독보의 배반-청에 잡힘-/조선에 죄인으로 입국-왕의 친국親鞫-사망'들이다.

이 사건들은 내용상으로 기-승-전-결의 4단으로 구성되어 있다. 기(출생~무관 임직任職과 명성을 얻음)-승(외란에서의 활약과 도피, 33~51세)-전(황종예의 배반으로 구금 및 압송, 52세)-결(도강과 죽음, 53세)로 구분된

다. 여기서 기와 승은 청(후금)의 등장(침입)으로, 승과 전은 명의 멸망(1644)을 계기로 나눠진다. 국경의 변장으로서의 임경업의 무장 경력과 명으로의 망명을 한 시기로 구분하는 것은 조선과 명의 운명을 동일시하고 조선의 변장과 명의 총병을 함께 지향한 임경업의 경력의 연장으로 보기 때문이다. 그런 그에게 명의 멸망은 한 인생의 돌이킬 수 없는 전락을 가져온 절대적인 사건이기 때문에 중요한 전기轉機가 된다.

가사 <총병가>는 일단 문학작품으로 생각되므로 소설과 비교할 필요가 있을 것이다. 그러나 <총병가>와 소설 <임경업전>류는 거리가 멀다. 선행연구 결과, 소설은 구비전승을 바탕으로 한 것으로 판명되었다. 소설에서는 여러 에피소드나 전설이 소설적 재미를 더해준다. 예로서, ①좋은 칼을 얻는 일화, ②마을에 나타난 괴물을 퇴치하는 일화, ③호국의 청병으로 명과 싸울 때 꾀를 써 명군과 싸우지 않는 일화, ④고국에 돌아올 때 칼의 색이 변해 저절로 압록강에 빠진 일화, ⑤임경업의 조선 구금 소식에 호왕이 살려주라는 편지를 보낸 일화, ⑥세자를 돌려보낼 때 세자 · 대군의 서로 다른 소원 일화, ⑦청 한汗의 딸과의 결혼 제안을 꾀로 거절한 일화, ⑧청병으로가 공격해야 할 때, 선봉을 서로 하려는 것처럼 군사들을 춤추게 해 청을 선봉에 서게 한 일화 등 소설의 이본들에 주로 공유되는 에피소드 중 <총병가>에 나오는 것은 ①, ③뿐이다.[111] 이 두 에피소드는 모두 연보에 나오므로 가사에 사용된 것이다.

그렇다면, 소설과 사실史實은 어떠한가? 선행연구를 참조하면, 소설의 이본들이 공통적으로 보유하고 있는 단락의 유무나 세부적인 설정이 사실과는 34가지 정도 차이가 있다.[112] 소설에만 발견되는 이 34가지의 차이는,

---

111) 에피소드들의 정리는 한글본 15개를 에피소드 공유별로 세 계열로 분류, 각 계열에 독특한 에피소드들을 비교한 이윤석의 『이본고』를 참조했다.(이윤석, 『임경업전 연구』, 정음사, 1985, 39-48면 참조) <총병가>에서는 ①'칼'은, '용검이 온 것'으로 표현된 정도이며(주15 참조), ③'거짓싸움'은 조금 더 길게 서술되었다.(주51 참조)

112) 이복규, 같은 책, 192-194면 도표 참조.

필자가 살펴본 바로는, <총병가>에는 없는 것으로 확인된다. 그만큼 임경업을 주인공으로 하는 가사와 소설은 다르다. 또한 앞의 주해에서도 확인할 수 있듯이 <총병가>의 내용은 연보의 사실들로 구성되어 있다. <총병가>의 전개는 연보를 순서대로 따라가고 있으며, 간혹 순서의 혼돈이 보일 뿐이다.

그러므로 <총병가>의 비교 대상은 문학작품인 소설에서가 아니라 한문으로 쓴 실전(林將軍傳)[113] 등이나 연대기(年表) 등 실기류에서 찾아야 한다. 전, 소설, 실기의 단락을 비교한 이복규의 연구를 참조하면, 실기에 나타난 내용 25개 단락 중, 전은 8개의 단락을 공유하는 데 지나지 않는다. 반면, 필자가 확인한 바로는 <총병가>는 16개 단락을 공유하고 있는 것으로 파악된다.[114]

임경업의 실전에 대해서는 이윤석의 연구에서는 9종이 다루어졌고, 이복규는 4종을 추가해 13종을 언급했으며, 1종이 더 소개돼 현재 총 14종에 대한 연구가 이루어져 있다. 가장 늦게 논의된 성호星湖 이익李瀷(1681-1763)의 <임장군전林將軍傳>은 김남형의 연구에서 새로 소개되었다(이하 다, 성호찬 전). 김남형은 이것과 우암尤庵 송시열宋時烈(1608-1689)의 <전>(이하 가, 우암찬 전)과 지호芝湖 이선李選(1632-1692)의 <충민공전忠愍公傳>(이하 나, 지호찬 전)을 비교했다.[115] 이 논문에서 임경업의 일생을 4단락으로 나누어 세 실전의 게재사항을 비교한 것을 인용하여 기준으로 삼고, 그 결과와

113) 임경업에 관한 <전기> 13종은 모두 한문이며 반드시 '장군'이란 칭호를 붙이고 있다. 이는 작자가 임경업에 대해 미리부터 외경하는 자세를 지니고 창작이나 필사에 임했다고 할 것인데, 한문본 소설에서도 마찬가지다. 이복규, 같은 책, 240, 250면.

114) 이복규, 같은 책, 251-253면 도표 참조. 이 도표와 비교하면, 전은 연표와 8개 단락(2~4, 15, 19, 20, 22, 24)을 공유한다. 한편, <총병가>는 16개 단락(1, 3, 4, 7, 9, 10, 13, 24, 25 제외)이 일치한다. 여기서 전은 13종의 한문 전을 대상으로 한 것이다.

115) <우암찬 전>은 작가의 입전의도가 분명하고, <지호찬 전>은 현존 최고본(1688)일 뿐 아니라 서술의 순서가 <성호찬 전>과 비교적 유사하다는 점에서 비교 대상으로 선택했음을 밝혔다.(김남형, 「성호의 임장군전에 대하여」, 『한문교육연구』 17, 한국한문교육연구회, 1993, 185면 참조) 두 전 모두 『임충민공실기(林忠愍公實記)』 참조.

<총병가>를 비교하기로 한다.

(1) 생장과 환계로의 진출[116) : 가)・나)에서는 대외적 치적에 치중하면서 출세 과정에 관점을 고정한 반면, 다)는 민의 입장에서 공적을 적극적으로 평가하였다.[117)

<총병가>는 가난은 언급하지 않았고 어려서부터 충효를 닦고 명성을 날려 뛰어난 역량을 갖춘 무장으로 승승장구하는 모습을 그렸다. 또 20대에도 왕에게 이름이 알려진 존재로 다소 과장해서 미화했다.

(2) 청의 침략과 북방에서의 활약 : 가)는 적의 침략에 대비한 공의 방어 노력이나 그의 지모를 부각시킬 일화는 거의 생략했으며, 나)는 기록은 했으나 존명의식에 머물러 있는 반면, 다)는 그의 탁월한 지모와 애국적 행위를 강조했고 존명의식은 미미하게 반영했다. 이 단락을 좀 더 비교하자면, 첫째, ④1633년 우가장에서 일으킨 가도의 공・경 반란을 진압하러 간 사건에 대한 기록에서 세 전 간에 차이가 두드러진다. 다)는 "명의 주문욱 등이 반목하였기 때문에 이들을 놓쳤다."고 기술했으나, 가)는 우가장 출정 생략, 나)는 명장明將들의 반목은 없이 적선 수천이 몰려와 적을 놓친 것으로 처리했다. 둘째, ⑥후금에서 온 사신을 명이 잡아 보내라고 한 것에 대해 명을 속인 사실은 다)에만 기술돼 있다. 셋째, ⑬청의 금주위 공격에 동원됐을 때 거짓싸움의 기록에 대해서는 다)는 "우리 군사가 많이 다쳤다."고 했다. 명이 약속을 지키지 않고 조선을 공격한 것이다. 한편, 나)는 "명군과는 한 번도 교전해서 살륙한 것이 없었다."고 했다. 가), 나)는 조・명이 약속을 지켜 사상자가 전혀 없었던 것으로 기술했다. 넷째, ⑮청에 체포된 이유를 다)는 명의 홍승주와 조대업祖大業 때문으로, 가)는 인명은 생략했고, 나)는 조

116) 본고와 김남형 논문의 단락 구분은 다르다. 본고는 명으로의 망명을 (2)단락에, 김남형 논문은 (3)에 포함시켰다. 여기서는 한문전들과의 비교를 위해 김남형 논문의 단락을 기재한다. 본고의 내용도 이에 의거해 조정해서 세부항목을 비교했다. 세부항목 ①~⑮는 김남형 논문에서 사건을 요약한 항목이다.

117) 김남형, 같은 글, 184-194면 참조.

선의 선천부사 이계李烓를 폭로자로 밝혔다.[118)]

본고의 분석으로는, 이 단락에서는 다)의 기록이 가장 많다. <총병가>에는 다)의 ②청군 거짓투항 일화, ③⑥⑫에서 투옥, 파직, 유배 등의 사항, ⑥심세괴에게 거짓말을 하고 청 사신이 도망가게 한 일, ⑧청군의 속도를 늦춤, ⑨요퇴 죽임을 추궁당하자 당당하게 대답, ⑩1637년 가도정벌, ⑫청이 조선을 시험하려 거짓 공격 핑계로 촉박하게 출전 요구, 의주부윤으로 변무육사邊務六事 진달, ⑭군량 떨어져 담배 장사로 군량 충당, 세자 대군에게 돈 전달 등의 사건이 없다. 그러나 ④우가장의 공·경 진압과 ⑬거짓 싸움을 <총병가>가 강조한 것은 밝힌 바와 같다.

(3) 명으로의 망명과 청에 의한 구금 : 가)는 명에 들어가 임용된 것만 소개, "그 후의 일은 일록에 기록되어 있다."고만 하고, 명장들이 자신의 조국과 임경업을 배신한 사실은 생략했다. 나)는 황종예와 관련된 활약은 생략, 황종예가 도망한 사실에 명분을 부여하고 청에 잡힌 것도 마홍주 때문이 아니라 독보 때문이라고 했다. 즉, 명장들이 자신의 조국과 임경업을 배신한 사실을 생략한 것이다. 또, 나)는 임경업이 도적을 소탕한 사실과 황종예에게 요동 회복 계책을 알려주는 대목을 생략했으며 황종예가 도망간 사실에 일정한 명분을 부여했다.[119)]

이 단락에서는 <총병가>와 다)<성호찬 전>은 황종예에 관한 부분은 일치한다. 그러면서도 <총병가>에서는 명 멸망은 더 자세하게 언급했으며. 명에 충성하고 오랑캐에게 원수를 갚겠다고 다짐했다.

(4) 환국과 죽음 : 사후담死後譚에서 가)는 이성尼城의 도적이 공의 이름을 빌려 난을 일으키려 하자 사람들이 구름같이 몰려들었다고 했고, 나)는 많은 백성들이 애통해 했음을 부기했다.[120)]

---

118) 김남형, 같은 글, 185-191면 참조.
119) 김남형, 같은 글, 191-193면 참조.
120) 김남형, 같은 글, 193-194면 참조.

이 단락은 <총병가>와 가), 나), 다)가 가장 차이가 나는 부분이다. 다)의 내용은 ①북경에 1년 구금, 조선 사신이 "임경업은 조선에도 죄를 지었으니 잡아가서 처벌하겠다."고 송환 요청, ②심기원의 역모와 연관 실토설, 왕이 친국했으나 해명이 분명해 왕이 석방하려 했음, 김자점의 무고한 고문, 임경업 사후 왕이 슬퍼하며 사관史官을 보내 자신의 뜻을 알리게 함, ③말이 울다가 죽음, ④죽은 후 53년이 지나 신원되고, 충민 시호를 받고 제사하게 하는 등이다. 반면, <총병가>는 ①청의 회유와 ②중 친국, ③의 말 울음만 일치한다.

4.2. 〈총병가〉의 자료 취택取擇의 특성

이상에서 <총병가>와 세 종류의 <실전> 및 <연보>를 비교한 결과, <총병가>의 임경업 일생의 자료 취택取擇에서 나타나는 몇 가지 특성을 단락에 따라 요약하면 다음과 같다.

(1)단락에서 <총병가>에는 임경업이 거친 대부분의 공직을 언급했으나, 조선에서 받은 몇 차례 징벌에 대한 언급은 전혀 없다. (1)에서 세 전傳에 비해 <총병가>에는 빠진 항목은 대체로 삭관 등 처벌받은 시기의 것들이다. 이는 임경업의 완벽함을 부각시키는 데 방해가 되는 부분을 거론하지 않으려 했기 때문으로 보인다.

(2)단락의 특징은 세 가지로 요약된다.

첫째, 병자호란에 대한 반감은 강하게 표시했으며, 임경업의 군비軍備가 완벽했음을 강조한 반면, 그의 견해를 무시한 조정에 대해서는 미온적이나마 회의를 표시했다.[121)]

둘째, 국내 정치에 관계되는 부분은 언급을 극히 삼갔다.

---

121) "청ᄒᆞ야 어든 병을 뉘 소계예 막도던고" 등 의문문으로 처리한 것.

조선인으로 거론된 인물은 김승평, 장만, 세자대군, 독보, 김자점, 왕 정도이다. 이 중 김승평은 비중이 없는 인물인데도 거론해, 서술 초기에는 짧은 운문을 사용하는 서술 원칙이 아직 제대로 서 있지 않았던 것으로 보인다. 그러나 그 외의 중요한 다른 인물은 맥락의 이해를 위해 비중 있는 서술이 필요한 경우인데도 독보 외에는 중요하게 언급하지 않아, 국내 인물들에 초점을 두지 않았음을 보여준다.122)

같은 이유로 명의 반란군 사건인 유홍치劉興治 사건이 다른 전들과는 달리 실리지 않은 것으로 보인다. 이 사건은 명의 명예를 훼손하는 것이기 때문이기도 하지만, 국내의 정치적 사건과도 연결돼 있으므로, 국내 사정의 언급을 회피하는 작자의 입장에서 선택하지 않은 것이다. 이 사건은 1631년 임경업이 검산산성방어사 때, 가도 도독 유홍치가 금金과 내통하다 그의 부하 심세괴沈世魁에게 피살된 후, 홍치의 부하 500여 기騎가 조선으로 온 사건이다. 이들이 조선에 온 것은 이들을 벌주면 후금국이 조선을 정벌할 빌미를 제공할 수 있을 것이라는 계책인데, 이를 짐작한 임경업은 이 가짜 투항자들을 치지 말고 그대로 두라고 하였다. 양사兩司는 임경업이 적병을 보호한다고 합계合啓하였으나, 열흘도 되지 않아 이에 대해 문책하기 위해 후금병이 들어왔고, 그들에게 가짜투항자들을 바로 내주어 후금에 여지를 주지 않게 되었으므로, 임경업에 대한 합계는 정지했다.123) 이 사건이 조선의 국내정치와 관계되는 점은 인조가 가도에서 명 신하인 유홍치의 반란 소식을 듣고 유홍치를 "명 조정의 반적叛敵"으로 규정하고 1630년 4월 가도정벌을 자체적으로 시도하려고 해 조정이 시끄러웠기 때문이다. 그러나 유홍치가 전함 49척을 끌고 가도를 떠나 등주로 향했다가, 명 조정으로부터 아무런 처벌도 받지 않고 귀환하자 조선의 입장이 난처해졌다. 복귀한 후 유홍치는

122) 세자를 돌려보내는 에피소드가 빠진 채 "세자대군 뫼신 후의 함거로 압송ᄒᆞ니"로만 되어 있어 의미가 불확실한 경우를 예로 들 수 있다.

123) <연보>, 251면 참조.

자신을 토벌하려 한 조선에 트집을 잡으며 오만하게 무리한 요구를 했고, 청은 청대로 조선이 가도에 식량을 대주고 있다고 홍타이지가 비난과 협박을 해와 조선의 상황은 진퇴양란이었다. 현실은 제대로 읽지 못하면서, 반정으로 왕위에 오른 자신을 인정해준 명에 대한 인조의 부채의식 때문에 계획됐던 실책이었다. 이 전쟁 준비로 무고한 백성만 3개월을 출항준비로 배 안에서 시달렸다. 1631년 3월 유흥치가 죽은 뒤 일어난 이 가짜 투항 사건은 청과 명 사이에서 현명하지 못한 조선의 가도 정책의 무능함, 임경업의 선견지명을 묵살했던 무능한 조정을 상기하지 않을 수 없는 사건이었다.[124)]

셋째, 명의 총병임을 자랑스러워하고 명 황제의 포상을 감격에 겨워 서술하였다. 사건을 선택하는 데서는 청에 대한 적대감을 나타내는 사건보다는 명의 신하로서의 사건에 비중을 두었던 것이다. 1633년 공・경을 정벌하러 우가장에 조・명 연합군으로 나선 일과 1640년 금주위 공격은 비록 청의 수군장이었지만 명 황제의 포상을 받을 정도의 활약이었으므로 함께 모아 기술하고, 연대적으로 사이에 있는 1637년의 가도 정벌은 <총병가>에서는 드러나지 않는다.[125)]

(3)단락에서 다른 전들에 비해 국외의 활동을 자세히 서술했다. 국외에 대한 서술은 <총병가>가 어느 실기보다 상세하다. 특히, 명 망명 이후의 사정은 전반부와는 다르게 중국 고사를 시어로 골라 구성하여 명의 망국에 진심으로 분노하는 지식인의 태도를 보인다. 위 분석에서 다른 전들이 명장의 조국 배반과 황종예가 도망간 사실에 일정한 명분을 부여한 것과는 차

---

124) 한명기, 같은 책 1, 266-276면.

125) 1637년 조・청 강화 뒤, 청은 가도를 치겠다고 하며 조선에 원병을 청했고, 임경업이 수군장(水軍將)에 임명되었다. 공은 수하의 김여기(金礪器)를 가도에 척후로 보내, 가도 공격 사실을 명에 미리 알려주었다.(연.307) 가도 공격 때 선봉이 되면 보물을 많이 얻을 것이므로 조선 군사들이 지금 춤을 추고 있다고 청 장수에게 거짓말을 하여 조선군이 선봉을 피하게 한 일화(연.306)는 소설에는 널리 퍼져 있으나 <총병가>에는 가도 공격 자체가 없으므로 소개되지 않았다.

이가 크다.[126]

(4)단락뿐 아니라 <총병가> 어디에도 임경업의 죽음의 원인에 대해서는 언급하지 않았다. 다만, 청에 잡힌 이유를 '독보의 누설'로 치부했을 뿐이다. <총병가>에는 심기원에 대한 언급이 전혀 없어서 임경업의 옥사를 이해하기 어렵다. 이 때문에 환국이나 죽음의 과정이 연결되지 않는다. <성호찬 전> 4-②에는 심기원의 모반과 임경업의 연관 등을 설명하고 있고, 나)<지호찬 전>도 설명하고 있는 것과 비교된다.[127]

임경업이 가담했다는 심기원沈器遠(1587-1644) 사건은 1644년(인조 22) 심기원이 회은군 이덕인을 추대하려다가 부하 황헌의 밀고로 발각된 사건이다. 심기원은 친청파와 친청노선의 인조를 몰아내고 청에 대해서는 군사적인 대항을 계획했다 한다. 황익의 공초에 따르면 임경업을 명에 망명시켜 자신들의 편이 되게 하려 했다는 것이다.[128] 황익뿐 아니라 그 일당들이 치죄받으면서 모두가 임경업이 연관됐음을 자백했다 해서 임경업은 소환되어 친국親鞫을 받게 됐다. 임경업은 자신은 동궁을 모셔올 일만 생각하며 독보를 명에 보내 조선의 실정을 알게 하였으며, 의주를 막아 청을 압박하는 작전만을 생각하고 있었는데 무슨 역모냐고 항변하면서도, "국가에서 잡아 보내라는데 내가 어찌 감히 저항할 수 있겠는가?" 했다 한다. 친국에서는, 중으로 변복하고 명으로 갈 때 심기원이 은 7백 냥과 머리깎을 칼과 승려 옷 한 벌을 보내준 것은 사실이지만, 낙안수령 시절 이미 심기원과 사이가 틀어진 일이 있음을 말하며 왜 그가 자신에게 역모를 말하겠으며, 역모에 가담했다면 하필 자신이 왜 중이 되어 도망갔겠느냐고 항변했다.[129]

---

126) 김남형, 같은 글, 193면.

127) <이선찬 전>은 "드디어 북경으로 끌려갔다. 그때에 심기원이 배반을 해서 장군에게 자금을 보내고 제적(諸敵)의 검중(釰中)으로 유인하였다. 그래서 사건이 발각되어 당여(黨與)를 다스리는 데 모두 장군을 원인(援引)하니 그들은 사신으로 연경에 들어갔다가 장군이 체포된 정보를 듣고 환송하기를 요청하였다."(『실기』, 105면)고 하였고, <우암찬 전>은 "적신 김자점이 담당[當國]해서 처형을 하니"(『실기』, 59면)라고만 서술했다.

128) 『인조실록』, 인조 22년/3/21(기유).

이렇게 중요한 사건을 생략하고, 죽음 장면이 지나치게 간략해 작자의 생각을 알기에 어렵다는 문제에 대해서는, '시적 성취'의 우수함과는 별도로 좀 더 고찰할 필요가 있다.

앞에서 본 것처럼, 2행에 6월 18일의 친국 장면과 20일의 사망 보고가 다 들어있지만, 특히 중요한, 임경업의 마지막 모습이 어떤 상황이었는지에 대해서 <총병가>는 아무 것도 알려주지 않는다. 한 줄에 지나지 않는 국문 장면도 의문이 많이 남는 구문이다. '적신(김자점)이 고문하는데 왕이 추달하니'라고 할 때 왕도 동조한 것이 된다. 다음 행을 연결하면 '왕이 추달하니 삼백구혼 흩어지다'가 되어 왕이 그의 죽음의 직접 원인이 된다고도 하겠으나 워낙 짧은 구문이라 확정하기는 어렵다. 한편, <연보>에 의하면, 1646년 6월 18일 왕이 친국을 하다 내일로 미루었고, 20일에 왕의 심문을 받으러 임경업이 대궐로 가던 중에 갑자기 처형이 됐다고 한다.(연.384) 그러나 일설에 의하면 김자점이 형리를 시켜 모질게 형장을 가해 죽게 했다고도 한다. 외에도 김자점의 연관에 관한 설은 분분하다. 자신의 종 무금無金이 임경업의 도망을 도운 것이 알려질까 두려워 무고를 했다는 설도 있고, 그런 김자점에게 심기원 옥사에 연루시켜 임경업을 청에서 데려오는 계략을 알려준 것은 역관 정명수라고 하며 둘의 야합을 말하는 설도 있다.[130] 임경업에 대한 민간전설은 임경업은 태생에서부터 김자점과 대립되고 운명적으로 김자점에게 당할 수밖에 없음을 못 박을 만큼 임경업의 부당한 죽음의 책임을 김자점에게 묻고 있다.[131] 이와는 달리 <총병가>에서는 임경

129) 『인조실록』, 인조 24년/6/17(임진).

130) 지두환, 「인조대 후반 친청파와 반청파의 대립 : 심기원(沈器遠), 임경업(林慶業) 옥사를 중심으로」, 『한국사상과 문화』 9, 한국사상문화학회, 2000, 101-121면.

131) 임경업 부친이 원주 감영의 옥사장 시절 무고한 죄인을 몰래 풀어주었는데, 나중에 그가 찾아와 은혜를 갚는다고 명당을 지정해주고 부친묘로 쓰라고 하였다. 묘를 쓴 밤에 혼자 지키고 무슨 일이 있어도 광중을 들여다보지 말라고 하였으나, 그는 금기를 어기고 묘 속을 보니, 대립하던 두 무사 중 한 무사가 그를 보다가 칼에 맞아 숨졌다. 그는 본 것을 후회하면서도 그곳에 산소를 썼는데 삼우에 올라가보니, 묘가 파헤쳐져 있었다. 공중에서

업이 청으로 소환되고, 조선으로 환송되는 데에 작용한 김자점의 역할 에피소드[132]가 모두 생략되었다. "용만강 빗머리에 김자점은 무삼 일고"에 김자점은 단 한 번만 나온다. 이 문장은 단순한 의문문으로서 화자는 정말 그 이유를 모르는 듯한 관찰자로 존재한다. 앞에서 설명한, 작자가 구사하는 의문문의 다양한 심층적 의미는 여기서는 적용되지 않았다. 결과적으로 이 장면은 마치 김자점이 국경에 서 있는 듯한 광경으로만 스쳐갈 뿐, 사정을 모르는 독자에게 김자점은 중요한 인물로 부각되기 어렵다. 전기 자료는 모두 섭렵하되, 조선 조정의 사정에 대해서는 언급을 삼가는 작자의 일관된 태도로 보아 무리가 없을 것이다.

한편, (4)부분의 비교는 입전立傳 의식을 고찰할 수 있는 기준이 된다. 세 전의 차이에 대해 김남형은 "성호본이 탁월한 한 사람의 무장武將으로서 임경업을 주목하였다면 가), 나)는 임경업의 배청의식이 국민적 지지를 받았다는 것을 증명해주는 것"[133]이라고 했다. 반면, <총병가>의 작자는 의문이 많이 남아 있는 사건과 마지막 상황을 정확히 알 수 없는 임경업의 죽음에 대해 명확한 입장을 보이지 않고 있긴 하지만, "忠貫日月(충관일원) 義獨古今(의독고금)"으로 주제를 드러내며, 임경업을 "大樹(대수, 將軍)"로 상징, '겸손한 사람'으로 제시하였다. 또한 "구중의 사모ᄎᆞ면 성주도 슬허하시리

무사 셋이 내려오며 "너 같은 천민은 여기에 산소를 쓸 수 없다."고 꾸짖었다. 무릎을 꿇고 빌며 사정하자, 그들은 "그럼 김자점의 자리는 저기로 정할까?" 하면서 사라졌다. 이후 태기가 있어 임경업을 낳았다. … 임경업의 부친은 경업이 조정에서 항상 김자점과 대립하고 있을 때 광중에서 칼을 맞대고 싸우던 두 사람 중 한 사람이 자기에게 눈을 팔다 죽은 일과 김자점을 낳도록 한 산소가 맞은편에 있는 것을 생각하고 아들이 김자점의 손에 죽는 것은 하늘이 정한 명수(命壽)라 단념하고 있었단다.(이경선, 같은 책, 21-23면, 요약 필자.) 김자점에 관한 역사적 평가에 대해서는 김용흠, 「조선 후기 역모사건과 변통론의 위상-김자점 역모 사건을 중심으로」, 『사회와 역사』 70, 한국사회사학회, 2006 참조.

132) 1645년 12월, 청나라 사신 석충격(析充格)과 정명수가 세자를 책봉하는 글을 들고 왔을 때 정명수의 조언을 듣고 인조는 강력하게 임경업의 송환을 요구하였다. 김자점은 임경업 송환에 대한 대국의 은혜를 갚아야 한다면서 특사 파견을 인조에게 주문했다.

133) 김남형, 같은 글, 194면.

라"고 왕의 동감을 거론했다. 이에 대해서는 창작시기의 문제와 함께 다음에서 고찰하기로 한다.

5. 〈총병가〉의 작자의식과 창작시기

<총병가>의 창작연대는 임경업의 신원 시기 및 그에 대한 정보 공유 시기와 관계있다.[134)]

<총병가>의 서두에서 "본관은 평택이요 성호는 임모로다"라는 부분을 두고 이복규는 창작시기를 신원(1697) 이전으로 추정한 바 있다. 이런 주장은 왕이 임경업의 심기원사건 연루를 추달했음을 원통히 여기는 <총병가> 작자의 심정을 두고 추측한 것이지만, <연보> 등 실기의 자세한 사적을, 위에서 본 것처럼, 그대로 차용하고 있는 <총병가>의 세부 서술을 알고서는 수긍하기 어려운 점이다.[135)] 임경업의 마지막을 다시 살펴보자.

『인조실록』에 의하면, 임경업을 하루에 두 차례 국문한 이틀 뒤(1646. 6. 20.), 왕은 임경업의 죄에 대해 대신들과 의논하면서 계속 그의 무고를 말한다. 그러나 김자점은 은근히 사주하고, 여러 신하들이 임경업을 벌주기를 주장한다. 그런 중에 임경업이 (고문의 여파로) 이미 죽었음을 승지가 보고한다. 보고를 받은 왕은 그가 역모는 하지 않았음을 믿는다는 말을 하려고

134) 『실기』를 기준으로 하는 소설의 창작연대는, "경판본 <님장군젼>은 『실기』와 내용이 대부분 다르다는 점에서 구전설화에 근거한 것이며 … 달천에 임장군의 사당을 세운 영조 2년(1726) 이후, 창작되었을 것으로 본다. 활판본 <림경업젼>은 백봉석 찬 <대명충의임공전>을 참고로 하여 경판본 <님장군젼>을 개작한 것이어서 백봉석의 생존시기인 고종년간 이후"로 보았다.(서대석, 「임경업전연구」, 국어국문학회 편, 『고전소설연구』, 정음사, 1979, 295-296면 참조) 그러나 이윤석은 임경업에 대한 최초의 소설은 한문본일 것이며, 18세기 후반을 그 정착시기로 보았고 한글본은 18세기 말에 이루어졌을 것이라고 하였다.(이윤석, 같은 책, 145면 참조) 두 설 중 일본인 雨森芳洲가 조선어교본으로 채택한 소설에 <임경업전>의 기록이 있음을 보아 1700년대 전반에는 한글본 <임경업전>이 분명히 존재했다는 것이 설득력을 얻고 있다. 박재민, 「임경업전의 형성시기」, 『국문학연구』 11, 국문학회, 2004, 204면.

135) 이복규, 같은 글, 205면.

했다고 말했다.[136] 죽음 직후에 왕이 이런 말을 했다는 것이 『인조실록』에 게재돼 있으니 당대에도 이 사실은 알려졌을 것이다. 그럼에도, 작자는 임경업의 한이 궁중에 전해져 왕도 같이 슬퍼하기를 바라고 있다는 것은 이해가 되지 않는다. 문맥상 '성주'는 앞에서 임경업을 '추달한 성군聖君'과 동일인물, 즉 인조인데, 신원을 바란다면 왕이 이미 그의 무죄에 공감했음을 강조하는 편이 더 효과적일 것이기 때문이다. 어쨌든 인조가 신원해주기를 바라는 것으로 보면, 창작시기는 인조 재위연대인 1646~1649년(인조 27)일 터인데, 이 시기는 아직 한문 전들이 나오기 전이어서 <총병가>에 보이는 자세한 정보의 공유가 어려운 시기이기 때문에 창작시기로 보기는 어렵다.

임경업에 대한 신원은 사후 50년이 지난 1697년(숙종 23) 아들 중번重番의 상소가 받아들여지고 손자의 등과登科에 대한 은전이 베풀어져 논의 끝에 1698년 복관復官과 사제賜祭가 허락되고, 1706년(숙종 32) 충민공의 시호가 내려짐으로써 본격화되었다. 이 과정에서 <우암찬 전>(1689)이 여론에 큰 영향을 끼친 것으로 알려져 있다. 정조는 1791년(정조 15) 『임충민공실기』를 발간케 해, 여기에 전, 연보, 행장, 신도비명 등이 실렸다. 여기 실린 전 중 가장 먼저 작성(1688)되었으며[137] 7,350자에 이르는 <지호찬 전>이 가장 많이 읽혔을 것으로 추정된다. 이런 환경을 고려하면 신원 이전으로 볼 때 <총병가>의 창작이 가능한 시기는 1688~1697년 무렵이라 할 수 있을 것이다. 그러나 <총병가>에 드러난, 연보와 거의 다를 바 없는 자세한 정보로 볼 때, 『실기』가 아직 나오기 전인 입전 초기 시기를 창작시기로 보

136) 『실록』에는, 상이 측은해 하며 이르기를, "경업이 죽었단 말인가. 그가 역적이 아니라는 것을 밝혀 내가 그에게 알려주려 하였는데 틀렸구나. 그가 제법 장대하고 실하게 보이더니, 어찌 이렇게도 빨리 죽었단 말인가. 그리고 그는 담력이 커 국가가 믿고 의지할 만하였다. 그런데 도리어 흉악한 무리의 꾀임에 빠져 헛되이 죽고 말았으니, 애석할 뿐이다." (『인조실록』, 인조 24년/6/17 임진)라고 하였으며, <연보>에는 같은 말과 함께, " '나는 너를 죽일 뜻은 없었으나 빨리 먼저 운명하였으니 가석(可惜)하고도 가석하다.' 고 하니 승지가 이 하교를 가지고 그 시체에 가서 유고(諭告)하였다."(연.383-385)고 하였다.

137) 박희병, 「17세기 동아시아의 전란과 민중의 삶」, 벽사 이우성 교수 정년퇴직기념논총 『민족사의 전개와 그 문화』, 창작과비평사, 1990, 712면.

기에는 역시 무리가 있다.

임경업 기록화의 시기 고찰에서는 주로 1637년 가도 공격의 기록 상황을 의미 있는 기준으로 검토할 수 있다. 청의 요구를 거절할 수 없었던 조선이 명을 쳐야 했던, 당시 조선의 유학자들에게는 참을 수 없이 부끄러운 기억을 거짓싸움으로 기억의 변조를 이룸으로써 대명의리론 가치의 훼손과 소중화주의 자존심의 상처를 치유한 과정이 추적되기 때문이다.138) 가도사건에 가까운 시기의 기록에는 "항복하던 초기에 가도를 공격하는 것을 돕게 하자 오직 저들이 명령하는 대로 따랐소. 그리하여 수만 명의 명나라 군사들이 일시에 도륙당했으니 … 이 어찌 의리를 논할 수 있는 상황이겠소."139) 라고, 비판적인 어조로 그 사건의 진행 사실을 사실대로 서술하고 있다. 윤선도(1587-1671)도 이 사실을 크게 꾸짖으며 임경업을 용서할 수 없다고 말한다.140)

權謀小勇君奚取	권모와 작은 용기 그대 어찌 취하여
終是千秋二國臣	끝내 천추에 두 나라 신하가 되었는가?
讞獄人言因冢宰	죄를 물은 것 총재(김자점) 때문이라고 말하지만
議誅誰識自天神	목 벨 것 의논함 천신의 뜻인 줄 누가 알리오?
雖云骨大張虛砲	비록 용골대가 빈 포를 벌여 놓았다고 하나
難贖皮營燒武困	피영皮營(가도)에서 무기고 불태운 일 속죄하기 어려워라.
事似杜郵提劍日	일이 두우杜郵에서 백기白起가 칼을 들던 날과 같으니141)

138) 서동윤, 「1637년 가도 전투를 둘러싼 기억의 전승에 관한 연구」, 『진단학보』 123, 진단학회, 2015 참조.

139) 남구만, 국역 『약천집(藥泉集)』 32, <답최여화(答崔汝和)>, 신미년(1691), 6월. [한국고전종합DB] db.itkc.or.kr 고전번역서 참조.

140) 앞의 실전 비교에서 <성호찬 전>도 이 사실을 그대로 기록하였다. 찬(贊)에서는 "임경업은 교활한 사람이다. 속임수를 숭상하여 능사를 삼으니 적들이 어려움에 빠지는 경우가 많았고, 위급하고 어려운 지경을 당하여 나라도 거기에 힘입었다.(김남형, 같은 글, 195면에서 재인용)"라고 다소 애매한 평가를 했다. 그러나 성호도 임경업의 이런 반간술(反間術)을 대체로 긍정적으로 평가하는 편이다. 이익, 국역 『성호사설』 4, 「인사문(人事門)」, <정탐(偵探)> 참조. [한국고전종합DB] db.itkc.or.kr 고전번역서 참조.

141) 진(秦)의 장수 백기(白起)의 고사. 진나라 왕은 백기에게 조나라의 한단을 공격하게 하였

未知還復仰蒼旻 다시 푸른 하늘을 우러르게 될지를 알지 못하겠다.[142]

여기서는 '두 나라 신하'로 명의 신하(총병), 또 청의 신하(수군장)를 했던 일을 정확하게 지적하고, 또 비난하고 있다. 그러나 세월이 지나며 이것은 점차 거짓으로 전투했던 지혜로운 대처로 바뀌어 자랑스러운 기억이 된다.[143] 그 기록을 선두에서 만든 것이 이선과 우암의 전이다. <총병가>에서는 아예 가도 정벌 정황이 없는 것은 앞에서 지적한 바다.

이와 같이 구체적 정황을 알게 되면, 임경업이 '선벌모의'의 공으로 '총병'이 되었던 사건, 즉 1633년 '가도의 반한 도적'을 우가장으로 토벌하러 간 사건도 미화될 일이 아니다. 주목해야 할 쟁점이 간과되고 있는 것이다. 가도의 명明의 공유덕孔有德과 경중명耿仲明(이하 공·경)이 우가장에서 모반을 일으켰던 사건에 임경업 등이 지원을 나갔으나, 실제로는 조·명 연합군은 이들을 저지하지 못했고, 그 결과로 명과 조선이 입은 타격은 치명적이었기 때문이다.

공·경은 가도에서 모문룡의 양자로 대접받았던 인물들이다. 그러나 모문룡이 죽은 후 가도를 통치한 원숭환에 의해 제거되어 공·경의 입지가 흔들리던 중, 손원화가 지휘하던 등래登來 지역의 수군으로 받아들여져 공·경은 등래로 이주했다. 1631년 후금군이 대릉하성을 포위하자 명은 등래에 구원을 청했고, 손원화는 공·경을 파견했으나, 공·경은 배를 띄우지 않고 육로로 이동하다 명을 배반했다. '구원군'은 '반란군'이 되어 산동의 여러 성을 함락하고 드디어 이들은 전략요충지인 등주를 함락시켰다.(1631.

으나, 백기는 병을 핑계로 거듭 응하지 않았다. 이에 진왕은 두우에서 검을 내려 백기에게 자결하게 하였다. 『사기(史記)』「백기왕전열전(白起王翦列傳)」 참조.

142) 윤선도, 국역 『고산유고(孤山遺稿)』 권1, 「시」, <임경업을 애도한 시에 화운하다(和哀林慶業)>. [한국고전종합DB] db.itkc.or.kr 고전번역서 참조.

143) 『실기』에서는 거짓싸움에 대해서 <연보>에서 자세히 설명했으며(연.306-309) 황종예를 만났을 때도 다시 길게 변명했다.(연.354-355)

1.) 등주에는 홍이포紅夷砲 등 화포가 다수 있어 명의 손실이 컸다. 공·경 등 반란군은 8개월 이상 등주를 점령하다 1632년 9월 등주를 탈출, 요동반도의 섬들을 전전하던 중 후금의 범문정을 통해 185척의 선박과 수만 명의 병력을 거느리고 홍타이지에게 귀순했다.(1633. 4.) 이 귀순으로 명은 중요한 전쟁자원들이 후금에 넘어가는 치명적인 손해를 입었다. 반면, 수군과 전함, 홍이포를 확보하게 된 홍타이지는 이들을 대대적으로 환영했다. 공유덕 병력을 천우병天佑兵, 경중명 병력을 천조병天助兵으로 부를 정도였다.[144)]

1633년 3월, 명의 진압군 주문욱朱文郁의 선단이 공·경 일당을 뒤늦게 추적하다, 이들이 장자도를 거쳐 압록강을 따라 여순(금)으로 들어가려 하니 조선해안에 숨어들지 않도록 저지해달라는 요청을 통해 조선은 이 사실을 알게 되었다. 명은 결국 4월 9일 임경업이 이끄는 화기수를 압록강 연안으로 보냈으며, 4월 13일 조선은 조총을 쏘며 연합 공격했으나, 공·경 반란군의 후금행을 저지하지는 못했다. 공·경군은 압록강 연안을 파내 물길을 만들고 배를 예인했던 것이다. 공·경의 귀순으로 후금은 '호랑이가 날개를 단 격'이 되었다.[145)] <연보>에는 "적을 거의 잡게 되었을 때 명의 장수들이 서로 공을 다투다가 늦추어서 적은 북방으로 통해서 도피했다."고 하며 임경업의 공은 "선등先登해 온 것"으로 황제에게 보고되어 포상을 받았다고 했다.

이 사건을 한명기는 "조선군은 어느 순간 명과 후금의 전쟁에 스스로 뛰어든 것"이라고 평가했다.[146)] 조선으로서는 재앙이었다. <총병가>에서는

---

144) 한명기, 같은 책 1, 355면.

145) 한명기, 같은 책 1, 357면.

146) 1633년 4월 28일 후금의 용골대 등은 조선에 와 공·경에게 식량을 대줄 것을 요구했다. 공·경이 가도에 명군으로 있을 때는 식량을 대주었으니 그때와 같이 하라는 것이었다. (조선은 모영(毛營)에 공급하는 식량을 충당하기 위해 광해군대부터 임시적 성격의 부가세인 서량(西糧), 모량(毛糧) 또는 당량(唐糧)을 수취해야 했다. 권내현, 『조선 후기 평안도 재정 연구』, 지식산업사, 2004 참조) 불응하자 용골대는 '형제의 예'를 거론했다. 조선은 명의 주문욱군에도 식량을 내줘야 하는 처지여서 곤란함이 극심했다. 마침 명이 인조의

그때 명 황제가 내려준 '총병'을 제목으로 사용할 정도로 임경업에게는 중요한 사건이므로 강조했을 것이나, 사실 이 사건은 작자가 생략한 1637년 가도정벌보다도 더 뼈아프게 기억해야 할 사건이다. 이것이 국내에 끼친 파장의 치명성이 작자에게 절실하게 자각되지 않은 것처럼, 조선 조정도 홍타이지가 그렇게 환대했던 청의 수군확보를 대수롭지 않게 여긴 결과로 조선은 돌이킬 수 없는 치명상을 입었기 때문이다. 병자호란 발발 후, 조선은 정묘호란 때처럼 강도로 피난 가면 해결될 것으로 생각했으나 청 수군으로 인해 결국 강화도는 함락되고 남한산성은 고립되어, 조선은 질 수밖에 없었던 것이다.[147] 이것을 겪은 후에도 현실을 직시하지 않는 것이 존주대의尊周大義의 맹목성이다.

이런 자료 취사取捨의 양상을 고려할 때, 『실기』가 발간되고 <연보>에 접근할 수 있는 이후의 시기를 창작시기로 보는 것이 합당하리라고 본다. 그러므로 끝부분 작자의 기원은 구체적인 신원보다는 독자들의 정서적 공감을 염두에 두고 있는 것으로 보인다. 신원을 바라는 것으로 가정하더라도 신원을 청하는 대상이 인조가 아니라고 본다면, 창작시기는 1650~1698년 이전이 될 것이다. 그러나 <지호찬 전>에 실린 많은 일화들이 <총병가>에는 배제되어 있는 것으로 봐서도 <총병가>는 한문전보다는 <연보>에 기대고 있으므로, 창작시기는 <연보> 발간 이후로 봐야 할 것이다.[148] <지호찬 전>에 있는 내용이 인용된 경우도 물론 있지만, <연보>에는 있고 <지호찬 전>에는 없는 내용이 <총병가>에는 많이 있다. <연보>는 <총병가>의 서술방식인 사건 중심의 시각에서 볼 때 <전>보다 참조하기에 더 알맞

부친인 정원군을 추봉(追封)한다는 칙서가 내려지자 명의 은혜에 감읍하며 후금의 요청은 거절했다. 한명기, 같은 책 1, 351-354면 참조.

147) 한명기, 같은 책 1, 344-361면.

148) <연보>와 <총병가>의 친연성을 특히 보여주는 것은 <이선찬 전>에 있는 명으로 망명할 때 심기원, 김자점이 도운 사건이 <연보>와 <총병가>에는 없다는 점이다. "장군이 떠날 때 심기원에게 가 말하니 기원이 수어청에 둔 금 7백 냥을 주고 김자점을 가보니 김자점이…", <이선찬 전>, 『실기』, 102면.

았기에 활용했을 것이다. 또, <총병가> 작자가 임경업에 대한 고급정보에 접촉할 수 있는 신분이었기에 가능했을 것이다. 작자가 활용한 <연보>는 편년체의 연대기 정도가 아니라 소상하고 방대한 세주細註를 포함한, 출간된 것과 동일한 것임을 앞의 주해를 통해 알 수 있기 때문이다. 본고가 참조한 <연보>는 고종 때의 중간본인데, 초간본과 대조한 결과와 다르지 않으므로,[149] <총병가>의 창작시기는 『임충민공실기』 초간(1791) 이후로 본다.[150] 즉, 신원(1697)은 이미 오래 전에 이루어진 시점이다. 그럼에도 불구하고 왕에 대한 언급으로 끝맺는 것은 작자의 선택이다. 끝의 "구중의 사모ᄎ면 성주도 슬허하시리라."를 왕에게 신원을 바라는 호소로 보지 않을 수 있다. 왜냐하면 화자의 어조를 전체적으로 참작할 때, 화자는 왕을 청자로 의식하지 않고 있기 때문이다. 왕을 의식하는 것은 마지막에서뿐이다. 그러므로 왕은 신원을 이루어줄 권력자로서가 아니라 함께 슬퍼할 공감자, 같은 피해자로도 볼 수 있다.

앞에서 살핀 것처럼, 작자는 가사 창작기법을 익숙하게 사용할 뿐 아니라, 상징과 전고를 적절하게 배치하는 능력을 지녔으며, 임경업에 대한 사실을 전달할 의욕을 가진 사람으로 보인다. 신원 이후임에도 왕이 임경업의 진실을 모를까봐 슬퍼하는 것은 임경업에 대한 지극한 아쉬움 때문이다. 임경업에 대한 당대의 소설화는 임경업의 실체보다는 허구적 우상화에 더 치우쳤다. 이들을 분석한 오늘날의 연구가 임경업을 '하층영웅'이라는 말로 지칭할 정도이다.[151] 그만큼 사실과는 거리가 있다. 임경업의 생애가 당시

---

149) 국립중앙도서관 소장 초간본 『임충민공실기』(윤행임 수명편(尹行恁 受命編)) 권2 · 권3의 <연보>와 대조한 결과, 고종 때의 중간본인 본고의 자료 『실기』에는 초간 다음 해인 1792년(임경업의 손자가 등과 후 귀향할 때 치제(致祭)한 것)부터 1888년(고종 25)까지의 몇 항이 첨부되었을 뿐(『실기』, 419-421면.) 다른 차이는 없다.

150) 필사 자료에는 제목 밑에 '鄭羽亮'이라는 이름이 명기되어 있다. 이로써 홍재휴는 '鄭羽良'을 잘못 썼을 가능성을 제기하고 정우량(鄭羽良)의 생존연대인 1692-1754년을 창작연도로 아울러 추정하기도 하였다.(홍재휴, 같은 글, 6면 참조) 자료 문면에도 동음이의어의 오기(誤記)가 많으므로 이름에도 오기가 있을 가능성을 배제할 수는 없으나 아직까지는 작자로 확정지어 창작연대를 추정하기는 어렵다고 본다.

의 설화나 소설과는 같지 않다는 것을 알고 있는 <총병가> 작자는 되도록 공적으로 '알려진 사실'에 입각하여 그의 생애를 서술하려 했지만, 민감한 부분에서는 감정에 기대고, 임경업을 자신과 일치시킨 결과, <총병가>의 임경업의 죽음 부분이 이와 같이 작성된 것이라고 생각한다. 명이 살아나지 않는 한, 치유될 수 없는 자신들의 대리물로서 신원되지 않은 임경업을 남겨둘 수 있는 것이다. 임경업은 신원될 수 있으나 자신들에게는 오랑캐를 천자로 모시고 사는 현실은 계속되기 때문이다. 죽음 직후 이미 임경업의 무고함에 대한 왕의 인정이 있었으므로 신원될 수 있고, 이미 신원된 임경업에 비해, 자신들의 바람인 명의 복원은 어떤 정신적, 허구적 장치로도 성취될 수 없으므로 자신들의 현실은 더 비극적임을 알고 있기에[152] 비극의 대리물로서 임경업은 적당한 상징이다. 이런 추론은 본고가 판단하는 작자의 성향에도 기대고 있다.

<총병가>의 작자는 임경업의 일생을 가로지르는 두 가지의 운명 중 한 가지에만 초점을 맞추었다. 임경업의 일생은 명·청이 바뀌는 대외정세와 김자점으로 대표되는 조정의 무능과 부패에 의해 좌지우지되었다. 그 중 <총병가> 작자는 임경업의 갈등을 명·청 대립에만 맞추었다. 가사 전편을 점철하는 중국의 인명, 지명, 고사는 모두 한족과 호족의 대립에 대한 것이다. 임경업이 당하는 고통의 원인은 모두 중화를 침범하여 멸망에 이르게 한 흉노, 호족의 사건들로 대체되었고, 이에 굴하지 않고 자결 등으로 절개를 지킨 인물들의 고사가 임경업의 지절志節을 대리하였다. 작자는 조선에서 일어난 당대의 사건을 소재로 하였음에도 불구하고 그 원인과 결과는

151) "전란의 주역으로서의 하층 장수를 그린 소설", 신태수, 「임경업전에서의 시운관(時運觀)과 그 전개방향」, 『어문학』 56, 한국어문학회, 1995 참조.

152) 명의 신종(神宗)을 제사지내기 위한 대보단(大報壇) 설치(1704, 숙종 30), 명 의종(毅宗)을 제사지내기 위한 우암의 만동묘(萬東廟) 설치(1704)나, 정조대의 『황조배향제신목록(皇朝配享諸臣目錄)』 작성 등 존주(尊周) 작업이 150년 간 진행되면서, 행사는 진행되나 그 열기가 그전 같지 않음을 느끼는 것도 사실이기에 착잡함은 가중된다. 정옥자, 『조선 후기 조선중화사상연구』, 일지사, 1998, 124-128면 참조.

모두 중국의 사건으로 분석하였다. 임경업이 동아시아적 인물이었기 때문에 그랬을 것이라고도 생각할 수 있지만, <총병가> 작자의 시선은 그만큼 조선에서 멀리 있다. 이렇게 소설이나 전설의 일반적 인식과 거리가 있는 것은 <총병가>가 『실기』에 실린 자료들의 시각과 완전히 동일하기 때문이다. 특히 『실기』에 실린 <백봉석찬 전>의 제목은 "대명충의임공전大明忠義林公傳"이다. 즉, 임경업을 명의 신하로 위치지우고자 하는 것이 『실기』의 지향 중 하나이다. 그렇다고 이 전이 창작된 후에 <총병가>가 창작되었다는 것은 아니지만, 적어도 『실기』의 초간 이후(1791년 이후)에 창작된 것은 확실하다고 본다.

임경업을 서사화하려는 작자는 '천붕지렬天崩地裂의 시대'를 온몸으로 살아낸 임경업의 탁월함과 파란만장한 운명의 서사성을 전달하고자 시작했을 것이다. 그러나 <총병가>의 화자는 현실을 회피했다. 그의 반감은 청국에만 향해 있다. 반면, 임경업을 죽게 한 직접적인 장본인인 왕(성주)에 대해서는 적대적이 아니다. 임경업을 대신한 자신의 의사가 소통될 것이라고 믿고 있는 것이다. 그러나 현실은 그렇지만은 않다. "나라가 망하더라도 절의를 지키겠다."[153]는 비현실적인 불굴의 의지는 결국 나라와 백성을 위기에 몰아넣었고, 청을 '견양지로犬羊之虜'로 보고 청의 교화를 요구하는 소중화의 오만함은 그 견양犬羊에 의해 왕위가 교체될까봐 전전긍긍하며 아버지가 아들(소현세자)을 죽음으로 몰아넣는 폐륜廢倫으로 짓밟힌 지 오래다.

이런 현실로부터 되도록 멀어지려는 작자의 가사는 당대의 사건을 전면에 내세우고 신원을 호소할 만큼의 현실 타파 의지가 없다. 감성적으로 표현된 임경업에 대한 공감 호소는 신원은 이미 조정이 나서서 주선한, 합의

153) "비록 몸이 죽고 나라가 망할지언정 절대로 따르지 않을 것이다(則雖身殞國亡決不可許)." (『인조실록』, 인조 5년/4/1 정유) "척화론자들에게 국(國)이란 그것이 중화문명의 보편적 가치를 담지하고 실천하고 있었을 때에만 유의미한 것이 아니었을까?"라는 질문(허태구, 「병자호란 이해의 새로운 시각과 전망」, 『규장각』 47, 2015, 193면 참조)에 대한 답이 될 것이다.

에 이른 일이므로, 비극적 인물을 더욱 극적으로 만드는 장치 정도의 의미로 느껴진다. 현실의 치열한 문제를 가사 작품으로 돌파하기에는 <총병가>는 복고지향적이고 회상적이다. "가사의 화자가 보여주는 서사성은 현실은 중요하다고 의식하지만 여전히 현실에 대한 발언을 주도하는 언술 태도를 지니므로"154) 가사의 화자는 주석적 화법을 구사하게 되는데, <총병가>의 화자는 아예 『실기』의 주석을 그대로 시화하였다. 이미 일정한 주석에 자신의 생각을 기대고 있는 상황에서는 자료의 취사선택에서, 드러낸 것보다 선택하지 않는 것, 보이지 않으려고 하는 것에서 더 작자의 생각이 드러날 수 있다. 작자의 뛰어난 시어 구사 능력과 시 구성 능력은 이런 현실 앞에서 얄미울 만큼 계산적이다. 앞에서 "~는 숭명황제 ~로다"의 세 행이 반복된 것은 단지 율격만을 위해서가 아니다. 1633년의 우가장의 공·경 정벌에 조·명 연합군으로 나선 일과 1640년 금주위 공격을 함께 모아 기술한 이 구절은 명의 총병으로 명의 이익을 도모하는 임경업만 드러내고, 연대적으로 사이에 있는 가도정벌(1637)의 청 수군장으로서의 임경업은 언급하지 않기 위한 계산이다. <총병가>에 나타난 이런 국내 현실 도외시는 사소하게 보아 넘길 문제가 아니다. 가사로 작성된 문제적 인물의 일대기는 이렇게 세심하게 조직화되었기 때문이다. 이 촘촘한 짜임이 <총병가>가 역사군담류에 들어갈 <임경업전류 소설>이나 영웅의 일생 모티프의 <임경업 전설>과는 다른 기반에서 발생되고, 다른 독자를 대상으로 지어졌다는 점을 보여주는 것이며, 이 작품의 장점이자 한계이기도 하다.

가사의 구비성이 강화되고, 가사의 장편화가 진행되는 조선 후기에 이런 짜임새 있는 가사가 있다는 것은 주목할 만한 일인 것은 사실이다. 가사문학사적으로 볼 때, 서사장르로 전환되는 가사의 진행 방향을 공유하면서도 사대부 가사의 미학을 기교적으로 더욱 세련시킨 작품이기 때문이다. 그러

154) 서인석, 같은 글, 55면.

면서도 이 가사가 목판본 우암의 『임장군전』의 말미에 붙어 있다는 것은 이 가사는 그런 실전류와 같이 읽어 이해해야 하는 독서환경을 상징적으로 말해주는 듯하다. 당대의 인물과 사건을 소재로 하고, 구사하는 언어에서도 진부하지 않음에도 불구하고, 이 가사가 모든 단어에 주가 붙어야 이해할 수 있는 난해성을 보인다는 것은 동시대인이라 할지라도 소통범위가 제한적임을 보여주기 때문이다.

필자는 <총병가>의 율문적 특성에 주목하면서 이것이 낭독자를 살해할 정도로 청중을 빠져들게 한 한글소설 <임경업전>처럼[155] 이야기꾼에 의해 낭독될 가능성에 대해서 상상해보았지만, 그럴 가능성은 결코 없다고 판단한다. 우선 청중의 흥미를 끌 에피소드가 모두 배제되어 있고, 열거되는 중국 고사들은 일반 청중에게 소통될 성질의 것이 아니기 때문이다. 이것은 민중의 공감이 모이는 서민의 담배가게의 <임장군전>처럼, 일대기를 선호하는 '지식인층'의 낭독물이다. "본격적인 소설과는 큰 차이가 있지만 가사에 친숙한 독자들에게 소설과 같은 재미를 느끼게 하고 … 작자와 독자를 한 데 묶을 수 있는 소설적 전개를 갖춘 것"[156]이기 때문이다. 그러기에 이 가사는 허무맹랑한 결말보다는 현실의 패배를 선호할 수 있다. 자신들의 대리물이기 때문이다. 명은 이미 망했으나 청은 갈수록 강고해지는, 해피엔딩이 아닌 현실에서, 관념으로 정신적 승리를 기원하는 지식층에게 임경업의 불굴의 투지와 패배는 무모한 해피엔딩보다 더 자신들의 의지를 강화시켜 주는 존재일 수 있기 때문이다.

---

155) "종로거리 연초 가게에서 소설패사(小史稗說)를 듣다가 영웅이 뜻을 이루지 못한 대목에 이르러 눈을 부릅뜨고 입에 거품을 물면서 연초 베던 낫을 들고 앞에 달려들어 책 읽는 사람을 쳐 그 자리에서 죽게 하였다고 한다."는 기록(『정조실록』, 정조 14년/8/10 무오)이 있는데, 이때의 소설이 <임경업전>이며, 담배 써는 사람이 "네가 자점이더냐?"라고 소리치며 칼로 찔렀다고 한다. 황은주, 「조선 후기 고소설 연행과 <임경업전>」, 『한국어문학연구』 53, 한국어문학연구회, 2009, 244면 참조.

156) 서영숙, 같은 글, 1851면. 위의 인용은 일인칭으로 서술되는 <신가전>에 대한 것이지만, <총병가>의 일인칭화자의 강한 개입으로도 같은 효과를 내고 있다고 생각한다.

6. 결론

이상에서 본고는 17세기 조선의 변경에서 활동한 인물인 임경업의 일대기를 그린 가사 <총병가>에 대해 자세한 주해를 시도하고, 이를 바탕으로 <총병가>의 작품론을 시도하였다. 이 작품의 시가적 특징을 분석하고, 임경업을 소재로 한 여러 장르들과 비교하였으며, 이를 통해 작가의식을 추구하여 문학사적 의미를 고찰하였다.

<총병가>는 율격을 의식하여 실전實傳의 산문성과 차별을 두고자 한 작품이다. 서사에서는 <연보>의 자료에 충실하나, 세심한 구성력과 능숙한 기교를 보여 산문을 운문으로 만든 성공적인 작품으로 꼽을 만하다. 작자는 운문이 가지는 운율도 탄력적으로 적절하게 구사하고, 사건 진행 묘사의 속도감도 활용하여 53년에 걸친 파란만장한 인생을 150행에 밀도 있게 그려냈다. 한시 전통에 밀착되어 있고, 가사의 발전에도 익숙한 작자의 능력을 십분 발휘한 이 작품은 가사문학사적으로 볼 때, 서사장르로 전환되는 가사의 진행 방향을 공유하면서도 사대부 가사의 미학을 기교적으로 더욱 세련시킨 작품으로 주목된다. 작자가 <총병가>에서 구사한 여러 시적 장치들이 조선 후기 가사에 흔히 나타나는, 가사가 이야기로 해체되는 현상을 막아주어 가사의 완성도를 높인 것도 이 작품의 성과이다.

또 작자는 명·청 교체 과정의 복잡한 세계사를 배경이 아니라 임경업의 인생을 전환하는 동기로서 적절한 순간에 활용했으며, 임경업의 운명을 굴곡지게 하는 조선 중기의 정치사도 제한적이나마 일관성 있게 제시하였다. <총병가>를 이해하기 위해서는 시어가 인용한 내용을 참조할 『임충민공실기』의 <연보> 등에 대한 지식이 선행해야 한다는 점에서 강독과는 거리가 멀고 지식인층의 율독에 알맞은 작품이다.

한편, <총병가>에서 임경업은 명 황제로부터 받은 총병이라는 직함을 자랑스럽게 여기고, 자신을 오랑캐에 핍박당하는 중국 역대의 순절자들과 동일시했다. 그러나 명이 멸망하므로, 임경업의 일생은 비극적인 죽음으로 끝맺었다. 임경업을 이렇게 그린 작자의 모든 생각은 <연보>에 의존하고 있기 때문에 가사의 일인칭화자가 드러내는 작자의 생각은 <총병가> 작자의 생각이 아니라 『실기』의 생각일 수밖에 없다는 한계가 있다.

또한 본고는 가사의 자료 취택을 분석하여, 임경업의 일생에서 작자는 무엇을 보이려고 하는가와 함께 무엇을 보이지 않으려 하는가를 주목하였다. 전기 자료는 모두 섭렵하되, 조선 조정의 사정에 대해서는 언급을 삼가는 것이 작자의 일관된 태도이다. 이런 태도를 가진 작자가 가사를 통해 신원을 호소하는 적극성을 기대하기는 어렵다고 보아, 이 작품은 이미 임경업의 신원에 대한 사회적 합의가 이루어진 이후에 창작된 것으로 생각한다. 마지막의 호소는 현실의 신원을 바라는 것이라기보다는 그의 비극적 삶에 모두가 공감하고 기억해주기를 바라는 것으로 해석할 수 있다. 숭명崇明의 세계관에서 조선에서의 신원보다 더 중요한 것은 명의 총병으로서의 복귀이다. 임경업의 죽음으로 끝난 마지막은 청의 강고함이 더해지는 현실의 비극성을 임경업에 투사해 비극적 영웅으로 임경업을 남겨둔 것으로 생각한다. 황당한 허구에 공감할 수 없는 지식인의 정신적 조국 상실에 대한 정서적 공감을 유도하는 효과가 있었을 것이다.

이상의 논의를 시작으로 지금까지 거의 논의되지 않았던 이 작품에 앞으로 더 많은 관심이 있기를 바라며, 주해의 부족한 점은 이후 계속해서 보완하고자 한다.

(『한국학논집』 60집(계명대학교 한국학연구원, 2015) 수록)

제3장 〈북새곡〉에 나타난 북관의 풍경과 관직자의 감성

1. 서론

이 논문은 휴휴자休休子 구강具康(1759-1832)이 1813년에 쓴 가사 <북새곡>에 나타난 작자의 감정을 분석해 그 감정의 의미를 알아보고, 이것이 여행 전에 그가 가졌던 여행지에 대한 판단에 어떤 영향을 주었는가를 살피고자 한다. 이를 통해 <북새곡>을 구체적으로 연구하고 그 결과로 작품의 성격을 명확히 파악하고자 하는 것이다.

<북새곡北塞曲>은 구강具康[1]이 1812년 9월에서 1813년 2월까지 6개월 동안 암행어사의 임무를 띠고 누추한 변복의 차림으로 추운 겨울에 북관, 즉

---

1) 휴휴자(休休子) 구강(具康)은 영조, 정조, 순조 대의 인물로 39세에 사마시에 합격, 44세 문과 급제 후, 사헌부 장령(50세), 정언(53세) 등을 거쳐 57세(1812년, 순조 12) 때 함경도 암행어사, 함경도 도사를 역임, 고성현감(59세), 회양부사(63세), 사간원 대사간(66세) 등을 거쳐 72세에 첨지사를 지냈으며, 76세로 별세하였다. 구강의 묘소는 황해도에 있으며, 연보나 행장은 6·25 때 모두 없어진 상태이다.(박요순, 「구강과 그의 시가」, 『한국고전문학신자료연구』, 한남대출판부, 1992, 12-13면 참조) 박요순 교수에 의해 후손들이 흩어진 한시문을 모아 펴낸 『휴휴문집(休休文集)』이 학계에 소개되었다.(박요순, 「구강의 휴휴문집고」, 『한남어문학』 19, 한남대학교 한남어문학회, 1993 참조) 그의 다른 호는 북성거사(北城居士), 남호(南湖)이다. 그의 가집 『北塞曲』에는 13편, 2,014구의 자작 가사와 7언 한시를 현토한 한문가사 <등등가(燈燈歌)>가 실려 있다. 최강현, <북새곡>, 『기행가사자료선집』, 국학자료원, 197면.

함경도를 다녔던 여행의 경험을 가사로 한 것이며, 암행어사가 쓴 유일한 국문시가 작품이다. 이 가사 작품은 1991년 처음 발표될 때 심씨부인(1756-1839) 작으로 소개, 영인影印되었다.[2] 이어 강전섭의 고증에 의해 구강의 작으로 밝혀졌으며,[3] 박요순은 이에 대한 자세한 연구를 처음으로 시도하였다.[4] 이후 이형대는 <북새곡>의 문학적인 면모를 연구하여 <북새곡>의 서사적 지향, 단위들의 중첩과 연결, 대화체 표현기법 등 문학적 기법에 대해 세심하게 고찰하였다. 여기서 부각된 '대화체'는 이후 진행된 연구들에서 거듭 강조되었다.[5] 또한 이동찬은 <북새곡>에 나타난 북관민의 삶의 모습을 주목하였다.[6] 이로써 <북새곡>의 문학사적 의의는 인정되었으나, 지금까지 <북새곡>에 대한 논의들에서는 작품의 구체적 의미에 대한 고찰이 부족했던 것이 사실이다.

구강은 <북새곡>의 첫 줄을 이렇게 시작하였다.

> 어렵다 북ᄉᆡ(北塞)길의 북ᄉᆡ곡(北塞曲) 지어보쟈
> 험(險)키도 ᄒᆞ거니와 머다도 ᄒᆞ리로다
> 바로 가면 삼쳔 니(三千里)요 도라 가면 오쳔 니(五千里)라
> (2구 판독 불능).
> 도망(逃亡)ᄒᆞᆫ 남의 죵을 진짓 ᄎᆞ즐 곳일네라

북관에 대한 그의 생각은 '험한 곳', 노비 추쇄推刷나 할 곳이었다. 6개월의 여행 뒤 그는 "불샹하다 심북 빅셩"이라고 표현한다. 이것만 보면, 일단 그의 생각이 바뀌었다고 볼 수 있다. 이 사이에는 그가 겪은 무수한 일이

---

2) 서봉석, 「<북새곡>」, 『향토연구』 10, 충남향토연구회, 1991.
3) 강전섭, 「남호 구강의 <북새곡>에 대해」, 『한국학보』 69, 일지사, 1992.
4) 박요순, 같은 책(1992) 참조.
5) 이형대, 「<북새곡>의 표현방식과 작품세계」, 고려대학교 고전문학・한문학연구회 편, 『19세기 시가문학의 탐구』, 집문당, 1995.
6) 이동찬, 「18・19세기 가사에 나타난 관북민의 삶-<갑민가>와 <북새곡>을 중심으로」, 『한국문학논총』 32, 한국문학회, 2002.

있을 것이므로 이 변화의 정확한 의미는 여기에 나타난 그의 반응을 살펴봄으로써 가능할 것이다.

<북새곡>은 다양한 풍경들의 연결이기 때문에 이에 반응하여 나타나는 화자의 감정 또한 장면마다 다르다. 구강이 임무를 행한 북관은 철령 이북의 함경도를 말한다. 조선의 동북쪽에 있어, 중앙으로부터는 오지인 곳이다. 또한 국방을 담당한 국경을 포함한 곳이기도 하다. 구강은 4음보 1행으로 1,000행이 넘는 장편에서 북관의 다채로운 풍경과 인물을 보여주는 동시에 그가 암행한 북관의 산문적 현실을 짜 넣었다. 그러므로 여기서 '풍경'이라는 용어는 자연, 사물, 사람과 사건을 아우르는 것이다. 작자의 초점은 끊임없이 이동하는 풍경을 따라 다른 감정을 드러내고 있다. 본고는 <북새곡>에 나타난 이 다양한 감정들에 주목한다. 그는 공식문서인 서계書啓와 한문일기를 이미 썼지만, 북관의 풍경을 대하고 느낀 그의 감정이 감성을 자극하여 그로 하여금 이 가사를 또한 짓게 했을 것이기 때문이다. 그러므로 가사 <북새곡>에 나타난 작자의 다양한 감정을 분석하는 것은 문학작품으로서의 <북새곡>을 고찰하는 데 가장 기본적이고 효과적인 작업이다.

'감정의 능력faculty of feeling'인 감성은 인간의 마음의 세 종류의 능력-사유, 감성, 의지- 중 하나이다.[7] 철학적으로, 감정은 의식과는 대립되는 것으로 여겨짐에도 불구하고, 문학에서 작자의 감정은 흔히 작가의식과 동일하게 여겨졌다. 그러나 감정과 의식은 다르다. 소설에서 작자의 개입을 주목하는

7) 칸트가 정신 현상의 근본적 유형으로서, 마음의 능력(faculty)을 세 가지-사유(또는 현시 presentation)·감성(feeling)·의지(willing)-로 분류한 것에 기댄 것이다. 감성이라는 마음의 능력은 '감정', 즉 '의식적으로 느껴진 경험의 성질'을 가능하게 하는 마음의 소산이다.(임일환, 「감정과 정서의 이해」, 정대현 외, 『감성의 철학』, 대우학술총서, 민음사, 1996, 25면 참조) 또한 감성을 "인간의 사고와 이성에 앞서서 작용하는 인간 본성"이라는 정의, 즉 수동성을 말하는 감수성(sensibility)과 외부의 자극을 포함한 감각 자극을 느끼고 반응하는 능력, 즉 감성성(emotionality)을 모두 포괄한다. 이는 성리학에서 마음을 보는 관점과 같다. 성(性), 정(情)을 심(心)에 부속된 기관이라고 보며, 표출되지 않은(未發) 마음의 본성을 '성(性)'이라 하고, 마음의 본성을 표출한 것(既發)을 '정(情)'이라고 하고 있기 때문이다. 백승국·윤은호, 「한국 감성체계 연구를 위한 소고」, 『감성연구』 1, 전남대 호남학연구원, 2010, 25면.

것은 대상과의 거리를 명확히 하여 감정과 의식이 혼동되는 것을 피하고자 한 것이다. 그러나 장르적 성격이 애매한 가사에서, 대상을 대하는 태도에 일관성이 유지되기는 쉽지 않다. 그러므로 감정에 대한 세심한 분석이 우선적으로 요구되는 것이다.

기행가사란 "가사의 형식에 출발, 노정, 목적지, 귀로의 네 단계를 내포한 시간적, 공간적 과정에서 여행자가 보고, 듣고, 느끼고, 생각한 자기의 여행 경험을 담아 문학작품화한 것"[8]이다. 기행가사에 대한 유형 분류는 대개 주제에 의한 것에서 출발했지만, 연구가 진행됨에 따라 대상 표현의 방식을 염두에 둔 연구들로 심화되었다. 이를 대상에 대한 즉물적, 관념적, 주정적 인식으로 나눈 경우[9]나, 대상과 화자의 거리로 나눈 경우[10]들이 이에 속한다. 아는 바와 같이, 가사라는 장르는 서정적, 서사적, 교술적 성격이 섞여 있어 대상 표현과 내면 표출이 함께 나타나므로 장르 확정이 어려운 것이 사실이다. 더구나 가사의 장편화 경향과 대화체의 도입은 한 편의 가사에 대해 전체적으로 화자의 태도를 확정짓는 것은 무의미한 일임을 보여준다. 유형화라는 큰 작업을 위해서는 어느 정도는 무리한 작품의 분위기 판정을 감수할 수밖에 없을 것이나, 더 실상에 근접한 연구가 되기 위해서는 한 편의 작업을 세밀하게 읽는 것이 바탕이 되어야 할 것임은 재론의 여지가 없다.

그러므로 본고에서는 먼저 작자의 감정을 세밀히 분석하고, 이 감정들은 합당한 것인가를 살펴보는 순서로 연구를 진행하고자 한다. 감정의 의미를 파악하기 위해서는 감정에 대한 인식론적인 입장을 고려할 것이며, 관인인 작자의 이런 감정들에 대한 판단을 위해서는 감정의 윤리학을 참조할 것이다.

---

8) 최강현, 『한국기행문학연구』, 일지사, 1982, 11면.
9) 염은열, 『고전문학과 표현교육론』, 역락, 1999.
10) 정한기, 『여행문학의 표현과 창작 배경』, 월인, 2010, 10면.

그간 <북새곡>의 연구에는 필사본의 활자화 과정에서 생긴 오해 및 오기誤記가 간과되었던 것이 사실이다.[11] 본고가 감정을 분석하기 위해서는 감정의 대상을 명확하게 파악해야 하므로 그간 간과했던 본문에 대한 자세한 의미 파악은 우선적인 작업이 될 것이다. <북새곡>의 문면의 의미를 명확히 하고 가사로서의 특성을 알아보기 위해서는 작자가 이 여행을 한문으로 기록한 기행문인 『휴휴자자주행로편일기休休子自註行路編日記』[12]를 비교할 것이다. 그리고 그가 시찰한 북관민의 실정 및 1800년대 북관의 사정을 자세히 알기 위해서는 북관에 대한 역사학의 성과를 활용할 것이다.

2. 관인의 감성과 구강의 글쓰기

북관 여행에서 구강이 감정을 느끼는 대상은, 때로는, 여행자라면 누구나 가는 사적史蹟이나 명승지일 때도 있다. 그러나 관인인 그에게 중요한 것은 경치가 아니라 장소의 상황이다. 좋은 풍경에서 대부분의 여행자들은 속된 자신을 잊고 자연의 정수에 비춰 서정의 합일을 맛보지만, 임무를 수행하는 암행어사는 그럴 마음의 여유가 없다. 그의 감정을 유발하는 것은 살아있는 사람, 이들이 영위하는 생활, 이들이 숨쉬는 환경의 모습이다.

구강은 이런 대상들을 아무 경계 없이 제시한다. 이 경계 없는 글쓰기가 <북새곡>을 전체적으로 연결된 하나의 감정으로 간주하게 하는 중요한 이

11) 본고가 필사본의 현대화 자료로 인용하는 세 가지 중 첫째, 박요순, 같은 책(1992)의 것은 한글로만 표기하였으며, 최강현, 같은 책(1996)의 것은 괄호 안에 한자를 부기하였다. 데이터베이스화된 임기중, 『한국역대가사집성』의 것은 대체로 후자의 것을 그대로 하였으나, 거의 대부분 행이 중간 부분 2~3글자씩 누락된 상태이므로 자료로서의 가치를 가지지 못한다. 본고의 인용은 최강현(1996)의 것으로 하되 부호는 제외하였다. 이하에서 지적하는 한자의 문제는 최강현(1996) 자료, 띄어쓰기의 문제는 최강현(1996)과 박요순(1992) 두 자료 모두에 해당한다.

12) 이하 『일기』라 칭한다. 성균관대학교 존경각 소장의 고본(稿本)으로 1813년(순조 13)에 작성하였으며, 1812년 9월 1일 임신(壬申)부터 1813년 3월 2일 계유(癸酉)까지의 기록이다. 1책 72장, 반엽(半葉) 10행 20자, 29×18cm의 희귀본이다.

유이다. 글쓰기 방식의 예를 들어본다.

다음은 부령을 지나 경성-수성역촌-명천-길주를 거쳐, 성진-단천으로 가는 여정을 노래한 <북새곡>의 부분이다.

1) 경셩(鏡城)으로 드러가니 북병ᄉᆞ(北兵使)ᄂᆞᆫ 어ᄃᆡ 간고
ᄒᆡᆼ영(行營)의 드러간지 두 ᄃᆞᆯ이 되얏더라
북평ᄉᆞ(北評事) 보려 ᄒᆞ니 ᄀᆡ시(開市) 뵈랴 회령(會寧) 갓데
본관(本官)이 겁 만터라 감토나 ᄡᅳ오신가
졔승헌(制勝軒)이 큰 집이라 뉘 능히 졔승(制勝)ᄒᆞᆯ고
2) 산셰(山勢)가 긔이(奇異)ᄒᆞ니 낫고 곱은 아밀너라
3) 홍도 벽도(紅桃碧桃) 두 기ᄉᆡᆼ(妓生)이 십뉵셰(十六歲) ᄀᆞᆺ치 먹어
다홍치마 쵸록(草綠) 웃옷 내게 와셔 현신(現身)ᄒᆞ니
얼굴도 ᄭᆡ긋ᄒᆞ고 검무(劍舞)가 일등(一等)일네
ᄒᆞ로밤 노니오니 네 구경 건ᄂᆡ ᄒᆞ랴
4) 디명(地名)은 명쳔(明川)인ᄃᆡ 귀문관(鬼門關) 흉(凶)ᄒᆞ고나
쳔암(千巖) 만목(萬木)의 눈으로 닙혓시니
이러ᄒᆞᆫ 흰 셰계(世界)의 ᄲᆡᆯ키도 ᄒᆞ련마ᄂᆞᆫ
본ᄉᆡᆨ(本色)이 음참(陰慘)ᄒᆞ니 눈빗죠ᄎᆞ 검어 뵈데
더부룩ᄒᆞᆫ 잣나무ᄂᆞᆫ 우두 나찰(牛頭羅刹) 버럿ᄂᆞᆫ 듯
음쑥ᄒᆞ온 구덩이ᄂᆞᆫ 쳘산 디옥(鐵山地獄) 베펏ᄂᆞᆫ 듯
죄 업ᄉᆞ니 관계챤테 무ᄉᆞ이 지나고나
5) 칠보산(七寶山)이 명산(名山)이라 그ᄋᆞᆨ이 오르고쟈
대셜(大雪)이 ᄡᅡ엿시니 올을 길 ᄒᆞᆯ 일 업다
북도(北道) 눈이 만히 올 제 집 쳠하(檐下)와 ᄀᆞᆺ치 ᄡᅡ혀
츌입(出入)을 못ᄒᆞᆫ다데 다ᄒᆡᆼ(多幸)이 이러ᄒᆞᆫ 눈
아직은 본 일 업ᄂᆡ 본 일 업다 깃거 말소
이 ᄋᆞᆲ히 만흔 태령(太嶺) 어셔 어셔 넘어 보소
6) 셩곽(城郭)이 볼 것 업다 면면(面面)이 문허졋ᄂᆡ
이십 ᄉᆞ관(二十四關) 다 지나도 이런 셩곽(城郭) 쳐음 볼네
셩졍곡(셩졍곡) 바다ᄂᆡ야 ᄒᆡ마다 엇디 ᄒᆞ고
회(灰) ᄒᆞᆫ 되 돌 ᄒᆞᆫ 덩이 들인 곳 젼혀 업다

직힐 곳 횅그러니 ᄉᆞ셩 부장 무엇ᄒᆞ리
7) 명쳔(明川) 대구 유명(有名)ᄒᆞ니 길고 넓고 살찌더라
8) 부령(富寧)의 관ᄌᆞᄒᆞ야 니별감(李別監) ᄃᆞ려다가
셕도령(昔道令) 즁미(仲媒)ᄒᆞ라 신낭 지목(新郎材木) 오라 ᄒᆞ야
혼일(婚日)을 칙녁(冊曆) 보고 ᄉᆞ쥬 단ᄌᆞ(四柱單子) 의양 단ᄌᆞ(衣樣單子)
간지(干支) 쎄야 경히 뼈셔 별감(別監)ᄃᆞ려 바드라니
쑬어 안져 두 손으로 버벗드려 바다가니
셕도령(昔道令)의 거동(擧動) 보소 절ᄒᆞ고 츔 츄는 양(樣)
너푼너푼 쥭굼쥭굼 광ᄃᆡ 지인(廣大才人) 쳔연(天然)ᄒᆞ다
훗 쇼식(消息) 몰낫시니 되온지 못되온지

경성에서의 1)은 관리에 대한 감독을, 2)는 산세, 3)은 어사로서 받은 대접을 노래했고, 4)는 명천 가는 길의 귀문관 지나기, 5)는 칠보산 넘기, 6)칠보산 성곽 관리 소홀에 대한 감독, 명천의 7)특산품, 8)민원 해결의 장면이다. 여기에는 여정의 진행과 장소의 경치 및 특성, 경치와 인심에서 느끼는 작자의 정서가 모두 묘사되어 있는가 하면, 공무수행자로서의 사건 전달과 그에 대한 작자의 인식이 밀도 있게 짜여 있다. 뿐만 아니라, 독립시켜도 될 에피소드가 곳곳에 배치되어 있다. 이를 좀 더 구체적으로 보면,

1)에서는 병영을 이끌어야 하는 북병사의 임무와, 개시를 관장해야 하는 북평사의 임무가 제대로 행해졌음을 간단히 보고하였다. 반면, 경성 본관은 겁이 많아 어사출두에 놀라 감투도 제대로 못 쓰는 위인임을 우스개처럼 전달하며, 적과의 전투를 지휘하기 위해 국경 지역 해안에 설치되는 제승헌制勝軒이 그런 인물에게 맡겨져서 될 일인지에 대한 우려를 넌지시 표현하였다. 같은 곳에서 <북정가>의 작자 이용李溶이 열병식의 위의威儀만을 보고 국방國防에 대해 만족해 했던 것과는 대조적이다.

2)는 경성의 기이한 산세를 한 행으로 간략하게 표현한 구절로, 한시구에서 흔히 사용되는 비유인 사천성의 아미산峨眉山을 인용해 산세를 묘사하는

가 하면, '낮고 곱은 아미'는 형용사를 사용하여 이어지는 3)에서 열여섯 꽃다운 홍도, 벽도 두 기생의 현신과 연결되므로 여성의 가늘고 길게 굽어진 아름다운 눈썹('蛾眉')을 가리키는 이미지와 중첩된다. 그 인물을 낳은 풍토를 보이는 세련된 솜씨이다. "얼굴도 씨굿ᄒᆞ고 검무(劍舞)가 일등(一等)일네/ᄒᆞ로밤 노니오니 네 구경 건너 ᄒᆞ랴"는 이 기생들을 구경만 하지는 않았음을 슬쩍 암시하고 있다.

4)는 <북새곡>의 묘사 중 많은 부분을 차지하는 '산 넘기'의 한 대목이다. 명천의 '명明'과 귀문관의 '귀鬼'를 대조하며 흰 눈 덮힌 광경조차 검게 보이는 깊은 숲과 골짜기를 '우두나찰', '철산지옥'으로 묘사하고 여기서 느끼는 기분을 "죄罪 있으면 떨 것"이라는 말로 전달하였다. 5)에서는 큰 눈을 직접 만나지 않아 그나마 다행이라며 산들을 넘어갈 때, 그는 성정곡을 거두어만 들이고 북방 방비에 쓰지 않는 사성부장의 근무 태만을 6)에서 지적한다. 그는 이 일 등을 이유로 명천부사 이천희를 징치하였다.

이처럼 그의 가사는 암행어사의 여행에서 마주치는 각종 소재들이 숨가쁠 정도로 연이어 있다. 위의 37행 동안 나타나는 암행어사 업무, 산 넘기, 지역 특산물, 경치, 백성과의 만남은 다른 지역에서도 자주 나오는 장면이다. 바로 이어지는 길주에서도, 9)길주의 토호 처벌, 10)길주 기생과의 인연, 11)길주 무반武班의 가치, 12)성진의 풍물, 13)마천령 넘기, 14)단천의 민생 등이 이어진다.

이런 방식으로 <북새곡>은 한 지역의 풍물과 그에서 비롯된 초점 이동의 연속이다. 각 항에 그의 감정이 특기되어 있기도 하지만, 그 중 어떤 것은 그의 감정을 통과해 외형이 굴절되고 색채가 덧씌워져 제시되는 것도 있다. <북새곡>의 이런 글쓰기의 의미는 "모든 주제들의 동등성과 모든 표현의 사용 가능성이라는 민주주의적 글쓰기의 논리"[13]를 드러내고 있다고

13) 자크 랑시에르, 유재홍 역, 『문학의 정치』, 인간사랑, 2011, 37면.

할 수 있다. 이런 문학을 분석하기 위해서는 역사학, 문화지리학 등의 학문이 필요하다는 말은 <북새곡>에 바로 해당된다. 이로써 낱말들의 정확한 독해가 가능해지는 것이다.

이런 <북새곡>의 글쓰기 방식은 여기에 드러난 감정을 분석할 때 특별히 염두에 두어야 할 요소이다. 대상을 따라 변화하는 <북새곡>의 작자의 감정을 전체적으로 간단히 규정하는 것은 의미 없는 일이다. 번거로운 일이기는 하지만, 각 초점을 따라 '감정'을 정리하는 작업이 우선되어야 한다. 이를 바탕으로 그의 다양한 감정을 일으키는 것은 구체적으로 무엇인가를 알아냄으로써 그 감정의 의미를 판별할 수 있을 것이다.

앞으로의 논의에서 감정이라는 말은 우리말로는 '느낌' 혹은 '~한 느낌'이라는 말과 통하는 것으로 함께 사용한다. 감정은 주관의 성향, 경향성, 성격적 특징보다는, 특정 시점의 주관적 정신 상태인 '정서'를 지칭하는 것으로 사용한다.[14] 또한 감정은 오감과는 구분되나, 감각에 보다 유사한 것('~감')으로 보는 감정이론과 판단이나 평가, 감지, 해석 같은 지향적 욕구가 정서의 판정에 필수적인 것으로 보는 감정에 대한 인지주의적 입장 모두에서 이론적인 도움을 받고자 한다. 후자는 정서적 반응에 대한 규범적 평가의 다양성, 즉 합리성/비합리성, 부당성/적절함 등은 감정의 실체를 세분하는 기준이 된다는 점에서뿐 아니라, 감정의 윤리학을 이해하게 하기 때문이다.[15]

감정은 변덕스럽고 불확실하다. 감정이 고도의 이성적인 사고와 관계되어 있으며, 정서의 합리성은 정서에 필수적으로 내포되는 믿음·판단·욕

---

14) 임일환, 같은 글, 1996, 25면.

15) 감정, 느낌은 감각을 통한 것인데, 현기증처럼 오감 외의 신체적 감각을 통한 현상들뿐 아니라 공포감, 수치감 등의 복잡한 정서적 반응들도 포함한다. 한편, 감정의 윤리적 성격에 대한 논의들은 감성을 일으키는 원인을 '감각(sense)'과 '사회적으로 생성되고 관리되는 감정'으로 나누며, 후자는 "주체는 상황 또는 순간순간에 적합한 공동선에 함께 기여하기 위해 상황에 적당한 감정을 만들고 교환하게 된다."고 한다. 알리 러셀 혹실드, 이가람 역, 『감정 노동』, 이매진, 2009, 34-35면.

구의 합리성 혹은 비합리성의 문제라는 입장인 감정의 윤리학은 감정의 이런 불합리성을 견제한다. 이미 동정심과 공감에 근거한 칸트의 보편화 이론에 기댄 '동정적 상상력'이나 공자 사상의 '서恕' 등은 사람은 감정의 사사로움을 넘을 수 있어야 함을 강조해왔다.[16] 감정이 사람들의 동기를 유발하고 구체적인 행동 및 삶의 양식을 꾸려가는 주요 원천이라는 것에 더 많은 사람들이 동의하게 되면서 공동체의 삶을 위한 감정의 이런 윤리적 측면은 더 중요해졌다. 이것이 의미를 가질수록 감성을 억압하려 하거나, 강요하려 하는 불합리한 상황을 견제해야 한다는 점 또한 감정의 윤리학이 중요한 이유이다. 암행어사로서의 그의 감정은 전문행정가로서의 판단에 영향을 끼칠 것이므로 이 논문에서 논하는 그의 감정의 옳고 그름 등의 판단은 관인의 것임을 염두에 두고 할 것이다.

감정을 분석하는 데 있어, 가사의 화자도 시적 화자이므로 작자와 화자의 구분이 필요하다. 가사 속의 노정을 실제 노정과 다르게 바꾼다든가, 이야기하는 방식의 도입 등은 암행어사로서의 임무를 의식한 그의 태도가 가사 작성에 드러난 것이다.[17] 그러나 이 <북새곡>은 변장한 모습의 암행어사가 현실에서 표현할 수 없는 암행어사의 속마음을 전달하기 위한 기록이므로 시적 화자와 작자의 감정은 일치하는 것으로 본다.

한편, 개인의 감정이 윤리적으로든 상황적으로든 적절한 것인가 부당한 것인가는 대상과 함께 고려할 때에 판정 가능한 것이다. 그러나 그 판정은 미묘한 것일 때가 많다. 작자 구강이 느끼는 감정 역시 개인의 것이라면 작가의식의 자료는 될 수 있을 것이나, 합당/부당을 판정하기는 애매할 것이다. 그러나 그는 관인의 임무를 수행하기 위해 이 여행을 한 것이라는 점에

---

16) 박정순, 「감정의 윤리학적 사활」, 정대현 외, 『감성의 철학』, 대우학술총서, 민음사, 1996, 117-119면.

17) 『일기』는 같은 여행을 기록하고 있으나, 가사에 구성된 일정은 『일기』와는 다소 차이가 있다. 이 차이는 다수의 가사를 창작한 가사 작가인 구강이 가사와 일기의 차이를 확실하게 인식하고 창작한 것을 알 수 있게 한다.

서 이에 대한 도덕적 판단은 충분히 의미를 가질 수 있을 것으로 생각한다. 관인의 감정의 대부분은 이미 그가 가지고 출발한 사전 지식을 기초로 한 것이 특색이다. 또한 그는 조정에 돌아가 바로 별단別單을 올려, "조적糶糴의 폐弊, 해폐海弊, 역폐驛弊, 목폐牧弊, 개시開市의 폐弊, 감적勘籍의 폐弊에 대해 바로잡아야 할 것"에 대하여 말하였던 전문행정가이다. 이 사전 지식은 체험한 감정을 통해 어떻게 바뀌며, 그것은 합당한 것이었는지를 알아보고자 한다. 한편, <북새곡>에 나타난 감정을 살피다 보면, 합당/부당, 윤리적/비윤리적을 떠나서 아예 이해가 되지 않는 부분이 있다. 그것의 의미는 무엇인가도 살펴보려고 한다.

우선 <북새곡>에 드러난 작자 암행어사 구강의 다양한 감정을 순차적으로 보여 이 문제점들에 답할 근거로 삼고자 한다.

3. 〈북새곡〉의 노정과 감정의 만화경

3.1. 〈북새곡〉으로 보는 관인의 노정

기행문은 자체의 스타일을 가지는데다가 작자를 관인의 신분으로 제한하면 더 요식적일 수밖에 없다. '출발-노정-목적지-회정'의 형식에 앞서 '봉명奉命'의 장면과 내용이 첨가된다. 또 마지막에 왕에 대한 헌수獻壽나 축원祝願이 첨부되는 것이 보통이다. 이 처음과 끝의 부가 부분이 길지는 않지만, 결국 모든 여정 동안 영향을 끼칠 수밖에 없다. 그러므로 업무로 부임지 혹은 목적지에 가는 경우는 개인적인 여행과 노정에서 차이가 날 수밖에 없다. 개인의 여행에서는 거쳐 가는 여행지의 감흥은 그 장소에서 나온다. 그러나 업무일 때는 업무와의 연계성이 변수가 될 것이다. 특히 목적지가 있는 여행일 때, 가는 길의 탐색은 소홀할 수밖에 없다. 가서 해야 할 임무가 마음을 압박할 것이기 때문이다. 대신 돌아오는 길은 한결 홀가분하고 성취감도

가세한다는 예상을 할 수 있다. 이 특수성이 관인의 기행가사를 더 공식적인 것으로 만든다. 더구나 이미 잘 알려진 기행문의 여정과 동일한 여정일 때, 뒤에 나온 기행문의 변별력은 떨어진다. 그러므로 무엇을 보여주는가 하는 것보다 더 중요한 것은 그것을 어떻게 느끼고 있는가이다.

<북새곡>의 노정은 관인의 여정을 보여준다. 그는 암행어사의 업무에 필요한 민생民生 시찰과 징치懲治를 위해 일단 그의 관할 지역을 여행하고, 이후 일정이 마무리 단계일 때 여러 명승지를 탐방하고 있다. 관인의 임무를 다하기 위해서이다. 그러나 양반으로서 호위와 시중을 받으며 다니는 길이 아니었다. 그는 1812년 9월에 한양을 떠나 타지에서 해를 넘기고 3월에야 한양에 돌아올 수 있었다. 왕복 육천 리 길이었고, 오는 길에 석왕사 등에서 두 달 머문 것을 제외하면, 북관 순찰에 넉 달을 보냈다. 가을에 떠난 길은 곧 겨울로 변해 그는 그 높다는 함관령, 마천령, 부전령, 마식령 등을 모두 겨울에 넘어야 했다. 여러 지역에서의 활동과 반응이 한 데 어울린 <북새곡>을 이해하기 위해서는 노정에 대한 이해가 필수적이다. 다음에서 노정을 간략하게 제시한다.[18]

Ⅰ. 봉명

Ⅱ. 출발

다락원–[단발령][19]–고산–석왕사

Ⅲ. 노정

–1–(덕원 향해)–원산–문천역촌–(고원 자고)–영흥–(정평)–함흥–(일행 둘로 나눔)

–2–(장진 향해)–중령–부전령–장진–험탄險灘–(갑산)–육진–삼수–갑산

---

18) Ⅰ~Ⅴ는 관인 기행가사의 구분에 의한 단락이다. Ⅲ, Ⅳ는 어사출두 전후로 노정을 구분하여, Ⅳ를 부임에 해당되게 하였다. 위의 노정은 실제 일기와 차이 나는 것이 있으나 가사에 나타난 것만 정리하였다.

19) 가사에는 장소를 알 수 없으나, 『일기』를 참조하면 그는 10일 동안 다락원–춘천–금화읍–진목역–신안역–단발령으로 이동하였음을 알 수 있다.

부-후주-갑산

-3-갑산·무산 간 산 넘기(속산령-백산령-설관령-이송령 등 구십 리 안에 열네 령)-허항령

-4-(백두산 곁에 두고)삼지연-수심빈-종성 가는 길-종성 행영-오국성, 종성-서수라, 적지, 적도

Ⅳ. 부임

-5-경흥서 만남('경흥부터 육진')-경원; 훈융진-황자파 형제바위-(경원부 가는 길)-용당리(목조대왕) 금성-('저 너머 영고탑')-(온성 가는 길)-(종성 가는 길); 종성에서 어사 출두-(회령 자고)-형제암-수성역촌-경성 제승헌-명천 가는 길-귀문관-명천-길주-성진 객사-마천령 넘기-단천

-6-남관-마운령 넘기-이원-북청-홍원 의두루-함관령

Ⅴ. 회로

함흥; 만세교, 낙민루, 지락정, 격구정, 북산루, 본궁 -흑석 고개-영흥; 태조 탄생지-(고원 지나 문천 자고)-덕원-익조 유적지, 남대천, 만세교-안변 제석除夕-석왕사; 두 달을 묵으며 정리-철령 넘어 경기도, 다락원-잠실 내 집

(Ⅵ. 마무리) 어사 업무 정리와 헌수獻壽

<북새곡>의 구성 또한 노정처럼 관인의 부임 혹은 출장의 특성을 잘 보여주고 있는 작품이다.

그의 여행 목적은 뚜렷하다. "봉서 유청[유척의 잘못된 표기][20] 품의 품고 마픠는 엽희 찻다", 즉 암행어사의 비밀 순찰이다. 이 목적 제시, 준비, 출발 등을 보이는 함경도 이전의 분량은 1,000여 행의 분량에서 18행(실제로는 14행)에 불과하다. <북새곡>의 첫 부분은 훼손이 심해 17행까지는 한 행 건너 한 행을 알아볼 수 없는 상태인데, 19행은 "예셔붓터 북관(北關)이라 깁고 깁다 써진 디형(地形)"이라고 되어 있으므로 1,000여 행 중 18행에 봉명과 출발을 다 처리하고 있는 정제된 형식임을 알 수 있다. 다시 함흥까지는

20) 현존 인쇄 자료의 확실한 철자 오기 및 한자 오기는 바로 잡고 [ ] 안에 표시하였다.

63행, 그곳에서 일행은 북청과 장진으로 나눠져 경흥에서 만나기로 한다. 그들이 만나는 것은 464행에서이고, 어사 출도를 외치는 것은 519행에서이다. 그 사이의 경치 묘사는 풍경 그 자체가 아니라 인사人事, 북관의 낯선 생활상, 백성들의 어려움과 관계된 것이다.

그 후부터는 본색이 드러났으므로 어사로서 받는 대접과 공무 수행에서 나오는 일화가 대부분이다. 경치에 대한 의도적인 감상은 일출을 보려는 시도 정도이다. 함흥 지나 고원高原에서 천불암이 유명하다는 말을 듣기는 했지만 "천인 절벽(千仞絶壁) 길혜/ 답설군(踏雪軍)이 거폐(巨弊)로다"라며 지나친다.

그런 그도 돌아가는 길에는 감상을 드러낸다. 함흥은 그들의 임무가 시작된 곳이므로 돌아오는 길은 그에게는 두 번째 방문이나 여행자로서는 초행이나 마찬가지이다. 함흥에서는 주로 이태조의 유적을 구경한다. '낙민루'에서의 감흥 표현이 있고,[21] "쥬찬(酒饌)과 풍악(風樂)으로 곳곳이 놀 만하데"(745행) 하면서도, 곧 "본궁(本宮)의 봉심(奉心) ᄒᆞ쟈"며 태조 이성계의 유적지를 볼 수 있는 감격을 표현한다. 이런 마음은 태조 탄생지인 영흥까지 이어지기에, 가는 길에 참았던 구경의 보상은 "함관(咸關)의 길게 놀고/ 정평(定平)으로 말을 모라"로 짧게 묘사된다. 함흥에서 별단에 넣을 것까지 정리한 후에야 한담閑談으로, 기생 많다는 고원高原이니 "글 잘 하고 슐 잘 먹는 어ᄉᆞ도가 그져 갈가" 하면서도 "미행으로 지나려니 져 어이 보올소니" 하는 태도를 보인다.

그러던 그가 안변에 도착해서는 "갈 제는 지낫시니 올 제나 드러가자" 하며 양반의 풍류를 '표표연정飄飄蓮亭', '백자맛', '꿩의 고기'로 표현하고 경치와의 일치감을 드러내는 자작 한시漢詩를 한 구씩 넣기도 한다. 그때가 마침 섣달그믐이어서 타지에서 세모歲暮를 맞는 감회와 일을 무사히 마친 마

---

21) 가사에는 이 곳들을 돌아오는 길에 들른 것으로 되어 있으나, 『일기』에는 가는 길인 9월 18일 함흥의 낙민루에서 지은 부(賦)가 기록되어 있다.

음이 교차하여 감정을 두드러지게 드러낸 것이다.

그의 관북에서의 이동은 실제로 여기에서 끝난다. 이때가 정월초하루인데 그가 복명한 것은 3월이다. 그는 다음날 석왕사로 떠나 그곳에서 두 달가까이 머물며 기억을 정리한 듯하다. 이 시점 이후, 다시 철령을 넘어 강원도, 경기도, 한양으로 돌아오는 일정이 드러나는 것은 945행에서이고, 그 사이 145행 가량의 분량은 북관에 대해 못한 말을 다시 적은 것이다. 그는 북관의 역사, 언어, 풍습의 이질성을 보여주는 사례들과 이에 대한 감정을 기록하였다.

그 후는 돌아오는 길이다. "이런 말 그만 두고/ 힝장을 슈습ᄒᆞ세"(945행) 이후의 일정 역시 귀가까지 9행이다.(946~954행) 이후 955행부터 마지막 행까지는 마무리 부분이다. 그는 여기에서 암행어사의 어려움과 호소할 데 없는 북관민의 막막함을 기억하고 자신이 그 어려움을 전할 것과 왕령을 내려 북관민을 구해 줄 왕의 헌수를 기원하는 것으로 맺었다.

한편, 그의 『일기』는 1812년 9월 1일부터 1813년 3월 1일까지이다. 3월 2일에 복명하기까지 그는 174일 동안 24읍 38진鎭 21역驛 28대령大嶺 26거주巨州 5,595리里를 다녔다. 그 중 1813년 정월 5일에서 15일까지 석왕사에서 지내고, 이후 내원사에서 반 달 정도, 다시 석왕사로 와 2월 5일까지 머물렀으며, 강원도, 경기도를 지나오면서 한양 근교에서 계속 서계書啓를 써서 조정에 보낸 것으로 기록되어 있다. 이런 사실이 『일기』에는 자세히 기록되어 있으나, 가사에는 "두 돌을 기리 묵어 남북관의 왕니ᄒᆞ야/ 못 안 일 다시 알고 셔계를 닷가셔라"라고 간단하게 요약하였다.

이처럼 <북새곡>에는 일반 기행문학의 떠남과 돌아옴의 형식에 관인의 업무상 견해가 첨가된 더욱 확장된 형식을 보인다. 이 확장의 부분은 그의 의도를 충분히 보여주기 위해 마련한 것이므로 주목할 필요가 있다.

3.2. 북관 기행의 감정 목록

다음은 장면 이동의 방식으로 각 항목에 대한 구강의 감정을 정리한 것이다. 아래의 정리는 **'장소; 상황(감정)'**의 형식으로 기술하였다. 예를 들어, 함흥에서 일행은 두 경로로 나뉘는데,

> 셔북(西北)으로 난회오니 부듸부듸 거푸 부듸
> 밥 잘 먹고 잠 잘 자고 병(病) 업시 단니다가
> 아모 돌 아모 쎅의 경흥(慶興)으로 긔회(期會)ᄒᆞ자
> 눅진 칠읍(六鎭七邑) ᄌᆞ셰 보소 나올 젹 다시 뒤식
> 인졍(人情)이 그러ᄒᆞᆫ가 심약(心弱)ᄒᆞ야 그러ᄒᆞᆫ지
> ᄯᅥ나기도 어렵거니 어늬 념녀(念慮) 업돗던가
> 잘 가셔 슈이 보시 일 들고 늣 ᄯᅥ나소이

라는 말에는 이별을 섭섭해 하고, 다른 길로 가는 일행이 고생할 것에 대해 걱정하는 어사의 마음이 드러나 있다. 그러나 표현된 단어는 '염려'뿐이다. 여기에 나타난 감정을 필자는 염려와 함께 '섭섭함', '안쓰러움'이라고 보았으며, 이를 '함흥; 일행 둘로 나눔(*섭섭함, 안쓰러움=연민,* 염려=*불안*)'의 형식으로 기술하였다. 이처럼 <북새곡>의 각 상황의 감정을 정리한 단어는 필자가 선택한 자의적인 것들이다. 우리말에는 감정을 나타내는 어휘가 많다는 것은 알려진 바다. 그러나 감정을 나타내는 단어를 함부로 사용할 수 없다는 것은 감정의 인식론의 과제이기도 하다. 아래에 사용하는 단어들은 대체로 동양의 오욕칠정五慾七情처럼 '정서의 자연종'이라고 잠정적으로 인정된 것에 기준을 두어 선정한 것이다.[22]

22) <북새곡> 본문에서 작자가 사용한 우리말(한자말 포함)의 감정적 단어들은 보통의 글자체로 인용하고, 그에 해당하는 대표적인 정서로 필자가 선택한 단어는, '(불쌍함=**연민**)'과 같이, '=' 표시 다음에 기재하였다. 또한 이탤릭체로 표기된 것은 전체적인 분위기를 고려하여 필자가 선택한 단어이다. 이 단어들은 학문적으로 인식될 수 있는 대표적인 정서들에서 선택한 것이다.(임일환, 같은 글(1996), 28면 참조) 예를 들어, '부전령; 산 넘기(무서움,

Ⅰ. **봉명** : (북관에 대한)혐오감-외로움

Ⅱ. **출발**

다락원-[단발령](고독, 거리감)-(고산)-석왕사; 취한 중과 실랑이(우스움)

Ⅲ. **노정**

-1-원산-문천역촌; 연어 홍정(*우스움*)-영흥; 과즐(좋음)-함흥; 일행 둘로 나눔(*섭섭함, 안쓰러움=연민*, 염려=*불안*)

-2-부전령; 산 넘기(무서움, 산란함=*어지러움*)-유민 만남(*공감*, 연민, *애탐*) -장진 고을 풍경(*분노, 염려*, 답답함)-삼수가는 길; 빙판 가기(무서움)-매생이로 험탄 건너기(전전긍긍, *안도감*)-육진; 관가 모습, 의 · 식 · 주(*경멸감=얕보는 마음*; (보기) *싫은 마음*)-갑산부(우습다)-후주; 험한 산천(오활하다? 혐오)

-3-갑산; 환자 폐해(*정의감*), 기생 첩 되기(*혐오감, 경멸감*), 참들죽 국수(좋음)-무산 가기 열네 령 넘기(망연함, 황공함=*두려움*), 백산다 특산품(*안타까움*)-허항령 넘기; 탈진(금즉함=끔찍함, 공포, 한심함, 무서움, *간절함*), 주린 종(*연민*)

-4-백두산 삼지연 지나기; 이틀 밤 노숙(*황구하고 위태함*=두려움), 종자 덕취(연민), 살아서(*안도감*), 인가에서 안 재워 줘 싸움(*분노, 우월감?*), 남계촌; 총 맞을 뻔함(*우월감, 못 마땅함*)-수심빈 촉도 기어가기; 말 메고 감(*당황, 우스움*)-종성 가는 길; 눈보라 · 바람(고통), 눈에 발이 빠지는 마부들(불쌍함=*연민*)-종성 행영; 도시 구경, 칠형제 등과자(*경탄?*)-서수라, 적지, 적도; 환조 고사(*자긍심*), 특산 북어(좋음)

Ⅳ. **부임**

-5-경홍서 만남(반가움=기쁨)-경원; 훈융진; 청과 마주봄(*진지함*), 사냥 못 봄(한=*후회*)-황자파 형제바위(*감탄*, 앗갑다), 대설 추위(슬픔)-경원부 가는 길; 추위(*서러움*)-용당리; 목조 유적지, 금성(뿌듯

산란함=*어지러움*)'에서 '무서움', '산란함'은 본문에 작자가 자신의 감정을 표현한 것이며, '산란함'은 작자가 실제 기절 상태에까지 놓인 것을 고려하여 필자는 '=*어지러움*'으로 표현하였다. '어지러움' 같은 신체적 감각이나, '연민' 같은 복잡한 정서도 감정을 느끼는 정신 현상과 동일시하는 것은 이미 중요한 철학적 전통을 이루고 있음을 고려하여 단어를 선택하였다.

함), '저 너머 영고탑' 구경 가는 생각(오활하다-*자책, 후회?*, *진지함*)-온성 가는 길 서성 밖; 부사가 기생시켜 모르는 척 좋은 술 대접(좋음?)-(종성 가는 길); 얼음에 빠짐(수참함=*부끄러움*)-종성에서 어사 출두(으쓱함, 진지함)-회령 자고; 화재 면함(놀람→ *안도감*)-부령 가는 길; 지진(무서움, *안도감*)-특산물 황지黃紙(*좋음*)-형제암(감탄)-수성역촌 부령선비 석도령 만남(*즐거움*), 회령부령 풍속(괴상함, *공감*)-경성; 본영 시찰(*한심함*), 기생 검무(*좋음*)-명천 귀문관(*두려움, 불쾌함, 안도감*)-무너진 성곽(*분노*)-명천; 석도령 장가 보냄(*즐거움, 장난스러움*)-길주; 토호 징치(*분노*), 기생 추억(객심=*우울*)-성진 객사(좋음)-해산물(*좋음*)-마천령 넘기(위태함=*두려움*)-단천(*편안함*)-북관의 어사 업무 정리(*뿌듯함, 보람*)

-6-**남관**-마운령 넘기; 남여 타기(우스움=*경멸*), 특산 강요주(*좋음, 감탄*)-북청(*편안함, 감탄*)-홍원 의두루; 유정有情을 일으킴-한시 기재(감탄과 '경결한 충절'을 연결), 홍원(성진·서수라·난포); 구름(안개·눈) 때문에 일출 못 봄(*섭섭함*), 심북의 사물 정리(*담담→ 비하*), 함관령 넘기(*자부심*)

Ⅴ. 회로

함흥; 만세교, 낙민루-한시 기재(감탄), 지락정·격구정·북산루(*통쾌*), 본궁(*감사함*)-흑석리; 흑석 운용 구상(*신기함*)-영흥; 업무(*불만*), 태조 탄생지(*감탄*), 기생(*불쾌*)-고원; 기생(*즐거움→ 아쉬움*)-문천 자고; 천불암-답설군 거폐라 안 감(*아쉬움*)-덕원; 익조 유적지(*감탄*), 덕원 사정 피폐함(*연민*)-안변; 음식(*즐거움, 아쉬움*), 제석除夕; 회포(시름=*우울*), 석왕사 중 만남(*즐거움*), 석왕사; 환영 행사(*담담*), 석왕사 연기 설화, 석왕사의 수산재(*못 마땅함=불쾌*), 산채 음식(즐거움), 암행어사 업무 정리; 북관의 역사(*담담*), 박문수 선정비(*감탄*), 북관 사투리·풍속 열거(괴이함, 요망함, *경멸* '아마도 금수로다'), 학행(*안타까움*), 철령·경기도·다락원·잠실 내 집(즐거움, 자부심)

Ⅵ. 마무리

암행어사를 맡음(감사함)-암행어사일의 어려움(*후회→ 자부심*)-북관 백성에 대한 마음(불쌍함=*연민*)-왕에 대한 헌수(*진지함*)[23]

---

23) 위에서 필자가 밑줄로 강조한 부분은 <4.6. 애매한 감정의 의미>에서 논의될 자료를 강조

위에서 정리한 감정의 목록은 넉 달의 북관 여행과 두 달의 회고기간 동안 만나는 풍경과 사물, 사람과 사건에 대한 한 사람의 감정 변화라고 보아야 할 것이다. <2. 관인의 감성과 구강의 글쓰기>에서 보인 것처럼 이 가사는 다양한 소재들의 연결이기 때문에 그에게 감정을 일으키게 하는 대상의 성격에 따라 그의 감정은 달라질 수밖에 없다. 이것을 연결된 일들처럼 보이게 한 것은 순전히 그의 솜씨 덕분이다. 다소 장황하기는 했으나 이렇게 그의 감정을 정리한 결과, 몇 가지 특성이 드러난다.

첫째, 북관의 자연, 둘째, 북관의 특산물, 셋째, 북관민의 어려움, 넷째, 북관의 의·식·주 및 풍속, 다섯째, 북새北塞의 국방 등. 이 다섯 가지 정도에 대해서는 <북새곡> 전체가 각종 감정으로 수놓아진 상태에서도 각 항목에 해당하는 풍경들에는 공통적인 감정의 범주에 묶을 수 있는 특성을 보이고 있어 흥미롭다. 이 감정들에 대한 분석의 결과는 이들 항목이 <북새곡>의 주요 주제인 만큼 <북새곡>의 전체적인 평가의 바탕을 제공할 수 있는 근거가 될 것이다.

4. 〈북새곡〉에 나타난 감정과 그 의미

4.1. 무서움과 공포-북관의 산, 물

'험한 곳'으로 북관을 처음 소개한 그의 인상은 그가 겪은 일들로부터 비롯된 인상의 총체라고 볼 수 있다. 사실 이 여행 뒤에 가사를 작성했을 것이기 때문이다. 그의 여행은 "예셔붓터 북관(北關)이라 깁고 깁다 써진 디형(地形)"의 표현으로 시작한다. 그는 암행에서 눈보라, 화재, 지진, 빙판에 빠지기, 풍랑에 매생이 타고 험탄險灘 건너기, 모닥불 하나에 의지해야 하는 노숙 등을 모두 겪었고, 총에 맞을 뻔하기도 하는 등 갖은 고생을 하였으며,

---

하여 보이기 위한 것이다.

이 노정에서 56세의 구강은 북관의 겨울에 탈진하여 실제로 생사기로에 서기도 하였다. 북관의 산들은 이처럼 모두 험하고 높지만, 대부분의 시가에서는 그저 '~를 넘어' 정도로 되어 있다. 이런 산을 넘는 일행의 모습을 <북새곡>은 부전령, 허항령, 무산령, 마천령 등에서 묘사하고 있어 독자에게 북관 여행의 어려움을 핍진하게 느끼게 한다. 북관에 대한 기록이 거의 유배자에 의해 남겨지지만 이들도 유배가 끝나고 돌아오는 길에는 유람하는 것이기 때문에 이런 정도의 곤란함을 기록하고 있지는 않다. 그러나 그는 이 겨울산들을 직접 넘어야 했기에 여기서 느끼는 두려움은 두려움을 넘어 가히 공포라고 할 만하다.

허항령 넘기를 예로 들면 열 사람 오르다가 다섯, 여섯은 죽는다는 소문과, 산신이 지악하여 오르는 사람이 나쁜 일을 한 과거가 있으면 목이 공연히 빠지기 때문에 '허항虛項'이라고 한다는 악평에도 겁을 먹고 있는 터에, 사람들이 허항령을 넘어가려 하는 구강을 보고 죽으려고 간다고 우는 모습 등에 일행은 있는 대로 긴장한 터였다. 그의 감정은 "아무커나 금즉더라"이다.

아모커나 금즉더라 삼ᄇᆡᆨ 니(三百里) 긴긴 녕(嶺)의
나ᄂᆞᆫ ᄉᆡ도 업슬 젹의 사ᄅᆞᆷ이야 이슬소냐
ᄲᅧᆷ도리 로년 포목이 바ᄅᆞᆷ을 못 이긔여
ᄭᅩ리죠ᄎᆞ 넘어져셔 언건(偃蹇)이 누엇시니
이 일홈이 진동(震動)이라 진동(震動)이 어인 ᄠᅳᆺ고
사ᄅᆞᆷ마다 무셥기의 진동(震動)ᄒᆞᆫ다 ᄒᆞ돗더라
ᄭᅩ리ᄂᆞᆫ 검각(劍閣)이오 등신은 댱셩(長城)이라
쥬린 죵인(從人) 넘노나리 긔운(氣運)이 ᄉᆡ진(澌盡)ᄒᆞ고
넘어지ᄂᆞᆫ 여윈 ᄆᆞᆯ은 몃 번이나 일으키니
셩황당(城隍堂) 음참(淫僭)ᄒᆞ다 귀신(鬼神)이 이슬너라
나무 ᄭᅳᆺ치 흔들흔들 음풍(陰風)이 이러ᄂᆞ며
슈파롬 세 마듸가 마듸마다 ᄋᆡ원(哀願)터라

엇더ᄒᆞᆫ 이 엇디 쥭어 원귀(寃鬼)가 되얏ᄂᆞᆫ가
일ᄒᆡᆼ(一行)이 의괴(疑怪)ᄒᆞ야 절ᄒᆞ며 빈다더라
모밀범벅 ᄒᆞᆫ 노고와 ᄇᆡᆨ지 석 쟝 걸고 오데
내 경샹(景狀) 위급(危急)ᄒᆞ니 ᄉᆞ지(四肢)가 동히ᄂᆞᆫ 듯
말ᄒᆞ랴니 ᄒᆞᆯ 길 업고 얼골이 검푸르니
방인(傍人)이 황급(遑急)ᄒᆞ야 봉셔 마ᄑᆡ(封書馬牌) 거두면서
눈물이 방방ᄒᆞ니 속으로 한심(寒心)ᄒᆞ데
졍신(精神)을 가다듬아 궐연(蹶然)이 이러셔며
ᄉᆞᆯ ᄒᆞᆫ 잔(盞) 마신 후(後)의 강개(慷慨)히 속의 말이
디신(地神)들은 호위(護衛)ᄒᆞ여 악긔(惡鬼)를 ᄶᅩᆺᄎᆞ 쥬소
왕명(王命)으로 오ᄂᆞᆫ 샤쟈(使者) 디신(地神)인들 모를소냐
봉ᄂᆡ 산쳔(蓬萊山川) 신령(神靈)들이 ᄯᅩᄒᆞᆫ 우리 왕신(王臣)이라
아니 돕고 엇디ᄒᆞ리 급(急)히 급(急)히 보옵쇼셔

무시무시한 산 속의 모습과 어려움을 모면하고자 비는 성황당의 모습이 음침함을 더하는 어두운 산길을 배고픈 종자들과 여윈 말이 엎어지고 자빠지며 두려움에 떠는 모습이 생생하게 그려져 있다. 이런 으스스한 환경을 헤치고 밤길을 지나는 스산한 장면 뒤에 바로 "왕명으로 오는 사자" 운운이 쓰여 있었으면 어사의 공허한 허세로 보일 수 있을 것이나, 두렵고 힘든 나머지 혼절한 그의 모습이 가감 없이 그려진 후에 나오는 그의 비는 모습에서는 지푸라기라도 잡고 싶은 인간의 나약한 감정이 인지상정으로 느껴진다. 이렇게 시작된 산 넘기는 갑산-무산 사이의 일곱 령을 또 계속해서 올라야 했다.

속산령을 ᄂᆡ얏거든 ᄇᆡᆨ산령(白山嶺)은 무슴일고
급업(岌嶪)ᄒᆞ다 셜관녕(雪關嶺)은 하ᄂᆞᆯ을 괴야 잇고
멀거다 이송녕(二松嶺)은 이송녕(二松嶺)이 죡(足)ᄒᆞ거든
구십 니(九十里) 어위 안의 닐곱 녕(嶺)이 형뎨(兄弟)로다
져모도록 쥬렷거니 ᄇᆡ 골타 엇디 ᄒᆞᆯ고

구절녕(九折嶺) 강팔녕은 올을 씃이 망연(茫然)ᄒᆞ다
이 외(外)에 열네 녕(嶺)은 놉고 낫기 닷톨소냐
구름인가 안ᄀᆡ런가 뫼도 ᄀᆞᆺ고 바다 ᄀᆞᆺ다

그는 스스로를 "활의 상(傷)ᄒᆞᆫ 겁닌식"에 비유하며, "ᄆᆞ음이 황공(惶恐)ᄒᆞ고 다리가 ᄯᅥᆯ니더라"고 한다. 이런 그에게 자연의 서정적 묘사를 기대하는 건 거리가 먼 일이다. 앞의 명천明川 귀문관鬼門關 묘사에서 본 것처럼 무섭고 걱정되는 그의 감정이 투사되어 흰 눈도 검어 뵈고, 나무는 '나찰羅刹' 같고 구덩이는 '지옥' 같기만 하다.

물 또한 무섭기는 마찬가지다.

검고 깁고 너른 물이 산듕(山中)으로 ᄡᅩ아ᄂᆞ니
구당(句當)이 이러턴가 황공탄(惶恐灘)이 여긔로다
집치 ᄀᆞᆺᄒᆞᆫ 큰 비라도 니셥(移涉)기 극난(極難)커든
버들닙 ᄀᆞᆺ흔 우희 칠척신(七尺身)을 시럿고나

이런 어려움도 때론 웃음을 머금게 하는 광경으로 묘사된다.

산(山) 양벽(兩壁) 식로 난 길 촉도(蜀道)를 다시 만나
오 리(五里)를 기여가니 손바닥이 피빗치라
ᄡᅳ리고 �ᄒᆞ니 봇겁질노 동히셔라
ᄯᅩ ᄒᆞᆫ 곳 다다르니 ᄒᆞᆯ 일 업다 엇디ᄒᆞᆯ고
우희ᄂᆞᆫ 몰 못타고 아릭ᄂᆞᆫ 대강(大江)이라
산(山)의ᄂᆞᆫ 몰 못타고 강(江)의ᄂᆞᆫ 빅가 업다
듕간(中間)의 좁은 길이 길마가지 안친 모양(模樣)
사ᄅᆞᆷ은 긔려니와 마필(馬匹)은 메고 갈네
메고 가면 가련마ᄂᆞᆫ 사ᄅᆞᆷ 젹어 엇디ᄒᆞ리
반갑다 소릭 ᄂᆞ니 산녕 포슈(砲手) 여ᄉᆞᆺ 놈이
산도야지 둘너메고 희ᄉᆞᆫ희ᄉᆞᆫ 넘어오니

여보소 포슈보살(砲手菩薩) 여러 힘 비러 보식
ᄃᆡ답(對答)ᄒᆞ되 이리로ᄂᆞᆫ 산ᄃᆞᆼ(山堂)이나 겨우 오지
ᄌᆞ고(自古)로 우마(牛馬)들은 통(通)치 못ᄒᆞᆫ 곳이로세
ᄒᆞᆫ 계교(計巧) ᄉᆡᆼ각ᄒᆞ니 이 ᄆᆞᆯ을 메여 쥬소
여러히 올타 ᄒᆞ고 일시(一時)의 춰여 드니
즘ᄉᆡᆼ도 녕물(靈物)일네 사ᄅᆞᆷ의게 몸을 ᄆᆞᆺ겨
너분이 메이어셔 다 가도록 죵용(從容)ᄒᆞ데
이곳 일홈 무러 보니 슈심빈(愁心濱)이라 ᄒᆞ돗더라
오죽ᄒᆞ야 슈심(愁心)인가 슈심(愁心)ᄒᆞᆯ 밧 ᄒᆞᆯ 일 업데

수심빈을 지날 때의 장면이다. 말이 갈 수도 없는 좁은 길이라 사람이 말을 메고 가는 모습에 웃을 수도 없고 울 수도 없는 독자에게 작자는 넌지시, "즘ᄉᆡᆼ도 녕물(靈物)일네 사ᄅᆞᆷ의게 몸을 ᄆᆞᆺ겨 너분이 메이어셔 다 가도록 죵용(從容)ᄒᆞ데"라고 여유를 선물한다.

"ᄯᅱᆯ 길 업고 날 길 업다 긔긴들 ᄆᆡ양(每樣) ᄒᆞ랴/ 인손은 뒤흘 밀고 여장(余掌)은 앏흘 막소/ 압사ᄅᆞᆷ의 발뒤축이 뒷 사ᄅᆞᆷ의 니마 우희/ 번번이 걸니거니 그 어인 연괴런고/ 뒷자락 잡아 ᄆᆡ고 압자락 두치고" 함관령을 넘어가는 이 모습은 산 경사까지 그대로 전해지는 묘사이다. 결국은 "마ᄌᆞ막 넘ᄂᆞᆫ 녕을 쳐음으로(가장 앞서) 넘어가니"라고 뿌듯해 하기도 했다. 그러니 문천의 천불암은 "순상(巡相)의 글을 보니 볼만"한 곳이지만, "쳔인 졀벽(千仞絕壁) 길의 답셜군(踏雪軍)이 거폐(巨弊)"라며 들르지 않고 그냥 지나간다. 이런 그의 배려는, 눈에 미끄러지면서도 남여를 메고 가고 말을 끌고 가는 종자들을 아랑곳 않고, 명산을 구경 가며 기행문을 남긴 양반들과 비교할 만하다. 북관의 자연을 대한 그의 생생한 묘사와 솔직한 감정은 그가 변복으로 "젼나도(全羅道) 슌텬(順天)손이 산슈(山水) 보기 겸(兼)ᄒᆞ야셔" 다니고 있다고 말하며 고초를 겪은 결과, 표현될 수 있었던 것이다.

이처럼 그의 북관의 자연에 대한 감정은 무서움이 대부분이지만, 회로(回

路에서 함흥을 다시 지나며 찾은 명승지 낙민루에서는 성천강을 굽어보고 "무변대야셩쳔월(無邊大野成川月)이오 욕상고루발히운(欲上高樓渤海雲)"하는 한시구를 지으며 순사巡使가 현판懸板할 생각을 하기도 하는 등 일반 양반의 기행을 맛보기도 하고 주찬과 풍악으로 '곳곳이 놀만한' 풍류를 상상하기도 하는 순간들이 없었던 것은 아니다.

4.2. 즐거움과 우스움-북관의 특산물과 인물의 형상화

감정을 나타내는 범주의 단어에는 불쾌不快를 가리키는 단어는 많은 데 비해 쾌快에 해당하는 단어는 의외로 적다. 그러므로 여기에서 다루는 '즐거움'과 '우스움'은 보다 세분화될 수 있는 넓은 정서의 범주를 다룬다.

그는 "히읍은 ᄒᆞᆫ가지나 흔코 귀키 각각"이라며 보통의 기행문처럼 각 지역의 특산물과 음식을 군데군데에 집어넣었다. 이들을 소개하는 그의 감정은 모두가 즐거움이다. 영흥의 연한 과즐, 갑산의 참들죽국수, 이원의 부드러운 강요주, 종성의 북어, 안변의 배, 함흥의 사과는 모두 그에게 즐거움을 주었다. 석왕사에서 대접받은 설봉산 곰취, 찰석이, 송이는 고기와 바꾸지 않을 진미이다. 이처럼 간략한 소개도 있지만 재미있는 광경과 함께 그린 것도 많다. 그 중 영흥의 수수엿은 "니낭청(李郎廳) 젼집니(全執吏)ᄂᆞᆫ 용이(容易)히 먹거니와/ 이 업슨 구싱원(具生員)은 녹이노라 더듸고나/ 다 먹고 언제 가리 우물거리며 가쟈셔라"며 즐거운 장면을 떠오르게 하였다. 더 재미있는 일화도 볼 수 있다.

> 온셩(穩城)이 몃 니(里)런고 우리 ᄆᆞᆯ이 지쳣고나
> 셔셩(西城) 밧긔 잠간(暫間) 쉬여 ᄆᆞᆯ 어더 먹이랴니
> 홀연(忽然)이 소쥬(燒酒)장ᄉᆞ 앏히 와 팔냐 ᄒᆞ니
> 그 술을 먹어 보쟈 촌인(村人)의 솜시 아녀
> 분명(分明)이 관양(官孃)일네 그 곡절(曲折) 몰을소냐

이 사ᄅᆞᆷ의 기쥬(耆酒)ᄒᆞᆷ을 태슈(太守)가 들엇더라
쳔기(賤妓)ᄒᆞ야 독게 비져 예 와셔 기ᄃᆞ련 지
여러 ᄂᆞᆯ이 되얏더라 슈상(殊狀)이 오ᄂᆞᆫ ᄉᆞᆫ을
날일 쥴 짐작(斟酌)ᄒᆞ고 진짓 ᄡᆞ게 파돗더라
ᄌᆞ연(自然)이 이 쇼식(消息)을 풍편(風便)의 얼픗 들의
아른 쳬 무엇ᄒᆞ리 담비ᄃᆡ 둘을 쥬고
ᄒᆞᆫ 병(甁)을 기우리니 감홍노(甘紅露)와 진 일 업네
유심(有心)터라 니부ᄉᆞ(李府使)야 너 언제 날 아더냐

이 장면은 객지에서 암행어사의 어려움을 위로하려는 지친至親의 계획으로 뜻밖의 고급술을 먹게 되는 장면이다. 친한 태수의 말을 듣고 부사가 기생을 시켜 미리 관에서 빚은 감홍주를 값싼 소주인 척하며 어사 일행이 오는 길목을 기다리고 있다가 어사 일행에게 터무니없이 싼 값에 파는 장면이다. 기생은 낯선 사람을 잘 지켜보라는 부사의 명을 받았을 테고 이들의 차림을 보고 아마도 기다리던 사람이라고 짐작했을 것이다. 어사는 그런 줄 짐작했으나, 모른 체하며 담뱃대 둘을 주고 사먹는다.

이 장면은 비밀 유지가 필수인 암행어사의 행방을 미리 알고 있어야 가능하다는 점에서 이해가 되지 않기도 한다. 그러나 암행어사 일화에는 종종 나타나는 에피소드이다. 어사의 노정 중에 어차피 잘 아는 사람이 관장이고 관장의 소문이 좋아 별로 거리낄 것이 없는 경우, 어사는 다른 사람 눈에 띄지 않게 지인인 관장을 만나고, 대접도 받는 경우들이 있다.[24] <북새곡>의 술대접 경우는 관장이 베풀었다는 점에서 석연치 않은 점이 있으나 이쪽에서 알은 체하지 않으므로 상관없는 것이기는 하다. 맛난 술을 마셔서 즐겁고 이런 연극이 즐겁기도 한 어사가 보인다.

24) 『서수일기』는 1822년 평안도 일원에 암행어사로 파견된 박래겸(朴來謙, 1780-1842)의 일기이다. 3월 28일자에, 어사가 고을 수령에게 '공주 박서방'이라 연락하자, 수령이 어사를 맞아 주변에는 걸인이라고 숨기고 대접하였으나 아무도 의심하지 않았다는 기록이 있다. 박래겸, 조남경 · 박동욱 역, 『서수일기』, 푸른역사, 2013, 33면 참조.

그러나 이런 일들이 작자 구강의 허구일 가능성도 부정할 수 없다. <북새곡>에는 국문학의 인기 있는 소재와 표현방식들이 자주 등장한다. 이들은 모두 '즐거움'의 감정 영역에 속한 장면들이다. 이는 구강이 다수의 가사를 창작한 작가이며, 우리 문학에 능통한 사람이므로 실제로 겪었던 사건을 가사 속에 넣을 때는 가공하였을 가능성을 배제할 수 없을 정도로 <북새곡>에는 국문학의 익숙한 장면이 많이 나온다.

문천역에서 연어를 잡는 장면은 인정물태를 함께 그려 소설을 방불케 한다.

> 이 소릐 죵일 듯고 문쳔 역촌(文川驛村) 드러가니
> 져 건너 다리 아ᄅᆡ 사ᄅᆞᆷ들이 뭇거 셧ᄂᆡ
> 벌거벗고 물의 드러 연어(鰱魚)잡기 ᄒᆞᆫ다커늘
> 돈 서푼(分) 손의 쥐고 거즛 ᄉᆞ라 건너가니
> 슈쳑 은린(數隻銀鱗) 잡아 ᄂᆡ야 풀망틔의 드리치니
> 보기도 장(壯)ᄒᆞ거니 져 사ᄅᆞᆷ들 시험(試驗)ᄒᆞ여
> 그 듕의 뮈운 놈긔 이분네 고기 ᄉᆞ식
> ᄉᆞ랴거든 ᄉᆞ 가시오 두돈 팔푼(八分) ᄂᆡ라시나
> 홍졍의 에누리를 이젼(以前)의 들엇거니
> 이분네 욕심(慾心) 만타 흔ᄒᆞᆫ 고기 과(過)ᄒᆞᆫ 갑시
> 내 소견(所見)과 엉뚱ᄒᆞ니 서푼 받고 팔냐시나
> 어ᄃᆡ 잇ᄂᆞᆫ ᄏᆡ 큰 냥반(兩班) 열 업슨 말 다시 마샤
> 아모 쳘도 모로면셔 고기 ᄉᆞ쟈 ᄒᆞᄂᆞᆫ고나
> 그져 ᄒᆞ나 건네올가 이 냥반(兩班) 어셔 가시
> 이스라면 아니 갈가 가라 ᄒᆞ니 가노메라

문천 다리 아래에서 은어 잡는 사람들과의 수작의 결과는 어사가 "열 업슨 말"하는, "아모 쳘도 모르는" 싱거운 양반으로 지청구를 당하는 것으로 끝난다. 그러나 그는 어차피 살 마음도 없는 상태에서 흥정한 것이어서, "그저 하나 건네올가"하는 엉뚱한 생각으로 쓸데없는 소리하지 말고 "이 냥반 어셔 가시"라는 구박을 순순히 받는다. 어사는 "이스라면 아니 갈가

가라 ᄒᆞ니 가노매라"라는 유쾌한 응수로 다시 길을 떠난다.

여기서 주고받는 대화는 바로 <여인-장사치 문답형> 사설시조의 전형이다. 그러나 물건을 사고자 하는 인물인 여인이 작자인 남성으로 바뀌었으므로 이 유형의 특성인, 장사인 남성이 팔고자 하는 물건을 소개하면서 건네는 은유적인 어희語戱로 구성된 노골적인 음담패설[25]은 물론, 전혀 개입되지 않았다. 그러므로 이 대화 장면은 시조의 전통과는 상관없는 실생활의 모습으로 치부할 수도 있다. 그러나 그와 같은 양반이 이런 흥정의 상황에 익숙할 리 없을 텐데도 에누리를 시도하며 "흥정의 에누리를 이전의 들엇거니"하는 데에서 문학적 설정을 빌려왔을 가능성이 예상된다. 그는 이런 상황을 유흥의 현장에서 사설시조로 접한 경험이 있어 차용했을 것이다. 웃음을 유발하고자 하는 고의적인 설정은 그 가능성을 더 확신하게 한다. 어사가 일부러 '미운 놈'을 골라 흥정하는 것은 서로 간에 오고 갈 옥신각신을 더욱 도발하기 위함이다. <여인-장사치 문답형> 사설시조의 웃음 유발은 육담肉談을 건네는 장사치의 도발을 아무렇지도 않게 받아치는 여인의 태도로 더욱 상승된다. 작자는 사내의 무례한 언사에 화를 내야 할 양반이 아무렇지도 않게 그 상황을 받아들이는 광경으로 그 장면을 변용한다. 어사는 신분을 숨긴 여행의 기회에 평소와는 다른 파탈을 즐긴 것이다. 이 파탈이 사설시조의 미학임은 주지하는 바이지만, 그의 인간성을 엿보게 하는 장면이기도 하다.

또, 어사는 수성 역촌에서 만난 노총각 석도령을 장가보낸다. 서른네 살을 먹었음에도 가난으로 장가를 못 간 사연을 듣고, 노총각이 마음에 둔 처자가 명천에 있음을 알고는 명천에 갔을 때 그곳으로 그를 오라고 하여 장인이 될 이 별감에게 직접 택일하고 사주단자를 써 건네며 적극적으로 중매한다. 노처녀 노총각의 혼인 소원은 관장이 해결해야 할 백성 민원 중 중

25) 김흥규, 「장사치-여인 문답형 사설시조의 재검토」, 『욕망과 형식의 시학』, 태학사, 1999 참조.

요한 업무이다.[26] 그러므로 이를 소재로 한 설화는 전국적으로 상당히 많다.[27] 이는 흔한 민원이었으므로 실화일 가능성도 크다. 그는 이런 일이 빈번한 이유를 딸을 삼십이 될 때까지 일 시키고 늦게야 시집보내는 심북深北 회령·부령의 풍속이 가진 문제 때문이라고 업무적으로 파악하지만, 한 인간의 원초적인 소원을 들어준다는 점에서는 그런 것을 떠나 들뜨고 신나한다. "어리다 석도령아 내 슈단 어이 알니/ 친ᄒᆞᄌᆞ 석도령아 명천으로 올가보냐"하는 모습은 업무를 떠나 나이를 잊고 파탈한 그의 인간성을 생생하게 느끼게 하는 장면이다.

노처녀 시집보내기 유형의 설화가 보여주는 것은 재치와 임기응변의 명판관으로서의 원님의 모습이다. 이것이 이성의 부분이라면, 석도령 장가보내기에 보이는 그의 발랄함과 행동력은 감성의 부분이다. 처갓집 재산의 반은 자기 것이 되리라는 석도령의 계산속을 나무라는 언급은 없다. 그는 늦게 결혼할 수밖에 없는 이 지역 남녀에게서 장점을 발견한다. 남자는 여자의 가사 일을 돕고 다른 여자를 모르며, 여자는 바깥출입을 안 하고 밤낮으로 조용한 것을 들며 "이 풍속은 거록ᄒᆞ다"고 한다. 북관 풍속에 대한 그의 긍정적 태도로는 드문 경우이다.

또, 어사 출도 장면의 극적 전개는 <춘향전>의 어사 출도 부분을 연상하게 한다. 그는 경원에 도착하기까지의 도중에서 겪은 고초를 자세히 적었

26) 노총각, 노처녀가 많이 있으면 음양이 불완전해져서 자연재해가 온다고 보는 관점에서 조선시대에는 나라에서 나서서 이 문제를 해결하려 하였고, 지방 고을 사또의 임무 중 하나가 노총각, 노처녀 결혼시키기였다. 『경국대전』에도 관리 집안 출신으로 집안이 가난해 서른 살이 넘도록 시집을 못 간 노처녀가 있으면 나라가 결혼비용을 대주도록 했다. 이는 백성들의 결혼 문제에 국가가 적극적으로 나섰음을 보여주는 대목이다.

27) 암행어사가 혼인문제를 해결하는 설화는 『한국구비문학대계』에 다수 전한다. 『청구야담』, 『계서야담』, 『기문총화』, 『동야휘집』 등의 한문문헌설화집에도 많다.(『대계』 1-4 242면, 2-4 399면, 2-5 832면 등, 『청구야담』 143면, 207면 등, 『계서야담』 142면, 『동야휘집』 126면, 『기문총화』 271면 등) 이는 결혼 문제의 해결이 풍속의 교정자로서의 암행어사의 역할 중 하나였기 때문이다. 류기옥, 「암행어사 설화 연구」, 우석대학교 교육대학원 석사학위논문, 2005, 29-30면 참조.

다. 여기에 양반의 호기나 체면을 지킬 여지는 없다. 그의 남루한 차림은 여러 번 묘사된 바 있지만, 모진 바람 속을 거쳐 경원에 도착할 무렵은 그 모습이 더욱 심해질 수밖에 없다.

> 이 사ᄅᆞᆷ의 의관(衣冠) 보소 두루막이 몃 조각을
> 뉘 손으로 기왓ᄂᆞᆫ지 죠각마다 슈십(數十)일네
> 기릐가 졀넛거든 소ᄆᆡ조ᄎᆞ 좁앗너냐
> 헌 것 너허 삼은 집신 뒤축가지 들메이고
> 써거진 ᄎᆡ양 갓슨 끈조ᄎᆞ 니어 ᄆᆡ고
> 곽만 남은 쳐피 휘항(黍皮揮項) 턱 아래 ᄆᆡ고 ᄆᆡ야
> 바ᄅᆞᆷ도 피(避)ᄒᆞ려니 면목(面目)을 감쵸고져
> 귀신(鬼神)인가 힝걸(行乞)인가 냥반(兩班)인가 상인(常人)인가
> 거동(擧動)이 괴이(怪異)커니 그 속을 뉘 알니오
> ᄒᆞᆫ일ᄌᆞ(一字) 외통길의 죵젹(踵跡)을 감촐쏘냐

이는 어사의 업무 규칙 중 중요한 비밀유지를 지키기 위한 것이다. 그러나 암행어사 순시에 대한 소문이 어느 정도는 났는지, 경원에 다 와갈 무렵, 마치 그의 정체가 탄로라도 날 것 같은 장면을 삽입했다. 앞에서 소개한, 원의 명령으로 수상하게 오는 손을 기다리고 있었으면서도, 짐짓 모르는 체 싼 값에 값비싼 술을 준비하고 있는 기생의 대접을, 역시 알면서도 모르는 체하고 받는 장면은 과연 어사출도가 무사히 이루어질 것인지에 대한 독자의 기대와 긴장을 자아내는 부분이다. 이렇게 위기를 배치한 그는 절정인 어사출도를 터뜨리기 전에 그의 몰골을 가장 열악하게 하는 장면도 잊지 않는다. 그는 바삐 가느라 얼음에 빠져 "보션 힝젼 다 젹시고 톳 명틔가 되얏더라"하면서 "이 몰골 이 거동을 남 뵈기 슈참(羞慚)하다"며 숨을 고른다. 마치 옥중에 갇힌 춘향을 찾아간 이몽룡의 한심한 모습에 춘향이 도리어 이몽룡을 동정하는 장면 같은 태풍 전야의 긴장이다. 그러나 소설에서처럼 사또생일잔치와 같은 극적 상황의 설정은 없이 바로 다음 행에서 '어사출

도'가 이어진다.

> 죠인듕(朝人中)에 츌도(出途)ᄒᆞ고 남여(藍轝) 우희 놉게 안져
> 강작(强作)ᄒᆞ야 슈렴(收斂)ᄒᆞᆫ들 그 뉘가 져허ᄒᆞ리
> 져 기ᄉᆡᆼ(妓生)의 말 보아라 져 냥반(兩班)이 어ᄉᆞ(御使)신가
> 어ᄉᆞ(御使)ᄯᅩ 쥬제 보소 그 집이 간난(艱難)ᄒᆞᆫ가
> 갓슨 어이 썩거지고 옷슨 어이 ᄶᅡ마ᄒᆞ며
> 발 ᄆᆡᆸ시 더옥 죠타 집신죠ᄎᆞ 신엇고나
> 킈 크고 얼골 길면 어ᄉᆞ(御使)라 ᄒᆞ돗던가
> 들을 제ᄂᆞᆫ 범일너니 보ᄆᆡᄂᆞᆫ 미육이라
> 가마니 살펴보니 내라도 피뢰ᄒᆞ다
> 대좌긔(大座起) 우션(優先)ᄒᆞ고 좌슈 니방(座首吏房)잡아 들여
> 고찰(考察)ᄒᆞ야 형츄(刑推)ᄒᆞ니 경강이가 헤여지데
> 큰 칼 ᄡᅴ워 인봉(印封)ᄒᆞ고 ᄭᅳ어ᄂᆡ여 하옥(下獄)ᄒᆞ니
> 그 기ᄉᆡᆼ(妓生)의 눈츼 보소 고솜도치 되얏더라
> 앗가ᄂᆞᆫ 죠롱(嘲弄)터니 시방(時方)은 ᄯᅥᄂᆞᆫ고나

이 출도 전후의 대비는 기생의 말을 통해 전달되게 하였다. 곧 이어 관장의 치죄와 형행의 장면이 숨 가쁘게 이어지지만, 심각한 장면으로 넘어가기 전에 그는 "가마니 살펴보니 내라도 피뢰ᄒᆞ다"며 한 줄 웃음을 잊지 않았다. 아까의 기생이 "앗가ᄂᆞᆫ 죠롱터니 시방은 ᄯᅥᄂᆞᆫ고나"라는 구절은 살벌한 동헌 한 가운데서도 어사가 인정의 기미를 실눈 뜨고 보는, 웃음과 여유를 떠올리게 하는 장면이기도 하다.

이처럼 어사가 즐거움을 느끼는 장면은 독자에게도 즐거움을 준다. 이 장면들의 제시가 당대에도 친숙했던 표현방식과 설정으로 되어 있다는 것은 작자 구강의 세심한 창작의도라고 할 수 있다. 이 점은 앞에서 언급한 바, 실제 기행과 가사의 구성이 다르다는 점과 함께 생각할 때 가능성이 있는 추론이다.

한편, 같은 ‘우스움’의 감정이지만, 실제로는 웃지 못할 경우도 있다.

죠희 필묵(筆墨) 파ᄂᆞᆫ 쳬로 질청의 드러가셔
젼나도(全羅道) 슌텬(順天)손이 산슈(山水) 보기 겸(兼)ᄒᆞ야셔
무산(茂山) 고을 가ᄂᆞᆫ 길의 집 들기 극난(極難)ᄒᆞ니
상쥬(喪主)님네 보살피셔 죠희쨩 붓ᄌᆞ로나
문셔(文書)나 젹으시고 셕반 일긔(夕飯一器) 먹인 후(後)의
ᄒᆞᆫ ᄌᆞ리 빌니시셔 하로 밤 더 ᄉᆡ옵세
이 아젼(衙前) 거동(擧動) 보소 뒤 보고 압 보더니
ᄒᆞ나 둘식 ᄎᆞᄎᆞ ᄲᅦ야 문 잠으고 다 나가데
이 ᄒᆡᆼᄉᆡᆨ(行色)이 피폐(疲弊)ᄒᆞ나 하방인물(遐方人物) 아닌쥴은
ᄆᆡᆼ낭(孟浪)터라 짐작(斟酌)ᄒᆞ고 말ᄒᆞ기 괴롭기의
이러타 아니ᄒᆞ고 져절노 피(避)ᄒᆞ거니
열젹게 도로 나와 ᄉᆞ면(四面)을 둘너 보니
아모커나 슈상(殊狀)ᄒᆞᆫ지 관문(關門)밧긔 사ᄅᆞᆷ들이
오뉵십(五六十)이 셩군(成群)ᄒᆞ야 가ᄂᆞᆫ 곳만 보돗더라
ᄃᆡ엿 쥴 인친 죠희 길가의 ᄲᅧ졋거늘
알니로다 집어 보니 풍헌(風憲)의게 젼녕(傳令)이라
환ᄌᆞ(還子)들 급(急)히 말고 족징(族徵)ᄒᆞᆯ가 념녀(念慮) 말나
열 서 말식 가져 오면 그ᄃᆡ로 바드리라
우숩다 모로던가 이 젼녕(傳令) 본 지 오릐
보라 ᄒᆞ고 ᄲᅧ졋거니 다시 알게 무엇ᄒᆞ리

위의 인용은 후주에 들어가기 전의 장면이다. 많은 사람이 등장하고 무언가 수상한 분위기가 감돈다는 것은 알겠지만, 정확히 어떤 상황인지를 파악하기가 힘든 부분이다. 붓장수로 변장한 어사 일행을 아무 말도 하지 않고 피하는 아전, 관아 밖에 나와 보니 멀리서 오륙십 명이 모여 서서 바라보는 모습, 무언가 쓰여 있는 종이 등이 있다는 것을 알 수 있을 뿐이다. 그 종이를 풍헌에게 보내는 전령이라고 알아보고 집어 본 후, 이 전령을 포함한 상황에 대해 어사는 “우숩다”라고 한다. 그러나 “보라 ᄒᆞ고 ᄲᅧ졋거니 다

시 알게 무엇ᄒᆞ리"의 의미도 애매하거니와 그가 은근히 내보이고 있는 감정이 무엇을 의미하는지가 궁금하다.

여기에는 전령의 내용이 나와 있지 않으므로 그가 알게 된 것이 무엇인지, 다음의 내용이 누구의 말인지도 파악하기 어렵다. 이 상황은 그의 일기 『휴휴자자주행로편일기』 10월 9일자를 참고해야 이해가 가능해진다. 암행어사에 대한 어떤 설화를 보더라도 어사가 오리라는 소식이 해당 지역에 널리 퍼져있는 것이 보통이다. 어사는 한양의 성 밖 인적 없는 곳에서 봉해진 임명장을 열어보고서야 자신의 임지를 아는 것이 규칙이지만, 어사가 그 지역에 갔을 때는 누가 오리라는 것은 모르면서도 어사가 떴다는 소문은 이미 흉흉한 상태이다.

이곳에도 그런 소문이 이미 퍼져 백성들은 어사가 올 것을 이제나저제나 하며 기다리고 있었다. 그러나 그들보다 먼저 어사 파견을 알고 있는 사람은 사실 고을수령이었다. 오늘날에도 기습 감사에 앞서 피감자가 감사자로부터 미리 전갈을 받고 문제의 소지가 있는 것들을 모두 제거해놓는 경우가 있어 비리로 적발되고 있지만, 이 사건은 그런 비리의 일종이다.

어사가 올 것을 알고 고을원은 향임鄕任을 맡은 풍헌에게 "환ᄌᆞ들 급히 말고 족징(族徵)ᄒᆞᆯ가 념녀말나/ 열 서 말식 가져 오면 그ᄃᆡ로 받"겠다고 하는 은전恩典을 전달했고, 그 은전이 쓰인 종이가 어사가 지나갈 길에 쌓여 원의 선정善政을 과시하고 있는 것이다. 그러나 그것은 환곡 운영의 적폐積弊를 감추고 현실을 왜곡하는 것일 뿐, 백성들은 그런 허구와 관계없이 고통을 당하고 있는 것이 현실이다.

그런 허위 선정은 당시에 만연한 수법인 듯, 구강은 "알니로다" 하면서도 집어 본다. 그 종이를 보고 나서는 "우숩다 모로던가"라는 반응을 보인다. 그가 "이 젼녕(傳令) 본 지 오릐"라고 말하는 것은 아마도 이 고을의 과시용 정책이 꽤 널리 유포되었기 때문일 것이다. 다 알고 있는 연극에 동참하며 머금는 그의 웃음이 고을원에 대한 비웃음인 것은 확실하다. 그러나 그 감정을 그렇게 단일하다고만 볼 수는 없다. 착잡하기도 했을 것이다. 왜냐하면 오륙십 인의 고을민이 모여 서 있는 의미를 구강이 알고 있었을 것이기 때문이다.

고을민은 어사 일행이 "가는 곳만 보"며 눈으로 그들의 행동을 쫓고 있다. 그들은 어쩌면 가짜 선정에 동원된 사람일 수도 있다.28) 그렇다고 하더라도 그들 중 많은 사람은 환곡 폐해의 피해자일 것이다. 그들의 마음은 어사가 자신들의 진짜 사정을 알아주기를 바라고 있었을 것이다.

이 장면은 소리도 없고 움직임도 없는 정지 상태의 화면이다. 고통받는 백성들은 분명히 서 있지만, 그들은 자신들이 배경처럼 보이기를 바라면서도, 동시에 자신들의 말 없는 목소리는 들려지기를 바라고 있다. 어사에게 그 종이는 새로운 의미가 없는 것이나, 아전들은 몰라도 일반 백성은 간절하게 어사가 그 이면을 알아채 주기를 바라고 있었을 것이다. 직접화법으로 인용된 전령의 내용은 그것을 실현할 존재인 어사의 목소리와 오버랩되는 효과를 보인다. 이 모든 것을 알고 있었기에 어사는 가벼운 마음으로 그들의 행동을 '우습다'고 할 수 있었다.

오륙십 명이 멀찍이 서서 눈짓을 보내는 모습의 의미는 오늘날의 독자에게는 전혀 소통되지 않는 장면이다. 그럼에도 그들은 계속해서 눈짓을 보내고 있다. 고을원의 선정善政을 광고하는 공적인 태도 뒤에 존재하는 쓸쓸한 호소를 읽음으로써 우리는 그 '배경에 불과한 것'들이 '입을 가진 존재'였음을 알게 된 것이다. 그것은 은유가 아닌 의미 그대로의 '말 없는 말'이라고 할 만하다. 그러므로 여기에 나타난 작자의 감정 '우습다'는, 웃음을 여러 가지로 분류할 때 정확히 지칭할 수도 있겠지만, 정확하게 표현할 수 없는 감정이기도 하다. 어사가 '우습다'고 한 것은 이미 자기가 알고 있으며

28) 이 부분은 처음 발표된 논문을 부분적으로 수정한 것이다. 이전 논문에서는 백성들이 종이 쌓인 곳을 눈으로 가리키며 보아주기를 바라고 있는 것으로 해석했으나, 여기서는 그 종이는 이들이 알리고자 하는 것과는 무관한 것이며, 그들은 보이는 내용의 이면을 알아주기를 바라는 것으로 해석하는 것이 맞다고 생각해 수정했다.

잘 해결할 것이라는 자신감에서 나온 웃음일 수도 있지만, 해결이 그렇게 간단한 것은 아니다. 그러나 "졔 몸의 졀통(切痛)ᄒᆞᆫ 일 아모리 잇건마ᄂᆞᆫ/ 뉘게 와셔 ᄒᆞ올소니 형셰(形勢)가 ᄒᆞᆯ 일 업다/ 죽으라면 죽을 밧긔 무ᄉᆞᆷ 슈(手)가 이슬쏘냐"며 안타까워했던 북관민, 말할 수가 없다고 해서 고통의 감각도 없는 것으로 치부되었던 당대의 북관민이 스스로 자신의 모습을 표면에 내세우게 된 것은 가사 작자 구강의 덕분이다. 그는 자신도 모르게 그들에게 감각을 나누어준 것이다. 이렇게 그의 웃음은 진짜 웃음이어도 될 자격을 갖는다. 감정의 도덕적 기준이 문제되는 예라고 할 수 있다.

4.3. 연민과 공감–북관민의 어려움

<관동별곡>이나 <북정가> 등 같은 관인들의 기행문학에는 사람이 거의 나오지 않는 것과는 대조적으로 <북새곡>에는 다양한 인물이 등장한다. 그의 임무가 민생에 대한 암행이므로 당연한 것이다.

어사 일행은 함흥에서 둘로 나뉘고, 어사는 부전령을 어렵게 올라 한숨 돌리는 차에, 장진에서 오는 유민流民을 만난다.

> 댱진(長津)이 급(急)다 ᄒᆞ니 어셔어셔 가오리라.
> …
> 긔운(氣運)이 거의 진(盡)코 졍신(精神)이 산란(散亂)터니
> 헌 누덕이 입은 뉴(類)가 남진인지 계집인지
> 어린 자식(子息) 등의 업고 ᄌᆞ란 ᄌᆞ식(子息) 손의 썰고
> 울면서 눈물 씻고 업더지며 오ᄂᆞᆫ 모양(模樣)
> ᄎᆞ마 보지 못ᄒᆞᆯ너라 나직이 뭇넌 말ᄉᆞᆷ
> 어ᄃᆡ로셔 죠ᄎᆞ 오며 어ᄃᆡ러로 가랴ᄂᆞᆫ고
> 쥬려들 가ᄂᆞᆫ 인가 가게 되면 어더 먹나
> 아모 데도 ᄒᆞᆫ가지라 날 ᄯᅡ라 도로 가면
> ᄌᆞ너 원(員)님 가셔 보고 안졉(安接)ᄒᆞ게 ᄒᆞ야 쥼식

겨우겨우 ᄃᆡ답(對答)ᄒᆞ되 우리 곳은 댱진(長津)이라
여러 ᄒᆡ 흉년(凶年) 들어 살 길이 업ᄂᆞᆫ 듕(中)의
도망(逃亡)ᄒᆞᆫ 이 신구환(身救還)을 잇ᄂᆞᆫ 자(者)의 물니랴니
졔것도 못 바치며 남의 곡식(穀食) 엇다 ᄒᆞᆯ고
못 바치면 ᄆᆡ 마즈니 ᄆᆡ 맛고 더옥 살가
졍쳐(定處) 업시 가게 되면 죽을 쥴 알건마ᄂᆞᆫ
아니 가고 엇디ᄒᆞ리 굶고 맛고 죽을 디경(地境)
출하리 구렁의나 념녀(念慮) 업시 뭇치이면
도로혀 편(便)ᄒᆞᆯ지라 이런 고로 가노메라

장진을 떠나 유리하는 백성의 사연을 듣고 실정을 알게 되는 장면이다. 피폐한 현실에 대한 정보는 있었으나, 직접 마주친 유민流民의 모습에 그는 마음이 바빠진다. "열 집의 닐곱 집은 횅그러니 뷔엿더라/ 읍듕(邑中)으로 드러가니 남은 집의 곡셩(哭聲)이라/ 젼년(前年)의 이쳔여호(二千餘戶) 금년(今年)의 칠ᄇᆡᆨ호(七百戶)라"는 게 그가 파악한 장진의 사정이다. 그 원인은 조선 후기 전국적인 폐단인 이징족징里徵族徵과 호역戶役에다 "디력(地力)은 다 진(盡)ᄒᆞ고 텬긔(天氣)ᄂᆞᆫ 일 치워셔"라는 북관의 자연적 특성이 겹쳤기 때문이다.[29] 심각한 현실에 "만각곡(萬斛穀)이 아니 되니 그 ᄇᆡᆨ셩(百姓)이 이슬쏘냐"고 탄식한다.

암행어사의 업무는 백성들의 세금이나 신원伸寃에 대한 탐방, 수인 및 옥사獄事의 남형濫刑에 대한 조사, 치적 수령에 대한 포상 등을 서계書啓, 별단別單 혹은 구두로 보고하고 이에 대한 해결책을 건의하는 것이다. 암행어사의 현장 권한은 이들 조사의 근거 서류를 봉해 올리는 봉고封庫와 불법不法 불치不治의 수령에 대한 파직罷職이다. 이 권한은 왕으로부터 위임받은 지역에

29) 함경도민의 삶이 다른 어느 지역보다 피폐했던 것은 이 이유만으로도 설명되지 않는다. 전국적인 폐단 외에 함경도에는 삼잉곡(三剩穀)의 폐단이 악명 높았기 때문이다. 즉, 가을에 곡식을 받아들일 때, 봄에 곡물을 나누어 줄 때, 또 가을에 곡식을 반환할 때 모두 불법적인 잉여의 부정행위가 이루어졌기 때문이다. 강석화, 『조선 후기 함경도와 북방영토의식』, 경세원, 2000, 143면.

만 엄격하게 제한되는데, 이를 추생抽栍이라 하며, 이를 여길 경우 어사가 파직되기도 한다.[30]

이것을 고려하면, "츌도(出道)훈 후(後) 젼녕(傳令)ᄒᆞ야 니징 죡징(里徵族徵) 업시ᄒᆞ고/ 허두(虛斗)잡이 호역(戶役)들을 태반(殆半)이나 더러 쥬고/ 신구환(身救還) 칠만셕(七萬石)은 탕감(蕩減)ᄒᆞ쟈 알외깃네"라고 한 말처럼 어사가 그 자리에서 당장 할 수 있는 일은 아무 것도 없다. 족징을 없애는 것과 족징으로 인한 미수환곡을 덜어주는 일은 세수稅收에 관한 일이므로 건의한 후 조정의 결정을 기다려야 하는 일임을 그는 분명하게 말하고 있다.

이미 조정은 1809년(순조 9) 민호民戶에게 부과한 파수장졸의 요미料米를 회부곡會付穀에서 지급하는 방식, 1812년 장진부 역의 일부를 후주진에 이정하는 방식 등으로 세제를 개편하였다. 이에 1812년 12월 함경감사 김이양은 장진부의 환곡과 대동고마고大同雇馬庫를 탕감해달라고 청하였다. 구강이 다녀간 바로 이후이다. 민호가 800호에 불과한 장진부를 유지하기 위해 근본적인 대책이 필요했기 때문이다. 그러나 워낙 탕감할 양이 많고, 이것이 전례가 될 것을 우려하여 이 청은 받아들여지지 않았다.[31] 그는 자신의 북관 어사 수행을 자평自評하여 "삼영곡(三營穀)과 셩졍곡(城政穀)과 빅일곡(百日穀)과 한유곡(閑裕穀)과/ 냥반 환작(兩班還作) 누남졍(累濫丁)" 등 백성에게 뺏은 것을 모두 장계에 올려 이것이 해결되면 "누 만셕(累萬石)을 어덧"다고 했다. 그러나 구강이 백성이 고초를 겪는 환폐를 어사출도로 즉각 해결하는 데는 한계가 있다. 어사의 권한은 이에 대한 집행의 문제를 따져 지방관을 고발하고, 심하면 파직하는 데에 그치기 때문이다.

"미혹(迷惑)훈 뉴부ᄉᆞ(柳府使)와 답답(沓沓)훈 니도호(李都護)는/ 국규(國規)도 즁(重)커니와 인명(人命)인들 아니 볼가/ 빅셩(百姓) 업는 곡식 바다 그 무어셰

---

30) 김세일·백상기, 「조선조 암행어사제도 연구(2)」, 『사회과학연구』 11-1, 영남대학교부설 사회과학연구소, 1991, 119-122면 참조.

31) 『승정원일기』, 순조 12년 11월 25일, 국사편찬위원회, [한국사DB].

쓰랴 ᄒᆞ노"라고 탄식하던 그는 종성鍾城의 전 부사 한의운韓義運, 갑산甲山의 전 부사 신선응申善應, 북청北靑의 전 부사 이노신李魯新, 명천明川의 전 부사 이춘희李春熙, 길주吉州의 전 목사 이의수李宜秀, 경흥부사慶興府使 이득수李得秀, 홍원洪原의 전 현감 구명원具明源을 다음 해 서계書啓로 논죄하였으며, 이들은 모두 죄에 따라 처벌되었다.

구강의 별단 보고로 그 외에도 많은 것이 시정되었음을 『비변사등록』에서 발견할 수 있다. 『비변사등록』 순조 13년 계유 팔월초구일조 <함경도암행어사 구강의 별단別單에 대해 회계回啓하여 품처稟處하는 비변사의 계啓>에 의하면,[32] 그는 관북關北 환곡의 폐단 지적의 원인을 "삼잉곡을 겨우 혁파하자 다섯 가지 폐단이 또 이어서 생겼습니다."하며, 이는 모두 이향吏鄕의 농간에 의한 것임을 지적했다. 이에 대해 비변사는 앞으로는 평사가 수령 중 가장 불량한 자를 적발하면 드러나는 대로 직접 등문登聞하도록 하게 하였고, 죄가 있는 향리들을 두둔할 경우 지방관에게 죄를 묻도록 하였다. 또한 그는 작년 전염병의 피해가 삼수·갑산 등 다섯 고을이 가장 참혹하고 더러는 전몰全歿한 경우가 많으므로 밀린 환곡의 해결이 긴급함을 알렸다. 이에 비변사는 장진長津에서 신미년(순조 11, 1811)·임신년(순조 12, 1812)에 수봉치 못한 환곡 3만 6천 3백여 석, 갑산에서 병인년(순조 6, 1806) 이후 받아들이지 못하여 허류虛留된 환곡 1만 8천 9백여 석에 대해서는 도신이 사세事勢를 상세하게 탐문하여 징수할 수 있는 것은 올 가을까지 받아들이고 그 나머지는 쾌히 탕감을 시행하며, 삼수의 환곡 중 임신년(순조 12, 1812)에 받아들이지 못한 6백 70여 석은 추수하기를 기다려 하나하나 준봉하도록 처리하였다.

고통받는 북관민에 대한 그의 연민은 암행어사인 그의 임무 때문이기도

---

32) 구강의 별단(別單) 목록은 "關北還弊, 除耗條分還, 長津還穀, 北關驛路, 穩城牧馬, 南兵營行營軍餉, 會寧開市弊端, 北海京貢, 貂皮貢人, 璿源殿, 道科, 親騎衛, 進上載運, 褒賞, 收用, 加資"이다. 국역 『비변사등록』, 순조 13년 8월 초9일, 국사편찬위원회, [한국사DB]. 이하 같음.

하지만, 평소 그가 가진 인간에 대한 따뜻한 마음이 바탕이 되었다.

> ᄆᆞᆯ ᄇᆡ가 ᄲᅢ지거니 마샹(馬上)의 견딜소냐
> 아마도 갈 길 업다 오던 길 ᄎᆞ즈랴니
> 슌식(瞬息)의 변화(變化) 보소 구렁이 언덕 되고
> 언덕이 뫼히 되니 녯 길을 ᄎᆞ즐소냐
> 듕간(中間)의셔 겨우 ᄌᆞ고 다시 곳 ᄯᅥ나오니
> ᄒᆡᆼ인(行人)이 업ᄂᆞᆫ지라 길이 어이 날가 보니
> 두서넛 마부(馬夫)들을 분부(分付)ᄒᆞ야 답셜(踏雪)ᄒᆞ니
> 불샹ᄒᆞ다 우리 마부(馬夫) 언 발이 모도 ᄲᅢ져
> 허리만 뵈ᄂᆞᆫ고나 넘어질 ᄯᆡ 무슈(無數)ᄒᆞ다
> 빈들 오죽 골풀소냐 불샹ᄒᆞ다 우리 마부(馬夫)

여기에 마부들의 고통에 대한 안쓰러움이 나타나듯이, 고난의 여정에서 그는 아랫사람들에 대한 연민과 공감을 여러 번 애틋하게 표현하였다. 특히 백두산 삼지연을 넘어오느라 이틀을 노숙해야 했을 때 모닥불이나마 피어 놓고 말(馬)도, 사람도 불에 둘러 앉아 있건만 자신의 시종인 '덕쉬'는 자신을 위해 자신과 등을 맞대고 온기를 보태주느라 그 불마저도 못 쬐는 장면을 놓치지 않았다.

> 이ᄂᆞᆯ 밤 구십 니(九十里)를 불 업시 올 적의ᄂᆞᆫ
> 황구(惶懼)ᄒᆞ고 위ᄐᆡ(危殆)터라 쉬랴 ᄒᆞᆫ들 어ᄃᆡ 쉬리
> 우슈슈 압 슈풀의 무ᄉᆞᆷ 즘싱 지나더니
> 이틀 밤 한두홀 제 목셕(木石)인들 견딜소냐
> 의복(衣服)은 박낙(剝落)ᄒᆞ고 바ᄅᆞᆷ은 디동치듯
> ᄲᅧ마다 ᄶᅡᆨ가지고 고니ᄂᆞᆫ ᄯᅥ러질네
> 통나무 베혀다가 화셩을 ᄡᅡ하 노코
> 사ᄅᆞᆷ인지 ᄆᆞᆯ일넌지 머리를 불노 두고
> 참노라니 오죽ᄒᆞ랴 아모죠록 살냐ᄒᆞ니
> 불샹ᄒᆞᆫ 이 덕쉬러라 날 위ᄒᆞ야 등마쥬니

뒤흐로 도라 안져 화긔(火氣)인들 쏘일소냐

연민을 느끼는 데서 그치는 한계는 분명하지만 그가 덕취를 비롯한 종자들의 입장에 공감하는 장면은 여러 번 나온다. 그러나 이와는 달리, 일반 북관민에 대한 어사의 감정은 연민과는 거리가 있다. 길을 떠날 때, 북관을 "도망(逃亡)ᄒᆞᆫ 남의 죵을 진짓 ᄎᆞᄌᆞᆯ 곳"으로 알고 있던 그의 인식은 현장을 보고도 북관민을 도망군, 오합지졸로 보는 태도를 고치는 것 같지 않다. 다음 장에서 살펴본다.

4.4. 경멸과 혐오-북관의 의식주

<북새곡>에는 북관민의 삶의 현장이 많이 묘사되어 있다.

죠희가 지귀(至貴)ᄒᆞ니 챵(窓) 바른 죠희 보소
봇썹질 엷게 이러 더덕귀로 붓쳣시니
바ᄅᆞᆷ은 막으려니 볏치야 보올쏘냐
보기 슬타 너홰집은 뉵간 칠간(六間七間) ᄒᆞᆫ 기ᄅᆡ로
되ᄂᆞᆫ ᄃᆡ로 지엇시니 경[정]ᄌᆞ간(間)이 기돗더라
그 안의 무엇무엇 ᄒᆞᆫ 가지로 잇돗던고
소와 돗과 ᄀᆡ ᄃᆞᆰ 즘싱 사ᄅᆞᆷ과 셧겨 ᄌᆞ데
못 살너라 못 살너라 뉵진(六鎭)셔ᄂᆞᆫ 못살너라

육진의 모습이다. 여기에는 앞에서 본 연민은 없다. 혹심한 환경에서도 사람들은 살고 있는데 그는 그들이 사는 모습뿐 아니라 입은 것도 비하한다. "빈ᄌᆞ(貧者)ᄂᆞᆫ 보션 벗고 검고 낡은 뵈져고리/ 삼동(三冬)이 다 진(盡)토록 버슬 쥴 모로더라"며 "이러ᄒᆞᆫ 사ᄅᆞᆷ들이 손 ᄃᆡ졉(待接) 알가 보냐"라는 판단과 연결한다. 추운 집에 손님이 오면 안으로 들어오라는 인사가, "안으로 붓흐

라데" 하더라며 "아모리 붓ᄒᆞ랴니 닉외(內外)가 각별ᄒᆞ다"고 빈정댄다. 북관의 사투리를 "기가 즛나 돗치 우나 아모리 ᄉᆞ토린들/ 쌕쌕 뻑뻑 지르기ᄂᆞᆫ 손의 귀를 쑤드랴나"며 열에 둘도 못 알아듣겠으니 "괴이(怪異)"하다고 한다. 자신의 것과는 다른 풍속에 대한 이해라고는 없는 이런 태도는 환곡의 폐해로 고통받는 백성에 대해 공감하고 안타까워했던 태도와는 거리가 멀다.

> 촌가(村家)의 삼쳑 동ᄌᆞ(三尺童子) 샹토ᄂᆞᆫ 무ᄉᆞᆷ 일고
> 나무ᄒᆞᆯ 제 간편(簡便)ᄒᆞ다 아희 어룬 요망(妖妄)ᄒᆞ다
> 일가 친쳑(一家親戚) 먼니 이셔 쥭으면 엇다ᄒᆞ노
> 썹질 살은 다 벗기고 쎡다귀만 모화다가
> 셝 속의 너허 메니 경편(輕便)키ᄂᆞᆫ ᄒᆞ려니와
> 엇디 ᄎᆞ마 ᄒᆞ돗던고 아마도 금슈(禽獸)로다
> 무산(茂山) 갑산(甲山) 그러터니 단쳔(端川) 니원(利原) 쏘 ᄀᆞᆺ더라

이와 같은 맥락에서 "(남여를) 타ᄂᆞᆫ 이도 쳬쌀 탕건(宕巾) 메ᄂᆞᆫ 이도 쳬쌀 탕건(宕巾)/ 귀쳔을 엇디 알니 어이ᄒᆞᆫ 쳬쌀 탕건(宕巾)/ 머리마다 쳬쌀 탕건(宕巾)"이냐며 탕건이나 상투 등 신분을 나타내는 구분이 무시된 북관의 복색도 요망하다고 경멸하는 유자儒者 구강이, 옛 옥저 등에서 행해지던 골장제의 풍습이 아직 남아 있는 것에 대해 분노하는 것은 이해가지 않는 바는 아니다. 학행 높은 유학자가 북관에도 있기는 하지만 그들 역시 그의 기준에는 못 미친다.

> 다 그러랴 그 듕(中)의도 거록ᄒᆞᆫ 이 업슬쏘냐
> 학힝(學行)도 진실(眞實)ᄒᆞ고 심ᄉᆞ(心思)도 츙순(忠順)ᄒᆞᆫ 이
> 왕왕(往往)이 잇건마ᄂᆞᆫ 호ᄒᆞᆯ노 뉘가 쓰리
> 효ᄌᆞ(孝子) 녈녀(烈女) 탁힝(卓行)들은 민쟝(葬)이 무슈(無數)터라.
> 죠슈(鳥獸)와 동군(同郡)ᄒᆞ고 목셕(木石)과 동거(同居)ᄒᆞ야
> 셰상(世上)이 몰을 션경 츙신(忠臣) 의ᄉᆞ(義士) 업슬소냐

이들이 짐승의 피해를 면하려고 봉분을 하지 않는 평토제를 하므로 "죠슈(鳥獸)와 동군(同群)ᄒᆞ고 목셕(木石)과 동거(同居)"한다며 안타까워하고 "살아셔 ᄌᆞ미 업고 죽어도 편홀소냐"며 그렇게 묻히는 것이 "가이업고 불샹ᄒᆞ다"고 한다. 효자·열녀·탁행을 포함한 북관백성은 민장제·골장제를 하는 것으로 이미 금수로 취급됨을 면할 수 없다. 외에도 첩이 된 기생의 서방 등 유교의 이념에 비추어 용납되지 않는 이들의 생활상은 그에게 일고의 여지도 없는 경멸의 대상이다.

4.5. 자부심과 걱정–북새北塞와 상무지향尙武之鄕

유교 이념에 충실한 의식주를 기준으로 금수와 인간을 구분하는 유학자 구강의 생각은 중앙의 생각이기도 하였다. 조정에는 이들을 당연히 교화의 대상으로 보면서도 관북조차 유학의 고장으로 만들고 싶지는 않은 이중의 감정이 존재했다. 문풍文風 숭배에서 오는 '문승지폐文勝之弊'를 억누르고 북관을 무향武鄕으로 고착시키고자 하는 중앙정부의 방침에, 지방의 유생들과 관북의 주민은 유학자, 문반으로서의 신분상승의 요구와 여의치 않은 환경 사이에서 갈등하고 있었다.

조정이 생각한 이에 대한 해결은 친기위親騎衛의 신설과 증강이었다. 길주에서 그가 칭송한 정예병이 그들이다.

> 삼빅 명(三百名) 풍악(風樂)으로 졍병(精兵)이라 ᄒᆞ올너라
> 북관(北關)의 쳔 명(千名)이오 남관(南關)의 쳔 명(千名)이오
> 순영(巡營)의 쳔 명(千名)이라 합ᄒᆞ야 삼쳔 명(三千名)이
> 갑쥬(甲冑)가 션명(鮮明)ᄒᆞ고 몰 타고 활 ᄡᅩ기는
> 다른 군ᄉᆞ(軍士) 만 쥬어야 밧굴 길 업슬너라
> 이 사룸들 두남 두소 이일당십(以一當十) ᄒᆞ오리라

친기위는 함경도의 북방지역 방위력을 증강시키기 위해 1684년(숙종 10)에 편성된 기병부대이다. 정예병 선발과 양상을 목표로 하는 친기위는 담력과 기마술이 있다면 누구나 응시할 수 있도록 신분 제한을 두지 않아 더욱 인기가 있었다. 친기위의 무예우수자에게는 1년에 네 차례 시재試才를 보아 무반직武班職에 진출할 수 있는 특혜[33]를 주었으므로, '상무지향尙武之鄕', '궁마지향弓馬之鄕'이라 불리면서도 무과에서조차 차별을 받던 함경도 무사들에게[34] 친기위는 보장된, 거의 유일한 입신의 통로였다. 문제는 승진의 제한이었다. 일 년에 네 명이 진출할 수 있는 변장邊將 자리를 차지하기 위한 경쟁은 치열할 수밖에 없었다.

그러나 문풍에 대한 선호도는 계속해서 상승해갔기 때문에 영조 무렵 이미 친기위에 대한 함경도의 선망은 점차 저하된 것도 사실이다. 정조대에 중앙에서도 함경도 지역의 문풍을 인정할 수밖에 없게 된 것은 함경도에서조차 무관의 지위가 지나치게 낮았기 때문이다.[35] 이런 변화 속에서도 남관과 북관의 차이는 엄연했다. 남관(마천령산맥 이남)의 사람들은 경제가 발전함에 따라 친기위에 들기보다는 문사로 인정받으려 하였고, 북관은 여전히 무신 입신의 열망이 남아있었음에도 인원수로는 남관에 배정된 숫자가 훨씬 많았다.

구강이 방문한 때는 홍경래의 난(1811)이 일어난 다음 해였다. 평안도 안

---

33) 1712년 백두산 정계의 조선측 접반사였던 박권 등의 건의에 따라, 우등자 '거수자(居首者)'나 과목만점자 '몰기자(沒技者)'가 출신이면 변장에 임용하고, 한량이면 전시(殿試) 직부(直赴)의 자격을 주며 천인이면 면천을 허용했으며, 이는 법전에 명기되었다. 『속대전』 권4, 「병전(兵典)」, <시취(試取)>.

34) 숙종에서 정조대까지 시행된 무과 입격자 10,351명 중 함경도 출신은 전체 5.1%에 불과하였다. 이에 비해 평안도 출신은 16.7%, 황해도 출신은 14.4%였다. 정해은, 「조선 후기 무과합격자의 신분과 사회적 지위」, 『청계사학』 11, 1995 참조.

35) 지방의 유생들은 향교나 서원의 직임을 얻어 군역을 면제받고 우대받은 반면, 무사들은 제외되었다. 이를 개선하기 위해 정조 15년에는 함경도의 향임은 모두 친기위에서만 차출하도록 하는 규정도 마련하였다. 그런 조치 이후에도 "무예에 종사하면 동류들이 배척하고 친척들이 단절하므로 양반의 이름을 가진 자는 무예를 수치로 여기지 않는 자가 없다"고 말할 정도였다. 강석화, 같은 책, 199-205면.

주까지 함경도 남관의 친기위 병력 370명이 동원되었는데, 북관의 친기위 병사들은 그들에게 입신의 기회가 주어지지 않았음을 한탄하였다고 한다. 이를 계기로 친기위의 수가 증가하였고, 무엇보다 친기위 출신으로 변장 자리에 오르게 하는 원칙을 지키게 되어 출셋길이 좀 더 열린 것이 변화였다.[36] 북관의 무관 실정에 대해 구강은 구근의 북관 차별 배정을 시정해달라고 돌아가 서계를 올렸다. 장기복무자, 즉 '구근久勤'에게 변장자리를 배정하는 것은 이미 행해졌던 함경도 무사들에 대한 일종의 위무 장치였는데 북관은 남관에 비해 그것도 쉽지 않았던 것이다. 이것이 시정되는 데는 좀 더 시간이 걸려 1820년(순조 20)이 돼서야 해소되었다.

"귀한 거시 무명 모시 놉헌 거시 좌슈 별감"이라는 말은 아직 무명을 화폐로 쓰므로[37] 북관에서는 무명이 귀한 것이었음에 빗대어, 가장 높은 벼슬이고 귀한 벼슬이랬자 좌수, 별감인 북관의 사정을 말한 것이다. 그런 상황은 조정의 정책 때문인 것을 알면서도 구강은 귀천의 구분이 중앙 같지 않은 북관의 생활이 마땅치 않다는 감정을 보인다. 구강의 이런 입장은 눈에 보이는 지역의 생활고에 대해서는 깊이 공감하면서도, 특수성을 반영한 북관의 문무인식에 대해서는 중앙의 평가를 반복하고 있을 뿐이어서, 무책임한 것으로 보인다. 가사에 나타난 함경도 무인에 대한 그의 칭찬에 편안하게 공감할 수 없는 이유이다.

---

36) 이 자리도 거의 감영소속 군관에게 배당되었으므로 이 원칙이 지켜지기 위해 구근자를 위한 '자벽과'를 마련, 제도적으로 확실하게 한 것은 1820년(순조 20)이지만, 구근자에 대한 우대 정책은 이미 있었음에도 북관에는 한 자리도 배당되지 않았기에 이를 배정해달라고 구강이 별단을 통해 제시한 것이다.

37) "예셔(단천)붓허 돈을 쓰니 오고 가는 힝녀(行旅)들이/ 돈으로 포목(布木) ᄉᆞ며 포목(布木)으로 돈을 ᄉᆞ데/ 곳곳이 파슈군(把守軍)이 힝장(行裝)을 너라 ᄒᆞ기/ 북(北)으로 오쳔 니(五千里)를 괴롭기 심(甚)ᄒᆞ더니/ 예셔붓허 이 일 업기 시비(是非)가 덜니더라" 하였듯이, 북관에는 4승포(四升布)가 남관의 화폐와 마찬가지로 매매의 기준이었다. 고승희, 『조선후기 함경도의 상업 연구』, 국학자료원, 2003, 148면.

4.6. 애매한 감정의 의미

1) '오활함'-설읍의 논/설읍 의논?

아래에서는 후주민厚州民에 대한 어사의 이중적인 감정을 볼 수 있다.

> 후쥬(厚州)로 드러가쟈 오빅니(五百里) 험(險)혼 산쳔(山川)
> 간신(艱辛)이 발셥(跋涉)ᄒᆞ니 강계 녕원(江界寧遠) 디경(地境)이라
> 셜읍(設邑)의 논 오활(迂闊)ᄒᆞ다 댱진(長津) 모양(模樣) 되오리라
> 남의 죵 숨은 놈과 살육 죄인(殺戮罪人) 도망(逃亡)혼 놈
> 오합지졸(烏合之卒) 모혓시니 밋을 것 젼혀 업다
> 디방(地方)은 편협(偏狹)ᄒᆞ고 흉년(凶年) 들면 쥭을 데라
> 닌읍(隣邑)이 머럿시니 곡식 슈운(穀食輸運) 어이ᄒᆞ리

여기에는 북관민의 피폐한 삶의 모습이 펼쳐져 있다. 그의 마음은 잘못된 조세 제도와 부패한 관리로 인해 수렁에 빠진 백성에 대한 안타까움과 분노가 가득 차 있다. 그런데도 이 감정과는 어울리지 않는 구절들이 있다. "남의 죵 숨은 놈과 살육 죄인(殺戮罪人) 도망(逃亡)혼 놈/ 오합지졸(烏合之卒) 모혓시니 밋을 것 젼혀 업다"에 대한 그의 혐오감은 누구를 향한 말인가? 이 의문은 우리에게 지나쳤던 이 구절, "셜읍(設邑)의 논 오활(迂闊)ᄒᆞ다 댱진(長津) 모양(模樣) 되오리라"를 다시 읽게 한다. 이 '장진'은, 위에서 언급한, 환폐로 인한 유리민의 상황을 목도하게 된 고을이기 때문이다.

"셜읍(設邑)의 논 오활(迂闊)ᄒᆞ다"의 '오활하다'는 '실제와 거리가 멀다'라든가 '사정에 어두움' 등을 나타내는 판단에 관한 것이며, "이 생각 오활하다"처럼 감정의 범위에 들 수도 있는 단어이다. 눈앞에 펼쳐진 논, 즉 풍경을 나타낼 수 있는 서술어는 아니다. 논을 주어로 할 수는 없다는 것은 실은 "셜읍(設邑) 의논(議論) 오활(迂闊)ᄒᆞ다"로 읽혀야만 한다는 것을 알게 만든다. 이 차이는 띄어쓰기를 잘 하는 데서 끝나는 문제는 아니다. 그 의미는 '댱진

모양 되오리라'가 말하는 '장진'의 형편을 알아냄으로써 가능한 것이다.

앞서 그는 암행어사로서 장진의 상황을 파악한 끝에 "진(鎭)으로 읍(邑)되기는 혜마련 그릇ᄒᆞ고/ 읍(邑)으로 진(鎭)이 되면 도로혀 다힝홀네"라고 판단한다. 이는 장진민의 유리가 함경도의 성장과 함께 논의가 빈번한 함경도 이곳저곳의 읍치邑治 문제와 긴밀하게 얽혀 있음을 말한 것이다. 그는 장진과 마찬가지로, 후주의 읍으로의 승격은 의미가 헛된 것이라고 판단하고 있는 것이다.

장진, 후주 등에서 일어난 '진→도호부→읍'의 승격이나 강등은 모두 주민의 이주와 관련된 것이다. 즉, 주민이 늘어나면 조정이 이를 승인하여 그 행정 단위를 승격하고 읍역邑役과 세금을 부과하는 것이다. 변방에 도로를 개설하면 적에게 침공로를 제공할 수 있고 진보鎭堡나 읍邑을 신설하여 주민이 모여 살게 되면 변금통제邊禁統制가 곤란해져 범월사건犯越事件이 증가할 우려가 있다는 반론이 끊임없이 제기되었기 때문에 조선 시대의 읍치나 도로 신설은 쉽지 않은 문제였다. 폐사군을 그대로 두면 안 된다는 견해를 가졌던 인물도 그곳의 행정을 맡아본 후에는 여러 문제점을 먼저 내세우기 일쑤였던 것이다. 함경도 국경 지역에 읍이 세워질 가능성은 1648년(숙종 9) 무산茂山을 첨사진僉使鎭에서 도호부都護府로 승격하면서이다. 이는 "조선 초기 육진 개척 이후 처음 있는 일이며 두만강 중·상류 지역의 강역을 확보하려는 노력이 구체화된 것"으로, 무산부의 성장은 북방개발정책의 가장 효과적인 사례이며 이후 북변 지역 읍치 신설 방식의 전범이 되었다는 의미를 갖는다.[38] 함경감사로 부임한 남구만南九萬(1629-1711)이 적극적인 북방개척을 주장한 노력의 영향이 크다.[39]

38) 무산이 만호진(萬戶鎭)으로 된 것은 1438년(세종 20)이었고, 여기에서 다시 1509년(중종 14) 첨사진으로 승격되었다. 이때 두만강변으로 진을 옮긴 것은 두만강 방어선을 강화하려는 노력이다. 1684년 다시 도호부로 격상하면서 부령부의 차유령 서쪽과 풍산보 등지를 병합하였다. 강석화, 같은 책, 131면.

39) 남구만은 적극적인 북방대책을 건의한 대표적인 인물이다. 그는 현종 14년(1672)에 백두산

이러한 무산 개발 성공의 영향 아래 장진에 장진도호부가 설치된 것은 1787년(정조 11)이며 이는 진이 설치된 지 2년 만이어서, 전례 없는 성장이었다.[40] 여기서 다시 읍치 설치가 건의되었다. 1808년(헌종 8) 함경감사였던 이만수李晩秀는 장진이 후주와 삼수·갑산의 요충지이고 함흥의 문호가 되는 곳이므로 북관의 길주와 남관의 장진을 북과 남의 방어지로 삼아야 한다는 견해를 제출한다. 이 장진의 방어를 위해 후주를 읍으로 승격시키자는 제안도 함께 하였다. 그러나 이 견해는 받아들여지지 않는다. 19세기의 장진은 읍세邑勢 성장이 멈추고 오히려 쇠퇴하는 양상을 보였기 때문이다. 위에 언급한 장진부에 대한 암행어사 구강의 지적과 같은 내용이 이미 1809년(순조 9)에 파악되어 기록되었다.[41] 인구 증가는 다른 지역의 환곡이나 읍역 부담을 피하려는 주민의 이주 때문이었는데, 읍이 설치된 후로 읍역과 환곡이 계속 늘어나자 주민들은 새로 개발되고 있는 압록강변의 후주진과 폐사군 일대로 다시 도산逃散한 것이다.[42] 마침 삼수부 내 별해진別害鎭에 금점金店이 개발되고 있었기에 장진의 인구 이산은 가중되었다.

후주는 1796년(정조 20) 후주첨사진이 된 이래, 주민이 계속 많아져 계속해서 도호부 설치 요구가 계속되었다. 구강은 읍치 논의(도호부 요구)는 진작에 잘못된 것이며 혹시 지금 읍이라고 해도 도로 진이 되어야 다행이라고 하였다. 이곳은 '남의 죵, 숨은 놈, 살육 죄인, 도망훈 놈, 오합지졸烏合之卒'이 모인 곳이고, 그들은 어사에게는 '못 믿을 놈'일 뿐, 북관의 불쌍한 백

동남지역에 주민들의 거주를 허락할 것을 건의하였다. 그는 폐사군도 복구하여 주민들을 입거시키자고 하였으며, 함경도 내륙지역의 진보를 강변으로 옮기고, 길주-갑산을 잇는 길을 개척하여 변지(邊地)를 충실히 하고자 하였다. 그의 주장은 이후 북방정책의 방향을 정한 것이었으며, 순조대의 후주부 신설에 중요한 사상적 근거가 되었다. 무산의 성장에 대해서는 강석화, 같은 책, 31-40면을 참조하여 요약하였다.

40) 후주진의 도호부 승격은 27년(1796-1823), 자성군은 73년(1796-1869) 걸렸다.

41) 국역『비변사등록』, 헌종 9년 윤7월 30일.

42) 결국 1843년(헌종 9) 장진은 도호부로 승격된 지 56년 만에 다시 첨사진으로 강등되었다. 그러나 16년 만인 1859년(철종 10) 다시 도호부로 승격하였다. 18세기 말과 같은 급속한 성장이 이루어진 것은 아니나 정부가 세금을 탕감하자 주민이 다시 모여들었기 때문이다.

성과는 또 구분되기 때문이다. 그러나 이후 후주의 중요성이 커진 것으로 보아 그의 판단은 잘못되었던 것임을 알 수 있다. 도리어 평안도 강계부에서는 강계·후주의 접경지 주민을 자신의 도민으로 삼아 조세를 부담하려 해 문제가 되었다. 결국 후주는 1823년(순조 23) 후주도호부가 되었다. 후주가 속지의 이름을 벗어나지 못해 주민들이 다시 이산할 우려가 있다는 이유였다.[43]

이처럼 읍과 진의 문제가 무엇인지, 왜 진이 낫다고 하는 것인지를 알아내는 데에는 많은 지식과 학계의 그간의 연구 결과를 참조해야 했다. 작자가 내 보인 한 줄의 불편한 감정 표시가 조선 후기 변방 개간의 문제, 경제의 문제, 국방의 문제인가 하면, 민의 성장과 정부 통제의 대립 문제이기도 한 쟁점에 우리를 이끌어주었음을 경험한 예이다.

이상에서 본 바, 그는 그가 알고 있는 북관의 행정상 여러 문제 중 환곡의 문제를 제외한 나머지 문제에는 조정의 그때까지의 입장을 대변하는 쪽이다. 그는 변새로 이주하는 사람들은 모두 뜨내기로 보았으며 이들을 위한 새로운 정책이 세워지는 것은 고려하지 않는 입장이다. 그렇다고 북관의 원래 주민의 삶을 긍정적으로 바라보고 받아들이는 것도 아니다. 이럴 때 그가 시행을 제안한 정책적인 것들은 누구를 위한 것인지 생각할 필요가 있다.

2) '감탄'-도시都市/도시都試?

힝영셩니(行營城裏) 드러가셔 도시(都市?) 귀경 ᄒᆞ야셔라
몰 타고 총(銃) 노키ᄂᆞᆫ 국ᄂᆡ(國內)의 졔일(第一)일네
본영 션달(本營先達) 우셰챵은 칠형뎨(七兄弟) 등과(登科)ᄒᆞ니
셰상(世上)의 드믄 일을 하방(遐方)의셔 보거고나

43) 후주 지역의 개발에 대해서는 강석화, 같은 책, 154-169면 참조.

이 부분을 다른 곳에 비해 번화한 곳으로 생각해 '도시都市'로 읽을 수도 있다. 그러나 다음 줄에 말, 총이 나오는 것으로 보아, 단 한 줄만 부연된 도시 구경은 친기위 무술 우수자를 대상으로 일 년에 네 차례 치러지는 무술 시험, 즉 무관들의 승진 시험인 도시都試로 봐야 한다. 경성 본영까지 도시를 보러 가는 무사들의 편의를 위해 종성鐘城 행영行營을 마련한 것을 상당한 편의 제공으로 자평하는 조정의 입장을 대변한 것이다. 한편, 그는 변방을 지키는 군대의 볼 품 없는 현황에는 관광하는 태도 이상의 것을 보이지 않는다.

엇디ᄒᆞ야 **셔뉵진**(西六鎭)고 별ᄒᆡ(別害) 신방(申方) 묘파(廟坡)로다.
ᄌᆞ작구비(自作仇非) 강구(江口) 어면(魚面)* 함흥(咸興)셔ᄂᆞᆫ 셔편(西便)일네[44]
누구누구 직희던고 만호 권관(萬戶權管) 잇돈더라
관가(官家)를 볼쟉시면 봇쩝질노 니엇고나
담만 못ᄒᆞᆫ 셩(城)이올네 지악돌노 에웟고나
만흔 인가(人家) 몃치런고 진하(鎭下)의 서너 집식
놉흔 거슨 ᄃᆞᆰ의 홰오 나즌 거슨 돗희 우리
아젼이 군ᄉᆞ(軍士)되고 군ᄉᆞ(軍士)가 아젼 되야
셔로 가며 츄이(趨移)ᄒᆞ니 만흘 졔 각각(各各)ᄒᆞ랴

군대의 체재나 외형을 제대로 갖출 수 없는 북관의 현실에 대해서는 책임을 느낀다기보다는 신기하게 느끼거나 심지어는 부정적으로 판단하는 등,

---

44) 인용 원문은 '엇디ᄒᆞ야셔 뉵진(六鎭)고 별ᄒᆡ 신방묘파(申方卯陂)로다/ ᄌᆞ작구비(自作具備) 강구어(江口於)면'인데, 명사들은 모두, 강변보다는 내지에 속해 '삼수 서육진'으로 불리는 지역 이름이므로(강석화, 같은 책, 160면 및 157면 지도 참조) 위와 같이 바로 잡아 인용한다. 이는 17세기 중반 이후 확정된 장진강변 진보(鎭堡)이름이다.(고승희, 「조선후기 함경도 내지진보(內地鎭堡)의 변화」, 『한국문화』 36, 서울대 한국문화연구소, 2005, 363면 참조) '仇非'는 'ᄌᆞ작(自作)구비' 외에도 '신방구비'에도 나타나 있다.(『인조실록』, 2년(1624)/9/28(기묘) 참조) 한자는 자료마다 약간씩 다른데(廟坡·廟波, 仇非·仇飛 등) 이는 지역에서 통용되는 지명들을 기록으로 정착했기 때문이라고 생각한다.('廟波', '仇飛'는 연대, 제작자 미상의 지도 <팔역지(八域地)>에 기재된 설명에 보이는 명칭이다.) 여기에는 실록의 한자를 기재했다.

객관적 입장이 유지되지 않는 유자儒者 문반文班 구강의 태도가 드러나 있다. 이는 북관의 의식주에 대한 작자의 반응처럼 감정에 머문 것이라고 볼 수 있지만, 이 역시 중앙의 입장에 가까운 것임을 알 수 있다.

3) '경멸'-져놈의 녕고탑/져 넘의 녕고탑?

구강은 목조穆祖의 유적지인 용당리龍堂里에서 "목죠대왕(穆祖大王) 계시던 듸 용당니(龍堂里) 이곳이라/ 강(江)을 두른 ᄉᆞ면 셕곽(四面石郭) 금셩(金城, 金城湯池)이 졀노 되야/ 만부(萬夫)라도 못 열너라 진짓 일온 텬부(天賦)로다"라고 감탄한다. 그리곤 멀리 보이는 영고탑을 바라보며,

> **져놈의** 녕고탑(寧古塔)이 삼빅 니(三百里) 못된다니
> 엿시만 허비(虛費)ᄒᆞ면 가 보고 오련마는
> 범월 죄인(犯越罪人) 되올소냐 이 싱각 오활(迂闊)ᄒᆞ다
> 듕원(中原) 불힝(不幸)ᄒᆞ면 이리로 온다 ᄒᆞ데
> 가도(假道)ᄒᆞ는 폐(弊)가 나면 엇디ᄒᆞ여 무ᄉᆞ(無事)ᄒᆞ리
> 허(許)코 막기 냥난(兩難)ᄒᆞ니 방칙(方策)을 익혀 두소

에서 "져놈의 녕고탑(寧古塔)"에서 보이는 것은 격렬한 혐오감이다. 욕하면서 구경 갈 만큼 영고탑은 대단한가? 범월죄인은 무엇인가? 등 여기에 나타난 혐오감은 많은 의문을 불러일으킨다. 이런 의문을 갖는 것은 여기가 국경과 접경한 곳이기 때문이다. 조선과 청의 이익이 부딪치는 곳이 북방의 국경 북새北塞이고, 이 가사의 제목이기도 하다.

조선은 청이 건국 후 100년을 넘지 못할 것이라고 기대하고 있었고, 그것이 현실이 되었을 때 청은 자신들의 발상지인 영고탑[45]으로 돌아가기 위해 조선을 통해 가는 길을 택할 것이라고 예측했었다. 그럴 경우 가도假道, 즉

---

45) 중국 흑룡강성 영안현성에 있으며 만주명 '닝구타'의 한자 표기이다. 청나라의 발상지로 알려져 있는데, 조선의 회령 북쪽에 있다.

길을 빌리라는 청의 요구를 들어주어야 하는 조선으로서는 두 번의 호란胡亂과 같은 또 다른 전면전이 불가피하다는 우려 때문에 위기의식이 만연했다. 이런 생각 하에서 조선에서는 변새에 길을 개척한다는 것은 그들(청나라)을 도와준다는 의미로 받아들여지고 있었다.[46] 이 판단은 백성의 편의보다 국방이 앞선 북새의 특징이 반영된 것이다.

이런 중국과의 관계를 의식할 수밖에 없는 북방에 대한 인구정책은 두 방향으로 진행되었다. 조선은 국초부터 주민들이 압록강이나 두만강을 넘어 그보다 북쪽지역으로 넘어가는 것을 금하고 있었다. 또한 남부지역에서 북부지역으로 주민을 이주시키는 사민徙民정책은 꾸준히 행해졌다. 북방민의 삶의 조건이 척박했으므로 이들이 채삼이나 사냥을 위해 도강渡江하는 것은 중국과의 문제를 유발하는 한편, 생업이 어려운 주민들이 흩어지면 북변지역이 비어 방어와 관리가 어렵기 때문에 양자는 함께 시행된 셈이다. 그러나 조선 전기까지는 후자에 대한 제한이 더 엄해서, 사민들이 다시 남쪽으로 이산하는 것은 엄격히 금지되었고, 전자에 대해서는 구체적인 처벌이 없었다.

반면, 조선 후기에는 월강越江 자체를 범월犯越 행위로 규정하여 처벌을 강화하였다. '범월'이란 압록강, 두만강을 넘어 대안지역에서 수렵, 채삼採蔘 활동을 하거나 농경에 종사하는 행위를 말한다. 숙종 12년(1686)에는 범월자는 모두 경상境上에서 효시梟示한다고 규정하였다. 범월에 대한 이런 강력한 규제는 청과의 마찰을 줄이기 위한 것이었다. 이런 우려에서 북방 지역의 중요한 세원稅源인 산삼의 채취조차도 범월의 핑계가 되므로 금한다는 규정이 『속대전』에 실려 국법이 될 정도였다.[47] 이는 청의 국내 사정과 맞

46) 또한 지도를 작성한다는 것은 국가기밀에 속하는 일이며(이것은 중국에서도 마찬가지이다.) 청에서 다른 업무로 파견된 관리에게 도성을 구축하는 장면을 보이지 않기 위해 청의 관리를 따돌리기 위한 논의도 조정에서 빈번했다.

47) 국역 『비변사등록』, 숙종 12년 정월 6일 참조. 변경에 대한 조선조의 정책은 강석화, 같은 책, 55-90면을 인용하여 정리하였다.

물린 것이었다. 청은 건국 초기에는 노동력을 보충하기 위해 1644년 100만이 넘는 한인들을 만주로 이주시켜 농사짓게 하였으며, 중원을 장악한 이후에도 당분간은 요동을 개방하였다. 그러나 한족의 이주가 늘어나면서 만주지역에서 만주인들의 우월한 지위가 흔들리게 되자 1668년 요동지역에 한족의 이주를 금하는 봉금封禁 정책을 실시하였다.

이 봉금지역을 유조변柳條邊이라 하는데 여기에는 만주 전역을 관할하는 성경장군盛京將軍과 중동부지역을 담당하는 길림장군吉林將軍을 두고 매년 일정한 기간 동안만 초피, 인삼 채취를 위해 개방하는 정책을 쓰고 있었다. 이 변책과 압록강 및 두만강 강변에서 대략 10여 리 안팎의 무인지대에는 왕래나 거주를 특히 엄금하였다. 이렇게 변경을 유지하던 두 나라가 양국 간의 경계를 명확히 하여 국경을 정한 시점은 1712년이다.[48] 여기에서 일어나는 각종 문제를 차단할 수 있는 방법으로 백두산의 수원水源 탐사로 경계가 정해져 '동토문서압록東土門西鴨綠'으로 강을 분계分界로 하고 강이 땅 밑으로 스며든 지점에는 청의 요청으로 목책까지 설치하여 조·청 사이의 국경을 정한 것이다. 이렇게 양국 간 국경이 정해지자 범월문제는 더 예민한 사안이었다.

이처럼 변경의 주민 거주는 근본적으로 중국과의 외교적인 마찰을 일으킬 우려가 있으므로 조정은 북방 개척에는 소극적이었다. 이에 반해 남구만이 현지의 실정과 지도에 나타난 바를 들어 가도설假道說이 근거 없음을 설명하고 적극적인 개척과 이미 이주한 현지민에 대한 보호를 주장하여, 현종 말, 숙종 초에는 도로와 무창·자성의 진보鎭堡가 신설되었다. 그러나 숙종 후기에는 그나마 폐기되었다.

작자가 영고탑 구경에 대해 "범월죄인 되올소냐 이생각 오활하다"라고 한 것은 이런 국법을 알기 때문이다. 또한 "중원이 불행하면 이리로 온다

48) 양태진, 『한국변경사연구』, 법경출판사, 1989.

하대/ 가도하는 폐가 나면 어찌하여 무사하리/ 허코 막기 양난하니 방책을 익혀 두소"라는 구절은 위에서 언급한 '영고탑회귀설'을 말한다. 이 시기는 이미 청의 입지가 굳어졌으므로 관리들의 생각도 어느 정도 수정된 시기임에도 그는 청의 백년멸망설에 기대어 이렇게 말하고 있다.

본고는 "져놈의 녕고탑(寧古塔)"이 아니라 단순한 "져 넘의(너머의) 영고탑"이라고 생각하지만,[49] 이를 설명하기 위해서는 이런 긴 논의가 필요하다. 여기에는 국경을 넘어 구경을 가려하는 스스로를 '오활하다(엉뚱하고 터무니없다)'라고 보는 감정과 국방을 튼튼히 하자고 스스로 마음을 다지는 각오가 드러나 있다. 영고탑이 상징하는 조·청 간의 복잡한 정치적 관계는 그것을 단순히 관광지로 볼 수 없게 하는 것은 사실이다. 그러나 영고탑을 함부로 비하할 수는 없는 것이 조선의 관인이다. 이 장면의 감정은 개인적인 것과 공적인 것이 섞인 복합적인 것이다.

앞서 1675년에 이미 남구만의 주장 등이 나올 수 있었던 것은 지도를 근거로 빠른 길을 두고 먼 길을 둘러 갈 필요가 있느냐는 객관적인 근거를 가진 것이었음에도 당시에는 공감보다는 비난이 많았다. 그러나 이후 조선은 백두산 정계定界로 인해 조선의 청과 무력 충돌할 가능성이 적어졌다고 보았을 뿐만 아니라, 청나라가 중원에서 축출될 가능성이 적다는 세계사적 상황을 차차 인식하게 되었다.[50] 백두산 정계로부터도 정확히 100년이 지난 이 시점에도 작자가 낡은 생각을 반복하는 것은 두 가지 이유로 볼 수 있다. 하나는 그의 외교관이 보수적이기 때문일 것이고, 하나는 구경 가는 자세, 즉 관광의 자세로 영고탑을 바라보기 때문일 것이다. 후자는 선대의 기행문에 흔히 나타나는, 사적史蹟에 대한 일화를 상투적으로 답습하는 관습

49) 이 필사본은 <북새곡>이 1,000행이 넘는 장편인 만큼 전편이 구전(口傳)을 필사한 것이라고 보기는 어렵다. 그러나 암행어사의 휴대품인 '유척(鍮尺)'을 '유청'이라고 표기하는 등, 오기(誤記)가 다수 눈에 띄는 만큼, '져놈의'는 "져넘의"의 오기일 가능성이 충분하다고 본다.

50) 대청 위기의식이 완화되어 전쟁에 대한 우려를 덜게 된 것은 영조대 이후로 본다. 강석화, 같은 책(2000), 76면.

에 의해, 같은 장소에 대한 기행작품에는 같은 말, 같은 전고典故 그리고 같은 상념이 반복적으로 나타나는 종류의 것이다. 전자에 대해서는 그가 가지고 있는 북방 수비에 대한 현실적인 생각들이 여기서는 객관성을 잃어버린 것인지, 아니면 그의 대청관이 원래 보수적인 것인지를 보아 전체적으로 판단해야 할 것이다.

> 훈융진(訓戎鎭) 지날 적의 되놈들이 ᄇᆞ라보데
> 피디(彼地)가 지쳑(咫尺)이라 젹은 강(江)이 막앗시니
> ᄃᆞᆰ ᄀᆡ 소릐 들니더라 즁디(重地)라고 ᄒᆞ리로다
> 후츈(暈春)도 삼십 니(三十里)라 그 아니 즁디(重地)런가

여기 나타난 국경 넘어 보이는 호인胡人에 대한 어사의 비하적 태도는 국방을 시찰하는 임무의 표현이다. 남구만의 의견에 반대한 유상운柳尙運(1636-1707)은 원래 폐사군 지역을 활용하자는 견해였으나 평안감사로 재직하면서 지역사정을 파악한 뒤에는 자신의 견해를 반대로 바꾼 바 있다. 그러나 1812년의 사정은 청과의 수교 직후의 이런 사정과 같을 수는 없다. 1812년은 50년이 지나면 조선이 세계열강과 접촉할 수밖에 없는 시점임에도, 청에 대한 감정은 복합적이고 개인차가 크다는 점을 확인하게 된다. 암행어사로서 그는 육진 지역을 꼼꼼하게 시찰하였다. 일기에는 육진의 실정이 자세하게 기록된 반면, 가사에는 덜 상세하다. 가사로는 정치적 실정에 대한 것보다는 낯선 육진의 생활상과 언어, 풍속을 기록하는 풍속지風俗誌를 만드는 데 더 치중하였다. 이는 가사를 통해 낯선 소재의 재미를 느끼게 하려는 작자의 시도로 생각된다.

5. 〈북새곡〉의 성격
—'불쌍한 북관민'과 암행어사 구강의 자부심

그는 안변에서 섣달그믐을 맞이하고, 객지에서 새해를 맞는 심정을 서술하였다. "늙은 몸이 절식(絶塞)의 봉명(奉命)ᄒᆞ야" "슝녕(崇嶺) 악계(嶽界)의 십전구부(十顚九仆)ᄒᆞ"였으나 살아 돌아와 다행이라고 하면서도, 만일 무슨 일이라도 있었으면 얼마나 황당한 일인가를 객수客愁 삼아 구슬프게 읊조렸다. 반면, 3월에 복명하고 집으로 돌아와서는 "내 집의 도라오니 만ᄉᆞ가 무한하다 … 그 무어시 관계ᄒᆞ리 노병이 살아왓다"고 감개무량함을 전하였다. 그 후의 50행 정도는 암행어사 임무의 막중함에 대한 토로이다. 여기에서는 이 부분에 나타난 구강의 감정을 분석하여 이러한 변화의 이유와 그 의미를 고찰하고자 한다.

앞에서 보인 바, 길을 나설 때의 그는 북방을 "도망한 남의 죵을 진직 ᄎᆞ즐 곳"으로 인식하고 있었는데, 마칠 때에는 "불상ᄒᆞ다 심북(深北) 빅성"이라고 표현이 바뀌는 것에서 기인한 구강의 북관에 대한 감정, '안타까움'이 바로 이 부분에 위치한다는 것은 주목을 요한다.

처음과 끝만 비교하면 '사전 지식→체험→감정'을 통한 북관에 대한 그의 최종 인식은 현장 답사를 통해 달라진 것처럼 보인다. 즉, 그가 한 겨울에 평민과 같은, 아니 어쩌면 그보다도 더 못한 처지로 북관민의 삶의 현장에서 부대끼며 얻게 된 감정처럼 느껴진다. 그러나 지금까지 살펴본 바, 그가 말하는 북관 백성은 환곡에 시달리는 사람들에만 국한되어 있다. 그가 도망친 종, 도둑 등의 혐의를 받고 있는 인간들이 이합집산하는 것을 이유로 들어 읍치邑治를 원하는 현지민의 요구를 반대하고 이들이 조정의 지시만 받아야 한다는 생각을 갖고 있는 것은, 그들 또한 환곡還穀, 개시開市, 변새邊塞의 역役 때문에 떠도는 장진민과 같은 피해 백성일 수 있다는 것을 그 역시 외면하는 것이다.

이런 모순을 감안하면, 결말의 그의 탄식은 북관민에 초점이 있는 것이 아니라, "왕셩(王城)이 누쳔니(累千里)라/ 감ᄉᆞ(監司)도 모로거든 님금을 엇디 알니/ 졔 몸의 졀통(切痛)ᄒᆞᆫ 일 아모리 잇건마는/ 뉘게 와셔 ᄒᆞ올소니 형셰(形勢)가 홀 일 업다"라는 하정상달下情上達이 막힌 구조를 개탄하는 데 초점이 있다. 즉 그가 암행해야 하는, 제 구실을 못하는 관리들을 질책하는 것이며, 암행의 당위성을 강조하는 것이다. 그는 암행어사의 직이 수행해야 하는 '봉고 파출', '개인 형장' 등을 '괴롭고 못 할 일'이라고 하소연한다. 그러나 "우리 쥬상(主上) 뎐하(殿下)님이 너희 질고(疾苦) 념녀(念慮)ᄒᆞ샤/ 날 보니여 알나시니 내 가셔 알외려니"하는 말에는 백성에 대한 연민과 함께 자신의 임무 완성에 대한 뿌듯함이 드러난다. 끝맺음에서 작자가 천지신에게 왕의 만수무강을 비는 것은 왕은 모든 것을 해결해줄 존재이고, 한편으로는 그에게 암행어사의 막중한 임무를 맡긴 존재이기도 하기 때문이다.

암행어사 임무를 의식한 것은 그의 구성력에서도 드러난다. 가사로 보면 그는 다른 암행어사들보다 꼼꼼하고, 엄격하게 그의 업무를 수행한 것 같다. 그러나 『일기』와 비교하면 차이가 있어, 가사를 통해 보는 관인으로서의 엄격함에 의문이 드는 것도 사실이다. 가사의 노정을 보면, 그는 업무의 시급함 때문에 함흥의 명승 유적지를 돌아오는 길에야 들른 것으로 되어 있다. 그러나 『일기』에는 그렇지 않다. 그도 <북정가>를 쓴 이용李溶이나 다른 양반들처럼 가는 길에 그곳을 들렀었다.[51] 가사에 들른 순서와 날짜를 바꾼 것은 암행어사 임무의 심각함과 위중함을 부각시키려는 그의 의도로 보인다. 자신의 창작의도를 전편에서 지속하고 있는 것이다.

암행어사의 행적을 세세히 보여주는 것에 <북새곡>의 초점이 맞춰져 있다고 보는 것은 그가 독서물로서의 가사의 기능을 충분히 이해하고 있는 가사 작가라는 사실과도 관련 있다. 당시의 가사 독자들은 부녀자이다. 그

---

51) 그는 『일기』에 9월 18일에 함흥의 유적지들을 둘러본 것으로 기록하고 있다.

도 집안의 부녀 독자를 위해 그가 역임한 암행어사라는 특별한 임무의 안팎을 보여주기 위해 이 가사를 썼을 것이다. "져 일것 단니면셔 민은(民恩)을 ᄌ시 알아/ 낫낫치 별단(別單)ᄒ니 묘당(廟堂)의셔 고퇴(鼓堆)ᄒ야/ 열의셔 일곱 여덟 시힝(施行)을 아니ᄒ면/ 그 아니 밍낭(孟浪)ᄒᆫ가"라고 암행어사 일을 자세히 설명한 것은 이런 일과 거리가 있는 독자층을 위한 것이다. 그는 앞서 함흥에서 자신의 그간 암행의 결과를 정리한 바 있다. "북관(北關)의 아홉 고을 셔편(西便)으로 네 고을의" 환정 폐해를 정리해 "누 만셕(累萬石)을 어덧시니 그도 젹지 아니터라/ 그 빅셩(百姓)들 노릐 듯소 어ᄉ(御使)의 은혜(恩惠)라데/ 지인(罪人)들이 만컨마는 게셔 다 결단(決斷)ᄒ고/ 녕(令) 넘긴 일 업삽더니 감복(感服)도 ᄒ더라데"라고 자신의 선정善政을 칭송하고 감복하는 백성들의 모습까지 중계했다. 이처럼 그는 스스로 자신의 업무 수행을 성공적으로 평가했고 백성들이 "날 보고 길을 막아 울며 노치 아니ᄒ"더라고 그의 보람을 전하며 "내 가셔 알외려니/ 쥭지 말고 기ᄃ리라 덕턱(德澤)이 미츠리라"라고 그의 막중한 임무를 마무리지었다. 겨울 북관에서의 어사의 고생을 생생하게 보여준 것도, 업무 이후에도 계속 보게 될 그의 시종과 아랫사람에 대한 인간적인 애정을 면면히 보여준 것도, 같은 맥락에서 자신의 역할이 얼마나 중요한 것인지를 가사 독자들에게 보여주는 방법들이다.

한편, 독서물로서의 재미를 위해, 그는 당시 유행하는 소설, 시조, 설화의 형식을 이용, 북관의 인정을 친근하게 전했다. 또, 다른 연행가사들이 이국의 신기한 풍물을 말로 보여주려 하듯, 북관의 경물에 대한 자료를 수집, 정리해 알려주었다. 낯선 풍물을 전하는 태도는 청국, 왜국의 경물을 전하는 태도와 같다. 그것들은 특별히 애정을 가질 이유가 없는 이국풍경일 뿐이다. 그러므로 경멸의 감정도 표현할 수 있었던 것이다.

또한 그가 베푼 민은民恩은 무엇보다 좋은 소재였다. 그가 북관 문제에 대해 올린 장계에 의하면 그의 보고로 인해 논의된 문제는 열 가지가 넘는다.[52] 이 조항들의 대부분은 이미 문제가 불거져 그를 파견한 것이고 그의 보고로 문제점들을 처리하게 될 것이다. 이런 현실을 볼 때, 조정의 양반들에게는 구강의 이 가사 속 사건들이 새로운 것은 아니다. 그러나 북관의 사정에 어두운 독자들에게는 처음 알게 된 현실이다. 대화체로 쓰여 생생한 실감을 전하는 백성의 민원 부분은 새로운 소재로서의 재미뿐 아니라, 백성의 현실과 괴리된 안방의 독자들에게 현실에 눈뜨게 하고 궁핍한 삶의 모습에 공감할 여지를 준다. 그러나 독자의 대부분이 부녀자였을 당대에, 그 이면의 사회적 부조리나 모순에 대한 행정적인 문제들은 큰 공명을 얻지 못했을 것이다. 이 가사가 발굴될 때까지 "집안 할머니가 쓴 것"으로 후손들에게 알려진 것[53]은 이런 수용 환경을 보여준다. 암행어사의 업무 부분은 재미있는 부분들에 묻혀 충격도 주지 못했고 제대로 의미를 조명받지 못했을 가능성이 더 크다.

오늘날의 우리 또한 마찬가지다. 암행어사인 구강은 자신의 위치를 의식한 가사를 남겼기에, 여기에 보이는 북관의 풍경은 자연지리가 아니라 인문지리의 대상이다. 그러므로 우리도 그렇게 읽을 수 있어야 했을 것이다. 그러나 우리에게도 북관은 여전히 낯선 곳이어서 우리의 이해 역시 진전되지 못했다. 더구나 가사를 대하는 우리의 시선이 좁아진 것도 원인이다. 기행문을 문학작품으로 보고자 하는 시각으로는 사회과학의 연구 성과를 동원해야 이해할 수 있는 위의 구절들은 소홀하게 볼 수밖에 없다. "문학의 순박성을 탈신비화"하지 않으려는 우리의 인식 탓도 있다.

여기에 들어 있는 암행어사 장계의 사건들에 주목하면 이 가사는 기행가사가 아닌 적어도 세태가사世態歌辭 정도로 보아야 할 필요가 있다.[54] 즉, <북새곡>은 세태에 대한 보다 분석적이고 과학적인 율문 기록이다. 그는

52) 본고 주32 참조.
53) 강전섭, 같은 글(1992) 참조.
54) 이를 기행가사로 보아서는 그 역동적인 면모가 파악되지 않는다고 하는 관점은 이형대, 같은 글(1995) 참조.

"역사를 쓰고 상황들을 현시하고 진술들을 배치하는 형태들, 대상들을 현시하는 양식의 경계들과 위계들을 분쇄하는" 형식의 글[55]을 쓴 것이라고 말해도 과언이 아니다. 이렇게 <북새곡>을 다르게 보는 것은 랑시에르가 지적하듯, 가시적인 것의 풍경, 이 풍경의 판독 양태들과 이 풍경 속에서 개인들과 공동체들이 수행하는 것과 수행할 수 있는 것에 대한 진단은 늘 새로워질 수밖에 없기 때문이다.[56]

그가 소개한 북관의 낯선 풍물의 목록에 대한 평가는 그간의 평가와는 달리, 북관에 대한 풍속지가 한문학에서 이미 여러 번 시도되었다는 것을 감안하면, 신선함과 새로움의 의미는 반감된다. 한글로 쓰인 의의는 크겠지만, 앞에서 보았듯 이를 전하는 작자의 감정은 이 신기한 풍물들에 우호적인 것은 아니었다. 북관민의 생활환경에 대해 경멸감을 감추지 못했던 작자의 태도에 비추어 볼 때 그를 통해 북관을 소개받는 것은 모순적이기까지 하다.

그간의 연구들은 <북새곡>의 중요한 성과로 대화체의 기법 또한 주목해 왔다.[57] 본고 역시 이 점을 주목하지만, 앞에서 본 것처럼 이미 가사에 많이 나타난 기법이기 때문에 이를 포함한 국문학적 소재, 기법을 구강이 익숙하게 사용했다는 데 더 의의를 두는 정도이다. 감정을 통해 <북새곡>을 통찰할 때 이 작품의 의미는, 역설적이지만, 그가 대놓고 북관을 무시한 데에 있다. 다음에서는 이 점에 대해 그 의미를 고찰하고자 한다.

6. 〈북새곡〉에 나타난 감정의 윤리적 의미

위에서 본 것처럼, 그는 환폐에 시달리는 북관민을 구해야 한다는 사명

---

55) 자크 랑시에르, 오윤성 역, 『감성의 분할』, 도서출판 b, 2008, 93면.
56) 자크 랑시에르, 유재홍 역, 『문학의 정치』, 인간사랑, 2011, 45면.
57) 이형대, 같은 글(1995) 참조.

감을 느끼면서도 북관민의 삶의 모습은 경멸하고, 북관민의 개선 요구는 부당한 것으로 일축한다. 이런 감정과 그에 기반을 둔 감정의 능력인 그의 감성은 백성의 애환을 누구보다 깊이 이해하려고 노력해야 할 관인의 것으로는 부당한 것이다. 즉, 감정의 윤리학으로 볼 때 그의 감정은 합리적이지 않다. 앞에서 확인한 바, 북관은 중앙으로부터 '버려진 곳' 취급을 받아왔다. 버려짐이란 "타자로부터 응답가능성을 상실한 삶"을 말하고, "그들에게 장소란 없다."는 의미이다.[58] 거기에 암행어사로 파견된 구강은 북관민들을 보고 듣는 타자여야 했다. 누구보다 그들의 삶의 조건에 공감했어야 할 것이지만, 그는 북관의 삶을 비웃고 유교문명인의 입장에서 재단했다.

그럼에도 불구하고 그는 가사를 씀으로 인해, 자신도 모르게, 한 사회가 인식하는 감성의 의미를 궁극적으로는 동요하게 하는 결과를 가져왔다는 점을 주목해야 한다. 이에 앞서, 그가 북관민에게 '감각의 나눔'을 실행한 점 역시 <북새곡>의 의의로 간과할 수 없다. 이는 장진민의 경우처럼 대화체를 통한 것일 수도 있지만, 앞에 소개한 후주의 말 없는 군중의 경우처럼, 말 못하는 이들이 그려진 장면의 시각적 제시를 통해서도 이들은 감각되는 존재로 바뀔 수 있다. 이들을 통해 구강은, 스스로 말한 것처럼("졔 몸의 졀통(切痛)훈 일 아모리 잇건마는/ 뉘게 와셔 훈올소니"), 말할 곳이 없으므로 말 못하는 사람으로 치부된 북관민이 우리에게 말을 걸 수 있는 입을 갖게 한 것이다. 이것은 그들에게도 아픔의 감각, 억울한 감정, 고통의 쓰라림이 있음을 읽는 이에게 깨닫게 해준 것과 같다. 다시 말해서 감각을 나누어준 것이다.

이 감각의 나눔은 감정의 윤리학이 주목한 분야이다. 한 사회에서도 어떤 사람이 말하는 것은 말이며, 어떤 사람이 말하는 것은 소음으로 여겨지는 것은 흔히 일어나는 현상이다. 이것은 들리기, 즉 '감각되기'만의 문제는

---

58) 사이토 준이치, 윤대석·류수연·윤미란 옮김, 『민주적 공공성』, 이음, 2009, 15면.

아니다. 그것은 또한 '감각의 능력' 문제에도 해당한다. 말하기를 예로 들면, 할 말이 있더라도 시간과 장소가 있는 사람은 말할 수 있지만, 그렇지 못한 사람은 말할 수 없고 그래서 말할 줄 모르는 사람으로 간주된다. 시간이 없는 사람은 보이지 않는 것으로 판단되고 무능력한 것으로 인정된다. 능력들 또는 무능력들은 이렇게 규정된다.

이처럼, 어떤 사람을 다르게 듣고, 다르게 보고 있다는 것을 인지하는 것은 공동체 내에 감성의 경계(분할)가 존재한다는 것을 각성하는 것이고, 이로부터 그 경계를 시정해야 할 필요가 싹튼다. 이렇게 나타나는 경계, 이 감각적 확실성의 체계를 랑시에르는 '감성의 분할'이라 하였다.59) 이 감성의 분할은 변경될 수 있다. 공동체의 감성 분할에서 그 어떤 몫도 가지지 않는 자들은 그들에게도 감성이 있음을 알리기 위해 싸운다. 이를 통해 감성의 분할선은 변경되는 것이다. 이것을 변경하는 것, 감각을 재분할하는 것은 곧 정치이다. 누군가의 감정을 감정이게 하는 것, 즉 '감성을 나눠 갖게 하는 것은 정치'인 것이다.60)

구강이 왕에게 올릴 서계書啓를 통해 자신이 그들의 입이 되어주겠다고 한 것은 북관민에게 감각을 나누어준 의의를 가질 수 있다. 그러나 이는 위정자의 한계 내에서이다. 또한 이미 구강은 가사를 통해 장진민, 후주민을 등장시켜, 비록 지배층의 후의에 기대는 모습이기는 하나, 이들에게도 감각

---

59) "공동 세계에의 참여에 대한 자리들과 형태들을 나누는 감각 질서"(랑시에르, 같은 책(2009) 7면 참조)를 말하는 자크 랑시에르의 용어인 'le partage du sensible'은 "감성의 분할"로 우리나라에 처음 번역되었다.(랑시에르, 같은 책(2008), 13면 참조) 그러나 의미가 잘 와 닿지 않는 이 용어는 이후, 보다 잘 이해되는 '감각적인 것의 나눔'이라는 말로 다르게 번역되었다.(자크 랑시에르, 양창렬 역, 『정치적인 것의 가장자리에서』, 도서출판 길, 2013, 17면 참조) 필자는 후자의 용어가, 공동체 내에서 감각이 있는 이들과 없는 이들을 나누는 '배제'의 의미와 감각을 나누어준다는 '포섭'의 의미를 함께 가지고 있는 'le partage du sensible'과 더 논리에 맞다고 생각한다. 하지만 이 경계의 나눔 '선'을 보여주기에는 어쩔 수 없이 '분할(선)'이라는 전자가 더 잘 이해된다고 생각한다. 감성의 분할선의 움직임을 설명한 위의 부분은 이 두 번역을 함께 고려하면서 필자가 이해한 바를 요약한 것이다.

60) 랑시에르, 같은 책(2011), 7면.

이 있음을 보여주었다. 그러나 이 감정의 경계선 변경이 투쟁을 통해서 이루어지는 것임을 생각하면, <갑민가>의 '갑민'처럼 자신의 의지를 말하는 북관민이 직접 문학사에 등장해 감각의 경계선을 건드리는 것[61]이 더 적극적인 의의라고 평가할 수 있을 것이기에 그 의미는 다소 약화된다.

본고는 여기에 덧붙여, 그가 자신의 가사에서 보인 불편한 감정을 통해 조선사회가 북관민에게 그어 놓은 감성의 분할선을 아무렇지도 않게 보여준 것을 구강의 또 다른 공로로 주목한다. 이로써 <북새곡>의 의의는 거기에 북관민의 삶이 재현되어 있다는 성과를 넘어선다고 평가한다.

앞의 분석을 통해 그의 북관민에 대한 연민은 상당히 제한적이었음을 알 수 있었다. 그의 북관민에 대한 개인적 감정은 합당하지 못한 점도 많다. 그에 대한 판정은 사안에 따라 다르기에 새삼 재론할 필요는 없다. 여기서 문제 삼는 것은 <북새곡>에 드러난 작자를 포함한 중앙의 시각이다. 그들은 북관의 자연 조건을 북관민의 의식주가 행해지는 삶의 조건으로 보지도 않으며, 북관민의 삶의 개척 노력 또한 자신들을 위해 시도되는 것일 수 없도록 제한하고 있음을 보여준다. 아니 그 이전에 1800년대의 조선은 그들에 대해 모르는 것을 당연히 여기는 사회임을 보여준다. 그들을 모르는 것, 그들을 불편해 하며 대놓고 불쾌한 감정을 드러내는 것은 그들이 말하고 존재하고 행하는 방식들을 공동체 내에서 인지하지 않는다는 뜻이다. 이것이 당연한 것은 아니라고 <북새곡>을 읽은 우리가 깨닫게 된다는 점은 중요하다. 이에서 나아가 조선의 1800년대에서도 모르던 그들을 지금의 우리 역시 모르고 있다는 사실을 자각하게 되는 것은 우리에게 있는 감각의 경계를 무심하게 건드린다. 그래서 경계의 변경은 아직 일어나지 않았다는 것을 알게 한다는 점 역시 <북새곡>의 중요한 의의라고 생각한다.

61) 이 논문은 감성 분석을 주요 방법론으로 하고 있으므로 문화지리학을 방법론으로 드러내지 않고 있으나, 여기에 사용된 '감정의 경계선', '감정의 분할'은 앞의 방법론에서 다룬 공간의 '질서와 경계짓기'에 해당되는 예이다. '지리적 경계짓기'가 담론에 의해 '내부의 문화적 질서 형성'과 함께 행해지는 것을 보여준다. 본서 1부 1장, 31-35면 참조.

7. 결론

지금까지의 다른 연구들이 <북새곡>에 재현된 북관민의 삶의 모습에 주목한 반면, 본고가 감성의 분할선을 드러낸 것을 <북새곡>의 중요한 의의로 드는 것은, 그것을 전하는 구강의 태도를 포함해 1800년대 조선의 태도를 우리에게 보여주며, 그것을 바라보는 우리의 모습 또한 돌아보게 한다는 점에서 우리의 감성을 윤리적 인식에 이르게 하는 의미를 가지고 있기 때문이다.

이상의 결론 외에도, 그의 감정을 구체적으로 밝히는 과정에서 그가 짜 넣은 북관의 현실에 대해 그간 간과되었던 많은 부분에 의미를 부여하는 성과가 있었다. 또한 그간의 활자화와 현대어 독해 과정에서 있었던 심각한 오류들을 교정하여 <북새곡>에 대한 좀 더 자세한 주석을 제공할 수 있었다. 이로써 이 논문이 <북새곡>에 대한 새로운 연구 단계를 열어, 앞으로 작자 구강의 성과와 한계를 종합적으로 논의할 수 있는 계기가 되기를 기대한다.

이 작품뿐 아니라, 조선 후기에 가사가 장편화되면서 연행사燕行使나 통신사通信使 등의 해외기행가사들에도 새로운 경험에서 느낀 다채로운 감정이 드러난다. 그러나 이들에 대한 연구들 역시 대상에 대한 보고에만 주목하여 여기에 드러난 감정들은 제대로 분석되지 못했다. 앞으로 작품의 감성분석에 대한 연구는 중요한 분야로 주목할 필요가 있다.

(『한국학논집』 53집(계명대학교 한국학연구원, 2013) 수록)

제4장 〈팔역가〉와 18 · 19세기의 문화지리의식

1. 서론

1.1. 들어가며

<팔역가>는 조선 후기 지식인이 지은 작자 미상, 연대 미상의 가사로, 조선 전역(팔역)을 대상으로 한 장편의 문화지리가사이다.

함경도를 시작으로 경기도에서 끝나는 전국 팔도 여행 형식을 취하고 있으므로, <팔역가>를 구성하는 것은 첫째, 여정 · 여행지에 대한 감상 등 기행문의 일반적인 요소, 둘째, 그 지역의 유적 · 명소에 대한 역사적 의미와 중요 인물에 얽힌 일화 등에 대한 정보들이다. 이에 덧붙여 셋째, 곳곳에 인용되어 있는 한시들 역시 <팔역가>를 구성하는 중요한 요소이다. 한시는 45수 이상이며, 많은 경우 작자를 밝히지 않은 채 인용되어 있으나 이를 통해 그 장소의 의미와 정서를 집약하는 역할을 기대하며 사용하였을 것을 짐작할 수 있다.

<팔역가>는 1965년 학계에 소개된 이후 7종 이상의 필사본 이본을 확인할 수 있으며, 1건의 박사학위논문이 책으로 발간되어 있고, 전자자료로도 공개되어 있어 작품의 실상을 접하는 것은 어렵지 않다고 할 수 있다. 그러

나 그간 국문학계에서 개별 작품론으로는 별로 다루어지지 않았던 것이 사실이다. <팔역가>는 외형으로 볼 때, 가사의 기본적인 율격에서 벗어나 있어 문학작품으로 독해하고 감상하기 쉽지 않았던 것도 그 가치 평가가 미뤄졌던 이유 중 하나이지만, 국문학계가 이런 문화지리적 접근에 본격적인 관심을 가지지 않았던 연구 풍토가 이 작품을 주목하지 않았던 큰 이유라고 생각한다. <팔역가>를 연구하는 것은 이를 구성하는 세 부분, 즉 '가사구문'·'문화지리지식서의 활용'·'한시'를 각각 이해하는 위에서 이루어져야 하므로 국문학·문화지리·한문학에 대한 깊이 있는 연구가 뒷받침되어야 하는 대형 프로젝트이다. 이 세 분야에 대한 관심을 기초로 하되, 이들을 하나로 버무려 '가사'라는 형식에 담은 의미와 의의를 탐구해내는 방향성을 잃지 않아야 이 작품이 가지는 의의를 제대로 판명할 수 있을 것으로 생각한다.

본고의 관심은 이 작품에 나타난 우리 북방지역에 대한 문화지리의식을 살펴보고자 하는 데 있다. 기본적인 논의를 마친 후에, 이 작품이 가사로서 읽히고 감상되기 위해 그것을 구성하는 서로 다른 세 분야가 함께 어우러지는 율격의 실현에 대한 검토에서 <팔역가>에 대한 본격적인 논의를 시작할 것이다. 본고의 전 과정을 통해서 본고가 견지하고자 하는 태도는 <팔역가>를 문화지리적 자료로서가 아니라, '가사'로서 보고자 하는 것이기 때문이다.

1.2. 〈팔역가〉 이본고와 연구사 검토

1.2.1. 선행연구와 〈팔역가〉 이본

<팔역가>는 1965년 학계에 소개된 후 여러 개의 이본이 소개되었다. <팔역가>에 대해 자세히 논주한 노규호가 단행본을 발행한 1996년까지 네

개의 필사본이 학계에 소개되어, 세부적 사항이 알려졌다. 노규호의 논의 후 <팔역가>에 대한 학문적 논의가 별로 없는 상태에서 <팔역가>의 다른 이본들이 소개된 것은 2011년 이후라 할 수 있다. [한국가사문학관]이 세 권의 필사본을 입수한 후 이에 대한 해제 작업을 하여 그 결과와 원문을 영인하고 이를 데이터베이스화함으로써 일반에 공개한 것이다. 이로써 학계가 <팔역가>에 대해 접근하기는 매우 쉬워졌지만 그 논의가 별로 진전되었다고는 볼 수 없다. 본고의 사전작업으로서 다음에서 이본을 고찰할 때 선행논의에서는 고찰되지 않았던 자료들을 포함하여 살펴보고자 한다.

1.2.1.1. 1995년까지의 상황

노규호가 소개한 이본은 선배학자인 박준규, 최강현, 최두식 님이 학계에 소개한 것들이다. 처음 박준규에 의해 소개된 <이씨본(이돈주 님 소장)>은 그에 대한 박준규의 해제 외에는 원본이 소개되지 않았다.[1] 다음 최강현이 자세히 논한 <오씨본(전 영광군수 오경석 님 소장)>은 이상보의 영인으로 실제로 논의될 수 있었다.[2] 한편, <진씨본(진동혁 님 소장)>은 기본 논의는 있으나 실물을 접하기는 쉽지 않은데, 최두식은 특히 <진씨본>을 자세히 소개하였다. 그는 <팔역가>를 '역사기행시가류'로 분류하고 <진씨본>에서 다룬 팔도의 내용을 표로 제시하였다. 또 <진씨본>의 창작연대를 1910년 이후로 보고 있으므로 창작동기도 "한일합방전후의 혼미한 시국에서 역사적 유적지에서 촉발·음영되어진 사적들은 대외적으로 반외세의식을 담은 것이 많고, 대내적으로는 왕통의 신성을 강조하는 민족적 자존의식, 선비의 기풍, 학문, 절의, 사화, 유배, 은거 등에서 볼 수 있는 사류士類의식으로 집약된다."고 하였다.[3] 이런 형편에서 학계를 위해서는 다행한 일로 『역

---

1) 박준규, 「팔역가에 대하여」, 『한국어문학』 1, 한국어문학연구회, 1965, 49-60면.
2) 최강현, 『한국기행문학연구』, 일지사, 1982.
3) 기행의 행선지, 역사적 사건의 연대, 주인공, 사적, 표현상 특성을 중심으로 표로 제시하였

대가사문학전집』에 <권씨본(권영철 님 소장)>이 영인되어 실렸다.[4] 그러나 해제는 없는 상태였다.

이렇게 각 발굴 자료에 대한 해제가 논의의 전부인 가운데, 노규호는 <팔역가> 연구를 책으로 발간하며, 작품 전편을 논주하였으며, 책 말미에 <오씨본>을 영인해 수록하였다.[5] 그는 <이씨본>에 대한 접근이 쉽지 않았음을 밝히고, 네 이본 중 <권씨본>과 <오씨본>이 대동소이하여 자신의 책에서는 <오씨본>과 <진씨본>을 비교하고 중점적으로 연구하였음을 밝혔다. 그는 선행연구자들의 언급을 표로 대조하여 보이고 이본의 검토도 실시하였다. 그의 선행연구 검토를 요약하면, 33장 <이씨본>에는 '嘐嘐子'라는 이름이 있고, 창작시기를 1804년(순조 4)으로 추정(박준규), 36장 <오씨본>은 표지에 '春風闊步優遊壯觀', '(戊子)[6]白鼠南至騰子月陽齋' 등의 구문과 '臥遊江山 鰊域歌'라는 표기가 있고, <팔역가>가 끝나고 바로 이어 '又詠曰'하고 칠언절구 2수와 '甲子五月日愚谷嘐嘐子歌'하고 한시가 있다. 32장 <진씨본>은 '龍城舍人愚齋所撰', '茂長郡托谷面孝生'이라 쓰여 있으며 이를 근거로 1910년 작으로 추정하는[7] 연구결과 등이 있다고 하였다. 이상의 네 이본의 외형 서지에 대해서는, 반복적으로 논할 것은 없다고 보기에 노규호의 견해를 인용하는 것으로 대신한다. 한편, <팔역가>의 유람의 실제 여행 여부에 대한 논자들의 견해는 <이씨본>에 대해서는 수긍(박준규), <진씨본>에 대해서는 '와유기행臥遊紀行'으로 보았음을 전했다.[8]

노규호는 이 이본들을 "두 이본의 차이나는 어구나 내용 중 특기할 만한 부분을 줄거리 단위로 나누어 제시하고" 꼼꼼하게 대비한 결과, <오씨본>

다. 최두식, 『한국영사문학연구』, 태학사, 1987, 271-287면 참조.

4) 임기중 편, 『역대가사문학전집』 권18, 여강출판사, 1988, 511-598면.

5) 노규호, 『논주 팔역가』, 민속원, 1996.

6) '戊子'는 보다 작은 글씨로 쓰여 원래의 표기로 보기 어렵다.

7) 최두식, 같은 책, 279면.

8) 노규호, 같은 책, 13-20면.

과 <권씨본>을 같은 계열로, <진씨본>과 <이씨본>을 같은 계열로 보아, <팔역가>에는 두 계열이 있다고 보았다. 또 전자들이 후자들보다 뒤에 필사된 것, 즉 <진씨본>과 <이씨본>이 선행본先行本이라고 평가했다. 그 이유는 후자 두 본에는 '구결현토'가 붙어 있다는 점 때문이다.[9] 또한 <오씨본>을 <진씨본>보다 선본善本으로 논증하였다. <오씨본>에는 여러 곳에서 틀린 곳을 바로잡은 흔적이 보이며, '後人詩曰…'류의 덧붙은 내용이 많다는 점에서이다.[10] 이에 대해서는 좀 더 상세히 검토할 필요가 있을 것으로 보아 다시 다루고자 한다. 외에, 노규호가 밝히지 않은, <권씨본>에 대해서는 뒤에 설명한다.

한편, 이 네 편의 이본에 더해, 노규호의 노작인 『논주 팔역가』는 그 자체로 하나의 이본 성격을 가진다고 보는 것이 본고의 입장이다. 장편의 필사본인 <팔역가>을 모두 활자화하고 현대어로 해석한 것은 그것만으로도 우선 기릴 만한 일이다. <팔역가> 안에는 40여 수의 한시가 수록되어 있어 이들에 대한 해석도 함께 해야 하는 작업이기에 그만큼 더 노고가 인정되어야 하는 업적이다. 필자를 비롯하여 현대의 연구자는 대부분 그 자료를 섭렵해야 할 수밖에 없으므로 이에 대한 공과가 분명히 이루어져야 할 필요가 있어 본고에서는 이를 <인쇄본>으로 지칭하고 기본적인 연구대상으로 삼았음을 밝혀둔다.[11]

한편, 임기중의 『한국역대가사문학집성』의 데이터베이스(DB)[12]에 올라 있는 <팔역가>는, 부기된 설명에 의하면, 이 『논주 팔역가』를 입력대본으로 하며, DB에 소개된 원전이미지는 <오씨본>("전 영광군수 오경석 님 소

9) 박준규, 같은 글, 54-55면; 노규호, 같은 책, ·37면.
10) 노규호, 같은 책, 37면.
11) *이하 <오씨본> 인용은 특별한 언급이 없는 한 노규호 <인쇄본>의 면수를 말하며, 본고의 분석 대상은 <오씨본>이므로 본고의 자료로서 인용할 때는 '<오씨본>', '<인쇄본>'이라는 언급 없이 '○○면'으로 표기한다. 단 '<오씨본> ○○면'은 노규호, 같은 책, 335-364면에 수록된 <오씨본> 원전 영인(이하 '영인<오씨본>')의 면수이다.
12) [KRpia], 『한국역대가사문학집성』, <팔역가>, http://www.krpia.co.kr 참조.

장본")이라고 밝혔다. 이미지를 실제로 살펴보면, 여기에는 <팔역가>의 세 이본이 연달아 실려 있음을 알 수 있다. 이미지 총 187면 중 1~88면은 『역대가사문학전집』 권18에 수록된 <권씨본>(991번)이고,[13] 89~158면은 『논주 팔역가』 뒷부분에 첨부된 <오씨본>(2336번), 159~187면은 또 다른 <팔역가>(2337번)[14]이다. 또 띄어쓰기하여 입력한 현대문은 <인쇄본>의 함경도, 평안도, 황해도 일부의 것에 불과하며, 말미에 경기도 일부를 게재했을 뿐, 황해도・경기도 일부와 중간 부분인 강원도, 경상도, 전라도, 충청도의 내용은 빠져 있어[15] 수정・보완이 시급한 상태이다.

위의 논의들 외에 유연석의 간단한 언급[16]과 조동일이 '문화지리학'을 논하는 자리에서 『팔역가』를 좋은 문학지리학 작품으로 언급한 바 있으나 자세한 설명은 없었다.[17]

이런 상황에서 [한국가사문학관]의 자료 수집과 해제 작업이 있었다.

---

13) *이하 <권씨본>의 인용의 면수는 임기중 편, 『역대가사문학전집』 권18, 여강출판사, 1988의 면수이다.

14) 번호는 『역대가사문학전집』 수록 번호이다. <2336>은 권47, 616-685면에 수록되어 있다. 표지가 없는 상태여서 본고의 <오씨본> 인용은 <인쇄본>에 첨부된 영인본에 의한다. <2337>은 권48, 17-46면에 수록되어 있다. 수록 면수로 보아 [가사문학관]의 <6793> 계열로 보인다. 본고의 논의 대상에서는 제외하였다.

15) DB에 나타난 부분은 노규호, 같은 책, 91-127면과 298-304면에 해당한다. 그러나 DB에 첨부된 각주 1~124는 <팔역가>의 것이 아니라, <팔도읍지가>의 경기도・충청도・강원도・경상도에 대한 것이다.(임기중, <팔도읍지가>, 『역대가사문학전집』 권18, 482-498면에 해당) 단, DB 본문 6면 중 4~6면은 <팔역가>의 「경기」 중간 부분부터 끝까지인데(인쇄본 295-304면), 이에 대한 주석은 각주 618~642로 맞게 나와 있다. 반면, <팔도읍지가>는 '경기(제목은 없음)-충청도-강원도-경상도-전라도-평안도-황해도-함경도'의 순서인데 DB에는 본문은 전라도 이하만 있고 나머지는 실려 있지 않다. 본문이 없는 경기-경상도 부분의 각주만 <팔역가> 각주로 실려 있는 상태이다. [KRpia], 『한국역대가사문학집성』, <팔도읍지가>, <팔역가>. http://www.krpia.co.kr 참조.

16) 유연석, 『한국가사문학사』, 국학자료원, 1994, 225면.

17) 조동일, 「문학지리학, 어떻게 할 것인가?」, 김태준 편, 『문학지리・한국인의 심상공간』 1, 논형, 2005, 20-26면.

1.2.1.2. 2010년대의 상황

[한국가사문학관](이하 [가사문학관])은 소장자 이현조 님으로부터 2009년 서로 다른 이본의 <팔역가> 2권, 2010년 또 다른 1권의 <팔역가>, 총 3권을 소장하게 된 것으로 보인다.[18] 먼저 2010년 해제가 이루어진 것 <6448 최한선 해제본>과 2011년 해제가 이루어진 것<6461 박준규 등 해제본>이 있다.[19] 모두 한자 일부에 독음이 부기돼 있다. <6448>은 표지 포함 원본 이미지 자료(이하 '이미지'라 칭함)는 91매이다. 뒷표지 바로 앞면에 '愚谷 嘐嘐子歌'라고 쓰여 있다. 해제자는 <팔역가>를 "함경도부터 경기도까지 전체 24절로 노래한 장편 기행가사"라고 하고, 그 필사자는 분명치 않고 필사 시기와 장소 또한 '癸酉拾二月二拾六日辛亥雲崗齋書'라고 되어 있어 정확한 고증을 하기 어려운 실정이며, 필사본 첫머리에 '南原羅乃碩所作也'라고 명기되어 있는 점으로 보아 일반적으로 잘 알려진 나내석의 <팔역가>를 필사한 것으로 짐작된다고 하였다. 다음, <6461>은 표지 포함 이미지 자료는 92매이다. 앞표지 다음 면에는 '庚辰臘月'이라고 간지가 쓰여 있다. 해제자는 이 간지와 날짜로 보아 1880년 또는 1940년 섣달 경으로 추정할 수 있다고 하였다. 한편, 가장 늦게 2012년 해제된 <6793 임준성 해제본>이 있다.[20] 이미지 자료는 58면이나 그 중 4면이 백지이다. "歲昭陽作噩旃蒙困 敦月重光大淵獻日雲崗齋謄書"라고 가사 말미에 쓰여 있다.

이들 세 전자자료로 인해 <팔역가>에 대한 연구자들의 접근은 쉬워졌다. 사실 세 해제자는 <6461 박준규 등 해제본>에 대한 해제를 함께 한 전문가들이기도 하다. 그러나 세 해제가 모두 노규호의 의견에 기대고 이루어진 반면, 한 기관 소장본들 간의 이본 비교에 대한 논의는 없다. 해제에 의

18) [한국가사문학관 홈페이지] http://www.gasa.go.kr의 <팔역가> 참조.

19) UCI코드 G001+KR08-4850000111005.D0.V00006448와 G001+KR08-4850000111010.D0.V00006461을 각각 가리킴. 이하 <6448>, <6461>이라 표기.

20) UCI코드 G001+KR08-4850000120908.D0.V00006793. 이하 <6793>이라 표기.

하면 결과적으로, 이들도 <오씨본> 계열 이본으로 보인다는 주장이다.

[가사문학관]의 사업으로 <팔역가> 여러 이본의 DB화, 또 이를 바탕으로 한 대역對譯 현대문 자료화가 모처럼 이루어졌지만, 각주는 <6793>에만 붙어 있고, 본문을 현대화할 때 가사 형태에 대한 고민도 별로 보이지 않는다. 특히 <6448>은 DB에 종종 드러나는 아쉬운 면을 많이 노출하고 있다. 필자가 원본 이미지를 살펴본 결과, 원전에 없는 부분들이 DB자료와 현대문 자료로 제시되어 있었다. 문제가 있는 부분의 예로, 김응하의 죽음과 이에 대한 명 황제의 조서 내용을 소개하는 부분을 보면, 명 신종의 조서는 세 본 중 <6793>에만 전체가 인용되어 있다(6~7/58).[21] 반면 <6461>과 <6448>의 원전에는 황제의 조문에서 앞부분을 생략, 인용한 부분은 4음보 구문으로 약 30행을 줄인 상태이다. 이런 명확한 인용의 차이는 작자(필사자)의 의도를 짐작하게 하는 요소라 할 수 있다. 즉, "姜弘立과 副元師 金景瑞ᄂᆞᆫ 深河의 이르러/ 不戰而降ᄒᆞ고 金公은 狮戰而死ᄒᆞ니/ 皇朝의 遼東伯 封ᄒᆞ시고 下詔ᄒᆞ니/ 略에曰 嗚呼라/ 巡遠이 不死ᄒᆞ니 仙孝의 無臣ᄒᆞ고"(8/92)와 같이 함으로써 맥락이 통하게 편집하고 있기 때문이다.[22] 이는 <6793>의 원본 이미지를 참조하자면 8행(노규호 정행으로는 2음보 43행)을 뺀 것이지만, 그 의의가 적지 않다. 장문의 한문을 통째로 가사화하는 것은 율격면에서 가사를 즐기는 데 방해가 되고 있다는 점에서 생략의 의의가 있기도 하고, 원문 자체가 황제의 글이 아니라는 의문을 이긍익이 『연려실기술』을 통해 전하고 있기도 하기 때문에,[23] 이본고에서 줄여서 인용한 의의를

---

21) '6-7/58'은 총 58면인 <6793 임준성 해제본>의 58화면 중 6면과 7면을 가리킨다. 이하의 '8/92'는 총 92면인 <6461 박준규 등 해제본>의 92화면 중 8면, '8/91'은 총 91화면인 <6448 최한선 해제본>의 8면을 가리킨다.

22) 조서의 빠진 부분은 <인쇄본>의 99-101면, <권씨본>의 513-514면 참조.

23) 황제의 조서에 대해서는 "어떤 시골 선비가 조서를 모방한 것으로 그 글이 매우 상스럽고 졸렬하였는데, 조경남이 이것을 기록하여 드디어 잘못 전해졌다."고 하는 『몽예집(夢囈集)』에 실린 남극관(南克寬, 1689-1714)의 견해가 있다. 이긍익, 한국고전번역원 역, 『연려실기술』 권21, <심하(深河)의 전쟁 기미년(광해군 11년, 1619)> 재인용. *이하 『연려실기술』의

논의할 여지가 충분히 있는 편집이다. 원문의 빠진 부분은 <6461> DB자료나 현대문 자료에는 당연히 빠져있으나(8/92), <6448>에는 원본(이미지8/91)에 없는 이 부분이 DB화되어 있고, 또 현대문 자료(8/91)에도 나타나 있어, 유감이다.

이런 실수는 [가사문학관] 세 자료 모두에서 여러 번 드러난다.[24] 한 기관이 소장한 모든 이본을 해제하는 이런 기회는 서로 차이가 나는 부분들을 비교·고찰할 수 있는 좋은 기회였을 텐데도 그런 작업이 이루어지지 않은 아쉬움은 차치하고라도, 원본과 다르게 탑재된 DB자료, 현대문 자료는 자료를 왜곡시켜 그런 논의의 여지를 아예 없애버릴 뿐 아니라, DB 자체에 대한 신뢰감을 떨어뜨릴 수 있다는 점에서 아쉬움이 크다. 이본고의 관심에서, 황제 조서 수록 여부로만 본다면, <6461>과 <6448>은 같은 계열이고, <6793>은 다른 계열이라고 우선 말할 수 있을 것이다. 그러나 다른 부분들은 또 그렇지도 않고 필사 자체에도 여러 의문점이 있어 이 세 자료는 별도의 작업이 필요하다. 앞으로의 논의에서는 [가사문학관]의 자료는 본고의 관심에서 필요한 부분만 대조하고자 한다.

이상에서 [가사문학관]의 해제는 앞선 논의들에서 더 나아가지 못한 문제점을 안고 있는 것이 사실이다. 그러나 세 논자들이 지적한 <팔역가> 논의가 나아가야 할 방향에 대한 문제점들은 이후 논의의 핵심을 짚은 것임은 틀림없으므로 연구사에서 다룰 만하다. 즉, 이본 서로 간의 비교 연구가

인용과 번역은 이 책에 의하며, '이긍익, 같은 책'으로 기재한다.

24) <오씨본>의 황해도 '대청도' 부분에서 "중간의 화재만ᄂᆞᆫ 다시지은 졀리로다/ '大青島(대청도) 엇더던고/ 革散(혁산) 無人(무인)ᄒᆞ야 樹木(수목) 參天(참천)ᄒᆞᆫ듸/ 順帝(순제)의 수문나무 自營自枯(자영자고) ᄒᆞ여잇고/ 居處(거처)하던 宮室形地(궁실형지) 至今(지금)도 宛然(완연)토다'/ 文化(문화)을 지너다가 九月山(구월산) 올나보니/"(129면) 중 <권씨본>은 "大青島(대청도) 엇더던고"는 없으나 몇 글자(革散 → 革破, 宛然 → 完然) 외 나머지는 같다(527면). 반면 [가사문학관]의 세 원본 이미지에는 모두 위의 '대청도~완연토다' 부분이 빠져 있다. <6461>은 원문, 현대문에 다 반영되어 빠져 있으나, 다른 두 본은 원본과 다르다. 당연히 빠져 있어야 할 이 부분이 원문에 나와 있거나(20/91, <6448>), 현대문에 나와 있다(16/58 <6793>, 20/91 <6448>).

필요하며(최한선), 이에 더해 <팔도읍지가>, <팔도가> 등과 함께 우리나라의 강토와 역사, 인물, 지리, 특징, 명소, 누정, 사찰 등을 노래했다는 점에서 서로 간의 비교 연구가 요망된다는 점(박준규 외), 삽입가요, 삽입시를 덧붙이는 수법을 쓰고 있는데, 대체로 시의 원본이 아니거나 인용이 일부여서 인용시나 인용된 노래의 미적 판단에는 원작 대비가 필수적으로 요망된다는 점(임준성) 등을 지적하였다. 이들은 본고의 연구방향이기도 하다.

이상에서 간단히 언급한 연구들은 모두 노규호의 논의를 넘어서지 못한다. 그러므로 각 주제에 대한 선행연구는 노규호의 연구 성과를 짚어봄으로써 연구사를 대신하고자 한다.

1.2.2. 작자와 선행본 및 창작시기에 대한 선행 논의

[가사문학관] 소장 세 본에 대해 검토한 결과, 이들은 모두 <오씨본> 계열 이본으로 보인다. 여기서 발견되는 '愚谷 嘐嘐子歌' '南原 羅乃碩 所作也'라는 문구는 저자에 대한 궁금증을 증폭시킨다. 노규호는 <오씨본>은 <권씨본>과 같은 계열이므로 <권씨본>의 첫 줄에 "南原羅愚齋所述"이라는 기록, <진씨본>의 '龍城舍人愚齋所撰'이라는 기록에 주목해 지은이는 '우재愚齋'이고 모든 이본 표지 등에 나타나는 지명(담양, 광산光山, 무장茂長, 용성龍城)이 모두 전라도 지명인 것을 보아, 또 그 <오씨본>의 소장자가 전 영광군수 오경석吳京錫 님이었음을 감안해 <오씨본 팔역가>는 이 지역에서 지어지고, 이 지역에서 전사되며 읽혀진 것으로 보았다.[25]

논의를 위해 이본들 끝에 있는 한시와 기록을 좀 더 조사해볼 필요가 있다.

영인<오씨본>에는 소강절의 <안분음安分吟>으로 가사 결구結句가 끝난 다음, '又詠曰'하고 여백을 두고 칠언시 한 편(①)[26]이 있고 다시 여백을 둔

25) 노규호, 같은 책, 40면.

26) ① 白首放歌歌一篇 壯遊日日但丌邊 四千里外逍遙地 七十甲中代謝年 善政多時惟善蹟 名區到處

후, '甲子五月日愚谷嘐嘐子歌'라 하고 칠언시가 또 한 편(②)[27] 실려 있다. 이 시들은 인용된 40여 수의 한시의 수록방식인 세자쌍행細字雙行 형식은 아니다. 본문 크기 글자로 한 행에 칠언 두 행만 배열해 앞의 시와도, 본문과도 구분되는 형식이다. '효효자가'는 시①에 "故借嘐嘐滌世緣"이란 구절이 있으므로 이 시를 말한다. 또한 시②의 위 여백에 '愚齋原韻'이라 부기하여 이 시도 '우재'가 지었다 하였으니, 우곡과 우재를 같은 사람이라고 본다면, <오씨본> 권말시 두 편은 모두 우곡=우재의 시라고 봐야 한다.

<권씨본>에도 마지막 장에 시①과 같은 시가 있으나 본문과 같은 크기의 글씨로 쓰여 있다. 그러나 가사 본문의 인용시들과 이 시를 구분하는 형식을 드러내고 있다. <안분음>으로 가사 본문을 끝내고 후기를 쓰듯이 쓴 것이다. '愚齋羅乃碩'이라고 본문보다 큰 글씨로 쓰고 '甲子五月日愚谷嘐嘐子歌又咏'이라고 쓴 후 행을 바꿔 시①을 싣고, 또 행을 바꿔 '右乃碩'이라고 하여 이 시는 '나내석'이 지었음을 밝혔다. 이후 또 다른 시 한 편(시③)[28]을 실었다. 이 시는 <팔역가>를 읽은 소감을 밝히고 있어 작자와는 다른 필사자의 존재를 생각해볼 여지를 준다. 즉, 두 본은 시①은 같으나, 맨 끝

又名賢 至今未遂平生志 故借嘐嘐滌世緣(늙은 몸 소리 높여 노래 한 편 부르며/ 멋지게 하루하루를 책상 머리에서 노닌다/ 사천리 밖 땅까지 거니노라니/ 고희의 나이에 세상 많이 바뀌었네/ 어진 정사 많은 때, 선한 사적 있는 법/ 이름난 고장마다 또한 어진 이 있음이네/ 아직도 평생의 뜻을 이루지 못하였기에/ 진실로 뜻을 크게 펴고 세속 인연 끊으리라). 노규호 역, 같은 책, 39면 참조. 이 시①과 아래 시②는 <이씨본>에도 실려 있다.(박준규, 같은 논문, 59면 참조) 이를 소개한 박준규의 논문에 게재된 것과 비교하면 각 시에서 4자 이상이 다르다. 그러나 같은 구문조차 논문 내에서 다르게 표기된 바 있어(시② 暮年棲息於斯足- 暮年棲息於斯定-52면) 논문의 오자인지 원문의 차이인지 확인하기 어려워 대조하지는 않는다.

27) ② 齋以遇名遇可居 江山不負勝猶餘 三峰月上衿懷冷 萬壑雲浮世慮虛 物向天公分造化 人從地僻識親疎, 暮年棲息於斯足 花竹深深臥看書(우재라고 이름하니 내가 살 만한 집이요/ 자연 경관 좋기만 하다네/ 삼봉에 달뜨니 옷깃에 냉기 스미고/ 골마다 구름 떠돎에 세상 욕심 없구나/ 사물은 하느님의 섭리대로 나눠졌는데/ 사람은 외진 곳따라 가까이도 멀리도 하네/ 말년에 이 좋은 곳에 편히 쉬면서/ 꽃나무 우거진 곳에 누워 책 읽는다네).

28) ③ 八域歌成咏一篇 仙笻遍踏海運邊 山川歷歷參與誌 園竹斑斑證祀年 物產消詳風土變 人文舉槩事功賢 微公博識吾墻面 圓竹優…(이하는 영인되지 않았음), <권씨본>, 598면.

에 실린 시 한 편씩(<오씨본②>와 <권씨본③>)은 다르다. 노규호에 의하면 <진씨본>·<이씨본>에도 시①·②가 모두 실려 있으나, 외에도 다른 시들이 더 실려 있거나 다른 내용 또한 부기附記되어 있음을 알 수 있다.[29]

이로 보아 같은 시①은 모든 이본에 다 있고, 이를 두고 '우곡'·'우재'라 하였으므로 두 인물은 일단 같은 사람임이 확실하다. 이때 '우곡(우재)'을 작자로 보아야 할지, 필사자로 보아야 할지는 문제이다.

또, 같은 시를 수록하며 '나내석'을 전혀 언급하지 않은 <오씨본>을 선행본으로 봐야 할지, <오씨본>에는 없는 시 한 편을 더 수록하며 작자와 필사자를 구분한 <권씨본>을 선행본으로 봐야 할지는 간단치 않은 문제이다. 양자는 같은 계열인 것은 맞다고 할 수 있으나, 세부적인 내용에는 출입이 적지 않으므로 자세히 비교해본 후 결정해야 할 것이므로 뒤에서 다시 논하고자 한다.

노규호는 "기록에 의거하면 '우재愚齋 나내석羅乃碩'을 그 작자로 보는 것이 당연할 것이나, 그가 어떤 사람인지를 구체적으로 밝히는 작업은 별다른 진전을 보지 못하였다."고 하였다.[30] '우재'와 '나내석'이란 인물이 찾아지지 않는 점이 작자 논의[31]의 난관이지만, 아래에서 논할 <팔역가> 창작연대와 맞는 인물이어야 하는데 창작연대 또한 논의가 분분한 형편이기 때문이라고 생각한다.[32]

---

29) 두 본 모두에 <오씨본> 시②의 위 여백에 있는 '愚齋原韻'이 없다. <이씨본>에는 시②에 대해 '甲子五月愚谷嘐嘐子歌次趙農谷'이라 했으며, <所望>, <遊楓溪>, <忠烈祠>, <燒香> 등의 한시가 차례로 소개돼 있다고 한다.(박준규, 같은 글, 49면 참조) 또한 <진씨본> 앞 표지에는 본문 중에 소개된 금강산에 있다는 암각자(岩刻字) "山木時頂松奇 臥巖事生趣知"(본고 [인용시 0] 참조)가, 또 뒤 표지에는 김성일(金誠一)의 <촉석루일절矗石樓一絶>(본고 [인용시 25] 참조)을 써놓았으며, 이면에는 <懶婦詩>라는 제목의 칠언율시가 쓰여 있다 한다. 노규호, 같은 책, 38-39면.

30) 노규호, 같은 책, 42면.

31) 그 외, 유연석은 도표에 작자를 '서충보(徐忠輔)'라고 기재했으나 특별한 근거는 밝히지 않았다. 유연석, 같은 책, 252면 참조.

32) 효효자(嘐嘐子)는 효효재(嘐嘐齋) 김용겸(金用謙, 1702-1789)을 연상하게 하는 바 있어 선행 연구에서 작자로 고려된 바는 있으나 역시 창작연대의 문제가 있다고 하였다. 박준규, 같

창작연대에 대해서는 선행논의를 참고할 때, 1910년,[33] 1804년[34]설이 있는 가운데, 노규호는 <오씨본> 표지에 나타난 "白鼠南至騰子月陽齋"를 근거로 1834~1850년(순조 34~철종 1)으로 추정했다. 그 이유는 첫째, 정조를 가리키는 시호인 '正宗大王'이 정조로 바뀐 것은 1899년인데 <팔역가>에 '正宗大王'(271면)이 나타남을 볼 때 1899년 이전에 쓰였을 것, 둘째, '충청도'라는 도명이 1725년(영조 1)에는 '홍청도洪清道', 1825년(순조 25)에는 '공청도公清道'로 바뀌었다가 1834년(순조 34)에 다시 '충청도'로 환원하였는데 여기서는 '충청도'가 쓰이고 있다는 점, 셋째, <팔역가>에서 팔도八道를 구분한 것은 지방관제가 전국을 13도로 개정한 1895년 이전이어야 한다는 점, 넷째, 본문 "오백년래 예악문물이 삼한 이후의…"에서 조선을 오백 년으로 본 것은 조선 건국 후로 보면 1891년이 되는데, 이전 논의의 1804년과는 지나치게 시간적 차이가 있다는 점을 근거로 들었다. '白鼠' 옆에 '戊子'라고 쓰여 있는데, 위 범위의 무자년은 1843년이기 때문이라고 하였다.[35] 한편, <진씨본>을 대상으로 한 연구는 그 창작연대를 1910년 이후로 보고 있으므로 창작동기도 "한일합방전후의 혼미한 시국에서 역사적 유적지에서 촉발·음영되어진 사적들은 대외적으로 반외세의식을 담은 것이 많다."[36]고 하였으나, 좀 더 고찰할 필요가 있다.

은 글, 50면.

33) <진씨본>의 표지에 쓰인 "茂長郡托谷面孝生(무장군 탁곡면 효생)"에 나오는 '무장군'은 1895년 무장현에서 무장군이 되었다가 1914년에는 고창군에 편입되었다. '효생'은 1933년 이후 아산면 성산리로 바뀌었다. '무장'이 1895년에서 1914년 사이에 사용된 행정구역의 명칭이라는 점에 의거하여, 표지의 '庚戌年'은 1895년에서 1914년 사이의 경술년인 1910년이라고 보았다. 최두석, 같은 책, 279면 참조.

34) <이씨본>에 보이는 간지 중 '甲子'에 의거한 논의. 박준규, 같은 글, 53면.

35) 노규호, 같은 책, 43-46면.

36) 최두식, 같은 책, 286면.

1.2.3. 〈팔역가〉의 성격에 대한 선행 논의

<팔역가>는 가사로 소개되었으나, 실제로 작품을 분석하게 되면 <팔역가>의 성격에 대해 다양한 견해가 있을 수 있다. <팔역가>에 소개된 지식이 방대할 뿐 아니라, 가사의 기본 율격에서 크게 벗어나는 부분이 많기 때문이다. 이로 인해 <팔역가>의 갈래에 대한 논의도 '장편기행문 또는 기행산문'(박준규), '기행가사 또는 기행가사체'(최강현), '장편가사형식을 취하고 있는 역사기행가사'(최두식) 등으로 규정되었다. 하부 갈래에서 '기행가사', '역사기행가사' 혹은 '팔도가' 혹은 '팔도읍지가류'로 규정한 것보다 더 눈에 띄는 것은 이를 '산문'으로 보는 견해가 있다는 것이다. 이는 <팔역가>의 율격 때문이다. 노규호는 "<팔역가>의 내용 대부분이 사화史話나 설화, 그에 딸린 한시들로 이루어졌다고 해도 과언이 아닌 만큼, 그러한 서사적 이야기가 정격가사가 갖는 기본 자수율인 3·4조, 4·4조를 많이 변형시키고, 50개가 넘은 자수율항項을 낳았다."면서, "작품 내적 요인에 기인한 일정한 틀이 없는 잡다한 율조"로 이루어져 있음을 지적하였다. <팔역가>를 가사로 정행整行하다 보면, 이와 같은 지적에 어느 정도 동의하게 된다. <팔역가>를 산문으로 보는 것은 지나친 견해라고 생각하지만, <팔역가> 율격의 의미가 무엇인가는 간과할 문제가 아님은 확실하다. 이는 <팔역가>의 성격과도 관련이 깊을 것이기 때문이다.

<팔역가>를 기행가사로 볼 때 그 내용이 실제 기행을 적은 것인지, 와유기행인지에 대해서도 서로 다른 견해가 있는데, 대부분의 논자가 와유기행으로 보고 있다는 것은 앞의 선행연구 정리에서 보인 바와 같다. <오씨본>은 표지에 "臥遊江山 鰈域歌"라고 쓰여 있기도 해, 그 견해에 더 힘을 실어준다. 그렇다면 그런 기행가사를 쓴 이유가 무엇인가가 궁금할 수밖에 없는데, 이에 대해서 다른 논자들은 별로 언급하지 않았고, 노규호만 교육용 가사라는 용도로 설명했다. "조선 후기 실학시대에 교과서 또는 아이들을 가

르치는 교과서로서 당대의 대종을 이루었던 『택리지』, 『동국여지승람』, 『동사강목』 등의 저술들의 내용이 <팔역가>에 대단히 많이 인용되어 있는 점은 특기할 만한 사실이며, 이러한 사실은 <팔역가>의 교본적 성격을 방증하는 것이 된다."[37]고 하며 이를 '교본가사'라고 부를 것을 제안하기도 하였다. 그가 주장하는 '교본성教本性'은 유학자들이 사서삼경 외에도 방계적으로 육갑六甲, 구구九九 등을 배우고 익혔던 것처럼, "국호國號, 세계世系 등을 '골모듬', '성姓모듬'과 같은 유희를 통해 주군현州郡縣의 명칭과 성자姓字를 찾아 외우기도 했던" 풍속[38]에 기반을 두고 있다. 이와 같은 용도의 교훈 강술講述적 교양 교육용으로 지어진 텍스트가 교본성 텍스트이며, 가사의 경우 이를 '교본가사'라고 부를 수 있다는 것이다. 그를 방증하는 것으로 <팔역가>의 여러 이본에 나타난 모든 날짜 간지干支는 동짓날을 넘나드는 날짜로 표기되어 있는데, 이는 본문 내용의 잘못을 보수했거나 남의 서책을 빌려 전사轉寫한 년·월·일 표시로 보아도 무방하며, 이 간지들은 새 학기 학습용으로 필사한 것임을 주장하여 교본용이라는 논지를 강화하였다.[39] 그는 다른 논의들을 통해 조선조 후기 가사의 장르적 주류가 교본성에 있음을 주장하고 있기도 하다.[40] 그리고 "<팔도가>, <팔도도읍가> 등이 단순히 지명 익히기 글모음에 해당하는 교술가사라면, <팔역가>는 조선 전도全道를 대상으로 한 역사·지리는 물론 사화史話나 설화 및 한시 등을 노정路程 곳곳에 삽입하여 문학적 집적물로서의 모습을 보여주며, 문학성을

37) 노규호, 같은 책, 83-85면.

38) 이동환, 「한국문교풍속사」, 『한국문화사대계』 4, 풍속·예술사, 고대민족문화연구소, 1970, 803-808면.

39) 노규호, 같은 책, 82면.

40) 약성(藥性)을 쉽게 익히도록 지어진 <약성가>, 풍수지리를 위한 <답산가>, 상술을 위한 <상서가>, 지술을 위한 <지가서>, 가문을 기리라는 의미의 <세덕가> 등의 전문지식용 외에도, <계녀가>, <한양오백년가>, <농가월령가> 및 <용담유사> <천주가사> 등이 모두 교본가사에 들어간다고 보았다. 노규호, 「교본가사의 장르적 가능성」, 『남사(南沙) 이근수(李覲洙)박사 환력기념논총』, 동간행위원회, 1992 참조.

많이 가미한 기행문의 형식을 갖춘 교본가사"라고 결론지었다.

그가 비교한 <팔도가>는 우리말로 쓴 것이지만 지명地名의 한자를 활용하여 거의 지명인 명사만으로 엮은 '지명가사' 중 하나이며, <팔도읍지가>는 지명과 관련된 중국의 동일 지명에 얽힌 지식 등을 활용하거나 지명의 한자 의미를 풀어서 구사해 <팔도가>에 비하면 어느 정도는 이야기성이 있다. 그러나 전자들은 단순히 지명 익히기 글모음에 해당하는 교술가사일 뿐인데 반해,[41] <팔역가>는 『택리지』·『동사강목』 등 실학자들의 저서와 조선 초부터 계속 수정되어 온 지리총서인 『여지승람』 및 『고려사』·『송사』·『통감』·『통감강목』 등의 역사서, 지방지인 『용성지』 등을 "군데군데 삽입하여 지은이가 알고 싶고 알리고 싶은 내용들을 가사라는 양식에 얹어 새로 지은 것"이다.[42] 그가 거론한 『택리지』 등 조선 후기 실학의 책들은 <팔역가>의 본문으로 직접 사용되었는데, 특히 이중환의 『택리지』는 가사의 상당한 분량(전체 분량의 절반 이상)에 언해, 혹은 한문에 토씨를 붙인 음송吟誦의 형태로 사용되었다. 이 주장을 뒷받침하기 위해 노규호는 두 텍스트 간 동일한 구절을 팔도에서 하나씩 뽑아 대조하여 보여주었다. 또한 그는 『팔역가』의 여정의 순서도 『택리지』의 평안도-함경도가 <팔역가>에서는 함경도-평안도로 바뀌었을 뿐 나머지는 같다는 점에서 『택리지』의 영향이 <팔역가>에 지배적이었음을 더욱 확실하게 논증하였다.

---

41) 노규호는 <팔도가>에 대해 <팔역가>에 비해 단순히 지명을 엮어나가는 것이라고 했으나, 김석회는 "팔도의 문물을 개괄적으로 읊고 있는 것으로 『악부』의 <팔도가>를 들 수 있는데 여기서 다루고 있는 지명시(地名詩)류의 개념에서는 다소 예외적이라고 할 수 있다."고 하여 <팔도가>에 일정한 의미를 부여했다. 김석회, 「조선후기 지명시의 전개와 위백규의 <여도시>」, 『고전문학연구』 8, 한국고전문학연구회, 1993, 182면.

42) 노규호, 같은 책, 83면.

1.3. 본고의 목적과 방법

이상에서 보인 바와 같이 노규호의 연구는 그간의 <팔역가> 연구결과의 대부분을 차지하며, 작품 전편의 분석에 근거를 두고 있어 <팔역가>의 의미를 제고시키는 데 크게 기여하였다. 또한 작품을 완역하고 주석을 부기하여 <팔역가>의 전모를 밝히는 데 독보적인 기여를 함으로써 후속 연구의 발판을 제공하였다. 그러므로 본고 또한 그의 연구에 크게 힘입고 있음은 물론이다.

필자는 '한국고전시가와 국경'이라는 주제를 염두에 두고 고전시가를 연구하는 입장에서 <팔역가>를 새롭게 논의하고자 한다. <팔역가>를 통해 조선의 영토, 좁게는 북쪽 국경에 대한 문화지리적 면모를 고찰하고자 하는 것이다. 이를 위해서는 앞의 여러 논자들이 지적한 바, 40여 수의 한시의 원류 추적이 선행되어야 온전한 논의가 이루어질 것이라는 점에 대해서는 필자도 같은 생각이다. 이에 본고는 인용 한시의 원저자를 밝힐 수 있는가를 먼저 시도하고, 이것이 가능하다면 작품의 전모를 밝힐 수 있는 시야가 더욱 확장된 상태에서 <팔역가>에 대해, 또 그 주변에 대해 전반적으로 논의한 후, 그 토대 위에서 팔역을 대상으로 역사・지리・문화 담론을 시도한 <팔역가> 작자의 문화지리의식을 살펴봄으로써 필자의 일련의 관심을 해결하고자 한다.

본고의 방법은 지역지리와 역사를 활용, 현재 속의 과거를 탐구하는 역사지리학을 바탕으로, 장소에 대한 행위 주체, 활동, 관념 등의 사회적 관계의 구성적 맥락을 고찰하는 문화지리학이다.[43] <팔역가>는 역사지리학으로는 3차자료이다.[44] 역사지리학에서는 '1차자료는 한 편의 역사'라고 하는

---

43) 존 앤더슨, 이영민・이종희 역, 『문화・장소・흔적』, 한울, 2013, 72면.

44) "원자료 실록, 호적 대장, 지리지 등이 1차자료, 또 이를 가공한 논문, 저서 등이 2차자료"이고, 1・2차자료를 취사선택하여 작자의 관점에 입각하여 만든 것은 3차자료이다. 홍금수, 「문화지리학의 본질과 접근 방법」, 한국역사문화지리학회 편, 『한국문화지리』, 푸른길,

반면, 공간을 텍스트로 하여 여기에 가해진 상상력, 담론 등 모든 것을 읽어내는 문화지리학적 연구에서는 <팔역가>는 기본자료일 것이다.

이를 위한 구체적 작업은 <오씨본>을 대상으로 하며 이를 <권씨본>과 대조하고자 한다. 또한 앞서 밝힌 바와 같이 노규호가 주해하여 발간한 『논주 팔역가』를 <인쇄본>으로 칭하여 함께 대상으로 삼고자 한다. 그는 <오씨본> 계열이 가장 선본善本이라고 하였는데 이에 대한 검토도 필요하고, 둘 중 어느 것이 먼저 이루어진 선행본先行本인가에 대한 관심 또한 자세한 연구와 병행해서 접근해야 할 문제라고 생각하기에, <오씨본>과 <권씨본>의 미묘한 차이에 주목해 두 이본 간의 문제를 정밀하게 고찰하고자 한다. 이러한 본고의 고찰을 노규호의 <인쇄본>을 기본 자료로 하여 진행하고자 하는 것은 그의 논주 작업이 앞선 연구이기 때문만 아니라, 현 세대의 연구자들에게는 가장 영향력 있는 자료임이 확실하므로 이에 대한 신뢰를 표함과 함께 보완의 작업도 필요하다고 생각하기 때문이다. 그러므로 본고의 연구대상은 <인쇄본(오씨본)>·<권씨본>[45]이며 필요에 따라 <오씨본> 원본 즉, '영인<오씨본>'과 [가사문학관]의 세 본을 대조한다. 본고에서 진행할 문화지리학적 논의는 본고의 관심인 동·서북 국경에 집중하고자 한다. 이 연구결과들을 결합하여 결론에서 <팔역가>에 대한 기본적인 질문들에 대한 대답도 시도해보고자 한다.

2. 〈팔역가〉의 가사 자료적 고찰

2.1. 문학작품으로 〈팔역가〉 읽기

<팔역가>는 그냥 읽으면 가사라기보다는 음송의 독본에 가깝다. 그러므

2011, 50-51면.

45) <팔역가> 기본 자료의 제시에서 면수는 '<인쇄본(오씨본)>'의 면수이다.

로 노규호의 노작勞作에서는 아래 A처럼 2음보로 행을 배열함으로써 가행 배열의 어려움을 벗어나고 있다. <팔역가>에 대한 단편적인 여러 설명들은 <팔역가>를 3·4음보, 또는 4·4음보 위주의 작품이라고 일반적으로 설명하고 있지만, 현존 배열을 보면 2음보가 두드러지게 많다. 다른 연구들의 행 배열도 대동소이하다. <팔역가>의 화자는 가는 곳마다 장소에 관계된 역사적 사건을 서술하고 있는데, 다양한 서사적 사건을 소개하는 중에 대화를 빈번하게 직접화법으로 제시함으로써 '~왈'과 같이 소개하는 어구에 의해 율격이 흐트러지고 있는 것을 종종 볼 수 있다. 더구나 <팔역가> 안에는 각종 산문 자료가 거의 변형 없이 삽입되어 있고, 수십 편의 한시가 인용되어 있는 것도 율격의 흐름을 유지하기 어렵게 하고 있는 요소이다. 즉 <팔역가>를 구성하는 세 부분, 가사 구문·문화지리지식서의 활용·한시 인용에서 가사의 율행이 어떻게 실현될 수 있는가는 <팔역가> 논의에 앞서 해결해야 할 문제이므로 여기에서부터 <팔역가> 감상의 토대를 마련하고자 한다.

2.1.1. 작자의 가사 율행 인식

<팔역가>의 첫 부분은 함경도에서 시작된다. 처음 9행은 일반적인 가사 율행, 즉 '내구 2음보 V 외구 2음보'의 4음보의 한 행 구성[46]을 무난하게 유지한다.

青年素志(청년소지)는 塵臼(진구)中(중)[47] 日月(일월)이 無情(무정)ᄒᆞ고

46) 가사의 기본을 '2음보 1행'으로 보는 설도 있으나, 본고는 가사에 대한 일반적인 이론인 4음보 연속의 형태를 기본으로 생각하고, 한 행은 내구와 외구로 구성되는 속성을 염두에 두는 입장이다.
*율행을 위해 필요한 경우 'V'로 내구와 외구의 경계를 표현하고 한 행은 '/'로 구분한다. 가사 인용은 원문의 한자에 대해 ( ) 안에 독음을 부기한다.

47) 속세에.
*이하의 가사 본문 인용과 한글 현대문에서는 본문의 한자가 한글로 번역되지 않거나 의

白首浪跡(백수낭적)은 靈區(영구)上(상)[48] 山水(산수)에 有意(유의)로다
舞雩(무우)[49]의 春服(춘복)빌고 陋巷(누항)의 瓢子(표자)어더
仁山智水(인산지수) 보랴ᄒᆞ고 白頭山(백두산) ᄎᆞᄌᆞ가니
ᄯᅵ마즘 四月(사월)이라 采藥人(채약인) 許多(허다)토다
八日糧(팔일량) 지니고 가는ᄃᆡ로 宿所(숙소)ᄒᆞ야
八日(팔일)만의 올나가니 이ᄆᆡ의 고인 모시
八十里(팔십리) 周回(주회)로다 北流爲(북류위) 松花江(송화강)
東流爲(동류위) 豆滿江(두만강) 南流爲(남류위) 鴨綠江(압록강)이라[50](91면/551면)[51]

청년의 꿈은 속세에 있어 세월 덧없이 지내고
노인의 꿈은 선계에서 자연을 즐기는 것이라네
무우의 봄옷을 빌리고 누항에서 바가지 얻어
명산대천을 즐기려고 백두산을 찾아가니
마침 사월이라 약초 캐는 이 너무 많네
팔일 간 식량 마련하여 가는 대로 숙소하며
팔일 만에 올라가니 산꼭대기 고인 못이
둘레가 팔십 리로다 북쪽으로 송화강
동쪽으로 두만강 남쪽으로 압록강 되었구나

그러나 10행부터는 내외구를 맞추기 쉽지 않다. "遠近山勢 살펴보이 崑崙山 ᄒᆞᆫ가지"로 규칙적인 행 구분을 할 수도 있으나, 이후의 의미 연관을 생

역된 경우만 한자에 대한 주석을 부기한다. 지명이나 인명은 논지 전개에 필요한 경우에만 각주로 풀이한다. 한글현대문을 부기하지 않을 경우에는 원문 게재에 병행하여 [ ] 안에 설명을 부기한다. 명백한 오기(誤記) 역시 [ ] 안에 바로 잡았다.

48) 신선세계에.

49) 『논어』의 '무우귀영(舞雩歸詠)'의 준말. 자연에서 풍류를 즐기는 것.

50) *가사 구문은 음보를 보이기 위해 음보 단위로 띄어서 기재하고, 문법적 띄어쓰기는 부기한 현대문 표기에 사용한다. 현대문 해석은 노규호의 해석을 기본으로 하였으며 필요한 경우 수정하였다.

51) *이하 본문의 기본자료 제시에서 두 자료를 대비할 경우 면수는 '<인쇄본(오씨본)>, <권씨본>'을 의미한다. 예를 들면, (91면/551면)은 (노규호, <인쇄본(오씨본)> 면수/ <권씨본> 영인 면수)이다.

각하면 다음과 같이 배열하는 것이 편안하다.

遠近山勢(원근산세) 살펴보이
원근산세 살펴보니
崑崙山(곤륜산) ᄒᆞᆫ가지 數千里(수천리) 流行(유행)ᄒᆞ야
곤륜산 한 지맥이 수 천리를 뻗어내려
遼東(요동)뜰 지너야 白頭山(백두산) 되어셔라
요동 뜰 지나 백두산 되었어라
精氣(정기) 北走(북주)ᄒᆞ야 寧固塔(영고탑) 지어노코
신령한 힘 북으로 뻗어 영고탑 이뤄놓고
背後(배후)의 �여는ᄒᆞᆫ가지 東國山脈(동국산맥) 도야쏘다
등뒤로 빼어난 한 줄기 동국산맥 되었구나
이ᄯᅡ의 지닌지최 依依(의의)이 생각ᄒᆞ니
이 땅의 지난 자취 어렴풋이 생각하니
女眞(여진)이 웅거컬늘…
여진이 웅크리고 있었거늘

이상에서 첫 줄에 2음보 내구만으로 이루어진 행(반 행)이 드러나고 ‘쎄여는ᄒᆞᆫ가지’의 음절수가 평균 음절수 3~4자보다 많기는 하지만 그 정도의 ‘과다음보’ 예외는 얼마든지 가능하다. 내구행이 너무 많은 것은 문제이지만, 일단은 처음 나오는 것이므로 의미와 이후의 율격을 감안해 위와 같이 배열하는 것이 바람직하다고 본다. 그러나 이어지는 부분에서 드러나는 문제는 보다 숙고할 필요가 있다. 먼저 2음보로 배열해본다.

A

女眞(여진)이 웅거컬늘	a 여진이 웅거컬늘
高麗(고려) 中世(중세)의 大將(대장)	b 고려중세의 대장
尹瓘(윤관)으로 쳐破(파)ᄒᆞ고	c 윤관으로 쳐파ᄒᆞ고
豆滿江(두만강) 지너야	d 두만강 지너야
先春嶺(선춘령)으로 限界(한계)터니	e 선춘령으로 한계터니

百年(백년)이 못ᄒᆞ야	f 백년이 못ᄒᆞ야
靺鞨(말갈)ᄯᅡ이 다시되야	g 말갈ᄯᅡ이 다시되야
咸興(함흥)으로 定界(정계)터니	h 함흥으로 정계터니
우리 世宗大王(세종대왕) 聖德(성덕)이요	i 우리세종대왕 성덕이요
金宗瑞(김종서)의 忠烈(충렬)로	j 김종서의 충렬로
拓地(척지) 千里(천리)ᄒᆞ야	k 척지 천리ᄒᆞ야
六鎭(육진)을 排設(배설)할제	l 육진을 배설할제

이 부분의 행 배열에서 고려할 것을 항목으로 나열하면,

① 무조건 4음보로 배열해 ab/cd로 하면, b는 c를 꾸미는 한정어인데, 행 구분이 되어 어색하다.

② 그러므로 a를 예외로 하고 bc를 한 행으로 하는 것이 음보 내 음절수도 비슷해 안정적이다. 이어서 de/fg로 네 음보씩 두 행을 배열하면, 위의 bc 행과 함께 안정적인 율조를 유지한다.

③ 그러나 이어 hi를 한 행으로 처리하면, "咸興(함흥)으로 定界(정계)"한 것이 "세종대왕 聖德(성덕)이요"로 읽게 되는데 이는 사실과 달라 문제이다.

④ 한편, ij로 분행하면, 왕 앞에 여백을 두는 관행도 충족하고, 세종대왕의 성덕과 김종서의 충렬은 조선 건국 때 의주~여연에 그친 경계를 북진시켜 육진을 개척한 사실과 이어지게 되므로 합리적이다. 이로써 ij/kl의 행은 안정적이다.

이상을 종합할 때, 결국 의미만 생각하면 a/ bc/ de/ fg/ h/ ij로 하는 것이 맞으나 그럴 경우, 짧은 구문 안에 내구행이 둘이 형성되어 가사의 율격이 불안정하다. 반대로 ab/ cd/ ef/ g가 되면 한 행 내에 있을 사건이 계속 나뉘어 어색하지만, 율격을 고려하면, 도식적인 행 구분처럼 ab/ cd/ ef/ gh(A1)로 할 수밖에 없다. 그 결과는 감상자가 율행의 행 단위 큰 휴지는 무시하고 문법적 단위에 맞춰 한 문장처럼 읽어내려 가는 경우가 많다.

A1
여진이 웅거컬놀 고려중세의 대장
윤관으로 쳐파ᄒᆞ고 두만강 지너야
선춘령으로 한계터니 백년이 못ᄒᆞ야
말갈ᄯᅡ이 다시되야 함흥으로 정계터니
우리 세종대왕 성덕이요 김종서의 충렬로
척지 천리ᄒᆞ야 육진을 배설할제

그러나 의미를 고려해야 하는 g, h, i 경우는 의미를 오해하게 하지 않기 위해 특히 신경쓸 필요가 있다.

⑤ 위에서 'g말갈ᄯᅡ이 다시되야 h함흥으로 정계터니'를 한 행에 배열하면 내구-외구는 인因-과果 관계로 읽힌다. 이는 여진이 금이 되고 고려와 갈등을 겪은 사건을 말하는 듯하나 동북국경은 사실과 달라 문제이다.[52] 윤관이 1108년에 쌓은 9성을 여진족에게 다시 돌려준 것은 1109년이며, 몽고 침입(1231) 후 쌍성총관부 설치는 1258년의 일이기 때문이다. 쌍성총관부로 철령 이북 지역을 원이 관할하게 돼서야 "함흥으로 정계했다"는 말이 가능하다. 선춘령의 경계가 함흥으로 되는 데 백 년이 못 걸렸다고 했으니 기본적으로 작자의 지식이 잘못된 것임도 지적해야 하지만 고려 전기의 경계에 대해서는 압록~함흥만 설이 퍼져 있기도 하고,[53] 경계가 유동적인 고려 전기 국경의 특성도 있으므로,[54] 여기서는 율격과 의미의 문제를 지적하는 데

52) 이 부분은 "고려 때 함흥(咸興) 남쪽 정평부(定平府)를 경계로 하였다가 중엽에 윤관(尹瓘)이 군사를 거느리고 가서 여진을 쫓아버리고 두만강 북쪽으로 700리를 지나, 선춘령(先春嶺)까지를 경계로 하였다. 그 후 금나라에게 땅을 돌려주고 또 함흥을 경계로 삼았다. 우리나라 장헌대왕(莊憲大王) 때 김종서(金宗瑞)로 하여금 북쪽으로 땅 천 여 리를 개척하고 두만강에 이르러 육진(六鎭)과 병영을 설치하게 하였으며, 이때부터 백두산 동남쪽에 있던 여진의 근거지가 모두 우리의 판도에 들어왔다."는 『택리지』의 구절(이중환, 이익성 역, 국역 『택리지』, 「팔도총론」, <함경도>, 을유문화사, 43-44면.)을 옮긴 것인데, 그렇다고 해서 이 원전을 알고 이를 전제로 <팔역가>를 읽는 것과 <팔역가> 율행 독서는 별개의 문제이다.

53) 권영국, 「일제시기 식민사학자의 고려시대 동북면의 국경·영토 인식」, 『사학연구』 115, 한국사학회, 2014 참조.

그치기로 한다. 이에 의미를 알기 쉽게 배열하면 다음과 같다. 이런 경우는 한두 군데가 아니다.

> A2
> 여진이 웅거켤놀
> 고려중세의 대장 윤관으로 쳐파ᄒᆞ고
> 두만강 지ᄂᆡ야 선춘령으로 한계터니
> 백년이 못ᄒᆞ야 말갈ᄯᅡ이 다시되야
> 함흥으로 정계터니
> 우리 세종대왕 성덕이요 김종서의 충렬로
> 척지 천리ᄒᆞ야 육진을 배설할제

로 하는 것이 더 사실에 부합하나, 이어 나오는 구문이 또 4음보 배열을 어렵게 하므로 문제이다. 그러나 의미의 와전은 막아야 하므로 A2로 할 수밖에 없다. 그러나 <팔역가>의 저본이라 할 수 있는 조선 후기 남인 지식인의 국경의식은 고려 국경에 대해 상당한 오해가 있다는 것을 고려할 때,[55] A1로 의식하고 있을 수 있으므로 A1과 A2 둘 다 가능하다고 열어두어야 한다. 율행들은 <팔역가> 작자의 국경에 대한 의식을 고찰할 때 문제가 된

---

54) 송영덕, 「고려 전기 국경지역의 주진성편제(州鎭城編制)」, 『한국사론』 51, 서울대 국사학과, 2005, 85-160면.

55) 성호 이익은 “세상에서 전하는 바에 의한다면, 고려 태조가 일찍이 변새(邊塞)를 순행하여 경성(鏡城)의 용성천(龍城川)에 이르러 다음과 같은 시를 지었다는 것이다. ‘용성이라 가을 달은 해맑은데다(龍城秋月淡)/ 옛 수자리라 흰 연기 비끼었네(古戍白烟橫)/ 만리에 쇳소리 북소리 없으니(萬里無金革)/ 오랑캐가 태평 세대라 치하드리네(胡兒賀太平)’ 내가 상고한 것으로는, 고려 태조가 당초에 철령(鐵嶺)으로 경계를 삼았었고 예종(睿宗) 3년에 이르러 윤관(尹瓘) · 오연총(吳延寵) 등이 변방의 강토를 개척하였으니, 태조 때는 미처 통합하지 못했었다. 그렇다면 비록 미행하여 당지에까지 온 사실이 있다 할지라도 어찌, ‘오랑캐가 태평세대라 치하드리네.’라고 지었을 이치가 있겠는가? 우리나라 사람의 고찰하지 못한 것이 이와 같다.”고 고려 초기 국경에 대해 단정하였다.(이익, 국역 『성호사설』 권30, 「시문문(詩文門)」, <여조시(麗朝詩)>) 청담 이중환이나 성호 등은 박서의 귀주대첩(1018-1019)을 크게 강조한 바, 귀주대첩 이후 쌓은 천리장성(1033-1044)을 경계로 생각하는데, <팔역가> 역시 『택리지』의 영향으로 같은 관점으로 보는 듯하다.

다. 이런 가행의 불안정이 오독을 가져올 수 있으므로 사전에 신중하게 검토돼야 할 문제이다.

2.1.2. 대화의 율행 처리

이어진 내용은 육진 개척을 둘러싼 세종과 조정 대신의 갈등 장면이다.

B
a朝臣(조신)이 諫(간)ᄒᆞᆫ말솜
b有限(유한)ᄒᆞᆫ 民力(민력)으로
 無限(무한)ᄒᆞᆫ 役事(역사)늘니라
c드리 宗瑞(종서)을
 버이자 닷토거늘
d世宗王(세종왕) 批答(비답)曰
(e'雖有寡人(수유과인) 若無宗瑞(약무종서)' 不能辦(불능변) 此事(차사)요
 '雖有宗瑞(수유종서) 若無寡人(약무가인)' 不能主(불능주) 其事(기사)라ᄒᆞ시이)

B의 b는 조정신하들의 반발을 간접화법[56]으로 옮긴 내포절內包節 부분이며, c는 상황에 대한 보고, a·d는 모문母文의 주어와 동사로 된 복잡한 문장 구성을 보인다. 거기다 e는 세종의 비답을 직접화법으로 옮긴 것이다. 세종의 비답 중 ' ' 부분은 필사본 원본에는 세자쌍행으로 표기되어 있으나 <인쇄본>에는 동일하게 한 줄로 표기되어 있어 율조는 갑자기 산문조로 바뀌는 양상이니, 가사로는 반복으로 정행하는 것이 좋다. 가사로 읽기 위해 a~d를 기계적으로 정형하면 B-1과 같으나 의미를 생각하면 B-2가 맞다.

---

56) '조신이 간한 말솜 "유한한 … 늘니라(늘어나리라)"'에서 '말솜'을 보면 직접화법으로 간주할 수 있다. 그러나 왕에게 간한 말이라면 "늘어날 것입니다"가 돼야 할 것이다. 아래에 인용된 명 황제의 조서의 언해에서 보는 것처럼 작자의 경어법 사용은 정확하지 않은 부분이 많기 때문에("寡人(과인)이 罔念(망념)ᄒᆞ사 昧耀(매약) 一德(일덕)ᄒᆞ사"는 "~망념ᄒᆞ여 ~일덕하여"라야 함.) 이를 무시하고 직접화법으로 볼 수 있으나 "드리 종서를 버이자 닷토거늘"은 다시 간접화법이므로 전체를 간접화법으로 본다.

B-1
조신이 간ᄒᆞᆫ말ᄉᆞᆷ 유한ᄒᆞᆫ 민력으로
무한ᄒᆞᆫ 역사늘니라 드리 종서을(를)
버이자 닷토거ᄂᆞᆯ 세종왕 비답왈

B-2
조신이 간ᄒᆞᆫ말ᄉᆞᆷ
유한ᄒᆞᆫ 민력으로 무한ᄒᆞᆫ 역사늘니라
드리 종서을(를) 버이자 닷토거ᄂᆞᆯ
세종왕 비답왈

B-1은 기계적으로 4음보 정행한 것이고, B-2는 인용구문이 강조된 형태이다. 조선시대의 기재 형태로 보자면 B-2가 맞다. "우리세종대왕 성덕이요"와 "世宗王(세종왕) 批答(비답)曰"같이 왕을 주어로 하는 행은 외구가 되기보다는 행을 바꿔 내구로 독립되는 것이 관행에 적합하다. 조선조 간행본에서는 '왕'이라는 단어 앞에 여백을 두는 것처럼, 영인<오씨본> 등에서도 "우리 세종대왕"과 같이 세종대왕 앞은 여백을 두었다.[57] 그러므로 B-2로 정행하고, 대구로 구성된 비답을 인용하면,

수유과인 약무종서 불능변 차사요
수유종서 약무가인 불능주 기사라

는 그대로 4음보로 배열할 수 있으나, 인용을 나타내는 조사와 동사로 된 '라(고) ᄒᆞ시이'[58]의 위치를 정해야 한다. 이때 이어지는 C의 음보 배열을 고려할 필요가 있다. C는 다음과 같다.

C
a君臣際會(군신제회) 이아니가

57) "○세종대왕비답왈"(○ 표시-필자, 이하도 같음)의 세종대왕 앞에는 그리 차별적이지는 않으나 공란이 분명히 있다. "○肅宗朝丁酉年"의 숙종 앞에도 공란을 두었고, "光海朝 己未年의○皇朝의 請兵거늘" 명 황제 앞에도 공란을 두었다. 그러나 광해조 앞에는 공란을 두지 않았다. <오씨본>은 공란이 불명확한 경우도 있으나, <권씨본>은 공란이 확실히 드러나 있다. [가사문학관본]은 <6793>만 공란을 두었다.
58) 원래는 '라(고) 하다'여야 하나, 전행에 '~요'가 있어 '~라'는 어미로 대응되는 것으로 보아, 인용조사(~라고)를 생략, 인용대동사 '하시니'만 따로 구를 이룬다.

b長白山(장백산) 바라보니
c五月(오월)의 노근 눈이
d七月(칠월)의 다시희고
e豆滿江(두만강) 멀이보니
f太祖王(태조왕)典祭(제전)氣像(기상)依然(의연)토다

C의 f는 '태조'로 시작되므로 원본에도 공란이 있어 행갈이가 되는 것이 적절하고, c'오월의 노근눈이'와 d'칠월의 다시희고'는 대구의 기능을 가진다. 또, b'장백산 바라보니'와 e'두만강 멀이보니'는 의미상 반복의 율격을 형성하게 정행하는 것이 운문답다. 이들을 고려하면, 'ᄒᆞ시이'는 B의 비답 병행구에 붙여 넣어 과음보로 남길 수밖에 없다. 또, 이럴 경우 ef를 한 행으로 하여 f가 두 음보, 즉 '태조왕제전기상 의연토다'로 구분되어 '태조왕제전기상'이 너무 음량이 큰 음보가 되는 문제도 벗어날 수 있다. 그러나 f도 음보로 나누기 쉽지 않다. 'f태조왕 제전기상 의연토다'를 '태조 왕 V 제전기상 의연토다'로 하면 '태조 왕'이 2음보가 되는데 둘 다 음절양이 너무 적은 음보들이다. '태조왕 제전 V 기상 의연토다'로 하는 것이 차라리 자연스럽다.(C-1)

C-1
(·······································라 ᄒᆞ시이)
a군신제회 이아니가
b장백산 바라보니
c오월의 노근눈이 d칠월의 다시희고
e두만강 멀이보니
f태조왕 제전 기상 의연토다

그러나 C-1과 같이 할 경우, 외구 없는 내구행이 한 행 걸러 형성돼 가사로서의 율격이 흐트러지는 것이 문제이다. 이를 고려해, 'a군신제회 이아니가 b장백산 바라보니'를 한 행에 할 경우, a는 세종 때의 일이고 b는 작자 현재의 시점이므로 행을 나누는 것이 바람직하다는 문제가 있다. 이러한 의미와 가사의 율격을 고려해 "c오월의 노근눈이 d칠월의 다시희고"를 포기하고, 또한 C, D의 연결도 고려하여 C-2과 같이 배열하는 것이 그 중 낫다.

C-2
 ᄒᆞ시이 a군신제회 이 아니가
b장백산 바라보니 c오월의 노근눈이
d칠월의 다시희고 e두만강 멀이보니
f태조왕 제전 기상 의연토다

다음,

D
여긔저긔 귀경ᄒᆞ고
徐徐(서서)이 ᄂᆞ려와
雲頭山城(운두산성) 다ᄃᆞ르니
이ᄯᅡᄂᆞᆫ 金人(금인)
所謂 五國城(소위오국성)[59]이라

'여긔저긔 귀경ᄒᆞ고 서서이 ᄂᆞ려와'는 안정적이나, '운두산성 다ᄃᆞ르니'에서 다시 내구행만 남게 된다. '이ᄯᅡᄂᆞᆫ 금인 소위 오국성이라'는 한 행에 배열되는 것이 적당하기 때문이다. '금인(주어)/ 소위(술어)'를 두 행으로 배열하면 주어(금인이)와 술어(말하는)가 두 행으로 나뉘어져 비논리적이고 어색하다. 그러므로 다음과 같이 행 배열한다.

59) 길림성 연길에 있는 송 휘종 무덤.

D-1
여긔저긔 귀경ᄒᆞ고 徐徐(서서)이 ᄂᆞ려와
雲頭山城(운두산성) 다ᄃᆞ르니
이ᄯᅡᄂᆞᆫ 金人(금인) 所謂(소위) 五國城(오국성)이라

이상의 논의를 정리하면, 4음보에 맞춰 무조건적으로 정행할 경우, 의미가 혼동될 수 있고, 문법과 의미를 우선적으로 고려할 경우, 2음보의 내구행이 빈발하여 가사의 율격에서 이탈하기 쉽다. 이들을 종합적으로 고려하는 율행 배열이 중요하다. 그러므로 “첫째, 의미가 드러나는 율행을 보이되, 내구만으로 된 2음보 1행을 되도록 줄인다. 둘째, 인용구문은 독립하되, 인용 조사의 처리를 염두에 둔다. 셋째, 가사의 대구는 되도록 병행 배열하나 내구만의 행이 자주 생기지 않는 한도 내에서 고려한다. 넷째, 한시나 한문으로 된 자료 인용은 별도의 가행 배열을 하지 않는다. 그 중 넷째 항에 대한 것은 다시 상론할 것이나, 이상의 논의 결과에 첫 부분 A를 조정하여 B~D 부분을 행 배열하면 다음과 같다.

원근산세 살펴보이 곤륜산 ᄒᆞᆫ가지	원근산세 살펴보니 곤륜산 한 지맥이
수천리 유행ᄒᆞ야 요동ᄠᅳᆯ 지ᄂᆡ야	수 천리를 뻗어내려 요동 뜰 지나와
백두산 되어셔라 정기 북주ᄒᆞ야	백두산 되었어라 신령한 힘 북으로 뻗어
영고탑 지어노코 배후의 ᄲᅦ여ᄂᆞᆫᄒᆞᆫ가지	영고탑을 이뤄놓고 등 뒤로 빼어난 한 줄기
동국산맥 도야ᄯᅩ다 이ᄯᅡ의 지ᄂᆞᆫᄌᆞ최	백두대간 되었구나 이 땅의 지난 자취
의의이 생각ᄒᆞ니 여진이 웅거컬ᄂᆞᆯ	어렴풋이 생각하니 여진이 버티고 있었거늘
고려중세의 대장 윤관으로 쳐파ᄒᆞ고	고려 중세 큰 장수 윤관이 정복하고
두만강 지ᄂᆡ야 선춘령으로 한계터니	두만강을 지나서 선춘령에 경계를 정했는데
백년이 못ᄒᆞ야 말갈ᄯᅡ이 다시되야	백년이 못되어 말갈 땅이 다시 되더니
함흥으로 정계터니	함흥으로 경계되었더니
우리세종대왕 성덕이요 김종서의 충렬로	우리 세종대왕 성덕이요 김종서의 충렬로

척지 천리ᄒᆞ야 육진을 배설할제	천리 땅을 개척하여 육진을 설치할 때
조신이 간ᄒᆞᆫ말슴	조정 신하 올린 말씀
유한ᄒᆞᆫ 민력으로 무한ᄒᆞᆫ 역사늘니라	백성 힘은 유한한데 무한한 역사를 벌린다며
드리 종서을(를) 버이자 닷토거ᄂᆞᆯ	막무가내로 김종서를 죽이자고 다투거늘
세종왕 비답왈	세종대왕 답하시길
수유과인 약무종서 불능변 차사요	나 있고 종서 없으면 해낼 수 없는 일이요
수유종서 약무가인 불능주 기사라	종서가 있고 나 없으면 그 일을 못하리라
ᄒᆞ시이 군신제회 이 아니가	하시니 군신제회[60] 이 아닌가
장백산 바라보니 오월의 노근눈이	장백산 바라보니 오월에 녹은 눈이
칠월의 다시희고 두만강 멀이보니	칠월에 다시 희고 두만강 멀리 보니
태조왕 제전 기상 의연토다	태조왕 제사 집전하시던 기상 그대로다
여긔저긔 귀경ᄒᆞ고 서서이 ᄂᆞ려와	여기저기 구경하고 천천히 내려와
운두산성[61] 다ᄃᆞ르니	운두산성 다다르니
이ᄯᆞᄂᆞᆫ 금인[62] 소위 오국성이라	이 땅은 금인들이 오국성이라 불렀더라

이하 본문에서 인용하는 가사 구문도 위와 같은 고려를 통해서 율행을 구성하게 될 것이나, 작자의 율격에 대한 무관심 때문에 문제가 적지 않다. 그 이유는 다양한 장소, 많은 자료로 인해 호흡이 가파르기 때문이기도 하지만, 가사 형식에 대한 작자의 이해가 동시대의 다른 가사 작자들에 비해서는 부족하기 때문이라는 지적 또한 피할 수 없을 것이라고 생각한다.

---

60) 임금과 신하가 뜻이 맞음.

61) 함북 회령시 성북리 두만강변에 있는 고구려의 옛 성. 1730년(영조 6)에 비국 당상 송진명(宋眞明)의 진언으로 방비를 위해 1731년 다시 쌓았다. 송의 휘종, 흠종이 북송의 멸망으로 금나라에 포로로 잡혀와 살았다는 운두산성은 두만강 건너 만주 길림성 연길현에 있는 것이어서 이 둘은 다르다. 이중환은 『택리지』에서 "운두산성은 동해와 200리 거리이고, 고려와는 바닷길로 아주 가깝다."고 한바, 회령의 산성이 아닌, 강 건너의 산성을 말한 것임을 알 수 있다.(이중환, 같은 책, 45면 참조) 그러므로 <팔역가>의 "이 땅은 금나라 사람들이 오국성이라 불렀더라."는 잘못된 정보이다.

62) 1115-1234년 여진족이 세운 나라.

2.2. 문헌 자료의 인용과 율행 실행

2.2.1. 직접인용

2.2.1.1. 문서의 인용

『팔역가』를 가사로 즐길 때의 또 다른 문제는 장문 자료의 인용 부분이다. 가사의 초입인 <함경도>에서 김응하金應河(1580-1619)를 애도하는 명 황제의 조서詔書가 인용되어 있는데 이 부분을 가사로 소화하고자 하면 당황하지 않을 수 없다.

작자는 명의 원병으로 참전해 청과 전쟁 중 전사한 김응하의 유적을 종성 행영에서 보고, 그에 대해 설명한다. 김응하가 명 황제로부터 요동백遼東伯으로 제수된 경위를 밝히고, 그를 위로하는 황제의 조서를 전문 인용하고 있다. 조서 부분은 4음보 35행 정도의 장문으로 구성되며 여기에 한시도 덧붙여 있다.[63)]

A 略曰(약왈) 嗚呼(오호)/ 內則(내즉) 中國(중국)이요/ 外則(외즉) 夷狄(이적)이라/ 修壤(수양) 得道(득도)ᄒᆞ면/ 夷狄(이적)니 率服(솔복)ᄒᆞ고/ 修壤(수양) 失道(실도)ᄒᆞ면/ 夷狄(이적) 猾憂(활우)어놀/ 寡人(과인)이 罔念(망념)ᄒᆞ사/ 昧耀(매약) 一德(일덕)ᄒᆞ사/ 觀兵(관병) 萬里(만리)라가/ 驅朕(구짐) 壯士(장사)ᄒᆞ야/ 血肉(혈육) 氈城(전성)ᄒᆞ니/ 寡人(과인)이 恥之(치지)ᄒᆞ노라/ 民心(민심)은 罔常(망상)이라/ 惟(유)惠之(혜지) 懷我(회아)요/ 撫之(무지) 后我(후아)요/ 虐之(학지) 讐我(수아)커늘/ 寡人(과인)이 不解(불해)ᄒᆞ사/ 上咈天時(상불천시)ᄒᆞ고 下乘民心(하승민심)ᄒᆞ야/ 輕擧大事(경거대사)라가 怨起轉恤(원기전휼)ᄒᆞ야/ 遂致將軍(수치장군)으로 獨戰無救(독전무구)ᄒᆞ니/ 寡人(과인)이 恥之(치지)ᄒᆞ노라 … (이하 생략)[64)]

위는 한문조서를 2음보로 배열한 것이다. 이를 그대로 2음보 1행으로 표

63) 본고 352면 참조.
64) 노규호, 같은 책, 96-101면; <권씨본>, 513-515면.

기한다면 가사 연구의 기본에 대해 고민하지 않은 결과로 평가하지 않을 수 없을 것이다. 이런 정행은 외형만으로는 가사의 형태를 유지하고 있으나 의미 면에서나, 문법적 형태로는 나눌 수 없는 것들이 한 음보를 구성하고 있는 경우가 너무 많다. A를 그대로 4음보 1행으로 한 것이 현행 자료들에 전해지는데, 앞의 구가 주어의 역할이고 뒤의 구가 술어의 역할이면 4음보 한 행으로 한 의미가 있다고 말할 수 있을 것이지만, 그렇지 않을 때는 한 단어가 내구・외구 사이의 휴지休止에 의해 나뉘는 경우도 많아 어색하기만 하다. 결국 음보의 구분, 중간 휴지의 구분 내지 행 구분도 전혀 의미를 갖지 못하고 연결해서 읽게 만드는 것이다.

이 조서를 『연려실기술』에 실린 김응하 관련 기록과 비교해보자. 여기에는 심하深河전투의 후속 조치와 명 신종의 조서와 김응하에 대한 만시輓詩가 같이 실렸다.

B 명나라 신종神宗이 조서로 김응하를 요동백遼東伯에 봉하고 그 처자에게는 백금을 내리고 차관差官을 보내어 용만관龍灣館에서 제사를 지내게 하였는데, 그 글에, "방군邦君 어사御使와 호분虎賁 백윤百尹들은 들어라. 동번국東藩國의 충신 김응하 장군은 삶을 버리고 의리를 취하였으니, 짐朕의 마음에 가상하게 여기는 바이다. 죽은 자를 위하여 상작上爵을 주노라. 아아, 처음 이 추한 북쪽 오랑캐가 무엄하게도 남쪽으로 말을 먹여 사나운 무리를 거느리고 우리 강토를 침범하였다. 더욱 내 계책이 정하였으니 어찌 감히 정벌하지 않으랴. 나의 대장大將과 우방友邦의 대군을 독려하여 하늘의 토벌을 받들어 행할 때 장군은 죽을 마음을 가졌고 사졸도 살 뜻이 없었도다. 전군이 모두 패하였으며 교활한 오랑캐가 승세를 타니 여러 장수들은 살기에 급급하였는데 장군만은 죽음을 바쳤도다. 장군의 의리는 내가 가상하게 여기는 바이나 장군의 죽음은 내가 부끄러워하노라.

C 아아, 안에는 중국이요 밖에는 이적夷狄이니 수양(修攘, 내정內政을 닦고 외적을 물리치는 것)함이 도리를 얻으면 오랑캐가 절로 복종하고, 수양修攘함이 도리를 잃으면 오랑캐가 중국을 어지럽게 하나니, 과인이 생각

하지 않고 덕을 밝히는 데 어두워 만리를 정벌하여, 나의 장졸將卒을 몰아다가 오랑캐의 땅에 피와 살을 버리게 하였으니 과인이 부끄러워하노라. 민심은 일정하지 않아 오직 은혜만을 생각하니, 어루만져 주면 나를 임금으로 여기나 학대하면 나를 원수로 여기는도다. 과인이 위로는 천심을 거스리고上拂天心, 아래로는 민심을 어기는 것을 피하지 아니하고寡人不避 가볍게 큰 일을 일으켜 군수물자 운반에 원망이 일어나니怨起轉輸 드디어 장군만이 혼자서 싸우는데 구원병이 없게 되었으니 과인이 부끄러워 하노라. 붉은 충심을 누가 본받으며 백골을 누가 거두리오. 당상堂上에 늙은 어미는 문에 기대어 아들이 돌아오기를 기다리는 마음이 끊기고 규중에 홀로 된 아내는 망부석望夫石이 되었으니 내가 심히 슬퍼하노라. 비록 그러하나, 과인의 부끄러움은 부끄러워해도 아무 쓸모가 없고 장군의 죽음은 죽어서도 빛이 있도다. 가을 서리 같은 큰 절개와 흰 태양 같은 맑은 충성은 만고토록 강상綱常을 붙들고 인신人臣의 본보기가 되었으며標萬古之人臣 대의를 밝히고 간사하고 아첨하는 자를 부끄럽게 하였으니, 장군은 비록 한 번 실패로 죽었으나 만고에 죽지 아니하였도다.

아아, [장순張巡과 허원許遠이 죽지 않았으면, 당나라에 신하가 없었을 것이요, 문천상文天祥이 죽지 않았으면, 송나라에 신하가 없었을 것이며, 장군이 죽지 않았으면 내 나라에 신하가 없었을 것이다.將軍不死寡國無臣*] 충신과 열사가 어느 시대에 없으리오마는 (몸을 잊고忘身) 나라에 바친 그대 같은 이가 뉘 있으리오. 천지에 순수하고 강한 한 기운純剛一氣이 만고에 뭉쳐 있더니 장군은 이 기운을 타고나서 장군이 되었도다. 삼군三軍에게서 장수는 탈취할 수 있으나, 필부의 마음은 탈취할 수 없고, 오악五嶽은 움직일 수 있으나, 한 절개는 움직이기 어려운 것을 이로써 알겠다. 만약 장수들의 충성심이 모두 장군과 같았으면 장군이 어찌 패하여 죽었으며, 과인이 어찌 오랑캐 추장에게 욕을 당하였으랴. 아아, 충성이 장군과 같고 용맹이 장군과 같고 지혜가 장군과 같았으나智如將軍 고립되어 구원이 없었음은 과인의 죄로다. 덕을 높이고 공로를 보답함은 옛부터 그런 은전이 있었으니古有其典 충신을 표창하고 절의를 드러내는 것이 오늘 날만 없으리오. 나는 선왕의 업을 계승하여 예물을 갖추어서 장군의 처자에게 사례하고謝其妻孥 요동백으로 증직하노니贈以

> 東伯, 나의 작은 정성을 드러내어 구원(저승)에 있는 충혼忠魂을 위로하노라." 하였다.[65] (밑줄 및 [*] 표기는 필자)

가사는 이 글의 [C] 부분을 그대로 수록하였다. 가사와 산문 중 산문이 원전일 것으로 보고 둘을 대조하면, 가사에는 약 12곳에 약간의 글자 수정이 있다. 오독·오기로 인한 것으로 보이며, 의미 차이는 크지 않다.[66] 다만 [*] 부분만은 가사 구문의 현토가 잘못돼 가사에서는 의미가 달라졌다.[67] 산문으로 된 조서 문구를 구태여 '가사로 정행화해야 하는가?'에 대해서 필자는 회의적인 입장이지만, <팔역가>에서는 그런 시도를 하고 있으므로 효과적인 정행에 대해 검토해보기로 한다. <팔역가>에는 다양한 자료가 인용되어 있어서 다른 자료들에서도 이런 문제가 생길 수 있으므로 <팔역가>을 가사로 본다면 가사로 감상할 수 있는 정행에 대한 고민은 거쳐야 한다고 생각하기 때문이다.

<팔역가>는 대체로 한문에 현토한 것을 가사 한 음보로 하고 있고, A의 2음보 배열에서 본 것처럼, '한자 2언+조사'가 한 음보의 대체적인 구성단위인데, 의미 단위를 구성하지 못하는 음보도 많다. 한자 4언 이상의 구 또

---

65) 이긍익, 국역『연려실기술』권21,「폐주 광해군 고사본말」, <심하의 전쟁 광해군 11년(1619)·붙임 김응하 사신을 보내어 변무(辨誣)하다. 오랑캐가 요동에 웅거하다. 모문룡(毛文龍)이 가도(椵島)에 들어오다> 참조. *이하『연려실기술』의 인용과 번역은 이 책에 의하며, '이긍익, 같은 책'으로 표기함.

66) 밑줄 친 부분은 가사에서는 다음과 같이 달라졌다. '修壤, 壯士, 上咈天時, 寡人不解, 怨起轉恤, 慄萬古之人, 純綱一氣, 智之將軍, 古有金典, 金以妻子, 爵以東伯, 精魄.' [*]를 제외하고는 모두 줄친 부분의 오독 혹은 오기의 문제로 볼 수 있다.

67) *의 '將軍不死寡國無臣'은 '將軍이 不死터면 寡國이 無臣이로다'였어야 할 것이나, <오씨본> 가사에서는 '將軍이 不死하니 寡國이 無臣이라'여서 의미가 통하지 않는 경우이다. 그럼에도 <오씨본>인 <인쇄본>의 현대어석은 "순원의 빛난 이름 다른 신하 말 못하고/ 천상의 빛난 이름 다른 신하 상대가 못되고"라고 가사 구문을 애매하게 의역하였다. 그러나 <권씨본>은 "嗚呼 巡遠이 不死터면 仙李에 無臣이요/ 天祥이 不死터면 屬猪에 無臣이로다/ 將軍이 不死터면 寡國이 無臣이요다'로 바로 되어 있다. 한편 같은 가사 구문으로 된 [가사문학관]의 세 본의 현대어역은 전혀 의미가 통하지 않는다. "(아! 순원)이 죽지 않았으니/ 당 현종은 신하 없다 못하고/ 문천상이 죽지 않았으니/ 속저는 신하 없다 못하리라/ 김장군이 죽지 않았으니/ 내 나라에 신하 없다 말 못하리"라고 번역하였다.

한 적지 않은데, 가사화는 '4언'을 1음보로 보는 경우와 4언을 '2언+2언'의 2음보로 보는 경우에 따라 운율이 달라진다. 위의 A를 4음보 1행으로 정행하면 외관상으로는 그럴 듯하나, 의미를 살피면 조어상 터무니 없는 음보가 많다. 가사의 음보 대부분이 두 글자로 된 경우는 우리 시가에서는 거의 없는데, 이 경우 그런 현상이 무수히 생기는 것이다. 이렇게 하면 음보를 나타내는 여백은 아무 의미 없이 그냥 줄글로 읽는 결과가 된다. 네 글자로 연속된 한문을 가사로 소화하기 위해서는 어쩔 수 없이 두 글자의 음보를 허용할 수밖에 없는 것은 인정하지만, 의미를 고려하면 기계적인 정행은 지양해야 할 것이다.

아래는 의미를 고려하여 최대한 율격을 살리고자 한 정행整行의 예이다. 앞에 인용한 [A]를 오기, 오자를 수정하여 배열하였다.(D4는 가사와 같음.)

D1 [내즉 중국이요 외즉 이적이라
수양 득도ᄒᆞ면 이적니 솔복ᄒᆞ고
수양 실도ᄒᆞ면 이적 활우어늘
E1 [과인이 망념ᄒᆞ사 매약 일덕ᄒᆞ사
관병만리라가 구짐장졸ᄒᆞ야 혈육 전성ᄒᆞ니
과인이 치지ᄒᆞ노라]
D2 [민심은 망상이라 유혜지 회아요
무지 후아요 학지 수아커늘]
E2 [과인이 불피ᄒᆞ사 상불천심ᄒᆞ고 하승민심ᄒᆞ야
경거대사라가 원기전수ᄒᆞ야 수치장군으로 독전무구ᄒᆞ니
과인이 치지ᄒᆞ노라]
D3 [단충 수효며 백골은 수수오
당상 학발은 망단 의문ᄒᆞ고
규문 과처은 석화 산두라]
과인이 통지ᄒᆞ노라 수연이나]
E3 [과인지치는 치이무보ᄒᆞ고 장군지사는 사이유광이로다
추상 대절과 백일 정충은]

F1 [족이부 만고지강상이요 표 만고지인신이요
명 만고지대의요 외 만고지간유라
장군이 수시어일패ᄂᆞ 불사어만고로다 오호]
D4 [순원이 불사ᄒᆞ니 선리의 무신이요
천상이 불사ᄒᆞ니 속저 무신ᄒᆞ고
장군이 불사ᄒᆞ니 과국의 무신이라]
E4 [충신열사 하대불유리요 순국여자자 수오
순강일기와 방박만고을 장군수지ᄒᆞ야 이위장군ᄒᆞ니]
D5 [시지 삼군은 가탈ᄒᆞᄃᆡ 필부은 난탈이요
오악은 가동ᄒᆞᄃᆡ 일절은 난동이라
향사 황월단성으로 개시 장군이면]
E5 [장군이 하사어패뉵이며 과인이 하욕어노추아
오호라 충여장군 용여장군 지여장군
독립무보는 과인지죄야로다]
F2 [숭덕보공은 고유기전이라 포충선절이 금독불연가
사짐이 통승선왕ᄒᆞ사 수기예물ᄒᆞ야 사기처노
증이동백ᄒᆞ야 표일촌지짐성ᄒᆞ고 위구원지충혼 이로다][68]

D1~D5는 한자 2~3자(+조사)로 된 음보가 더 많은 행이며, E1~E5는 한자 4~5자(+조사)로 된 음보가 더 많은 행이다. <팔역가>는 'D1-E1-D2-E2-D3-E3-(F1)-D4-E4-D5-E5-(F2)'의 순서여서 변화를 느끼게 한다. 그런데 F1 부분은 "扶 ∨ 萬古之綱常이요 ∨ 標 ∨ 萬古之人臣이요"처럼 읽어서는 음보의 크기가 지나치게 차이가 나서 리듬이 느껴지기 어려운데, 이를 한 행 더 반복함으로써 어느 정도는 반복의 리듬이 형성되지만, 셋째 행에서 다시 깨어짐으로써 율행을 실현하기에는 무리가 크다. 그러므로 "扶萬古之綱常이요 標萬古之人臣이요 ∨ 明萬古之大義요 愧萬古之奸諛라"로 읽고, "將軍이 雖死於一敗ᄂᆞ ∨ 不死於萬古로다 嗚呼"로 읽는 것이 나을 것이다. F2의

68) 리듬을 보이기 위해 한자의 독음만을 기재하였음. 한자는 333면 인용문 참조.

경우도 같다. 또, '시지'나 감탄사 '오호' 등은 되도록 4음보를 구성하는 데 도움이 되도록 경우에 따라 조정하고, '과인이 ~ᄒᆞ노라'(E1, E2, D3)는 반복이 드러나도록 배치하는 것도 필요하다. 내구만 있는 행이 형성되는 것은 되도록 줄여야 하지만, 반복구는 리듬 형성에 도움되는 요소일 수 있기 때문이다. <팔역가>에는 다양한 자료가 인용되어 있어서 다른 자료들에서도 이런 문제가 생길 수 있으므로 <팔역가>을 가사로 본다면 가사로 즐길 수 있는 정행에 대한 고민은 거쳐야 한다고 생각한다. '雖然'처럼 아래·위 문장에 모두 관계되는 부분은 되도록 4음보를 충족하는 방향으로 아래, 혹은 위에 붙여 행 위치를 조정할 필요가 있다. 그 외 오기·오독으로 의미가 통하지 않는 글자는 수정하고, D4는 원문의 의미에 맞게 토씨를 바꿀 필요가 있다.

그러나 아무리 해도 이 조서는 산문이므로 가행으로 만드는 데에는 무리가 있다. 'D1-E1-D2-E2'와 같이 한문의 문체 자체가 반복 구문을 가지고 있으므로 의미가 가진 리듬을 살리면서 가행을 조정하는 시도가 필요할 것이다.

이렇게 명 신종의 조서를 가사화한 부분에 대해,『연려실기술』과 비교해 다른 글자로서 오독과 오기로 판단된 글자는 의미가 통하도록 수정한 결과의 <팔역가> 부분은 다음과 같다.69)

F 鍾城(종성)을 지ᄂᆡ다가 行營(행영)을 차ᄌᆞ드러
遼東伯(요동백) 金公(김공) 事蹟(사적) 살펴보니
光海朝(광해조) 己未年(기미년)의 皇朝(황조)의 請兵(청병)거ᄂᆞᆯ
都元帥(도원수) 姜弘立(강홍립)과 副元帥(부원수) 金景瑞(김경서)ᄂᆞᆫ
深河(심하)의이르러 不戰而降(부전이항)ᄒᆞ고 金公(김공)은 獨戰而死(독전이사)ᄒᆞ니
皇朝(황조)의 遼東伯封(요동백봉)ᄒᆞ시고 下詔(하조)ᄒᆞ야 慰諭(위유)ᄒᆞ니

69) 전문 해석은 앞의『연려실기술』인용문과 같으므로 생략한다.

略曰(약왈) 嗚呼(오호)

內則(내즉) 中國(중국)이요 外則(외즉) 夷狄(이적)이라

修攘(壤)(수양) 得道(득도)ᄒᆞ면 夷狄(이적)니 率服(솔복)ᄒᆞ고

修攘(壤)(수양) 失道(실도)ᄒᆞ면 夷狄(이적) 猾憂(활우)[70]어늘

寡人(과인)이 罔念(망념)ᄒᆞ사 昧耀(매약) 一德(일덕)ᄒᆞ사

觀兵(관병)萬里(만리)라가 驅朕將卒(구짐장졸)(壯士)ᄒᆞ야 血肉(혈육) 氈城(전성)ᄒᆞ니

寡人(과인)이 恥之(치심)ᄒᆞ노라

民心(민심)은 罔常(망상)이라 惟(유)惠之(혜지) 懷我(회아)요

撫之(무지) 后我(후아)요 虐之(학지) 讐我(수아)커늘

寡人(과인)이 不避(解)(불피)ᄒᆞ사 上拂(咈)天心(時)(상불천심)ᄒᆞ고 下乘民心(하승민심)ᄒᆞ야

輕擧大事(경거대사)라가 怨起轉輸(恤)(원기전수)ᄒᆞ야 遂致將軍(수치장군)으로 獨戰無救(독전무구)ᄒᆞ니

寡人(과인)이 恥之(치지)ᄒᆞ노라

丹忠(단충) 誰效(수효)며 白骨(백골)은 誰收(수수)오

堂上(당상) 鶴髮(학발)은 望斷(망단) 倚門(의문)ᄒᆞ고

閨門(규문) 寡妻(과처)은 石化(석화) 山頭(산두)라

寡人(과인)이 痛之(통지)ᄒᆞ노라 雖然(수연)이나

寡人之恥(과인지치)ᄂᆞᆫ 恥而無補(치이무보)ᄒᆞ고 將軍之死(장군지사)ᄂᆞᆫ 死而有光(사이유광)이로다

秋霜(추상) 大節(대절)과 白日(백일)貞忠(정충)은 足以(족이)

扶萬古之綱常(부만고지강상)이요 標(慄)萬古之人臣(표만고지인신)이요 明萬古之大義(명만고지대의)요 愧萬古之奸諛(괴만고지간유)라

將軍(장군)이 雖死於一敗(수사어일패)ᄂᆞ 不死於萬古(불사어만고)로다 嗚呼

巡遠(순원)[71]이 不死(불사)터면(ᄒᆞ니) 仙李(선리)[72]의 無臣(무신)이요

---

70) 교활하게 근심을 만들거늘.

71) 모두 당나라 사람으로, 장순(張巡)은 안녹산의 난 때 군사를 일으켜 적을 토벌하였으며, 허원(許遠) 역시 안녹산의 난 때 회양태수로 성을 지키고 대항하다 성이 함락되어 적에게 살해되었다.

72) 본래 노자(老子)의 성씨가 이(李)이므로 그렇게 부르나, 여기서는 당나라의 현종을 뜻하는 듯하다. 노규호, 같은 책, 99면 참조.

天祥(천상)이 不死(불사)터면~~(ᄒᆞ니)~~ 屬猪(속저) 無臣(무신)ᄒᆞ고

將軍(장군)이 不死(불사)터면~~(ᄒᆞ니)~~ 寡國(과국)의 無臣(무신)이라

忠臣烈士(충신열사) 何代不有(하대불유)리요 (忘身)殉國如子者(망신순국여자자) 雖(수)오

純剛(綱)一氣(순강일기)와 磅礴萬古(방박만고)을 將軍受之(장군수지)ᄒᆞ야 以爲將軍(이위장군)ᄒᆞ니

是知(시지) 三軍(삼군)은 可奪(가탈)ᄒᆞ디 匹婦(필부)은 難奪(난탈)이요

五岳(오악)은 可動(가동)ᄒᆞ디 一節(일절)은 難動(난동)이라

向使(향사) 黃鉞丹誠(황월단성)으로 皆是(개시) 將軍(장군)이면

將軍(장군)이 何死於敗衄(하사어패뉵)이며 寡人(과인) 何辱於虜酋(하욕어노추)아

嗚呼(오호)라 忠如將軍(충여장군) 勇如將軍(용여장군) 智如(知)將軍(지여장군)

~~而(이)~~獨立無補(독립무보)는 寡人之罪也(과인지죄야)로다

崇德報功(숭덕보공)은 古有其(金)典(고유기전)이라 褒忠旋節(포충선절)이 今獨不然(금독불연)가

肆朕(사짐)이 統承先王(통승선왕)ᄒᆞ사 修其禮物(수기예물)ᄒᆞ야 謝其妻孥(~~金以妻子~~)(사기처노)

贈(爵)以東伯(증이동백)ᄒᆞ야 表一寸之朕誠(표일촌지짐성)ᄒᆞ고 慰九原之忠魂(~~精魄~~)(위구원지충혼) 이로다

이상에서 길게 설명한 것은 본고에서 <팔역가>의 구문을 인용할 때 어떻게 가사적으로 표기할 것인가에 대한 고민을 보이기 위해서이다. 가사에서 변형은 보통 한 행이 5음보나 6음보가 되는 형태 정도가 대부분이다. 위와 같이 한 음보의 음절양이 너무 많아지는 과다음보는 잘 없는데, 이렇게 할 경우 가사의 외형을 벗어난다는 우려를 할 수 있다. 그러나 이처럼 한문 산문을 그대로 가사화한 경우는 많지 않아 예외적으로 적용하는 것이어서 큰 문제가 되지는 않는다고 본다. 보다 문제가 되는 것은 <팔역가> 전반에 남발된 과소음보라고 생각한다. 의미 없는 음보가 남발되어 가사가 산문으로 읽히게 되기 때문이다. 이렇게 했을 경우, 한문에 익숙한 독자에게는 이

부분은 가사가 아니라 한문에 현토한 것일 뿐이다. 이런 현상보다는 보통의 한 음보 3~4음절을 때로 5~6음절로 허용함으로써 의미에 가깝게 가시화하고 전체적으로 가능하면 반복의 리듬을 살리는 것이 정행의 방향이라고 생각한다. 앞으로의 가사 인용에서도 같은 원칙을 적용하고자 한다.

한편, 이 조서 끝에 붙인 한시는 소개 없이 게재해 조서에 연결된 듯하지만, 황제의 시가 아니다. 『연려실기술』 같은 항에 실린 박정길朴鼎吉의 시이다. 시는 아래에 보이듯, 본문과는 달리 각주처럼 작은 글씨 두 줄(세자쌍행細字雙行)로 표시되어 있다.

詩曰 百尺深河萬仞山 英魂且莫招江上
至今沙磧血痕斑 不滅匈奴正不還

<인쇄본>에서는 이 시도 "百尺深河 萬仞山 英魂且莫 招江上 至今沙磧 血痕斑 不滅匈奴 正不還"처럼 음보를 나누어 표기하였으나, 그럴 필요가 없다고 본다. 작자가 시를 별도로 처리한 것처럼 가사에서도 한시는 별도로 읽는 것으로 충분할 것이다.

2.2.1.2. 한시의 인용

위에서 잠깐 언급한 바와 같이, <팔역가>에 인용된 한시는 대부분 세자쌍행細字雙行의 형식이어서 가사의 가행과 구분된다. 이는 작품수가 많고 여러 양상이 있어 별도의 논의를 요한다. 전체적으로는 직접인용이며, 이를 가사 속에 포함시키려는 의도보다는 따로 삽입된 느낌이다. 그러므로 가사로 지어진 '원<팔역가>'(필자 가칭)가 존재하고, 여기에 이후 한시를 곳곳에 배치한 현재의 <팔역가>가 존재하는 것은 아닐까 하는 의심이 들 정도이다.

한시를 인용하는 경우는 가사에 더러 있는데, 이 때 한시는 가사의 흐름을 해치지 않게 인용하는 것이 보통이다. 예를 들어 <북새곡>에서 자작시

(‘ ’ 표기 필자)를 인용할 때,

> 홍원 倚頭樓(의두루)ᄂᆞᆫ 승경(勝景)이라 ᄒᆞ리로다
> 청히(青海)ᄂᆞᆫ 망망(茫茫)ᄒᆞ야 가업시 흘너가고
> 군산(群山)은 졈졈(點點)ᄒᆞ야 유졍(有情)이 둘너잇고
> 묘현(渺晛)ᄒᆞᆫ 商舶(상박)들은 젹은 잔(盞)을 띄여셔라
> ‘北斗(북두) 丹心仰(단심앙)이오 東溟(동명) 白髮叟(빅발슈)’ᄂᆞᆫ
> 이 늙은이 글이로쇠 경결(硬決)ᄒᆞᆫ 츙졍(衷情)이라[73]
>
> ‘無邊大野(무변대야) 成川月(셩천월)이오 欲上高樓(욕상고루) 渤海雲(발히운)’은
> 이 聯句(년구) 내 글이라 순ᄉᆞ(巡使)가 懸板(현판)ᄒᆞ리[74]

처럼 풀어서 인용한다. 그러나 <팔역가>에서는 ‘詩曰’로 소개했다. ‘시왈’의 처리 때문에 음보는 흐트러지고, 인용 자료는 두드러져 버린다. 한시 기재를 본문과는 다른 형태로 한 작자의 의도를 살려 현토하지 않은 한시는 한시 형식 그대로 가사 현대문에 옮기는 것이 맞다고 생각한다.

한시와 가사는 같은 운문이지만, 수용자의 감각이 전혀 다른 분야이다. 정제된 가행에 한두 편의 한시를 가사조로 싣고 있는 <북새곡>, <북정가>의 경우는 가사의 흐름이 안정적이므로 한시의 정서는 판소리의 삽입가요와 같은 효과를 갖는다고 볼 수 있다. 그러나 <팔역가>의 경우는 둘이 서로 간섭받는 양상이다. 정격의 리듬이 종종 흐트러져 있는 <팔역가>의 율격은 엄격한 외형률을 지닌 한시를 내포하기 위해 계속 다시 읽기를 통한 율격 조정을 해야 하고, 용사用事, 전거 등의 압축적인 수사로 짜인 한시의 집약된 의미 파악을 위해 가사의 본문은 도리어 소홀하게 지나쳐 버리게도 된다. 더구나 <팔역가>에는 작자의 의도이든 필사자의 실수이든 대부분의

73) 구강, <북새곡>, 최강현, 『기행가사자료선집』, 국학자료원, 224면.
74) 구강, 같은 글, 226면.

시가 원시를 변형한 형태로 수록되어 있고, 본인의 창작인 듯 혼동하게 하는 경우가 많아 감상자는 한시를 통해 의미를 조정하려는 의욕으로 한시에 더 집중하게 되는 경향이 있다.

이렇게 한시의 간섭을 받는 문제점들이 있지만, 당대의 지식인의 입장에서 보면 가사라는 그 시대의 전면에 등장한 대표적인 장르와 자신들의 교양을 담당해왔던 전통적인 한시를 통합하고자 하는 <팔역가>의 시도는 새로운 의욕의 성과인 것도 사실이다. 한시를 소개하는 어휘를 효과적으로 처리하여 가사의 내용에 방해되지 않게 하는 주의가 필요하다.

2.2.2. 간접인용

이상의 자세한 논의는 <팔역가>를 가사로 즐기기 위한 노력이다. 그러나 위에서 예로 든 <팔역가>의 많은 부분이 사실은 산문 『택리지』를 가사로 옮기는 데서 율행의 부자연스러움이 드러나게 되었음을 지적하지 않을 수 없다.

> 곤륜산崑崙山 한 가닥이 대사막大沙漠 남쪽으로 뻗어 동쪽으로 의무려산醫巫閭山이 되고, 여기에서 크게 끊어져 요동遼東 들이 되었다. 들을 지나서 다시 솟아 백두산白頭山이 되었는데, 『산해경山海經』에서 말한 불함산不咸山이 바로 이곳이다.
>
> 산 정기精氣가 북쪽으로 천 리를 달려가며 두 강을 사이에 끼었고, 남쪽으로 향하여 영고탑寧固塔이 되었으며, 뒤쪽으로 뻗은 한 가닥이 조선산맥朝鮮山脈의 우두머리가 되었다.
>
> 우리나라는 팔도로 나뉘는데, 평안도는 심양瀋陽과 이웃하였고, 함경도는 여진女眞과 이웃이며, 강원도는 함경도와 이어져 있다.[75]

75) 이중환, 이익성 역, 국역 『택리지』, 「팔도총론」, <함경도>, 을유문화사, 1993, 31면. 같은 자료를 [KRpia], 『택리지』, http://www.krpia.co.kr에서 볼 수 있으나, 본고의 인용 면수는 이 책의 것이다. *이하에서는 '이중환, 같은 책'으로 표기함.

『택리지』의 지리적 내용이 시작되는 「팔도총론」 시작 부분으로 앞서 정행에서 살펴본 부분이다. 현대문으로 보면,

> 원근산세 살펴보니 곤륜산 한 지맥이
> 수 천 리를 뻗어내려 요동뜰 지나
> 백두산 되었어라 신령한 힘 북으로 뻗어
> 영고탑 이뤄놓고 등 뒤로 빼어난 한 줄기
> 백두대간 되었구나

로 밑줄 친 부분이 가사화되었다. <팔역가>는 백두산 등정을 여행의 출발지로 하는 기행문 형식을 취하였으므로, 백두산에 올라 천지와 백두산의 산세를 묘사한 후 백두산 동쪽 함경도를 먼저 설명한다. 이 부분 역시 『택리지』 <함경도>와 밀접한 연관이 있다.

> 산등성이 동쪽이 바로 함경도로 옛 옥저沃沮지역이다. … 고구려가 망하자 여진女眞이 차지하게 되었다. 고려 때 함흥咸興 남쪽 정평부定平府를 경계로 하였다가 중엽에 윤관尹瓘이 군사를 거느리고 가서 여진을 쫓아 버리고 두만강 북쪽으로 700리를 지나, 선춘령先春嶺까지를 경계로 하였다. 그 후 금나라에게 땅을 돌려주고 또 함흥을 경계로 삼았다. 우리나라 장헌대왕莊憲大王 때 김종서金宗瑞로 하여금 북쪽으로 땅 천여 리를 개척하고 두만강에 이르러 육진六鎭과 병영을 설치하게 하였으며, 이때부터 백두산 동남쪽에 있던 여진의 근거지가 모두 우리의 판도에 들어왔다.
>
> 숙종 정유丁酉년에 강희황제康熙皇帝가 목극등穆克登을 시켜, 백두산에 올라 두 나라 경계를 살펴 정하게 하였다. 그리하여 두만강을 따라 회령會寧 운두산성雲頭山城에 왔다가 성 바깥 큰 언덕에 여러 무덤이 있는 것을 보았는데, 지방 사람이 황제의 능이라 하였다. 목극등이 사람을 시켜 파헤치다가 무덤 곁에서 짧은 비석을 발견했는데, 비석 위에는 '송제지묘宋帝之墓'라는 네 글자가 적혀 있었다. 목극등은 봉축을 크게 쌓게 하고 갔다.
>
> 그리하여 비로소 금나라 사람이 말하던 오국성五國城이 운두산성인 줄을 알게 되었다. 그러나 '송제宋帝'라고만 적혀 있어 휘종徽宗의 무덤인지 흠종欽

宗의 무덤인지는 알 수 없다.

운두산성은 동해와 겨우 200리 거리이고 고려와는 바닷길로 아주 가깝다. 또, 고려의 전라도와 중국 항주杭州는 작은 바다를 사이에 두고 있어 바람만 잘 만나면 뱃길로 이레 만에 통할 수 있다. 만약에 송나라 고종高宗이 비밀리에 고려를 후하게 대접한 다음, 고려로 하여금 동해에 배를 띄우고 군사 천 명으로 운두산성을 습격하여 휘종·흠종과 형후邢后를 빼앗아, 바닷길로 오다가 고려 땅에 올라, 다시 전라도에서 배편으로 항주에 닿게 하였더라면, 이것은 천하에 기이한 사건이 되었을 것이다. 그러나 애석하게도 고종은 아비를 염려하는 마음은 없고, 서호西湖에 놀이하는 즐거움에만 정신이 빠졌으니 그 불효한 죄는 하늘에 사무쳤다 하겠으며, 천고에 한스러운 일이다. 그러나 고종은 죽은 지 100년이 못 되어 도둑 중(僧)에게 무덤이 파헤쳐지는 화禍를 만났고, 휘종은 비록 타향에서 죽어 묻혔으나, 지금까지 무덤이 보존되고 있으니 하늘 이치의 돌아감을 알 수 없음이 이와 같다. 지방 사람들이 언덕 위에 밭을 갈다가 옛 제기祭器·술항아리·솥·화로 따위를 발견하는데, 이것이 선화릉宣化陵[76] 같으며 나머지는 궁인과 모시던 관원의 무덤인 듯하다. 두만강 북쪽 10여 리 지점에 또 황제릉이 있다고 하는데 그것은 흠종의 능인 듯하나 분명히 알 수는 없다. (『택리지』, 「팔도총론」, <함경도>, 43-45면)

이 부분의 줄친 부분은 아래와 같이 가사화되었다. 앞의 율행 논의에서 원문을 제시했으므로, 내용의 비교를 위해 현대어로 보면,

(백두대간 되었구나) 이 땅의 지난 자취
어렴풋이 생각하니 여진이 버티고 있었거늘
고려 중세 큰 장수 윤관이 정복하고
두만강을 지나서 선춘령에 경계를 정했는데
백 년이 못 되어 말갈 땅이 다시 되더니
함흥으로 경계되었더니
우리 세종대왕 성덕이요 김종서의 충렬로

76) 宣和陵의 오기. 선화는 휘종의 연호이므로 휘종의 능이라는 뜻.

천 리 땅을 개척하여 육진을 설치할 때
조정 신하 올린 말씀
백성 힘은 유한한데 무한한 역사를 벌린다며
막무가내로 김종서를 죽이자고 다투거늘
세종대왕 답하시길
나 있고 종서 없으면 해낼 수 없는 일이요
종서가 있고 나 없으면 그 일을 못하리라
하시니 군신제회 이 아닌가
장백산 바라보니 오월에 녹은 눈이
칠월에 다시 희고 두만강 멀리 보니
태조왕 제사 집전하시던 기상 그대로다
여기저기 구경하고 천천히 내려와
운두산성 다다르니
이 땅은 금나라 사람들이 오국성이라 불렀더라
숙종조 정유년 청 강희제 보낸 신하
목극등의 정계비는 외따로 높이 서 있고
금나라의 포로 되어 이 땅에 갇히었던
송 천자 슬픈 무덤 초 회왕(항우)의 넋일런가
(송제에게) 보살필 자손이 없음을 뉘 아니 슬퍼하리
한잔 술로 제지내고 천천히 하산하여
회령읍 숙소하고 북병영[77] 찾아가
제승루에 올라 가만히 생각하니 (95면/513면)

이 부분은 사실 호흡이 상당히 가파르다. 백두산 한 곳에서의 감상, 설명, 회상이 섞여 있기 때문이다. 기행문의 형식을 취하고 있으나 행동의 움직임은 '백두산 ᄎᆞᄌᆞ가니', '팔일만에 올라가니'~(살펴보이), (생각ᄒᆞ니), (멀이보니)~'서서이 ᄂᆞ려와' 등으로 분주하다. 이 여정은 2음보 1구로 셀 때 60구에 해당한다. 그 동안 가사에 나타난 작자의 위치는 고정된 채로 '~살펴보

77) 함경북도 경성의 북병사 주둔 진영.

이', '생각ᄒᆞ니', '멀이보니~'로 시선과 생각이 이동하면서 역사적 사건이 소환되고 각종 자료가 보태지는 현상이다. 실제의 움직임에 따른 장소에 대한 감상은 '여긔저긔 귀경ᄒᆞ고'로 생략되고 '서서이 ᄂᆞ려와' 운두산성(회령)에 도달했을 때 또 다른 역사가 설명된다.

운두산성에서는 송나라 마지막 황제에 대해 말하는 중에 백두산정계비가 삽입돼 있다. 그러나 백두산정계비는 하산 전에 소개되어야 여정상 맞다. 정계비는 높이 70cm, 너비 55cm의 크기이며 마천령산맥 줄기 4km 지점에 있다고 하니, 회령 운두산성에서 형상이 보이는 것은 아니다. 여기서는 오랑캐 금나라의 포로가 된 송나라 마지막 황제의 비극과 또 다른 오랑캐인 청나라에 의해 정계비가 세워진 우리의 굴욕이 함께 연상되어 '솟아 있는 정계비'의 모습이 끼어들었다고 볼 수 있다. 북병영이 있는 경성鏡城과 숙소인 회령은 한 줄에 쓰였으나, 회령은 두만강가에, 경성은 청진 부근에 있어 두 장소는 115km 이상 떨어진 곳이다. 이렇게 눈으로 좇는 여러 장소들이 움직임의 단어만으로 연결된 결과 가사의 율격은 고려될 여지가 없었던 것이다.

이후부터는 움직임과 여정의 변화가 함께 기록되며 율행도 비교적 안정적이다. 결론적으로 율행의 문제는 여정의 기록보다 역사적 서술에 치중한 창작의식과 관계가 깊다.

이런 방식은 일반의 기행가사와는 확연하게 다르다. <관동별곡>은 금강산 기행의 경우, 만폭동 '드러가니' →금강대 (올려보고) 소향로 대향로 '구버보고' →정향사·진헐대 '고텨 올나' →개심대 '고텨 올나' →비로봉 상상두의 '올라보니' →'ᄂᆞ료가미' 고이ᄒᆞᆯ가→사자봉을 '차차자니' 등처럼 움직임이 확실하게 드러나고 그 사이에 장소의 묘사와 장소에서의 감상이 소개되어 있다. 또 <팔역가> 함경도편과 비슷한 곳을 여행하는 이용의 <북정가>를 비교하면, "무산령 적다마는 두세 번을 쉬여 넘어/… (회령부) 오국성의 주리단 말 드럿더니 보완지고/… 거량현을 넘어셔니… 종온성 넘어드러"[78]와 같이 여러 장소를 섭렵하느니 만큼 그 경과를 보여주는 묘사가 24행인 데 비해 <팔역가>는 9행이다.

그러나 이렇게 <팔역가>의 저본과 대조하면 이 부분에서 느껴지던 비약에 대한 의문점이 많이 풀린다. 함흥으로 경계했다고 본 견해의 근거는 『택리지』이며, 운두산성에서 갑자기 목극등穆克登의 정계비를 언급하는 이유 또한 정계비가 바라보여서가 아니라, 목극등이 땅 속에서 발굴한 비석이 운두산성과 관계가 있다는 사실과 목극등이 백두산을 방문한 이유인 정계비가 연결되었기 때문이다. 또한 두 자료를 대조해보면, 김종서를 반대하는 조정의 갑론을박과 세종의 여론 정리 장면을 대화로 설정하여 넣은 것이나, 앞의 『택리지』 인용문에서 길게 설명한 송나라 망국의 정황을 "宋天子(송천자)[79] 실픈무덤 楚懷王(초회왕) 넉실넌가/ 白楊(백양)이 不得老(부득로)는 뉘아니 실풀손냐"로 서정적으로 처리한 점 등은 참고자료를 적절히 활용하면서도 창작의 묘미를 살렸다는 평가가 가능하다. 그러나 앞에서 본 것처럼 많은 자료의 삽입으로 인해 율격을 무시한 점은 가사로서는 결격 사유로 지적하지 않을 수 없다.

위에서는 한글 번역문을 인용했으나, 『택리지』 한문 원문과 <팔역가>를 비교해보면 산문인 『택리지』를 거의 그대로 가사 율행으로 만든 예가 적지 않다. 아래 인용은 <팔역가> 경기도에서 우리나라 대성씨大姓氏와 사대부에 대해 말하는 부분이다.

아래의 A는 <팔역가>, B는 『택리지』 번역문, C는 『택리지』 한문 원문이다. A와 B를 보면 B의 주요 내용을 가사로 옮긴 듯하지만, C 중 가사로 된 부분이 C1~5인데, A와 C를 비교하면 한문 구절(C)에 현토한 형태와 <팔역가>가 거의 비슷함을 확인할 수 있다.

---

78) 이용, <북정가>, 최강현, 『기행가사자료선집』 1, 국학자료원, 1996, 135-136면 참조.
79) 송나라 8대 희종, 혹은 9대 흠종을 말한다.

A

옛날 禹貢賜姓(우씨사성)을 未參(미참)ᄒᆞ니 卽一東夷(즉일동이)라 C_1

但(단)箕子後(기자후)의 鮮于氏(선우씨)요 句麗後(구려후) 高氏(고씨)요 C_2

新羅後(신라후) 朴昔金氏三姓(박석김씨삼성)이요 駕洛後(가락후) 金氏(김씨)터니 C_2

新羅末(신라말)의 中國(중국)의通來(통래)ᄒᆞ야 姓氏(성씨)을 始造(시조)ᄒᆞ되 C_3

仕官(사관)의 略有(약유)ᄒᆞ고 民庶(민서)의 全無(전무)터니 C_3

高麗朝(고려조)의 中國姓氏摸倣(중국성씨모방)ᄒᆞ야 班姓於八路(반성어팔로)ᄒᆞ니 人皆有姓(인개유성)ᄒᆞ야 C_4

惑以爲(혹이위) 民庶(민서)ᄒᆞ고 惑以爲(혹이위) 士大夫(사대부)라

何以爲(하이오) 士大夫(사대부)오 士而行大夫事(사이행대부사) 曰士大夫(왈사대부)라

王公聖賢(왕공성현) 後裔(후예)로 孝悌忠信(효제충신) 業(업)을숨고

禮義廉耻(예의염치) 本(본)을숨아 立紀綱(입기강) 正風俗(정풍속)ᄒᆞ니

所以謂(소이위) 士大夫(사대부)라 入我朝明分(입아조명분)이 比麗尤明(비려우명)터라(300면) C_5

<table>
<tr>
<td>B
이자李子가 말하기를
“우리 나라 사람은 중국 밖에 있어서, 이미 <우공禹貢>에서 성姓을 주던 그때 참여하지 못하였으니, 곧 동쪽 나라의 백성일 뿐이다” 한다. C_1
기자의 후손이 선우씨가 되었고, 고구려는 고씨가 되었으며, 신라 여러 임금인 박·석·김 세 가지 성과, 가락국駕洛國 임금인 김씨는$C2$ 『임금으로서 자기네 성을 정하였는데, 이들이 귀한 종내기이다.』
그리고 신라 말엽부터 중국과 통하여 비로소 성씨를 정하게 되었다. 그러나</td>
<td>A
옛날 禹貢賜姓을 未參ᄒᆞ니 卽 一東夷라/
C_1(既不參於禹貢錫姓之時 卽一東國民也)

但箕子後의 鮮于氏요 句麗後 高氏요/
新羅後 朴昔金氏三姓이요 駕洛後 金氏터니/

C_2(但箕子之後 爲鮮于氏 高句麗爲高氏/ 新羅諸王朴昔金三姓 及駕洛國君 金氏)</td>
</tr>
</table>

<table>
<tr>
<td>벼슬한 사족士族만이 대략 성이 있었고, 일반 서민은 모두 성이 없었다.C_3 그 후 고려가 삼한을 통일하자 비로소 중국의 씨족을 본떠 팔로八路에 성을 내려 주었고, 사람들은 모두 성을 가지게 되었다.C_4
「그러나 성을 내려 받기 전에도 겨레 갈래가 각각 달라, 다만 같은 본관만을 가려 같은 성씨라 하였다. 본관이 만약 다른 고을이면, 성이 비록 같더라도 친족이라 하지 않고, 혼인하는 것도 금하지 않았는데, 조상이 같지 않다는 것이었다.
그런즉 고려에서 성을 내려 줄 때 무슨 존귀의 차이가 있었겠는가. 그런데 지금 사대부가 이것을 가지고 망령되게 너와 나라 하는 것은 이상한 일이다.」
조선이 건국할 때 유학을 높인다는 명분으로 나라를 세웠다.C5 「그래서 지금 사대부라는 명칭이 매우 성하고도 많으며, 사람을 임용하는 데도 오로지 문벌만을 앞세웠다. 그러므로 인품의 계층이 매우 많아졌다.」
(<총론>, 221면, 밑줄 및 「 」 필자)</td>
<td>新羅末의 中國의通來ᄒᆞ야 姓氏을 始造ᄒᆞ되/ 仕官의 略有ᄒᆞ고 民庶의 全無터니/
C_3(自新羅末 通中國 而始制姓氏/ 然只仕宦 士族略有之民庶 則皆無有也)
高麗朝의 中國姓氏摸倣ᄒᆞ야 班姓於八路ᄒᆞ니 人皆有姓ᄒᆞ야/
C_4(至高麗 混一三韓 而始倣中國氏族 頒姓於八路/ 而人皆有姓)

(惑以爲 民庶ᄒᆞ고 惑以爲 士大夫라
何以爲 士大夫오 D1)
士而行大夫事 曰士大夫라
王公聖賢 後裔로 孝悌忠信 業을숨고
禮義廉耻 本을숨아 立紀綱 正風俗ᄒᆞ니
所以謂 士大夫라 D2)

入我朝明分이 比麗尤明터라
(300-301면)

C_5(我朝開運 以名分立國)</td>
</tr>
<tr>
<td colspan="2">C 李子曰我國處中國之外$_1$既不參於禹貢錫姓之時卽一東國民也$_2$但箕子之後爲鮮于氏高句麗爲高氏新羅諸王朴昔金三姓及駕洛國君金氏俱以王者自命其姓此爲貴種$_3$自新羅末通中國而始制姓氏然只仕宦士族略有之民庶則皆無有也$_4$至高麗混一三韓而始倣中國氏族頒姓於八路而人皆有姓然未頒之前派族各異故但擇同貫爲同姓若他邑則姓雖同不以爲族而婚娶不禁者以祖先不同也然則高麗錫姓有何可尊貴者今世士大夫欲持是而妄相物我則惑矣$_5$我朝開運以名分立國至今士大夫之名甚盛以衆(240면)</td>
</tr>
</table>

『택리지』와 <팔역가>의 사대부에 대한 언급은 비슷한 듯하면서도 미묘하게 다르다.[80] 이렇듯 세부적인 차이를 주목할 수 있으나, 율행의 관점에서 보면 『택리지』 원문에 토씨를 달아 읽는 정도라고 평가되어도 부인할 수 없다. 노규호가 대조한 바에 의하면 <팔역가>의 반 이상이 『택리지』에서 따온 것인데,[81] 이 부분들에도 위에서 지적한 현상이 드러나고 있다면, <팔역가>의 가사로서의 위상은 보다 낮아질 수도 있다. 『택리지』 외에도 <팔역가>가 기대고 있는 문화지리지식 서적 또한 같은 방식으로 인용되고 있는 것도 사실이다.

이상에서 본 바, 『택리지』의 막대한 영향을 생각하면 어차피 『택리지』에 기대어 의미를 파악하게 될 것이므로, 율독이 문제되어 생기는 의미의 차이를 고려해 가행을 배치하는 등의 시도는 필요가 없다고 생각할 수도 있다. 그러나 <팔역가>의 의미가 『택리지』에서 기인한 것인지 아닌지는 대독對讀하기 전에는 알 수 없는 일이므로 독립된 작품으로 <팔역가>를 보고, 또 즐기기 위해 가사 정행의 노력은 역시 필요하다고 생각한다.

지금까지 논한 <팔역가>에 나타난 가사 율격의 혼란상은 사실 조선 후기 가사에 나타나는 현상의 하나이다. 조선 후기에 오면서 기행문은 물론 소설이나 내간에까지 가사체가 활용되는 양상을 보인다. 이로써 19세기는 '가사체 보편화 현상'의 시대라고 지칭된 바 있다.[82] 여타 형식의 글에 가사가 영향을 끼치기 때문이지만, 이 방향뿐 아니라 이로 인해 가사의 성격에도 영향을 끼치는 쌍방향적 움직임을 나타내고 있는 것이다.[83] 가사의 성격이 서정성보다는 서사성이 강화되고 사실 기술적 성격이 강화되는 방향

---

80) <팔역가> 작자는 C1~4는 그대로 따르고, 자신의 생각은 새로 작성한 D1, D2와 교묘하게 변형한 C5로 표현하였다. 「 」 부분은 가사에 반영되지 않았다.

81) 노규호, 같은 책, 75-80면.

82) 정재호, 『한국가사문학론』, 집문당, 1982, 17면.

83) 조선 후기 가사에서 율격 이탈은 다수의 규방가사에서 볼 수 있는 일반적인 경향이기도 하다. 또한 신재효의 <십보가> 등에서처럼 다른 장르와 혼합된 가사에서 더욱 두드러지는 성향이기도 하다.

으로 진전되었다는 것은 가사의 관점에서 보면 가사를 규정하던 허술한 형식조차 허물어지는 것이기도 하다. 그러나 한문자료, 한시로 인한 율격의 혼란은 조금 다른 양상이다.

이들을 종합할 때, <팔역가>는 수많은 자료를 직·간접적으로 인용하고 활용하여 가사를 창작함에 있어 큰 테두리만 가사라고 의식하고, 세부적인 것은 크게 신경쓰지 않았다고 평가된다. 그러나, 그럴수록 현대의 독자에게 <팔역가>가 역사자료가 아니라 문학작품으로 이해되기 위해서는 율행을 살리면서 율독할 필요가 있다고 생각한다. 이는 도식적, 기계적으로 4·4조를 적용하자는 것이 아니라, 아니리·사설·삽입가요가 어우러져 판소리라는 장르가 된 것처럼, 산문자료·가사·한시가 어우러져 읽힐 수 있는 장르로 존재하게 하고자 하는 것이다. <팔역가>가 시도한, 한시로 다량 창작된 <해동악부>를 국문시가로 소화해 보고자 하는 의욕을 충분히 반영하기 위해서이다. "문화지리적 율문"이라고나 할 <팔역가>를 '~가'라는 제목이 합당한 '가사' 장르로 위치지우기 위해서는 가사의 율문체를 되도록 회복하게 하는 것이 중요할 것으로 생각하고, 자료에 대한 섬세한 읽기는 자료에 대한 이해를 높인다고 생각하기 때문에 율행의 문제를 <팔역가> 이해의 출발로 시도하였다. 이하의 본고 전개에서도 가사 인용은 위와 같은 고려를 거쳐 제시할 것이며, 한시는 그대로 인용할 것임을 밝혀 둔다.

3. 〈팔역가〉 게재 한시의 원시 발췌·인용 양상 연구

3.1. 인용시 연구의 필요성과 인용시 원류·원전 확정 방법

<팔역가>에는 본사에 45수의 한시, 결사에 1수의 한시가 인용되어 있다. 그 한시들의 원시와 저자를 다 밝힐 수 있다면 신원이 알려지지 않은 <팔역가> 작자의 독서범위와 인용의도를 짐작할 수 있을 것으로 기대되므로

필요한 작업이다. 또한 시의 원전들이 <팔역가>의 저본으로서의 어떤 특성을 보인다면 이를 통해 <팔역가> 작자의 교류 범위를 더 구체적으로 추정하여 그의 정보 습득에 대한 여러 궁금증을 해결할 수도 있을 것으로 생각하므로 흥미 있는 작업이다. 이 저본들을 추정하는 것은 단지 <팔역가> 인용시의 원류를 밝히는 데 끝나지 않고, 그의 상상력을 자극하고, 그의 생각을 배양한 토대로서 당대 문화의 일면을 짐작할 수 있게 할 것이기에 중요한 작업으로 보는 것이다.

그러나 게재된 46수 중 24수는 작자가 지은 것인지 다른 사람이 지은 것인지 알 수 없는 방식으로 인용되어 있는 것이 문제이다. <팔역가>가 적극적으로 참조한 『택리지』에도 17수의 한시가 실려 있지만, 청담의 자작시 6수를 포함한 모든 시에는 저자를 밝혀 놓은 것과는 대조적이다. 게다가 몇 편만 살펴보아도 <팔역가>에 인용된 한시는 짐작되는 원시와는 거의 항상, 몇 자가 다른 상태이다. 그러므로 46수의 한시에 대해 수정된 상태를 감안해 원시를 알아내는 원류 확정 작업을 거쳐, 다시 그것이 실려 있을 가능성이 있는 여러 서적 중 하나를 인용시의 원본으로 추정하는 작업을 통해야 작자가 <팔역가> 창작에 참조한 바에 근접할 수 있을 것이다.

결론적으로, 본고가 원시를 밝혀낸 45수[84]의 시는 거의가 매편 1~8자 정도의 시어(한자)가 바뀐 상태로 실려 있어, 수록 원본으로 추정되는 작품과 아주 똑같은 시, 즉 수정하지 않은 시는 결사에 게재된 1수 포함, 45수 중 8수에 불과하다.[85] 바뀐 한자는 같은 음의 다른 한자인 경우도 상당수

---

84) <강원도>의 [시 0]으로 표기한 1편에 대해서는 원시를 밝히지 못하였다. 그러므로 앞으로의 통계는 원시를 밝혀서 비교가 가능했던 본사 게재 한시 44수(결사 게재 1수 제외)에 대한 것이다.

85) *<팔역가>에 수록된 시가 원시와 다를 때, <팔역가>의 시구를 전면에 싣고 저본 글자는 ( ) 안에 부기하였고, 비교를 보이기 위해 수정된 시어, 시구는 저본의 것과 함께 밑줄 쳐서 표기하였다. [正(定) : 팔역가인용시어(저본시어)]. 본고의 논의 대상 <팔역가>는 노규호가 역주한 <인쇄본>인바, 그 원전은 <오씨본>이므로 본고는 기본적으로는 <오씨본>의 게재 사항을 대상으로 한다. 세부 논의에서는 <인쇄본>과 영인<오씨본> 원문을 대조하였으며, <인쇄본>이 영인<오씨본>과 차이가 있을 때는 『역대가사문학전집』에 영인된

있으나, 수정한 저자의 의도를 보여주는 경우도 있다. 원시를 추정하고 그 시와 <팔역가> 게재시를 비교하면서 논의를 진행하기로 한다.

46수 한시의 원시와 수록 저본을 확보하고 그 중 <팔역가>의 저자가 참조했을 것에 가장 근접한 시를 추정하는 작업은 다음과 같이 진행되었다.

예를 들어, 처음 나오는 한시는 앞에서 살핀바, 작자가 1619년 심하深河전투(사르후전투)에서 전사한 김응하金應河장군의 사적을 함경도 종성에서 회상하며 명 황제가 그의 죽음을 애도하여 보낸 조서詔書 전문을 전한 후 부기한 것이다. 장형의 한글 가사로 표현된 이 조서[86]가 끝나자마자 <팔역가> 저자는 "詩曰(시왈)"하고 한시를 게재하였다. 시는 각주脚註처럼 두 줄로 적혀 있다. <팔역가>에서는 시에 대한 어떤 소개도 없이 게재되어 있어, 명 황제의 시인지, 저자 자작시인지, 인용시인지 구분되지 않는다.

인용 한시를 이렇게 기술記述하는 방식은 <팔역가>에는 일반적이다. 본고가 작업을 통하여 필요하다고 생각한 몇 개의 기준을 적용한 결과, 이 시는 박정길의 만시輓詩임을 알 수 있었다. 조사를 통해, 김응하에 대한 기록과 만시가 존재한다는 기사는 『광해군일기』, 『응천일록』, 『일사기문』, 『대동야승』, 『성호사설』, 『연려실기술』 등 여러 자료에 실려 있음을 알 수 있었고, 여기서 다시 김응하 심하전투와 박정길의 시의 존재를 함께 전하는 것으로 좁히면 <팔역가>에 게재된 시의 '저본'은 뒤의 세 자료였다. 이로부터 작자가 참고하였을 '원본'에 가까이 가기 위해서는 몇 단계의 과정이 수행되었다.

이렇게 원작자를 알 수 없는 25수에 대해 '인용시(게재시) → 원시 → 저본 → 원본'을 밝히는 작업과 마찬가지로, 저자를 밝혀 놓은 19수에 대해서도 같은 방법을 적용해 본고는 44수 인용한시의 저본과 원전을 추정하였다. 이

<팔역가>, 곧 <권씨본>과도 대조하여 차이를 밝히고, 정정 여부를 주에 부기하였다. 필요할 경우 [가사문학관]의 다른 세 본과도 비교하였다.

86) 본고, 327-336면 참조.

어지는 인용시의 각 항에서는 결과부터 제시하였지만, 결과에 이른 과정은 다음과 같다.

첫째, [한국고전종합DB]에 실린 [한국고전번역원]의 <고전번역서>와 <한국문집총간>을 대상으로 같은 시구를 공유한 작품들을 추려내었다. 둘째, 이들 중 <오씨본>의 게재 한시와 가장 근접한, 즉 가장 차이가 적은 수록분을 저본으로 추출하였다. 셋째, 좁혀진 범위에서 <오씨본>과 비교해서 차이가 있다면, 그 차이가 <인쇄본> 혹은 영인<오씨본>의 오독誤讀이나 오기誤記의 문제인지를 가리기 위하여 <권씨본> 및 다른 본[87]과 대조하였다. 이때 되도록 작자가 사용했을 저본(원전)에 근접하기 위해 자字 단위도 정확하게 비교하였다. 자字의 수준에서 나타나는 차이는 동음이의어, 유의어, 글자의 누락 등 필사 오류로 간주하는 것이 타당하겠지만, 본고의 대상은 시이므로 어구 차이를 무시하지 않았다. 그 결과, <인쇄본>의 오독이 분명한 경우는 논의 후 인용문에 글자를 지워 표시했다.(예 : ~~蛟~~) 넷째, 위의 모든 조건을 충족하는 원전이 둘 이상일 경우, 이미 파악된 다른 시의 원전이 속한 서적을 우선적으로 선정하였다. 또한, 원전이 둘 이상일 경우 개인 저작보다는 거질의 전집류를 우선적으로 선정하였다. 전집류(총집류·잡사류·편년류 등 여러 명의 저작을 모아놓은 책 및 통사류를 통칭)를 이미 참조한 경우가 있었다면 그 안의 다른 작품 역시 참조할 가능성이 크다고 보았기 때문이다. 다만 『조선왕조실록』 열람은 제한적일 것이므로 『실록』은 본고의 「게재시 수록 자료」의 대상으로는 제외하였다. 한편, 『택리지』와 <팔역가>의 관계는 거의 '원류–수용'의 관계로 앞선 연구에서 확인된 바 있으므로, 『택리지』의 구문을 그대로 <팔역가> 가사 본문에 활용하고, 같은 대상을 기술하는 데에 『택리지』와 <팔역가>가 같은 한시를 게재하고 있는 경우는 『택리지』를 원전으로 선정하였다. 그러나 이와 같은 경우는 많지 않았

87) [가사문학관]의 <팔역가> 세 이본 <6461>, <6448>, <6793>의 원문이미지 참조.

다. 『택리지』 수록 한시가 17수, <팔역가> 게재 한시가 44수인 것을 감안하면 의외의 결과이다. 원본을 추정하는 과정에서는 원전의 시기는 전혀 고려하지 않았다. <팔역가>의 작자와 창작시기를 모르기 때문이다.

이상의 작업을 거쳐 도달한 <팔역가> 인용 한시의 원본 추정 결과는 비교를 위하여 [표 1][88]로도 정리하였다. 이로써 일별할 수 있는 결과가 어떤 의미 있는 가설을 보여주지 않는다고 하더라도, 위의 원칙들을 준수하려고 노력하였다. 이로써 <팔역가>의 발생 환경이 도출되어야 하기 때문이다.

이 과정에서 <팔역가> 게재 한시의 의미 번역은 대부분 원시를 기준으로 보였다. <팔역가>에 드러난 한시는 몇 수를 제외하고는 거의 수정된 상태인데, 수정된 시의 의미에 관심이 가는 것은 사실이나 많은 부분 오자여서 이를 위주로 하면 시의 의미가 제대로 전달되지 않기 때문이다. 원시와 <팔역가> 게재시의 차이 부분은 밑줄로 표시하였으며, 대부분의 수정은 원시 의미에 근접하고 있으므로 본고에서는 이를 "의역 범위에서 통한다."고 설명하고 원시의 의미를 소개하였다. 그러나 유의미한 차이가 있는 부분은 수정된 의미를 전면에, 원시의 의미를 ( ) 속에 표시하였다.

이상과 같은 원칙으로 저자를 밝힌 20수(본사 19수+결사 1수)의 한시와 저자를 밝히지 않은 26수, 모두 46수의 원시와 원본을 추정하려고 노력하였으며, 그 중 45수에 대해 밝혔다.

아래의 연구를 위해 시에 부기된 [시 0]~[시 45] 번호는 필자가 붙인 것이다. 또 시 번호에 첨부된 '[시 1](101; 515)' 등의 표기는 참고를 위해 '[시 1](노규호 <인쇄본> 면수; <권씨본> 면수)'를 표시한 것이다. 또한 시 번역은 원전시가 [고전번역원]의 국역서일 경우 '국역'임을 밝히고, 그 번역을 인용하였으며 따로 면수를 표기하지는 않았다.[89] 개별적인 번역서를 사용

88) 본고 418-420면 참조.

89) *이하에서 국역 『서명』은 모두 한국고전번역원의 국역총서로 '국역 『서명』'의 형식으로 표기하며, [한국고전종합DB] db.itkc.or.kr에서 원문 및 번역을 인용한 것임을 밝혀둔다. 과거 '민족문화추진회'의 번역도 같다.

한 경우는 번역자를 밝혔다. <한국문집총간>일 경우, 번역된 자료를 밝히고 게재하였으며, 밝히지 않은 경우는 필자의 번역임을 밝혀 둔다.

이 장에서는 <팔역가>에 실린 한시 46수의 저본을 파악, 팔도별로 정리하여 <팔역가> 발생에 대한 일단을 고찰해보고자 한다. 우선, 김응하에 관한 위의 시를 보기로 한다.

3.2. 인용시 발췌 인용 양상

3.2.1. 함경도

시 1(101: 515)

함경도 종성에서, 1619년 심하深河전투(사르후전투[90])에서 전사한 김응하金應河장군(1580-1619)을 회고하며 명 황제가 보낸 그의 죽음을 애도하는 조서詔書 전문을 전재한 후, '詩曰(시왈)'이라고만 하고 저자에 대한 소개 없이 7언절구 1수를 인용했다. 이 시의 저자는 박정길朴鼎吉(1583-1623)이다.

百丈深河萬仞山	백 길의 심하深河와 만 길의 산에는
至今沙磧血痕斑	지금까지 모래밭에 피 흔적이 얼룩졌네
英魂且莫招江上	강 위에서 초혼招魂하지 말라
不滅匈奴正(定)不還	오랑캐 멸하지 않고는 돌아오지 않으리[91]

이 시는 『대동야승』, 『성호사설』, 『연려실기술』, 『광해군일기』 등에 실려 있다. 박정길은 조선조 광해군 때 병조참판을 지냈고, 인조반정(1623) 후에 폐모廢母의 일로 죽임을 당한 인물인데, 이익李瀷(1681-1763)은 『성호사설星

90) 사르후는 중국 요녕성(遼寧省) 무순(撫順) 동쪽 소자하와 홍하가 합류하는 지점에 있는 산이다. 이 전투에 승리함으로써 후금은 요동으로 진출하였다. 김응하는 부차령(富車領)에서 전사하였다.

91) 이긍익, 같은 책, 권21, <심하(深河)의 전쟁 기미년(광해군 11년, 1619)>.

湖僿說』에서 이 시를 인용하고 "정길은 이이첨李爾瞻의 당黨으로서 계해반정에 사형을 받았으니, 그 사람됨은 족히 말할 것 없지만, 이 시만은 만 사람의 입에서 송전되고 있으니, 사람이 보잘 것 없다고 해서 글까지 없앨 수는 없는 것"[92]이라고 하였다. 김응하의 전사는 『대동야승』[93]에도 실려 있다. 『대동야승』(조경남趙慶男(1570-1641), 『속잡록續雜錄』)[94]에는 1619년 1월부터 명나라 장수 양호楊鎬,[95] 유정劉綎 등과 조선의 지원병 도원수 강홍립姜弘立 등의 연합군이 후금을 상대로 한 전쟁 상황을 기록하였다. 4월 11일의 싸움을 기록한 끝에 호인胡人의 전언으로 좌영장左營將 선천군수宣川郡守 김응하의 전사 장면을 더 자세히 묘사하고,[96] 이어 박정길朴井吉의 만시를 소개했

---

92) 이익, 국역 『성호사설』 권28, 「시문문(詩文門)」, <박정길시>.

93) 국역 『대동야승』, 조경남, 『속잡록』 1, <기미년(광해군 12년, 1619년)>. 여기서는 '박정길(朴井吉)의 사(詞)'라고 하였다.

94) 숙종 말에서 정조년간에 처음 편찬되었을 것으로 추정되는 『대동야승』은 여러 저자의 저서를 모은 '잡사류'이다. 그러므로 『대동야승』이라고 총칭하는 경우는 '국역 『대동야승』, 조경남, 『속잡록』, 「광해조본말」'과 같이 세부 서지사항을 부기한다. 단, 본문 중에 언급할 때는 '『대동야승』(조경남, 『속잡록』)'과 같이 표기한다.

95) 명나라 하남(河南) 상구(商丘) 사람. 만력(萬曆) 8년(1580) 진사가 되고, 이후 입조, 거듭 승진하여 우첨도어사(右僉都御史)가 되고, 1597년 조선의 정유재란 때 경략조선군무사(經略朝鮮軍務使)가 되어 참전했다. 다음 해 울산에서 벌어진 도산성(島山城) 전투에서 크게 패해 병사 2만을 잃었으나, 이를 승리로 보고했다가 탄로나 거의 죽을 뻔했다가 대신들의 도움으로 목숨을 구하고 파직되었다. 1610년 요동(遼東)을 선무하는 일로 재기했지만 곧 사직하고 돌아갔다. 1618년 조정에서 그가 요동 방면의 지리를 잘 안다고 하여 병부좌시랑(兵部左侍郞) 겸 첨도어사(僉都御史)로 임명해 요동을 경략하게 했다. 다음 해 사로(四路)의 군사들을 이끌고 후금을 공격했지만 대패하고, 겨우 이여백(李如栢)의 군대만 데리고 귀환 후 투옥되어 사형 선고를 받고 1629년 처형되었다.(임종욱, 『중국역대인명사전』, 이회문화사, 2010 참조) 이에 대해 이중환은 『택리지』에서 정유재란 때 양호가 승리한 것이 맞는데 명 주사(主事) 정응태(丁應泰)의 시기와 모함으로 거짓 보고되어 고초를 겪었다고 하며, 선조가 사신을 보내 양호의 무고를 변명해 정응태의 관직이 갈렸다고 주장하며, "이 한 가지 일을 봐도 명나라 조정도 별 볼일 없음을 알겠다."(『택리지』, 「팔도총론」, 103면)고 했다. 또한 이후 숙종 때 대보단(大報壇)을 세워 만력·숭정황제를 제사지내는 것은 "매우 훌륭한 일"이라고 하며, "석성·형개·양호·이여송을 배향하는 것이 마땅하다 생각한다. 이들이 모두 임진란에 공로가 있었기 때문"이라고 치하했다.(『택리지』, 「복거총론」, 171면) 이 주장은 그의 처조카인 기계(沂溪) 목성관(睦聖觀, 1691-1772)이 쓴 『택리지』 「발문」에서도 강조된 바 있다.

96) "그날의 싸움에 대하여 호인(胡人)이 와서 말하기를 '좌영(左營) 중의 한 장군이 끝까지 힘써 싸우다가 한 그루 나무 밑에 기대어 단도로 쳐죽인 것이 그 수를 헤아릴 수가 없었고,

다.[97] 한편 이긍익李肯翊(1736-1806)의 『연려실기술』에는 <심하深河의 전쟁>조에서 1619년 7월 심하전쟁의 전말을 자세히 말하고, 선천군수 김응하의 활약과 강홍립·김경서를 대비하고, 『명신록』 등 여러 자료로부터 김응하에 대한 것을 인용했다. 또 우암 송시열의 김응하 <묘비문>을 인용한 뒤, "조정에서 김 장군의 행적과 만시輓詞를 기록하여 <충렬록忠烈錄>이라 이르고 세상에 간행하였고, 박정길朴鼎吉은 시를 짓기를…"이라고 설명하고 시를 덧붙였다.[98] 이어 "명나라 신종神宗이 조서로 김응하를 요동백遼東伯에 봉하고 그 처자에게는 백금을 내리고 차관差官을 보내어 용만관龍灣館에서 제사를 지내게 하였는데, 그 글에…"하며 명나라 신종의 조서를 인용했다.

이상 『대동야승』,[99] 『성호사설』, 『연려실기술』 그리고 <팔역가>, 네 자료를 비교해보면, 다른 세 자료와 <팔역가>의 시는 7언절구 4행 중 한 글자만 다르다. <팔역가> 4행에서는 '定→正'으로 달라졌다. 이 경우 한 글자의 의미를 굳이 따지면 다르게 해석되지 않는 것은 아니나, 의역 정도에서는 같은 의미이므로 다르게 해석하지 않지만, <팔역가>의 자구 수정을 오자로 볼 것인지 의도적인 것으로 볼 것인지는 전체적으로 판단할 문제이므로 일단 미뤄둔다.

다시, 위의 세 저본을 비교해보면, 『성호사설』과 『대동야승』에는 황제의 조문을 기재하지 않았으므로, <팔역가> 소재 기사와 시를 참조하기에는 『연려실기술』이 가장 적합한 것으로 본다.[100] 그러나 『연려실기술』의 저자

그는 몸에 무거운 갑옷을 입었으므로 화살이 비 퍼붓듯 쏟아져도 종래 상하게 할 수가 없었다. 이때 한 적병이 창으로 그를 찔렀으나, 그는 손에 큰 칼을 잡고 엎어지면서도 끝내 칼을 버리지 않았다.'고 하였다."

97) "이 일이 명나라에 들리니 자주 관원을 보내어 용만관(龍灣館)에서 제사를 지냈다. 우리나라에서 사당을 의주(義州)에다 세웠다. 그 후 신유년 요동백(遼東伯)을 봉했다. 제문은 기록하지 않는다.", 국역 『대동야승』, 같은 글. 이 기사에서 『대동야승』만은 다른 모든 자료와 달리 박정길(朴鼎吉)을 '朴井吉'이라고 표기했다.

98) 이긍익, 같은 글.

99) 『속잡록』의 개별 서지를 사용하지 않고 전집명인 『대동야승』을 거론하는 것은 개별 서적의 구득(求得) 독서 가능성보다는 전집류의 독서 가능성이 더 크다고 생각하기 때문이다.

이긍익은 이 기사의 원전을 『속잡록』(『대동야승』)과 유치명柳致明(1777-1861)의 『정재집定齋集』이라고 했다. 또, 명 황제의 조서에 대해서는 "'세상에서 말하기를, 김응하가 죽으니 명나라에서 요동백을 추봉하였다.' 하니 망령된 말이다. 『충렬록』에 기록된 여러 사람의 만사와 전기에 모두 이런 내용이 없고, 명나라 사람이 지은 『충의록忠義錄』에도, '조선 장군 김응하 등에게도 휼전恤典을 주었다.' 하였으니 이것을 보아도 잘못임을 알 수 있다. 어떤 시골 선비가 조서를 모방한 것으로 그 글이 매우 상스럽고 졸렬하였는데, 조경남이 이것을 기록하여 드디어 잘못 전해졌다. 송시열이 응하의 신도비문을 지으면서 드디어 엄연히 요동백이라 일컬었으니 애석하다."라고 한 남극관南克寬(1689-1714)의 『몽예집夢囈集』의 기록을 인용하였다. 조경남의 저서는 『난중잡록』과 『속잡록』인데, 현전하는 『대동야승』 소재의 두 저서에는 명 신종의 조서는 수록되어 있지 않다. 『연려실기술』의 저자 이긍익은 위의 인용처럼 조서에 대한 부정적 견해도 전달했으나, 결과적으로 보면 이 조서를 후세에 전하는 데 일조한 셈이다. 이 둘 다를 참조하고 '朴鼎吉'이라고 적은 점을 보아 『팔역가』의 한시는 세 저본 중 『연려실기술』의 것을 원전으로 하고 있다고 본다.

시 2(103; 506)

마운령에서는 여성으로 '덕봉德峰'이라는 아호가 붙은 유희춘의 아내인 송씨 부인의 시를 인용했다. "夫人(부인) 德峰宋氏(덕봉송씨) 이지의 올ㄴ/ 을픈詩曰"[101]하고 시를 게재했으므로 시의 작자를 알 수 있다. "柳眉岩(류미

---

100) 『연려실기술』에는 이에 앞서, "조정에서 김응하에게 영의정을 증직하고, 용만(龍灣)에다 사당을 세우고 공의 화상을 그려 모셨더니 병자년 난에 오랑캐가 그 사당을 불태웠다. 이에 선천 백성들이 공을 위하여 선천에다 사당을 짓고 제사지내려 하니 부사가 두려워하고 꺼려서 마침내 시행하지 못하였다. 조정에서 김장군의 행적과 만사를 기록하여…"라고 기록했다.

101) <오씨본>은 "을픈詩曰" 했으나 <권씨본>은 "을픈詩에曰"로 다른데, 서로 다른 경우가 종종 있다. 이하에서는 지적하지 않는다.

암) 明廟朝乙巳(명묘조을사)의 鍾城謫居(종성적거)ᄒᆞᆫ 十九年(십구년)이라", 즉 미암眉巖 유희춘柳希春(1513-1577)이 을사사화(1545)에 관계되어 20년 간 종성에서 귀양살이할 때에 그를 좇아 유배지에 갔던 부인이 마천령에 올랐을 때 지었다는 시이다. 저자는 이 시 때문에 부인에게 '덕봉'이라는 아호가 붙었다고 덧붙였다.

行行遂到(至)磨天嶺	가고 또 가서 드디어 마천령에 이르니
東海無涯鏡面平	동해 바다 거울처럼 판판하구나
萬里夫人何事到	여자로서 만 리 길을 어이 왔단 말고
三從義重一身輕	삼종三從의 의는 무겁고 일신은 가벼워서라네[102]

이 시는 『연려실기술』에 실렸고, 미암보다 66년 후 종성에 유배 갔던 김시양金時讓이 쓴 『부계기문涪溪記聞』에도 실려, "성정性情의 바름을 얻었다"는 김시양의 평을 받았다. 외에도 김낙행金樂行(1581-1643)의 『구사당집九思堂集』[103], 조긍섭曺兢燮(1873-1933)의 『암서집巖棲集』[104]에도 실려 있다.

모든 저본의 시구는 같으니 이본이 없다고 할 수 있으나, [시1]의 저본과 같을 가능성이 많으므로 『연려실기술』을 저본으로 본다. <팔역가>에는 1행에서 한 글자를 수정했다.[105] 의미 변화는 없다.

3.2.2. 평안도

시 3(119; 523)

평양의 역사지리에 대해 이중환 『택리지』의 여러 내용을 합쳐서 인용하는 중,[106] 기자箕子가 조선에, 평양에 옴으로써 소중화가 되었음을 소개하

102) 이긍익, 같은 책, 권10, 「명종조 고사본말(明宗朝故事本末)」, <을사년의 당적(黨籍)>.
103) 김낙행, 국역 『구사당집』 권1, 「시」, <회포를 기술하다 10수(述懷十首)>.
104) 조긍섭, 국역 『암서집』 권37, 「잡지(雜識)」 하.
105) 한시 절구 등의 한 줄은 구라고 지칭하는 것이 보편적이지만, 본고에서는 가사의 '구'와 혼동하지 않기 위해 모든 형식의 한시 한 줄을 '행'이라고 지칭한다.

며[107] 인용한 시이다. “詩曰”하고 소개했다.

昔聞(見)大同江　지난날에는 대동강은 들었지만(보았지만)
不見黃河水　황하수는 보지 못했네
天回地轉黃河水(來)　하늘을 돌고 땅을 굴러서 황하가 내려오는 곳에서
白馬哻冠覯之子　흰 말을 타고 후관哻冠을 쓴 이 분을 만났다네
浩浩洋洋涵德峰(澤)[108]　커다랗게 넘실거리며 덕봉을 적시면서(덕택德澤으로 적셔주면서)
千秋萬世流如此　천추만세토록 이처럼 흐르시라[109]

4행의 ‘후관’은 은나라 때 쓰던 관冠이며, ‘이 분(之子)’은 원래는 주공이다. “우리가 이 분을 만났는데 곤의袞衣와 수상繡裳을 입으셨네”라는 『시경』「빈풍豳風」 <구역九罭> 구절은 주周나라 주공周公이 동쪽 지방에 순찰하러 왔을 때, 동인東人들이 주공을 만나 본 것을 기뻐하여 지은 것이라 한다. 그러나 여기서는 기자이다.

이 시는 오광운의 『약산만고藥山漫稿』「해동악부海東樂府」의 <황하가黃河歌>인데, 인용시는 몇 자가 다른 상태이다. <팔역가>에서는 약산 <황하가>를 1, 3, 5행에서 한 자씩 고쳤다. 교정된 시어의 의의에 대해 이 경우는 짐작할 수 없는 것은 아니다. ‘見→聞’은 관용적으로 쓰이는 ‘昔見大同江’이 이제 처음 대동강을 본 자신에게는 어울리지 않는다는 생각으로 ‘昔聞大

---

106) 본고 463-468면 참조.

107) “檀君(단군)은 神人(신인)이라/ 千年後(천년후)의 箕子(기자) 올줄 아르시고/ 九月山 (구월산) 避位(피위)ᄒᆞ야 神人(신인)다시 되야ᄯᅩ다/ 箕子(기자)으 ᄂᆞ오심은 我國爲(아국위) 臣僕(신복)이라”, <인쇄본>, 118면.

108) <권씨본>은 ‘峯’, <한국가사문학관> <팔역가>의 세 이본 <6461>, <6448>, <6793>의 원본은 모두 ‘澤’이다. 인쇄본의 ‘澤→峰’은 오독誤讀으로 생각하므로 ‘峰’과 같이 줄로 지워 표시했다.

109) 오광운, 『약산만고』 권5, 「해동악부」, <황하가>, 여운필 역, 『약산시부』 권2, 191-192면 참조. *이하 ‘오광운, 『약산만고』「해동악부」’ 소재 시의 번역은 여운필, 『역주 약산시부』 2, 월인, 2012에 의하며, ‘오광운, 여운필 역, 같은 책’이라 표시함. 원본의 인용은 ‘오광운, 『약산만고』’로 표기함.

同江'으로 고쳤다고 짐작해볼 수 있다. 그러나 <인쇄본> 5행 '澤→峰'은 오독誤讀으로 생각한다.[110] <오씨본>은 글자 상태가 애매하나 '澤'일 가능성이 많다. <권씨본>에는 '澤'으로 되어 있다.

이 소재는 숭악崧岳 임창택林昌澤(1682-1723) 「해동악부」의 <기자묘箕子墓>[111]에서 비롯되어, 약산 이후 많은 시인이 기자箕子의 황하강과 대동강을 연결하여 해동악부를 지었으며, 대부분 사화史話에 『고려사』 「악지」의 부전가요 <대동강>의 설명을 직접, 간접적으로 인용하고 있다.[112] 대동강의 풍경처럼 읽히지만, 기자조선의 중심인물인 기자를 연결한 『고려사』를 상기할 때는 조선의 정체성에 대한 상징의 역할을 한다.[113] 약산을 차운한 이광사李匡師(1705-1777)의 『원교집圓嶠集』 「동국악부東國樂府」,[114] 이영익(李令翊, 1738-1780)의 『신재집信齋集』 「동국악부東國樂府」[115]에 모두 <황하가黃河歌>로 악부시가 실려 있다.[116] 성호 이익의 같은 소재 「해동악부」의 제목만 <대동강大同江>이다.

시 4(121: 524)

작자는 주몽이 성천에서 평양으로 도읍을 옮겼음을 말하고, 고구려가 수

---

110) <인쇄본>처럼 '澤→峰'일 때('澤'을 '峰'이라고 고쳤을 때), '浩浩洋洋涵德澤'이 넓은 덕만 읊은 반면, '浩浩洋洋涵德峰'은 바다의 넓음과 산의 높음을 대구(對句)로 하고 싶은 작자의 의도로 짐작할 수는 있지만, 6행에서 "천추만세토록 흐르"는 주어가 "澤"이어야 하므로 수정한 "德峰"은 어울리지 않는다.

111) "明明九疇叙 章章八條治 人我獸華我夷 扶桑日月朝復朝 大同江水不盡期", 임창택, 『숭악집(崧岳集)』 권1, 「해동악부」, <기자묘>.

112) 이익, 이민홍 역, 『해동악부』, 문자향, 2008, 219면. *이하 성호 이익, 『성호전집』 권7·8에 수록된 「해동악부」의 번역은 이민홍 역, 『해동악부』에 의하며, '이익, 이민홍 역, 같은 책'으로 표기함.

113) 본고 472-477면 참조.

114) 이광사, 『원교집』 권1, 「동국악부」, <황하가>.

115) 이영익, 『신재집』, 「동국악부」, <황하가>.

116) 이광사, 이영익은 부자 사이이며, 앞의 『연려실기술』을 쓴 이긍익은 이광사의 장자로 이영익의 형이다.

나라 양제煬帝의 백만 병을 패퇴시킨 일을 상기했다. 그런 맥락에서 고구려 안시성주安市城主 양만춘楊萬春이 당나라 태종의 30만 대군을 이긴 645년 안시성 싸움을 소재로 한 시를 인용하였다. 성을 함락하지 못하고 돌아가는 적의 우두머리 당 태종에게 양만춘은 성 위에서 절을 했다는 고사를 담은 시이다.[117] "楊萬春(양만춘)의 城上拜(성상배)는 萬古(만고)의 奇異(기이)토다 / 詩曰"로 소개했다.

臣有罪抗六軍	"신에게 죄가 있으니 육군에 대항한 것입니다
六軍(軍)本討臣叛君	천자가 통솔하는 군대란 본래 군주를 배반한 신하를 쳐야 하건만
臣亦守城不叛君	신이 성을 지키는 것 또한 군주를 배반한 것이 아닙니다
(臣不守城亦叛君)	(신이 성을 지키지 않는 것 또한 군주를 배반한 것입니다)
赦臣罪班六軍(師)	신의 죄를 용서하시고 육군을(군사를) 되돌리는 것은
無於禮有於禮(義)	예에는 없으나 그 또한 예입니다(의리에는 있지요)"
城上之拜千古奇	성 위에서 절한 일은 천고에 기이하네[118]

이 시 역시 [시 3]과 같이 오광운 『약산만고』에 실린 해동악부 <성상배城上拜>이다.[119] 원시와 인용시는 여섯 자가 다르지만, 차이는 적지 않다.

'육군'은 '천자가 다스리는 군대'이다. 『삼국사기』에 의하면 당 태종은 육군 출동 명분이 자신의 왕(영류왕)을 죽인 연개소문을 치기 위한 것이라고 했다고 한다.[120] 이에 대항함을 죄라고 할 수 있는 것은 안시성주 역시 천

---

117) "안시성 성주는 힘을 다해 싸워서, 날마다 당군(唐軍)과 6, 7합을 60여 일 간이나 접전하였으나 끝내 항복하지 않았다. 태종은 요동 지방에 추위가 일찍 와 풀이 마르고 병마(兵馬)가 오래 머물기 어려우므로, 철군 명령을 내렸다. 마침내 당 태종이 성 아래에서 열병(閱兵)을 하고 돌아가니, 성주가 성 위에서 배례하였다(城主從城上拜). 태종은 그에게 비단 1백 필을 주고 군대를 돌려 요하를 건넜다.", 허목, 국역 『기언(記言)』 권34, 「동사(東事)」, <고구려세가(高句麗世家) 하(下)>.

118) 오광운, 여운필 역, 같은 책, <성상배>, 219-220면 참조.

119) 『약산시부』에는 1행과 6행을 '臣有罪/ 抗六軍' '城上之拜/ 千古奇'로 나눠 모두 8행 시로 했으나, [한국문집총간] 『약산만고』 권5, 「해동악부」, <성상배>의 구두에 의거, <인쇄본>처럼 6행으로 한다.

자에 속한 사람으로 보는 봉건제의 중화주의적 사고 때문이다. 그렇더라도 고구려 장군인 안시성주가 고구려를 지키는 것을 '반군'이라고 할 이유는 없다. 천자의 나라와 제후의 나라가 전쟁을 한다면, 각기 자신의 나라를 지켜야 하는 것은 중세 질서에서도 당연하다. 그러나 안시성주가 지켜야 할 왕 보장왕이 연개소문으로 인해 명분을 잃었다고 보기 때문에 성을 지키지 말고 항복하라는 것이다. 이 점은 두 시가 동일하나, 3행에서 원시는 "신이 성을 지키지 않는다면 반군을 한 것입니다."라고 한 반면, <팔역가> 저자는 "신이 성을 지키는 것은 반군을 한 것이 아닙니다."라고 한다. 육군은 '반군'을 치는 것이고, 자신은 성을 지킬 뿐이라는 소극적 표현이 된다.

약산 시는 자기 성을 지키지 않는 것은 자기 나라(고구려 왕)를 배반하는 것이라고 분명히 말한다. 즉, 약산 해동악부 2행의 '반군叛君'의 행위자는 연개소문일 수 있을지라도, 3행의 반군의 행위자는 안시성주이고 자신의 군은 고구려왕, 즉 보장왕이다. 제후(고구려왕)에게 반란한 자(연개소문)를 천자가 칠 수 있다는 것이 2행이라면, 3행은 안시성 공격은 명분이 없다는 말이다. 안시성주는 고구려왕을 배반한 적이 없기 때문이다. 당 태종이 안시성을 공격하는 것은 길을 확보해 고구려로 가고자 하는 것이지만 안시성주가 연개소문에게 반기를 들었다는 소문을 근거로 안시성주에게 반군의 혐의를 둔 것도 육군 출동 명분의 일부이다.[121] 당 태종은 안시성주가 복종해야 할 고구려왕이 연개소문으로 인해 명분을 잃었음을 출병의 이유라고 하면서도 안시성주의 반발을 자신이 안시성을 쳐야 할 이유로도 삼는, 이중적 태도인 것이다.

이어지는 시구는 '예'와 '의'를 거론하며 당대의 논리를 세운다. 당 태종

---

120) 『삼국사기』 권21, 「고구려본기」 9, 보장왕 3년(644) 10월. [한국사DB] db.history.go.kr 참조.

121) "황제가 백암성에서 이기고 이세적에게 일러 말하기를 '내가 들으니 안시성은 성이 험하고 병력이 정예이며, 그 성주가 재능과 용기가 있어 막리지의 난에도 성을 지키고 항복하지 않아, 막리지가 이를 공격하였으나 함락시킬 수 없어 그에게 주었다.'고 했다.", 『삼국사기』 권21, 「고구려본기」 9, 보장왕 4년(645).

이 공격을 중지하고 군사를 되돌리는 것은 전쟁에서 패배한 것임에도 '용서한 것'이라고 하는 것은 천하질서인 '예'와 덕장德將의 미덕을 내세운 것이다. 이것을 안시성주의 입을 빌려 '의'라고 하는 것은 한 나라의 신하로 다른 나라의 군주를 섬기지 않는 것은 '의義'임을 또한 공유하기 때문이다.122) 한편 <팔역가>가 '의'를 '예'로써 "無於禮有於禮"로 바꾼 것은 명백한 오자이거나, 그렇지 않다면 "예이기도 하고 아니기도 하지요"하는 말이 돼버려 '의'와 비교할 때보다 논리가 애매해졌다.

<팔역가>의 저자가 이 시를 소개할 때에도 '만고의 기이토다' 했고, 이를 처음 악부로 한 휴옹休翁 심광세沈光世(1577-1624)도 '천고에 기이한 일千古奇'이라고 한 것은 퇴각하는 당 태종과 절하는 안시성주 둘 다를 말한다. 이를 유교질서로 명확하게 정리해 천자의 아량에 더 비중을 둔 것은 성호 이익의 <성상배>이다. 그는 "군왕은 사해를 일가로 삼으니君王以四海爲家/ 한 번 정벌하고 한 번 놓아줌이 모두 은택이네一征一舍皆恩澤"라고 하여 '사해를 일가로 삼는' 중화주의의 '예'를 명확히 하고 있다. 군사를 돌이킨 당 태종은 그렇게 한 번 은혜를 베푼 것일 뿐이다.123)

<성상배>는 휴옹 심광세의 『휴옹집休翁集』「해동악부」에 수록된 이후 이익, 임창택 등 많은 시인이 악부에서 같은 제목으로 다루었다. 원조인 휴옹의 해동악부는 위의 시처럼 양만춘을 화자로 한 독백이 아니라 그 사건 자체에 대해 시로 쓴 것이다.124) 중국에 승리한 장수로 양만춘 외에, 살수대

---

122) "기자는 은나라의 신하이므로 주나라 무왕을 임금으로 섬길 수는 없었다."를 가리켜 "의리상 신하로 섬기지 않으셨다(義罔臣僕)."고 한 설명 참조. 이정귀, 국역 『월사집』 권45, 「비(碑)」, <기자묘비명(箕子廟碑銘)> 참조.

123) 이익, 국역 『성호전집』 권7, 「해동악부」, <성상배>, 172면.

124) "孤城月暈五十日외로운 성 달무리 50일/ 大唐天子親臨戰대당 천자께서 친히 전장에 납시었네/ 草枯遼左難久留풀 한 포기 없는 요동은 오래 머물기 힘든 곳/ 玄花新逢白羽箭(당 태종의) 검은 눈동자 맞춘 흰 화살/ 將軍介胄七尺身갑옷 입은 칠척 장신 장군/ 城上拜辭屬車塵수레 먼지 속에 성 위에서 절하네/ 久抗天威罪當誅오랫동안 천자에 저항한 죄는 죽여 마땅하나/ 賜絹特勵爲人臣비단 내려 특별히 인신됨을 격려하네/ 姓名恨不傳千春이름이 역사에 전하지 않아 한스럽구나/ 所以吾東善戰善守名中國우리나라가 잘 싸우고 잘 지키는

첩의 을지문덕, 또 1231년 몽고의 1차 침입 때 대몽고전을 승리로 이끈 귀주대첩의 박서朴犀 덕분에 우리나라가 잘 싸우고 잘 지키는 것이 중국에 알려졌다고 했다.

3.2.3. 황해도-없음

황해도에서는 특별히 세자쌍행의 형식으로 기재한 것은 없다. 다만 장연長淵에서 금사사金沙寺, 모래사장을 언급하면서 한문 7언 2행을 본문 형식으로 기재했다. 이처럼 "시왈" 등으로 별행을 잡지 않고 본문 중에 언급한 시행은 외에도 몇 행 더 있어 원시를 추적하였으나, 이 경우는 특별한 인용시로 보지 않았다.[125]

3.2.4. 강원도

시 0(133, 529)

금강산에서 작자는 바위에 붉은 색 큰 글씨("先人朱紅大字")로 "山木時臥巖事 頃松奇生趣知"[126]가 쓰여 있다 하고, 이를 최치원崔致遠(857-?)이 풀이한 글("최고운 解흔글의")이라고 하며 칠언시 한 수를 인용하였다. 인용시는 아래와 같다.

空山落木日斜峙
絶頂踈松倒立奇
長臥唐岩無一事
半生眞趣小人知(133, 529)

것이 중국에 알려진 것은/ 賴有此及薩水文德龜州朴이 전투와 살수의 을지문덕, 귀주의 박서 덕분이네." 심광세, 『휴옹집』 권3, 「해동악부」, <성상배>.

125) 본고 430-434면 참조.

126) 영인<오씨본>(358면)은 같고, <권씨본>(529면)은 '山木時臥巖事 須松長生趣知'.

그러나 이 시에 대해서는 필자의 과문으로 누구의 작품인지 찾지 못하였다. 또한 암각자의 존재도 현재로서는 확인하지 못하였다. 인용시 뒤에 "날몬져 시인재사 을픈글의 面面風景(면면풍경) 歷歷히(역력히) 일넛도다"라고 덧붙인 것을 참조하면 <팔역가> 작자의 자작시일 수도 있을 것이라는 생각이다.

시 5(135; 530)

금강산 장안사에서 마의태자麻衣太子 유적을 보고, 신라 마지막 임금 경순왕敬順王(재위 927-935)과 마의태자의 이별 장면을 말한 뒤, "詩人의 을픈글에왈"하고 본문과 같이 한 줄로 인용했다.[127] '글'이라고 소개했으나, 이는 심광세 「해동악부」의 <초의인草衣人>이다. 심광세에 의해 처음 악부화된 소재인데, 이후 해동악부의 인기 있는 소재가 되었다. "詩人(시인)의 을픈 글"이라고 시를 소개하는 것은 대상으로 하고 있는 일화에 관계된 인물이나 <팔역가> 작자의 작품이 아닌 다른 시인의 작품이라는 것을 드러낸 표현으로 <팔역가>에서 쓰이고 있다. 앞서 [시 2]에서 "(유미암)부인… 을픈시왈"로 작자를 나타낸 바는 있었으나, 다른 시인의 작품이라는 것을 드러내는 표현으로 <팔역가>에서는 처음 나오는 지적이다. 그러나 지은이를 명기하지는 않았다.

山中羅日月	산 속엔 신라의 해와 달
山外麗天地	산 밖은 고려의 세상

오언배율 16행[128] 중 2행을 게재했다. 원시의 글자 그대로이다. 이익 「해

127) "을픈'글'의"라고 하여서인지, 영인<오씨본>(357면)에 이 시는 두 줄로 표기하지 않고 한 줄로 표기하였다. <권씨본>에는 "후인시왈"이라 하고 두 줄로 표기하였다(531면).

128) "草衣人獨在深山裏 問伊誰乃是羅王子 宗國昔傾覆 慷慨陳大策 父王不見聽 慟哭遁林壑 草葉緝爲衣 巖阿倚爲屋 了此百年身 邈爾與世隔 '山中羅日月 山外麗天地' 一言扶世教 千秋立人紀

동악부」의 <의암옥倚巖屋>도 같은 소재이다.

시 6(138; 531)

강원도 청평산[129]에서 집 모양이 고니알 같다고 해서 이름 부친 '곡란암鵠卵菴'을 찾아가 지은 시를 게재했다. <팔역가> 인용시의 한 축을 이루는 지절志節에 관한 시 중 하나이다. 곡란암은 고려의 식암息庵 이자현李資玄(1061-1125)이 1089년부터 은거해 지은 작은 집이다.

鵠卵何團圓	곡란암은 어찌 그리 둥글둥글
容膝易爲安	무릎만 들어가면 편안할 수 있지
「都門何喧喧	「도회지는 어찌 시끄럽던지
一出誓不還」	한 번 나선 이후론 돌아가지 않기로 맹세했네」[130]
節彼淸平山	절개는 저 청평산에 있나니
高高不可攀	높고 높은 기개 끌어내릴 순 없지[131]

이 시는 심광세의 「해동악부」에 실린 6행의 시 <청평산淸平山> 중 3, 4행을 제외한 상태인데, 게재된 4행에서는 글자를 바꾸지 않았다. 이와 같이 시의 일부를 덜어 인용한 경우는 <팔역가>에 매우 많다.

이 [시 6]과 다음 [시 7] 모두 영인<오씨본>에서는 '글'이라 하고 한 줄로 쓴 반면,[132] <권씨본>에서는 '시'라 하고 두 줄로 쓴 점이 비교된다.

이익 「해동악부」에도 같은 소재, <곡란암鵠卵菴>이 있다.[133]

凜焉秋霜烈 颯焉淸風起 漢家北地王 與君兩人耳" 중 ' ' 부분 가사에 게재(*이하 부분 인용의 게재분은 ' '로 표기함).

129) 일명 경운산, 현 오봉산. 강원도 춘성군에 있음.

130) *이하 인용시에서 『팔역가』에는 생략된 원시의 구문은 「 」 안에 표기하였다.

131) 번역은 노규호, 같은 책, 138면 참조. <인쇄본>에는 '혹란암'이라 하였으나, 모든 자료에 '곡란암'으로 되어 있으므로 후자로 기재하였다.

132) [시6]·[시7]은 영인<오씨본>, 357면.

133) 이익, 국역 『성호문집』 권7, 「해동악부」, <곡란암(鵠卵菴)>.

시 7(138; 531)

춘천에서 "昭陽江(소양강) ᄯᆞ라 牛頭村(우두촌) ᄎᆞᄌᆞ가니" "이 ᄯᆞ(땅)은 穢貊國(예맥국) 千年古都(천년고도)라"고 하며 "權陽村(권양촌)의 을픈글"이라며 시 2행을 인용했다.

春川(壽春)是(時)貊國	수춘은 곧 맥국인데
通道自彭吳	팽오로부터 길이 개통되었네

이 시는 안정복安鼎福(1712-1791)의 『동사강목』[134] 등 여러 책에 김시습金時習(1435-1493)의 시로 소개되어 있다. 시 속의 '壽春(수춘)'은 춘천의 옛 이름인데, <팔역가>는 '수춘'을 아예 '춘천'으로 고쳐 썼다. "彭吳(팽오)는 漢武帝(한무제)의 四郡(사군)ᄒᆞ던 大將(대장)이라/ 彭吳碑(팽오비) 귀경ᄒᆞ고"라고 춘천과 팽오를 연결했다.

안정복은 '팽오'를 설명하기 위해 이 시를 『동사강목』「고이」에 인용했다.[135] 이덕무李德懋(1741-1793)의 『청장관전서靑莊館全書』에도 같은 내용이 있다.[136] 무명자無名子 윤기尹愭(1741-1826)의 『무명자집無名子集』에도 자작시의 보주補註에 이 시가 전하나, 설명은 다르다.

<팔역가>의 춘천 설명은 '팽오비'를 제외하고는 이중환의 『택리지』의 것을 그대로 인용했다.[137] 『택리지』에 시는 인용되지 않았으므로, 이 시의

134) 안정복, 국역 『동사강목』, 부록 상, 「고이(考異)」, <팽오(彭吳)의 잘못>. *이하 『동사강목』의 인용과 번역은 한국고전번역원, 국역 『동사강목』에 의하며, '안정복, 같은 책'으로 표기함.

135) 안정복은 '고이(考異)'에 대해 "사마광(司馬光)이 『자치통감(資治通鑑)』을 지을 때에 뭇 책을 참고하여 그 같고 다른 점을 평하고 취사해 『고이(考異)』 30권을 지었"다고 하며, "이것이 역사를 쓰는 자의 절실한 법이 되기에 이제 그를 모방하여 『동사고이(東史考異)』를 짓는다."고 밝혔다. 안정복, 위와 같은 글.

136) 이덕무, 국역 『청장관전서』 권53, 「이목구심서(耳目口心書)」 6 참조.

137) "춘천은 옛 예맥이 천 년 동안이나 도읍했던 터로 소양강(昭陽江)을 임했고, 그 바깥에 우두(牛頭)라는 큰 마을이 있다. 한나라 무제(武帝)가 팽오(彭吳)를 시켜, 우수주(牛首州)와 통하였다는 곳이 바로 이 지역이다." 이중환, 같은 책, 「팔도총론」, <함경도>, 62면.

원전은 『동사강목』·『청장관전서』·『무명자집』 세 책을 다 원전으로 할 수 있으나, <팔역가>에 다른 시도 함께 참조된 『동사강목』을 원전으로 본다. 안정복은 홍씨洪氏의 『동국총목』에, "팽오彭吳를 명하여 국내 산천을 다스리게 했다."는 말은 "『한서漢書』「식화지食貨志」에, '팽오가 길을 열어 예맥濊貊과 조선朝鮮을 통하여 창해군滄海郡을 두었다.'는 말이 그 말이다."라며 팽오가 중국 사람임을 강조했다. 이덕무 또한 안정복을 인용하여, 사람들이 팽오가 홍수를 다스렸다는 뜻으로, "단군이 팽오에게 명하여 국내의 산천을 다스려서 민거를 전정했다."고 하는데, 팽오는 한나라 사람이라며, 사람들이 팽오를 단군과 결부하는 데 의문을 제기하였다. 이들이 부정하는 것은 민간에 전하는 <춘천 우두산 맥국전설>이다. 팽오는 단군의 신하로 단군조선의 백성들을 홍수로부터 구하고 길을 내었기에 팽오의 통도비를 우수주牛首州에 세웠다고[138] 전해진다. 안·이 두 사람은 통도비通道碑는 『본기통람本紀通覽』에 기록이 있다 하면서도, 이 전설을 부정하였다.

그러나 성호 이익의 제자이며 우리나라 역사를 시로 쓴 「영동사詠東史」 600여 수를 남긴 윤기는 이 전설을 전하고 있다. 윤기는 '팽오비'의 존재, 단군이 팽오에게 명한 일, 단군 아들 '부루'가 하나라에 조회한 일 등을 병서에서 전했다.[139] 그러나 시에서는 "길을 개통함이 민생만 안정시켰으랴通途奚但民居奠/ 사대라는 만대 계책 영구히 남겼다오事大永垂萬世謨"라고 단군이 아들 부루를 보낸 의미를 '사대'에 두었다. 안·이 두 사람은 팽오를 '한 무제의 대장', 중국 사람으로 규정하였으므로, 결과적으로 관개灌漑를 잘하여 홍수로부터 백성을 구한 것은 '한 무제'의 공으로 돌린 반면, 윤기는 단군의

---

138) 김덕원, 「맥국의 실체와 신라의 교섭」, 『역사민속학』 24, 한국역사민속학회, 2007 참조.
139) "우수주(牛首州)에 팽오비(彭吳碑)가 있다. 단군이 팽오에게 국내의 산천을 다스리도록 명하여 팽오가 백성들의 주거를 안정시켰기 때문이다. 김시습의 시에 … 라는 구절이 있다. 하(夏)나라 우(禹)임금 18년에 제후들이 도산(塗山)에서 회합하였는데 단군은 아들 부루(扶婁)를 사신으로 보내 하나라에 조회하였다.", 윤기, 국역 『무명자집』, 시고 6책, 「시」, <영동사(詠東史) 6>.

공을 '사대'를 개척한 것에 두고 있다.

시 8(141: 532)

강원도 영월寧越 청령포淸冷浦 단종端宗 유배 유적지인 '자규루子規樓'에서는 "子規詩(자규시) 실픈노릐曰(왈)"로 한시 한 수와 "陪行都事(배행도사) 실픈노릐曰(왈)"로 "천리길 머ᄂᆞ먼길~"의 시조를 게재하고, 군수였던 박충원朴忠元(1507-1581)이 단종에게 제사를 올리며 쓴 축문祝文의 일부를 게재했다. 축문은 김응하 장군에 대한 조서와는 달리 한문 4자씩 8행이어서 율격상 전달의 문제는 없다. 단종이 지은 '자규시'는 단종의 슬픈 운명과 단종이 올랐다고 전해지는 자규루 유적과 함께 많은 문헌에 실려 있다.140) 비교적 이른 시기의 문헌은 『대동야승』에 수록된 허봉許篈(1551-1588)의 『해동야언海東野言』이다.

月欲低蜀魄啾	달은 서산에 지려고 하는데 두견새 울어대네
(相思憶倚樓頭)	(옛일을 회상하고 다락머리에 기대어 섰노라니)
(爾聲苦我聞哀)	(네 소리 괴롭고 내 듣기 슬프다)
爾聲苦倚樓頭	네 울음소리 하도 괴로워 다락 위에 기댔노라
無爾聲無我愁	네 소리 없으면 내 수심 없으리라
爲報天下共(苦)勞人	천하의 고로苦勞가 있는 사람에게 알려 주어
愼莫登春三月子規樓	춘삼월에 자규루에는 아예 오르지 말게 하소141)

게재된 시는 기존 6행시의 2, 3행를 합해 2행으로 고쳐 전체 5행의 시를

140) 강원도 영월에 있는 청령포와 자규루는 영월로 유배된 단종과 관련된 유적이다. 청령포는 왕위를 빼앗기고 단종이 머물던 곳이고, 자규루는 처음 1428년(세종 10)에 영월 군수 신숙근(申叔根, 1463-1516)이 창건 당시에는 매죽루(梅竹樓)라 하였는데 단종이 영월에 기처하면서 이곳에 올라 자신의 고뇌를 <자규사(子規詞)> 및 <자규시(子規詩)>로 읊은 것으로 인해 자규루로 바뀌었다. <자규시>는 단종이 지은 두 수의 시 중 칠언율시인 <두우(杜宇)>를 가리키는 것으로, 위의 시는 <자규사(子規詞)>로 구분하기도 한다.

141) 국역 『대동야승』, 허봉, 『해동야언』 2, <노산군(魯山君)>.

만들었다. 즉, "옛일을 회상하고 다락머리에 기대어 섰노라니/ 네 소리 괴롭고 내 듣기 슬프다"인 두 행을 "네 울음소리 하도 괴로워 다락 위에 기댔노라"로 바꾼 것이다. 허봉이 전한 이 시 6행 중 어느 부분을 활용하여 지은 시는 '단종애사哀史' 이후 조선말까지 수십 종인데, 여기서처럼 2행을 합쳐 1행으로 배열한 경우는 없다. 4행의 '共'은 오자이다. <권씨본>에는 원시대로 '苦'인데 '勞苦'로 글자 앞뒤가 바뀌었다.[142] 마지막 3행의 글자수가 6, 7, 8자로 일정하지 않아서인지 이본마다 이 부분의 행 배열이 유독 부정확한 양상을 보인다.

3.2.5. 경상도

시 9(148; 535)

의성에서 "聞韶樓(문소루)[143] 올나보니 金之岱(김지대)의 읊픈시왈"하고 그의 <의성객사북루義城客舍北樓>를 소개했다.

聞韶公館後院(園)深	문소 공관 후원은 깊기도 한데
中有危樓幾百(百餘)尺	그 가운데 백여 척 높은 다락 우뚝 솟았네
香風千(十)里捲珠簾	향기로운 바람은 10리나 깔렸는데, 주렴은 걷혀 있고
明月一聲飛玉笛	밝은 달빛 아래 옥적의 외로운 소리 들려오네[144]

고려의 문신 김지대金之岱(1190-1266)의 이 시는, 『대동야승』 소재 이육李陸(1438-1498)의 『청파극담靑坡劇談』, 『동문선』, 『신증동국여지승람』,[145] 남구만南九萬(1629-1711) 『약천집藥泉集』 등에 실려 있다. <팔역가>는 원시 전

142) <권씨본>, 532면.

143) <오씨본>, <권씨본> 모두 '聞照樓'라 했으나, '聞韶'가 의성의 옛 명칭이므로 '聞韶樓'로 바로잡는다. 시 1행의 '聞照'도 '聞韶'로 원문에 의거, 바로잡는다. 노규호, 같은 책, 148면 참조.

144) 국역 『대동야승』, 이육, 『청파극담』.

145) 국역 『신증동국여지승람』 권25, 「경상도 의성현」, <문소루>.

8행 중 전반 4행을 수록했다.[146] 몇 자가 달라졌으나 큰 의미 변화는 없다. 전반 4행만 실려 있고 <팔역가> 수록시와 완전히 같은 시는 없으므로 네 시가 다 저본으로서 비중이 같다.

그러나 가사에 밝힌 바, 이 시가 병화兵火로 없어졌는데 고을 수령의 딸이 병든 중에 읊어서 다시 찾게 되었다는 『신증동국여지승람』의 일화[147]는 『동문선』에는 없고, 『약천집』에는 간단한 반면, 『청파극담』에는 자세하다. 『청파극담』이 수록된 『대동야승』을 원전으로 본다.

시 10(152; 536)

울주군 학성鶴城 처용암處容岩에서 처용의 현신現身을 상기하며, 이에 대해 "後人(후인) 詩曰"로 9행시 중 3행만 옮겼다.

處容來軒軒袖	처용이 와서 소매를 너울거리며 춤추네
臣貌甚詭臣服奇	신臣의 모습은 몹시 궤상하고 복장도 기이한데
爲君緩舞爲君歌	임금님을 위하여 천천히 춤추고 임금님을 위해 노래하네

시는 오광운의 『약산만고』 「해동악부」 <월명항月明巷> 중 1, 4, 5행을 그대로 옮겼다.[148] 발췌된 3행은 춤으로 등장하는 처용의 모습만 부각했다.

146) 뒤의 4행은 "煙輕柳影細相連 雨霽山光濃欲滴 龍荒折臂甲枝郎 仍按凭欄尤可怕"이다. 『대동야승』과 『동문선』 수록시는 같다.(서거정, 같은 책, 권6, 「칠언고시」, 김지대, <의성객사 북루>) 『약천집』의 시는 2행 '中有危樓高百尺'과 8행 '因按憑欄尤可怕'에서 한 자씩 차이가 있다. 남구만, 국역 『약천집』 권29, 「잡저」, <영남잡록(嶺南雜錄)>.

147) "지대의 이 시는 사람 입에 오르내리다가 시판(詩板)을 잃었다. 10년 뒤에 어떤 군수가 이 시를 몹시 찾으니 고을 사람들은 어찌할 바를 몰랐다. 당시 현수(縣守) 오적장(吳廸莊)에게 딸이 있었는데, 일찍이 장일(張鎰)의 아들 정하(廷賀)와 약혼했었다. 오(吳)가 딸을 데리고 임지에 간 동안 정하는 다른 사람의 딸을 아내로 맞았다. 오녀(吳女)가 듣고 미쳐서 함부로 지껄이다가 갑자기 이 시를 암송해내었다. 고을 사람들이 이를 베껴서 바치니 군수가 놀랐다고 한다.", 국역 『신증동국여지승람』, 같은 글.

148) "'處容來軒軒袖' 不是上雲之康老 願效虞庭之鳥獸 '臣貌甚詭臣服奇 爲君緩舞爲君歌' 歌聖德舞昇平 春滿雞林海不波 三市九街皆影好 不知何處月明多", 오광운, 『약산시부』 권2, 「해동악부」, <월명항>, 211면.

오광운의 <월명항> 자체가 처용무에 대한 설명으로 일관한다. 1~2행은 묘사, 3~9행은 처용을 화자로 하여 자신의 춤의 의미를 '왕을 위해 왕의 성덕聖德·승평昇平을 춤추고 노래한 것'이라고 소개하는데, 6~9행에서는 신라의 분위기를 화평한 것으로 묘사했다. <월명항>이라는 제목도 "신라의 헌강왕이 학성에서 유람하노라니 문득 어떤 기이한 몸에다 괴상한 복색을 차린 사람이 왕의 앞에 와서 노래하고 춤추었다. 왕을 따라 경사에 들어가서 스스로 이름하여 처용이라 하고 달이 밝은 밤마다 시정에서 노래하고 춤추었는데 마침내 있는 것을 알지 못하게 되자 신神으로 여겼다. 뒷사람이 그가 노래하고 춤춘 곳을 가리켜 이름 하여 월명항이라 하였다."고 오광운은 사화에서 밝혔다. 처용 전승의 기본 속성인 역신과의 관계나 『삼국유사』에 전하는 헌강왕대에 일어난 신라 망국에 대한 예언은 전혀 언급하지 않았다.

반면, <팔역가>의 가사는 해동악부에는 빠진 『삼국유사』의 내용을 전하고 있다.

> 蔚山(울산)의 이르러 鶴城(학성)의 올나
> 居然(거연)이 ᄉᆡᆼ각ᄒᆞ니 新羅時(신라시) 憲王(헌왕)
> 이ᄯᆡ의 노르실제 엇더ᄒᆞᆫ ᄒᆞᆫ丈夫(장부)
> 奇形(기형) 怪服(괴복)ᄒᆞ야 處容(처용)이라 自稱(자칭)ᄒᆞ고
> 王(왕)의압페 나아와 軒軒(헌헌)이 츔ᄒᆞ고노릐ᄒᆞ니
> 歌曰 都破都破(도파도파) 智異多逃(지리다도) 智異多逃(지리다도)
> 이노릐 人君(인군)의 亡國(망국)ᄒᆞᆯ가 ᄡᅵ운曲調(곡조)
> 그뉘 아를쇼냐 後人 詩曰(152면)

가사가 참조한 것은 안정복 『동사강목』의 기사이다.

> 왕이 학성鶴城(지금의 울산부蔚山府)에 나가 놀다가 포구로 돌아올 때, 갑자기 구름과 안개가 끼어 어두컴컴해져서 길을 헤매게 되었다. 해신海神에게 기도하고서 날이 개었으므로 그 포구를 '개운포開雲浦'(지금 울산부 남쪽 25

리에 있다)라 이름하였다.

처용處容이라는 사람이 나타났는데, 기이한 얼굴에 이상한 옷을 입고 왕의 앞에서 노래하고 춤추며 왕을 따라 서울에 들어오므로, 급간級干 벼슬을 주었다. 언제나 달밤이면 저자에서 노래하고 춤을 추었는데, 마침내 그의 있는 곳을 알지 못하였다. 악부에 그의 춤이 전해 오며, 이름을 상염무霜髥舞라고도 한다. 또 네 사람이 왕의 거가 앞에 와서 노래하였는데, 의건衣巾이 이상하고 형용이 해괴하며, 어디에서 왔는지 알지 못하였다. 그 노래에 이르기를 '지리다도 도파도파智理多逃都破都破'라 하였다. 그 뜻은 '지혜로써 나라를 다스릴 자는 많이 도망하고 도읍이 파괴될 것이다.'라는 것이다. 그러나 그때의 사람들은 이를 알지 못하고 도리어 상서로 여겨 탐락耽樂이 더욱 심하였기 때문에 마침내 나라가 멸망하게 되었다.[149]

이 내용은 『삼국유사』 <처용랑망해사>에 실린, 헌강왕이 동해 용왕의 아들 처용을 데리고 경주에 온 것과, 남산신·북악신·지신地神이 춤으로써 신라의 국운을 알렸다는 것이다. 인용한 『동사강목』에는 『삼국유사』의 '개운포'가 '학성'으로(이하 '개운포→학성'으로 표기), '남산신→네 사람', '지리다도파도파智理多都波都波 →지리다도 도파도파' 등으로 바뀌었다.[150]

<팔역가>는 오광운의 <월명항> 인용으로는 처용과 춤을 묘사하고, 가사 구문으로만 『삼국유사』 내용을 전한 반면, 성호 이익은 『삼국유사』 내용을 토대로 한 사화를 소개하고 악부 <처용가>를 지었다. 이해하기 어려운 '지리다도 도파도파智理多逃都破都破'에 대해서도 "아마 나라의 지혜롭고 비범한 자(智異國者)는 많이 도망하고 도읍은 장차 파괴되리라는 말"이라고 해석하였다. 또한 처용을 "저들은 한낱 배우일 뿐彼一俳優耳/ 군자와 같은 등급이 아니로다君子不同科"라고 평가하고 그들에게 관직을 내린 왕 또한 "환락에 빠져 … 정사는 뒷전"이라고 비난했다.[151]

---

149) 안정복, 같은 책, 5상, 「병오 신라 혜공왕 2년-을미 신라 경순왕 9년」, <기해년 헌강왕 5년(879)>.

150) 『삼국유사』 권2, 「기이 제2(紀異第二)」, <처용랑망해사>. [한국사DB] db.history.go.kr 참조.

시 11(154; 537)

부산 동래東來의 '정과정鄭瓜亭'에서는 "후세깃친노릭 정과정 곡조"라며 "詩의曰"로 고려 정서鄭敍가 지은 우리말 시가 <정과정>을 익재益齋 이제현李齊賢(1287-1367)이 악부로 만들어 '소악부'라고 한 작품을 게재했다.

憶君無日不添(霑)衣	임금을 그리워하여 옷을 적시지 않는 날이 없으니
政似春山蜀子規	틀림없는 봄 산의 두견새일세
爲是爲非人莫問	사람들아, 옳고 그름을 묻지 마시게
衹(只)應殘月曉星知	오직 새벽녘의 달과 별만이 알 뿐이리[152]

이 시는 이제현 「익재난고益齋亂稿」[153]를 비롯, 『고려사』, 이학규 『낙하생집洛下生集』 「영남악부嶺南樂府」 <정과정>, 안정복 『동사강목』 등 여러 곳에 실려 전한다. 4행의 '只'는 원시 「익재난고」와 『고려사』의 것이고, 익재의 시("李益齋齊賢 嘗作詩解之曰")라고 전하고 있는 『낙하생집』의 <정과정>의 '사화',[154] 『동사강목』의 각주[155] 등 다른 본들은 모두 <팔역가>처럼 '衹'를 사용했다. 『낙하생집』에는 2행의 '子規'가 '子雉'로 되어 있어 <팔역가>의 원본은 『동사강목』의 것으로 판단한다. 그러나 어떤 저본도 "不霑衣"를 여기서처럼 "不添衣"라고 한 것은 없다. 명백한 오자이나, <권씨본> 역시 같다. 안정복의 『동사강목』은 정서鄭敍에 관한 일화를 전재하고 세주에서 고려 이제현이 「익재난고」에서 <정과정>을 '소악부小樂府'로 역해譯解했다고 하며 이 한시를 소개하였다.

<팔역가> 저자는 고려가요, 시조 등 국문시가에 대해서는 '노래'라고 표

151) 이익, 이민홍 역, 『해동악부』, <처용가>, 131-133면 참조.
152) 『고려사』 권72, 「속악」, <정과정>. [한국사DB] db.history.go.kr 참조.
153) 이제현, 국역 『익재집(益齋集)』, 「익재난고」 권4, 시, <소악부>.
154) 이학규, 『낙하생집』 책6, 「영남악부」, <정과정>.
155) 안정복, 같은 책, 9 상, <신미년 의종 5년, 1151>에서 '이제현은 이(정서의 시)를 모방하여 시를 지었다.'고 했다.

기하는데 여기서도 확인할 수 있다. [시 8]처럼 한글로 고려가요 <정과정>을 바로 옮긴 것은 아니어서 소악부 <정과정>과는 혼동할 소지가 있기는 하다.

시 12(155; 537)

고령 '통천정通川亭'에서는 "己卯賢(기묘현) 申潛(신잠)의 居所(거소)도다 詩曰" 하고 신잠의 일화가 담긴 시를 인용하였다. 인용된 시는 신잠이 지은 것이다. 영천자靈川子 신잠申潛(1491-1554)은 문장·글씨·그림을 잘하여 '삼절三絶'이라 불렸다. 기묘사화(1519)로 파직되어 장흥, 양주에서 유배생활 후, 풀려나 경기도 구리의 아차산 밑에서 20년 간 은거했다. 소개된 시는 그가 한림원翰林院에 뽑혔다가 그 해 파직당하니 백패白牌(진사 시험 합격증) 마저 잃게 되자 지은 시이다.

紅紙已收白牌失[156]	홍지(대과 합격증)는 거둬가고 백패는 잃었으니
翰林進士摠虛名	한림과 진사가 모두 허명일세
從此嵯峨(峨嵯)山下老(住)	지금부터는 아차산 아래 늙을(살) 것이니
山翁(人)二字孰能爭	산옹(인)이란 두 자는 뉘 다툴건가[157]

원시는 『연려실기술』에 실린 것이다. 여러 자를 수정했으나, 원시의 '아차산峨嵯山'을 '차아산嵯峨山'으로 바꾼 것은 이해할 수 없다. 오자로 판명한다. 신잠이 은거한 곳이 아차산이어서 사용된 지명이기 때문이다.

시 13(155; 537)

현풍의 한훤당寒暄堂 김굉필金宏弼(1454-1504) 고택을 지나며, 그의 시를

156) 권씨본에는 1행이 "白紙已收白牌失"로, '홍지'가 '백지'로 되어 있으나, 오자로 판단된다. <권씨본>, 537면 참조.

157) 이긍익, 같은 책, 권8, 「중종조 고사본말」, <기묘당적(己卯黨籍)>.

"先生의 시왈"하며 인용하였다.

業文猶未識天機	글을 읽어도 아직 천기天機를 알지 못하였더니
小學書中寤(悟)昨非	『소학』 책 속에서 어제의 잘못을 깨달았다
「從此盡心供子職	「이제부터는 마음을 다하여 자식의 직분을 하려 하노니
區區何用羨輕肥」	어찌 구차스레 부귀를 부러워하리오」[158]

'소학동자'라 불렸던 김굉필의 <독소학讀小學> 시에 대해 전하는 십여 종의 문헌들처럼, <팔역가>에도 "佔畢齋(점필재) 稱讚(칭찬)ᄒᆞ신말솜 聖人(성인)될 根本(근본)이로다 하시니/ 文廟配享(문묘배향) 이아닌가"라고 이 시에 덧붙였다.

4행 중 1, 2행 두 행을 인용했다. 『해동잡록』, 『해동야언』 등과 『추강집』, 『송자대전』 등 개인문집을 포함한 열 개 이상의 문헌에 실려 있는데, 『대동야승』 소재 권별權鼈(1589-1671) 「해동잡록」을 제외한 모든 수록 문헌에는 2행만 전하며 수록 내용도 같다. 4행 중 한 글자를 바꾸었으나, 의미는 크게 다르지 않다. 『해동잡록』을 원전으로 보는 것은 김종직과의 관계에 대한 언급에 근거를 둔 판단이다. 모든 저본이 한훤당의 "호방하여 구속을 받지 않고 대절이 있어서 세속의 테두리를 벗어났음"[159]을 보여주는 여러 일화를 들어 말하며, 위의 시를 인용하고 점필재佔畢齋 김종직金宗直(1431-1492)과의 관계를 언급했다. 이는 점필재의 칭찬을 말한 것이나, 이후 한훤당의 직언으로 인해 점필재와 사이가 벌어지게 된 것을 다른 저본들에서는 반드시 언급하고 있는데, 『해동잡록』에서는 이를 언급하지 않았다. 점필재의 호평에만 관심을 둔 글이기 때문에 이를 원전으로 본다. 『해동잡록』은 "『소학』을 점필재에게서 배울 때에 점필재가 말하기를, '광풍제월光風霽月[160]이라는

---

158) 국역 『대동야승』, 권별, 「해동잡록」 2, 「본조」, <김굉필>.
159) 이긍익, 같은 책, 권6, 「연산조 고사본말」, <무오당적(戊午黨籍)>.
160) 광풍제월은 맑은 바람과 비갠 뒤의 달이라는 뜻인데 마음이 상쾌하고 깨끗함을 형용하는

것도 결국 또한 여기에서 벗어나지 않는다.' 하였는데, 선생은 이 말을 명심하고 지켜서 잊어버리지 아니하였다."는 또 다른 일화도 소개하였다. 또한 "현풍현玄風縣에 세상 사람들이 태리산台離山이라고 부르는 산이 있는데, 선생이 이 산 밑에 살았으므로 당시 사람들이 선생 때문에 대니戴尼라고 불렀다. 그가 성인의 도道를 높이 받듦이 마치 머리에 이는 것 같음을 말한 것이다."라고 현풍과 한훤당의 관계를 언급한 것도 『해동잡록』이다.

다음 여행지인 경주에서는 신라 유적마다 많은 시를 인용하였는데, 원시는 대부분 영사악부이다.

시 14(157: 538)

신라 진평왕 때의 충신인 김후직金后稷의 무덤에서는 김후직의 충심에 관한 시를 소개했다. 김후직은 사냥을 좋아하는 왕에게 사냥을 그만두라는 간언을 했으나 왕을 바로 잡지 못하고 죽게 되었을 때, 자신의 무덤을 왕이 사냥 다니는 길가에 만들어 달라고 유언하였다. 그 후 왕이 사냥 갈 때 길가에서 가지 말라는 소리가 나서 왕이 이 사실을 알게 되어 뉘우쳤다는 일화이다. "後人詩曰"로 오광운의 『약산만고』에 실린 <왕무거王毋去> 8행[161] 중 4행을 소개했다.

王毋去王毋去	'왕께서는 가지 마소서' '왕께서는 가지 마소서'
野田草間若有吹(喚)	들판의 풀 속에서 부르는 듯하였네[162]
昔人以尸諫	'옛 사람은 시신으로 간하더니
今臣以塚諫	이제 저는 무덤으로 간합니다'[163]

말이다. 『송사(宋史)』「주돈이전(周敦頤傳)」에 "그의 마음이 쇄락(洒落)함이 광풍제월과 같다." 하였다.

161) "火焚乾坤騰六飛 白日君王好打圍 '王毋去王毋去 野田草間若有喚 昔人以尸諫 今臣以塚諫' 宸心惻然廻鑾輿 絶勝生前諫獵書", 오광운, 여운필 역, 같은 책, 202면.

162) <권씨본>은 '喚'이다. <권씨본>, 538면 참조.

2행의 1자를 바꿨지만, 의미 차이는 없다. 같은 소재로 임창택 「해동악부」에 <왕무거>가,[164] 이익 「해동악부」에 <묘간墓諫>이 있다.[165]

시 15(159: 539)

조선 후기에도 경주에 '천관사'가 존재했는지는 명확하지 않으나, "天官寺(천관사) 지나다가 斬馬巷(참마항) 실(살)펴보니" 하며 김유신과 천관녀天官女에 얽힌 설화를 소재로 한 악부시를 "詩曰"로 소개했다. 인용한 시는 오광운 『약산만고』의 <참마항斬馬巷> 8행 전체이다. 김유신이 자주 찾은 천관녀의 집에 술에 취한 김유신을 실은 말이 저절로 그를 데려다 주자, 눈을 뜬 김유신이 자신의 마음을 다잡기 위해 말의 목을 잘랐다는 설화이다. 경주 오릉 동쪽에 있었던 천관사는 김유신이 후에 천관을 추모하기 위해 그녀가 살던 곳에 지은 절이라고 전해진다. 지금은 절터만 남아 있다.

落日母倚門	저물녘에 어머니는 문에 기대어 바라보았건만
白馬又誰家(門)	흰 말은 또 누구의 집(문)으로 갔던가
門前斬(刺)桐樹	문 앞의 오동나무 베어졌지만(엄나무에는)
昔日系(繫)馬痕	지난날에 말을 맨 흔적이 있었네
迎門兒女(女兒)紅啼(啼紅)粧	문에서 맞이한 곱게 단장한 아가씨는 울었는데
桃花顔面柳腰肢	복사꽃 같은 얼굴에다 버들 같은 허리였다네
芳緣忽與劍頭(馬首)斷[166]	꽃다운 인연은 홀연히 칼머리에 끊어졌느니
泣別騣(騅)姬與(豈)男兒	남아는 오추마와 우희와 울며 작별하네 (울면서 오추마와 우희와 작별하였다면 어찌 남아이랴?)[167]

163) 오광운, 여운필 역, 같은 책, <왕무거>, 201면.
164) 임창택, 『숭악집』 권1, 「시」, 「해동악부」, <왕무거>.
165) 이익, 국역 『성호전집』 권7, 「해동악부」, <묘간>.
166) <오씨본>의 '馬首 → 劍頭'는 <권씨본>에는 '馬頭'로 절충, 수정됐다.
167) 오광운, 여운필 역, 같은 책, <참마항>, 200면.

『약산만고』의 시와는 많은 글자를 바꾼 상태이다. 비슷한 의미의 다른 글자로 바꾼 것들로는 행의 의미 차이가 크지 않다고 할 수 있으나, 명백한 오류도 있다. 3행의 '刺桐(자동)'은 엄나무를 가리킨다.[168] 이 두 글자를 하나의 명사로 보지 않고, 동사로 보아 '刺→斬'으로 바꾸면 '斬桐(참동)'은 '오동나무를 벤 것'이 된다. 그러므로 가사의 표기대로라면 오동나무는 베어져 없으므로, 4행과 같이 말을 멘 흔적이 있었는지는 알 수 없으므로 의미가 통하지 않는다. 마지막 행도 '騅(추)'는 오추마烏騅馬를, '姬(희)'는 우희虞嬉를 말하는데, '與'이면 울며 이별하는 것이 되고, '豈'이면 "울면서 오추마와 작별하였다면 어찌 남아이랴?"이어서 의미는 상반된다. 5행은 '紅粧'이므로, '紅啼粧'일 수 없고 '啼紅粧'이 맞다. 이 시의 수정은 많은 오류가 있다.

시 16(160; 539)

위의 시에 바로 이어 '又曰'로 또 다른 시를 소개하고 있어 같은 시인의 시처럼 보이기 쉽지만, 이는 『동문선』에 실린 고려 중기 문신 이공승李公升(1099-1183)의 <천관사天官寺> 시이다.[169]

寺號天官昔有緣	천관이란 절 이름 유래가 있더니
且(忽)聞經始一凄(悽)然	새로 짓는단 말 들으니 마음 느껴웁네
多情(倚酣)公子遊花下	다정한 공자님은 꽃 아래 노닐었고
含怨佳人泣馬前	시름 띤 고운 사람은 말 앞에서 울었네
紅鬣有情還識路	말조차 정이 있어 길을 알았는데
蒼頭何罪謾加鞭	종놈은 무슨 죄라 채찍으로 때렸던고
愉(唯)餘一曲歌詞妙	남은 것은 오직 어여쁜 노래 한 곡
蟾兎同居(同眠)萬古傳	두꺼비(해)·토끼(달) 함께 산다는 노래 만고에 전하누나

168) 오광운, 여운필 역, 위와 같은 글.
169) 서거정, 같은 책, 권12, 「칠언율시」, 이공승, <천관사>.

<팔역가> 게재시는 이 시의 원본 『동문선』의 3행 '倚酣'은 '多情'으로, 8행 '同眠'은 '同居'로 바꾸었다. 2행의 '凄'는 '悽'의 오독이 분명하다. 전 8행 인용했으며, 모두 6자를 바꾸었으나, 의역 범위에서 의미 변화는 크지 않다.

시 17(161; 540)

황창무에 관계된 원시는 심광세의 「해동악부」 <황창랑黃昌郎>이다. 천관사에서 회상하다 고개를 다른 곳으로 돌리니, 마침 사람들이 모여 있고 춤추는 아이가 있어 '황창무黃昌舞'를 보기라도 한 것처럼 현장감을 살렸다. 가사는 "ᄯᅩᄒᆞᆫ곳 바라보니/ 花柳長堤(화류장제) 노는아희 劍舞(검무)ᄒᆞ며 이론마리/ 黃昌舞(황창무)라 ᄌᆞ랑거ᄂᆞᆯ 居然(거연)이 ᄉᆡᆼ각ᄒᆞ니/ 黃昌(황창)이라 ᄒᆞᄂᆞᆫ아희 잇ᄯᅳ의 生長(생장)ᄒᆞᆯ졔"라 했다. 이어 신라의 황창은 "爲國復讎(위국복수) ᄒᆞ랴ᄒᆞ고" 12살에 검무를 배워, 백제 사람들에게 춤으로 명성이 높아 15세에 백제왕 앞에서 춤출 기회를 얻었다고 했다. "바람압펴 白雪(백설)"처럼 춤추니, "左旋右旋(좌선우선)ᄒᆞ야/ 紛紛(분분)ᄒᆞᆫ 칼머리의 백제왕 간ᄃᆡ업다"고 하여, 황창이 백제왕의 머리를 베어 신라의 원수를 갚았다는 것이 가사의 내용이다. "시왈"로 다음의 시를 소개하였다. 원시는 『휴옹집』에 실려 있다.[170)]

十五(餘)學劍舞	열다섯 어린 나이 칼춤을 배워
觀者驚(傾)一市	온 저자 구경꾼이 놀라누나(구경꾼이 저자 거리를 덮었네)
兒心豈無以	아이 마음인들 어찌 까닭 없겠는가
報仇輕一死	복수하려 죽음을 가벼이 여기네
回首笑古人	고개 돌려 옛 사람들 비웃으니
舞陽眞竪子	무양[171)]은 더벅머리 아이로군[172)]

170) 심광세, 같은 책, 「해동악부」, <황창랑>.

171) 무양후(舞陽侯)에 봉해진 위(魏)나라의 사마의(司馬懿), 흔히 사마중달(司馬仲達)로 칭해진

오늘날 해주검무, 진주검무의 원조라고 하기도 하는 신라의 황창무는 660년 백제와 신라의 황산벌 싸움에서 신라의 사기를 높여 승리로 이끈 화랑 관창官昌(645-660)의 이야기라고도 하며,173) 그에 관한 부대설화로 전해진다.174) 이 전승은 『삼국사기』나 『삼국유사』에는 전하지 않으나 경주부의 사화史話로 『신증동국여지승람』에 전해지고 있다. 해동악부로는 김종직金宗直(1431-1491)의 「동도악부東都樂府」 <황창랑>이 처음이다. 그는 사화史話에서 "황창과 관창의 관계에 대해 증명할 만한 것이 없다."고 하였으나, "춤은 존재하는데 가사(其詞)가 없으므로 악부를 짓는다."고 하여 악부 <황창랑>이 비롯되었다.175) 이후 오광운의 해동악부 <황창무>를 비롯, 황창무에 대

다. 그러나 전국시대 연나라의 용사 무양(武陽)을 가리킨다고 보는 다른 설도 있다. 그는 13세의 어린 나이에 사람을 죽였던 인물로, 자객 형가(荊軻)가 진(秦)나라 왕을 죽일 계획으로 무양을 대동하고 진나라에 갔지만 성공하지 못했고 이로써 진나라는 망했다고 한다. 심장섭, 『한국의 악부시와 작품 세계』, 이치, 2008, 183면.

172) <인쇄본>의 분행은 "兒心豈無以執仇/ 輕一死回首笑/ 故人舞陽眞豎子"이나, <인쇄본>이 근거로 한 영인<오씨본>에는 위와 같이 되어 있어 바로잡는다. <권씨본>도 위와 같다.

173) "황창랑은 어느 시대 사람인지 알 수 없다. 세속에 전하는 말에 의하면, 8세의 동자(童子)가 신라왕을 위하여 백제에 원수를 갚으려고 백제의 시장에 가서 칼춤을 추자, 그것을 구경하는 시장 사람들이 담장처럼 둘러쌌는데, 백제왕이 그 말을 듣고는 그를 궁궐로 불러들여 춤을 추게 한 결과, 창랑이 그 자리에서 백제왕을 찔러 죽였다 한다. 그리하여 후세에 가면을 만들어 그를 상징해서 처용무(處容舞)와 함께 베푸는데, 사전(史傳)에 상고해보면 전혀 증거될 만한 것이 없다. 그런데 쌍매당(雙梅堂) 이첨(李詹)은 말하기를 "이는 창랑(昌郎)이 아니라 곧 관창(官昌)이 와전된 것이다." 하며, 변(辨)을 지어 변론하였다. 그러나 그 또한 억설(臆說)이므로 믿을 수가 없다. 지금 그 춤을 보면, 주선하며 이리저리 돌아보고 언뜻언뜻 변전(變轉)하는 것이 지금도 늠름하여 마치 생기가 있는 듯하고, 또 그 절주[節]는 있으나 그 사(詞)가 없으므로 아울러 부(賦)하는 바이다.", 김종직, 국역 『점필재집(佔畢齋集)』 권3, 「동도악부(東都樂府)」, <황창랑(黃昌郎)>.

174) 『동경잡기』 「관창」조에는 고려 말 이첨(李詹, 1345-1405)이 황창무라는 검무를 보다가 '황창'을 '관창'으로 바로잡았음을 기록하였다.(이채, 『동경잡기』 권1, 「풍속」, <검무지희(劍舞之戲)> 참조) 신라 장군 품일(品日)의 아들 관창은 15세의 나이에 단신으로 백제군에 돌진하였다가 계백에게 포로로 잡혔으나, 계백은 그의 용기를 가상하게 여겨 신라군에 돌려보냈다. 그러나 재차 적진에 돌입하여 싸우다 다시 포로가 되자 계백은 그의 목을 벤 후 말안장에 매달아 신라군에 돌려보냈다. 이에 격분하고 어린 관창의 희생에 고무된 신라군은 모두 결사의 각오로 싸워 결국 전쟁은 신라의 승리로 돌아갔다.

175) "저기 저 사람 아직 어린애/ 석 자도 못 되는 키 씩씩도 하네/ 평생에 왕기(汪錡)가 내 스승이라/ 나라 위해 부끄러움 씻는다면 여한이 없네/ 목에 칼을 대어도 다리 떨지 않고/ 칼이 심장 가리켜도 눈 아니 깜짝/ 공 이루자 훽 춤 마치고 가는 기상/ 태산 끼고 북해라도

한 시는 상당수 있다. <팔역가> 인용시는 1, 2행에서 글자를 바꾸었으나 큰 의미를 부여하기 어렵다.

시 18(164; 541)

경주 율리촌栗里村을 지나다가 『삼국사기』에 나오는 가실과 설씨녀의 일화를 소개하고, 오광운의 <파경합破鏡合>을 인용했다.

分鏡妾爲父	거울 쪼개어 나눔은 저의 아버님을 위한 일인데
合鏡妾逢夫	거울이 합쳐지면 저의 지아비를 만나겠지요
君旣代父功(身)	낭군님이 이미 아버님의 공(몸)을 대신하였거늘
妾豈(敢)愛吾軀	제가 어찌(감히) 저의 몸을 아끼겠습니까?
鏡隨君不(復)復(歸)來	거울이 낭군님을 따라 다시 돌아오지 않으니(돌아오니)
馬如妾啼更悲	말도 저처럼 울면서 슬퍼합니다
洞房今夜涓涓(娟娟)月	오늘밤 곱게 동방을 비추는 달은
三時(五)團圓君至(到)時[176]	낭군님이 이르신 때가 삼경(보름)이라 둥글기도 하네요

신라시대 효심 많은 한 처녀(설씨녀薛氏女)가 노구로 징집돼 가야 하는 아버지를 걱정해 자신이 대신할 수 없음을 한탄하자, 이웃 총각 가실佳實이 아버지를 대신해 자원하였다. 3년 후 돌아와서 혼례를 치르기로 약속하고 둘은 거울을 쪼개 반쪽씩 나눠가졌다. 6년이 지나서야 가실이 왔으나 모습이 너무 초췌하여 알아보지 못하였는데, 신물信物인 거울 반쪽씩을 합쳐 재회의 기쁨을 맞게 되었다는 일화이다. 임창택 「해동악부」의 <가랑가嘉郞歌>, 이익 해동악부의 <파경사破鏡詞> 등이 있으나, 원시는 『약산만고』의 시이다.[177] 3개 행 외 모든 행에서 시어를 바꿨으나 5행을 제외하고는 의미의

뛰어넘을 듯", 김종직, 위와 같은 글.

176) 마지막 행 원시의 '到'는 <오씨본>은 '至'로, <권씨본>은 '知'로 고쳐졌다.

177) 오광운, 여운필 역, 같은 책, <파경합>, 205면.

차이는 거의 없다.

<팔역가>는 현재의 절망을 표현했으나, 원시의 5행은 님이 돌아왔다고 했다. 원전인 『삼국사기』에 의하면, 6년이 되자 아버지는 딸을 시집보내려 하였으나 설씨녀는 거절하였다. 혼인하는 날에 완강히 거부하기는 했으나 도망가지 못하고 마구간에 가서 우니 말도 눈물을 흘리는데 가실이 돌아왔다는 것이다.[178] '말도 슬퍼함'을 위주로 생각하면, "가실이 오지 않으니…" 라고 한 <팔역가>의 내용이 더 자연스럽다고 할 수 있다. 반면 『약산만고』는 가실이 오는 날, 말과 설씨녀는 그것도 모르고 울고 있었음을 표현했다고 할 수 있다. 둘 다 가능하나, 7, 8행에서 두 사람의 혼례식('동방洞房')을 말하기 위해서는 돌아왔을 때의 상황을 말한 『약산만고』가 더 적절한 표현이고, <팔역가>의 경우는 돌아온 사실이 없으니 비약이 있다. 그 외의 7, 8행의 수정은 둘 다 무리가 있는, 수정을 위한 수정이다.

이 시는 다른 시들과 달리, '歌曰(가왈)'이라며 소개했다. <팔역가>의 작자는 우리말 시가의 경우는 "가왈", "(실픈)노릭曰"[179] 등으로 한시와 구분하고 있는데, 이 경우는 이유를 알 수 없다.

시 19(169; 542)

<팔역가>의 저자는 삼국이 "戰爭(전쟁) 紛紛(분분)터니 唐高宗(당 고종) 戊辰年(무진년)의/ 大武王(대무왕)의 英傑(영걸)과 金庾信(김유신)의 壯略(장략)으로/ 唐將(당장)과 合勢(합세)ᄒᆞ야 統一三國(통일삼국) ᄒᆞ야서라/ 이후로 賢君名臣輩出(현군명신배출)ᄒᆞ야 善政遺風(선정유풍) 許多(허다)토다"라 하고, 설총이 이두를 발명한 사실, 신라 33대 성덕왕(재위 702-737)이 중국에서 가져온 공자와 70인 제자들의 화상을 국학에 둔 사실(717), 46대 문성왕(재위 839-857)의 독서급제讀書及第 실시[180]로 과거제의 기원이 된 것 등을

178) 『삼국사기』 권48, 「열전」 8, <설씨녀(薛氏女)>.
179) 영월에서 왕방연의 시조(<인쇄본> 141면); 본고 [시 11] <정과정> 참조.

나열한 후, 신라 경덕왕이 당나라 말기에 안녹산의 난(755)을 피해 당 현종玄宗이 피난 간 곳까지 사신을 보낸 것을 말하였다. 이들이 일 년 만에 천자를 만나니 천자가 직접 시를 지어 주었다며 시를 소개했다. 이익이 『성호전집』에 밝힌 바에 의하면, 경덕왕 15년(756)에 왕이 당 현종이 촉蜀 지방에 있다는 소식을 듣고 사신을 당나라로 들여보내 양자강을 거슬러 올라가 성도成都에 이르러 조공을 바쳤다. 당 현종은 오언십운五言十韻으로 시를 직접 짓고 써서 왕에게 하사하며 말하기를 "신라왕이 해마다 조공을 잘 바치고 예·악·명·의禮樂名義를 잘 실천하기에 이를 가상히 여겨 시 한 수를 하사한다."고 하였다.[181]

오광운 「해동악부」 <조촉사朝蜀槎> 사화에 "당 명황이 촉 땅에 옮기자 신라의 경덕왕이 보낸 사신은 수로로 성도成都에 도착했다. 황제는 십운시를 지어 왕에게 손수 쓴 편지를 내렸다."고 한 부분을 <팔역가>에서는 "일년만의 ᄎᆞᄌᆞ가니 천자 칭찬ᄒᆞ야/ 친필로 십운시 지어쥬니 시왈~"하여 시 12행을 인용하였다. 그러나 인용된 시는 오광운의 <조촉사>이지, 황제의 시가 아니다. "십운시 지어쥬니 시왈~"하며 바로 이어 소개한 이 체제 때문에, 십운시 형식도 아니긴 하지만, 당 황제의 시로 오해되기 쉽다. 약산 시의 시화[182]를 참조하면 "십운시 지어쥬니 '후인' 시왈~"로 해야 구분이 될 것이다. 이런 경우는 황제의 시 내용을 몰랐다고 평가할 수도 있을 정도이지만, 여러 사람의 시를 별다른 구분 없이 소개하곤 하는 <팔역가> 작자의 성향이라고 보는 것이 더 맞을 것이다.

滄海星槎遠	멀리 푸른 바다를 성사星槎로 갈 때에는
靑天鳥道危	푸른 하늘의 조도鳥道처럼 위태로웠네

180) 독서삼품과(讀書三品科)를 통해 관리를 뽑는 제도는 원성왕 4년(788)에 처음 실시했다. 문성왕 때 실시했다는 인용은 잘못된 것이다. 노규호, 같은 책, 168면 참조.

181) 이익, 이민홍 역, 같은 책, 『해동악부』, <소강행泝江行>, 109면.

182) "唐明皇播蜀 羅景德王遣使水路至成都 帝親制十韻詩 手札賜王"

天若不事大　　하늘에서 만약 큰 것을 섬기지 않는다면
北拱星何爲　　어찌하여 별이 북극성을 에워싸랴
地若不事大　　땅에서 만약 큰 것을 섬기지 않는다면
萬折(浙)江何之　　만 번 꺾이는 강이 어디로 가랴
使乎使乎乘槎去　　사신이여, 뗏목을 타고 간 사신이여!
天地星辰江漢(海)之所護持　　하늘 땅 별 별자리 강(바다)이 보호하였네
君王若問路(道)遠近　　군왕께서 만약 길의 멀고 가까움을 물었다면
日出扶桑第一枝　　'해가 부상扶桑의 첫 번째 가지에서 솟지요'라고 하였으리
(從此)莫輕君子國　　(이로부터) 군자의 나라를 아무도 가볍게 여기지 않았으니
(四海)奔問幾男兒　　(사해에서) 달려와 위문한 남아가 몇이었던가[183]

<팔역가> 작자는 이 시를 소개하고 "존주대의尊周大義 이아니가"라고 덧붙였다. <팔역가> 저자의 역사인식을 볼 수 있는 부분이다. 참고로, 황제의 십운시는 아래와 같다. 같은 소재로 먼저 악부를 남겼던 이익 「해동악부」 <소강행泝江行> 및 이 사실에 대한 역사 기록에 황제의 시가 전한다.[184]

四維分景緯　　사방에 해와 별 나뉘어 있으나
萬象含中樞　　만물은 그 중심을 머금고 있네
玉帛遍天下　　귀한 예물 온 천하에 있건만
梯航歸上都　　산 넘고 물 건너 황도로 돌아오는구나
緬懷阻青陸　　돌이켜보니 멀리 떨어진 동방에서
歲月勤黃圖　　해마다 황도[중국황제]를 위해 힘쓰네
茫茫窮地際　　아득하게 궁벽진 곳
蒼蒼連海隅　　머나먼 바다 한 모퉁이

183) 오광운, 여운필 역, 같은 책, 207면.
184) 이익, 이민홍 역, 같은 책, <소강행(泝江行)>; 안정복, 같은 책, 4하, <병신년 경덕왕 15년, 756>; 이유원, 국역 『임하필기』 권12, 「문헌지장편(文獻指掌編)」, <촉(蜀)에 사신을 가다> 등. '소강행'은 '장강(長江)을 거슬러 올라가는 노래'라는 뜻이다.

輿言名義國　　명분과 의리를 더불어 얘기할 수 있는 나라
豈謂山河殊　　어찌 산하가 다르다고 하겠는가!
使去傳風教　　사신을 보내 풍교를 전하게 했더니
人來習典謨　　사람들 찾아와 훌륭한 가르침 익히네
衣冠知奉禮　　의관을 갖춰 예를 받들 줄 알고
忠信識尊儒　　충신忠信으로 유학을 높일 줄 아네
誠矣天其鑑　　진실되구나! 왕은 귀감이 되었고
賢哉德不孤　　현명하구나! 덕 있는 이 외롭지 않도다
擁旄同作牧　　군대를 통솔하여 함께 백성 다스리는 사람 되고
厚貺比生芻　　두터운 예물에 소박한 예를 갖추었네
益重靑靑志　　푸르디 푸른 뜻 더욱 중히 여겨
風霜恒不渝　　풍상 속에서도 항상 변하지 않으리라[185]

이익의 <소강행>에서는 “당나라 장수(이적李勣)가 와 공을 세워八十大將來樹勳/ 삼한을 통합하여 하나로 평정했으니統合三韓定于一/ 은택이 사람들에게 미쳐 마음과 뼈에 사무친다惠澤浹人心骨醉”로 사행의 필연성을 설명하고, 19·20행에는 “임금과 신하 간에 마음 저버린 자식 되는 것 면했으니君臣免爲負心子/ 오호라! 이 사행은 인력으로 된 것이 아니었네嗚呼此行非人力”라고 신라의 마음을 대변하였다.

시 20(174; 545)

경상도 선산善山에서 고려 말 인물인 농암籠巖 김주金澍(1339-1404)와 그 후손을 소개하며 시를 게재했다. 김주는 1392년에 명나라에 사신으로 갔다가 돌아올 때 고려가 망하고 이성계가 조선을 건국했다고 하자 두 임금을 섬기지 않겠다고 압록강을 넘지 않고 중국으로 다시 돌아간 인물이다. “後人詩曰”로 심광세의 『휴옹집』에 실린 9행의 악부 <환입조還入朝>[186] 중 앞

185) 이익, 이민홍 역, 같은 책, 109-111면.
186) “‘去時辭舊主 含命朝帝闕 來時開新主 此江不可越’ 手持高麗節 口食 天朝祿 有是首山嶽 無飢

4행을 게재했다.

去時辭舊主　　떠날 때는 옛 임금께 작별인사 드리고
御(含)命朝帝閣(闕)　　임금님의 명령으로 천자를 뵈었는데
來時聞(開)新主　　올 때는 성이 다른 새 임금이라 듣게 되니
此江不可越　　이 강을 건널 수가 없는 것이지[187]

3자를 고쳤으나 심각한 의미 변화는 없다. 임창택 「해동악부」는 <기의곡寄衣曲>으로 집으로 옷을 보내 귀국을 대신한 것을 제목으로 삼았다. 이익도 <임강곡臨江曲>의 제목으로 악부를 남겼다.

시 21(175; 545)

경상도 김천 봉계촌鳳鷄村에서 조선에 출사出仕하지 않고 이곳에 은거한 야은冶隱 길재吉再(1353-1419)를 소개하고, 태조 등극 후 태조와 만나 출사를 거절하고 온 야은이 "도라와/ 읊픈詩曰"이라며 게재하였다.

臨溪第(茅)屋獨閑居　　시냇가의 초가집에 한가로이 혼자 사니
月白風淸興有餘　　달은 희고 바람은 맑아 흥도 넉넉하네
外客不來山鳥語　　바깥 손은 오지 않고 산새만 지저귀는데
移床竹塢臥看書　　평상을 대언덕에 옮겨 놓고 누워서 책을 본다[188]

길재의 『야은집冶隱集』, 『동문선』, 성현成俔(1439-1504)의 『용재총화慵齋叢話』 등에 전한다. 원전은 다른 시도 인용한 『동문선』으로 본다. <인쇄본>은 한

也非惡 吁嗟乎王相國", 심광세, 같은 책, <환입조(還入朝)>.

187) 번역, 노규호, 같은 책, 174면.

188) 길재, 국역 『야은집』, 『야은선생언행습유(冶隱先生言行拾遺)』 상, 「선생유시(先生遺詩)」, <술지(述志)>. 『동문선』에 실린 같은 시의 제목은 <한거(閑居)>이다(서거정, 같은 책, 권22, 「칠언절구」, <한거>). <인쇄본>은 1행에서 '茅 → 第'로 고쳤으나, <권씨본>에는 고치지 않았다. 명백한 오기로 보인다.

글자를 고쳤으나, 오독으로 보인다. 영인<오씨본>, <권씨본>은 원시 그대로이다.

시 22(176; 545)

[시 21]에 대해 "어잠부魚潛夫 부친시왈"이라 한 후, 시를 한 수 게재했다. 어잠부는 어무적魚無迹을 말한다. 서자이기 때문에 국법에 구애되어 과거를 보지 못하였으나 대단히 재주 있다고 이름난 인물이었다. 게재시는 『대동야승』의 「청강선생시화清江先生詩話」에 "내가 일찍이 금오산을 지나다 보니, 이 시의 둘째 연구가 정문 바깥 도리에 조각되어 있었다."는 청강清江 이제신李濟臣(1536-1583)의 회상과 함께 전하는 시 <길주서의 금오산을 지나다過吉注書金烏山>라는 시이다.

게재시는 8행 중 4행만 게재하고,[189] 단 한 자를 고쳤으나, 이 경우는 고쳐서는 안 될 것을 고쳤다고 평가할 수밖에 없다. <팔역가> 저자는 첫 행의 '길주서吉注書'를 '고주서古注書'로 고쳤는데, 그렇게 되면 뜻이 통하지 않기 때문이다.[190] 시인 어무적은 이 시의 제목에서 길재를 '길주서吉注書'로 지칭했다. 그러므로 이는 그의 자구 수정이 과연 의미를 가진 것인지 의심하게 하는 사례이다.

落落高標<u>古(吉)</u>注書	낙락히 지취 높은 길주서가
金烏山下閉門居	금오산 아래서 문 닫고 살았다네
首陽薇蕨殷遺草	수양산 고사리는 은나라(백이숙제)가 남긴 풀이요
栗里田園晉故墟	율리의 전원은 진나라(도연명)의 옛 터네[191]

189) "'落落高標吉注書 金烏山下閉門居 首陽薇蕨殷遺草 栗里田園晉故墟' 千載名垂扶大義 至今人過式前廬 生爲男子雖無膽 立立峰巒摠起余"

190) '古注書'를 그대로 인정해 "듬성하게 큰 글씨로 주석한 옛 서적이랑/ 금오산 자락에서 한가하게 산다네"로 해석한 경우도 있다. <6793> 28/58 참조.

191) 국역 『대동야승』, 이제신, 「청강선생후청쇄어(清江先生鯸鯖瑣語)」, 「청강선생시화(清江先生詩話)」, <길주서의 금오산을 지나다(過吉注書金烏山)>.

시 23(176; 546)

가야산에서 너럭바위("飛橋盤石 數十里")를 고운孤雲 최치원崔致遠(857-?)의 유적인 '치원대致遠臺'라고 하며 유명한 고운의 <가야산 독서당에 제하다題伽倻山讀書堂>를 "先生의 을픈詩는" 하고 소개했다.

狂奔疊石吼重巒	바위 골짝 치닫는 물 첩첩산중 울려서
人語難分咫尺間	지척 간의 사람의 말도 알아듣기 어려워라
常恐是非聲到耳	세속의 시비 소리 귀에 들까 두려워서
故教流水盡聾(籠)山	일부러 유수로 산을 모두 에워쌌네[192]

이중환 『택리지擇里志』에는 가야산의 산형을 설명하고 이 유명한 시의 장소가 바로 이곳이라고 하였다.[193] 바로 앞의 가사 구문에서 "石上(석상)의 孤雲大字(고운대자) 宛然(완연)하고"라고 글자를 언급한 것도 같으므로 이 시의 저본은 『택리지』로 본다. 이 시에서도 한 자를 고쳤으나, 의미가 통하지 않는 명백한 오독이다. <권씨본>도 <오씨본>과 같다.

이 시는 워낙 유명하여 원전인 『고운집』 외에도 성해응成海應(1760-1839)의 『연경재전집研經齋全集』 등과 『송자대전』, 『한강집』 등 많은 책에 실려 있다. 『송자대전』 등 후자에는 3행 '常恐~'이 '却恐~'으로 된 것들이 많다. 『연경재전집』은 『택리지』와 같다.

시 24(178; 546)

이어서 "後人詩曰"로 심광세의 『휴옹집』에 실린 16행의 악부 <최진사崔進仕> 중 두 행을 게재했다.[194]

192) 최치원, 국역 『고운집』 권1, 시, <가야산 독서당에 제하다(題伽倻山讀書堂)>; 성해응, 『연경재전집』 권51, 「산수기(山水記)」 하, <기영남산수(記嶺南山水)>.

193) 이중환, 같은 책, 「복거총론」, <산수>, 182면.

194) "十二別鷄林 二十遷鶯谷 觀光早破荒 入幕曾草檄 世路少知音 衣錦還故鄉 松青葉黃時 高臥上書莊 '北學無所用 物外從赤松 萬疊伽倻山 千古祕靈蹤' 咳唾留人間 英風如昨日 學宮儼從祀

北學無所用	중국 가서 공부한 것이 무슨 소용이리[195]
物外從赤植(松)[196]	적송자를 따라 신선 노릇 하리라
「萬疊伽倻山	「첩첩 산 중 가야산에
千古祕靈蹤」	천고토록 신령스런 종적 감추었네」

영인<오씨본>은 <인쇄본>과 같이 2행이 소개되어 있지만, <권씨본>에는 뒤의 2행이 더 실려 있다. 또한 2행에 <오씨본>이 고친 '植'도 원시 그대로 '松'이다. 이처럼 게재시의 원본에 더 가깝게 실려 있는 <권씨본>을 저자수고본으로 봐야 하는가에 대해 생각해봐야 한다.

시 25(183: 548)

진주의 '촉석루'에서는 "丁酉年(정유년) 陷城時(함성시)의 이樓(루)의 死絶(사절)할제/ 읊픈시왈"하고 칠언절구 한 수를 소개했다. 그러나 게재한 시는 1597년 정유재란 때가 아니고, 임진왜란(1592) 때인 1592년 5월 학봉鶴峯 김성일金誠一(1538-1593)이 촉석루에서 지은 것이다. 그러므로 이 때의 세 장사는 김성일金誠一・조종도趙宗道와 곽재우郭再祐 혹은 이노李魯이다. 김성일은 경상우도초유사로 의병장 곽재우를 비롯한 경상도의 의병활동을 고무하고, 진주목사 김시민金時敏(1554-1592)과 함께 왜군의 침입으로부터 진주성을 보전하고자 항전을 독려하다 1593년 병으로 사망했다. 『택리지』에서는 창의사 김천일金千鎰(1537-1593), 병사 최경회崔慶會(1532-1592)가 임진년에 순절했음을 전했다.[197]

盍見公明哲", 심광세, 같은 책, 권3, 「해동악부」, <최진사(崔進士)>.

195) '北學' 단어는 이본마다 글자가 다르다. 가사문학관 <6461>은 '兆學' 40/92, <6793>은 '此學' 28/58. <인쇄본>은 이를 '배학'으로 읽었으나 '북학'이 맞다. 즉, '북쪽으로 가서 공부한다는 말로 학문이 더 높은 곳에 가서 배운다.'는 뜻이다. 『맹자』 「등문공 상」에 "진량(陳良)은 초(楚)나라에서 태어났지만, 주공(周公)과 중니(仲尼)의 도를 좋아한 나머지, 북쪽으로 중국에 와서 학문을 배웠다(北學於中國)"라는 말이 나온다.

196) <인쇄본>에는 '植'이라 하였으나, 영인<오씨본>・<권씨본> 모두 '松'이며 '赤松'이 맞다.

197) "창의사(倡義使) 김천일, 경상 우병사 최경회, 충청 병사 황진 이상 3인은 삼충(三忠)이라

矗石樓中三壯士	촉석루 누각 위에 올라 있는 세 장사
一盃(杯)笑指長江水	한 잔 술로 웃으면서 장강 물을 가리키네
長江之水流滔滔	장강 물은 밤낮으로 쉬지 않고 흘러가니
波不渴兮魂不死	물 마르지 않는 한 우리 넋도 안 죽으리[198]

이 시는 김성일이 당시의 비장한 감개를 노래한 <촉석루일절矗石樓一絶> 인데, 여기서 세 장사는 김성일·조종도·곽재우를 가리킨다는 것은 『학봉집』에 실린 시의 병서竝書로 알 수 있다.[199] 이 시는 『학봉집』 외에도 세 장사 중 한 분인 조종도의 『대소헌일고大笑軒逸稿』, 또 이노의 『송암집松巖集』 등 많은 문집에 수록되어 전해졌다.[200] '진주 세 장사'는 김성일·조종도·이노李魯라고 하는 견해 또한 있다.[201]

하는데 그 뒤 8년 만에 진주에 삼충사(三忠祠)를 세워 제사지냈다.", 국역 『대동야승』, 조경남, 『난중잡록』 2, <계사년 상> 참조.

198) 김성일, 국역 『학봉전집』 권2, 시, <촉석루> 병서.

199) 선생이 초유사(招諭使)가 되어 처음에 진양(晉陽)에 도착하였을 적에 목사(牧使) 이경(李璥)은 지리산 골짜기에 숨어 있었고, 성 안에는 적막하여 사람 그림자가 없었다. 선생이 조종도, 곽재우와 더불어 산하를 바라보고는 비통한 마음을 금할 수 없었다. 선생이 … "여러분들과 더불어 군사를 모은 다음 나누어 점거하고 있다가 함부로 쳐들어오는 왜적을 막는다면, 적은 숫자의 군대로도 충분히 나라를 흥복(興復)시킬 수가 있어서, 회복의 공을 분명히 이룰 수 있을 것이다. … 이 강물을 두고 맹세하거니와 나는 죽음을 두려워하는 사람이 아니다." 하였다. 인하여 절구 한 수를 읊고는 서로 눈물을 흘리면서 크게 통곡하고 자리를 파하였다. 김성일, 같은 글.

200) 이노의 연보에는 1592년 5월 10일 "삼가에서 단성을 지나 진주의 촉석성(矗石城)에서 김 선생을 만났다."라고 하며 이 시를 게재하고 있다. 이 글에는 곽재우는 나오지 않는다. 이노, 국역 『송암집(松巖集)』 권6, 「연보」 참조.

201) "이 부분은 1649년에 초간본(初刊本)이 간행된 후 70여 년이 지난 뒤인 1726년에 밀암(密菴) 이재(李栽)가 속집(續集, 1782년 간행)의 연보를 편찬할 적에 곽재우 대신 이노(李魯)가 함께 있었던 것으로 기술하였다. 이는 초간본이 나오고서 약 80년을 경과하는 동안에 임진년 당시의 일이 차차 밝혀져서 속집의 연보에서 고쳐 쓴 것으로, 이른바 '촉석루 세 장사'가 김성일, 조종도, 이노를 뜻한 것임이 확인된 셈이다. 그런데 그 뒤 1851년에 본 문집을 재판(再版)하면서 초간본의 목판을 그대로 찍어냄으로써 이 시의 주석이 고쳐지지 않은 채 남아 있게 되었다. 후손 김시인(金時寅)의 말에 의하면 '당시 사실은 이미 연보에서 밝혀진 것이고, 조상들이 간행한 원본, 즉 초간본의 목판에 함부로 손을 대어 깎아 내거나 바꿔놓을 수 없었기 때문이라고 전해온다.' 하였다.", 김성일, 같은 책, 각주 '곽재우' 참조.

시 26(195; 553)

하동의 악양岳陽을 지나다 고려조 한유한韓惟漢이 이곳에 은거하였는데 고려왕이 벼슬을 시키려고 부르니 벽면에 시를 써놓고 담을 넘어 피하였다고 하며 "詩曰"로

一片絲綸來入洞	임금의 한 마디 말씀이 산골에 들려오니
始知名字落人間	비로소 내 이름 인간 세상에 남아 있는 줄 알았네[202]

를 전했다. 이 시는 다수의 개인문집과 안정복 『동사강목』 등에 모두 2행만 전한다. 『택리지』에는 시는 없고 "한유한이 이자겸의 횡포가 심한 것을 보고 장차 호胡가 일어날 것을 알고 벼슬을 버리고 가족과 함께 이곳에 숨어 살았다."고 하였다.[203] 『동사강목』을 원전으로 본다.

시 27(195; 553)

역시 악양岳陽에서 일두一蠹 정여창鄭汝昌(1450-1504) 선생을 회상하며 "佳麗(가려)토다 一蠹先生(일두선생) 을픈詩曰"하고 정여창이 지은 시 <악양岳陽>을 소개했다. 유명한 시이고, 그의 시문집에 전하는 것이지만[204] 역시 글자를 고쳤다.

風蒲獵獵弄輕柔	바람에 잎사귀가 새록새록하니
四月花開麥已秋	4월 화개(花開) 고을 벌써 보릿가을(麥秋)이로다
看(觀)盡頭流千萬疊	두류산 천첩만첩 다 돌아본 후에
孤(扁)舟又下大江流	외로운 배로 다시 큰 강 따라 내려온다[205]

202) 안정복, 같은 책, 10상, <갑자년 신종 7년, 1204>.
203) 이중환, 같은 책, 「복거총론」, 180면.
204) 정여창, 국역 『일두집(一蠹集)』, 『일두유집(一蠹遺集)』 권1, 「시」, <악양(岳陽)>.
205) 이긍익, 같은 책, 권6, 「연산조 고사본」, <무오당적(戊午黨籍)>.

이 시는 『성호사설』, 『연려실기술』, 『대동야승』[206] 등과 개인문집 많은 곳에 인용되어 전한다. 시인의 문집인 『일두집一蠹集』 또한 전해지나, 『일두집』의 간기가 1919년이고, 무오사화 때에 부인이 모두 소각하여 전해 오는 문자가 거의 없었다는 상황을 고려하면,[207] 이 시의 경우는 이익이 『성호사설』에서 원류비평을 행했던 것을 저본으로 보아도 가능하고,[208] 많은 시를 참조한 『연려실기술』로 보아도 된다. 3행의 '看'은 『일두집一蠹集』, 『해동잡록』에는 '觀'이나 『해동야언』, 『성호사설』, 『연려실기술』에는 '看'인데 여기서는 후자를 따른 것을 보아서도 알 수 있다.[209] 인용시 간 그 외의 글자 출입은 거의 없는 상태이다. <팔역가>는 1자를 고쳤으나 의미 차이는 없다.

시 28(196; 554)

쌍계사에서 최치원의 친필, 그때까지 완연한 "石上(석상) 孤雲(고운)大字(대자)"를 보고 최치원의 시에 얽힌 일화를 전했다. "宣祖朝(선조조) 辛卯年(신묘년, 1591)의 절중이 巖石間(암석간)의 一片紙(일편지) 어더보니 詩曰"하고 소개했다.

東國花開洞	동쪽 나라 화개동은
壺中別有天	항아리 속의 별다른 천지여라
仙人推玉枕	선인이 옥 베개를 밀치며 잠을 깨니

206) 국역 『대동야승』, 허봉, 『해동야언』 2, <성종(成宗)>; 권별, 『해동잡록』 6, <정여창(鄭汝昌)>.

207) 강대걸, 『일두집』 해제, [한국고전종합DB], 「해제」.

208) 이익, 국역 『성호사설』 권28, 「시문문(詩文門)」, <정일두 시(鄭一蠹詩)>. 1행이 송(宋) 중 참료(參寥)의 시와 같으나, "정 선생의 기구(起句)는 생각이 있어 쓴 것이니 서로 같대서 해로울 것이 없고, 끝 글귀의 수쇄(收殺)가 매우 좋으니 이야말로 백달보검(白獺補臉)의 솜씨라 하겠다."고 평했다.

209) '看(觀)'의 '看'은 『성호사설』의 표기이고, '觀'은 『일두집』의 표기이다. 원전은 당연히 후자일 것이다. <인쇄본>은 '首'로 읽었는데 '看'의 오기이므로 표기하지 않았다.

身勢(世)倏千年　　　　그 신세(세상은) 천년이 잠깐이라[210]

그 편지의 자획이 새로 쓴 듯하고 필법筆法이 고운孤雲의 필력筆力이라고 전해진다고 했다. “쌍계사 차자드니~ (시왈) ~고운의 필력이라 ᄒᆞ더라” 부분은 『택리지』의 내용을 그대로 가사화한 것이므로 이 시의 저본은 『택리지』이다.[211] <오씨본>은 한 자를 고쳤으나, <권씨본>은 글자를 고치지 않아 『택리지』와 같다.

이 시와 일화는 여러 곳에 전하는데 세부 내용이 약간씩 다르다. 그 중 이른 시기 자료인 이수광의 『지봉유설芝峯類說』에는 최고운의 ‘시첩’이 있었는데, 이 중 절반은 지금 없어졌다고 하며 여덟 수를 소개했다.[212] 이 시는 그 첫째 수이다. 쌍계사라는 말은 없이 ‘지리산 석굴’이라고만 했다. 다음 이규경李圭景(1788-?)의 『오주연문장전산고五洲衍文長箋散稿』, <지리산변증설智異山辨證說>에는 『지봉유설』과는 달리 “절구 1수”라 했는데, 다른 내용도 모두 <팔역가>와 같다.[213] 연암 박지원의 『열하일기』에도 나오는데 ‘성주星州 쌍계사 중’이라 했으며 절구 10수가 있었다고 했다.[214]

---

210) 이중환, 같은 책, 「복거총론」, <산수>, 180면.

211) “서쪽에는 화엄사(華嚴寺)와 연곡사(燕谷寺)가 있고, 남쪽에는 신응사(神凝寺)와 쌍계사(雙溪寺)가 있다. 절에는 신라 때 사람 고운(孤雲) 최치원(崔致遠)의 화상이 있다. 시냇가 석벽에는 고운이 쓴 큰 글씨가 많이 새겨져 있다. 세상에 전해 오기로는 고운이 도를 통해, 지금도 가야산(伽倻山)과 지리산 사이를 왕래한다는 것이다. 선조 신미(辛未)년에 스님이 바윗돌 사이에서 종이 하나를 주웠는데, “(위의 시)”라는 절구(絶句) 한 수가 적혀 있었다. 글자의 획이 금방 쓴 듯한데, 필법은 세상에 전해 오는 고운의 필체와 같았다.”, 이중환, 위와 같은 글.

212) “智異山有一老髡於山石窟中得異書累帙 其中有崔致遠所書詩一帖十六首 今逸其半 求禮倅閔君大倫得之以贈余 見其筆跡則眞致遠筆 而詩亦奇古 其爲致遠所作無疑 甚可珍也”, 이수광, 『지봉유설(芝峯類說)』 권13, 「문장부(文章部)」 6, <동시(東詩)>.

213) 이규경, 국역 『오주연문장전산고』, 「천지편(天地篇)」, 「지리류(地理類)」, 「산(山)」, <지리산변증설(智異山辨證說)>.

214) “有十絶句 其首篇曰…” 박지원, 국역 『열하일기』, 「피서록」, 「피서록보」.

3.2.6. 전라도

시 29(209: 559)

해남에서 충암冲菴 김정金淨(1486-1521)의 시를 "金冲菴(김충암) 定配(정배) 길의 松下(송하)의 을픈詩曰"하고 소개했다. 김정이 1519년(중종 14)의 기묘사화에 연루되어 제주도로 유배 가는 길에 해남에서 잠시 쉬면서 소나무 껍질을 벗겨 그 안쪽에 썼다고 전해지는 시 3수 중 두 번째 시이다.

海風吹去悲聲遠	바닷바람이 부니 슬픈 소리 멀리 들리고
山月孤來瘦影疎	산에 걸린 달 외로이 비치니 파리한 그림자 엉성하여라
賴有直根泉下到[215]	곧은 뿌리가 땅 속까지 뻗었음을 힘입어
雪霜標格未全除	눈·서리 같은 사나움도 자세를 말끔히 없애지는 못한다

이 시는 『대동야승』 소재 안로安璐(1635-1698)의 「기묘록보유」에 전하는 시를 그대로 옮겼다. 현전의 모든 자료가 동일하다. 원전은 『연려실기술』일 수도 있으나 『대동야승』의 참조도 많으므로 앞 시기의 저서인 『대동야승』으로 추정한다. <오씨본>·<권씨본> 동일하게 <팔역가>에서는 드물게 원형 그대로인 경우이다.[216]

시 30(213: 560)

제주도 '죽서루'에서 "空然(공연)훈 훈싱각 琉球國(유구국) 世子(세자)로다"라며 인조 때 제주에서 일어난 일을 말했다. 일본이 유구국을 정벌하고 그 왕을 잡아왔는데, 아들이 아버지를 구하기 위해 두 보물을 가지고 가다가 제주도에 (잘못) 도착해 제주목사의 욕심으로 보물도 다 빼앗기고, 죽게 된 지경에 붓을 얻어 쓴 시를 "一律詩(일률시) 을픈니 詩에曰"하고 게재했다.

---

215) 국역 『대동야승』, 안로(安璐), 「기묘록보유(己卯錄補遺)」 상, <김정 전(金淨傳)>.

216) <인쇄본>에는 3행의 '泉'을 '天'으로 고쳤으나, 영인<오씨본>에는 정확하게 '泉'으로 되어 있고 <권씨본>도 같다. <인쇄본>의 확실한 오기이므로 기재하지 않는다.

堯語難明桀服身	요 임금의 말도 걸桀과 같은 자에게는 깨우쳐주기 어려우니
臨刑何暇訴蒼旻	죽는 마당에 하늘에 하소연할 겨를이 있으랴
三良入地(穴)人誰贖	세 착한 사람이[217] 임금의 무덤에 순장당하니 그 누가 대신해줄 수 있겠으며
二子乘舟賊不仁	두 아들이 배 타고 가다 죽었으니 도적들이 잔인하도다[218]
骨暴沙場纏有草	해골은 모래사장에 나뒹굴어 잡초와 뒤엉키고
魂歸故國吊無親	혼은 고향으로 날아가도 위로할 이 하나 없네
竹西樓(朝天館)下滔滔水	죽서루(조천관) 아래 도도히 흐르는 물
長帶哀怨(餘悲)咽萬春	길이 나의 슬픔을 안고서 만 년 동안 울부짖겠구나[219]

죽서루竹西樓는 삼척과 제주도에 있다. 이 시는 두 곳의 죽서루에 모두 연관되어 전하고 있다. 『연려실기술』, 『택리지擇里志』 등에 실려 있는 시는 제주도 죽서루에 관해서이고,[220] 민인백閔仁伯(1552-1626)의 『태천집苔泉集』, 이유원李裕元(1814-1888)의 『임하필기林下筆記』[221]의 것은 삼척의 죽서루에 대한 것이다.[222] 네 시 중 『태천집』, 『택리지』와 『임하필기』의 시는 7행이 '죽서루'로 되어 있고, 『연려실기술』의 시는 '조천관朝天館'으로 되어 있다.[223] 또 『택리지』와 『임하필기』 시의 마지막 행은 "遺恨分明咽萬春(만고

217) 춘추시대 때 진 목공(秦穆公)이 죽자 순장시킨 엄식(奄息)·중행(仲行)·겸호(鍼虎)를 말한다.

218) 전국 때 위(衛) 선공(宣公)의 두 아들 급(伋)과 수(壽)가 계모의 흉계에 의하여 배에서 피살된 일을 말한다.

219) 이긍익, 같은 책, 별집 권18, 「변어전고(邊圉典故)」, <유구국>.

220) 이중환, 같은 책, 「복거총론」, 169면 참조.

221) 이유원, 국역 『임하필기』 권28, 「춘명일사(春明逸史)」, <유구 태자의 시(琉球太子詩)> 참조.

222) 민인백, 『태천집』 권3, <용사추록>에 실려 있는데, 1595년 삼척에 왜구가 침입했을 때 홍인걸(洪仁傑), 홍인간(洪仁侃) 형제의 옥사가 소개되어 있다. 동생인 인간(仁侃)이 원수를 갚는다고 그들을 죽였는데, 그 중에 조선인이 섞여 있어 이 사실이 보고되고, 공을 세우려 일을 꾸몄다는 오해를 받아 형이 9년 동안 투옥되어 결국 옥사한 사건이다.

223) 이 시는 연암 박지원이 『열하일기』 「피서록」에서 요술에 대해 말하면서 인용한 시이기도 하다. 연암은 이중환의 『택리지』를 인용한다 했다. 박지원, 국역 『열하일기』, 「피서록」

의 끼친 한을 분명히 울어 예네)"[224]로 <팔역가>, 『연려실기술』과는 다르다. 3행의 '穴'을 '地'로 바꾼 것은 『팔역가』 작자의 수정인 듯하다. 가사에 나타난 죽서루와 유구국 태자의 전체적인 내용의 저본은 『택리지』이지만, 한시는 『택리지』와 마지막 시행이 다르다. 또 『태천집』 수록시와도 시어가 차이가 있어, 『팔역가』 게재시는 『연려실기술』과 『임하필기』의 것과 가장 비슷하다. 그러나 『임하필기』의 것은 삼척에 관한 것이므로 구체적 장소인 제주의 '죽서루'로 『연려실기술』의 '조천관'을 고친 것으로 보고 『연려실기술』을 가장 가까운 저본으로 본다. 여기에서 또 3자를 수정했다. <권씨본>도 같다. 『택리지』에서 유구국 태자 기록은 죽서루와는 관계없이, 산맥을 서술하면서 마이산의 남쪽 줄기가 제주까지 갔으며, 이것이 유구국까지 갔다는 설이 있다는 말에 이어 덧붙인 것이다.[225]

유구국 태자에 관한 서사는 <팔역가>와 『택리지』에 같이 실려 있지만, 역사적 사실과는 다르다. 탐욕스런 목사는 이기빈이고, 이 사건은 광해군 때이다. 이기빈李箕賓(?-1625)을 제주목사로 삼은 것은 1609년(광해군 1)이고, 이기빈이 북청으로 귀양간 것은 1613년(광해군 5)이다. 그 사이 이기빈이 상을 받은 기록은 없으나, 처벌받은 기록은 있다. 1612년 왜적을 잡은 일로 상을 준 바 있는데, 그 뒤에 말이 자자했다. 그 배가 왜구가 아닌데 왜구라 하면서 무고한 인명을 수백 명 죽였으며 그들이 잡은 것이 왜구가 아니라는 증거가 있기 때문이다. 이에 대해 『광해군일기』는 "전 제주목사 이기빈李箕賓과 전 판관 문희현文希賢이 … 왜구를 잡았다고 말을 꾸며서 군공을 나열하여 거짓으로 조정에 보고했습니다. 그들이 국가의 사대 교린하는 의리

참조.

224) 박지원의 『열하일기』, 김려의 『담정총서』 등에도 시어의 수정이 좀 더 많이 가해진 이 시가 전하는데 마지막 행은 모두 이와 같다.

225) 이중환, 같은 책, 「복거총론」, <산수>, 169-170면. 이중환의 산맥 개념은 마이산에서 남쪽으로 뻗어나간 산맥이 제주도까지 간다는 개념이다. 그는 산맥이 유구국까지 간다고 보는 사람이 있는데 이것은 알 수 없다고 하였다.

는 생각하지 않고 공과 재물에 욕심이 나서 멋대로 속이는 짓이 이 지경에 이르렀으니 앞으로의 화를 예측할 수가 없습니다." 하였다.[226] 희생된 유구인들은, 1609년 일본의 사쓰마번薩摩藩이 유구국을 침략해 복속시키고 유구왕을 에도로 잡아가자 1611년 부왕을 구명하기 위해 보화를 배에 가득 싣고 일본으로 가다 제주도에 표착한 유구국 태자와 그 일행이다. 보화에 욕심이 나 이들을 모두 죽이고는 왜구로 둔갑시켜 조정에 보고하여 포상까지 받은 이기빈 등의 죄상은 이들을 귀양 보낸 조처에 보주補註 형식으로 자세히 적혀 있다.[227] 그러나 이기빈은 다시 1619년(광해군 11)에 평안순변사로 임명되고, 인조대(1624)에도 함경북도병사로 재임하다 사망했다. 『팔역가』에서는 "그 뒤부터 (유구와) 드디어 왕래가 끊어졌다."고 부언하였으나, 이 또한 사실과 다르다.

시 31(217: 562)

영암靈巖 녹동을 지나며, 문종文宗 말년에 대제학를 지내고 영암으로 귀향한 존양당存養堂 최덕지崔德之(1384-1455)에 관한 시를 소개했다. 그가 영암의 영보촌永保村으로 돌아가니 당시의 명사名士들이 모두 전송하는 시를 지어 주었다고 한다. <팔역가>에는 "成三問(성삼문) 河緯地(하위지) 柳誠源(유성원) 餞別(전별)ᄒᆞ야 읍픈 詩왈"하며 소개했다. 다른 자료들로 성삼문이 지은 것이 확인되나, 이 가사 구문만 보면 세 사람이 지은 것처럼 소개되었다. 『육선생유고六先生遺稿』(1658)의 「성근보선생집成謹甫先生集」에도 수록되었으며, 『대동야승』[228]에도 수록되어 있다.

歸田非隱計	고향으로 돌아간다 은둔 계획 아니라오

226) 『광해군일기』, 4년(1612)/2/10(을해).
227) 『광해군일기』, 5년(1613)/1/28(병술).
228) 국역 『대동야승』, 권별, 『해동잡록』 1, 「본조」, <최덕지(崔德之)>.

出處正(政)如斯[229] 나아가고 물러남을 이와 같이 해야 하네
漢世(主)思疏廣 한나라 임금은 소광[230]을 생각했고
唐朝重九(孔)戮 당나라 조정에선 공규[231]를 중시했네
仁(江)山應有喜 강산은 응당 기뻐할 터이고
魚(猿)鳥亦相知 짐승들도 역시 서로 알아보리라
終始能全義 끝까지 의리를 온전히 지켰으니
如公我所思(師) 공 같은 사람은 나의 스승이어라[232]

많은 글자들이 고쳐졌으나 의역 범위에서 의미 전달은 가능하다. 다만 마지막 행의 '思'는 명확한 오자로 보인다. 5행의 '有喜'는 『대동야승』에는 '有待'로 되어 있다. 그러므로 이 시의 저본은 『육선생유고六先生遺稿』로 본다. 최덕지를 향사한 서원이 영암 '녹동서원'과 전주 '서산사우西山祠宇'에 있어 여기서 그를 기억했다. 최덕지는 남원부사를 지낸 바 있어 『용성지』에는 최덕지를 송별하는 최항의 전별시가 실려 있다.[233]

시 32(233; 567)

남원성에서 정유재란 때 명나라 장수 양원楊元이 교룡성을 지켜내지 못한 것을 한탄한 시로, 화곡禾谷 정사호鄭賜湖(1553-1616)의 오언절구 중 2행을 '後人詩曰'로 게재했다.

楊元無隔(膽)不知兵[234] 양원은 담도 없고 병법도 몰라

---

229) <권씨본>은 '政'이다. 두 글자는 '확실히'라는 의미로 통용되므로 의미 차이는 없다.

230) 한나라 선제(宣帝) 때 태자태부(太子太傅)가 되어 5년 동안 황태자를 지도하다가 황태자의 공부가 어느 정도 이루어진 것을 알고, 사직하고 고향으로 돌아갔다. 공을 이루고 나면 그 자리에서 떠나야 한다는 그의 태도가 많은 사람들에게 귀감이 되었다.

231) 당나라 목종의 총애를 받으면서도 강직과 청렴으로 이름 높았다. 누차 사직을 요청하니, 많은 포상을 주고 예로 대접하였다. '孔戮'는 이름이므로 '九戮'는 확실한 오자이다.

232) 국역 『육선생유고』, 「성근보선생집」 권1, 「시」, <최제학 덕지가 고향으로 돌아가는 것을 전송하다(送崔直提學德之歸田)>.

233) 오병무 외 역, 국역 『용성지』 권4, 남원문화원, 1995, 201면.

不守蛟龍守此城	교룡성 버리고 이 성을 지켰네
「漢師十萬同時死	「명나라 장수와 십만 병사가 한시에 죽으니
寃入灘聲日夜鳴」	원한이 물소리 되어 밤낮으로 우네」[235]

명나라 장수 양원楊元(?-1598)은 정유년(1597) 왜가 재침하자 명에서 제독 이여송李如松이 파견될 때 휘하 좌협장左協將으로 남원에 배치된 장수이다. 그는 조선 지휘관의 충언을 무시하고 정유년 7월 교룡산성은 모두 비우고 남원성을 두 배 높이로 새로 쌓고 성 밖에 도성을 새로 쌓았으나, 8월 13일 왜군이 성 아래로 진격, 8월 16일 남원성은 함락되고 총병의 중군中軍 이신방李新芳, 천총千摠 장표蔣表・모승선毛承先, 남원부사府使 임현任鉉 등은 모두 전사했으나, 양원은 도주했다.[236] 그러니 그가 남원성을 지킨 것도 아니다. 가사에는 『택리지』를 인용하여[237] "남원성 중에 은은한 살기가 있다"("城郭(성곽)은 壬辰年(임진년)天將(천장) 楊元(양원)의 所築(소축)이라/ 엇덧타 楊元(양원)이 蛟龍城(교룡성) 발이고[버리고]/ 이城(성)을 직커다가[지키다가] 脫身(탈신) 逃走(둔주)ᄒᆞ야/ 兩國(양국)將卒(장졸) 陷沒(함몰)ᄒᆞ니/ 城中(성중)의 常有(상유) 隱隱(은은) 殺氣(살기)라")고 하였다. 서애 유성룡은 "양원은 북방의 장수로 북쪽 오랑캐만 막을 줄 알고 왜놈 막을 줄은 몰라 패배하는 지경까지 이르렀던 것"이라 하였다.[238] 교룡산성은 남원의 여섯 성 가운데 가장 중요한 성이며,[239] "영남과 호남 두 남南의 인후咽喉와 같은 곳"이고 "지세

234) <권씨본>에는 '膽(담)'으로 되어 있고, 영인<오씨본>(347면)은 '脭(정)'으로 되어 있다.

235) 정사호, 『화곡집(禾谷集)』 1, 「시」 <칠언절구>.

236) 국역 『대동야승』, 조경남, 『난중잡록』 3, <정유년 4월 13일; 7월 16일; 8월 16일>.

237) "남원성(南原城)의 성곽은 임진년에 명나라 장수 양원(楊元)이 쌓은 것이다. 정유년에 왜적에게 함락되기도 하여 그 지방에는 아직도 은은한 살기가 있다." 이중환, 같은 책, 「팔도총론」, <전라도>, 86면.

238) 유성룡, 국역 『서애선생문집』 권16, 「잡저」, <남원 함락의 일을 기록함>.

239) 남원읍의 옛 이름은 대방(帶方), 고령(古龍), 용성(龍城)인데 그렇게 불리는 것은 교룡산이 있기 때문이라고 했다. 대방이라는 이름은 교룡산 동쪽에 방장산(方丈山)이 있기 때문이라 한다.(오병무 외 역, 국역 『용성지』 보유, <용성지발>, 549면) <팔역가>는 남원에서 대방국의 역사도 장황하게 서술하였다. <인쇄본>, 230-232면.

가 험준하여 적을 방비하기 제일"이라고 이르던 곳이다. 이 성을 지키지 않은 것은 통한痛恨이라고 평가된다.[240)]

양원은 끝내 이 사건으로 벌을 받아 죽임을 당했다. 그러나 조선에서는 선조 계묘년 평양에 '무열사武烈祠'를 세워 명 병부상서 석성石星 및 이여송李如松·양원·이여백李如栢·장세작張世爵을 향사하였다. 정묘호란 때에 손실되자 숙종 기축년에 수선해 치제하고 이후 봄·가을로 향과 축문을 내려 제사를 지냈다.[241)] 또한 1620년 양원의 아들이 참장參將이 되고 셋째 아들이 지휘자가 되어 와서 시를 지어 달라고 요구하자 접반사였던 월사月沙 이정귀李廷龜(1564-1635)가 평양 전투의 공을 칭찬 일색으로 지은 시가 전하고 있다.[242)]

정사호의 문집 『화곡집』에 수록된 시와 병서에 의하면, 이 시는 1605년 그가 남원부사에 부임하여 있을 때[243)] 지은 듯하다.[244)] 그러나 1699년(숙종 25) 초간된 후, 1752년(영조 28) 증간한 남원읍지인 『용성지』[245)]에 이 시는 실려 있지 않다.

---

240) 오병무 외 역, 같은 책, 권2, 「성곽」, 53-63면. 교룡산성은 숙종 30년 순찰사 민진원(閔鎭遠)의 상계로 다시 수축하였다. 같은 책, 530면.

241) 이긍익, 같은 책, 별집 권4, 「사전전고(祀典典故)」, <여러 사당[諸祠]>.

242) 이정귀, 같은 책, 권7, 「경신조천록(庚申朝天錄)」 상.

243) 오병무 외 역, 같은 책, 권4, 「명환(名宦)」, 204면에 그가 "을사년 6월에 부사로 부임"하였음이 확인된다. 또, 정경운(鄭慶雲)의 『고대일록(孤臺日錄)』에 "남원 부사(南原府使) 정사호(鄭賜湖)가 교자를 타고 내려오니, 어사(御史)가 입계(入啓)하였다는 소문을 들었다. 말로(末路)에 교만하고 사치스런 습관이 이러한 지경에 이르렀구나!"라는 기록이 있다. 정경운, 『고대일록』 권4, 「을사(乙巳), 1605」 7월 6일 무인(戊寅) 참조.

244) "龍城集云 鄭判書某 以大司憲 乙巳六月 南原到任後作", 정사호, 같은 책, 같은 글.

245) 『용성지』는 남원부사로 부임한 이구징(李耈徵)이 『동국여지승람』의 내용을 신증(新增)하라는 조정의 명을 받아 이도와 최여천을 시켜 1699년에 편찬한 구지(舊誌)를 저본으로 하여 보유(補遺)편을 추가하여 만든 것이다. 이 책의 편찬 연대는 정확히 알 수 없으나, 책의 내용 가운데 1752년에 쓴 『남원복호사적(南原復號事蹟)』이 들어 있는 것으로 미루어 이 무렵이 아닌가 추정된다. 보유편을 누가 짓고, 언제 누가 편찬하였는지는 밝혀지지 않았다.

시 33(247: 574)

익산益山을 지나며 익산 땅의 역사를 회상했다. 이곳에 백제가 세워지며 기자 후손이 세운 마한이 망한 일과 조선조에 숭인전崇仁殿[246]을 지어 기자의 후손을 찾아 제사지내게 한 계절성덕繼絶盛德을 치하했다. 기자조선의 마지막 임금 기준箕準이 위만衛滿에게 땅을 빌려주었다 거짓말에 속아 위만을 피해 마한을 세웠다고 보는 입장이다. 마한에서는 또 다시 온조溫祚에게 땅을 빌려주었다가 백제에 멸망하게 되는 것을 "차지견한借地遣恨", 즉 땅을 빌려준 것이 한이 되는 경우라고 했다. 인용시의 제목 또한 <차지한借地恨>이다. "後人詩曰"로 심광세 『휴옹집』에 실린 악부의 14행 중 마지막 5행을 게재했다.

古來養虎多自患	옛날부터 호랑이를 기르면 근심도 많다 했지
逼逐幷呑飜在眼	핍박하여 내쫓고 나라를 빼앗는 번득이는 눈동자
前借衛後借儕(濟)	먼저는 위만에게 땅 빌려주고 뒤에는 백제에 빌려줘야 했지
仁賢之後竟陵替	인자와 현인 가고나니 얕보이고 쇠퇴해 갈 뿐
遺恨當年虛費(費虛)惠	땅 빌려주던 그 해 은혜를 허비함이 한만 남겼네[247]

영인<오씨본>, <권씨본> 모두 4행까지는 두 줄로 썼으나 5행은 본문과 같은 크기로 한 행으로 기재해 본문과 구분이 되지 않는다. 이익 「해동악부」에도 같은 소재의 <차지탄借地歎>이 있다.

246) 본문의 '숭망전(崇網殿)'은 '숭인전(崇仁殿)'의 잘못. 조선 태조가 기자를 제사지내기 위해 평양에 세운 사당. 백제 건국으로 흩어진 마한의 세 씨족인 한(韓)·기(奇)씨·선우씨(鮮于氏) 중 선우씨를 찾아 전답을 주고 제사를 지내게 했다 함.

247) 심광세, 같은 책, <차지한>. "殷墟麥已秀 海東敷八條 禮讓以爲俗 傳祚千年遙 燕地亡人適樂國 東明王子窮來托 君王不嫌二主容 錫之土田爲附庸 '古來養虎多自患 逼逐幷呑飜在眼 前借衛後借濟 仁賢之後竟陵替 遺恨當年費虛惠'"

3.2.7. 충청도

시 34(253; 577)

부여를 지나며 백제를 상고하다 부소산扶蘇山 밑 조룡대釣龍臺에서 백제를 멸망시킨 설화를 회상했다. 당의 소정방蘇定方이 백제를 지킨다는 백마강白馬江의 용을 잡으려고 백마를 먹이로 하여 용을 낚아 냈다는 것이다. 오광운의 『약산만고』 「해동악부」 <조룡대釣龍臺>의 악부 10행[248] 중 4행을 '後人詩曰'로 게재했다. 한 글자만 다르다.

龍神豈有(曾)昧天命　　용이 신령스럽다면 어찌 천명에 어두울 수 있었으랴
衛國山河是臣職　　나라와 산하를 지킴이 신하의 직분이었네
龍神豈曾貪香餌　　용이 신령스럽다면 무엇 때문에 향내 나는 먹이를 탐하였으랴
順天所命亦龍德　　하늘이 명령한 바를 따름이 또한 용의 덕이었네[249]

작자는 당 태종이 신라와 연합하여 백제를 멸망하게 한 것을 '천명天命'이라고 했다. 백제를 지킨다는 용이 신령스럽지 않은 것은 아니나, 용이 신령스럽다는 것은 천명을 알기 때문이며, 하늘의 명령을 따라 백제의 수호신을 그만둔 것이고, 이는 용의 덕이라고 했다.

시 35(253; 577)

'낙화암'에서도 역시 악부 8행 중 4행을 '後人詩曰'로 오광운의 <낙화암落花岩>을 게재했다.

「唐兵來羅兵來　　「당나라의 병사가 오고 신라의 병사가 오는 것을

248) 오광운, 여운필 역, 같은 책, 206면. "王不辟兮將失國 龍不神兮徒喪身 粘天怒濤敵百萬 孰謂龍不神 '龍神豈曾昧天命 衛國山河是臣職 龍神豈曾貪香餌 順天所命亦龍德' 惟餘石上蜿蜒跡往往白日雷霆作"

249) 오광운, 여운필 역, 같은 책, 215-216면.

妾在深宮那得知　　깊은 궁궐에 있었던 제가 어찌 알 수 있었겠습니까
文臣足武臣足　　문신이 풍족하고 무신도 풍족하였으니
傾國傾城我能爲」　　나라가 기울어지고 성이 기울어지는 일을 제가 할 수 있었겠습니까?」
爲綠珠爲息嬀　　'녹주[250]라 이르고 식규[251]라 이르지만
其生(死)其死(生)妾知之　　그들이 죽고 그들이 산 일을 저도 안답니다'
年年花落東流水　　꽃은 해마다 동쪽으로 흐르는 물에 떨어지니
猶似佳人墮巖時　　여전히 가인들이 바위에서 떨어지던 때와 같네[252]

자구수정은 큰 의미 없지만, 앞 4행을 삭제하고 발췌했기 때문에 전체의 의미가 제대로 전해지지 않고 있다. 원시는 6행까지는 낙화암에서 자결하는 궁녀의 목소리('妾知之'), 즉 대화의 차용이고 7, 8행은 회상자의 감상인데 인용된 4행만으로는 화자의 변화가 전달되지 않고, 여성이 희생되었다는 것만 전달된다. 심광세의 「해동악부」에도 <낙화암>이 있다.

시 36(255; 578)

공주의 공북루拱北樓를 지나면서, "柳西坰(류서경) 을픈시"라며 저자를 언급하고 서경西坰 유근柳根(1549-1627)의 시 8행 중 2행을 게재했다.[253]

蘇仙赤壁乃(今)蒼壁　　소동파는 적벽에서 놀았으나 나는 창벽에서 노닐고
庾亮南樓是北樓　　유양은 남루에 올랐지만 나는 여기 북루에 올랐네[254]

---

250) 서진(西晉)의 부호 석숭(石崇)의 애기(愛妓). 미색을 탐한 조왕(趙王) 사마윤(司馬倫)과 석숭의 관계가 나빠지고 석숭이 녹주의 탓이라고 하자 스스로 누각 아래로 떨어져 죽었다.
251) 춘추시대 진(陳)나라 식후(息侯)의 부인. 초(楚) 문왕(文王)이 진을 멸망시키고 식규를 데리고 가 아내로 삼았다. 아이 둘을 낳고도 왕에게 말을 하지 않았다. 한 부인으로서 두 남편을 섬겼으므로 할 말이 없기 때문이라고 하였다.
252) 오광운, 여운필 역, 같은 책, 217면.
253) "高棟新開城上頭 金湯萬古衛神州 '蘇仙赤壁今蒼壁 庾亮南樓是北樓' 人在湖山應自得 天敎江漢擅風流 片雲忽送催詩雨 相我淸樽九日遊", 유근, 『서경집』 권2, 「서경시집」, 「칠언율시」 상.
254) 이 시 2구는 신혼(申混, 1624-1656)의 『초암집(初菴集)』에도 인용되어 있다. 신혼, 『초암집』 권10, 「기」, <금강에서 백마강까지(自錦江舟至白馬江記)>.

自以爲(자이위) 佳句(가구)커놀 或以爲惡詩(혹이위악시)라 죠롱터라

유서경은 이 시에 대해 자부했으나, 누군가는 이 시를 '惡詩'라고 한다는 시화詩話를 덧붙였다. 가사의 이 부분은 이중환의 『택리지』에서 그대로 전재한 것이다.

> 성 북쪽에 있는 공북루는 제법 웅장하고 물가에 임하여 경치가 좋다. 선조 때 서경 유근이 감사로 와서 이 누에 올랐다가 시 한 구절을 지었다. (위의 시) 창벽은 금강 상류에 있고 누의 이름이 공북루였기 때문에 이렇게 지은 것이다. 어떤 사람은 서응의 나쁜 시("徐凝惡詩")라 하나 서경은 아름다운 글귀라 자찬하였다.[255]

'서응의 나쁜 시'는 소동파와 서응 간의 시 일화를 인용한 것이다.[256] 원문에도 "或謂徐凝惡詩"라 하였으니, 이중환도 유서경의 시를 평가한 누군가를 인용한 것이다. 『팔역가』에는 원 시화의 '서응' 일화를 아예 생략해 좀 더 구체적일 수 있는 시평을 간단한 일화로 치부했다. <오씨본>으로는 이 시를 '惡詩'라고 한 사람은 누구인지 알 수 없으나 <권씨본>에는 세자細字로 '李月沙', 즉 이정귀李廷龜(1564-1635)임을 남겨 놓았다. <가사문학관본> <6448>, <6461>에는 가사 구문에 "月沙는 惡詩라 조롱터라"라고 명시하였다.[257]

유근은 중국 사신 주지번朱之蕃과 허균許筠의 만남으로 유명한 1605년(선조 38) 중국 사신[258]의 원접사를 맡았고, 사신들과의 창수시唱酬詩로 문명이

255) 이중환, 같은 책, 「팔도총론」, <충청도>, 97면.

256) "서응이 어느 폭포를 구경하고 '한 가닥 물이 푸른 산맥을 갈라놓았다(一條界破青山色)'라는 시를 지었다. 모두 아름다운 시라고 칭찬하였으나, 소동파는 '서응을 위해 이 같은 나쁜 시로 더럽혀진 폭포를 씻고자 한다(欲爲徐凝洗惡詩)'라 하였다."는 일화. 이중환, 위와 같은 곳, 주6 재인용.

257) <6448> 원본 이미지 70/91. <6461> 70/92.

258) 허균, 국역 『성소부부고』 권18, 「문부(文部)」 15, <병오기행(丙午紀行)>.

높았다. 송시열은 「서경시집 서」에서 서경의 시가 중국 사신들에게 높이 평가되었고, 오봉五峯 이호민李好閔(1533-1634)의 시와 비견했다 하며, 퇴계의 도道를 얻었다고 기렸다.[259] 가사에 말한 대로 서경이 이 시를 "스스로 가구라고 여겼다."는 기록은 찾지 못하였으나, 시암時庵 조상우趙相禹(1582-1677)의 『시암집時庵集』에는 이 시에 대한 일화가 전한다. 서경이 시로는 누구에게도 양보하지 않았는데 시암 자신의 안목은 인정하였음을 말하면서, 시를 지으면 "시암이 이것을 보면 어떻다고 할 것인가?" 했다고 하는데, 이 시 역시 시암이 인정한 후 공북루에 현판으로 걸렸다고 하였다.[260] 시암은 또 유근이 자신을 인정한 일화를 더 소개해, 유근이 접반사를 맡았을 때, 조선의 어떤 시, 어떤 글씨에도 만족하지 않고 명작(名章)을 요구하는 중국 사신에게 자신이 추천한, 고모부 죽월헌竹月軒 강첨姜籤(1559-1611)의 시로써 사신을 만족시킨 일화를 함께 전했다.[261]

시 37(262; 580)

청주의 동헌에서 고려 시대의 일화들을 회상하며 시를 인용했다. "金門羽客(금문우객) ㅅ든터을 歷歷(역력)히 살펴보"며 고려 예종과 곽여의 일화와 그와 함께 전해지는 시의 일부를 게재했다. 곽여郭輿(1058-1130)가 청주 사람이고, 청주 동헌의 객관客館인 망선루望仙樓가 고려의 취경루聚景樓 자리인 것에 기인한 듯하다.[262] 곽여는 홍주사洪州使를 지낸 후 김천에 은거했는데

259) 송시열, 국역 『송자대전』 권137, 「서(序)」, <서경집(西坰集)>.

260) "西坰於詩 眼無一世 而獨於先生敬服 凡有所作 每曰 趙某見之 當謂如何 後爲湖西伯 以蘇仙赤壁今蒼壁 庾亮南樓是北樓之句 取正於先生以後 懸板於拱北樓云", 조상우, 『시암집』 권6, 「부록」, <유사>.

261) 조상우, 같은 글.

262) 이 시와 관계된 장소는 "곽여가 (궁궐에서) 굳이 물러나 살기를 청하므로 성 동쪽 약두산(若頭山)의 봉우리 하나를 하사하여 집을 짓고 살게 하였다. 호를 동산처사(東山處士)라 하고 그 집을 허정당(虛靜堂)이라 하였으며 서재는 양지재(養志齋)라 하였는데, (왕이) 친히 현판을 써서 하사하였다."고 한다. 『고려사』 권97, 「열전」 권10, <곽여(郭輿)> 참조.

예종의 부름으로 1113년 상경해 궁중에 머물렀다. 곽여가 은거를 청하자 예종은 집을 내려주고 그를 동산처사東山處士라 불렀고 여러 번 방문하며 늘 시를 주고받았다. 어느 날 그의 집에 갔다 곽여가 없자 예종은 벽에 십운시를 써두고 왔는데, 곽여가 이에 화답하였다는 두 사람의 창수시와 이 내용의 병서竝書가 『동사강목』에 전한다.[263] "麗王(려왕)詩曰", "進和(진화)왈"로 두 시를 게재하였는데, 예종 시에서는 부시賦詩 10행 중 7, 8, 9, 10행을, 곽여의 화답시는 20행 중 7, 8, 9, 10행을 게재했다. 두 시의 발췌된 부분은 화답시이므로 운을 맞춘 부분을 두 시에서 선택하였다.

麗王詩曰

「何處難忘酒	「어느 곳에서 술 잊기 어려웠던고
尋眞不遇廻	진인을 찾다가 만나지 못하고 돌아가네
書窓明返照	서창에는 석양빛이 밝은데
玉篆掩殘灰	옥전(향香)에 남은 재가 덮여 있다
方丈無人守	방장에는 지키는 사람 없고
仙扉盡日開」	선비는 종일토록 열려 있네」
園鶯鳴(啼)老樹[264]	동산 꾀꼬리는 고목에서 울고
仙(庭)鶴眊(睡)蒼苔	뜰 학은 검푸른 이끼에서 졸고 있네
道味誰同話	도의 의미를 누구와 함께 이야기하겠는가
先生去不來	선생이 가서 오지 않는데

進和왈

「何處難忘酒	「어느 곳에서 술 잊기 어려웠던고
虛經寶輦廻	보련(寶輦 임금이 타는 수레)이 헛되이 걸음하고 돌아가셨네
朱門追少宴	주문(부귀한 집)의 작은 잔치에 참례했다가
丹竈落寒灰	단조(신선의 단약丹藥을 만드는 부엌)의 찬 재를 떨어뜨렸네

263) 이익의 「해동악부」에는 <금문우객가>조가 있어 사화에 예종와 곽여의 일화를 전했으나, 시를 수록하지는 않았다. 이익, 국역 『성호전집』 권7, 「해동악부」, <금문우객가>.

264) '啼 → 鳴'는 <권씨본>에는 원시 그대로 '啼'이다.

鄕飮通宵罷	마시기를 밤새도록 하였는데
天門待曉開」	성문이 새벽을 기다려야 열리노라」
杖還蓬島逕	지팡이로 봉래산(蓬萊山) 길로 돌아오는데
履惹京城(洛城)苔	낙성(洛城)의 이끼 밟고 왔네
樹下青童語	청의동자 알리는 말이
人間玉帝來	옥황님이 인간에 오셨다고(이하 10행 생략)[265]

예종 시에서는 2행의 '啼→鳴' 수정은 의미 변화가 없으며, 3행의 '睡→眊'는 오자로 판명된다. 3행의 '庭→仙'의 수정은 원시 6행의 '仙扉盡日開'의 '仙'의 영향을 받은 것일 가능성이 있다. 곽여의 화답시 2행의 '洛城→京城'으로 인한 의미 변화는 없다.

김만중의 『서포집』에도 위의 일화와 시가 실려 있다.[266] 『동문선』에는 곽여의 시는 있으나, 예종의 시는 없다. 『동국여지승람』에는 이 두 시가 다 실려 있으며 일화도 마찬가지이다. 그러나 여기는 이 일화와 두 시를 「개성부開城府 동산재東山齋」조에서 언급하고 있어 거리가 있다. 『동국여지승람』, 『동문선』, 『서포집』에는 게재시 2행의 '履惹'가 '屐惹'로 되어 있다. 그러므로 <팔역가>는 『동사강목』의 시를 전재한 것이다.

가사에서는 두 사람을 '금문우객'이라 했듯이, 후세에서도 두 사람을 아름답게 애기하곤 했지만, 안정복은 『동사강목』에서 "이 두 편의 시를 관찰하건대 임금과 신하의 사이가 친밀하다고 할 수 있겠다. 그런데도 임금을 성의껏 인도하는 방법이 있는 것을 듣지 못하였고 다만 부화浮華한 문장으로만 서로 숭상했으니 무엇이 소중하겠는가?"라고 두 사람의 관계에 대해 비판적인 지적을 하고 있다. 또한 곽여를 가리키는 '처사'란 도학과 기예가 있는 사람을 이르는 말인데, "곽여는 조그만 기예가 있다고 이르는 것은 옳

---

265) 안정복, 같은 책, 8하, <경술년 인종 8년>. 서거정의 『동문선』에는 <동산재응제시(東山齋應製詩)>라 하였다. 서거정, 같은 책, 권11, 「오언배율」, <동산재응제시>.

266) 김만중, 국역 『서포선생집』 권6, 「서포일록(西浦日錄)」, <서화담 일화>.

겠지마는 도는 듣지 못한 사람인데, 하물며 그 행실이 이미 볼만한 것이 없는데도 다만 그 당시의 포상褒賞한 것만으로 사필史筆을 잡은 이가 그대로 이를 믿는 것이 옳겠는가?"라며 그에게 처사란 헛된 이름이라고 지적했다.

시 38(264: 581)

청주 화양서원에서 '만동묘萬東廟'를 '회복대의恢復大義'라 하며, "尤庵(우암) 시왈"이라고 시 한 수를 소개하였다.

綠水喧如怒	푸른 물의 숙덕거림은 성낸 것 같고
青山默似頻(嚬)[267]	푸른 산의 잠잠함은 찡그리는 것 같다
華陽洞與首陽山	화양동은 수양산을 닮으리
萬古綱常樹此間	언제까지라도 잊지말아야 할 사람의 도리를 이곳에다 세웠도다
客來(到)試看千仞壁	나그네가 찾아와서 천길이나 되는 높은 절벽 시험삼아 보고는
腥膻天地別人寰	속세엔 비린내와 노린내뿐인데 여기는 인경人境이 아니로다 한다

<팔역가>의 소개대로 하면, 이 시는 우암尤庵 송시열宋時烈(1607-1689)의 시로 보인다. 그러나 이 시 1, 2행은 이중환이 『택리지』에서 화양동을 소개하며, "일찍이 ~라는 시가 있다嘗有詩曰~云"라며 인용한 시이다. 사실 이 두 행은 이익이 『성호사설』에서 남의 시의 시경詩境과 시어詩語를 빌려 자신의 시처럼 보이게 만드는 '도습蹈襲'의 예로 든 시이다. 원시는 고려의 위원개魏元凱(1226-1293)의 시인데 근세 어느 재상이 이 부분을 가져가 도습한 것이므로, 성호는 '가소롭다'고 한 바 있다.[268] 원시 "流水喧如怒/ 高山嘿似嗔"

267) '嚬'은 <인쇄본>에는 '頻'이지만, 영인<오씨본>에는 '嚬'이므로 바로잡는다. 『택리지』에도 '嚬'이다.(『택리지』, 178면) 『성호사설』은 '嗔'이다.

268) "우리나라 사람들의 시에는 매양 옛말을 도습(蹈襲)한 것이 많은데, 그것을 절창(絶唱)이

을 도습했으나 원시의 의·경 모두에 미치지 못했기 때문이라 했다. 원작자인 위원개魏元凱(1226-1293)는 시승詩僧으로도 이름 높은 원감국사圓鑑國師 충지冲止이다. 한편, 3~6행은 우암의 시이다. 우암의 『송자대전宋子大全』에는 없으나, 연경재 성해응(1760-1839)의 『연경재전집』,[269] 심정진沈定鎭(1726-1786)의 『제헌집霽軒集』에 우암의 시로 실려 있다. 후자에는 화양서원의 '환장암煥章庵'에 이 시가 판각되어 있다고 하였다.[270] 우암과 화양동, 만동묘[271]에 대한 것은 정조 즉위 직전 300일 동안 당시 세자인 정조와 홍대용이 나눈 대화를 기록한 『계방일기桂坊日記』에도 자세하다.[272]

<팔역가>가 두루 참고한 것은 주로 남인의 저서인데 반해, 『제헌집』은 채제공과 여러 번 반목한 조경趙璥(1727-1787)에 의해 편찬되는 등, 남인과는 거리가 먼 편이어서 성해응의 저서를 인용한 것으로 일단 생각한다. 그

라고 그릇 전한다."고 하며, 근세에 어느 재상이 지은 "'綠水喧如怒/ 靑山默似嗔'/ 靜看山水意/ 應笑往來頻"의 원시는 충지의 "'흐르는 물은 시끄러워라 성낸 듯하고(流水喧如怒)/ 높은 산은 말이 없어라 화가 났는가(高山嘿似嗔)'/ 양군의 오늘날 뜻을 살펴보니(兩君今日意)/ 홍진 향해 가는 내가 싫은 게로군(嫌我向紅塵)"이라고 1·2행을 비교하였다. "충지는 처음에 중이 되었다가 뒤에 모친의 뜻에 의하여 환속하였는데, 이 시는 바로 산을 떠나면서 지은 것"이라고 하였다. 이익, 국역 『성호사설』 권28, 「시문문(詩文門)」, <동시도습(東詩蹈襲)>.

269) 성해응, 『연경재전집』 외집 권31, 「존양류(尊攘類)」, <화양동지(華陽洞志)>, 「시문」 상, <화양동(華陽洞)[송시열(宋時烈)]>.

270) 심정진, 『제헌집』 권2, 「기」, <환장암기>.

271) 만동묘는 명나라의 숭정황제(의종(毅宗))와 만력황제(신종(神宗))를 제사 지내는 사당이다. 일찍이 노봉(老峯) 민정중(閔鼎重)이 북경에 사신으로 갔다가 명나라 의종(毅宗)의 친필인 '非禮不動(비례부동)' 넉 자를 얻어다 우암 송시열에게 주었다. 1674년 우암은 이것을 화양동 절벽에 새기고 원본은 환장암(煥章庵, 현재의 채운암) 옆에 운한각(雲漢閣)을 지어 보관하고 승려로 하여금 지키게 하였다. 그 암자 이름은 『논어』의 '환호문장(煥乎文章)'의 뜻을 따서 환장(煥章)이라 했다고 하였다.(송시열, 국역 『송자대전』 권47, 「서(書)」, <홍원구(洪元九)에게 답함-을묘년(1675) 9월 27일> 참조) 우암 사후 권상하(權尙夏, 1641-1721)가 앞장서 송시열의 뜻을 이어 1704년(숙종 30) 화양동에 사당을 짓고, 경기도 가평 조종암에 새겨진 선조의 어필인 '萬折必東(만절필동)'을 모본하여 그 첫 자, 끝자를 따서 사당 이름을 '만동묘'라 하였다. 1726년(영조 2) 조정에서 제전(祭田)과 노비를 주었다.(송시열, 같은 책, 부록 권12, 연보11, <숭정 99년 병오> 참조) 심정진은 '환장' '운한'은 모두 『시경』을 따라 지은 이름이며, 운한각에는 숭정황제의 어필 '非禮不動'과 '思無邪', 만력황제의 '玉藻永壺' 등도 있다고 하였다. 심정진, 같은 글.

272) 홍대용, 국역 『담헌서』 내집 권2, 「계방일기」, <갑오년(1774, 영조 50)>, 12월 25일.

러나 다른 책들과 달리 제헌의 몰년(1786)에 바로 인간되었으므로 <팔역가> 저자의 가독 범위에 있어 참조했을 가능성도 없지 않다고 본다. 특히 『연경재전집』은 <팔역가> 한시의 인용 원전 중에는 가장 후대의 것이어서 <팔역가>의 창작시기 추정에 영향을 줄 수 있는 근거가 되는 요소여서 여러모로 조심스러운 출전 추정이라고 생각한다.

<팔역가>에서는 우암시 부분에서 1자를 수정했으나, 의미는 변하지 않았다. 그러나 두 시를 합성했으므로 두 원시와는 전혀 다른 시가 되었다.[273)]

충지는 『동문선』에 가장 많은 시가 실린 승려이다. 그가 승려가 된 29세인 1254년은 고려와 몽고가 20년째 전쟁 중이었다. 1273년(원종 14)에 정혜사에 정착할 때까지 여러 곳을 남행했고, 이후에도 몽고 전란과 몽고의 일본 정동征東 부역으로 신음하는 고려 백성의 참상을 시로 고발했다.[274)] 1275년 원元 세조世祖에게 표문表文을 올려 빼앗겼던 사원의 전답을 되돌려 받은 것을 계기로, 세조가 그를 흠모하여 연경으로 청했다. 충지는 개경으로 향하다 공주公州에 도착해, 병을 이유로 상경할 수 없다고 글을 올리고 청주로 가 청주 화정사華正寺에 머물렀다. 세조가 다시 불러 결국 연경을 방문하여, 세조로부터 스승 대접을 받고, 귀국하였다.[275)] 1286년 충지는 수선사修禪社 제6세가 되어 수선사 전통을 계승하였다. 충지 이후의 수선사는 국왕 측근 세력, 원 지배 하 새로운 권문세가들과 밀접한 관계였다는 평가를 받는다.

앞의 2행 '절을 떠나는 것을 산과 물이 꾸짖는다'는 시구를 우암의 시와 합한 이유는 원 세조를 거부하고 청주에 머물렀던 충지의 행동과 우암이 청주 화양동에 세운 만동묘萬東廟가 공통점이 있어서라고 생각할 수 있다. 즉, 청주를 배경으로 '만고강상萬古綱常'을 지켰다는 점을 주목했을 것이다.

---

273) [가사문학관] <6793>에는 "尤庵 先生 詩에曰 綠水 喧如怒 青山 默似嚬 又曰 華陽洞與首陽山…"로 하여 두 수로 소개하였다. 그러나 위의 시가 우암의 시가 아니기 때문에 본고에서는 <오씨본>대로 설명하였다.

274) 조동일, 『한국시가의 역사의식』, 문예출판사, 1994, 205면 참조.

275) 진성규, 「고려국사 원감의 애국정신」, 『논문집』 13, 신라대학교, 1982 참조.

그러나 구태여 도습의 평을 받은 시를 인용한 『택리지』 저자 이중환의 의도는 알 수 없다.

3.2.8. 경기도

시 39(282: 588)

강화도 연미정燕尾亭에서 병자호란의 참상을 회상했다.

> 불행한 병자의 이ᄯᅢ의 陷城(함성)홀제/ 金仙源(김선원) 自焚(자분)ᄒᆞ고 沈都正誢(심도정현)은 부인과 相對自縊(상대자액)ᄒᆞ고/ 李掌令(이장령) 時稷(시직)은 自決詩(자결시) 지어/ 아달의게 부처쥬고 從容就死(종용취사) ᄒᆞ야시니/ 貞忠(정충) 大節(대절) 千秋(천추)의 流轉(유전)터라/ 詩(시)의왈

하였다. 이로 보면 이시직의 시인 듯하나, 인용된 시는 동악東岳 이안눌李安訥(1571-1637)의 <위성중圍城中>이다.

終(縱)使孤城墮虜中	마침내 외로운 성 오랑캐 수중에 떨어졌어도
君臣無愧守貞(精)忠	임금과 신하는 정절과 충성 지키는 데 부끄러움 없었네
三韓自此名千古[276]	삼한은 이로부터 천고에 밝고
白日昭昭照蒼苔(碧空)	빛나는 해도 밝고 또렷하게 푸른 하늘 비추지

『동악선생집東岳先生集』에는 학곡鶴谷 홍서봉洪瑞鳳(1572-1645)의 시를 차운했다 하며 원시를 부기했다.[277] 차운시이므로 4행의 <인쇄본>의 '碧空→蒼苔'의 수정은 '蒼空'의 오독이다. <권씨본>은 '창공'이다. 그 외 수정은 거의 동음자를 썼는데 오자로 판명한다. 의역으로는 의미가 통하는 정도이다.

---

276) <인쇄본>은 '天古'라 하였으나 오기이다. 영인<오씨본>에 '千古'로 되어 있다.

277) 이안눌, 국역 『동악선생집』 권22, 「습유록」 하, <위성중>. 홍서봉의 시는 "縱使孤城墮虜中 君臣無愧守精忠 三韓自此名千古 白日昭昭照碧空"이다.

시 40(282; 588)

위의 시에 이어 "銘曰"로 한 수를 더 소개했다.

長江失險	장강이 천험을 상실하여
北軍飛渡	오랑캐 군대 건너오자
瑬子(醉將)惶怯[278]	김경징은(취한 장군은)[279] 허겁지겁 겁을 먹고서
背國偸生	나라 저버리고 살길 찾으니
把守瓦解(宗社淪沒)	수비는 무너지고(종묘사직 망하고)
滿城(萬姓)魚肉	성 가득찬 피비린내(만백성 다 죽었네)
汎彼(況彼)南漢	저 남한산성도
朝暮且陷	머지않아 함락되리니
義不句(苟)活	구차히 사는 것 의리 아니어
甘心自決	즐거운 마음으로 자결하련다
殺身成仁	이 몸 죽어 인을 이룬다면
俯仰無怍	천지에도 부끄럽지 않으니
「嗟爾吾兒	「아 아이들아
愼勿傷生」	부디 상심하지 마라」[280]
歸葬還體(遺骸)	유해를 가져다가 장사 지내고
善養三(病)母	병든 어머니 잘 봉양하며
托身空谷(縮跡鄕關)[281]	빈 골짜기에 몸을 의탁하고(종적을 고향에 감추고)
永不出世(隱而不起)	벼슬길엔 나가지 마라
區區遺願	간절한 나의 소원은
在爾善述	너희가 잘 따르는 것이다

278) '怯'은 <권씨본>은 '㤼'으로 되어 있다.

279) 김경징(金慶徵, 1589-1637)은 김류(金瑬)의 아들이므로 가사에서는 '瑬子'로 명시했다. 김경징은 병자호란 때 강화도를 책임지는 강도검찰사였으나 무사안일과 자신의 안위만을 생각해 강화는 함락되고 강화로 피난한 많은 사람을 더욱 도탄에 빠뜨렸다. 이를 문제 삼은 대간의 탄핵으로 사사(賜死)되었다.

280) 「嗟~生」 부분은 가사에는 빠져 있다.

281) <인쇄본>은 '北功空谷'이라 했으나 오독이다. <오·권씨본> 둘 다 '托身空谷'이고, 『대동야승』은 '托身幽谷'이다.

이에 대해 『대동야승』 소재 조경남趙慶男(1570-1641)의 『속잡록續雜錄』에는 <팔역가>와 같이, 병자호란 때 강화도에서 자결한 이시직李時稷(1572-1637)의 자결시라고 소개하고 있다.[282] 이는 동춘당同春堂 송준길宋浚吉(1606-1672)이 지은 <통훈대부봉상시정 죽창 이공 행장通訓大夫奉常寺正竹窓李公行狀>에도 실려 있는데, 이에 의하면, 이시직이 절명의 상황에서 이 글을 지어 노복에게 전했다고 한다. 두 노복도 모두 적에게 잡혔으나, 잡힌 지 7일 만에 한 노복이 탈출하여 유서를 옷 동정 속에 숨기고 돌아와서 아들들에게 전했다고 한다. "일기초日記草와 그 밖의 몇 장의 문자文字는 가지고 있던 노복이 적의 포로가 되었으므로 전해지지 못하였다. 또 세상 사람들이 부군의 작품이라고 전하는 사詞 한 편篇도 원고가 없어졌는데, 아마도 포로로 잡힌 노복에게 맡겼던 것을 당시에 어떤 이가 보고서 전한 것인 듯하다. 그 사는 다음과 같다."[283]고 했다. 이로 보면 유서와 이 사는 다른 듯하나, 『대동야승』은 이를 유서로 보는 차이가 있다.

시 41(284: 589)

선죽교에서 정몽주鄭夢周가 지은 시를 '<백사가百死歌>'라 하며 "歌왈"(우리말 시가)로 정몽주의 <단심가丹心歌>를 소개했다.

此身死後(復死)百回(廻)死	이 몸이 죽은 후에 일백 번 또 죽어도
白骨塵沉又(復)灰飄	뼛가루가 물에 잠기고 또 재가 되어 날려도
寃兮有也無	넋이야 있든지 없든지
向君一片(一片丹心)那得消(可銷)	임 향한 일편단심 어찌 사라지리오
可憐夭(天)壽明(門)前水	제 명을 못 다한 가련함은 앞 물에 흐르고

282) 국역 『대동야승』, 조경남, 「속잡록」 4, <정축(丁丑)> 상. "이시직은 시임(時任) 봉상판관(奉常判官)으로서 처음에 대군을 호종하여 강도로 들어왔다가 두 대군이 잡혀가는 것을 보고 마침내 칼에 엎드려 죽었다. 그는 그 아들에게 유서(遺書)하기를…" 하고 이시직의 글을 게재했다. 위의 인용에서 ( )의 것은 <팔역가>와 다른 『대동야승』 게재분이다.

283) 송준길, 국역 『동춘당집』 권20, 「행장」, <통훈대부 봉상시정 죽창 이공 행장>.

千古東風(流)善竹橋　　　　선죽교엔 오랜 세월 그치지 않고 샛바람 부네

정몽주의 <단심가>에 두 줄을 부연한 이 시는 오광운 『약산만고』의 <백사가百死歌>이다.[284] 이보다 앞선 <단심가> 한역은 심광세 「해동악부」에 <풍색악 병서風色惡竝序>에 소개되었고,[285] <백사가百死歌>란 제목으로 <단심가>를 한역한 것은 남구만南九萬(1629-1711) 『약천집藥泉集』,[286] 권상일權相一(1679-1759) 『청대선생문집淸臺先生文集』,[287] 성해응 『연경재전집』[288] 등이다. 심광세 외에는 모두 5언시이다. 또 이광사의 『원교집선圓嶠集選』에는 <백사가百死歌>라 하고 이방원과 정몽주의 일화를 소개하는 중에 한글로 <단심가>를 인용하였으며, 이 선죽교 사건을 두고 지은 악부에서는 "身死身死至百死 白骨成塵無魂魄 獨有向主心一片"라고 한역하여 삽입하였다.[289]

이 저본들 중 인용시의 원본은 『약산만고』의 시이며, 인용에서는 행마다 수정이 이루어졌으나 거의 비슷한 글자를 취한 것으로, 의미의 큰 변화는 없다.

시 42(286; 589)

금천(衿川)을 지나며 "高麗(고려)掌令(장령) 徐甄(서견)이 잇ᄃᆞ의 隱居(은거) 홀제/ 읊픈 詩왈"로 작자를 밝히고 한시를 소개했다. 서견은 고려 말 정몽주와 함께 조준趙浚 등을 탄핵하다가 포은이 격살당한 후 유배되었고, 조선 건국 후 풀려나 금천에 은거한 인물이다. 그를 벌주라고 신하들이 청하자 태종이 그는 '夷齊之類(백이 숙제와 같은 무리)'라며 "어찌 벌을 주겠는가?"

---

284) 오광운, 여운필 역, 같은 책, 228면.

285) "此身死了死了 一百番更死了 白骨爲塵土 魂魄有也無 向主一片丹心 寧有改理也歟", 심광세, 같은 책, <풍색악(風色惡)>의 <병서(竝序)>.

286) "此身死復死 百死又千死 白骨爲塵土 魂魄復何有 向君一片丹心 到此猶未已", 남구만, 같은 책, 권1, 「시」, <번방곡(飜方曲)>.

287) "약천 번방곡을 옮긴다." 하며, 위와 같은 시를 소개했다.

288) "吾身死復死 死了至百死 魂魄澌滅盡 白骨塵土委 向主一片丹 寧或有改理", 성해응, 같은 책, 권1, 「잡시(雜詩)」, <백사가>.

289) 이광사, 같은 책, 권1, 『동국악부』, <백사가>.

라고 하였다 한다. 『연려실기술』에 그의 일생과 이 시가 실려 있다.[290]

千載神都隔渺茫(一作漢江)　옛 서울 송경松京이 아득한데
忠良濟濟佐明主(王)　많은 충량한 신하들 밝은 임금 도왔네
統之(三)爲一功安在　삼한을 통일한 공 어디 있는고
只(却)恨前朝業不長　한恨되도다, 전조前朝의 왕업이 길지 않은 것이

이 시는 『동문선』부터 약 9종 이상의 책에 실려 전하는데 1행의 '渺茫'이 『용재총화』·『동각잡기』·『지봉유설』에는 그대로, 『동문선』·『동국여지승람』·『국조보감』·『동사강목』[291]에는 '漢江'으로, 『연려실기술』은 '渺茫(一作 漢江)'이라고 둘 다를 전했다. 심광세의 『해동악부』는 다른 수록분과 어구 출입이 좀 더 달라 <팔역가>의 저본은 아닌 것으로 보인다.[292] 『연려실기술』이 원본이다. <팔역가>에는 1행 외 행마다 수정되었으나, 의미 차이는 거의 없다.[293]

시 43(297; 595)

경기도 장단長湍에서 작제건作帝建 설화를 소개한다. 당의 현종이 잠저 시에 상선을 타고 신라에 왔다 신라인 보육寶育의 딸에게 남긴 자식이 작제건

---

290) 국역 『동국여지승람』 권10, 「경기 금천현」. "서견은 고려 신하였으므로, 지금 시를 지어 추모하는 것이다. 이 사람은 백이·숙제와 같은 무리이니, 상은 줄 만할지라도, 죄 줄 수는 없다." 하였다. 이긍익, 같은 책, 권1, 「태조조 고사본말」 <서견>에도 같은 내용이 있고, <팔역가>에도 "王曰(왕왈) 夷齊之流(이제지류)라 何可罪也(하가죄야)오 ᄒᆞ시고"라는 일화를 덧붙였다. 그러나 이정형(李廷馨), 『동각잡기(東閣雜記)』 상, <본조선원실록(本朝璿源寶錄)>에는 '태종의 일'이라 되어 있다.

291) 안정복, 같은 책, 17 하, <임신년 공양왕 4년>.

292) "千載神道隔漢陽/ 忠良濟濟佐明王/ 統三爲一公安在/ 深恨前朝業不長", 심광세, 같은 책, 「해동악부」, <병자작(丙子作)>의 <사화>에 서견의 작품이 전한다. <병자작>의 악부는 이를 소재로 한 다른 작품이다. 이 작품은 국역 『대동야승』, 심광세, 『휴옹집』, 「해동악부」에도 전하는데 4행은 "深眠前國業不長"이다.

293) <권씨본>에는 1행 "千載神都隔渺茫"에서 '渺→杳'로 바뀌었고, 2, 4행은 <오씨본>과 같으며, 3행은 다른 저본들과 같이 '統三'이다.

이며, 그와 용왕의 딸이 낳은 아들 융隆, 그 아들이 왕건王建이라고 하였다. 이어 왕건의 고려 건국을 말한 뒤, 고려에는 근친 간에 결혼을 한다며 이를 비난하다, 과거제를 실시하게 한 후주後周 사람 쌍기雙冀와 그가 끼친 영향에 대한 악부를 "後人詩曰"로 소개했다.

雙學士何許(如)人	쌍기는 어느 나라 사람인고
中國儒高麗臣	중국 유학자로 고려 신하가 되었네
不有遭逢寧有此	그를 만나지 못했던들 어떻게 이런 세상 열었으리오
科擧之設是實倡(實倡始)[294]	과거제도는 실로 여기서 시작되었네
文風雖興長浮誇	문풍이 비록 흥하였다 하지만 오래도록 부화해
小中華號徒虛事(華)	소중화란 이름도 한갓 헛된 일이네
形(聲)容漸盛武備衰	겉모습(이름)은 점점 성하였어도, 군사력은 날로 쇠하여
流弊到今無奈何	그 폐단이 지금에 이르렀으니 어찌할 것인가
恨不當初倡正學	당초 올바른 학문을 번창시키지 못한 것이 한스러울 뿐
君不見[295]	그대 보지 못했는가
人才得失不係(繫)此	인재의 득실은 과거제에 달려 있는 것 아니라네
花郞(郎)取士亦爲國[296]	화랑으로 인재 취하는 것 역시 나라 위한 일이거늘

이 시는 심광세 「해동악부」, <쌍학사雙學士>이다. 그 사화에 의하면, "문풍을 창시한 바는 귀하나, 그 폐해는 천만세까지 끼쳤다文風倡始可貴流弊則千萬世矣"고 했다. 여기에서 중국보다는 신라를 의미 있다고 한 것은 특기할 만

294) <권씨본>은 '始實倡'이다.

295) <인쇄본>에는 "君不見 人才/ 得失 不繫此"로 5언시로 보았는데, 본고는 [한국문집총간본] 구두대로 장단구로 기재했다. 마지막 3행은 본고의 분행에 따른 해석이다. <오씨본>, <권씨본> 모두 "君不見人才得失不係此/ 花郞取士亦爲國"을 쌍행으로 하기 위해, 위 9행 "恨不當初倡正學"만 한 줄로 썼다.

296) <인쇄본>의 '郞'은 '郎'의 오독으로 본다.

하다. 그러나 이 발언은 조선 중기 과거제의 폐단을 지적하는 데 더 비중을 둔 것이다. 심광세는 1623년 <계해시무소癸亥時務疏>를 올려 척신이나 인척이 아니면 말직이라도 얻을 수 없는 현실을 고발한 바 있다.[297] 과거제도의 변질에 대해 느끼는 휴옹의 회의적 판단은 성호 이익의 <쌍학사>에서 더욱 강조된다. "문화가 퍼지자 실덕은 병이 들었으니/ 세상 교화 내몰아서 과거 공부로 들게 했네/ 일천 년 오랜 세월 인재들을 재갈 물려/ 머리가 허옇도록 출세 공부에 매이게 했지/ … 새를 깃털 잘라 새장에 가둔 듯하고/ 말을 멍에 씌워 수레에 맨 듯했네/ 한씨가 처음으로 인형(俑)을 만든 뒤로/ 고려의 풍속이 그른 길로 들어섰네/ … 쌍학사야, 이를 어이한단 말이냐"고 지적했다.[298] 성호는 그의 저서 여러 곳에서 지식인들이 경전 공부를 시험 통과 수단으로 여길 뿐, 경전 공부를 통해 현실에 대응하려는 문제의식을 갖지 않게 되었다고 지적했다.[299]

시 44(301; 596)

개성에서 고려의 '사대부士大夫'에 대해 말하고, 조선의 명분名分[300]이 고려보다 분명하다고 했다. 그리고 경기도 개풍군 두문동杜門洞에서, 고려 신하 세가勢家 대족大族 후예들이 장사로 업을 삼아 전해오니 사대부가 없어졌기 때문이라고 하며,[301] "後人(후인)시왈"로 『약산만고』의 <두문동>을 소개했다.

---

297) 심광세, 같은 책, 권4, 「소(疏)」, <계해시무소> 참조.

298) "… 文華播實德病 驅世教入臼科 一千載箝勒人 白盡頭困媒囮 … 剪翎鳥藏籠 縛軛馬駕車 漢氏始作俑 麗風遂轉訛 … 雙學士柰爾何", 이익, 국역 『성호전집』 권7, 「해동악부」, <쌍학사>.

299) 이봉규, 「유교적 질서의 재생산으로서의 실학」, 『철학사상』 12, 서울대 철학사상연구소, 2001, 78면.

300) "立紀綱(입기강) 正風俗(정풍속)ᄒᆞ니 所以謂(소이위) 士大夫(사대부)라/ 入我朝(입아조) 明分(명분)이 比麗(비려) 尤明(우명)터라"에서 '明分'은 '名分'의 오기이다.

301) 고려의 유현들이 이성계의 조선을 거부해 출사하지 않고 두문동에 모여 살았다는 일화이다. 영조 27년(1751) '두문동 72현'이 처음 거론된다. 이들의 후손은 출사하지 않았으므로 장사를 익혀 개성상인이 되었다는 설도 있다.

渠知杜門死	저들은 문을 닫고 죽는 것만 알고
不知開門生	문을 열고 살 줄은 몰랐다네
相枕白骨箇箇香	저마다 향기로운 백골을 서로 베개 삼고서
長與日月爭光晶	길이 일월과 밝은 빛을 다투었네
落花芳草深深洞	깊디깊은 골짜기에는 떨어진 꽃과 향기로운 풀뿐이니
到此春風不世(亦不)情	이곳에 이르면 봄바람도 (또한) 정이 없어졌으리[302]

이 시 이후로 개성의 대정리大井里에서 고려 태조를 제사 지내던 '숭의전崇義殿'을 찾는 것으로 작자의 여정은 대미를 장식한다.

3.2.9. 결구

시 45(304; 598)

"濂溪翁(염계옹) 을픈시 '安分身無辱이요 知幾心自閒'은 願吟百誦(원음백송)ᄒᆞ야 以終餘年(이종여년) ᄒᆞ오리라"로 <팔역가>는 끝을 맺는다. 마지막에 인용된 시

安分身無辱	분수에 편안하니 몸에 욕됨이 없고
知幾心自閒	기미를 아니 마음이 절로 한가롭도다
雖居人世上	비록 인간 세상에 살더라도
却是出人間	도리어 인간 세상을 벗어나는 것이다[303]

는 소강절邵康節의 <안분음安分吟>이다. 주렴계의 시라고 한 이유를 알 수 없다. <권씨본>은 앞에서 지적했듯, <오씨본>의 많은 오류를 바로 잡았으나, 이 부분은 같다.

302) 오광운, 여운필 역, 같은 책, 230면 참조.
303) 『명심보감(明心寶鑑)』 6, 「안분편(安分篇)」.

3.3. 인용시에 대한 작자의 태도

이상에서 <팔역가>에 게재된 한시 46수 중 45수에 대해 인용시의 원시를 밝히고 그 시들을 <팔역가>의 작자가 인용한 양상을 고찰하였다. 그 결과를 표로 정리하면 다음과 같다.

[표 1] 〈팔역가〉 게재시의 원시 인용 발췌 양상

번호	소재	소개	제목/저자 304)	인용 원시 저자	수록서 저자	수록서	발췌/전행, 고친글자수 305)
함경도							
1	종성 김응하	시왈		박정길	이긍익	연려실기술	1자
2	마운령 유희춘	덕봉송씨 을픈시왈	송씨부인	유희춘부인 송씨부인	이긍익	연려실기술 외	1자
평안도							
3	대동강	시왈	(황하가)	오광운	오광운	약산만고	3자
4	평양 안시성싸움	시왈	(성상배)	오광운	오광운	약산만고	6자
강원도							
5	금강산 장안사	시인의을픈 글	(초의인)	심광세	심광세	휴옹집	2/16행, 0자
6	곡란암	시인의을픈 글	(청평산)	심광세	심광세	휴옹집	4/6행, 0자
7	춘천 우두촌	권양촌을픈 글	권근	김시습	안정복	동사강목	2/4행, 3자
8	영월 자규루	자규시실픈 노릭왈	자규시	단종	(허봉)	대동야승 (해동야언)	5/6행, 2자
경상도							
9	의성 문소루	김지대을픈 시왈	(의성객 사북루)	김지대	(이육)	대동야승 (청파극담)	4/8행, 4자
10	처용암	후인 시왈	(월명항)	오광운	오광운	약산만고	3/9행, 0자
11	부산 정과정	시의왈	후세깃친노릭 정과정 곡조	이제현	안정복	동사강목	1자

12	고령 통천정	시왈	(신잠)	신잠	이긍익	연려실기술	4자
13	현풍 한훤당	선생의시왈	김굉필	김굉필	(권별)	대동야승 (해동잡록)	2/4행, 1자
14	경주 김후직무덤	후인시왈	(왕무거)	오광운	오광운	약산만고	4/8행, 1자
15	천관사	시왈	(참마항)	오광운	오광운	약산만고	11자
16	천관사	우왈	(천관사)	이공승		동문선	6자
17	경주 (황창무)	시왈	(황창랑)	심광세	심광세	휴옹집	2자
18	경주 율리촌	가왈	(파경합)	오광운	오광운	약산만고	8자
19	경주 (신라와 당)	십운시지어 주니시왈	천자친필 (조촉사)	오광운	오광운	약산만고	7자
20	선산 신곡 김주	후인시왈	농암(김주) (환입조)	심광세	심광세	휴옹집	4/9행, 3자
21	김천 길재	(야은이) 도라와 읊픈시왈	야은 (술지/한거)	길재	서거정	동문선	1자
22	금오산	어잠부 부친시왈	어잠부 (과길주서금오산)	어무적	(이제신)	대동야승 (청강선생 시화)	1자
23	가야산	선생의 읊픈시는	최치원 (제가야산독서당)	최치원	이중환	택리지	1자
24	치원대	후인시왈	(최진사)	심광세	심광세	휴옹집	2/16행, 1자
25	촉석루	세 장수읊픈시왈	(촉석루일절)	김성일	김성일	학봉집	1자
26	악양	시왈	한유한	한유한	안정복	동사강목	0자
27	악양 정일두	일두선생을 픈시왈	일두선생 (악양)	정여창	이익	성호사설	1자
28	쌍계사	시왈	최치원필적	최치원	이중환	택리지	1자
전라도							
29	해남	김충암 읊픈시왈	김정	김정	(안로)	대동야승 (기묘록보유)	0자
30	제주도 죽서루	유구세자을 프니 시에왈	유구태자의 시	유구태자	이긍익	연려실기술	6자

304) ( ) 안은 가사에서 밝히지 않은 것.

31	영암 녹동	읊픈 시왈	(성삼문)	성삼문	(성삼문)	육선생유고 (성근보 선생집)	6자
32	남원성	후인시왈	(정사호)	정사호	정사호	화곡집	2/4행, 0자
33	익산 마한	후인시왈	(차지한)	심광세	심광세	휴옹집	5/14행, 3자
충청도							
34	조룡대	후인시왈	(조룡대)	오광운	오광운	약산만고	4/10행,1자
35	낙화암	후인시왈	(낙화암)	오광운	오광운	약산만고	4/8행, 2자
36	공주 공북루	유서경읊픈 시왈	유서경	유근	이중환	택리지	2/8행,1자
37	청주동헌 망선루 (취경루)	려왕시왈	고려 예종		안정복	동사강목	4/10행,3자
		진화왈	곽여 (동산재응 제시)		안정복		4/20행, 1자
38	화양서원 만동묘	우암시왈	(위원개=충지)+우암		이중환, 성해응	택리지, 연경재전집	2/4행 +4행,1자
경기도							
39	강화도 연미정	시의왈	(이안눌)	위성중	이안눌	동악선생집	4자
40	연미정	명왈	이시직	자결시	(조경남)	대동야승 (속잡록)	-2행/23자
41	선죽교	가왈	정몽주	백사가	오광운	약산 만고	11자
42	금천	읊픈시왈	서견	연려실기술	이긍익	연려실기술	3자
43	개성	후인 시왈		쌍학사	심광세	휴옹집	8자
44	개풍군 두문동	후인 시왈		두문동	오광운	약산 만고	2자
45			주렴계	소옹			

논의한 시 45수 중 결사의 소강절의 <안분음>을 제외하고, 각 지역에 기인하여 인용된 본사의 시 중 원시를 밝혀낸 44수의 원시 게재서를 요약하면 다음의 표와 같다. 더 정확한 전거도 앞으로 다른 연구자들의 고증을 통해서 가능할 것으로 보이지만, 전체적인 전모를 파악하는 데는 우선 큰 무

305) 원시 전체 행 중 가사에 몇 행을 인용했는가는 '인용행 수/전체행 수'로 나타내며 전체를 인용한 경우는 따로 표기하지 않았다.

리가 없다고 보아 게재서에 대한 통계를 다음과 같이 작성하였다.

[표 2] 인용시 추정 저본 요약

내용	분류	수
원시확정		44
추정 저본	동문선	2
	개인문집	4
	휴옹집	7
	대동야승	6
	성호사설	1
	약산만고	11
	택리지	4
	동사강목	4
	연려실기술	5
	연경재전집	1
가사에 작자 표기 여부	저자 밝혔으나 다름	3
	저자 밝힘	17
	저자 밝히지 않음	24

[표 1]과 [표 2]에서 보듯, <팔역가>가 인용한 시들은 <영사악부체>, <해동악부체>로 구분되는 시들과 시화 혹은 사화史話와 연결된 한시들로 구분된다. 게재된 44수 중 두 종류 「해동악부」에 실린 18수와 [시 11]의 <정과정가>, 도합 19수가 '악부체'의 시이다. 18수의 수록서는 오광운의 『약산만고』 「해동악부」와 심광세의 『휴옹집』 「해동악부」이다. 해동악부의 계보는 대체로 알려져 있는데,[306] 다수의 조선 후기 <해동악부> 중 그가

306) '해동악부'는 심광세의 『휴옹집』에 처음 쓰인 이후 임창택, 이익, 오광운, 이학규 등에 의해 쓰였다. 국문학 연구에서 '해동악부체'를 독립된 형태로 규정한 연구는 "소서(小序)를 부대한 여러 영사시(詠史詩)들을 편집한 형태"라 하였고, 고려의 한문서사시 외, 김종직의 「동도악부」를 연원으로 한다 하며 위의 작가 등을 거론했다. 심경호, 「조선후기 한시의 자의식적 경향과 해동악부체」, 『한국문화』 2, 서울대 한국문화연구소, 1981.

참조한 것은 이 두 해동악부 뿐이다. 특히 오광운 해동악부의 지대한 영향 하에 <팔역가>가 쓰였다는 점은 본고가 새롭게 밝혀낸 점이며 특기할 만한 사실이다. 이 둘 중, <팔역가>의 한시 악부는 『약산만고』의 것이 더 많으나, 가사 본문에 차용된 일화는 심광세의 『해동악부』의 것이 많다. 그러나 심광세는 고려시대를 특히 주목했고(전체 44수 중 23수) 고려시대 거란과의 전쟁이나 대몽 항쟁을 주목한 반면, <팔역가>는 고려 건국 초기와 고려 말기에만 관심을 가져, 심광세 『해동악부』의 이런 특징은 무시되었다.

다음에서는 <팔역가> 작자가 인용시를 소개하는 말을 통해서 작자가 시를 인용하는 태도의 몇 가지 특징을 주목하였다.

[표 3] 〈팔역가〉 게재시 인용 소개 양상

원시 저자 언급	작품수	소개하는 말	작품수
I. 저자 밝힘	17	시왈 (시의왈)	2
		○○ 시왈	2
		○○을픈 시왈	9
		을픈 시왈	2
		○○을픈글(명)왈	1(1)
I-1. 저자 밝혔으나 다름	3	○○을픈글	1
		○○지어주니	1
		○○ 시왈	1
II. 저자 밝히지 않음	24	시왈 (시의왈)	10
		후인시왈	10
		시인의 을픈글	2
		가왈	2
고치지 않은 시			7
고친 시			37

[표 3]을 참조하면, 44수의 시 중 <팔역가>의 작자가 원시의 저자를 밝힌 경우(I군)는 20수이고, 밝히지 않은 경우(II군)는 24수이다. 그는 '시왈' '읊은시왈' '후인시왈'을 사용하여 24수 정도에 대해 본인의 자작시로 오해할 수도 있는 어조로 시를 소개하고 있다. 전반적으로 볼 때, 그는 원시 저자를 밝히거나 밝히지 않는 것을 크게 의식하지 않는다고 보아야 할 것이다. I, II 양쪽에 별 구분 없이 이 말들을 쓰고 있는 것이 사실이기 때문이다. 어쩌면 당대의 교양 범위에서는 충분히 소통될 수 있는 시인들일 수도 있겠으나, 『택리지』와 비교해보아도 작자를 밝히지 않는 방식을 일반적이라고 볼 근거는 없다. 그런데 <팔역가> 작자가 『택리지』를 많이 인용하면서도 4수 외에는 『택리지』 수록 작품을 공유하지 않았고, 이중환의 시도 인용하지 않았다는 것은 특이한 점이다. 자신의 시적 안목을 자부하기 때문이라고 볼 수도 있을 것이다. 그러나 많은 오자는 필사자의 문제라 하더라도, 작자를 밝힌 작품에서 3수(시 7, 19, 38)는 <팔역가>에서 밝힌 사람과 원래 시인이 맞지 않은 경우(I-1)가 있어 그의 자부심을 어느 정도로 생각해야 할지는 더 숙고해야 할 문제다.

한편, <팔역가> 작자가 시를 소개하는 표현에서 일관성을 발견할 수 있어 주목된다. 하나는 '후인시왈'이고 다른 하나는 '가왈'이다.

첫째, '후인시왈'이라고 하는 언급은 인용시 10수에 나오는데 이 말은 모두 원시가 '해동악부'에 해당하는 경우에 쓰였다. [시 32]의 정사호의 『화곡집』에 실린 정사호의 시를 소개할 때 쓰인 것만 예외이다. 다음 '가왈' 또는 '노래왈'은 우리말 노래와 관계되는 경우에 쓰였다. '노래왈'은 [시 28]에서 "子規詩(자규시) 실픈노릐曰(왈)"로 한시 한 수와 "陪行都事(배행도사) 실픈노릐曰(왈)"로 "천리길 머ᄂᆞ먼길~"의 시조를 게재할 때 쓰였다. <자규시>는 물론 한시이지만, 뒤의 시조가 있었기에 함께 쓰였다고 볼 수 있다. 또 [시 41]에서 "歌曰"로 정몽주의 <단심가丹心歌>를 거론했다. [시 11]에서도 한시는 "詩의曰"로 소개했지만, 고려 정서鄭敍의 <정과정>을 "후세깃친노리 정과정 곡조"라고 가사 구문에서 표현했다. <팔역가>의 작자는 우리말 시가(고려가요, 시조)에 대해 확실한 구분 의식을 가지고 있음을 확인할 수 있는 사례이다. 또한 <팔역가>의 작자는 다양한 독서범위에서 한시를 인용하였으며, 그 중 많은 부분이 <해동악부>임이 드러났는데, 이들을 소개할 때 '후인시왈'로 특기한 것을 볼 때[307] 우리 시가와 해동악부를 한시와 구분하는 의식을 볼 수 있다.

반면, 그의 한시 인용 상태는 원문을 거의 수정하였는데 자세한 고찰 결과, 오자로 판명된 경우가 많아, 창작적인 변개變改로 볼 수 있는 경우는 찾기 어려웠다. 더구나 이 수정이 창작자의 것인지 필사자의 것인지에 대한 판명이 쉽지 않아 섣불리 창의성을 논의하기는 어렵다. 그러나 한글가사에 우리 역사를 소재로 한 한시를 대거 수용한 것은 조선 후기 한시가 우리 것을 소재로 하여 체질을 개선하고자 한 시도를 역으로 가사에 가져옴으로써, 한시에는 선택적인 수용자로서, 가사에는 창작자로서 두 장르 모두에 적극적으로 개입하고자 한 작자의 의도를 볼 수 있다. 이는 가사가 담당할 수 있는 영역을 역사·지리로까지 한껏 넓히고, 동국 한시의 역사를 종횡으로 누비며 그 성과를 함께 담아내고자 한 것이다. 이런 점을 감안하면 <팔역가>를 교본가사로 보는 것은 그 의미를 축소하는 것이다. 한시와 국문시가를 넘나들 수 있는 자신의 실력과 의욕을 돋보이게 하는 작품을 쓴 시도 자체에 대해 우선 의미를 둘 수 있을 것이다. 실제적인 가치에 대해서도 좀 더 자세한 고찰을 통해 살펴볼 필요가 있을 것이다.

---

307) "후인시왈"을 노규호는 "시 한 수 읊어볼까?"라 역주했으나, 이렇게 하면 본인의 시로 오해할 여지가 더 커지고 작자의 이런 구분 의식도 희석돼 버린다. 그냥 "후인 시왈"로 해야 한다.

3.4. 인용시 원전 저본의 성격

[표 4] 인용시의 원전 추정(편저자 연대순)

<table>
<tr><th>순서</th><th>수록서</th><th>수록편</th><th colspan="2">편저자 생몰연대</th><th colspan="2">게재시[308]</th></tr>
<tr><td>1 A</td><td>동문선</td><td></td><td colspan="2">서거정 1420-1488</td><td colspan="2">2</td></tr>
<tr><td rowspan="4">2 B</td><td rowspan="4">개인문집</td><td>학봉집</td><td colspan="2">김성일 1538-1593</td><td>1</td><td rowspan="4">4</td></tr>
<tr><td>화곡집</td><td colspan="2">정사호 1553-1616</td><td>1</td></tr>
<tr><td>동악선생집</td><td colspan="2">이안눌 1571-1637</td><td>1</td></tr>
<tr><td>육선생유고</td><td colspan="2">1658(간행연도)</td><td>1</td></tr>
<tr><td>3 C</td><td>휴옹집</td><td>해동악부 1617</td><td colspan="2">심광세 1577-1624</td><td colspan="2">7</td></tr>
<tr><td rowspan="6">4 D</td><td rowspan="6">대동야승</td><td>청파극담</td><td>이육</td><td rowspan="6">(대동야승)
1710?-1800?</td><td>1</td><td rowspan="6">6</td></tr>
<tr><td>청강선생
시화</td><td>이제신</td><td>1</td></tr>
<tr><td>해동야언</td><td>허봉</td><td>1</td></tr>
<tr><td>속잡록</td><td>조경남</td><td>1</td></tr>
<tr><td>해동잡록</td><td>권별</td><td>1</td></tr>
<tr><td>기묘보유록</td><td>안로</td><td>1</td></tr>
<tr><td>5 E</td><td>성호사설</td><td>시문문</td><td colspan="2">이익 1681-1723</td><td colspan="2">1</td></tr>
<tr><td>6 F</td><td>약산만고</td><td>해동악부</td><td colspan="2">오광운 1689-1745</td><td colspan="2">11</td></tr>
<tr><td>7 G</td><td>*택리지(1750)</td><td></td><td colspan="2">이중환 1690-1752</td><td colspan="2">4</td></tr>
<tr><td>8 H</td><td>동사강목
(1756-1783)</td><td></td><td colspan="2">안정복 1712-1791</td><td colspan="2">4</td></tr>
<tr><td>9 I</td><td>연려실기술</td><td></td><td colspan="2">이긍익 1736-1806</td><td colspan="2">5</td></tr>
<tr><td>10 J</td><td>연경재전집</td><td></td><td colspan="2">성해응 1760-1839</td><td colspan="2">1</td></tr>
</table>

위의 정리를 통해, 인용시 원전의 몇 가지 특징을 발견할 수 있다.

첫째, 한시 저본의 대부분은 18세기에 활동한 인물과 그들의 저작이라는

308) 시 번호는 44까지이나, 시38의 원전이 둘이므로 원전은 모두 45개임.

것이다. 총 3수가 인용된 15세기의 『동문선』, 성삼문 시를 제외하면, 모두가 17~19세기의 저작이다. 개인문집과 심광세의 『휴옹집』은 17세기, 나머지는 18~19세기 인물들의 것이므로 거의 1700년부터 1800년 전반까지의 저작으로 볼 수 있다. 그러므로 인용시를 기준으로 볼 때 <팔역가>의 창작시기는 1850년 정도로 추정한 기존 논의를 수긍할 수 있다. 물론 저작물이 간행되어 주변인 혹은 일반인이 그것을 보고 참조할 수 있는 시기는 저자의 생존연대와는 별개의 문제이다. 예를 들어, 오광운(1689-1745) 『약산만고』의 창작시기는 1737-1738년간으로 추정되나 1924년에야 목판으로 출간되었다. 만약, 출간연도를 기준으로 하면 이를 보고 가사를 창작한 시기는 1920년 이후가 되므로 무리가 많은 추정이 될 수밖에 없다. 저작연도나 저자의 탈고연도를 알 수 있으면 좋겠으나 그것도 알려진 경우가 많지 않으므로 저자의 생존연대를 기준으로 할 수밖에 없을 것이다. 단, 성삼문 등 육선생은 1691년이 되어서야 신원되므로 『육선생유고』 편찬연도로 하였다. A~J는 이런 기준으로 정한 순서이다.

둘째, 조선 후기의 전집류들은 『대동야승』을 제외하고는 모두 남인 실학파의 저작이라는 것이다. 이중환의 『택리지』와 심광세 · 오광운 「해동악부」 외 참조한 책은 모두 전집류인데, 안정복 『동사강목』, 이긍익 『연려실기술』, 성해응 『연경재전집』도 모두 남인의 저서이다. 『택리지』의 영향은 이미 노규호에 의해 밝혀진 바 있거니와, 인용시의 상세한 고찰을 통해 <팔역가>가 이중환 외에도 광범위한 남인 학맥의 영향 하에 쓰였다는 사실을 명백하게 밝힐 수 있게 되었다.

이를 참조하여 가사 본문의 내용을 살핀다면 <팔역가>의 전모에 보다 가까이 갈 수 있을 것으로 기대한다.

4. 〈팔역가〉의 문화지리의식

4.1. 〈팔역가〉와 그 저본에 나타난 문화지리의식 고찰의 의미

최두식은 <진씨본 팔역가>의 다양한 내용을 소재별로 분류한바 이를 통해 <팔역가>의 내용을 일별할 수 있는데,[309] 그 중 '반외세의식'과 '민족적 자존의식'의 항목이 본고의 관점인 <팔역가>의 국경의식에 관계되는 항목으로 본다. 이 중 북쪽 국경을 배경으로 전개되는 '반외세의식'은, "을지문덕·양만춘의 외침격퇴, 나·당연합군의 고구려 침공, 윤관의 여진정벌, 김종서의 육진설치, 세종의 한사군지 혁파하여 강계에 부침,[310] 목극등의 백두산정계비 등"이며, '민족적 자존의식'은 "단군 개국, 주몽의 고구려 건국 등"이다.[311] 이에 덧붙이자면, 전자에는 '고려의 거란·여진과의 대립, 김응

---

309) 최두식, 같은 책, 280-291면.

310) <팔역가>는 "廢四郡(폐사군) 오백리를 세종조 혁파ᄒᆞ야/ 江界(강계)에 부처씨니"이다. '폐사군'은 세종이 설치한 사군이 있던 자리를 말하는데, <팔역가>의 폐사군은 한사군을 뜻한다. 최두식은 이를 다시 세종이 '한사군' 자리에 '사군'을 설치한 것이라고 하였다. 그러나 한사군 위치를 어떻게 규정하든 '한사군'이 조선 세종이 설치한 '사군' 전부를 말할 수는 없다.
사군은 세종이 서북 방면의 여진족을 막기 위해 압록강 상류에 설치한 국방상의 요충지, 여연(閭延)·자성(慈城)·무창(茂昌)·우예(虞芮)의 네 군을 말한다. 1401년(태종 3)에 강계만호부를 강계부(江界府)로 승격시키고, 1393년(태조 2)에 동북면안무사 이지란(李之蘭)이 갑주에 축성(築城)한 이후, 1413년 갑주를 갑산군(甲山郡)으로 개칭하였으며, 1416년 갑산관하의 일부를 분리해 현 중강진(中江鎭) 부근에 여연군을 설치하였다. 다음 해 이를 함길도로부터 평안도에 이관(移管)하는 동시에 거리가 가까운 강계도호부에 소속시켰다. 이로써 갑산 서쪽의 압록강 남안(南岸)이 모두 조선의 영역이 되었다. 1432년(세종 14) 건주위 만호 이만주(李滿住)의 침입을 계기로 1433년 최윤덕(崔潤德)을 평안도도절제사로 임명해 황해·평안도의 병사 1만 5천여 명으로써 이를 정벌하였다.
그러나 단종 3년(1455)에 여연·우예·무창의 3군을 폐하였고, 세조 5년(1459)에 자성마저 폐하였으므로, 이후 이 지역을 '폐사군'으로 불렀다. 숙종 때 이곳에 사진(四鎭)을 설치하여 방비를 굳건히 하고자 하였으나 개간·봉수(封守)의 어려움과 초피·산삼 등의 손실 등의 폐단이 있다 하여 중지되었다.

311) 본고는 북쪽 국경만을 다루는 입장이므로 일부만 채택하였다. 위의 인용 항목을 제외한 최두식의 선정 주제들은 다음과 같다. '반외세의식'은 "청 태조의 '천하제일강산' 파자(破字) 사건, 호란 때 천우신조에 의한 익조의 도강, 정묘호란 때 김장생의 창의소집, 당장(唐將)의 동국명산에 끼친 폐해, 당장의 안동 서악사(西岳寺) 관왕묘(關王廟) 석상 건립, 이여

하의 죽음과 명나라 신종의 조문, 남한산성의 구사九寺 창건, 병자호란 때 강화도의 함락과 제신의 충성 대절大節' 등이 포함될 것이고, 후자에는 '기자동래, 기준의 남하, 만동묘 등의 문제'가 포함될 것이다.

이상을 참조하면, '민족적 자존의식'은 주로 고조선, 삼국 역사에 관계되고, '반외세의식'은 우리 역사상의 외세 침입에 의한 전쟁과 관계됨을 알 수 있다. 후자 중 병자호란에 관계된 기사가 임진・정유왜란에 비해 적다는 것도 눈에 띄는 점이다. 그 이유를 위의 두 관점을 염두에 두고 생각해본다면, 청나라에 대한 직접적인 언급을 회피하기 위함이거나, 패전의 역사인 병자호란의 기사는 해당되지 않기 때문에 덜 거론되었다는 생각도 가능하다.[312] 최두식이 지적한 "종래의 친한항이親漢抗夷의 구별이 사라지고 있다."는 전반적인 특징은 이와 연관해서 이해할 수 있을 것이지만, 좀 더 자세한 고찰이 필요할 것이다.

이 '반외세의식'과 '민족적 자존의식'은 문화지리적 인식의 일부가 될 수 있을 것이기에, '문화지리의식'이라는 말로 포괄할 수 있을 것이다. 여기서 말하는 '문화지리의식'은 조선 후기에 널리 쓰인 '동국의식'과 어느 정도 통한다. 소중화의식과 함께, 조선은 중국과는 역사적 연원이 다른 나라라는 의식을 분명히 갖고 우리나라를 지칭할 때의 칭호가 '삼한' 혹은 '동국'이었다. 이 동국에 대한 문화정체성에 대한 의식이 '동국의식'[313]이다. 위에서

송의 절지맥(絶地脈), 임진왜란 중 명장 진린(陳璘)과 양원(楊元)의 실책, 정유재란 중 진주성 함락, 평수길(平秀吉, 풍신수길(豊臣秀吉))의 대명 정벌 야욕과 아국 강약시험, 세종의 대마도 정벌, 통영 수강루(受降樓)와 세병관(洗兵館)에 얽힌 사적, 이순신의 노량대첩, 임진왜란 때 전주에서의 이정난(李廷鸞, 1529-1600, 전주)・조헌(趙憲, 1544-1592)의 의병 모집, 신립(申砬, 1546-1592)의 패배, 명나라 장수 양호(楊鎬, ?-1629)의 왜적 섬멸 등"이고, '민족적 자존의식'은 "김수로왕의 가락국 개국, 제주 양(良)・고(高)・부(夫) 삼 시조(始祖)의 출현, 신라 박・석・김 삼성왕(三姓王)의 상승(相承), 태조 이성계의 개국 등의 사적, 최치원의 당 활동, 장보고의 해상 활동, 청장 용골대(龍骨大)가 평안감사 박엽(朴燁, 1570-1623)을 신인(神人)이라고 찬양한 사실 등"이다. 최두식, 같은 책, 287면.

312) 앞에서 언급한 병자호란과 관계된 기사 중 <팔역가>에서는 경성의 김응하의 죽음과 명나라 신종의 조문, 화양동 만동묘의 대의 회복, 강화도 함락 시 김상용・이시직의 자결 외에는 간단한 언급에 그쳤다.

말한 두 항목 중 '민족적 자존의식'에 보다 해당될 것이다. 이는 역사적 연원을 주로 다루므로 시간에 치중한 반면, 국경 지역에서 주로 일어나는 외세와의 대립과 긴장은 공간에 대한 것이어서 시간과 공간을 아우르는 개념으로서 본고는 '문화지리의식'이라고 칭하고자 한다.

이 장에서는 본서의 관심 분야인 우리 국경에 대한 문화지리의식이 <팔역가>가 참조한 인접 텍스트 및 <팔역가>에 어떻게 나타나고 있는가를 살펴보고자 한다. 이는 국경에 대한 의식이며, 국토에 대한 의식이다. 앞에서 살핀 <팔역가>의 저본과 그 저자들의 인식, 또 이를 취사선택한 <팔역가> 작자의 의식을 연관하여 살필 수 있을 것이다. 그러므로 첫째, 『택리지』를 인용한 경우는 이중환의 의식, 둘째, <팔역가>에 인용된 해동악부 작자들의 문화지리의식, 셋째, 이를 종합하여 <팔역가>의 문화지리의식을 고찰하고자 한다. 단, 첫째, 둘째 항목에 속하며 앞의 다른 논의들에서 심층적으로 다루어졌던 소재들에 대해서는 중복 논의를 피하고 저본 작자들의 사상을 좀 더 깊게 다루어 <팔역가>가 선택한 사상의 면모를 보다 상세하게 보이고자 한다.

이 주제들에 대해 살필 때, 시기적으로는 이중환에 대한 논의보다 인용 해동악부의 원조격인 심광세에 대해 더 먼저 다루어야 할 것이나, <팔역가>의 『택리지』 의존도가 워낙 크므로 『택리지』를 논하지 않고 <팔역가> 자체의 관점을 논하는 것은 그 의미가 유지되기 어렵다고 생각하여 『택리지』를 먼저 살펴보고, <팔역가>의 또 다른 한 축을 보여주는 「해동악부」를 통해 가사에 나타난 역사의식을 보기로 한다. 이는 18・19세기 남인의 문화지리의식으로 요약될 것임은 앞의 요약 자료들로 예견된 바다.

---

313) 동국론 및 동국의식에 대해서는 박찬승, 「고려・조선시대의 역사의식과 문화정체성론」, 『한국사학사학보』 10, 한국사학사학회, 2004; 허태용, 「전근대 동국의식의 역사적 성격 재검토」, 『역사비평』 111, 역사비평사, 2015; 김경태, 「이익과 안정복의 동국정통론(東國正統論) 재검토」, 『한국사학보』 70, 고려사학회, 2018 참조.

4.2. 『택리지』를 통한 〈팔역가〉의 문화지리의식

4.2.1. 〈팔역가〉의 묘사와 『택리지』의 자연지리

<팔역가>의 주요 저본 중 하나가 청담淸潭 이중환李重煥(1690-1752)[314]의 『택리지』라는 사실은 선행연구에서 이미 지적된 바 있다.[315] 양자를 대조한 선행연구에 의하면, 전체 내용의 반 이상을 『택리지』에서 가져왔다 하는데, 본고는 <팔역가>가 『택리지』를 활용하면서도 그와 다르게 한 것이 무엇인가를 중심으로 논의하고자 한다.

<팔역가>는 가사의 서정성을 담당하는 묘사, 특히 기행가사에서는 기행 장소의 매력을 부각시킬 수 있어 중요한 묘사 부분 역시 『택리지』에서 가져왔다. 대부분 청담의 자연지리 개념이 <팔역가>에 그대로 활용된 경우이다. 비교한 후, 그 변용에 대해 주목하고자 한다.

아래의 <팔역가> 황해도 부분은 지형학적 측면에서 자연을 정확하게 묘사함으로써 청담의 자연지리 개념이 잘 나타나 있다[316]고 『택리지』에서도 손꼽히는 부분을 활용한 것이다.

> B 黃海道(황해도)을 向(향)ᄒᆞᆫ길의
> 豊川(풍천)을 지ᄂᆡ야 殷栗(은률)의 다다르니
> 土沃(토옥) 穀(곡)리 不下於(불하어) 三南(삼남)이라
> 造山(조산)들 一斗落(일두락)의 穀出(곡출)리 數百斗(수백두)요
> 小不下(소불하) 百斗(백두)로다 A 長淵(장연)을 다달ᄂᆞ
> 金沙寺(금사사) 올ᄂᆞ보니 奇異(기이)ᄒᆞᆫ 明沙(명사)로다
> 日光(일광)비처 金(금)빗치요 바람ᄯᆞ라 峰巒(봉만)이라
> 層層(층층)이 놉고놉파 朝夕(조석)의 遷徙(천사)ᄒᆞ야

---

314) 이중환(李重煥, 1690-1752)의 호는 청담(淸潭) 또는 청화산인(靑華山人). 본관은 여주(驪州). 성호 이익의 재종손이다.

315) 노규호, 같은 책, 74-80면.

316) 이문종, 『이중환과 택리지』, 아라, 2014, 337면.

東(동)의잇다 西(서)의ᄒᆞ니 이아이 壯觀(장관)이며
ᄯᅩᄒᆞᆫ곳 바라보이
모릐 우의 놉픈塔(탑)과 고은사당
空中(공중)의 現形(현형)ᄒᆞ니 이아니 乖異(괴이)ᄒᆞᆫ가
明沙十里(명사십리) 海棠花(해당화) 白鷗雙雙(백구쌍쌍) 飛疎雨(소비우)는
이를두고 일음이요 ᄯᅩᄒᆞᆫ곳 바라보이
모릐쇽의 나ᄂᆞᆫ海蔘(해삼) 防風(방풍)과 彷佛(방불)토다(125-126면)

B 황해도를 향한 길에
풍천을 지나 은율에 다다르니
비옥한 땅 생산물이 삼남보다 못지않다
조산들 한 마지기에 곡출이 수백 두요
적어도 백 말이다 **A** 장연에 이르러
금사사 올라보니 기이한 모래로다
햇빛 비쳐 금빛이요 바람 따라 봉우리다
층층이 높고 높아 조석으로 옮기면서
동에 있다 서에 있다 하니 이 아니 장관이며
또 한 곳 바라보니
모래 위의 높은 탑과 고운 사당
공중에 나타나니 이 아니 괴이한가?
"명사십리 해당화요 백구쌍쌍 가는 비에 나는구나"는
이를 두고 이름이요 또 한 곳 바라보니
모래 속의 나는 해삼 방풍317)과 흡사하다

이 부분은 『택리지』에 그대로 있다.

A-1 장산곶 북쪽에 금사사金沙寺가 있고, 바닷가 20리 거리가 모두 모래 언덕이다. 모래가 아주 잘아 금빛 같으며 햇빛에 비치어 반짝인다. 바람이 불 때마다 모래가 쌓여 산봉우리처럼 되는데, 높아지기도 얕아지기도 하며

317) 방풍의 묵은 뿌리. 이중환, 안대회 외 역, 『완역 정본 택리지』, 휴머니스트, 2018, 93면.

> 아침저녁으로 위치가 옮겨져 동쪽에 우뚝했다가 서쪽에 우뚝하고, 갑자기 좌우로 움직여서 일정한 방향이 없다.
>
> 그러나 모래 위에 있는 절은 웅장하고 화려하여, 끝내 모래에 묻히지 않으니, 이것은 실로 괴이한 일이다. 어떤 사람은 "해룡海龍의 짓이다"라고도 한다. 모래 속에서 해삼이 나는데 모양이 방풍防風 같다. 매년 4, 5월이면 중국 등래登萊 바다에서 배를 타고 오는 자들이 많다. 관에서 장수와 이속吏屬을 보내 쫓으면, 이들은 바다로 나가 닻을 내리고 있다가, 사람이 없는 틈을 타 다시 언덕에 올라와서 해삼을 따 간다. …
>
> **B-1** 오직 풍천과 은율의 땅만이 아주 기름지다. 조산造山 들이라는 들이 있어 논에 1말 종자를 뿌려 때로 수백 말을 수확하며 적더라도 100말 이하는 내려가지 않는다. 밭 소출 또한 이와 같으니, 이것은 삼남三南에서도 드문 일이다.(54-55면)[318]

『택리지』의 A-1 부분은 "장산곶 몽금포 해변의 사구砂丘의 형성과 바람에 따른 이동을 잘 묘사한 기록"인데 산→해변→들의 순서를 <팔역가> A는 들→산→해변으로 바꾸고, '올라보니' 등의 단어를 써 여행자의 실제 이동처럼 처리하고, 한문 7언 2행 "明沙十里(명사십리) 海棠花(해당화) 白鷗雙雙(백구쌍쌍) 飛踈雨(비소우)"라는 구절로 여행자의 시정詩情을 부각하였다. 이 구절은 다른 한시처럼 세자쌍행의 형식이 아니고, <오・권씨본> 모두 본문처럼 기재했다.

"明沙十里海棠花 白鷗雙雙飛踈雨"는 비슷한 시구가 자하紫霞 신위申緯(1769-1845)의 「소악부小樂府」에 나온다.[319] 신자하 <소악부> 40수는 시조를 한시로 지은 것인데, 39번째 소악부의 전문은 "釋子相逢無別語 關東風景也如許 明沙十里海棠花 兩兩白鷗飛小雨"이다. 원 시조는 "뭇노라 저 禪師(선사)야 關東風景(관동풍경) 엇더터니/ 明沙十里(명사십리)에 海棠花(해당화)

318) 이중환, 이익성 역, 국역『택리지』, 을유문화사, 1993, 54-55면. *이하의『택리지』본문 인용은 이 책에 의하며, '이중환, 같은 책'으로 표기함.

319) 신위, 『경수당전고(警修堂全藁)』 책17, 「북선원속고(北禪院續藁)」 3, 「소악부(小樂府)」, <십주가처(十洲佳處)>.

불것는듸/ 遠浦(원포)에 兩兩白鷗(양양백구)는 飛疏雨(비소우)를 ᄒᆞ더라"(『역대시조전서』, 1097)[320]이다. 자하는 시조 초장을 칠언절구의 기·승구로 삼고, 중장을 전구로, 종장을 결구로 삼았다. 중장의 '불것는듸'와 종장의 '遠浦에'만 생략되었을 뿐 변형이 거의 없는 평이한 한시화이다. "명사십리 해당화"는 민요의 <상여소리>에 빠지지 않는 등 구전적 성격이 강한 구문이다.[321] 사실, 명사십리는 주로 안변, 원산 앞바다를 일컬을 때 많이 쓰는 구문이다. 청담의 『택리지』에도 안변의 '학포호수' 부근 정경을 묘사할 때 보인다.[322] 시조에서 누군가가 선사에게 묻는 '관동풍경'에 대한 감상으로 이 대답이 나오는 것도 그 때문이다. 모래밭을 바라보며 문득 생각난 이 2행은 관용구라고 해도 될 만큼 흔히 쓰는 구문이어서 시로 특기하지 않은 듯하며, 시조나 민요 등 우리말 시가로도 인식하지 않은 듯하다. <팔역가> 작자는 우리말 시가에 대해서는 '노래'로 특기했기 때문이다.

황해도는 청담에게는 특히 의미 있는 곳이다. 황해도 금천구 고동면 송현리의 설라산 백운봉 아래에 여주이씨 이중환계 묘역이 있어 청담의 직계 조상 5대조이자 여주이씨의 중시조로 숭앙받는 이상의李尙毅와 청담 자신 그리고 아들들의 묘역이 있다.[323] <팔역가>의 작자는 청담이 애착을 가지고 황해도 명승지에 대해 세심하게 묘사한 부분을 그대로 가져오면서도 원전에는 없는 시적 표현을 삽입하여 아름다운 광경을 더 부각시키는 효과를

---

320) 심재완, 『교본 역대시조전서』, 세종문화사, 1972, 392면. 시조의 작자는 '백제인 성충(成忠)'이라고 한 가집도 있고, '신위(申緯)'라고 한 가집도 있다. 대부분은 미상이라고 했다.

321) "(차식(車軾)의 시는) 붓 끝이 생동감이 있고 퍽 자연스러워 보였다. 속담으로 전해오고 있는, '양양백구비소우(兩兩白鷗飛疏雨)'라는 것이 바로 이 시의 선창이 아니겠는가?" 임제, 국역 『백호전서』 권34, 「잡저」, <풍악록(楓岳錄)> 참조.

322) "영동 아홉 고을 너머 흡곡 북쪽은 함경도 안변부(安邊府)이다. … 그 안은 학포대호(鶴浦大湖)인데, 주위가 30리이며 물이 깊으면서 맑다. 사면은 모두 흰 모래 언덕이고, 모래 속에서 해당화가 뚫고 나와 빨갛게 피어서 비단을 헤쳐놓은 것 같다. 미풍이 살짝 불면 고운 모래가 날아가서 작게는 무더기가 되고, 크게는 봉우리를 이룬다. 아침저녁으로 위치가 옮겨져 하루 사이에도 변화하는 것을 예측할 수 없는 것이, 바로 서해의 금모래 같아 매우 이상하다.", 이중환, 같은 책, 「복거총론」, <산수>, 202면.

323) 이문종, 같은 책, 385면.

가져왔다. 동해안 안변 앞바다를 묘사하며 청담이 “바로 서해의 금모래 같다.”고 짧게 언급한 광경을 구체화한 솜씨는 <팔역가> 작자의 세심함이 만만치 않음을 느끼게 한다. 황해도와 함께 특히 충청도도 청담이 중요하게 생각했던 곳이다. 그래서인지 <팔역가>의 충청도 부분 역시 『택리지』와 거의 유사함을 볼 수 있다.

또한 이중환의 자연지리 개념의 근간이 되는 ‘등줄기산맥’에 대한 부분도 적절하게 <팔역가>에 분산 인용되었다.

> C 백두산은 여진과 조선의 경계에 있어 온 나라의 눈썹처럼 되어 있다. 산 위에는 큰 못이 있는데 둘레가 80리이다. 그 못 물이 서쪽으로 흘러 압록강이 되고, 동쪽으로 흘러 두만강이 되었으며, 북쪽으로 흐른 것은 혼동강混同江인데, 두만강과 압록강 안쪽이 바로 우리나라이다. …
>
> 큰 줄기 산맥(백두대간)이 끊어지지 않고 옆으로 뻗었으며, 남쪽으로 수 천 리를 내려가 경상도 태백산까지 한 줄기의 영嶺으로 통해 있다. 함경도와 강원도의 경계에서 철령鐵嶺이 되었는데, 이것이 북도北道로 통하는 큰 길이다. …
>
> 영이란 것은 등마루 산줄기가 조금 나지막하고 평평한 곳을 말한다. 이런 곳에다 길을 내어 영 동서쪽과 통한다. 나머지는 모두 산이라 부른다.
>
> 평안도는 청천강淸川江 남쪽・북쪽을 막론하고 모두 함흥에서 뻗은 서북쪽 지맥이 맺혀서 된 것이다. 황해도와 개성부는 고원高原・문천文川 사이를 따라 뻗은 서쪽 지맥이 맺혀서 된 것이고, 철원・한양은 안변安邊 철령에서 나온 산맥이 맺혀서 된 것이다. 강원도는 모두 철령 서쪽에서 뻗어나온 것이며, 서쪽은 용진龍津에서 그쳤다. 이것이 온 나라에서 가장 짧은 산맥이며, 여기를 지나면 산다운 산이 없다.
>
> D 태백산에서 등마루가 좌우로 갈라져 왼편 지맥은 동해가를 따라 내려갔고, 오른편 지맥으로 소백산小白山에서 남쪽으로 내려갔는데, 태백산 위쪽의 산과는 비교할 바가 못 된다. 비록 만첩 산속이나 산등성이가 연했다가 끊어졌다 하고, 자주 끊어져서 큰 영이 넷이고, 작은 영이 7개나 된다. 소백산 아래쪽에선 죽령竹嶺이 큰 영이고, 그 아래쪽에 천주天柱・화원火院의 작은 영이 있다. … E 덕유산德裕山 남쪽에 있는 육십치六十峙・팔량치八良峙가 큰 영이며, 여기를 지나 지리산智異山이 되었다. 작은 영이라 하는 것은 평지

에 지나간 산맥이다. 그 중에서 속리산과 덕유산은 갈림새와 주름살이 더욱 많다. 속리산에서 남쪽으로 내려온 산맥이 바깥쪽으로 되돌아간 것은 기호지방畿湖地方의 남북 들판에 서리어 있다. 덕유산의 정기는 서쪽으로 가서 마이산馬耳山이 되었고 거칠고 탁한 줄기는[324] 남쪽으로 지리산이 되었다. 마이산 서쪽과 북쪽에서 뻗은 두 지맥은 진잠鎭岑과 만경萬頃에서 그쳤다. 거기에서 가장 긴 것은 노령蘆嶺에서 세 가닥으로 갈라져, 서북쪽 두 지맥이 부안扶安·무안務安을 지난 다음 흩어져서 서해 복판의 여러 섬이 되었다. 그리고 그 중에서 또 긴 것은 동쪽으로 가서 담양潭陽 추월산秋月山과 광주光州 무등산無等山이 되었고, 추월산과 무등산 맥이 또 서쪽으로 뻗어 영암靈巖 월출산月出山이 되었다.

E'월출산에서 또 동쪽으로 가서 광양光陽 백운산白雲山에서 그쳤는데, 꼬불꼬불한 산맥이 갈 지자之字 모양과 같다. 월출산 한 맥이 남쪽으로 뻗어가서 해남현海南縣 관두리綰頭里를 지난 다음, 남해 복판의 여러 섬이 되었고, 바닷길 천 리를 건너서 제주濟州 한라산漢拏山이 되었다. 혹은 한라산 맥이 또 바다를 건너 유구국琉球國이 되었다고도 한다.(「복거총론」, <산수>, 166-168면)

『택리지』의 「복거총론」 <산수>에서 우리나라 산의 큰 맥을 짚은 부분이다. 청담은 우리나라 산맥 지형을 대간大幹, 산척山脊, 영척嶺脊이라는 용어를 써, 오늘날 우리가 아는 백두대간 개념으로 말하고 있다. 백두산에서 내려온 산줄기는 함흥에서 동서로 갈라져 평안도와 함경도의 산맥을 이루고, 함경도와 강원도가 만나는 철령에서 황해도의 산맥과 경기도의 산맥이 갈라지는 것으로 설명하고 있다.

영은 등마루 산줄기가 조금 나지막하고 평평한 곳을 말하는데, 이런 곳에다 길을 내어 영의 동쪽과 서쪽으로 통하게 되며 그 나머지는 모두 산이라 하였다.[325] 남쪽에서는 중요한 것이 속리산과 덕유산이다. 한강 이남, 금

324) '추탁산'으로 번역되었던 이 부분을 '거칠고 탁한 줄기는'으로 한 번역을 따라 바꾸었다. 이중환, 안대회 외 역, 같은 책, 265면 참조.

325) 위에서 말한 영척, 즉 영등성이산은 금강산·설악산·오대산·한계산·태백산·소백

강 북쪽 지역의 산들은 모두 속리산에서 뻗어간 것으로 보며, 덕유산에서 마이산, 마이산에서 북쪽으로 계룡산, 서쪽 · 남쪽으로 전라도의 모든 산이 뻗어간 것으로 보았다. 『택리지』 속의 이러한 산맥 체계는 우리나라 전통적인 산맥 개념인데,[326] 이는 땅 위에 나타나 있는 산의 능선이 하천에 의해 끊어지지 않고 연결되어 있는 상태로 본 관점이다.[327] 이러한 관점은 사실 고려시대부터 내려온 것으로 완전히 새로운 것은 아니다. 그러나 <팔역가>의 자연지리는 전적으로 『택리지』의 것이다. 『택리지』 문장을 그대로 곳곳에서 적절하게 인용하고 있다.

D를 <팔역가>에서는 강원도에서 경상도로 들어서며, 산세山勢를 노래하듯이 가사화했다.

> 慶尚道(경상도) 向(향)ᄒᆞᆫ길의
> 小白山(소백산) 올나보고 四方山川(사방산천) 살펴보니
> 太白山(태백산) 한가지 左出(좌출) ᄒᆞ야

산 · 청화산 · 속리산 · 지리산을 말하며, 이 영등성이 8산의 산맥의 연결 관계, 역사적 사실, 관련 인물, 사찰 등에 대해 자세히 설명하고 있다. 영등성이산이 아닌 큰 명산은 칠보산 · 묘향산 · 가야산 · 청량산 네 산을 들었다. 이문종, 같은 책, 309면 참조.

326) 조선 초기인 1395년(태종 3)에 이첨(李詹, 1345-1405)이 고려 초기의 지도인 고려도(高麗圖)를 보고 쓴 글에 같은 개념이 나타나 있다. "우리나라의 군현은 지도에 대강만 나타나 있고 자세하지 못하여 상고할 수 없었다. 삼국을 통합한 뒤에 비로소 고려도(高麗圖)가 생겼으나, 누가 만든 것인지는 알 수 없다. 그 산맥을 보면 백두산에서 시작하여 구불구불 내려오다가 철령(鐵嶺)에 이르러 별안간 솟아오르며 풍악(楓岳)이 되었고, 거기서 중첩되어 태백산 · 소백산 · 죽령 · 계립(鷄立) · 삼하령(三河嶺) · 추양산(趨陽山)이 되었고, 중대(中臺)는 운봉(雲峯)으로 뻗쳤는데, 지리와 지축(地軸)이 여기 와서는 다시 바다를 지나 남쪽으로 가지 않고 청숙(淸淑)한 기운이 서려 뭉쳤기 때문에 산이 지극히 높아서 다른 산은 이만큼 크지 못하게 된 것이다. 그 등의 서쪽으로 흐르는 물은 살수(薩水) · 패강(浿江) · 벽란(碧瀾) · 임진(臨津) · 한강(漢江) · 웅진(熊津)인데 모두 서해로 들어가고, 그 등마루 동쪽으로 흐르는 물 중에서 가야진(伽耶津)만이 남쪽으로 흘러갈 뿐이다. 원기(元氣)가 화하여 뭉치고 산이 끝나면 물이 앞을 둘렀으니, 그 풍기(風氣)의 구분된 지역과 군현의 경계를 이 그림만 들추면 모두 볼 수 있다." 이첨, 국역 『동문선』 권92, 「서(序)」, <삼국도 뒤에 씀(三國圖後序)> 참조.

327) 이문종, 같은 책, 300면. "이에 비해 학습용 지리부도에 나타나 있는 산맥 체계는 1903년 일본의 지질학자에 의해 이름 지어진 것으로 이는 산을 땅 속의 지질구조에 의해 분류한 것이다."

東萊海上(동래해상) 근처잇고 右出(우출)한 ᄒᆞᆫ가지
소백산 되야 南海上(남해상)의 ᄭᅳᆺ쳐시니
七十州(칠십주) 都水(도수)문[328] 金海(김해)ᄯᅡᆼ이 되야셔라
그안의千里沃野(천리옥야) 百餘古國(백여고국)은 新羅(신라)의 統一(통일)토다
安東(안동)을 向(향)ᄒᆞᆫ길의(145면)

또 E는 E'와 적절히 결합해 필요한 부분만 활용함으로써 『택리지』보다 일목요연한 전개를 보인다. 이때 덕유산의 근원이 백두산임을 기억하여 「복거총론」 <산수>의 서두인 C(백두산)를 주어로 잊지 않고 활용하였다.

遠近山勢(원근산세) 살펴보니 C白頭山(백두산) ᄒᆞᆫ가지
數千里(수천리) 流行(유행)ᄒᆞ야 E德裕山(덕유산) 지어노코
南出(남출)한 ᄒᆞᆫ가지 八良峙(팔랑치) 結咽(결인)ᄒᆞ야
智異山(지리산) 지어 南海上(남해상)의 ᄭᅳᆺ쳐잇고
馬耳山(마이산) 되야셔라 馬耳(마이)에北出(북출)한 ᄒᆞᆫ가지
三百里(삼백리) 逆行(역행)ᄒᆞ야 鎭岑(진잠)[329] 가
鷄龍山(계룡산) 지어노코 西出(서출)한 ᄒᆞᆫ가지
金溝(금구) 母岳山(모악산)되야 萬頃(만경)東鎭(동진)안읫 긋쳐이고
西南(서남)간 한가지 淳昌(순창) 가
復興山(부흥산) 지어 一道(일도) 中央(중앙)되고
長城(장성)가 蘆嶺(노령)되야 南北大路(남북대로) 되야셔라
蘆嶺(노령)으로 分行(분행)ᄒᆞ야 西一枝(서일지) 卞山(변산)되고
東一枝(동일지) 月出(월출)되야 E'月出(월출)의 分行(분행)ᄒᆞ야
東一枝(동일지) 光陽(광양) 白雲山(백운산) 지어놋코
南一枝(남일지) 海南(해남) 綰頭里(관두리)로 渡海(도해)ᄒᆞ야
漢拏山(한라산) 되야셔라(234-237면)

328) '칠십주'는 경상도 관아의 대략의 숫자이며, '도수문'은 물을 일정한 방향으로 흐르도록 이끄는 문.
329) <인쇄본>에는 '鎭嶺(진령)'이나 원본에는 '鎭岑(진잠)'임.

원근산세 살펴보니 백두산 한 가지
수천 리 뻗어 와서 덕유산 지어 놓고
남쪽으로 뻗은 한 가지 팔랑치에 막히면서
지리산 지어 남해 상의 그쳐 있고
마이산 되었도다 마이에서 북쪽으로 뻗은 한 가지
삼백 리를 거슬러 진잠에 가서
계룡산 지어놓고 서쪽으로 뻗은 한 가지
금구 모악산 되어 만경 동진 안에 그쳐이고
서남방향 한 가지 순창 가
부흥산 지어 한 도의 중심을 이루고
장성 가서 노령 되어 남북대로 되었어라
노령으로 나눠지며 서쪽 뻗은 한 가지 변산 되고
동쪽 뻗은 한 가지 월출산 되도다 월출산이 나눠지며
동쪽 가지 광양 백운산 지어놓고
남쪽 가지 해남 관두리에서 바다 건너
한라산 되었어라

이처럼 '덕유산-팔랑치-지리산-마이산-한라산'으로 이어진다는 청담의 논리를 해당 지역의 일부분으로 잘라 넣어 가사를 만드는 것은 그의 지리 인식을 꿰뚫고 있지 않으면 어려운 일이다. 작자는 백두산에서 전라도를 가로지르는 노령에 이르는 흐름을 '남북대로'라고 규정함으로써 청담의 지리 사상을 확실히 전달하였다.330) '~ 훈가지', '지어노코', '~ 가(서)', '긋쳐잇고' 등 반복되는 어구가 많아 보다 율조를 살릴 수 있었을 것이나 전달할 내용이 많아 아주 성공적인 율문은 되지 못했지만, 복잡한 내용을 이 정도나마 율문화할 수 있다는 것은 작품이 진전됨에 따라 작자가 가사체에 상당히 익숙해졌다는 사실을 보여준다.

한편, 『택리지』의 잘못된 내용을 <팔역가>가 그대로 옮긴 부분에 대한

330) 비슷한 논리로 성호 이익은 '백두정간(白頭正幹)'이라 했다. 이익, 국역 『성호사설』 권1, 「천지문」, <백두정간> 참조.

지적도 있다.

F 해남현 삼주원三洲院에서 돌맥이 바다를 건너 진도군珍島郡이 되었는데 물길로 30리이며, 벽파정碧波亭이 그 목이 된다. 삼주원에서 벽파정까지 물속에 가로 뻗친 돌맥이 다리 같은데, 다리 위와 다리 밑은 끊어 지른 듯한 계단으로 되었다. 바닷물이 밤낮 없이 동에서 서쪽으로 오며 폭포같이 쏟아져서 물살이 매우 빠르다.(「팔도총론」, <전라도>, 87면)[331]

F' 露梁(노량)을 지너오니 水中(수중) 石脈(석맥)이
橫亘(횡긍) 如梁(여량)故(고)로 露梁(노량)이라 일흠이라
梁上梁下(양상양하) 絶如階級(절여계급)이라 水勢(수세) 急此(급차)에
自東(자동) 趍西(추서)ᄒᆞ야 便如蠻瀑(편여만폭) 而甚急(이심급)이라
(191-192면)

노량을 지나오니 바다 속 돌맥이
가로 뻗친 다리 같아 노량이라 부르도다
노량 상하는 깎아지른 계단이라 급한 물살이
동에서 서로 달려 성난 폭포 같도다

『택리지』의 울돌목 묘사이다. 이어 청담은 임진왜란의 상황을 설명한다. 여기서 청담은 노량과 명량을 혼동했고, 임진왜란과 정유재란의 연대도 혼동했는데 이를 <팔역가>가 그대로 옮겼다고 한다.[332] 노규호의 이 지적은 일부 맞다. <팔역가>는 같은 부분을 가사로 하면서도[333] 이를 '노량'에 적용하여 차이가 난다. 우선 『택리지』의 서술을 보자.

G 임진년에 왜적의 중 현소玄蘇가 평양에 와서 의주 행재소行在所에 편지

331) 이중환, 같은 책, 87면. "自海南縣三洲院 石脈渡悔爲珍島郡 水路三十里 而碧波亭實當其口 '水中石脈自院至亭 橫亘如梁 而梁上梁下 截如階級 海水至此 日夜自東趨西 如垂瀑而甚急'", 같은 책, 원문 290면.
332) 노규호, 같은 책, 194면, 주383 참조.
333) 주331의 ' ' 부분.

를 보내 "수군 10만 명이 또 서해로 오면 마땅히 수륙으로 함께 진격할 터인데, 대왕大王의 수레는 장차 어디로 갈 것입니까?" 하였다.

H 이때 왜적의 수군이 남해에서 북쪽으로 올라가던 참이었다. 그때 수군대장水軍大將 이순신李舜臣이 바다 위에 머물면서 쇠사슬을 만들어 돌맥 다리에 가로질러 놓고 그들이 오기를 기다렸다. 왜적의 전선이 다리 위에 와서는 쇠사슬에 걸려, 이내 다리 밑으로 거꾸로 엎어졌다. 그러나 다리 위에 있는 배에서는 낮은 곳이 보이지 않으므로, 거꾸로 엎어진 것은 보지 못하고 다리를 넘어 순류에 바로 내려간 줄로 짐작하다가, 모두 거꾸로 엎어져 버렸다. 또, 다리 가까이엔 물살이 더욱 급하여, 배가 급류에 휩싸여 들면 돌아 나갈 틈이 없으므로 500여 척이나 되는 왜선들이 일시에 모두 침몰했고 갑옷 한 벌도 남지 않았다.

I 그때 심유경沈惟敬은 왜적의 사자를 꾀어서 평양에 오랫동안 머물게 하였다. 왜적은 수군이 오는 것을 기다렸다가 함께 북상할 계획이었으므로, 거짓으로 약속을 지키는 척하면서 후일을 기다렸으나 도착하지 않았다.

J 그리하여 이여송李如松이 양쪽에서 서로 속이는 틈을 타 왜적을 격파하였으니, 이것은 천운이었다. 만약 이순신이 왜적의 전선을 바다 가운데 엎어버리지 않았더라면 수십 일이 되지 않아 왜적의 수군이 평양에 도착할 수 있었을 것이다. 왜적의 수군이 도착하였더라면 왜적이 어찌 심유경과의 약속을 지켜 군사를 움직이지 않았으랴. 그때의 사정을 알지 못하고 구구하게 "왜국을 왕으로 봉하고 조공하는 것도 허가한다"라는 말로써 왜의 마음을 흡족하게 하였다 했으니 참으로 웃을 일이다. 그런즉 이여송이 평양에서 전승한 공은 바로 이순신의 힘이었다.

K 그 후 명나라 장수 진린陳璘이 군사를 이끌고 바다 위에 머물러 있을 때의 일이다. 병신丙申년과 정유丁酉년 사이에 왜적의 수군이 바닷가 여러 고을을 잇달아 쳐들어왔지만 이순신이 수전水戰을 잘하여 여러 번 왜적을 쳐부수었다. 그리하여, 왜적의 머리를 노획하면 번번이 진린에게 넘겨주어 공을 아뢰게 하였다. 그는 크게 기뻐하여 우리 조정에 편지를 보내 "통제사統制使는 천하를 경륜할 만한 재주이며, 나라와 임금에게 한없는 공이 있습니다." 하였다.

진린은 이순신의 덕으로 왜적의 머리를 가장 많이 노획하여 무술戊戌년에 명나라 군사가 철수해 갈 때 여러 장수 중에서 왜적의 머리를 가장 많이 바

> 쳤다. 후일 명나라 『사기史記』에 동정東征한 공을 의논한 조목을 보니 진린을 첫째라 하여 땅을 나누어 봉하기까지 하였는 바, 이것이 이순신의 공이라는 것을 중국에서 어찌 알겠는가.(「팔도총론」, <전라도>, 87-89면)

청담은 『택리지』에서 먼저 인용한 명량의 지리 소개(F)에 이어 위의 글에서 '임진년 왜승 현소玄素가 의주 행재소의 선조에게 보낸 편지(G)-이순신이 쇠사슬을 돌맥 다리에 매어 왜선 500척을 걸리게 해 무찌른 것(H)-심유경이 왜의 사자를 꾀어 수군을 기다리는 왜군의 발을 묶어 놓은 것(I)-이 틈을 타 이여송이 왜적을 격파한 것(J)-을 말하고, 이 모두는 '이순신의 힘'이라고 했다. 또, 이순신이 수년간 왜군을 무찌른 공을 명나라 장수 진린에게 돌려 신뢰를 얻음으로써 진린이 명나라에서 상급을 받은 것(K) 등을 말하고 이 역시 모두 이순신의 공이라고 했다. 이 중 H가 사실과 다른 내용이다.

청담이 서술한 사건(G~J)은 임진왜란의 기록이다. 그러나 이에 앞서 F에서 명량, 즉 울돌목의 지형을 설명함으로써 정유재란의 울돌목 해전(1597)이 H 부분으로 잘못 섞인 셈이다. 또한 지형의 설명에도 명량과 노량이 섞여 있다. 우는 바다 '명량'과 돌맥이 바다 '노량'이 한 구문(F)에 있지만, 노량해협의 위치는 경상 남해도와 하도 사이의 해협이므로 전라도에서 설명할 부분이 아니다. 한편, 진도와 해남 땅 화원반도를 가르는 좁은 해협은 옛날부터 물길이 사납기로 유명한 곳이다. 폭이 좁고 수중에 날카로운 암초가 많아, 조류가 바뀔 때면 회오리 물결이 일어 물소리가 20리를 간다고 울돌목이란 이름을 지녔다. '명량鳴梁', '우는鳴' '바다梁'라는 이름은 물길이 뒤엉키면서 회오리를 일으키고, 바다가 뒤집어지는 듯한 굉음을 낸다는 의미이다. 정유재란이 났을 때 왜병의 야습을 우려한 이순신은 수군이라야 겨우 10여 척의 소규모 부대에 불과하지만, 1597년 8월 29일 수군을 진도군 벽파진으로 옮겨 그곳에 머무르고 있었다. 그러나 "벽파진 뒤에 명량이 있는데 수효 적은 수군으로 명량을 등지고 진을 칠 수가 없"다고[334] 판단한 이순신은 명량을 최후의 접전지로 선택했다. 이순신은 우수영으로 옮겨 겨우 13척의 배로 9월 16일 울돌목에서 300여 척의 왜선을 물리쳤다. 이것이 '명량해전'이다. 이때 빠른 조수에 휩쓸리지 않도록 배들을 서로 묶었다는 설이 전해진다.[335] 다음 해 1598년 11월 19일 노량에서 왜선 500여 척의 배 중 450여 척을 격파하고 대승함으로써 7년 왜란은 끝났다. 이것이 노량해전이다. 이 해전에서 이순신장군도 전사하였다.

반면, <팔역가>의 작자는 『택리지』의 「팔도총론」 <전라도> 부분(F)[336]을 그대로 옮기면서도 이순신의 수전水戰 지역은 자신의 판단에 따라 달리 했다. 즉, <팔역가>에서는 경상도 남해에 있는 노량에서[337] 이 역사를 회고한다(F'). 그러니까 <팔역가>는 『택리지』의 잘못된 부분을 바로잡아 묘사했다. 그러나 쇠사슬을 울돌목에 걸쳐 놓고 기다렸다고 함으로써 명량해전의 전술을 노량해전에 결부시킨 실수는 피하지 못했다.

한편, 임진왜란 때의 이순신의 승전은 노량에서 거둔 '한산대첩'이다. 이순신은 1592년 7월 6일 49척을 거느리고 좌수영을 출발, 노량露梁에 이르러 경상우수사 원균元均의 함선 7척과 합세, 8일 전략상 유리한 한산도 앞바다로 적을 유인할 작전을 세워 거북선을 동원, 학익진鶴翼陣을 써서 대승을 거두었다. 임진왜란 때의 3대첩大捷의 하나로, 이때 일본 수군은 전멸하였다.

<팔역가>는 『택리지』의 G~K를 자신의 의도에 맞춰 I와 H를 바꿔 가사

---

334) 이순신, 노승석 역, 『난중일기』, 민음사, 2010, 416면. 정유 구월 십오일 계묘(癸卯). "晴 數小舟師 不可背鳴梁爲陣 故移陣于右水營前洋 招集諸將約束曰 兵法云 必死則生 必生則死 又曰 一夫當逕 足懼千夫 今我之謂矣 爾各諸將 勿以生爲心"

335) 이는 역사적 사실은 아니고, 이후 이순신의 승전이 과장되는 과정에서 만들어진 것으로 본다. 이순신 이전에도 철쇄를 활용한 해전 기술이 훈련되는 일도 있었고, 칡동아줄로 나무에 돌을 매달아 부교를 만드는 방법 등이 논의된 일도 있으므로 전라우수영 앞바다에 철쇄가 설치되었을 수는 있지만, 한·일 관계 기록에서 이순신의 해전에 철쇄가 사용되었다는 기록은 없다. 『택리지』 이후 기정사실화되어 한·일 기록에 남아 있는 것을 볼 수 있다. 박종평, 「명량해전 철쇄설 연원에 관한 연구」, 『이순신연구논총』 18, 2012; 이민웅, 『임진왜란 해전사』, 청어람미디어, 2004 참조.

336) 이중환, 같은 책, 87-89면.

337) 노규호, 같은 책, 191-193면.

화했다.

G 壬辰(임진)이 不幸(불행)ᄒᆞ야 宣祖(선조)王(왕) 避亂(피란)ᄒᆞ야
義州(의주)의 게시거놀
倭僧玄素(왜승현소) 至平壤(지평양)ᄒᆞ야 抵書(지서) 行在所(행재소)曰(왈)
水軍(수군) 千萬(천만)이 又從西海(우종서해) 來(래)면
不審(불심) 大王(대왕)龍御(용어) 自此何之(자차하지) 云云(운운)ᄒᆞ고
I 倭將(왜장) 平行將(평행장)은 平壤(평양)의 雄據(웅거)ᄒᆞ야
져의水軍(수군) 기다려 水陸(수륙)이 合勢(합세)ᄒᆞ야
義州(의주)를 犯(범)코ᄌᆞᄒᆞ니
H 이ᄯᅢ의 倭船(왜선)이 自南(자남) 北上(북상)이라
我水軍大將(아수군대장) 李舜臣(이순신)이 南海(남해)상의 留陣(유진)ᄒᆞ야
鐵鎖(철쇄)을 露梁上(노량상)에 橫亘(횡긍)ᄒᆞ야 기다리니
倭船(왜선)이 梁上(양상)에 이르러
鐵鎖(철쇄)의 걸이여 梁下(양하)의 업더지되
梁上(양상) 不見梁下(불견양하)라 不知(부지) 其倒覆(기도복)ᄒᆞ고
意謂順流(의위순류) 直下(직하)라ᄒᆞ야 ᄎᆞᄎᆞ로 疑心(의심)업시ᄂᆡ다가
五百餘尺(오백여척) 一時(일시)의 戰歿(전몰)ᄒᆞ니
J 李如松(이여송) 平壤(평양)의 勝戰(승전) 功(공)은
李舜臣(이순신) 露梁上(노량상) 鐵鎖(철쇄)의 힘이로다
K 이러모로 唐將(당장) 水軍大將(수군대장) 陳璘(진린)이
移書(이서) 朝堂(조당)曰(왈) 統制使(통제사) 李舜臣(이순신)은
有經天(유경천) 偉地之才(위지지재) 補天浴日之功(보천욕일지공) 云云(운운)토다(193-194면)

임진년 불행하여 선조왕 피난하여
의주에 계시거늘
왜승 현소 평양에 도착하여 행재소에 편지 들이 밀며
수군 십만 명이 서해로부터 올라오면
임금님 거둥도 살필 수가 없으니 이제 어찌 하겠습니까
왜장 평행장[소서행장]은 평양에 웅거하며
저희 수군 기다려 수륙이 합세하여

의주를 공격하려 하니
이때에 왜선이 남해에서 북상 중이라
우리 수군대장 이순신이 남해상에 진을 치고
쇠사슬을 울돌목에 걸쳐 놓고 기다리니
왜선이 돌맥에 이르러
쇠사슬에 걸리어서 돌맥 아래 엎어지되
앞쪽에선 뒤쪽이 안보이니 그 거꾸러짐 모르고
순류 타고 내려간다고 차차로 의심 없이
오 백여 척 내달리다 한 순간에 전몰하니
이여송의 평양 승전 공은
이순신 노량에 쇠사슬 친 덕이로다
이러므로 명나라의 수군 대장 진린이
조정에 서신 보내 통제사 이순신은
온 천하를 경륜할 인재로 나라와 임금에게 한없는 공이 있습니다 운운토다

그러나 이 역시 『택리지』의 한문 구문에 토씨 달아 옮긴 것이어서 가사 율격과 맞지 않는 부분이 많다. 또, <팔역가>가 '돌맥'이 있는 곳의 묘사를 경상도 노량(한산도)에 배당한 것은 맞았으나, 한산도와는 맞지 않더라도 배를 쇠사슬로 묶어 놓았다는 특이한 전략은 빼놓고 싶지 않았기 때문에 무리한 연결도 드러나고 있다. 이런 문제는 『택리지』에 지역 설명이 정확하지 않은 것이 일차적 원인이겠으나, <팔역가> 작자가 임진왜란과 정유재란의 정보에 취약하기 때문이다. 이는 다른 데서도 발견된다.[338] <팔역가>의 왜란 부분은 많은 듯하나 『대동야승』에 수록된 조경남의 『속잡록』을 거의 인용한 정도이다. 그런가 하면 병자호란에 대한 회고도 많지 않다. 문화지리적 관심이 뚜렷한 소재를 다루는 <팔역가>의 태도로서는 특기할 만한 요소로 주목할 필요가 있다.

338) 본고 [인용시 25] 참조.

이상의 예는 『택리지』의 자연지리 설명을 가져와 여행자의 지식·설명·감상에 취향까지를 합한 가사 <팔역가>로 바꾼 것이다. 오늘날 여행지 정보에 전문성과 문학적 소양을 더한 고급 안내 텍스트로 『택리지』를 활용하고 있음을 볼 수 있다.

4.2.2. 국경 지역의 유람 대 외적 방비를 위한 자연지리

국경지역인 평안도와 함경도, 또 중국으로 통하는 황해도에서도 <팔역가>는 여행하는 입장이지만, 『택리지』는 국방을 논한다.

역사적으로 국방을 위한 방법의 첫째는 자연을 활용한 방비이다.

> 백두산에서 남쪽으로 뻗은 맥이 함흥부 서북쪽에서 불쑥 떨어져 검문령劍門嶺이 되었고, 또 남쪽으로 내려와 노인치老人峙가 되었다. 여기에서 다시 두 줄기로 나뉘어 하나는 남쪽으로 가 삼방치三方峙를 지나 조금 끊어진 듯하다가 다시 솟아나 철령鐵嶺이 되었고, 한 줄기는 서남쪽으로 뻗어 곡산谷山을 지나 학령鶴嶺이 되었다. 학령에서 또 세 줄기로 나뉘어, 한 줄기는 토산兎山·금천金川으로 좇아와서 오관산五冠山·송악산松嶽山이 되었는데 바로 고려의 옛 도읍터이다. 한 줄기는 신계新溪를 지나 평산平山의 면악산綿嶽山이 되었는데, 이 산이 황해 일도의 조종祖宗이 되는 산이다. 이 산맥이 다시 서쪽으로 가서, 해주 창금산昌金山·수양산首陽山이 되었다. 또 산맥이 들판으로 내려가서 평평한 둔덕이 되었다가 서북쪽으로 돌면서 신천信川의 추산錐山이 되었다. 다시 북쪽으로 돌아 문화文化의 구월산九月山에서 그쳤는데, 곧 단군檀君이 도읍을 정하였던 곳이다. … 황주는 절령 북쪽에 위치하여 북쪽으로는 평안도 중화부中和府와 경계가 닿아 있는데, 황주에는 병마절도사兵馬節度使의 병영을 설치하여 서쪽에서 오는 길을 지키게 하였다. 황주에서 남쪽으로 절령을 넘어가면 봉산鳳山·서흥瑞興·평산·금천 네 고을을 지나 개성開城에 이르는데, 이것이 남북으로 통하는 직로直路이다. …
>
> 예전에는 북쪽으로 통하는 큰길이 자비령을 지나갔으나, 고려 말부터 자비령 길을 없애고 수목을 가꾸어 막아 버렸다. 그리고는 절령에다 길을 틔워 남북으로 통하는 큰 관문을 만들었다. 그러나 절령 맥이 10리쯤 내려오다

다시 끊어져 평평한 둔덕이 되었고, 둔덕이 끝나면서 평야가 되었는데 이것이 극성棘城의 들판이다.

이로 인해 고려 때 몽골 군사가 이 길을 통해 들어왔고, 인조仁祖 때 청나라 군사가 습격할 때도 극성을 경유하여 들어왔다. 극성 들은 동서의 넓이가 10여 리이고 서쪽은 남오리강南五里江의 끝이다. 강 하류에는 조수가 통하며 겨울에도 얼음이 얼지 않는다. 만약, 자비령에서 긴 성을 쌓아 극성 강 언덕까지 가로 뻗치게 한다면 남북을 가로막을 수 있을 것이며, 천연적인 참호塹壕가 될 것이다. 또한 절령이 구월산과 동서로 마주하여 하나의 큰 수구水口를 이루었고, 남오리강은 들 한복판을 가로질러 남에서 북으로 패강浿江에 흘러든다.(「팔도총론」, <황해도>, 51-53면)

『택리지』에 의하면, 황해도는 단군이 평양에서 천도해 수도로 삼은 구월산이 있으며, 면악산(멸악산) 밑의 황주는 남북으로 통하는 직로가 지나가므로 개성, 한양을 지키는 요지이다. 이 길을 끊음으로써 외적을 방비할 수 있으므로 자비령은 남북로를 가로지르는 자연적인 좋은 성城이 되는 셈이다. 그러나 고려부터 자비령을 통하지 않고 절령을 통하게 했는데, 절령은 여러 군데서 평평해지므로 몽골, 청이 모두 이 길을 통해 들어왔다고 하며 자비령길을 살릴 것을 제안했다. 그렇게 할 때 절령, 구월산이 마주보고 남오리강은 극성들을 감싸 안는 수구水口[339]를 이루어 안전한 곳이 될 것이라 했다. 구월산 또한 회룡고조하는 지형이고 톱니 같은 돌산의 형상을 가져 산성을 쌓아 천연적인 요새를 이룬 곳도 있어 더욱 국방에 유용하다.[340]

339) '수구'는 땅을 둘러싼 물의 흐름을 가리킨다. 청담은 수구가 어그러지고 허술하면 자연스럽게 쪼그라들고 망해 후손에 전하지 못한다고 한다. 그러므로 "집터를 살펴서 고르려면 반드시 수구가 오므려 닫힌 땅 안쪽에 들녘이 펼쳐져 있는지를 주의 깊게 보아야 한다. 산중에서는 수구가 오므려 닫힌 땅을 쉽게 찾을 수 있으나 들판에서는 땅이 단단하게 응축되어 있기가 어려우므로, 반드시 물이 나가는 것을 막는 산발치[砂]가 있어야 한다. 높은 산이나 그늘진 언덕을 따질 것 없이 힘차게 물결을 거스르고 막아서는 당국(當局)이면 길하다. 막아서는 당국이 한 겹이어도 좋지만 세 겹이나 다섯 겹이면 더욱 길하니, 이런 땅은 완전하고 튼튼하게 면면히 이어나갈 집터라 할 수 있다.", 이중환, 안대회 등 역, 같은 책, 「복거총론」, <지리>, 229면.

340) "산 모양은 반드시 수려한 돌로 된 봉우리라야 산이 수려하고 물도 또한 맑다. 또 반드시

이런 관점은 그가 「복거총론」에서 말한 "무릇 살 터를 잡는 데는 첫째, 지리地理가 좋아야 하고, 다음 생리生利가 좋아야 하며, 다음 인심이 좋아야 하고, 또 다음은 아름다운 산과 물이 있어야 한다. 이 넷에서 하나라도 모자라면 살기 좋은 땅이 아니다."했고, 또 지리를 논할 때는 "먼저 수구를 보고, 그 다음 들의 형세를 본다. 그리고 다시 산의 모양을 보고, 다음 흙의 빛깔을, 다음 수리水理를 보고, 다음은 조산朝山과 조수朝水[341]를 본다."[342]고 한 관점을 적용한 것이다. 이 주장은 『택리지』의 전편에 걸쳐서 관철되고 있다.

<팔역가>는 이 부분을 상당히 서정적으로 노래했다.

文化(문화)를 지닉ᄃᆞ가 九月山(구월산) 올나보니
檀君(단군)의 古都(고도)로다 數千年(수천년) 지닌지쇄
春夢(춘몽)이 依然(의연)토다 四面(사면)을 살펴보니
三面(삼면)은 負海(부해)ᄒᆞ고[바다를 등지고 있고] 一面(일면)은 陸地(육지)로다
平山(평산)을 向(향)ᄒᆞ야 綿岳山(면악산) 올나보니
黃海一道(황해일도) 祖宗(조종)이요 東麓(동록)으로 ᄂᆡ려오니

강이나 바다가 서로 모이는 곳에 터를 잡아야 큰 힘이 있다. 이와 같은 곳이 나라 안에 네 곳이 있다. 개성(開城)의 오관산(五冠山), 한양(漢陽)의 삼각산(三角山), 진잠(鎭岑)의 계룡산(鷄龍山), 문화(文化)의 구월산(九月山)이다. … 구월산도 또한 회룡고조(回龍顧祖, 그 산에서 나온 지맥이 휘돌아 본디 산과 마주 대한 자세) 하는 지형이다. 서북쪽으로 바다를 등지고, 동남쪽으로는 평양, 재령(載寧) 두 곳의 강물을 거슬러 받는데 두 강물에는 조수가 통한다. 생선과 소금의 이(利)는 황해 전도의 이익을 온전히 차지한다. 남오리(南五里)에는 또 기름진 100리 들판이 있다. 수세 및 지리의 험한 것과 전지의 기름진 것은 계룡산보다 크게 낫고, 톱니 같은 돌산의 형상은 오관산·삼각산보다 못하지 않다. 온 산을 빙 둘러 사찰이 10여 구(區)나 되며, 그 위에는 산성을 쌓아서 천연적인 요새를 이룬 곳도 있다. 세상에 전해 오는 말에 단군의 자손이 기자를 피해, 이곳에다 도읍을 옮겼다 하는데, 장장평(莊莊坪)이라는 곳이 바로 이곳이다. 아직도 단씨(檀氏) 삼군(三君)의 사당이 있고, 나라에서 봄·가을마다 향(香)을 내려 제사한다. 그러나 단씨는 이 산의 한 편만 차지하고 이 지역의 훌륭함을 다 차지하지 못하였으니, 이곳이 언젠가는 도회가 될 것이다.", 이중환, 같은 책, 「복거총론」, <산수>, 189-192면.

341) '조산'은 앞에 멀리 있는 높은 산, '조수'는 작은 물 건너 큰 물을 말한다. 흘러드는 물은 반드시 산맥의 방향과 음양의 이치에 합치되어야 한다. 「복거총론」, <지리>, 137면.

342) 위와 같은 곳, 135-136면.

花川洞(화천동) 노픈무덤 淸皇(청황)의祖山(조산)이라 諺傳(언전)하고
慈悲嶺(자비령) 바라보니 通北(통북)ᄒᆞ던 큰길리라
高麗末(고려말)의 革散(혁산)ᄒᆞ야 수목을 長養(장양)ᄒᆞ고
巴土嶺(파토령) 크게열러 南北通開(남북통개) 도아ᄯᅩ다(129-130면)

산세山勢의 흐름에 대한 지리적 안목과 이를 염두에 두고 국방의 방책을 강구하는 『택리지』의 서술은 희석되고 가사에는 경치와 흥취의 장면만이 남게 되었다. 『택리지』는 파토령巴土嶺(절령岊嶺의 오기, 이하 절령)으로 길을 낸 것은 잘못된 것이라 했는데, 가사에서는 수목이 잘 자란 자비령은 경치 좋은 곳으로, 길이 난 절령은 편리한 곳으로 느끼게 표현했다. '화천동'에 대해서 '청황'의 조상 무덤이라는 정보는 찾기 어렵고 '청나라 사람들의 조상이 살던 땅'이라고만 했다. 보통의 기행문에서 경치를 묘사하는 분위기와 같은 정서인 이 부분은 『택리지』의 복잡하고 교술적인 정보를 여행자의 서정적인 시선으로 바꿔놓았다. <팔역가>가 『택리지』에 많이 의존하면서도 작자가 자신의 용도에 맞게 『택리지』의 서술을 융통하는 모습을 볼 수 있는 부분이다. 자신의 목적에 맞게 썼기 때문인지 이 부분은 다른 부분과 달리 간결하고 안정적인 율조를 보인다. 『택리지』에서 부정적 견해를 보이는 지점에 대해 <팔역가>가 청담의 견해를 무시하고 긍정적으로 바꾼 부분은 적지 않다. 이는 당대의 여러 모순에도 불구하고 현실을 찬양하는 모습을 보인다는 점에서, <팔역가>가 조선 후기의 <한양가> 등의 가사와 닮은 부분이라고 할 수 있다.[343]

343) <팔역가>의 "(한양에) 궁궐을 창건ᄒᆞ고 와성을 정터니/ 일야 대설이 外積(외적) 內消(내소)라/ 태조 왕 奇思(기사)이 네겨/ 눈 ᄯᅡ라 城地(성지)를 셰워셔라/ 인걸은 地靈(지령)이라 현군명신 배출ᄒᆞ니/ 가가 문장 호호 도덕이라/ 오백여년 래 예악 문물이/ 삼한 이후의 최위 문명ᄒᆞ니/ 소중화 이아닌가 수리산 仙李枝(선리지)/ 만만년 長(장)이라 이아니 장ᄒᆞᆯ손냐"(<팔역가>, 278면)는 『택리지』의 "외성(外城)을 쌓으려고 하였으나 둘레의 원근을 결정짓지 못하던 중 어느 날 밤 큰 눈이 내렸다. 그런데 바깥쪽은 눈이 쌓이는데, 안쪽은 곧 녹아 사라지는 것이었다. 태조가 이상하게 여겨 눈을 따라 성터를 정하도록 명하였는데, 이것이 바로 지금의 성 모양이다. 비록 산세를 따라 성을 쌓은 것이나, 정동방과 서남

이에 앞서 <팔역가>는 국경 지대의 지리를 설명한다. <평안도>에서는 "안주 동북쪽은 영변부寧邊府이다. 산세를 따라 성을 쌓았는데 가파르고 험하여 철옹성鐵甕城이라 부르며, 평안도 일대에서 외적을 방어할 만한 곳은 오직 여기뿐이다."라고 하며

> 위원 서쪽에 여섯 고을이 있는데, 의주義州는 국경 첫 고을로서 심양으로 통하는 길목이며, 고을 관아는 압록강 가에 있다. 강 너머에 두 줄기 큰 물이 되[胡] 땅 동북쪽에서 흘러와 합쳤다가, 고을 북쪽에 와서는 세 줄기 강으로 갈라진다. 그러나 해마다 장마 때 물이 불어 넘치면 세 강이 하나로 합쳐져서 바다로 들어간다.
>
> 강물 복판에 위화도威化島가 있다. 고려 말에 최영崔瑩이 우왕禑王에게 요동遼東을 공격하도록 권하고, 우왕과 함께 평양에 와서 우리 태조대왕太祖大王에게 군사 6만 명을 거느리고 이 섬에 머물게 했다.(「팔도총론」, <평안도>, 40면)

청담은 국방을 위해 천연적인 험지를 이용해야 한다는 점을 거듭 강조하고 있다. 이는 한성을 수비하기 위해서도 마찬가지다.

> 한양 전면에는 큰 강이 막았고, 오직 서쪽으로 길 하나가 황해도와 평안도로 통하게 되어 있다. 도성에서 서쪽으로 5리를 가면 사현沙峴이 되고, 그 고개를 넘으면 또 녹번현綠礬峴이 있다. 당나라 장수가 여기를 지나면서 "한 사람이 관문을 막으면 만 사람이라도 열 수 없겠다."하였다 한다.
>
> 또 서쪽으로 40리를 가면 벽제령碧蹄嶺인데, 여기가 바로 임진년 왜란 때 이여송이 패전한 곳이다. 왜적이 평양에서 패하고 한양에 돌아온 후, 여위고

쪽이 낮고 허하다. 또 성 위에 작은 담을 쌓지 않았고, 해자도 파지 않았다. 그래서 임진년과 병자년의 두 난리 때 모두 지켜내지 못하였다."(「팔도총론」, <경기>, 121면)는 부분인데 외성의 문제점에 대한 청담의 지적은 <팔역가>에서는 무시되었다. 청담은 이어 숙종 때에 외성을 짓자는 논의가 있었음을 전하고, "그러나 여기가 300년 동안이나 명성과 문화의 중심 지역이 되어 유풍(儒風)이 크게 떨치고, 학자가 무리지어 나왔으니 엄연한 하나의 작은 중화(中華)였다."라고 말을 맺었는데 <팔역가>는 이 부분을 연결하여 가사로 만듦으로써 '소중화'를 강조하고, '한양오백년'을 찬양하는 정서를 유지하였다.

약한 군졸만을 고양현高陽縣에 들락날락하게 하였다. 이여송이 개성에 있다가 이 소문을 듣고 공을 세우는 데 급급하여, 큰 부대는 개성에 머물러 있게 하고, 장비를 가볍게 한 병졸만으로 왜적을 덮치게 하였다. 그런데 벽제령을 넘자 왜적이 사방에서 크게 몰려와 이여송의 휘하 장정 중에 총에 맞아 죽은 자가 많았다. 낙상지駱尙志는 본디 힘에 세어서 낙천근駱千斤이라 부르기도 한다. 겹갑옷을 입고 이여송을 겨드랑이 밑에 끼여서, 일변 싸우며 일변 물러나와 겨우 피하였다. 이여송은 이때부터 의기를 잃었고, 이어 군사를 후퇴시켰다가 왜적이 한양에서 떠났다는 소식을 들은 다음, 비로소 군사를 정돈하여 남쪽으로 경상도 바닷가까지 좇아갔다가 돌아왔다.

고개 두 곳과 벽제령은 모두 관문을 설치할 만한 곳이다. 그러나 온 나라에 길을 가로질러 관문을 만든 곳이 없다. 이것은 천연적인 험한 곳을 버리는 것이니, 참으로 애석한 일이다.

벽제령에서 서쪽으로 40여 리를 가면 임진臨津 나루터이다. 한양의 북쪽 강 하류이며, 강 언덕 남쪽 기슭은 천작天作으로 된 성 모양이다. 서쪽으로 가는 길목에다, 강을 임하여 아주 험하게 되어 있으니 참으로 지킬 만한 곳이다. 성을 설치하여야 할 곳이지만 지금까지 성을 쌓지 않으니 매우 한스러운 일이다.(「팔도총론」, <경기>, 122면)

앞의 <전라도> 노랑에서 상기했던 J부분이 이여송의 승리라면, 여기서는 그 이후 패배를 거듭한 이여송을 상기한다. 산시(山西) 총병관이었던 이여송은 임진왜란이 일어나자 방해어왜防海禦倭총병관으로 임명, 파병되어 1593년 조선의 관군·승군과 연합하여 소서행장小西行長의 왜군을 기습, 평양성을 탈환하였고, 퇴각하는 왜군을 추격, 평안도·황해도 개성 일대를 탈환했다. 그러나 2월 벽제에서 왜군에 패하여 개성으로 퇴각한 후 평양성으로 물러났고, 그 뒤에는 화의와 교섭에만 주력하다 철군하였다. 평안도에서 승전했던 것도 이순신의 한산대첩으로 일본 수군의 발을 묶어놓았기 때문이라고 했으면서도, 이여송에 대한 찬양은 당연하다고 한다. 명의 원병 중 양호楊鎬 등은 제사를 지내면서도 "이여송에 대해서는 언급하지 않았으니, 이것은 실로 잘못된 일이었다."라고 아쉬워하고 있는 것은 이해하기 어렵다.

사현·녹번현·벽제령, 즉 오늘날의 서울 은평구와 경기도 북부 연접 지역에 성과 관문을 설치하지 않은 것에 대한 애석함을 드러낸 이 부분은 수구와 산세를 이용한 그의 지식으로 볼 때 필요한 곳에 필요한 조처를 하지 않았음을 탄식한 것이다. "온 나라에 길을 가로질러 관문을 만든 곳이 없다."라는 그의 지적은 오늘날 우리의 의지와 상관없이 만들어진 군사분계선을 상기하게 해 아이러니하다.

한편, 청담은 「팔도총론」 <경기>에서 고려사에 대한 관심을 강하게 드러내고 있는데, <팔역가> 또한 그의 논리에 기대고 있다. 이때 한시를 많이 인용한바, 본고의 <팔역가> [인용시 41~44]에서 다루었으므로 재론하지는 않는다. 『택리지』 <경기>에서는 또한 <강화부>에서 병자호란에 대해 회고한다.

> 여주 서쪽은 광주廣州로, 석성산石城山에서 나온 한 가지가 북쪽으로 한강 남쪽에 가서 고을이 형성되었으며 읍은 만 길 산꼭대기에 있다. 옛 백제 시조였던 온조왕溫祚王이 도읍하였던 곳으로, 안쪽은 낮고 얕으나 바깥쪽은 높고 험하다. 청나라 군사들이 처음 왔을 때 병기라고는 날(刃)도 대보지 못하였고, 병자호란 때도 성을 끝내 함락시키지 못하였다. 그런데도 인조가 성에서 내려온 것은 양식이 부족하고 강화江華가 함락되었기 때문이었다.
>
> 강화講和가 결정된 뒤에도 국도國都를 외적으로부터 막아 줄 중요한 곳이라 생각해서, 성 안에다 절 아홉을 세워 스님들을 살게 하고 총섭總攝 한 사람을 두어 승대장僧大將으로 삼았다. 해마다 활쏘기를 시험하여 후한 녹을 주는 까닭에 스님들은 오로지 활과 살로써 업을 삼았다. 조정에서는 나라 안에 스님이 많기 때문에 그들의 힘을 빌려 성을 지키고자 한 것이었다. 성 안은 험하지 않지만, 성 바깥 산 밑은 살기를 띠었다. 또 중요한 진鎭이므로 만약 사변이라도 있으면 반드시 전투가 벌어질 지역이다. 그러므로 광주 온 경내는 살 만한 곳이 못 된다.(「팔도총론」, <경기>, 112면)

남한산성은 산성 위주의 당시 전술에서는 나쁜 선택은 아니었다는 말이다. 지세가 "살기를 띈다"는 청담이 전쟁지에 잘 쓰는 표현이다.(인용시 32 참조)[344] 조선은 산성에만 신경을 썼으나 청군은 침입 경로에 있는 산성을 무시하고 조선 국경을 넘은 지 7일 만에 남한산성에 도착해서 조선은 방비할 새가 없었던 것이 문제였다. 아니, 경로의 산성들이 봉화도 제대로 못 올리는 등, 제 구실을 하지 못했던 것이다.

남한산성에 대한 설명에 이어, 강화도를 설명한다.

> 광주의 서편은 수리산이며 안산安山 동쪽에 있다. 여기에서 서북쪽으로 뻗은 산맥이 수리산 중에서 가장 긴 맥이다. 인천仁川·부평富平·김포金浦를 지난 다음 움푹 꺼진 돌맥(石脈)이 되어, 강을 건너고 다시 솟아나 마니산摩尼山이 되었는데, 여기가 강화부江華府이다. 동북쪽은 강이 둘려 있고, 서남쪽은 바다가 둘려 있어, 강화부 전체가 큰 섬이며 한양 수구의 나성羅星이 되어 있다.
>
> 한강은 통진通津의 서남쪽에서 굽어져 갑곶甲串 나루가 되고, 또 남쪽으로 마니산 뒤의 움푹 꺼진 곳으로 흐른다. 돌맥이 물속에 가로 뻗쳐 문턱 같으며, 복판이 조금 오목하게 되어 있는데 여기가 손돌목(孫石項)이다. 그리고 그 남쪽은 서해 큰 바다이다. …
>
> 강화부는 남북 길이가 100여 리이고 동서로는 50리이다. 부府에는 유수관을 두어 다스린다. 북쪽으로는 풍덕豊德의 승천포昇天浦와 강을 사이에 두고 마주했고 강 언덕은 모두 석벽이다. 석벽 밑은 바로 수렁이어서 배를 댈 곳이 없고, 오직 승천포 건너편 한 곳에만 배를 댈 만하다. 그러나 만조 때가 아니면 배를 부릴 수가 없어, 위험한 나루라고 불린다. 부 좌우에는 성을 쌓지 않고 좌우편 산 밑, 강가에다 성 위의 작은 담처럼 돈대墩臺만을 쌓았다. 그곳에 병기를 간직하고 군사를 두어 외적을 대비하게 하였다.
>
> 동쪽 갑곶에서 남쪽 손돌목에 이르기까지 오직 갑곶만 배로 건널 수 있고, 그 외의 언덕은 북쪽 언덕과 같이 모두 수렁이다. 또한 산 밑 강가에 돈대를 쌓아 외적을 대비하게 한 것은 북쪽 언덕과 같다. 그러므로 승천포와 갑곶 양쪽을 지키면 섬 바깥은 강과 바다가 천연적인 해자가 된다. 고려 때 원나

---

344) '(인용시 32 참조)'와 같이 본문에 기재한 것은 본고 3.2.의 인용시 1~45의 번호이다.

라 군사를 피해 10년 동안이나 여기로 도읍을 옮겨, 육지는 비록 낭패를 당했으나 섬은 끝내 침범하지 못하였다. …

인조 정묘년에 청나라 군사가 황해도 평산에 와서 형제국이 되기로 하고 강화한 다음 물러갔다. 그때 청인은 심양을 점령하고 명나라와 날마다 싸웠는데, 모문룡毛文龍이 우리 가도椵島를 점령하고 있어, 우리나라는 바닷길로 등래를 지나 명나라와 통하고 있었다. 청국은 우리나라가 자기들의 후방을 도모할까 두려워하였다. 그래서 첩자를 홍문관弘文館 하인으로 보내, 우리나라 병력의 약함을 탐지한 다음 습격하려 하였다. 그때 우리 조정에서도 청인이 침입할 것을 염려하여 남한산성을 수축하였다.

병자丙子년 봄에 청국에서는 용골대龍骨大를 보내 남한산성의 형편을 탐지하게 하였다. 용골대는 우리나라에 와서, 거짓으로 서강西江 선유봉仙遊峯에 가려는 척하였다. 하담荷潭 김시양金時讓이 그때 호조 판서였는데 용골대가 남한산성에 가려는 것임을 미리 짐작하였다. 그래서 이졸을 시켜 동대문 밖에서 정렬하여 맞이하도록 하였다. 용골대는 서문을 향해 가는 척하다가 갑자기 말을 달려 동대문으로 나섰다. … 용골대는 남한산성에는 가지 않고 돌아왔다.(112-115면)

병자호란 때 청군이 압록강을 건너 3일 만에 홍제원에 들어와 후속부대를 기다리며 벌어진 일을 이어서 요약했다.

4~5일 후에 청나라 황제가 왔는데, (남한산)성이 높아 빨리 함락시킬 수 없음을 알고 노하여 용골대를 죽이고자 하였다. 그것은 용골대가 우리나라를 공격하자고 건의하였기 때문이었다. 용골대가 열흘의 말미를 주면 강화를 점령하여 죄 갚음을 하겠다고 청하자 황제는 허락하였다. 용골대는 일대의 군사를 거느리고 통진通津 문수산文殊山 위에 이르러 강화를 굽어보니 강화섬은 손바닥만 하고, 갑곶에도 지키는 군사가 없었다. 그래서 민가를 헐어 그 재목으로 뗏목을 만들고, 건너가 섬을 함락시켰다. 인조는 강화가 함락되었다는 소식을 듣고 마침내 산성에서 내려오기로 하였다.(115면)

그에 의하면 강화도는 지리상으로 험지이고 의미 있는 피난처이지만 제대로 된 방비가 없었다는 것이다. 그러나 수군이 없는 청군이 바다를 건너 올 수 없으리라고 짐작만 했던 조선의 무전략에 비해 이미 수전에 대비할 수 있었던 청나라의 상황은 다른 글에서 보인 바이다.[345)]

강화가 함락되는 과정은 김경징의 "교만함과 어리석음"으로 인해 벌어진 일을 간략히 소개하였다. 이상에서 보듯, 병자호란의 과정을 요약하는 청담의 태도는 상당히 담담하다. 상황을 탐지하는 사신 용골대를 죽이자고 주장했던 조정의 의견을 전하면서 "그때 대간에는 신진소년이 많았다. 그들은 당시의 사기事機를 알지 못하면서 올바른 논의라 자칭"했다는 말로 절제된 보고를 하고 있다. 반면 다른 부분보다 지리적 설명이 자세하다. 수도를 지키는 방비를 위한 분석을 견지하고 있는 것이다.

이에 대해 <팔역가>는 『택리지』를 극히 간단히 요약하고 있다. 위에 인용한 『택리지』 112~115면 중 가사로 한 것은 112면뿐이다. 강화도의 비극은 이안눌과 이시직의 시로 대신했다.(인용시 39 · 40 참조) 앞에서 지적한 것처럼, 전반적으로 <팔역가>의 병자호란에 대한 언급은 소략한 편이다.

이상의 예로써 <팔역가>의 저본으로서 『택리지』의 연관성은 충분히 고찰되었다고 생각한다. 『택리지』의 사상은 <팔역가>에 큰 비중을 차지하고 있으므로 『택리지』의 문화지리의식을 좀 더 깊이 있게 다루어야 할 것이다. 이를 위해 먼저 『택리지』에 대해 구체적으로 살피고자 한다.

4.2.3. 『택리지』의 문화지리의식과 〈팔역가〉

4.2.3.1. 이중환과 『택리지』

『택리지』는 이중환이 1722년의 '백망白望의 사건'[346)]에 연루되었다는 혐

345) 본서 3부 2장 <총병가>, 225-227면 참조.

346) 백망은 "신수가 좋고 용력이 뛰어난 인물로, 모의자들의 마음을 사로잡았으며, 스스로 연잉군의 첩의 조카라고 말했다."고 진술된(『경종수정실록』, 2년(1722)/3/27 임자) 인물인데, 노론과 정인중과 백망 등이 왕세제(영조)를 업고 환관 · 궁녀들과 결탁해 당시 세자인 경종을 시역하려 했다는 사건이 '백망사건'이다.

의로 1726년(영조 2) 귀양 갔다 해배된 후, 타계한 1756년(영조 32)까지의 방랑의 기간에 지은 것으로 창작연도가 추정되는 책이다. 『택리지』의 내용은 「팔도총론」과 「복거卜居총론」에 집약된 바, 후자에는 사람이 살 만한 곳의 조건을 들어 설명하였으며, 전자에는 국토의 역사와 지리, 팔도의 산맥과 물의 흐름을 말하고 그 지역과 관계있는 인물과 사건을 설명한 것으로 인문지리적 성격을 띤 책이다.[347] <팔역가>의 높은 『택리지』 의존도는 청담의 개인사에도 관심을 갖게 한다.

청담 이중환(1690-1752)은 자는 휘조輝祖, 호는 청담淸潭 또는 청화산인靑華山人, 여주이씨이다. 이상의李尙毅의 5대손으로 부친은 이진휴李震休이며, 성호 이익의 삼종손이다. 1713년 24세에 문과 급제로 승문원 정자正字로 시작, 1722년 병조정랑으로 등용돼 남인의 기대를 받았으나, 1723년의 '차마건借馬件'으로 해임되고, 임인년 옥사의 혐의로 취조받았다. 그의 사환기는 한마디로 환국시기였다.

노론이 경종의 병을 들어 연잉군의 대리청정을 얻어내자, 김일경·이진유를 위시한 소론이 이에 반발하여 이를 경종에 대한 '불충'으로 몰아 김창집 등 노론 4대신을 '4흉四凶'으로 지목해 내쫓고 신축옥사辛丑獄事를 일으켜 소론의 권력을 지킨 것을 신축환국辛丑換局(경종 1, 1721)이라 한다. 이로써 정권을 장악한 소론이 노론을 완전히 소탕하기 위해 다음 해 일으킨 사건이 '백망사건' 혹은 인임옥사寅壬獄事이다. 작년의 불충은 노론이 세자 시절의 경종을 시해하려던 시도가 있었는데, 이의 연장이었다고 한 목호룡睦虎龍

347) 외에도 「사민(四民)총론」, 「총론」 부분이 더 있다. 『택리지』는 『팔역지(八域志)』·『팔역가거지(八域可居地)』·『동국산수록(東國山水錄)』·『진유승람(震維勝覽)』·『동국총화록(東國總貨錄)』·『동악소관(東岳小管)』·『형가요람(形家要覽)』 등 필사자에 따라 여러 다른 명칭으로 전해지고 있다.(이익성, 「택리지 해제」, 이중환, 같은 책, 3-9면 참조) 그러나 『택리지』 「복거총론」 <인심>에 포함된 정치적 서술에 주목한 관점도 적지 않다. 조선시대에 이미 남인들 사이에서는 '청남(淸南, 남인 청론(淸論))'을 설명하는 자료로 쓰였다는 것을 밝힌 논의가 있다. 박광용, 「이중환의 정치적 위치와 『택리지』 저술」, 『진단학보』 69, 진단학회, 1990, 128면.

(1684-1724)[348]의 고변이 사단이었다. 노론과 백망 등이 왕세제(영조)와 결탁, 세자인 경종를 시역하려 했다는 것으로, 8개월 간 국문이 진행되었고 노론 4흉이 사형에 처해졌을 뿐 아니라, 아들, 조카, 손자 등도 이에 관계된 것으로 고변돼 결국 사사되고, 정인중 이하 60여 명이 투옥되는 등, 노론의 대다수 인물이 화를 입었다. 한편, 백망 또한 소론과 남인이 왕세제(영조)를 제거하려 하였다고 상고하였다. 그러나 이보다 하루 앞서 목호룡이 고변함으로써, 결과적으로는 노론이 몰락하고 소론은 득세한 것이다.

일단 소론의 승리여서, 1723년(경종 3) 이에 대한 논공행상에서 목호룡은 고변자로서 녹훈을 받았다. 목호룡은 고변시, 노론 벌열들과 묫자리를 보러 다니는 일로 교류가 많아 역모사실을 알게 되었다고 자술한 바 있어, 이 때문에 역모에 가담한 것으로 판정돼 이를 감안, 3등 공신으로 훈호를 감해 봉했으나, 동성군에 봉해졌으며 집을 하사받았다. 그러므로 소론으로부터도 신뢰를 받지 못했고, 다시 노론과 함께 세자 살해 계획에 참여했던 인물로 도리어 고발당하였다.

청담은 소론에 의해 잠시 공록을 인정받았다가, 사태의 반전으로 탄핵을 받아 목호룡과 함께 다시 잡혀와 추국받는 등, 네 차례나 형을 받았다. 1723년 5월 소위 '차마借馬사건'[349]으로 오명항에 의해 고발된 상태에서, 목호룡이 고변되자 청담 역시 주범으로 간주되어 조사받게 되었다. 목호룡이 인임옥사 때 원훈元勳으로 그를 추천하였을 뿐 아니라, 청담의 말을 듣고 고변을 결심하였다고 한 바 있었으므로, 청담·목호룡은 둘 다 1723년 6~9월 동안 취조를 받았으나 밝혀지는 바가 없어 둘 다 풀려났다. 청담은 "목호룡이 거짓으로 끌어들여 이런 심문을 받게 되어 심히 원통하고 비참하다."고 목호

348) 목호룡과 목시룡은 사천목씨의 서족(庶族)이었다. 목호룡은 노론의 천얼로 종친 청릉군의 가노(家奴)였다가 풍수를 배워 지관이 된 인물이다.

349) 청담은 김천 찰방으로 있을 때 목호룡에게 말을 빌려준 적 있는데 이를 잃어버렸다고 보고했다가 이후 노론 주요 인물로 역적이 된 이천기 집에서 찾아냈다고 한 것이 문제가 된 것이다. 『경조수정실록』, 3년(1723)/5/11(기축) 참조.

룡과의 관계를 극구 부인하였다. 1724년 8월 영조는 인임옥사(1722)를 무고로 규정하여 목호룡은 교수형을 받고, 청담은 귀양 가게 되었다.

이어 1725년 1월, '백망의 공초' 때에 세제世弟(영조)를 살해하려는 계획을 세웠다고 언급된 인물들, 반면 목호룡이 경종 살해를 막은 공이 있다고 끌어들인 인물들이 재차 조사를 받게 되었다. 유경유·심수관·장우상·목천임·이중환이 체포되어 청담은 두 번째 소환되었다. 목호룡의 형인 목시룡이 대질심문에서 청담이 목호룡과 아주 친했고, 몇 달씩 외지에 나가 어울리는 일이 많았다고 불리한 증언을 했으나 청담은 그것은 묏자리를 구하기 위함일 뿐이라며 반박했다. 성호의 형이고 청담의 삼종조인 섬계剡溪 이잠李潛(1660-1706)[350]의 일로 청담이 격분했던 과거의 일까지 들춰져 영조 원년 그는 모두 10차례에 걸친 국문을 당했다. 그러나 증거가 없어 사형은 면하여 1726년(영조 2) 12월 20일 섬으로 유배되었고, 다음 해(1727) 소론이 재집권하자 방면되었다. 그러나 사헌부의 논계로 그는 그해 12월 7일, 38세의 나이에 다시 먼 곳으로 유배되었다.[351] 청담의 이런 연이은 옥고의 원인은 처가인 사천泗川 목씨睦氏와의 관계가 가장 큰 이유라고 본다.[352]

---

350) 성호 이익의 형. 경신대출척(1680)으로 남인인 가문이 곤경에 처하게 되자 대과(大科)를 포기하고 경학과 예학에 주력하였다. 1706년(숙종 32) 희빈 장씨 소생인 세자(경종)의 세자 책봉 지연 및 장희재의 횡포에 대해 고변하며 세자의 보호를 역설하는 상소를 올렸다가 9일 동안 국문을 받고 장살되었다. 사후 16년 만인 1722년(경종 2) 신원되고 집의에 추증되었다.

351) 청담은 사형에서 감형되어 38세 때 절도로 귀양 갔다가(『영조실록』, 2년(1726)/12/20), 참여한 죄가 없다는 영조의 영에 의해 석방되었으나, 다시 "전(前) 좌랑(佐郞) 이중환은 몸가짐을 삼가지 않고 일처리가 괴상한 데다가 지난날의 죄명은 비록 벗어났다 하더라도 흉적과 결탁한 정상은 이미 밝게 드러났으니, 청컨대 먼 변방에 정배토록 하소서."라는 상소에 의해 변방으로 귀양 갔다(『영조실록』, 3년(1727)/12/7). 영조 10년(1734)에는 오명항에 대한 재평가가 시도되며 이중환의 이조전랑을 막은 오명항의 사감(私感) 등이 재거론되기도 했다.(『영조실록』, 10년(1734)/9/28)

352) 장인은 남인의 중진인 목래선(睦來善, 1617-1704)이며, 특히 둘째 처남 목천임은 경종 1년 왕세제의 대리청정을 반대하는 남인 43인의 연명 상소에 청담과 함께 이름을 올렸고, 목호룡과 신임옥사에 가담했다는 혐의로 1724년 청담과 같은 날 체포되었으며, 1728년(영조 4) 이인좌의 난(무신란)에 가담했다는 혐의도 받았다. 그는 영조 6년 12월에 처형되었다. 큰처남 목천현과 그 아들 목성관도 무신란과 관련, 오랜 유배생활을 했다. 목성관

그의 명예회복이 이루어진 것은 죽기 3년 전 64세 때, 1753년(영조 27) 12월이다.[353] '차마건借馬件'으로 병조정랑을 해임당한 뒤 30년 만이다. 그는 해배解配 이후 30여 년을 유랑하였다고 한다. 그가 『택리지』를 쓴 것은 집안의 정자인 공주 '사송정四松亭'으로 추정한 견해가 있으며 그가 직접 발문에서 밝힌 '황산강黃山江 위 팔괘정八卦亭'은 우암 송시열이 강경읍 황산동에 건립하여 후학을 강학하던 팔괘정을 가리키는 것으로 보고 거기에서는 발문을 썼을 것으로 짐작한다.[354] 그는 1751년 작성한 초고본을 성호 이익에게 보냈는데, 성호의 의견을 적극 수용, 1756년 죽기 전 어느 시점에 원고를 개정하였다고 한다.[355]

청담과 관련된 인사는 우선 『택리지』의 서문을 쓴 집안 어른인 성호 이익(1681-1762),[356] 당대의 청빈한 인물로 가선대부에 오른 우헌迂軒 정언유鄭彦儒(1687-1746)가 있고, 발문을 쓴 처조카 기계沂溪 목성관睦聖觀(1691-1772), 처남 목천임의 <유사遺事>와 목성관의 <행장>을 지은 목회경睦會慶(1698-1782), 이중환의 종형제인 용문산인龍門山人 이봉환李鳳煥(1685-1754)이 있다.[357] 성호를 비롯, 서·발문을 써 준 이들은 인척관계이거나 당색이 같은 인물들이다.[358] 이 중 성호는 특히 청담에게 중요한 영향을 끼친 인물이므로, 성호에 대해서만 부언하기로 한다.

성호는 청담의 「묘갈명」에서 "(이중환의) 문장이 깊고 넓고 왕성해서 의

은 청담의 『택리지』에 발문을 쓴 사람이다.

353) 교지에 의하면 통정대부, 절충장군을 동시에 받았는데 동·서반 정3품 당상관의 품계이다.

354) 이문종, 같은 책, 147-148면 참조.

355) 이중환, 안대회 등 역, 같은 책, 17면.

356) 이중환의 5대조 이상의(李尙毅)는 7남 4녀를 두었다. 넷째 아들인 이지정(李志定)이 이중환의 고조부이고, 일곱째 아들인 이지안(李志安)이 성호의 조부이므로, 이중환의 조부 이영(李泳)은 성호와 재종형제 사이이다.

357) 서문 저자들의 자세한 설명은 이문종, 같은 책, 119-137면 참조.

358) 정언유는 소론으로 보기도 하지만 남인계로서 소론계와 혼인관계를 맺은 인물로 고찰된 바 있다. 박광용, 같은 글, 128면 참조. 이들 외 다산 정약용 역시 발문을 썼으나 후대인이므로 직접적인 연관성은 적다.

법儀法이 되었으니, 아마도 화려한 관직에 올라 문치文治를 수식할 수 있었을 것이다. 그 당시 조정에 오른 학사들과 시사詩社를 결성하여 지은 아름다운 시편들이 많은데, 자기 마음에 드는 작품들은 혹 신의 도움이 있는 듯하였으니, 학사들 중에 어깨를 견줄 이가 없었다."고 하였다.[359] 『택리지』 서문에서는

> 지금 우리 휘조輝組가 글 한 편을 편찬하였는데 그 글의 수천 마디 말은 사대부의 살 만한 곳을 구하려는 것이었다. 그 사이에 산맥과 수세水勢·풍토風土와 민속民俗·재물의 생산과 수륙水陸 사이의 운수 등에 대해 아주 조리 있게 설명하고 있는데, 이런 글을 나는 일찍이 본 적이 없다.

라고 그 책의 의미를 설명하였고, 『택리지』의 「복거卜居」에 대해서도

> 대저 의식衣食이 모자라는 곳은 살지 못할 곳이고, 사기士氣가 사그라진 곳에는 살 수 없고, 무력武力이 승勝한 곳은 살지 못할 곳이고, 사치하는 풍습이 많으면 살지 못할 곳이고, 시기와 혐의가 많은 곳도 살 수 없는 곳이다. 이런 몇 가지를 가리면 취하고 버릴 것을 알게 된다.

고 요체를 설명하였다. 『택리지』는 성호의 『성호사설』 「인사문人事門」 <생재편生財篇>과 매우 흡사하다.[360]

한 가지 주목할 것은 『택리지』의 명칭과 본고의 대상인 가사 <팔역가>의 이름이 무관하지 않다는 점이다. 현존하는 여러 사본에 이익과 목성관·목희경의 글(「택리지발擇里志跋」)에는 모두 '택리지'라고 한 반면, 이봉환(「팔역가거처발八域可居處拔」), 정언규(「팔역가거처서八域可居處序」)의 글에는 '팔역

---

359) 이익, 국역 『성호전집』 권62, 「묘갈명」, <병조 좌랑 이공 묘갈명 병서(騎省佐郎李公墓碣銘幷序)>.

360) 오성, 「택리지의 팔도총론과 생리조에 대한 고찰」, 『진단학보』 69, 진단학회, 1990, 145-163면 참조.

가거처'라고 하였다. 전자는 영조 28년에 서・발을 붙인 사본의 명칭을 계승한 것인 반면, 후자는 영조 29년 서・발을 붙인 사본의 명칭을 계승한 것이라고 본다. 청담이 애초에 자기의 저작에 부친 이름은 『사대부가거처기士大夫可居處記』였을 것으로 추측되는데, 외에도 필사본의 초기본으로 파악되는 이본은 『동국팔역지東國八域志』, 『동국지이해東國地理解』, 『택리지擇里誌』[361]와 『팔역지』 등이 있다. 이렇듯, 『택리지』의 이본은 200여 종의 판본이 있다.[362]

4.2.3.2. <팔역가>의 『택리지』 문화지리의식 차용과 변용

이중환은 『택리지』의 「팔도총론」의 서론에서 우리나라의 자연지리를 주변과의 관계 속에서 제시하면서 그 땅의 역사와 삶의 모습, 즉 문화지리를 함께 보여주었다. 그 중 '기자조선사상'과 '사대부론'이 <팔역가>에 투영된 바를 살펴보고자 한다.

우선 『택리지』에 광범위하게 드러난 '기자조선'에 대한 것이다. 이는 '화이관華夷觀', '동국의식東國意識' 등 조선 후기 사학사상과 관련된 중요한 요소이지만, 본고에서는 국경 문제에 관심을 두고 살펴보기로 한다. <팔역가>는 [인용시 3・4]가 직접적으로, 폭넓게는 [인용시 33・38] 등의 시와 그 지역을 노래한 가사 내용이 관계된다.

곤륜산崑崙山 한 가닥이 대사막大沙漠 남쪽으로 뻗어 동쪽으로 의무려산醫巫

361) 원본의 명칭은 『택리지』 「사민총론」이나 「총론」의 각 말미 부분에 "이자는 말하기를(李子曰)"로 시작하여 "사대부가거처기를 지었다(作士大夫可居處記)"로 끝나는 것으로 보아 청담이 애초에 자기의 저작에 부친 이름은 『사대부가거처기(士大夫可居處記)』였을 것으로 추측되는데, 원본의 명칭을 『택리지』라고 한 것은 성호가 "군자는 어진 동네를 찾아 산다."라는 『논어』 「이인(里人)」편을 따라 고쳐주었을 것으로 추정한다. 이문종, 같은 책, 149-152면 참조.

362) 200여 종의 판본들 가운데 3분의 2 정도가 개정본 계열, 나머지가 초고본 계열로 추정되고 있다(안대회, 같은 책, 17면 참조). 본고가 참조한 이익성 역, 『택리지』는 1921년 최남선이 편집해 간행한 '광문회본'을 번역한 것이다.

閭山이 되고, 여기에서 크게 끊어져 요동遼東 들이 되었다.

들을 지나서 다시 솟아 백두산白頭山이 되었는데, 『산해경山海經』363)에서 말한 불함산不咸山이 바로 이곳이다.

산 정기精氣가 북쪽으로 천 리를 달려가며 두 강을 사이에 끼었고, 남쪽으로 향하여 영고탑寧固塔364)이 되었으며, 뒤쪽으로 뻗은 한 가닥이 조선 산맥朝鮮山脈의 우두머리가 되었다.

우리나라는 팔도로 나뉘는데, 평안도는 심양瀋陽과 이웃하였고, 함경도는 여진女眞과 이웃이며, 강원도는 함경도와 이어져 있다. 황해도는 평안도와 이어져 있고, 경기도는 강원도와 황해도의 남쪽에 있다. 경기도 남쪽은 충청도와 전라도이며, 전라도의 동쪽은 경상도이다.

경상도는 옛날 변한·진한 지역이고, 경기·충청·전라도는 옛 마한과 백제 지역이다. 함경·평안·황해도는 고조선·고구려 지역이었고 강원도는 별도로 예맥濊貊 지역이었다.

이 여러 나라들이 흥하고 망한 내력은 자세히 알 수 없으나, 당나라 말기에 태조 왕건이 삼한三韓을 통일하여 고려를 세웠고, 지금은 우리나라(조선)가 계승하고 있다.

우리나라 지세는 동·남·서는 모두 바다이고, 북쪽 한 길만이 여진과 요동으로 통한다. 산이 많고 평야가 적어 백성은 유순하고 공손하나 기개가 옹졸하다.

지역이 길게 3천 리에 걸쳤으나 동서는 천 리도 못 되며, 남쪽으로 가서 바다를 건너면 중국 절강성浙江省의 오현吳縣과 회계會稽와 맞닿는다. 평안도 북쪽에 있는 의주義州는 국경 첫 고을로, 대략 중국 청주青州 지역에 해당한다. 우리나라는 대체로 일본과 중국의 사이에 위치하였다.(「팔도총론」, 31-32면)

<팔역가>는 함경도에서 바로 시작하므로 위의 총론을 직접 인용하지 않고 백두산 위에서 바라보는 광경으로 변형·인용하였음은 앞서 본 바와 같다. 청담은 또 다른 총론, 「복거총론」에서 우리나라의 물은 철령 등성이 너

363) 중국 선진(先秦) 시대에 저술되었다고 추정되는 대표적인 신화집 및 지리서.
364) 본서 3부 3장 <북새곡>, 283-287면 참조.

머의 물은 모두 동쪽으로 가고, 철령 서쪽의 물은 서쪽으로 간다고 산수의 대강을 설명한 데 이어,

A 옛 사람들이 우리나라를 노인형老人形 지세에, 해좌사향亥坐巳向이어서 서쪽으로 얼굴을 들어 중국에 읍하는 상이므로 옛부터 중국과 친근하다 하였다. 또, 천 리 되는 물과 100리 되는 들판이 없기 때문에 거인이 나지 못한다고도 하였다. 그리하여 서융西戎, 북적北狄과 동호東胡, 여진女眞이 중국에 들어가서 한 차례씩 황제 노릇을 하였으나, 우리나라만은 그런 적이 없었다. 오직 강역疆域만 조심하며 지켜 뜻을 감히 딴 데 두지 못하였다.

B 그러나 멀리 해외에 위치한 하나의 특별한 구역이기 때문에 기자箕子가 주나라 신하가 되지 않으려고 여기에 와서 임금이 되었다. 그러므로 여기가 충신이 절의를 세우는 고장이 되었다. 그러한 풍습이 내려오고 운치가 남아, 우리나라는 비록 청나라에 항복한 일은 있으나, 임금과 신하 그 밖의 온갖 계층이 임진왜란 때 우리를 구원하여 준 은혜를 잊지 않는 것을 큰 의리로 삼았다.

C 숙종 갑신甲申년 3월은 명나라가 망한 지 60년이었다. 궁성 후원 서편에다 대보단大報壇365)을 세우고 태뢰太牢366)로써 만력황제萬曆皇帝(명나라 신종神宗)에게 제사하고, 이어 해마다 한 번씩 제사하도록 명하였다. 지금 임금 경오庚午년에는 또 숭정황제崇禎皇帝(명나라 의종毅宗)를 그 곁에다 부제祔祭하도록 명하였음은 매우 훌륭한 일이었다. 제사는 반드시 밤에 지내는데, 비록 맑게 갠 하늘이라도 제사 때는 갑자기 음산한 바람이 불고 짙은 구름에 어두워지고, 제사를 마치면 곧 청명하여지니 매우 이상하다 하겠다. … 정유丁

365) 대보단에 명의 태조·신종·의종을 제사지내는 것에 대해서는 본고 [인용시 38] 참조. 이는 조선조 모두의 공론(公論)이어서 이에 대한 비판을 조선조에서 찾기는 쉽지 않다. 한말의 유학자 조긍섭(曺兢燮, 1873-1933)은 "만동묘가 설치된 뒤에 의논을 달리하는 사람들이 종종 그것은 한갓 허명(虛名)만을 숭상하여 실정에 가깝지 않다고 비난하였다. 저들 노론 가운데의 선배들 또한 자못 드러내어 밝혔는데, 이도암(李陶菴)의 비문과 오노주(吳老洲)의 「잡지(雜識)」 가운데 한 조목 같은 것에서 볼 수 있다."고 하고, 사사로이 집에서 이들을 모시는 사람들까지 있는 세태를 지적하며, "찡그리는 것을 따라하고 분에 넘는 것을 답습하며 귀신을 모독하고 성인을 더럽히는 것이 이런 지경에 이르렀으니, 작용(作俑)의 실마리를 군자는 능히 허물하지 않을 수 없다."고 한 언급 정도가 있다. 조긍섭, 국역 『암서집(巖棲集)』, 권37, 「잡지」 하.

366) 나라 제사에서 소·돼지·염소 세 가지 짐승을 통째로 제물하는 방식.

酉년에 선조께서 성 안에다 형개[367]·양호[368]의 생사당生祠堂을 지어, 소사素沙에서 왜병을 격파한 공로[369]에 보답하도록 명하였다. 그러나 이여송에 대해서는 언급하지 않았으니, 이것은 실로 잘못된 일이었다.(「복거총론」, 170-172면)

위의 글은 중국과 우리나라를 보는 청담의 생각을 알아보기에 적절한 자료이다. A는 풍수지리의 대가인 청담이 자연의 형상으로 우리나라 산수의 특징을 단적으로 파악해, 중국에 대한 우리의 자세, 중국과 우리나라의 관계를 규정한 말이다. 이에 의해 우리는 운명론적으로 오랑캐이며, 중화를 넘보지 못하는 존재로 규정된다. B는 여기에 '기자동래箕子東來'를 사실로 봄으로써 동이는 오랑캐이면서도 소중화가 되며, C는 이로 인해 '대명의리大明義理' 또한 당연히 연결됨을 주장한다. A→B→C로 연결되는 논리는 청담의 사상이기도 하고 조선 후기 남인학자의 문화지리관을 대변하는 것이기도 하다.

그 중에서도 기자동래가 핵심이다. 『택리지』의 본론에 해당하는 「팔도총론」을 시작하면서 그가 개진하는 '단군조선-기자조선-위만조선-삼한'의 전개는 다음과 같다.

평안도는 압록강 남쪽, 패수浿水북쪽에 위치하고 있으며 은나라가 기자를 봉封했던 지역이다. 옛 경계는 압록강을 넘어 청석령靑石嶺까지로 『당사唐史』에서 말한 안시성과 백암성白巖城이 이 지역 안에 있었다. 그런데 고려 초부터 거란에게 차츰 빼앗겨, 압록강이 경계가 되었다.

---

367) 중국 명(明)나라 신종(神宗) 때의 무신(?-1612). 임진왜란 때 명의 원군(援軍)으로 참전하고, 정유재란에는 청산(靑山)과 직산(稷山)에서 왜군을 무찌름.

368) 본고 주95 참조.

369) 경기도의 소사에서 원숭이 군대를 활용해 왜군을 이겼다는 일화로, "왜적이 우리나라를 침범한 이래로 이와 같은 승리는 없었다."고 청담은 전했다.(이중환, 같은 책, 102-103면 참조) 원숭이 군대의 파병은 우리 기록에는 확인되지 않으나, 명나라의 야사에서는 확인되고 있다. 안대회, 「소사전투에서 활약한 원숭이 기병대의 실체-임진왜란에 참전한 명(明) 원군(援軍)의 특수부대」, 『역사비평』 124, 역사비평사, 2018 참조.

평양은 감사가 다스리는 곳으로, 패수 위에 있다. 기자가 도읍하였던 곳이며, 기자가 다스렸던 까닭으로 구이九夷 중에서 풍속이 가장 개명開明하였다. 기씨箕氏가 천 년, 위씨衛氏 및 고씨高氏가 800년 동안 도읍하였고, 한 나라의 중요한 진鎭이 된 지도 천 년이 넘었다. 그리고 이 지방에는 아직도 기자가 만든 정전井田의 유지遺址와 기자의 무덤이 있다. 나라에서는 묘 곁에 숭인전崇仁殿을 짓고, 선우씨鮮于氏를 기자의 자손이라 하여 전관殿官[370]으로 삼아 세습시켜 제사를 받들도록 하였다. 중국 곡부曲阜[371]의 공씨孔氏가 공자묘孔子廟를 받드는 것과 같은 이치였다.

또 강산이 비할 데 없이 아름답고 주몽 시대의 옛 흔적이 매우 많으나, 전해 오는 말에 거짓이 많아 믿을 수 없다.(「팔도총론」, <평안도>, 35-36면)

이 내용은 「팔도총론」이 「총론」에 이어 세부 논의에 들어가는 첫 순서 <평안도>의 첫머리에 나오는 부분이고, 이 중 '기자동래'에 대한 것은 이에 앞서 <팔도총론> 서론 부분에 이미 요약돼 있으니,[372] 지금 인용한 부분만 보아도 세 번 이상 나오는 셈이다. 이는 또 이익의 서문에도 강조되어 있다.[373] 서북지역은 기자로 인해 성지聖地로 여겨지는데, 『택리지』가 평안도부터 시작하는 것은 우연이 아니다.

기자를 선조로 모시는 사대부 이데올로기의 생생한 힘은 청담 시기보다

370) 전(殿)을 수호하는 관원.

371) 중국 산동성의 지명, 공자의 묘가 있고 공씨(孔氏)들이 많이 산다.

372) "기자(箕子)가 은나라에서 나와, 조선을 다스리면서 평양에 도읍하여 그의 손자 기준(箕準)에게까지 계승되었으나, 진(秦)나라 때 연나라 사람 위만(衛滿)에게 축출당했다. 그리하여 바다를 건너 전라도 익산(益山)으로 도읍을 옮기고 나라 이름을 마한(馬韓)이라 하였다.", 이중환, 같은 책, 「팔도총론」, 32-33면.

373) "기자가 은(殷)나라로부터 이 지역에 봉함을 받은 다음, 8개 조목을 처음으로 시행하였다. 오륜(五倫) 이외에 전한 것이 3장이었는데 한나라 고조(高祖)가 그것을 배우고 법을 간략하게 하여 천하를 평정하였다. 그 후에 성인께서 동쪽으로 오려는 뜻은 있었으나 실행하지 않아, 우리나라가 은·주(周) 시대와 같은 치화(治化)를 입지 못하였음은 애석한 일이었다. 그러나 문질(文質)을 숭상하던 남은 교화가 지금에도 없어지지 않았는바, 정전(井田)을 그었던 자취와 흰옷을 입는 풍습에서 갖가지로 알 수가 있다." (이익, 「『택리지』 서문」, 이중환, 같은 책, 17면 참조) 이익의 정통론은 한영우, 「18세기 전반 남인 이익의 사론과 한국사 이해」, 『조선후기사학사연구』, 일지사, 1989, 203-205면 참조.

앞서 이루어진 다음의 문장에 잘 드러난다. 이 글은 월사 이정귀(1564-1635)가 왕명으로 <기자묘비명>과 함께 지은 <병서>인데,[374] 기자조선설의 자초지종과 영향력을 보여주므로 장문이지만 옮긴다.

> 은殷나라가 망했을 때 세 사람의 행실이 같지 않았으나 공자는 병칭竝稱하여 삼인三仁[375]이라 하였고, 주자朱子는 "이 세 사람이 처지가 서로 바뀌었다면 모두 마찬가지였을 것이다." 하였습니다.
>
> 신은 삼가 다음과 같이 생각합니다. 기자箕子가 주紂에게 충간忠諫한 것은 비간比干보다 먼저였는데 주가 수금囚禁하고 죽이지 않은 것은 하늘이 한 것이고, 무왕武王이 다른 나라에 봉封하지 않고 조선에 봉한 것도 하늘의 뜻이었습니다. 어째서이겠습니까? 하늘이 하도河圖를 복희씨伏羲氏에게 주었으나 팔괘八卦의 변화가 그래도 드러나지 않았고 문왕文王이 수감되어 비로소 역易을 연역하였으며, 하늘이 낙서洛書를 우禹 임금에게 주었으나 구주九疇의 수數가 그래도 밝혀지지 않았고 기자가 곤액을 당하여 비로소 홍범洪範을 서술하였습니다. 천인天人의 묘리妙理가 이에 크게 밝혀지고 제왕의 정치의 대경大經·대법大法이 천하 후세에 전해질 수 있게 되었습니다. …
>
> 하늘이 증민蒸民을 냄에 반드시 성현을 탄생시켜 임금과 스승을 만들어 삶을 이루어주고 교화를 세워 주었으니, 복희씨, 헌원씨軒轅氏, 요堯, 순舜이 중국을 교화한 것이 바로 그것입니다. 우리 동방은 비록 외진 곳이지만 사람들은 역시 천민天民입니다. 그러나 단군으로부터 인문人文이 계명하지 못하여 무지몽매한 상태였으니, 혹여 기자의 팔조八條의 가르침이 없었다면 끝내 오랑캐가 되고 말았을 것입니다. 따라서 기자가 동방을 교화한 것은 복희씨, 헌원씨, 요·순이 중국을 교화한 것과 같은 것이니, 그렇게 하지 않을 수 없는 이치가 있었던 것입니다. 이것이 하늘의 뜻이 아니고 무엇이겠습니까. … 삼한만세三韓萬世 사람이 사람 노릇을 할 수 있게 한 그 공덕이 얼마나 큰 것입니까.

374) 이정귀, 국역 『월사집』 권45, 「명」, <기자묘비명>.

375) 은나라 말기의 세 사람의 어진 이. 주(紂)의 서형(庶兄)인 미자(微子)와 숙부인 기자(箕子)·비간(比干). 미자는 주의 무도함을 보고 떠나가서 종사(宗祀)를 보전하였으며, 기자와 비간은 간하였는데 주가 비간은 죽이고, 기자는 가두어 종으로 만들었다. 『논어』 「미자(微子)」 참조.

공자의 도가 비록 더없이 크지만 만맥蠻貊의 나라에는 교화가 미치지 못한 곳이 있습니다. 기자가 동방을 교화한 것은 공자가 탄생하기 전의 일이었습니다. … 가령 기자의 교화가 있지 않았다면 후대에 비록 공자의 도가 있었다 할지라도 그 교화가 어찌 쉽게 먹혀들 수 있었겠습니까. 그렇고 보면 우리나라가 기자를 숭배하고 그 은덕에 보답하는 예禮는 응당 공자와 같은 수준으로 높여야 할 것입니다. 그러나 아직도 향사享祀하는 곳이 많지 않고 그 후손을 세우지 못하였으니, 참으로 유감스러운 일입니다. 그렇지만 이 어찌 때를 기다렸던 것이 아니겠습니까.

우리 전하께서 즉위하신 지 3년째 되는 해인 만력萬曆 신해년(1611, 광해군 3)에 본도本道의 선비 정민鄭旻 등이 항소抗疏하여 말하기를, '사서史書에 의하면 기자 이후 41대 만인 준準에 이르러 위만에게 축출되었으며, 마한 말엽에 잔손孱孫 세 사람이 있었는데 친親은 후대에 한씨韓氏가 되었고 평平은 기씨奇氏가 되었고 량諒은 용강龍岡 오석산烏石山에 들어가 선우鮮于에게 계통을 전했다고 합니다. …『강목綱目』에서는 '기자가 조선에 봉해졌고 그 아들이 우 땅을 식읍으로 받았기에 선우를 성姓으로 삼게 되었다.' 하였습니다. … 선우가 기자의 후손임은 이미 명백하게 드러났지 않겠습니까. 홍무洪武 년간에 선우경鮮于景이란 사람이 중령별장中領別將이 되었고 그 7대손代孫 식寔이 태천泰川에서 와서 기자묘箕子廟 곁에 산 지가 어언 10년이 되었습니다. 청컨대 식에게 기자의 제사를 맡게 하소서." 하였습니다.

전하께서 그 일을 중히 여겨 예관禮官에게 명하여 대신에게 자문하게 하는 한편 본도本道로 하여금 식을 탐방하고 복계覆啓하게 한 결과 모든 사실이 근거가 있었습니다. 그래서 조정 의론이 모두 찬성하여 드디어 선우씨를 기자의 후손으로 정하였습니다. 그리고 그 이듬해인 임자년(1612) 봄에 어명으로 사당에 '숭인崇仁'이란 전호殿號를 걸었고, 선우씨에게 벼슬을 내려 식을 전감殿監으로 삼고 자손들이 이 벼슬을 이어받게 하였습니다. 옛날 주周나라 무왕武王이 황제黃帝와 요堯·순舜의 후손을 찾아 세워서 삼각三恪[376]으로 삼아 그 선조의 제사를 모시게 하였으니, 성인의 숭덕계절崇德繼絶[377]의 뜻은 천고에 걸쳐 다 같다고 하겠습니다.

---

376) 주나라 때 세 제후국으로, 황제(黃帝)·요·순의 후손을 무왕이 천하를 통일한 뒤 제후로 봉하여, 이들의 제사를 받들게 하였으며, 이들을 공경한다는 뜻에서 삼각이라 하였다.
377) 덕을 숭상하고 지난 왕조나 제후의 끊어진 세대를 이어 제사를 지내게 해주는 것.

그리고 부윤府尹에게 명하여 묘소를 증축하고 사우祠宇를 수리하였으며 제전祭田과 수호守戶를 증설하여 제수를 공급하고 청소를 하게 하였습니다. 또, 무릇 성姓이 선우인 사람은 세금과 부역을 면제하고 군적軍籍에 넣지도 않음으로써 그들로 하여금 기자의 사당 아래 모여 살게 하는 한편 근신近臣을 보내 향을 가지고 가서 사당에 축제祝祭하여 고유告由하게 하였으니, 기자를 존숭하는 예전禮典이 이에 이르러 더할 나위 없게 되었습니다. 이는 실로 이륜彝倫을 부식扶植하고 세도世道를 만회하는 일대一大 기회인 것입니다. 아아, 성대합니다.(이하 명銘 생략)[378]

<기자묘비명箕子廟碑銘>은 1428년(세종 10)에도 변계량卞季良(1369-1430)이 왕명으로 지어 올린 바 있다.[379] 이것이 국가의 위기 속에서 선조 이후 재점화되어, "삼한만세三韓萬世 사람이 사람 노릇을 할 수 있게 한 기자의 공덕"을 재확인하고자 평양에 기자의 사당 '숭인전崇仁殿'을 새로 세워 비를 새기고자 하여 다시 한 번 왕명으로 짓게 된 것이 이 글이다.[380] 두 글의 시차는 백 년이 훨씬 넘지만, 기자를 현실로 인정하는 이 분위기가 청담의 대에까지 달라진 것이 없음을 『택리지』의 되풀이되는 논리에서 볼 수 있다. 이것이 <팔역가>에 그대로 인용되니, <팔역가>의 시대에까지 역시 뿌리내리고 있었음을 알 수 있다.(인용시 33 참조) 월사와 청담의 두 글에 공통되는 기자를 숭상하는 내용은 다른 글들에서도 어사語辭만 좀 변할 뿐 내용은 반복된다. 다만, 이 글에는 기자에 대한 '숭덕계절崇德繼絶'이 더 드러나 있다. 생존한 기씨의 후예를 확인하고 그들에 대한 선처를 마련하는 현실적인 조처가 있었던 것이다. 이미 1576년(선조 9)에 창광산蒼光山 아래에 서원을 세우고 강당을 설치, '홍범洪範'이라 하였고, 1608년에 '인현仁賢'이라 편액했

378) 이정귀, 위와 같은 곳.

379) 세종이 기자의 사당이 좁고 누추하여 앙모하기에 맞지 않다고 하여 이를 중수한 것을 기념하여 변계량에게 짓게 한 것이다. 변계량, 『춘정집』 권12, 「비명(碑銘)」, <기자묘비명병서(箕子廟碑銘並序)>.

380) 묘비를 중건하는 일은 당시 서도에 폐해가 많다 하여 성사되지 않았다.

다. 이 숭덕계절의 의리는 멸망한 명나라에도 적용된다. 대명의리는 임란 후 '재조지은'을 갚는 것을 도리로 아는 분위기에서 명나라가 망한(1644) 200년 이후에도 지속되어 왔음은 본서의 다른 부분에서 자세히 보인 바 있다.[381]

다음은 이 기자동래가 중국과 인접한 우리의 지리적 인식에 어떻게 관여하는가 하는 점이다. 역사적으로는, 서북국경은 『택리지』에서는 "옛 경계는 압록강을 넘어 청석령靑石嶺까지로 안시성과 백암성白巖城이 이 지역 안에 있었다.[382] 그런데 고려 초부터 거란에게 차츰 빼앗겨, 압록강이 경계가 되었다."고 했고, 『고려사』「지리지」 <서문>에는 "그 사방 경계(四履)는, 서북은 당唐 이래로 압록鴨綠을 한계로 삼았고, 동북은 선춘령先春嶺을 경계로 삼았다. 무릇 서북은 그 이르는 곳이 고구려에 미치지 못했으나, 동북은 그것을 넘어섰다."라고 했다.[383]

고려의 서북국경 획정은 압록강을 두고 치러지는 대외적 투쟁과 북방정책의 산물이다. 압록강 부근은 거란, 여진, 발해 유민이 섞여 있는 지역이었다. 고려 초기, 고려가 압록강과 접한 지역은 많지 않았다. 적경敵境, 번경蕃境, 번토蕃土라 불렀던 이 지역은 여진과 접하고 있고 이들의 투화投化로 경계가 변하기도 했다. '경계대境界帶'의 특징으로 파악되는 고려 초기의 국경

381) 본서 2부 2장, 118면 참조.

382) 최근 "고려의 국경선은 지금의 중국 요령성 요양 부근"이라는 발표 또한 있었다. 이는 『고려사』「지리지」에 '고려의 사방 경계는 … 대개 서북으로는 고구려에 다다르지 못했으나 동북으로는 그것을 넘어섰다'는 기록을 중시한 것이다. 이에 의하면, "이 '압록(鴨淥)'을 일제가 현재 압록강(鴨綠江)으로 획정하여 고려의 영토는 현재 압록강에서 원산만 이남 지역으로 인식하고 있으나, 당시 고려와 국경을 맞대었던 요(遼)나라의 역사서인 『요사(遼史)』와 대조해서 연구해본 결과, 이 압록(鴨淥)은 현재 중국 요녕성 철령시를 흐르는 요하(遼河)의 지류를 가리키고 있었다. 그럼에도 불구하고 현재 압록강 이남 지역으로 인식하게 된 것은 조선시대의 일부 성리학자들의 사대주의와 일본이 대한제국을 침략하여 고의로 왜곡하여 만든 '반도사관' 때문이었다."라는 주장이다. 또한 이 '역사왜곡 바로잡기' 작업은 고려의 서북 국경선으로 추정되는 천리장성과 동북지역 국경인 윤관이 축성한 9성의 위치도 다시 고찰하고 있다. 윤한택 외, 『압록과 고려의 북계』, 주류성, 2017, 13-82면 참조.

383) 『고려사』, 「지리지」, <서문>. *이하 『고려사』 자료 인용은 한국사데이터베이스 http://db.history.go.kr 참조.

은[384] '중세의 변경은 선이 아니고 면'이라는 개념을 확인하게 한다. 그러므로 어디를 고려의 영토로 보아야 할지는 확실하지 않으나 이를 선으로 확보하려는 관방關防 설치와 장성長城 설치를 통해 고려의 영토를 살펴본 연구를 참조할 수 있다.

985년(성종 4) "거란은 요해 밖에 있고 우리와의 사이에 두 강이 막혀 있어"라는 기록이 있고, 거란이 청천강 이북에 있는 여진을 쫓아 압록강을 넘어 왔을 때 우리에게 양해를 구한 점 등은 압록강 이남의 땅이 고려의 것이었음을 말해준다. 또, 성종 10년 압록강 유역의 여진족을 축출하여 백두산 밖에 살게 하였다는 기사가 있다. 이때, 거란이 항의했다는 기록을 찾을 수 없다는 점에서 고려의 북방영토의식은 압록강 밖으로까지 넓혀져 있음을 추정할 수 있게 한다. 993년(성종 12) 서희와 소손녕의 강화회담으로 압록강 유역을 확보한 것은 "압록강 유역으로의 실질적 진출을 통한 국경 획정"이 가능했다는 의의로 봐야 한다. 이것은 "현종대의 2차에 걸친 거란의 침입을 극복할 수 있었던 토대였으며, 덕종 때(1033-1044) '고려성'을 구축하여 고려의 북방지역을 확고히 하는 데에도 기여했다."는 의견[385]을 참조하면, 고려는 성 밖을 투화촌, 기미주 등으로 보는 방식의 장성편제長城編制를 운영하였음을 알 수 있다.[386] 이로써 1073년(문종 27)에 이르면 동북 방면에 15개의 기미주가 설치되었고, 이들 중 다수인 동북 여진 11촌 등이 주州로 편입되기를 원해 이를 들어주는 등으로[387] 국경이 재편되었다. 그러므로 고려의 장성은 여전히 경계대적인 성격을 가지고 있다. 이후 1107년(예종 2) 윤관이 여진을 정벌하고 9성을 쌓았으나 돌려준 바 있다.

조선의 동북 국경과 그 지역의 역사에 대한 청담의 의식은 다음에서 볼

384) 송용덕, 「고려전기 국경지역의 주진성편제(州鎭城編制)」, 서울대학교 석사학위논문, 2003, 109면.
385) 윤한택, 『고려 국경에서 평화시대를 묻는다 : 고려 국경 연구』, 더 플랜, 2018 참조.
386) 송용덕, 같은 글, 130면.
387) 『고려사』, 문종 27(1073)/2/(을미); 문종 27(1073)/9/(갑진) 등.

수 있다.

A 평안도 동쪽에 있는 백두산의 큰 맥이 남쪽으로 내려오다가 하늘을 자른 듯이 끊어져서 산등성이[嶺]가 되었다. 산등성이 동쪽이 바로 함경도로 옛 옥저沃沮 지역이다. 남쪽은 철령鐵嶺이 한계이고, 동북쪽은 두만강이 한계이다. 남북의 길이는 2천 리가 넘으나, 동서로는 바다에 접해 있어 100리도 못 된다.

예전에는 숙신肅愼의 영역이었으나 한나라 때 현도玄菟에 속하였다. 그 후 주몽이 차지하였다가, 고구려가 망하자 여진女眞이 차지하게 되었다.

고려 때 함흥咸興 남쪽 정평부定平府를 경계로 하였다가 중엽에 윤관尹瓘이 군사를 거느리고 가서 여진을 쫓아 버리고 두만강 북쪽으로 700리를 지나, 선춘령先春嶺까지를 경계로 하였다. 그 후 금나라에게 땅을 돌려주고 또 함흥을 경계로 삼았다.

우리나라 장헌대왕莊憲大王 때 김종서金宗瑞로 하여금 북쪽으로 땅 천 여리를 개척하고 두만강에 이르러 육진六鎭과 병영을 설치하게 하였으며, 이때부터 백두산 동남쪽에 있던 여진의 근거지가 모두 우리의 판도에 들어왔다. …

B 운두산성은 동해와 겨우 200리 거리이고 고려와는 바닷길로 아주 가깝다. 또 고려의 전라도와 중국 항주杭州는 작은 바다를 사이에 두고 있어 바람만 잘 만나면 뱃길로 이레 만에 통할 수 있다. 만약에 송나라 고종高宗이 비밀리에 고려를 후하게 대접한 다음, 고려로 하여금 동해에 배를 띄우고 군사 천 명으로 운두산성을 습격하여 휘종・흠종과 형후邢后를 빼앗아, 바닷길로 오다가 고려 땅에 올라, 다시 전라도에서 배편으로 항주에 닿게 하였더라면, 이것은 천하에 기이한 사건이 되었을 것이다. 그러나 애석하게도 고종은 아비를 염려하는 마음은 없고, 서호西湖에 놀이하는 즐거움에만 정신이 빠졌으니 그 불효한 죄는 하늘에 사무쳤다 하겠으며, 천고에 한스러운 일이다. (「팔도총론」, <함경도>, 43-45면)

함경도의 역사지리를 말한 A부분은 이어 1712년 청과의 사이에 그어진 백두산 분계선 사건, 운두산성과 송 황제의 무덤에 대한 전언傳言 등으로 이어지는데, 이것이 <팔역가>에서는 실제 여정인 것처럼 나타난 상태에 대해서는 다른 부분에서 제시하였으므로 재론하지 않는다.[388] B부분에서는 송나라가 오랑캐 금나라에 의해 멸망한 것에 대한 청담의 사평史評을 볼 수 있는데, 이는 원나라에 점령된 고려의 운명에도 관계되므로 "천고에 한스러운 일"이라 하였다.[389]

평안도에 속하나, 함경도와 경계해 있는 강계부는 함경도에서는 경계 개척이 끊이지 않는 곳이다.

> 강계부府 북쪽은 검산령劍山嶺으로 고구려 환도성丸都城이 있던 곳이며 성터가 아직도 남아 있다.
> 북쪽으로 두 개의 큰 고개(嶺)를 넘으면 강계부이다. 부 동쪽에서 백두산까지가 500여 리이며 그 사이가 폐사군廢四郡[390] 지역이다. 세종 때 강계부에 예속시켜, 백성을 옮기고 그 지역을 비워 버렸다. 그리하여 지금은 수목이 하늘에 닿을 듯한 아주 깊은 두메가 되었으며 인삼이 많이 산출된다.(「팔도총론」, <평안도>, 40면)

<팔역가>는 평안도 부분에서 이를 전부 요약하고 있는데, <팔도총론>에 있는 '우리나라 건국 연혁'을 토대로 하면서 위의 함경도·평안도 기사를 섞어 짜 놓았다. 또한 <해동악부>도 여기서 처음 등장하여, 다채로운 편집력을 자랑한다.

먼저, 『택리지』를 인용하고 이것이 채용된 <팔역가>를 보인다.

---

388) 본고 338-343면 참조.

389) 고려와 남송이 손을 잡았더라면 송나라가 망하지 않았으리라는 가정은 송 고종이 조상을 잘 모셨더라면 조상의 은덕으로 발복했다는 생각이라고 한 견해가 있으나(예경희 · 김재한, 「청담 이중환의 국방지리론」, 『청대학술논집』 9, 청주대학교, 2007, 166면 참조), 이보다는 소중화인 조선이 중화인 송나라와 협력하여 북방의 이민족, 즉 금나라를 물리쳤어야 했다는 제안으로 파악된다.

390) 본고 주310 참조.

옛날 요임금 때 신인神人이 평안도 개천현价川縣 묘향산妙香山 박달나무 아래 석굴石窟에서 태어났다. 이름을 단군檀君이라 하고, 구이九夷의 임금이 되었으나, 그의 연대와 자손에 대한 자세한 기록은 없다.

그 후 기자가 은나라에서 나와, 조선을 다스리면서 평양에 도읍하여 그의 손자 기준箕準에게까지 계승되었으나, 진秦나라 때 연나라 사람 위만衛滿에게 축출당했다. 그리하여 바다를 건너 전라도 익산益山으로 도읍을 옮기고 나라 이름을 마한이라 하였다. 기씨가 통치하던 지역은 『사기史記』에 정확히 언급되지는 않지만 진한, 변한과 함께 삼한三韓이라고 하였다.

혁거세赫居世는 한나라 선제宣帝 때 일어나 경상도를 모두 점유하였다. 진한, 변한의 여러 지역 국가를 통합하여 신라新羅라는 국호로 경주에 도읍하고, 박씨朴氏·석씨昔氏·김씨金氏가 번갈아가면서 왕이 되었다.

위씨衛氏는 한나라 무제武帝 때 멸망했는데, 그 후 한나라에서 백성만 옮겨가고 땅은 버리자, 주몽朱蒙이 말갈靺鞨에서 일어나, 평양을 차지하고 나라 이름을 고구려라 하였다.

주몽이 죽자 그의 둘째 아들 온조溫祚는 한수漢水 이남 지역을 차지하여 마한을 멸망시킨 다음, 나라 이름을 백제라 하고 부여扶餘에 도읍하였다.

고구려와 백제는 다 같이 당나라 고종高宗 때 멸망하였고, 당나라에서 그 땅을 버리고 군사를 거두어 돌아가자, 고구려·백제 두 나라 지역은 다 신라 영역으로 들어오게 되었다.

신라 말기에 궁예弓裔와 견훤甄萱이 이 지역을 나누어 차지하였으나 후에 다시 고려가 통일하였다. 이것이 우리나라 건국 연혁의 대략이다.(『택리지』, <팔도총론>, 32-33면)

檀君(단군) 千年(천년)은 文獻(문헌)이 無徵(무징)ᄒᆞ니
擧大槪(거대개)[대강 들어] ᄒᆞ오리라 東方(동방)에 初無君長(초무군장)이라
풀노 옷슬ᄒᆞ고 나무열미 밥을ᄒᆞ야
여름의 셥에자고 겨을에 궁게ᄒᆞ니[구멍에 자니]
이일른[이들이] 九種夷(구종이)[391]라

391) 13경(經) 중 하나인 『이아(爾雅)』에 구이(九夷)·팔적(八狄)·칠융(七戎)·육만(六蠻)으로 구분해놓은 것에 근거, 이(夷)를 아홉 종류로 봄. 구이는 '견이·간이·방이·황이·백이·적이·현이·풍이·양이'라 하였다. 『논어』 「자한편」 주소(註疏)에는 '현도·낙랑·고려·만식·부이·색가·동도·왜인·천비'라 하였다. 이중환, 같은 책, 35면 재

太白山(태백산) 檀木下(단목하)의 神人(신인)이 下降(하강)ᄒᆞ야
平壤(평양)의 卽位(즉위)ᄒᆞ고 國號(국호)을 朝鮮(조선)이라ᄒᆞ니
元年(원년) 戊辰(무진)은 唐堯(당요)[392]의 二十五年(이십오년)이라
百姓(백성)으로 머리ᄯᅡ아[머리 땋아] 씨게[올리게] ᄒᆞ고
君臣男女(군신남녀) 衣服飮食(의복음식) 制度(제도) ᄒᆞ야ᄯᅩ다[정했도다]
檀君(단군)은 神人(신인)이라
千年(천년) 後(후)의 箕子(기자)올쥴 아르시고
九月山(구월산) 避位(피위)ᄒᆞ야 神人(신인)다시 되야ᄯᅩ다
箕子(기자)으 ᄂᆞ오심은 我國爲(아국위) 臣僕(신복)이라[우리나라가 신하됨
이라]
周武王(주 무왕) 己卯年(기묘년)의 白馬(백마)타고 나오실제
ᄯᆞᆯ은살롬[따르는 사람] 五千(오천)이라 뉘기뉘기[누구누구] ᄶᅡ라뎐고
禮樂詩書(예약시서) ᄒᆞ는선부[선비] 醫藥卜筮(의약복서) ᄒᆞ는사롬
百工技藝(백공기예)[각종 장인] ᄲᅮᆫ이로다
本土(본토)[중국] 사롬 王朝明(왕조명)[왕의 밝은 가르침]을 ᄎᆞᄌᆞ보고
敎民(교민) 八條(팔조)[393] ᄒᆞ야 小中華(소중화) 되야셔라
國泰(국태) 民安(민안)ᄒᆞ야[나라가 태평하고 백성이 편안하여] 黃河水(황하
수) 로릐[노래]지어
聖德(성덕)을 頌傳(송전)ᄒᆞ니 詩曰
(인용시 3, 오광운 <황하가黃河歌> 수록)
孔子(공자)으 이론말숨 欲居九夷(욕거구이)[394] 안일넌가
엇지타
四十二代(사십이대) 箕準(기준)이 燕衛滿(연 위만)의 奸計(간계)ᄲᅡ져
九百餘年(구백여년) 都邑(도읍)일코[잃고] 漢江水(한강수) 넘어와
益山(익산)의 都邑(도읍)ᄒᆞ야 馬韓始祖(마한시조) 되야시이

인용. 이들은 여러 종족을 가리키는 것이지 민족은 아니다. 박찬승, 같은 글, 14면 참조.

392) 요임금. 도(陶) 땅과 당(唐) 땅에서 봉해졌으므로 당요라 함.

393) 고조선의 여덟 가지 금법(禁法).

394) “공자께서 중국의 혼란에 상심하여 동방의 구이(九夷)에 가서 살고자 하셨다. 어떤 사람이 말하였다. ‘누추할 터인데 어떻게 사시겠습니까?’ 공자께서 말씀하셨다. ‘군자가 살게 되면 어찌 누추할 게 있겠는가.’(子欲居九夷 或曰 陋如之何 子曰 君子居之 何陋之有)”, 『논어』 「자한(子罕)」.

이안니[이 아니] 三韓(삼한)인가 衛氏(위씨)[395]는 엇던고[어떻던고]

八十七年(팔십칠년) 직킨나라 其孫右渠(기손 우거)[396] 頑悖(완패)ᄒᆞ야[성질과 행동이 고약하여]

漢武帝(한무제)을 거역ᄯᅡ가 樂浪(낙랑)골 되야시니

이안니[이 아니] 四郡(사군)[397]인가

長安(장안)이 멀고머니 직키기 어렵도다[한나라에서 멀고머니 지키기 어렵도다]

句麗山(구려산) 高朱蒙(고주몽)이 女眞(여진)의 웅거타가

成川(성천) 新都(신도)요[성천을 도읍으로 삼았다가] 平壤(평양)은 移都(이도)로다

國號(국호)은 高句麗(고구려)요 王號(왕호)은 東明王(동명왕)이라

이안이 三國(삼국)인가 三國中(삼국 중) 强國(강국)이라 (117-121면)

<팔역가>는 고구려・백제・신라 이전의 기자조선・고구려・마한을 "이아니 三國(삼국)인가 (고구려는) 삼국 중 强國(강국)이라"로 마무리하고, 이어 고구려의 강성함과, 그럼에도 불구하고 신라와 당의 연합군에게 패망하는 장면을 그린다.

(고구려는) 三國中(삼국중) 强國(강국)이라

隋煬帝(수양제) 百萬兵(백만병)이 淸川江(청천강)의 敗歸(패귀)ᄒᆞ니

東國名將(동국명장) 뉘런고 乙支文德(을지문덕) 안일넌가

唐太宗(당태종)의 英傑(영걸)로 安市城(안시성)의 班師(반사)ᄒᆞ니[군대를 이끌고 돌아가니]

일골[이곳]太守(태수) 뉘던고 楊萬春(양만춘)의 城上拜(성상배)

---

395) 성은 정확하지 않으며 이름은 만이다. 중국 연나라에서 망명 온 것으로 알려져 있다. BC 194년 고조선 준왕(準王)에게 고조선의 변방을 지키겠다고 약속하여 박사 직위를 받고 변방에 머무르다, 한나라 군대가 쳐들어온다고 준왕에게 거짓 기별을 하여 왕검성에 들어간 후, 준왕을 공격하고 쿠데타로 왕이 되었다.

396) 고조선 최후의 왕(?-BC 108). 위만의 손자로 BC 109년 한나라 무제가 이끄는 군대의 침입에 맞서 싸웠으나, 화친파에 의해 살해되었다.

397) 한 무제가 고조선을 없애고 설치한 낙랑・임둔・현도・진번의 네 군.

萬古(만고)의 奇異(기이)토다 詩曰

(인용시 4, 오광운, <성상배城上拜> 수록)

潯陽江(심양강) 北(북)을삼고 漢江水(한강수) 南(남)을삼아

七百五年(칠백오년) 직키더니 天命(천명)은 靡常(미상)이라[쓰러지는 갈대로 정함이라]

東明王 母親塑像(동명왕 모친 소상) 泣血(읍혈) 三日(삼일)ᄒᆞ고

平壤(평양) 江水(강물) 赤血(적혈) 三日(삼일)터니

唐高宗(당태종) 甲寅年(갑인년)[398]의 大將軍(대장군) 李世勣(이세적)과

幕下將(막하장) 薛仁貴(설인귀) 新羅兵(신라병) 合勢(합세)ᄒᆞ야

平壤(평양)을 쳐破(파)ᄒᆞ야 新羅(신라)의 부쳐쏘다

三千年(삼천년) 지닌지최 엇지ᄃᆞ 紀錄(기록)홀가(평안도, 121-123면)

청담은 주몽이 말갈에서 일어나 평양을 차지하였다고 했고, <팔역가>는 성천에서 평양으로 옮겼다고 했다. 또 <팔역가>는 전설까지 인용하여 유화부인 모습으로 빚어놓은 상에 피눈물이 사흘 흐르고 평양 강물이 3일 동안 붉은 색이더니 고구려는 여당 연합군에 망하고 말았다고 회고했다.

'기자조선 · 고구려 · 마한'을 '삼국'이라고 한 언급은 기자-마한을 정통으로 인정하는 관점을 수용한 <팔역가>의 근간 사상이다.

기준이 마한을 세운 이야기는 백제의 옛 수도인 전라도의 익산에서 다시 또 거론된다. 평양에서 '위만에게 땅을 빌려준' 일, 그 결과 나라를 빼앗겼던 그 한스러움이 익산에서 '온조에게 땅을 빌려준 일'로 다시 되풀이되었음을 모두 "차지견한"이라고 한탄하며 이는 '헛된 은혜'를 베푼 것일 뿐이라고 휴옹 심광세의 <차지한借地恨>를 인용하며 회고했다.

益山(익산)을 다다르니 이ᄯᅡ은 옛 金馬郡(금마군)이라

箕子(기자)의 四十二代(사십이대) 箕準(기준)이 衛滿(위만)의게

398) 갑인년은 당 고종 5년(554)인데, 평양성 함락은 고종 19년(668)이어서 무진년이 맞다. 노규호, 같은 책, 122면.

九百餘年(구백여년) 누르일코 漢江(한강)을 건네와
이ᄯᅡ의 都邑(도읍)ᄒᆞ야 馬韓(마한)이라 國號(국호)ᄒᆞ니
元年(원년) 丁未(정미)ᄂᆞᆫ 漢惠帝(한 혜제)의 元年(원년)[BC 194년]이라
一百三年(일백삼년) 지키ᄃᆞ가 百濟王溫祚(백제왕 온조)의게 누르닐코
(…중략…)
箕氏(기씨)의 借地恨(차지한)[땅 빌려준 한] 後世(후세)의 流轉(유전)ᄒᆞ니 [지금도 얘기되니]
百里(백리)ᄯᅡ을 衛滿(위만)의게빌릿다가[빌려주었다가] 衛滿(위만)의 所逐(소축)되고[쫓겨나고]
後孫(후손)이 百里(백리)ᄯᅡ을 溫祚(온조)의게 빌릿다가[빌려주었다가]
溫祚(온조)의[온조에게] 所滅(소멸)되니[멸망하니] 借地遺恨(차지견한)[땅 빌려준 한] 이아닌가
(인용시 33, 심광세, <차지한借地恨> 수록)(245-247면)

이렇게 <팔역가>에서도 두 번 이상 되풀이되는, 기준箕準이 위만에게 축출당해 전라도 익산益山으로 도읍을 옮겨 마한을 세웠다는 이론은 삼한 중 마한을 정통으로 보는 '마한정통론'의 근거가 된다. 이 논리에서는 평양이나 백제는 모두 중국인 기자의 땅인 셈이다. 그러나 '준왕 남천南遷 전승'은 후대에 인식된 '한韓'이라는 지명을 바탕으로 만들어진 것이며,[399] 이로 인한 마한정통론 역시 사실의 역사라기보다는 후대에 이루어진 계통론의 측

399) 위만조선의 유민이 가장 많이 유입된 곳은 진한이라고 하는데, 이들이 가장 먼저 정착한 곳은 한반도 중부, 한강 유역일 것으로 추정된다. 기씨 중 일부는 한(韓)을 성으로 했으며, 이들을 고조선 시대의 한씨와 구분하기 위해 한반도 중부에 존재하던 진(辰)과 합쳐 '진한(辰韓)'이라고 했을 것이라는 주장이 있다. '변한(弁韓)'은 고깔을 쓰는 풍습에서 유래한 명칭으로 본다. 결국 '한'이란 한반도 중부 지역의 주민을 가리키는 말로, 고구려나 낙랑에서 인식되었다는 것이다. '마한(馬韓)'은 '마(馬)'가 크다는 뜻으로서 가장 광범위한 지역을 가리키는 의미라고 한다. 마한은 50여 개의 나라로 구성된 광역의 집단이며, 마한이라는 명칭은 진한과 변한이 생기고 나머지 모든 지역을 마한으로 했을 것으로 본다. '삼한(三韓)'이 고구려 · 백제 · 신라라는 의미로 쓰여 우리나라를 뜻하는 대명사로 된 것은 통일신라 이후이므로, 삼한의 '한'과 마한 등의 '한'은 다르다. 또한 마한은 백제라고 할 수 없다. 3세기까지 백제는 마한 지역을 모두 장악하지 못하였던 것이다. 전진국, 「삼한의 실체와 인식에 대한 연구」, 한국학중앙연구원 박사학위논문, 2016 참조.

면에서 접근해야 한다고 보는 것이 근대 실증역사학의 입장이지만, 마한정통론은 조선 후기에 광범위하게 퍼져 있었던 것이기에 실학자의 역사관으로 다시 논하기로 한다.

이상에서 『택리지』의 문화지리의식을 살펴보고, 『택리지』와 비슷한 구문을 사용하고 있는 <팔역가>를 대조해 보였다. 얼핏 보기에는 비슷한 부분도 <팔역가> 작자는 약간의 변형을 가해 상당한 차이의 의미를 드러내고 있음도 살펴본 바와 같다. 청담이 집중해서 논의한 부분도 <팔역가> 작자는 경치 묘사로 넘어가게 하고, 부정적으로 판단 내린 부분을 긍정적으로 보게 하는 등 기행문의 의도에 맞게 사용한 경우도 있었다. 이런 차이는 자세히 변별하지 않으면 크게 느끼지 못하지만 <팔역가>의 독자적 의의를 보여주는 부분이다. 이 차이가 우연한 것이 아님은 물론이다. 그 변형들이 <팔역가> 작자의 의도에 의한 것임을 다음의 예가 확실하게 보여준다.

그 중 하나가 '사대부론'에 대한 비교이다. 이것이 『택리지』의 대표적 사상인 것은 주지의 사실이지만, <팔역가> 또한 사대부의 지절관志節觀을 팔도에서 관심 깊게 언급하고 있다. 본고의 관심과는 거리가 있어 많이 다루지 않았지만, 두 작품을 비교하기에는 중요한 자료이므로 성씨姓氏 부분만 자세히 살펴보기로 한다. 이 내용은 『택리지』의 「총론」에 있는데, 「총론」은 청담의 사상을 집약한 부분이므로 <팔역가>가 이를 변형했다면 그 변형은 특히 주목할 필요가 있을 것이다.

『택리지』는 한양의 문화지리를 "300년 동안이나 명성과 문화의 중심 지역이 되어 유풍儒風이 크게 떨치고, 학자가 무리지어 나왔으니 엄연한 하나의 작은 중화中華였다."라고 강조했다. 그러면서도 청담은 이에 대한 비판을 아끼지 않았다. 반면 <팔역가>가 『택리지』의 원문을 이용하면서도 손질을 가해 다르게 사용하고 있는 원문은 앞에서 비교한 바 있다.[400] 이 손질은

400) 문장 비교는 본고 344-345면 참조.

상당한 차이로 귀결된다. 청담의 사대부에 대한 비판을 <팔역가>는 비껴가고 있는 것이다.

"고려에서 성을 내려 줄 때 무슨 존귀의 차이가 있었겠는가? 그런데 지금 사대부가 이것을 가지고 망령되게 너와 나라(너니 나니) 하는 것은 이상한 일이다."[401]라는 『택리지』의 구절을 <팔역가>는 "高麗朝(고려조)에 中國姓氏模倣(중국성씨모방)ᄒᆞ야 班姓於(반성어) 八路(팔로)ᄒᆞ니/ 人皆(인개) 有姓(유성)ᄒᆞ야 或以爲民庶(혹이위민서)ᄒᆞ고 或以爲士大夫(혹이위사대부)라/ 何以爲(하이위) 士大夫(사대부)요 士而行大夫事(사이행대부사) 曰士大夫(왈사대부)라"고 했다.(300면) 즉, 성씨에 존비가 있게 된 현상의 부당함을 지적하는 것이 청담의 논리인 반면, <팔역가>는 이를 전하는 듯하면서도 청담의 평가는 전하지 않고 둘로 나눈 것만 전달함으로써 그 구분을 당연한 것처럼 여기게 전하였다. 이로써 『택리지』와 <팔역가>의 차이는 드러난다. <팔역가>는 사대부를 "士而行大夫事", 즉 "선비로서 벼슬길에 나아가면 사대부라 이르더라"고 정의하고, 이어서 사대부론을 덧붙인다.

> 王公聖賢(왕공성현) 後裔(후예)로 孝悌忠信(효제충신) 業(업)을삼고
> 禮義廉恥(예의염치) 本(본)을삼아 立紀綱(입기강) 正風俗(정풍속)ᄒᆞ니
> 所以謂(소이위) 士大夫(사대부)라 入我朝(입아조)明分(명분)[402]이 比麗尤明(비려우명)터라[조선 명분이 고려보다 분명터라](300면)

조선이 유학의 명분론名分論을 국시로 삼았으므로 사대부가 매우 성하였다[403]며, 이어 "임용하는 데도 문벌만을 앞세운다"는 『택리지』의 비판은

401) 이중환, 같은 책, 「총론」, 221면.

402) <오씨본>은 '明分'이나 <권씨본>은 '名分'이다. 이 부분은 양 본이 운율, 글자에서 많은 차이를 보인다.

403) "조선이 건국할 때 유학을 높인다는 명분으로 나라를 세웠다. 그래서 지금 사대부라는 명칭이 매우 성하고도 많으며, 사람을 임용하는 데도 오로지 문벌만을 앞세웠다. 그러므로 인품의 계층이 매우 많아졌다.", 이중환, 같은 책, 「총론」, 222면.

<팔역가>에서는 "入我朝明分이 比麗尤明터라"로 함으로써 사대부와 서민의 구분이 당연한 것으로 바뀌었다. 반면, 『택리지』는 성의 존귀가 처음부터 있었던 것처럼 구분하는 것을 비판하는 입장이다. 종실·사대부·양민·노비 등 모든 계층 내에서도 많은 구분이 있고, 사대부 내에서도 구분이 많아져 교류도 서로 하지 않는 것을 비난하는 데서 그 입장을 느낄 수 있다. 그러나 청담의 입장이 모든 계층에 대한 평등론을 펼치는 것은 아니다. 그의 비판은 사대부 내에서의 구분론을 극복하는 데에 치우쳐 있다. 그는 우선, 중국에서 내린 성과 고려에서 받은 성씨를 구분하는 것에 대해 지적한 후 "고려·조선의 800년 동안, 비천한 신분에서 존귀한 신분이 되고, 또 존귀하던 신분이 여러 대로 전해 내려왔다. 그들의 덕행德行과 공업功業이 역사(吏乘)에 빛나고 간책簡策에 전하기에 족하다."며 사대부에 관한 한 오래 되어 사대부의 공업을 쌓은 가문이 많아진 것은 긍정적으로 보았다. 여기에 세종대왕이 예법과 명교로 다스림에 의해 "집마다 문장이 빛나고 집집마다 도덕이 빛났다"고 평가하면서 "조선은 고려와 견주면 더욱 문명이 발전하였다.我朝比麗尤文明"고 긍정적인 평가를 했다. <팔역가>에서 "名分"의 의미로 쓰인 "明分"은 사실은 "文明"이었던 것이다.

이에 덧붙여 청담은 그 부작용 또한 지적하였다.

> 이런 까닭에 재주가 없고 학문이 서투르면 창초傖楚[404]라 하고, 혼인을 조금이라도 실수하면 오랑캐로 대우하며, 행실에 조그만 흠이라도 있으면 서로 사귀지도 않았다. 그리고 무사와 장사꾼은 비록 사대부집 사람이라도 천하게 여겼다. 그러므로 사대부 되기도 자연히 어려워져서, 반드시 문학을 익히고 행실을 힘써서 자신을 수양하고 집안을 잘 다스린 다음이라야 비로소 행세를 할 수 있다(必攻文學 力行義 修身齊家 然後方可行於世矣). 그러므로 출세와 은퇴, 나타나고 숨는 사이와 움직임과 쉼, 말하고 말없는 절차에도 모두 남의 지목을 받게 된다.

404) 비천한 사람.

> 세종대왕부터 선조까지 200년을 내려오면서 사대부도 때로는 성하고 쇠함이 있었고, 사람도 능히 다 착하지 못하였다. 그래서 치우친 논의가 크게 일어났다. 치우친 논의가 나온 후부터는 어진 자라도 반드시 남을 심복시키지 못하였고, 어질지 못한 자는 몸을 쉽게 감출 수 있어서 사대부로 행세하기와 이름을 세우기가 더욱 어렵게 되었다.(「총론」, 224면)

이어 청담은 "(사대부는) 등용되거나 버림받거나, 높은 벼슬을 하거나 벼슬길이 막히거나, 초야에 있거나 조정에 있거나를 막론하고 거의 몸을 용납할 곳이 없다. 이렇게 되어서는 모두 글을 읽고 행실을 닦아 사대부가 된 것을 후회하고, 도리어 농·공·상의 신분을 부러워하게 된다. 그러면 전일에 사대부가 자신을 농·공·상보다 높게 여겼던 것을, 지금에 와서는 참으로 농·공·상보다 못함이 있다는 것인가. 물物이 극도에 달하면 되돌아오는 것인데 진실로 이치가 그런 것이다. 그러므로 온 하늘 아래에 한 번 사대부라는 명칭을 얻으면 갈 곳이 없다."라고 개탄한다.

이 논지 전개를 무시하고 <팔역가>는 『택리지』의 구절을 재단하여 인용하며 "효제충신·예의염치·입기강 정풍속"하는 것이 사대부라고 자신의 '사대부론'을 전개하고, 이 명분이 조선에서 분명해졌다는 평가에 도달하였다. 더구나 이 글 다음을 고려의 충신들이 조선에 출사出仕하지 않기 위해 모여 살았다는 개풍의 두문동 방문으로 바로 연결하여,

> 杜門洞(두문동) ᄎᆞᄌᆞ드니 高麗臣(고려신) 勢家大族後裔(세가대족후예)라
> 商賈(상고)로 業(업)을숨아 傳子傳孫(전자전손) ᄒᆞ야오니
> 所以(소이) 無(무) 士大夫(사대부)라(301면)

라고 세가대족의 후예지만 장사로 업을 삼으니 사대부가 없어졌다는 인과를 설정했다. 이 "세가대족후예라~(상고로업을삼아) 소이무사대부라"는 주장은 앞에 인용한 "왕공성현후예로~(입기강정풍속하니) 소이위사대부라"와

반복·대조를 형성하는 방식이어서 더욱 강조된다. 또한, 이에 덧붙인 오광운의 악부는 "저들은 문을 닫고 죽는 것만 알고/ 문을 열고 살 줄은 몰랐다네"여서 이들의 처세를 더욱 부정적으로 느끼게 한다.(인용시 44 참조) 그러나 청담은

> 홍무洪武 임신壬申년에 우리 태조가 공양왕에게 왕위를 물려받고 도읍을 한양으로 옮겼다. 왕씨의 신하였던 세가世家와 대족大族 중에서 태조에게 복종하지 않는 자는 그냥 개성에 남아 따라가지 않았는데, 그들이 살던 동리를 지방 사람들이 두문동杜門洞이라 하였다. 태조는 그들을 미워하여, 개성 선비에게는 100년 동안 과거를 보지 못하도록 명하였다. 그리하여 남아서 살던 자의 아들과 손자의 대에 이르러서는 마침내 평민이 되어 장사를 생업으로 삼고 선비의 학업을 닦지 않았다. 그렇게 300년 지나고 보니 개성에는 사대부라는 명칭이 없어졌고, 서울의 사대부들도 개성에 가서 사는 자가 없었다. (「팔도총론」, <경기도>, 126면)

라고 벼슬에 나갈 수 없었던 사정 또한 설명하고 있다. 이를 보면 두문동의 후예들이 사대부가 못된 것은, 청담이 「총론」에서 말한, 사대부를 궁지에 몰고 간 '치우친 논의의 폐단'과 같다고 할 수 있다.

이처럼 <팔역가>의 작자는 『택리지』를 거의 그대로 인용하면서도 자구의 발췌수용으로 자신의 관점을 명확히 하고 있음을 볼 수 있다. 청담의 『택리지』 저작의 의도가 '사대부가거처士大夫可居處'에 대한 논의이므로 사대부에 대한 주장은 『택리지』 전체를 총괄하는 「총론」에 마련하였던 것인데, <팔역가> 작자가 이를 두문동에 대한 논의와 결부시켜 자신의 논지로 끌어가는 편집은 교묘하다고 할 만하다. <팔역가>도 이로써 끝을 맺고 있으므로, 『택리지』의 체제를 의식하고 그 부분에 사대부론을 펼친 것으로 보이지만, 세부적인 주장은 이렇게 차이를 보인다. 본고의 주제와 거리가 있어 다루지 못하지만, <팔역가>에 담긴 중요한 내용 중 하나는 팔도를 돌며 언

급한 사대부에 대한 편력이다. 또한, 해동악부 인용을 통해 조선 건국 전의 인물도 충역忠逆의 관점에서 주로 다뤄졌다. 이는 <팔역가>에 대한 또 다른 주제가 될 수 있으리라고 생각한다.

4.3. 인용「해동악부」를 통한 〈팔역가〉의 문화지리의식

<팔역가>에서 인용한 총 44편의 한시 중 개인이 자신의 정황과 시경을 읊은 시를 제외하면 역사를 소재로 한 시는 21편 정도이다. 이들을 모두 영사시詠史詩라고 할 수 있겠으나, 이 중에서도 한시 작자 자신이 <해동악부>라고 이름 붙인 작품도 21편 중 18편을 차지하여 특히 주목된다. 18편의 작자는 심광세 7편, 오광운 11편이다. 이 해동악부시를 한마디로 정의하면, '척사이창摭史俚唱', 즉 '(우리) 사적에서 가려 뽑아 우리 노래로 만듦'이라 할 수 있을 것이다.[405] 외에 '소악부'라 명명한 이제현李齊賢(1287-1367)의 작품 1편은 민간의 노래에서 소재를 취하였으므로 조금 다른 성격이나, 조선 후기에도 우리 시가를 역해譯解한 많은 작품이 나오므로 문학사에서는 이를 '해동악부체'의 한 분야로 포함하고 있다. 이를 합하면 <팔역가>에 실린 해동악부는 모두 19편이다. 이들 인용시는 <팔역가>의 문맥 안에서 인용되었기 때문에 전체적인 의미에 부분적으로만 작용하는 것이기는 하지만, 많은 해동악부 중 선택된 이 작품들의 작자가 가진 문화지리의식은 <팔역가>의 기저사상으로 작용할 수 있기 때문에, 심광세, 오광운 두 작가, 나아가서는 해동악부체의 주요 작가의 문화지리의식을 전체적으로 이해할 필요

---

405) 오광운이 쓴, 조일사(趙逸士)라고만 알려진 인물의 시집 『척사이창』의 발문에서 인용한 것이다. 오광운은 그가 "시사(詩史)를 귀의처로 삼아서 사실에서 가려 뽑아 제목을 삼음이 이서애와 비슷하지만 오로지 우리나라의 사적만을 채용하였다.(以詩史爲歸 摭實命題類李西崖 而專用東事)"라고 했다. 또 이를 "동국의 악부(東樂府)"라 했다.(오광운, 『약산만고』 권16, 「발(跋)」, <척사이창발(摭史俚唱跋)>, 전문은 본고 498면 참조.) 여기서 '俚唱'의 '俚'는 '우리말'이라는 의미가 아니라, '중국 것에 대비되는 우리 한시(형식)'를 말했음을 알 수 있다.

가 있다. 그러므로 다소 방대하지만, 해동악부 전반에 대한 간단한 소개, 인용된 주요 작자의 작품 소재에 대한 주제사적 의미를 살펴볼 필요가 있다.

<해동악부>는 근체시와 함께 조선 후기에는 우리 한문학사의 한 흐름을 형성했으므로 이에 대한 연구 또한 상당하다.[406] 이들 연구를 요약하여 해동악부에 대한 이론을 대신한다.

악부시가 우리 문학사에 대두된 것은 고려 중기 임춘林椿의 『서하집西河集』, 이인로李仁老의 『파한집破閑集』으로 알려졌는데 이때는 사詞의 개념으로 파악되었고, 이제현의 <소악부>에 와서 악부가 음악을 수반한 민간가요의 개념으로 이해되었다. <소악부>는 중국에서 '악부'가 한 무제 때 설치된 '국가의 음악을 전담하는 관청'을 가리키는 말에서 시작해, '채집민가採集民歌 조신성곡造新聲曲'이라는 그 설립 목적에 기인하여 문학양식으로서의 개념이 형성되었다. 즉, "각종 민가民歌와 민풍民風, 사화史話를 작품 속에 집중적으로 구현한 가사 우선의 노랫말"로 이해할 수 있다. 고려 사회에서 통용된 우리말 노래를 한시로 바꿨다는 점에서 중국 한나라의 악부와 공통점을 지니고 있다. 이때부터 우리나라의 악부는 별개의 문학양식으로 주목되기 시작하였다. 조선 후기의 악부시는 조선 후기 한시에 일어난 민중적 보편 정서에 대한 관심의 확대와 표현상의 여러 특징에 대한 상당한 경험의 축적 아래 작자와 작품의 양적·질적 확대가 이루어지면서 양식화되어 '해동악부체'라 불리게 되었다.[407] 이는 '비의고악부非擬古樂府', 즉 중국 악부의 시제詩題를 그대로 차용하지 않은 것들로, 내용은 우리나라의 토속·역사에 관한 것[408]이라는 데에 논자들은 합의하고 있다.

---

406) 심경호, 「해동악부체 연구」, 서울대학교 석사학위논문, 1981; 이혜순, 「한국악부연구 1」, 『한국문화연구원논총』 39, 이화여대, 1981; 이혜순, 「한국악부연구 2」, 『동양학』 12, 단국대 동양학연구소, 1982; 김영숙, 「조선시대 영사악부 연구」, 영남대학교 박사학위논문, 1988; 황위주, 「조선 전기 악부시 연구」, 고려대학교 박사학위논문, 1989; 박혜숙, 『형성기의 악부시 연구』, 한길사, 1991; 김영숙, 『한국영사악부연구』, 경산대학교출판부, 1998; 심장섭, 『한국의 악부시와 작품 세계』, 이치, 2008 등 참조.

407) 황위주, 같은 글 참조.

휴옹 심광세의 <해동악부서>는 해동악부가 지향하는 바를 제시한 것으로 널리 인용된다.

> 우리나라 사람들이 비록 학문을 좋아한다고 말들을 하지만, 학자들이 배우는 바는 오직 중국 서적들에 있고, 우리나라의 책을 업신여기면서 그 제목도 알지 못한다. 그런 까닭에 상대로부터 지금에 이르기까지 수천 년 동안의 선악과 흥망의 일에 대해서는 우매해서 알지 못하니 어찌 옳다고 할 것인가? 이런 까닭에 악한 일을 한 사람도 방자하게 행동하며 자신을 돌아보지 않으니 '누가 『동국통감』을 보겠는가?'라는 말까지 나오게 되었다.[409] 나는 이를 가슴 아프게 생각했다. 유배를 당해 험난한 곳에 이르러 도깨비와 더불어 놀고 물고기와 새우와 짝하였다. 혼자 시간을 보낼 수 없어 단지 서적으로 즐거움을 삼다가 우연히 「서애악부西厓樂府」를 읽었다. 그 말뜻(辭旨)이 간절하여 좋았고愛其辭旨剴切, 사실을 인용함이 흡사하였으며引事比類, 권하고 타이름이 명백하여勸戒明白 사람으로 하여금 감정을 펼쳐내어 흥취를 일으킬 수 있어 초학에 도움됨이 매우 크다고 여겼다. 간간이 우리의 역사를 열람하면서 가히 찬영하고 감계할 만한 내용을 취해 약간의 항목을 뽑아서 가시歌詩를 만들고, 이를 '해동악부'라 이름하였으니 이로써 아이들을 가르치기 위함이다. 비록 감히 작자를 자부할 수는 없으나 찬술의 대강을 기록해둘 따름이다.[410]

휴옹 「해동악부」 44수는 명나라 이동양李東陽(1447-1516)의 「서애악부」(1504)를 보고 충신, 의사義士, 유인幽人, 정부貞婦 등이 실려 있음을 참조하여, 앞선 김종직金宗直(1431-1492)의 「동도악부」에 비해 새로운 주제를 개척하였을 뿐 아니라, 사화를 함께 싣는 '해동악부체'를 확립하였다. 「의고악부」

---

408) 박혜숙, 같은 책, 65면.

409) 이 말은 당대에 잘 알려졌던 듯, 오광운도 「척사이창발」에서 이 말을 인용하고 '동국의 이기(李芑)'가 이렇게 말했다고 밝혔다. 이기(1476-1522)는 연산군~명종 때 인물로 을사사화를 일으킨 장본인이며, 대광보국숭록대부가 되면서 병조판서를 겸하여 대권을 장악하였다. 윤원형과 이기를 2흉이라 불렀다. 본고 주551 참조.

410) 심광세, 『휴옹집(休翁集)』 권3, 「해동악부 병서」.

는 '사화史話-원시-사평史評'인데 비해, 휴옹의 해동악부는 '사평史評-사화史話-원시'의 구성이며, 기자 조선에서 인조반정까지의 일을 다룬 그의 주제는 이후 다른 해동악부들에 반복됨으로써 동일한 인물에 대한 다른 작가들의 작품에 나타나는 변주를 문학사에 드러나게 하였다.

이로써 개화한 해동악부의 종류는 '소악부·기속악부紀俗樂府·영사악부'로 분류된다. 세부적으로 보면, 고려의 이제현에서 시작된 '소악부'는 조선 후기에도 민간가요를 단소短小한 방식으로 한시화한 것으로 유행했는데, 신위申緯·이유원李裕元·이유승李裕承·원세순元世洵 등의 작품이 있다. '기속악부'는 민간의 이야기를 소재로 한 죽지사竹枝詞류, 남녀상렬을 읊은 양류사楊柳詞류, 민간생활을 소재로 한 민요풍의 시들이 속한다. 신광수申光洙·김려金鑢·정약용丁若鏞·홍양호洪良浩·이학규李學逵·조수삼趙秀三 등의 작품이 있다.[411] '영사악부'는 우리나라 역사와 민요, 풍속 등에서 소재를 취한 악부 형태의 시로, 김종직金宗直의 「동도악부」에서 시작돼, 심광세의 「해동악부」로 이어져 18세기에는 이형상李衡祥·이의현李宜顯·임창택林昌澤·이익·남극관南克寬·오광운·이광사·안정복 등의 작품이 있고, 19세기에도 김수민金壽民·이긍익·이학규李學逵·박치복朴致馥·조현범趙顯範·한유韓愉 등의 작품이 있다.[412] 이 작품들은 대개 '해동', '기동箕東', '동국' 등 우리나라를 지칭하는 말, 또는 '영남', '강남', '관서', '호남', '동도' 등 악부가 주요 소재로 한 지역을 가리키는 단어 등을 써 악부 명칭으로 하고 있다. 또 전반적으로 보면, 해동악부체 양식은 본질적으로 서사성을 뚜렷이 지녀 압축적 서정가요에서 정교한 서사시에로의 발전 양상을 보이고 있는 것으로 고찰되었다.[413]

---

411) 심장섭, 같은 책 참조.

412) 심광세부터 강수환(姜璲桓, 1876-1929)까지 23명의 작가, 24종의 해동악부의 서명과 그에 수록된 작품명이 김영숙, 같은 책(1998), 474-580면에 소개되어 있다.

413) 심경호, 「조선후기 한시의 자의식적 경향과 해동악부체」, 『한국문화』 2, 서울대 한국문화연구소, 1981, 49면.

<팔역가>가 심광세와 오광운의 악부를 집중적으로 인용하고 있다는 사실 외에도, <팔역가>의 악부 인용에서는 몇 가지 특징이 발견된다. <팔역가> 인용시 양상을 정리한 [표 1]과 해동악부의 역사를 참조하여 볼 때 특이한 것은 오광운, 이중환을 많이 인용한 <팔역가> 작자가 역시 남인 문인 계열에 속한 해동악부의 주요 작자인 이익,[414] 이광사, 이학규의 악부는 사용하지 않았다는 점이다. 이광사의 경우는 오광운의 작품과 겹치므로 같은 계열이기 때문이라고도 볼 수 있어, 빠진 것이 이해된다. 원교圓嶠 이광사李匡師(1705-1777)의 「동국악부東國樂府」는 그가 부령에 유배되었을 때인 1774년에 오광운의 해동악부를 보고 따라 지은 것이라 하며,[415] 그 아들 신재信齋 이영익李令翊(1738-1780)의 「동국악부」는 부친 이광사가 저자에게 화운和韻하라고 하여 지은 것이라 한다.[416] 그러므로 두 「동국악부」는 오광운과 모든 소재를 공유했으면서도,[417] 한 편도 <팔역가>의 저본이 되지 않은 것은 오광운의 것으로 충분했던 것이 아닌가 한다. 한편, 이학규(1770-1835)의 「해동악부」·「영남악부」가 채택되지 않은 것은 우선 시기가 늦기도 하고, 이 두 악부가 앞선 「해동악부」의 소재를 많이 사용하였기 때문이 아닌

414) 본고 [인용시 27]은 성호가 원류비평한 시를 인용한 것이다. 인용 저본은 다른 시도 많이 인용된 『연려실기술』로 보아도 무방하나 가장 이른 시기의 것이므로 『성호사설』로 본 것이다. 성호의 해동악부는 한 편도 인용되지 않았다.

415) 박철승, 「이광사의 『동국악부』 연구」, 배재대학교 석사학위논문, 1996, 74-76면 참조. 두 해동악부의 소재가 겹치는데 오광운의 생몰연대(1689-1745)를 고려하고, 원교는 부령 귀양 때(1774) 「동국악부」를 지었다는 말을 참고하면 원교가 약산의 것을 보고 지었다고 보아야 한다.

416) "家君爲東國樂府三十篇 命令翊屬和 顧令翊不能於詞 不能强效不能", 이영익, 『신재집』 권1, 「동국악부」, <동국악부서>. 단군신화부터 고려 말 고사(故事)까지 신화와 야사에서 주로 소재를 택하여 나름대로의 역사관을 가지고 기술하였는데 매 편마다 서(序)를 두어 내용을 소개하였다. 부친인 이광사의 악부와 비교해볼 때 신이한 사적을 배격하여 '처용'이나 '만파식적' 등은 허탄한 일로 치부하였다. 다만, 단군신화만은 그대로 수용하여 기자조선보다 가치를 둔 것이 눈에 띈다. 고시 부분에는 장편시와 연작시가 많다. 해제 참조.

417) 이광사는 오광운의 작품 28수에다 신라 박제상(朴堤上) 부인의 망부한(望夫恨)을 그린 '치술령(鵄述嶺)'과 가락국의 수로왕과 허왕후를 소재로 한 '영천기(迎茜旗)'를 더해 30편의 해동악부를 지었다.

가 한다. 이 둘은 신라, 고려의 일화가 중심인데, 이들은 심광세·오광운의 해동악부로 충족될 수 있기 때문으로 볼 수도 있다. 앞선 시대의 작품을 참조하면 목표를 달성할 수 있는 것이다.

그러나 성호의 악부가 전혀 인용되지 않은 것은 여전히 특기할 사실이다. 이익은 <팔역가>와 관계된 모든 인물과 연관돼 있고 해동악부사에서 중요한 업적을 남겼으므로 <팔역가>의 저본의 관점에서 그의 해동악부는 중요하게 논의돼야 할 이유가 있다. 사실, 해동악부체의 거의 모든 소재는 심광세와 이익의 해동악부의 것을 공유한다. 이렇게 해동악부의 소재는 적층된 성격을 가지고 있으므로 해동악부 작품론에서 문제 삼는 작품과 이전 작품의 영향 수수관계, 또 같은 소재를 다룬 그 이후의 다른 작품을 살펴보면, 그 작품의 성과나 한계를 더 잘 파악할 수 있기 때문에 소재사적 고찰을 다음에서 시도하고자 한다.

이를 위해, 심광세 해동악부는 점필재 김종직의 「동도악부」만 염두에 두면 되지만, 약산의 경우는 그 이전에 나온 해동악부를 검토하지 않을 수 없다. 「동도악부」는 전체가 7편뿐이고 신라(동도東都)에 소재가 국한된 것[418]에 비해, 휴옹의 해동악부는 양적, 질적으로 발전된 작품이므로 「동도악부」의 영향을 받았을 것이나 아주 부분적임이 드러나 있다. 그러나 약산 해동악부는 성호 이익의 해동악부와 많은 소재가 겹치므로 그 관계가 간단하지 않다. 게다가 둘 다 서문이나 창작동기가 알려져 있지 않아 양자의 선후관계도 애매하다. 대부분의 논자들은 성호악부를 약산악부보다 앞선 것으로 전제하고 있는데, 약산보다 성호가 8년 연장이고, 또 성호의 명성이 높았던 이유도 있겠지만, 약산은 어릴 때 성호의 형인 섬계剡溪 이잠李潛에게 가르침을 받은 일이 있어 약산이 성호의 형의 제자이므로 성호에게도 제자뻘이 된다고 보는 것 때문이 아닌가 한다. 이런 이유 등으로 성호 해동악부의 창

418) <회소곡(會蘇曲)>, <우식곡(憂息曲)>, <치술령(致述嶺)>, <달도가(怛忉歌)>, <양산가(陽山歌)>, <아악(確樂)>, <황창랑(黃昌郎)>.

작연대가 약산 해동악부의 창작연대로 추정되는 1737~1738년보다 앞설 것으로 설정하기는 하나, 약산의 창작이 더 앞설 가능성도 배제할 수 없다. 이 선후 관계는 공통된 악부 소재의 영향 수수관계에서는 중요한데, 약산·성호의 선후관계는 불확실하다고 보는 것이 본고의 입장이다. 필자가 성호의 악부 <철성탄>을 통해 본 바로는, 약산 악부가 성호의 악부보다 앞설 가능성이 더 크다고 보는 것이 본고의 입장이지만, 본고에서는 약산·성호의 두 악부를 선후관계보다는 동시대적으로 보고자 한다.

성호의 <철성탄>은 휴옹의 <철성원>의 소재를 계승한 것인데, 여기에 나오는 "近聞廟籌重綢繆"를 주목할 때,[419] '주무綢繆'는 1742년 이후 재개된 강화성의 작업에 어울리는 단어이기 때문이다. 『영조실록』에 의하면, 1740년(영조 16) 10월에 영의정 김재로金在魯가 강도江都의 축성築城을 건의하였고, 1742년에 강화 유수 김시혁金始㷜이 벽돌을 구워 축성할 것을 건의하여, 1743년(영조 19) 5월 경에 축성 공사를 시작하여, 1744년 7월에 김시혁이 축성 공사를 마쳤음을 보고하였다. 그러나 1745년(영조 21) 한 번 장마를 겪은 뒤에 모두 허물어지고 말았음이 보고되었으며,[420] 벽돌과 벽돌을 이어 붙인 회灰가 바닷물에 녹아내려 돌로 다시 쌓는 작업이 1754년에 또 있었다.[421] 이렇게 볼 때 성호 해동악부 전부는 아니겠지만, 적어도 <철성탄>은 빨라도 1740년(60세) 이후, 늦으면 1742년 이후가 된다. 그렇다면 성호의 해동악부는 1740년을 전후한 시기의 창작으로 볼 수도 있다. 그런 가정이 가능하다면, 오광운은 1741년부터 몰년인 1745년까지는 관직에 계속해서 종사했으므로, 그의 해동악부는 그 이전에 작성했을 가능성이 많다고 보아,

419) 본고 522-523면 참조.

420) 『영조실록』, 21년(1745)/7/27(정유).

421) 2001년 동양고고학연구소에서 실시한 오두돈(鰲頭墩) 주변의 전축성(塼築城) 구간에 대한 지표조사 결과에 의하면, 강화외성은 뻘층을 기초로 머릿돌을 올리고 그 위에 대형 석재로 석벽의 중심을 삼고 그 위에 머리돌을 올리고 다시 전돌을 여러 단 쌓았음을 확인할 수 있었다.

조심스럽게 약산이 성호에 비해 앞서는 해동악부 작성시기를 추론해본다. 그러나 두 악부의 창작시기가 모두 추론에 의한 것이므로, 본고에서는 두 악부를 선후관계로 보는 것은 지양하는 입장이다. 그러므로 구체적인 영향 수수관계를 비교하기보다는 소재에 대한 인식의 차이를 지적하는 방법을 지향한다.

여기에서는 심광세와 오광운의 해동악부에 대해 문화지리적 관심에서 좀 더 고찰하고, 이익의 해동악부에 대해서도 살펴보기로 한다.

4.3.1. 심광세 「해동악부」

휴옹休翁 심광세沈光世(1577-1624)는 24세(1601)에 벼슬길에 올라 예조좌랑을 지냈으나 1613년(광해군 5) 계축옥사가 일어나 김제남이 영창대군을 추대한다는 모함으로 사사될 때 이에 연좌되어 경남 고성에서 10여 년 간 귀양살이를 하였다. 유배지인 고성에서 「해동악부」를 짓고 40세(1617) 되던 해 그 서문을 썼다. 1623년 인조반정으로 복직하여 <계해시무소癸亥時務疎>로 국정의 방향을 제안하였다. 그의 마지막 관직은 부원수 이괄의 종사관으로 서쪽 변경에서 근무하였는데 모친을 성묘하러 갔다 이괄의 난 소식을 듣고 급히 돌아오던 중 병으로 부여에서 객사하였다. 동·서 분당의 한 축이었던 서인 심의겸沈義謙(1535-1587)의 손자이고, 택당澤堂 이식李植(1584-1647)의 처남이다.

조선 당대에 이미 안정복은 그의 「해동악부」를 높이 평가한 바 있으며,[422] 그간의 한문학연구에서는 그의 해동악부에 나타난 '자주적 역사인식, 유교적 가치관, 치국관, 유교적 문명의식' 등에 대한 고찰 등 다양한 연

422) "우리나라에도 악부 옛 노래가 몇 종류 있지만 그 중에 휴옹 심광세가 지은 것을 으뜸으로 치고 있다. 그러다가 우리 성호 선생의 악부가 나오자 비로소 집대성이 되어, 그 동안 분명하지 못했던 것들을 많이 밝힘으로써 사가(史家)들이 빠뜨린 것을 많이 보충할 수 있었다.", 안정복, 국역 『순암집』 권1, 「시」, <우리 역사를 보다가 느낌이 있어 악부체를 본떠 읊다(觀東史有感 效樂府體) 5장>.

구가 있다.

그는 서문에서 『동국통감』을 언급하였듯, 많은 소재에서 『동국통감』을 참조한 것으로 드러난다. <팔역가> 게재 심광세 악부 <황창랑>, <초의인>, <청평산>, <환입조>, <최진사>, <차지한>, <쌍학사> 중 <황창랑>(『신증동국여지승람』), <환입조>(『대동야승』) 외는 모두 『동국통감』 소재이다.[423] 또한 김종직이 「동도악부」에서 이미 다룬 황창랑을 제외하고는 모두 그가 새로 선택한 소재의 악부들이 <팔역가>에 인용되었다.[424] 이 중 본고의 관심인 문화지리의식을 거론할 수 있는 것은 <차지한借地恨>이다. 이 시는 휴옹 「해동악부」의 첫 수이기도 하다.

殷墟麥已秀	은허에 보리 이미 피었고
海東敷八條	해동엔 팔조가 널리 퍼졌다
禮讓以爲俗	예로부터 사양을 풍속으로 여겨
傳祚千年遙	천 년 아득히 전하며 복을 내리다
燕地亡人適樂國	연나라 망인이 낙국에 찾아오고
東明王子窮來托	동명왕 아들도 궁색히 의탁하니
君王不嫌二主容	군왕도 두 임금 용납해 싫어하지 않고
錫之土田爲附庸	논밭 주면서 부용으로 삼았구나
古來養虎多自患	옛날부터 호랑이를 기르면 근심도 많다 했지

423) 노요한, 「심광세 해동악부의 사료 출처와 형식에 대한 연구」, 고려대학교 석사학위논문, 2014, 21-23면 참조.

424) 황창의 기록이 있는, 현재 한국고전번역원이 번역한 『신증동국여지승람』의 저본은 1530년(중종 25) 간행된 『신증동국여지승람』이나, 수록된 점필재 김종직의 발문은 1484년(성종 17) 완성된 『동국여지승람』 수정본을 직접 찬술하고 쓴 것이다. 그러므로 황창의 기록이 성종 17년(1484)의 수정본에 실려 있는지는 알 수 없으나, 앞서 1478년(재인본 1482년)에 나온 『동문선』에 이미 수록돼 있으므로 수정본 『동국여지승람』에도 있었을 것으로 보아야 한다. 그는 직접 그 춤을 보았다고 소감을 덧붙였다. 점필재는 사화에서 "속설(諺)에 전하기를"하며 민간의 전언을 원천으로 말했으며, "쌍매당(이첨)이 말하기를 '황창은 관창의 잘못이다.'라고 하나 이것 역시 믿을 수 없다."고 했다. 이첨은 황창의 나이를 15~16세로, 점필재는 8세로 기술하였다. 『신증동국여지승람』의 황창 기록은 이첨의 것을 인용하였다. 김종직, 국역 『점필재집』 권3, 「시」, 「동도악부」, <황창랑>; 국역 『신증동국여지승람』, 권21, 「경상도」, <경주부>.

逼逐幷呑飜在眼	핍박하여 내쫓고 나라를 빼앗는 번득이는 눈동자
前借衛後借濟	먼저는 위만에게 땅 빌려주고 뒤에는 백제에 빌려줘야 했지
仁賢之後竟陵替	인자와 현인 가고나니 얕보이고 쇠퇴해 갈 뿐
遺恨當年費虛惠	땅 빌려주던 그 해 은혜를 허비함이 한만 남겼네[425]

<차지한>은 앞서 보았던 기자조선－위만조선－마한에 대한 『택리지』·<팔역가>의 견해와 다르지 않으므로 끝의 5행이 <팔역가>에 그대로 인용됐다.(인용시 33 참조) 여기서 기자는 우리 역사의 정통으로 인정될 뿐 아니라, 인仁과 현賢의 가르침으로 상징화되었다. 『동국통감』의 기록을 원전으로 한 것으로 보이는데, 다만 사화에서 '온조 27년'이라 했으나 26년이라는 차이가 있을 뿐이다. 여기서 끊어진 인현仁賢의 전통을 쌍기의 과거제 건의가 받아들여져 유학으로 인재를 등용하게 됨으로써 문풍이 살아나게 됐고 고려에서 그 전통을 다시 살렸음을 노래한 것이 그의 <쌍학사>이다. <팔역가>는 <쌍학사>는 전체를 인용했다.(인용시 43 참조) <쌍학사>에서 신라의 전통적인 화랑제도 역시 인정해 "인재의 득실은 과거제에 달려 있는 것 아니라네/ 화랑으로 인재 취하는 것 역시 나라 위한 일이거늘"이라고 한 것은 당대 현실에 대한 심광세의 비판에 기인한다. 외에 <초의인>·<환입조>를 통해 신라와 고려의 망국 원인과 왕조 교체의 혼란 속 개인의 입장을, 또 <청평산>을 통해 청고淸高함을 지킨 인물의 인품을 악부로 전했다.

<팔역가>의 휴옹 「해동악부」 인용은 국내의 사건에 편중돼 있어 외세와 민족의 문제를 논하는 것은 <차지한>·<쌍학사> 정도이다. 이것으로는 휴옹의 문화지리인식을 논하기 부족하나, 이는 <팔역가>의 한 특징에 기인하는 것이라고 생각한다. <팔역가>는 고려에 대해서 폭넓은 관심을 드러내지 않고 있기 때문이다. <팔역가>가 고려를 언급한 것은 여말선초의

425) 심광세, 『휴옹집(休翁集)』 권3, 「해동악부」. [한국문집총간]. *이하 휴옹의 해동악부는 이 책에 의한다.

왕조 교체에 대한 것에 집중되어 있다.[426] 지역 또한 고려의 서울이었던 개경이 있는 경기도에 집중되어, 다른 곳에서 고려를 다룬 것은 지절志節과 관계된 인물의 시화詩話라고 할 만한 내용 정도이다. <팔역가>가 인용한 휴옹의 고려시대 악부는 3수인데, <쌍학사>를 제외한 2수는 이자현의 시화 <청평산>, 여말선초의 김주金澍에 대한 <환입조>여서 이를 통해 그의 대외적인 문화지리인식을 알기는 어렵다. 그러므로 휴옹의 문화지리인식에 대한 구체적인 논의를 위해서는 국경의 문제를 직접 다루고 있는 몇 편을 더 소개할 필요가 있다. 고려 태조 때 거란과의 외교적 갈등을 소재로 한 <탁타교>, 거란을 막기 위한 장성 구축에 대한 <고장성>, 몽고를 막기 위해 강화도에 쌓았던 외성을 다룬 <철성원>, 위화도회군을 다룬 <공요오>를 함께 살펴볼 것이다. 외에 안시성 싸움을 다룬 <성상배>는 심광세 이후로 많은 악부시의 소재였으나, <팔역가>는 오광운의 작품을 인용하고 있으므로 약산 해동악부를 다룰 때 다시 논하기로 한다.

<탁타교橐駝橋>의 소재는 고려 942년(태조 25)에 거란이 보낸 낙타 50마리를 다리 밑에서 굶겨 죽인 '만부교 사건'이다. 고려는 거란과 발해가 사이좋게 지내기를 바랐으나 거란이 발해를 멸망시킨 것에 분노해 사신 30인도 섬에 유배시켰다고 사화에 적고, 악부에는 후대에 "병화를 입었으니後代屢被兵" "일이 비록 바름에 가깝다 할 것이나 화禍는 후대에 미쳤다.事雖近正 禍流于後"고 탄식했다.[427] 사화는 『동국통감』의 내용을 그대로 옮겼다.[428] 『동국통감』은 만부교 사건을 처음으로 비판한 사서로 알려져 있다. 조선의 편찬자는 사평에서, "그들이 보내 온 사신을 예로써 대우하고 정성으로써 접대함

---

426) 인용한 시 44수 중 고려 소재는 9수이며, 이 중 악부시는 6수로, 심광세 시 3수, 오광운 시 2수, 이제현 소악부 1수이다.

427) "橐駝五十首 橋下皆餓死 契丹滅渤海 于我誠何事 後代屢被兵 基禍實在此 石梁平侹侹 遺跡宛可記 橐駝橋 事雖近正 禍流于後", 심광세, 「해동악부」, <탁타교(橐駝橋)>.

428) 세종대왕기념사업회, 고전국역편집위원회 역, 국역 『동국통감』 권2, 「고려기(高麗紀)」, 태조 25년, 임인년(942), 겨울 10월. *이하 『동국통감』 인용은 이 책에 의한다.

으로 인하여 동맹의 우호를 성실히 맺는 것이 어찌 나라를 보호하는 좋은 계책이 아니겠습니까? 그런데 태조의 생각이 이에 미치지 못하였으니, 무슨 까닭이겠습니까? 거란이 발해에게 신의를 잃은 것이 우리와 무슨 관계가 있기에 발해를 위한 보복으로 그 사신을 거절하여 … 이는 다만 거절하는 데 그쳤을 뿐 아니라 거절하기를 원수와 같이한 것으로, 그들이 우리에게 원수로 갚을 것은 괴이할 만한 것이 못되었습니다."라고 한 후, 고려에 대한 거란의 역대 병화兵火를 나열하고, "만약 거란이 금병金兵으로 인해 망해지지 않고 몽고로 인하여 섬멸되었다면, 고려의 존망 성패는 또한 예측할 수 없었을 것입니다. 그 연유를 추구하여 보면 모두 고려 태조가 강성한 도둑을 대처하는 데에 그 방도를 잃고, 화친을 무시해 끊은 소치로 그런 것이니, 후손에게 물려줄 계책의 실수를 이루 다 한탄할 수 있겠습니까?"라고 평가하였다. 만부교 사건은 방도를 잃었다고 보는 것이 『동국통감』의 시각이다. 이익 역시 <탁타교>를 통해 자신의 국방관, 문화지리관을 피력했다.[429] 이에 대해서는 뒤에서 다시 논할 것이다.

또한 휴옹은 고려 1033년(덕종 2)에 서해에서부터 압록강 옛 국내성에 이르게 쌓았던 장성에 대한 아쉬움을 노래한 <고장성古長城>에서 『고려사』의 내용을 그대로 사화로 옮겼다.[430] 장성에 대해 자세히 설명하고 그 노고를 치하하는 한편, 도련포에서 국내성까지 1,300리에 걸친 그 장성터가 아직 남아 있으니 이를 거점으로 하였더라면 겹겹의 관문과 재가 첩첩이 있어 오랑캐를 잘 막을 수 있었으리라는 아쉬움을 악부사로 하고, "옛 사람들의 노고는 이와 같았는데 요즘 사람들은 천험의 요새를 들어서 버리니 애석하다.古人勤勞如此 今人將擧天塹而棄之可惜"라 평했다.[431]

429) 이익, 이민홍 역, 같은 책, 211-213면.

430) 『고려사』 권82, 「지」36, <병2> 성보, 1033년.

431) "古長城基尙在 尾都連首國內 二十五尺高 一千三百里 築此防胡虜 勞苦亦云至 我朝據天塹 重關仍復嶺 地理倍古勝 如何猶不競 苟能守其要 虜豈敢窺境", 심광세, <고장성(古長城)>.

<철성원撤城怨>은 고려가 몽고의 침입(1232)을 피해 강화로 천도하며 적을 방비하고자 1237년(고종 24)에 강화도에 쌓았던 외성을 다시 허물 수밖에 없었던 사건에 대한 것이다. 몽고의 3차 침입 이후 고종은 1259년(고종 46) 무신정권 하의 고려에서 왕권을 회복하고자 태자를 보내 몽고에 접촉하였다. 몽고가 왕이 아직 강도江都에 머물러 있으니 어찌 군사를 철수시키겠냐며, 강화도의 성을 허물지 않으면 군사를 철수시키지 않겠다고 하므로, 1259년 6월 성을 허물 수밖에 없었다. 내성을 허무는 데 몽고의 재촉이 하도 심하여 백성들의 고생이 이루 말할 수 없었는데 외성도 허물라 하여 백성들의 원망이 심했음을 전하며, 그는 사평을 통하여 "약한 나라는 자립할 수 없는 것이 이러하다.弱國不能自立 每每如此"고 하였다.[432]

그는 또한 어려운 소재인 요동정벌과 위화도회군에 대해서도 악부로 했다. 제목은 <요동 공격은 잘못이다攻遼誤>이다. 그는 사화에서 원과 부마관계인 고려의 실정을 말하고 명의 철령위 설치로 고려 조정이 친명파와 친원파로 나뉘었던 상황을 설명했다. 이때 시중이었던 최영이 요동정벌을 결정했는데, 최영은 당시 민심이 이성계에게 돌아가는 것을 보고 그가 요동정벌의 명을 어길 것이며 그래서 죄를 얻을 것이라 짐작하고 그러면 이성계를 제거할 수 있을 것이라고 생각했기 때문이었는데, 그러나 그것은 잘못된 생각이었다고 했다. 악부를 통해 "철령에 위 설치는 작은 일(細事)"인데 "백발 시중 최영이 늙을수록 어리석어 … 고려의 명이 다했네"라 했으며, 사평에서는 "최영은 천만 년 뒤까지라도 나라를 그르친 죄를 면하지 못할 것崔瑩難免誤國之罪於千萬世之下矣"[433]이라고 했다.

432) "麗代昔被兵 入避海島中 積甲江擬越 築城防其衝 立國不自强 還撤不旋踵 始也虜兵抗 終焉虜命用 廊摧聲如雷 城塌夷爲地 當年周仡仡 纔能認遺址 民勞迄可息 可哀亦可憐 怨氣感傷和 怨聲上撤天 築城尙可撤 不可無使後人怨則那", 심광세, <철성원(撤城怨)>. 같은 내용이 국역 『동국통감』 권4, 「고려기(高麗紀)」, 고종 46년, 기미년(1259), 여름 6월에 있다.

433) "鐵嶺置衛誠細事 新造大國爲何似 白髮侍中老益戇 焉敢容易生他意 聞道當初亦有以 畢竟錯料誤大事 他事可誤此不可 旣誤之後定難救 麗祚告終殆天數", 심광세, 「해동악부」, <공요오(攻遼誤)>.

그러므로 <공요오>의 소재는 요동 정벌이 아니라 최영의 사리사욕인 셈이다. 여기서 중요한 것은, 원·명 교체기의 국제 정세에서 고려가 위기에 처하게 된 촉매 역할을 한 1388년의 '철령위 설치'에 대해 심광세는 '작은 일(細事)'이라고 못 박아 말한 점이다. '새로 일어난 대국은 신경도 쓰지 않을 것'이라는 것이 그의 생각이다. 그러나 명의 철령위 설치의 의도와 그 파장이 만만한 것이 아님은 본고의 다른 장에서 상론한 바이다.[434] 『고려사』에 자세한 자초지종이 있음에도,[435] 휴옹은 국가의 운명이 걸린 사건을 개인의 대결로 축소시켰으므로 이 복잡한 사건에 대한 심도 깊은 이해는 사화와 사론에 잘 보이지 않는다.

이상의 고려시대 사화들의 원자료는 『고려사』와 함께, 『동국통감』(<차지한>·<고장성>·<탁타교>), 『대동야승』(<공요오>)이다.[436] 그러므로 고려시대의 국경관·문화지리관을 논의할 화이론의 관점, <차지한>의 기자조선－마한 정통론의 관점을 살피기 위한 자료로 관찬사서인 『동국통감』을 주목하게 된다. 휴옹의 『동국통감』에 대한 신뢰는 <해동악부서>에서 강조한 바 있는데 실제로 이처럼 작품에 그 영향이 드러나고 있고, 또 뒤에서 상론할 오광운 역시 「동국통감」의 중요성을 피력하고 있으므로 뒤에서 『동국통감』의 성격에 대해 알아보고, 특히 기자조선의 정통성과 화이관을 중점적으로 살펴볼 필요가 있다.

4.3.2. 오광운 「해동악부」

약산藥山 오광운吳光運(1689-1745)은 남인의 명가에서 태어났기에 갑술환국(1698) 이후로는 야인으로 살 수밖에 없었으나, 25세에 사마시에 합격, 30세에 관인으로 진출했다. 이인좌란(1728) 때 조속한 친국청의 설치와 궁성

434) 본서 3부 1장, 159-168면 참조.
435) 『고려사』, 우왕 14(1388)/2/(경신).
436) 노요한, 같은 글, 22-23면 참조.

의 무장호위를 적극적으로 상언하여 사건의 심각성을 알린 공을 세웠다. 이후 영조의 신임을 얻고 영남안핵어사로 파견되었다. 1730년(영조 6) 이후 일곱 번이나 승지에 제수되었으나 사양하고 나가지 않은 가운데, 1737년 부친상을 당해 27개월 동안 칩거하며 자신의 문집을 편집하고 1738년 경 자서인 <만고인漫稿引>을 지었다. 1741년 복귀 후, 잠시 홍주목사의 외직을 거쳐 대사헌, 홍문제학 등 역임, 1744년(영조 20) 개성유수 재임 중, 57세 때 입경하였다 병사했다.[437] 그는 일찍 동단東壇·동벽단東壁壇이라는 시사에 참여했으며, 남인명가의 후예이며 시로 이름 높았던 희암希菴 채팽윤蔡彭胤(1669-1731)을 사사하여 461수의 시를 남긴 시인이다. 또한 성호 이익의 형인 섬계剡溪 이잠李潛에게서 가르침을 받았고, 성호 이익과도 교유했으며, 채팽윤의 종손인 채제공을 가르쳐 남인 학맥을 이은 학자이기도 하다. 영조의 탕평책 하에서 청남세력의 지도자 역할을 하였다.

그의 문집인 『약산만고藥山漫稿』 20권은 1924년에야 대구에서 출간되었다.[438] "공은 돌아가신 지 이미 200년인데도 그 인물을 아는 이가 드물고 그 문장을 아는 이는 더욱 적고, 그 학식에 대해 아는 이 같은 경우는 오늘날에 이르기까지에도 한 사람도 없는 듯하니, 아, 또 어찌 그리 감추어졌는가."[439]라고 그의 발간을 도운 심재深齋 조긍섭曺兢燮(1873-1933)이 탄식하듯, 그의 시에 대한 전대의 시화류 등의 평가는 양면적이다. "남인시인에 대해 크게 배려했던 『시화휘성』, 『성호사설』 등의 기술 범위에 들지 않은 점과 무관하지 않겠지만, 시평가들에게는 주목받지 못하였던 것 같다."는 지적도 있는 반면, 강준흠의 『삼명시화』에서는 채유후-이민구-이서우-오상렴·채

---

437) 여운필, 「역주 약산시부 해제」, 『역주 약산시부』 권1, 월인, 2012, 1-30면 참조 요약.
438) 그가 수고한 초고는 자식들이 요절한 데다 남인 강경파여서인지 발간되지 못하다가 6대손인 오병서(吳炳序)에 의해 1924년 경북 달성에서 20권 9책으로 간행되었다. <만고인(漫稿引)>에서는 25권이라 하였으나 발간된 책은 20권이며 서간이 전혀 실려 있지 않고, 『대동시선』에 실린 작품 9수 가운데 6수가 없고, 50세 이전의 글 일부와 50세 이후의 글은 『대동시선』 수록작 외에는 전부 산일되었다. 조긍섭의 발과 오병서의 후지가 있다.
439) 조긍섭, 국역 『암서집』 권23, 「발」, <약산집 발>.

팽윤의 계보를 계승한 시인으로서[440] 삼연三淵 김창흡金昌翕(1653-1722)을 정점으로 한 '백악시단白嶽詩壇'의 대척점에 있는 남인 시단의 맹주로 인정받은 것도 사실이다.[441] 그는 시사詩社를 통한 시작 및 시작 응수로 인한 교유를 통해 당대의 한시단에 자취를 남겼다. 일찍이 '동벽단시사'를 통해 권신, 권자우, 목자화, 목돈시 등 남인계열 신진들과 교유하였고, 1721년 '백련사', 1739년 '매화시사', '서천매화사' 등을 결성하였다. 반면, 『약산만고』에는 「소대풍요昭代風謠」의 <서문>과 <별집발문>이 실려 있어, 고시언, 채팽윤이 위항시인들의 시를 정리하다 다하지 못하고 세상을 떠난 후 이달봉과 함께 이를 선별하고 편집하여 『소대풍요』를 간행하였음을 알 수 있어 그의 또 다른 경향을 짐작할 수 있다.

그는 또한 역사에 대해 특별한 관심을 지닌 학자이기도 하다. 그의 『사평史評』 상・하권(『약산만고』 권13・14)은 주나라 초부터 당나라까지 전문적 역사학자로서의 식견이 깊이 있게 개진된 특별한 저작이다. 전문적 사평・사론을 통하여 자주적 문명의식과 민족사의 가치를 높이 평가한 역사의식을 보인다. 그의 학식과 문학은 성호가 선대부 문집의 교정을 그에게 맡기기도 한 사실로도 짐작할 수 있다.[442]

시와 사, 양면에 대한 지대한 관심과 역량을 가진 그가 총 28편의 「해동악부」를 창작한 것은 어쩌면 당연하다 하겠다. 『약산만고』 권5에 따로 편집된 「해동악부」는 창작시기에 대한 단서가 없어, 50세(1737)에 문집을 편찬할 때 의도적으로 새로 지은 작품일 것이라고 추정한 사례[443]가 있다.

---

440) 강준흠, 민족문화연구소 한문학분과 역, 『삼명시화』, 소명출판사, 2006, 260면.

441) "우리 선대부(先大夫)께서 시를 공부하셔서 문집 약간 권이 있었다. 이를 간행하기 위해 교정하는 일을 송곡(松谷) 이사백(李詞伯)에게 부탁하였다가 송곡이 돌아가신 뒤로 구암(鳩庵) 채사백(蔡詞伯)에게 부탁하였는데, 구암마저 돌아간 뒤에는 약산(藥山) 오사백(吳詞伯)에게 부탁하였다. 이 세 공은 문단(文壇)의 맹주로 온 세상에 대항할 자가 없는 분인데도 …", 이익, 국역 『성호전집』 권55, 「제발(題跋)」, <『손재집』 뒤에 쓰다(書遜齋集後)>.

442) 위와 같은 글.

443) 전혜영, 「약산 오광운의 <해동악부> 연구」, 한국한시학회, 『한국한시연구』 17, 2009,

1737~1738년 경은 그의 「해동악부」 창작에 영향을 주었을 것으로 짐작되는 일사逸士 조씨趙氏의 『척사이창摭史俚唱』의 발문을 쓴 시기이기도 하다.

시와 역사는 도리가 하나로 통하는 것이니 역사는 착함을 권면하고 악함을 징계하며, 시 또한 착함을 권면하고 악함을 징계한다. 시가 없어지자 『춘추』가 지어진 지 오래 되고 나서, 후세에 그 본보기를 얻은 것은 두보의 시사詩史이니, 이는 시를 짓는 이의 사남司南[444]이다. 사가에게는 관직이 있지만 시인에게는 관직이 없으니, 관직이 없으면서도 역사책을 짓는 일은 성현이 아니고서는 할 수 없다. 시라는 것은 이항의 아낙네와 어린아이도 지을 수 있으니, 이항의 구요謳謠는 모두 역사라 할 수 있다. 그러니 하물며 견문이 척당倜儻한 선비가 난대의 세 치의 붓을 빌릴 수 없어서, 이미 그 재주를 쓸 곳이 없음을 답답하게 여기다가, 고금을 굽어보고 쳐다보면서 사물의 옳고 그름에 모두 느낌이 생긴 것이 많아져서, 마침내 운율을 지닌 역사 속에서 노닐면서, 그 무료함을 펼치는 것이 어찌 해서는 안 될 일이랴?

『척사이창』이라는 것은 수성(수원)의 조일사가 지은 책이다. 일사는 시문을 잘 짓는 데다 가행과 장편에 뛰어난데 만년에 시사를 귀의처로 삼아서 오로지 우리나라의 사적만을 채용하였다. 아, 우리나라 사람들의 귀가 중국에 의지한 지 오래 되었으니, 이 책에서 동국의 악부를 만들어낸 것은 특히 기묘하다. 동국에 소인인 이기李芑라는 자가 있었는데, 늘 말하기를 "동국의 『통감』을 읽는 이가 누가 있으랴?"라고 하였다. 소인이 역사를 꺼리는 것이 이와 같았으니, 소인으로 하여금 거리낌이 없게 하고, 우리나라 사람으로 하여금 우리나라의 사적을 익히지 않게 함이 지나치다. 우리나라 사서는 문장이 거칠어서 사람으로 하여금 보기 싫어하게 하거늘, 지금 훌륭한 시로 바꾸어 놓았으니, 감상할 사람이 반드시 많아서 이기와 같은 자도 아마 곧 두려움을 알게 될 것이다. 아, 이 책은 바로 동국의 중요한 전적(要典)인지라, 세인들이 바람·구름·달·이슬·벌레·물고기와 같은 사물을 읊은 것과 똑같이 보지 못할 것이다.[445]

184-185면.

444) 사물의 준칙이나 정확한 지도

445) 오광운, 같은 글, 『약산만고』 권16, 「발」. 번역, 여운필, 같은 책, 권2, 365-367면. '小人之畏史'의 번역 '소인이 역사를 두려워함'은 '소인이 역사를 꺼리는 것'으로 바꾸었다.

앞에서 해동악부의 정의로 인용했던 '척사이창'에서 그가 '이창'이라고 했던 말의 '이俚'는 뒤에 나오는 '동국의 악부'를 가리킨다. 그는 '시'와 이 '이창'을 우열로 구분하지 않고 있지 않을 뿐 아니라, 이 책을 지은 조일사처럼 '가행과 장편을 잘 짓는 선비', 즉 한문학에 정통하고 문필을 아는 인사가 지은 '이창'과 '이항의 구요謳謠' 또한 구분하고 있지 않다. 이들이 모두 '역사'라는 점에서 그러하다는 것이다. 여기서 약산이 사용한 '운율을 지닌 역사'라는 말을 해동악부에 대한 그의 정의로 기억할 필요가 있다.

약산 해동악부에 대한 구체적인 내용을 보기로 한다. 그의 해동악부는 김영숙의 소개 이후로 주목받아 왔다.[446] 약산악부의 특징은 "전대의 영향을 입어 제목을 그대로 인용해서 쓴 의제작擬題作이 많"고, 전대의 김종직(3편)·심광세(4편)·임창택(5편)·이익(6편) 등의 영향을 골고루 반영했다는 평가를 받는다.[447]

심광세의 해동악부(1617) 이후 약산의 해동악부(1737~1740) 사이 작자의 생존연대로만 보면, 그간 이형상李衡祥(1653-1733)의 「차점필재동도악부次佔畢齋東都樂府」·임창택林昌澤(1682-1723) 「해동악부」·남극관南克寬(1689-1714)의 「속동도악부續東都樂府」 등이 이미 있고 앞서 밝힌 바와 같이 이익李瀷(1681-1763)의 「해동악부」도 동시대작이다. 이들을 모두 선행 악부로 보는 입장에서는, 약산이 독창적인 시제詩題를 쓴 경우는 <조룡대釣龍臺>·<조천석朝天石>·<살수척薩水捷>·<창근경昌瑾鏡>·<성제대聖帝帶>·<여대립女戴笠> 6편뿐으로 본다.

<팔역가>는 약산의 악부 <황하가>·<성상배>·<월명항>·<왕무거>·<참마항>·<파경합>·<조촉사>·<조룡대>·<낙화암>·<백사가>·<두문동> 11편을 인용, 이는 악부 인용 19수의 과반수가 넘는다. 악

446) 김영숙, 「조선시대 악부의 유형적 성격」, 『어문학』 44·45, 한국어문학회, 1984.
447) 김영숙, 같은 책(1998), 114면. 그러나 관점에 따라서 다르게 평가될 수 있다. <기자묘> 논의 참조.

부 외의 다른 시를 고려해도, 약산은 <팔역가> 인용시 전체 중 최다 작품의 작가이다. 그 중 본고의 관심인 문화지리적인 관점을 논할 수 있는 것은 <황하가>·<성상배>·<조촉사>·<조룡대>이고, 이 중 <조룡대>는 해동악부 작자 중 그가 처음으로 채택한 소재이다.

먼저 <황하가>는 임창택의 <기자묘>와 소재가 같다. 숭악崧岳 임창택林昌澤(1682-1723)은 42수의 「해동악부」를 남겼는데,[448] 처음이 <단군사檀君詞>[449]이고, 다음이 <기자묘>이다. 5행의 단형으로 기자가 동으로 와서 평양에 도읍하고 정사를 베풀었다는 내용이다.[450] 앞에서 휴옹의 작품 여러 편에 기자를 의식하는 양상을 보았으나 휴옹은 기자 자체를 악부의 편명으로 하지는 않았는데, 숭악은 이를 시도하되, <기자묘> 즉 유적에서 회상된 기자의 업적을 시어로 했다.

임창택의 <단군사> 이후 해동악부가 단군에서 시작하는 역사의식을 갖게 돼 오광운 역시 <태백단太白檀>에서 그의 해동악부를 시작했다. <팔역가>는 단군조선은 문헌이 없어 자세한 것은 모른다면서 평안도에서 짧게 언급했으며, 해동악부 인용은 기자를 노래한 <대동강>부터 시작된다. 이익의 <대동강> 역시 같은 소재이다. '기자묘', '황하'가 이익에서는 '대동강'이 된 것은 성호가 '대동강'을 '청하淸河', 즉 '맑아진 황하'[451]로 보고자 하기 때문이다. "패강은 어찌 맑아진 황하 같으리浿江何似一淸河"라고 첫 행을 시작했지만, 그것이 가능하게 된 연유는 "성인이 오시어 … 한 줄기 문명을

---

448) 이들을 1711년에 창작했다고 추정하는 이유는 그가 29세에 진사시에 합격한 후 벼슬을 포기하고 백운동에 청학정(靑鶴亭)을 짓고 후진 양성에만 매진한 시기이기 때문이다. 창작동기는 전혀 밝혀져 있지 않다.

449) <단군사>는 6행의 짧은 내용인데, 단군을 '신인(神人)'이라 하였다. <단군사>에서 처음으로 단군이 악부화된 의의가 있다.

450) "明明九疇叙 章章八條治 人我獸華我夷 扶桑日月朝復朝 大同江水不盡期", 임창택, 『숭악집』 권1, 「해동악부」, <기자묘(箕子廟)>.

451) "황하는 천 년에 한 번 맑아지는데, 황하가 맑아지면 성인(聖人)이 태어난다."는 말이 있다 한다. 이익, 국역 『성호전집』 권7, 「해동악부」, <대동강> 주해 참조.

동쪽으로 들여왔”기 때문이라고 했다.[452]

약산의 <황하가>는 짧은 형식은 숭악의 것과 비슷하나, 백마를 타고 온 기자의 모습은 성호의 <대동강>과 공통된다. <팔역가> 또한 “箕子(기자)으 느오심은 我國爲(아국위) 臣僕(신복)이라/ 周武王(주 무왕) 己卯年(기묘년)의 白馬(백마)타고 나오실제”라고 해 이 이미지를 공유하였다.(인용시 3 참조) ‘홍범구주’, ‘팔조금법’, ‘성인의 교화’ 등의 내용은 세 편이 대동소이하다.

그런데 약산은 “『고려사』「악지」에”라고 밝히며 “주나라 무왕이 기자를 조선에 봉하자 인민들이 기뻐하고 즐거워하면서 대동강을 황하에 견주어 군주를 찬양하고 축도하였다.”고 한 고려 노래 <대동강>의 설명을 부분적으로 인용하였다. 즉, 『고려사』「악지」에 노래 제목과 대강의 내용은 전하나 노랫말은 알 수 없는 고려 ‘부전가요不傳歌謠’ 중 하나인 <대동강>의 노랫말을 <황하가>라는 제목으로 약산이 만든 셈이다. 약산의 <황하가>는 민요를 상상력으로 재구성했다는 의미를 표방했지만, 결과적으로 고려 백성들이 ‘대동강’이 아닌 ‘황하가’를 부르고 있는 것이 되었다. 반면, 이익은 약산이 부분 발췌하여 인용한 『고려사』「악지」 <대동강>의 설명을 전문 인용했지만[453] 『고려사』의 내용이라고 소개하지는 않았다. 내용은 길고 복잡하여 약산 악부처럼 그때의 노랫말을 재현하는 것은 아니고, 기자가 대동강을 ‘맑아진 황하’로 만든 경위와 지금은 퇴락한 대동강에서 느끼는 심정을 노래했다. 그러므로 순서 또한 숭악이나 약산이 「해동악부」의 첫 부분에

---

452) “성인이 도래하여 단왕(단군)의 도읍을 넓혔도다(聖人來闢檀王都)/ 먼저 구법으로 떳떳한 윤리를 펴고(先將九法敍彝倫)/ 한 줄기 문명 동쪽으로 들여와 정전법을 실시하여(一派東漸畫井區)/ 산에는 도적이 없고 여인은 곧고 미더우며(山無盜賊女貞信)/ 팔조법금 전해와 민풍이 올바르게 펴졌네(八條歷落民風敷)”, 이익, 이민홍, 같은 책, 219면.

453) “‘주(周)의 무왕(武王)이’ 은(殷)의 태사(太師) ‘기자를 조선에 봉하자’, 8조(條)의 가르침을 널리 퍼뜨려 예속(禮俗)을 일으키니 조야(朝野)가 무사하였다. ‘인민(人民)들이 기뻐하여 대동강을 황하(黃河)에 비기고’ 영명령(永明嶺, 평양의 금수산(錦繡山))을 숭산(嵩山)에 비겨서 ‘그 임금을 기리고 축하하였다.’ 이 노래는 고려가 세워진 이후에 지어진 것이다.” 이 글은 『고려사』(권71, 「지」25, 「악2」, 「속악」, <대동강>)에 실린 설명인데, 약산의 「해동악부」 <황하가>의 사화는 그 중 ‘ ’로 표기한 부분을 인용했고, 성호는 전문을 인용했다.

이를 배치한 것과 달리 고려시대에 배치했다. 기자가 왔던 시대가 아니라 기자가 떠난 후대의 풍경이 성호악부의 소재인 것이다. ‘백마’는 시에 등장하나 시인이 백마 타고 달리며 기자의 옛 터전이 벼와 기장으로 덮인 모습을 보는 것으로 바꾸었고, 사람들은 ‘서경가’를 부르고 있다고 하여 격세지감을 표현했다. 성호의 <대동강>은 율곡 이이가 지은 『기자실기』의 영향을 받은 것으로 보인다.[454]

<성상배>는 645년 고구려 안시성 성주 양만춘과 당 태종과의 일화를 소재로 한 악부이다. 『삼국사기』에 전하고 있지만 양만춘의 이름은 없다.[455] 이 소재는 양만춘이 안시성 위에서 적군의 왕에게 절을 하였다는 아이러니한 상황인 ‘성 위에서 절함’을 제목으로 한 것 자체가 시인의 해석을 자극한다. 이 상황을 ‘천고에 이상한 일千古奇’이라고 하면서도 논리적으로 해명

---

454) “… 강물이 유유히 흘러서 바다로 들어가고(江流自在去朝宗)/ 상서로운 기운과 오색무지개 날마다 새롭고 빛난다(休氣榮光日昭蘇)/ 한가로이 백마 타고 서쪽 길 달리자니(惟餘白馬走西路)/ 눈에 보이는 벼와 기장이 사람의 탄식을 자아내네(觸眼禾黍令人吁)/ 모래톱의 갈매기 해오라기 정답고 놋소리 삐걱대고(汀洲鷗鷺櫓軋鴉)/ 낚싯배는 나란히 서경가를 부르는구나(釣船齊唱西京謳)/ 아아!(嗚呼)/ 기자의 교화는 바다와 같으니(至人之化如海涵)/ 이 분이 아니었다면 우리는 오랑캐가 되었으리(微斯吾其左衽徒)”(이익, 이민홍 역, 같은 책, 219-220면 참조). 여기의 ‘화서(禾黍)’ 고사는 ‘나라가 망하거나 명승지가 퇴락함을 나타내는 말’(『시경』 「왕풍(王風)」 <黍離>)인데, 기자가 지었다는 「맥수가(麥秀歌)」도 고사를 공유한다. 율곡이 지은 「기자실기」에 “기자가 (조선에서) 주(周)나라 임금을 뵈러 갔을 때 은나라 옛터를 지났는데, 궁실이 무너져서 벼와 기장이 자라나고 있는 것을 보고, 기자는 이를 서러워하며 ‘맥수(麥秀, 보리가 자라나는 것)의 노래’를 지었다. (노래 생략) 은나라 유민들은 이 노래를 듣고서 눈물을 흘렸다.”는 말이 나온다.(이이, 한국정신문화연구원 번역, 국역 『율곡전서』 4, 「잡저」, <기자실기>, 1988, 3면 참조) 기자의 「맥수가(麥秀歌)」 원전은 사마천, 『사기(史記)』, 「열전」, <미자세가(微子世家)> 참조.

455) “… 황제는 요하의 좌측이 일찍 춥고, 풀이 마르고 물이 얼어 병사와 말이 오래 머물기 어렵고, 또 양식이 다 되어가므로 군사를 돌리도록 명하였다. 먼저 요주·개주 2주의 호구를 뽑아 요하를 건너게 하고 안시성 아래에서 병력을 시위하고 돌아갔다. 성 안에서는 모두 자취를 감추고 나오지 않았으나, 성주가 성에 올라 절을 하고 작별 인사를 하였다. 황제는 그가 성을 고수한 것을 가상하게 여겨 비단 1백 필을 주고 임금 섬김을 격려하였다. 세적과 도종에게 명하여 보병과 기병 4만 명을 거느리고 후군(後軍)을 삼게 하였다. 요동에 이르러 요수를 건너는데 요택(遼澤)이 진흙과 바닥에 고인 물로 수레와 말이 지나갈 수 없었다. 무기(無忌)에게 명하여 1만 인을 거느리고 풀을 베어 길을 메우고, 물이 깊은 곳은 수레로써 다리를 만들게 하였다. 황제는 스스로 말채찍에 잡초를 묶어 일을 도왔다.”, 『삼국사기』 권21, 「고구려본기 9」, 보장왕 4년(645) 10월.

하려고 한 것이 약산의 악부이다.(인용시 4 참조) 그는 양만춘의 목소리를 직접화법으로 써 문학적으로도 독창적인 시경을 제시했다.[456] 심광세, 이익, 오광운이 시화하였으며, 그 외 명은明隱 김수민金壽民(1734-1811)의 <안시성가安市城歌>,[457] 낙하생落下生 이학규李學逵(1779-1835)[458]의 <성상배> 등 9명 이상이 시화하였다. 이 중 다섯 작품을 분석해보았을 때 눈에 띄는 차이는 성호와 약산의 <성상배>에는 "玄花新逢白羽箭(당 태종의) 검은 눈동자 맞춘 흰 화살"의 일화가 없다는 것이다. 이 일화는 역사에는 전하지 않으나, 목은 이색의 시 <정관 연간을 읊다 유림관에서 짓다貞觀吟楡林關作>에 나오고 휴옹 <성상배>에 쓰인 이후, 이 사건의 중심이미지로 통용되었다.[459] 양만춘의 백우전을 당 태종이 맞았다는 것은 당군이 더 이상 버티지 못하고 군사를 돌릴 만한 충분한 이유가 되지만, 이 일화를 사용하고도 대부분의 작품은 태종에게 침입의 명분 혹은 회군의 명분을 부여하고 있다.

세부적으로 비교하면, 각 작품은 모두 목적이 다르다. 이 소재의 원조격인 휴옹은 이 승전을 알리는 것이 목적이다. 휴옹은 양만춘의 이름을 밝히지는 않고, "그들의 이름이 오래도록 전하지 않음이 한"스럽다며 이 장수와 을지문덕과 박서로 인해 우리나라가 잘 지키고 잘 싸운다는 이름이 났다고

---

456) 김수민의 악부에도 양만춘의 목소리는 등장하나, 이는 시인의 목소리로 봐도 무방하기에 약산 악부의 장치가 새롭게 느껴진다.

457) 김수민, <안시성가>, 정구복 편, 『해동악부집성』 1, 여강출판사, 1988, 377면. 김수민은 전라도 남원 출신으로 과거에는 관심을 갖지 않고 향리의 성리학자로 일생을 보냈다. 그는 385수의 「기동악부(箕東樂府)」를 남겼다(정구복 편, 같은 책, 359-597면 참조). 악부 작자로는 많이 연구되지 않았지만, 몽유록 소설 <내성지>의 작자로 학계에서 여러 번 논의된 바 있다.

458) 남인 출신으로 외조부 이용휴(李用休, 1708-1782), 외삼촌 이가환(李家煥, 1742-1801)으로부터 가학을 공부했다. 정조의 촉망을 받아 『규장전운(奎章全韻)』 편찬에 참여하는 등 각별한 대우를 받았으나, 신유옥사(1801) 때 천주교도의 혐의로 24년 동안 전라도 능주, 경상도 김해에서 유배생활을 했다. 1824년 해배된 후 영남을 두루 다니다 충주에서 생애를 마쳤다. 문집 『낙하생전집』 책6 「영남악부」에는 1808년 『고려사』를 보다 그를 소재로 엮은 악부 68수(1808) 외에 책17에 1821년에 지은 「해동악부」 56수(1821)가 있다.

459) 심장섭, 같은 책, 94면.

했다. 양만춘의 이름은 야사野史에만 있기 때문에 그 이름을 안 밝혔다는 견해도 있다. 그러나 "오랫동안 천자에 항거한 죄"를 지은 성주에게 "비단 내려 남의 신하됨을(爲人臣) 격려"한 아량은 모든 악부의 기본 내용이다.

오광운 <성상배>에서 화자인 성주가 당 태종을 '군'이라 하고 자신을 신하라고 하는 것은 '자소사대字小事大'의 중세 위계질서의 표현이다. 당 태종의 육군 출병의 명분은 '반군'한 연개소문을 치는 것이니, 안시성주는 당연히 그를 치기 위해 나선 당 태종을 받아들여야 하는 것이다. 천자를 도와 고구려를 치러 나서야 하는 것이 '신臣' 안시성주의 임무이다. 거기에 안시성주에게도 '반군'의 혐의 또한 운운할 수 있어 그가 육군에 저항할 명분이 없다고 보는 당 태종의 입장은 앞에서 밝힌 바와 같다.

이 시가 다른 것은, 성주를 고구려의 신하이면서 적군 중국의 신하로 보는 구도 속에서 '자신의 주군은 고구려왕이며, 그를 위해 싸우는 것은 의義'라는 것을 성주의 입장으로 약산이 명확히 하고 있는 것이다. 지금까지 태종의 아량이나 은덕으로 해석되던 회군을 '의를 알아주는 의'로 해석하는 것은 신선하다. "신의 죄를 용서하시고 군사를 되돌리는 것은赦臣罪班六師/ 예절에는 없어도 의리에는 있지요無於禮有於義"라고 당 태종에게 말하지만, 이는 동시에 안시성주 자신의 입장과 이 상황을 '의義'라고 규정하는 것이기도 하다. 그러므로 회군은 의를 보존하는 것이 되고, 이것은 황제의 의일 뿐 아니라, 양만춘의 의이기 때문이 되는 것이다.

이익의 <성상배>는 훨씬 길고 고사가 많으며, 형식면에서 태종과 양만춘을 대구對句 형식으로 두 주인공이 교대로 등장하게 구성한 작품이다.[460]

---

460) "황제에게 구벌(九伐)의 군대가 있었지만/ 신하에게도 칠리(七里)의 성곽이 있었네/ 구벌 군대가 장대하지 아니하지 않았지만/ 칠리 성곽도 바위처럼 견고했지/ 천시(天時)가 어찌 지리(地利)처럼 좋을 수 있으랴/ 필부가 황제의 위엄을 용납하지 않았네/ 요양 천리에서 고생 오래 하지 마소/ 나의 이 마음은 정영위(丁令威)가 보고 있으리니/ 삼군이 물러가고 황제가 돌아가니/ 비단을 금탕 나라(金湯國)[금성탕지(金城湯池), 끓어오르는 못에 둘러싸인 무쇠 성]에 선물로 주었다네/ 황제는 마치 삼순(三旬)에 군사 돌린 우(禹)와 같았는데/ 명성이 진왕 때의 파진악(破陳樂)과 동일했으며/ 신하는 하수(河水)의 배에 오른 맹명[百里

시구에 '양만춘'의 이름도 처음으로 드러나 있다. 양만춘은 자신을 잡았다 놓아준 진晉 목공에게 강을 건넌 뒤 배를 불태우며 절하고 결전 의지로 대승을 거둔 맹명孟明[461]에 비교되었다. 그러나 전반적으로는 당 태종의 은혜를 부각시켰다. 성호는 첫머리에서 황제 : 신하의 대對로 하고, 다시 황제 : 필부의 대로 격차를 벌렸다. 이는 양만춘의 승리를 더욱 극적으로 하는 방법이기는 하나, 양만춘을 필부라고 하는 것은 역사의식 면에서 문제가 된다. 이런 배치이기에 이 악부에서 더 크게 대두되는 것은 황제의 회군의 은덕이다. 성호는 이 회군을 황제가 "한 번 잡고 한 번 놓아주는 것 모두가 은택"이라 했고, "황제는 마치 삼순에 군사 돌린 우와 같았는데帝似三旬振旅禹/ 명성이 진왕 때의 파진악과 동일했으며聲同秦王破陳樂"라고 하여 그의 회군을 높이 칭찬했다. 반란군을 덕으로 다스리기 위해 한 달의 포위를 풀었던 우임금의 고사로 장식해 당 태종과 우임금을 동일시했다. 또한 당 태종의 과거 승리를 장식했던 '파진악'[462]을 들어 당 태종의 퇴각은 승리와 마찬가지라고 찬양했다. 양만춘을 맹명孟明에 비하고, 마무리는 "양만춘이라는 이름이 무려산과 나란히 짝하였다."고 의미를 부여하기는 하였다. 그러나 이는 '황하 배 안의 맹명'과 '무려산의 양만춘'이 대구가 되는 수식적인 기능이 강하다.

孟明視]과 같았는데/ 바람을 향해 허리 굽히니 파도가 막아 주네/ 군왕은 사해를 일가로 삼으니/ 한 번 정벌하고 한 번 놓아줌이 모두 은택이네/ 무려산(巫閭山) 산빛 푸르게 우뚝 솟았는데/ 양만춘이란 이름이 나란히 짝하였네", 이익, 국역 『성호전집』 권7, <성상배>.

461) 백리해(百里奚)의 아들 맹명(孟明)의 고사는 『춘추좌씨전』 「희공(僖公)」 33년에 나온다. 진(晉)나라가 효산(殽山) 전투에서 진(秦)나라 군대를 격파하고 맹명 등을 포로로 잡았다. 문공(文公)의 부인이자 양공(襄公)의 모친인 진(秦)나라 여자 문영(文嬴)의 말을 듣고, 이들을 석방하여 진(秦)나라로 가게 하였으나, 다시 깨닫고 그들을 계략을 써 잡으려 했다. 이를 알아차린 맹명이 머리를 조아리며 말하기를 "진군(晉君)께서 우리를 죽이지 않고 은혜를 베풀어 진(秦)나라에서 죽을 수 있게 해주셨으니, 우리 군주께서 우리를 죽이더라도 우리는 죽어서도 진군의 은혜를 잊지 아니할 것이고 만약 죽음을 면하게 된다면 3년 뒤에 다시 와서 진군의 은혜에 사례하겠소"라고 하였다. 맹명은 황하를 건넌 뒤 배를 불태워 결전의 의지를 보여 대승을 거두었다.

462) 당 태종(太宗)이 제위에 오르기 전 진왕(秦王)이었을 때에 돌궐의 유무주(劉武周) 등을 격파한 뒤에 지은 악곡(樂曲).

김수민의 <안시성가>는 당 태종에게 보다 중점을 두었다. 태종의 고구려 침략을 『삼국사기』에 나온 대로 "임금(영류왕) 시해한 역적 연개소문을 죽"이기 위한 것이라고 명분을 주고, 양만춘의 입장에서 "왕사에게 대항했기에 비단 내림 감당할 수 없다抗王師不堪當賜帛"고 했다. "주註에서 승리를 이끈 주인공의 이름을 당당히 밝혀 그를 정사正史의 한 면으로 수용하고 있는 것은 이 악부의 의의로 평가된다."[463]는 지적이 있으나, 성호도 시구에 양만춘의 이름을 밝힌 바 있다. 한편, 이학규의 <성상배>는 백우전이 태종을 맞힌 일이 "성문 열어 항복함을 지체시킨 것"으로 이어지게 썼다. 그리고 성상배를 "어찌 당당하지 않으리豈不泰"라 하고, "천자의 육군을 배송하니 새 세상이 되었다拜送六飛如天旋"고 담담하게 읊었다. 이는 다른 작품들이 양만춘을 '신臣'으로 자칭·타칭하는 데 비해, 그는 '갑옷 입은 무사(介胄之士)'라고만 지칭한 태도와 통한다.[464]

그러나 이 모든 악부는 고려 말 목은牧隱 이색李穡(1328-1396)의 시에 나타난 역사의식에 못 미친다. 그는 당 태종을 변호하지 않았고,

持盈守成貴安靖	이룬 걸 지키는 데는 안정이 가장 중한데
好大喜功多反側	큰 일 큰 공 좋아하여 반측을 자행했네
三韓箕子不臣地	삼한은 기자가 신하 노릇 안 한 땅이니
置之度外疑亦得	도외로 치지하여도 또한 될 법했는데
胡爲至動金玉武	어찌하여 금옥 같은 무력을 동원해서
銜枚自將臨東土	재갈 물려 친히 거느리고 동토에를 나왔나
貔貅夜擁鶴野月	용맹한 군대는 요동의 달밤에 행군하고

463) 심장섭, 같은 책, 198면.

464) "성 위에서 절하니(城上拜)/ 위에서 절함 어찌 당당하지 않으리(拜上豈不泰)/ 천자의 군대는 헛되이 돌아가고(萬乘遂虛還)/ 외로운 성 지키니 스스로 온전하네(孤城敢自在)/ 화살 맞은 눈동자 전에는 없었던 일(玄花白羽事無前)/ 성문 열어 항복함을 지체시켰다(開門啣璧徒遷延)/ 갑옷 입은 무사가 위에서 절하니(介胄之士今則拜)/ 천자 군대 보내자 새 세상 되었구나(拜送六驥如天旋)", 이학규, 『낙하생집』 17책, 「추수근재집(秋樹根齋集)」, 「해동악부」, <성상배>.

旌旗曉濕鷄林雨	깃발들은 계림의 새벽 비에 젖었어라
謂是囊中一物耳	삼한을 주머니 속의 물건으로 여겼으니
那知玄花落白羽	눈이 백우전白羽箭에 빠질 줄을 어찌 알았으랴
鄭公已死言路澁	정공[465]이 죽고 나자 언로가 막히었으니
可笑豐碑蹶復立	풍비를 무너뜨렸다 또 세운 게 가소롭네[466]

라고 언로가 무너져 아집에 빠진 것이 당 태종의 의미 없는 고구려 침공의 원인이라고 했다. 또한 "삼한은 기자가 신하 노릇 안 한 땅이니"라고 한 말은 양만춘이 스스로를 당 태종의 '신하'라고 설정한 악부시인들의 시각과 차이가 있다.

악부 중에는 이학규 <성상배>의 인식만이 목은시의 인식과 비교할 만하다고 보는 이유는, '해동악부체'는 소재뿐 아니라, 그에 대한 의경意境 또한 전승되므로 다른 견해를 제기하는 것이 쉽지 않기 때문이다.

약산 악부 <조룡대釣龍臺>는 백제 멸망시 당의 소정방蘇定方이 백제를 지킨다는 백마강白馬江의 용을 잡으려고, 백마를 먹이로 하여 용을 낚아냈다는 것이다. 작자는 당 태종이 신라와 연합하여 백제를 멸망하게 한 것을 '천명天命'이라고 했다. 또 <조촉사朝蜀槎>는 신라 경덕왕이 당나라 말기에 안녹산의 난(755)을 피해 당 현종玄宗이 피난 간 곳까지 사신을 보냈던 사실을 소재로 한 것이다. 약산은 그 사신행을 "별이 북극성을 에워싸"는 것과 같다 하며, "(이로부터) 군자의 나라를 아무도 가볍게 여기지 않았다."라고 그 의의를 말했다. 두 악부 모두 『삼국사기』의 내용과 거의 흡사하다.[467] 이익도 <조촉사>와 같은 소재로 <소강행泝江行>을 지어, 어려운 사행을 완수해

---

465) 정국공(鄭國公)에 봉해진 위징(魏徵)을 말함. 풍비는 당 태종이 그의 사후 그를 위해 세운 비인데, 태종이 의심이 일어나자 비를 무너뜨렸다가 뉘우치며 다시 세운 일을 말한 것이다.

466) 이색, 국역 『목은집』, 「목은시고」 권2, <정관 연간을 읊다 유림관에서 짓다(貞觀吟楡林關作)>.

467) 『삼국사기』 권9, 「신라본기」 9, 경덕왕 15년(756) 2월.

'군신 간에 마음 저버린 자 됨을 면'한 것에 의의를 두었다.(인용시 19 참조) 두 작품 모두 신라와 당의 관계에 대한 것을 천명으로 이해하고, 신라는 도리를 다한 것으로 시화했다.

이상에서 본 <팔역가>에 인용된 약산의 악부는 중화중심 세계관을 온전히 드러내고 있다. 휴옹과 약산의 역사의식은 기자조선설을 확고히 하고 있으며, 그로 인해 중국과 우리의 관계는 군신간의 의와 예로 규정된다. <팔역가>에 인용된 해동악부들은 모두 이 관점에서 벗어나지 않으나, 휴옹의 고려시대에 대한 악부에서는 여러 관점을 볼 수 있었다. 거란과의 화친, 장성, 위화도회군의 소재에서 본 것은 대체로 약한 나라의 자생법이라고 할 수 있으나, 그 태도가 일관된 것으로 여겨지지는 않는다.

4.4. 〈팔역가〉를 통해 본 18·19세기의 문화지형도

4.4.1. 〈팔역가〉와 남인 학맥

<팔역가>만을 기준으로 볼 때 「해동악부」를 두 계열로 나눌 수 있다. 하나는 '심광세-오광운-이광사-이영익'의 계열이며, 하나는 '이익-이복휴[468] -안정복'의 계열이다. 전자는 <팔역가>가 선택한 것이며, 후자는 아니다. 다른 데서는 별로 변별되지 않는 이 두 계열이 <팔역가> 작자의 취사선택의 기준으로는 명확한 차이를 보인다는 것은 주목할 만한 점이다. 물론 <팔역가>의 작자는 『성호사설』은 보았으나 해동악부가 실린 『성호전집』은 못 보았을 가능성도 배제할 수 없다.[469] 그렇게 생각하면서도 본고가 이에

468) 담촌(澹村) 이복휴(李福休, 1729-1800)는 이익의 족질이다. 1752년 사마시에 합격했으나 환로에 뜻이 없어 1762년 이후 예조정랑 등을 지냈다. 단군의 출생과 건국을 소재로 한 <환웅사(桓雄詞)>부터 조선조 경종 때 어떤 대신의 손자를 위해 목숨을 바친 가노(家奴)를 소재로 한 <용산노(龍山奴)>까지 260수의 「해동악부」를 지었다. 가장본(家藏本)을 통해 1787년 봄에 창작된 것으로 알려졌으며, 부기된 조정헌(趙廷憲)의 <해동악부가봉정담촌시옹(海東樂府歌奉呈澹村詩翁)>에서 그의 작품의 가치를 논한 것을 볼 수 있다. 김영숙, 「이복휴의 해동악부」, 같은 책, 159-166면 참조.

관심을 기울이는 것은 <팔역가>에서 「해동악부」 선택 관점에서는 계열이 달라진 오광운과 이익은, <팔역가>의 다른 일면에서는 이중환이라는 공통의 인연으로 긴밀하지 않을 수 없기 때문이다. 청담이 이익의 조카인데 그가 쓴 『택리지』에 전적으로 기대어 <팔역가>를 썼고, 남인의 저작을 광범위하게 참고한 <팔역가> 작자가, 넓게는 남인의 학문을 대표하는 저작들을 남겼을 뿐 아니라 좁게는 「해동악부」를 집대성했다는 평을 받고 있는 성호 이익의 작품을 거의 참고하지 않았다는 것은 이유가 있지 않을까 생각하는 것이다. 또한 『택리지』에 인용된 청담의 한시 역시 단 한 편도 <팔역가>에 인용하지 않은 것도 눈에 띈다. 이처럼 영향력이 드러나는 인물도, 드러나지 않는 인물도 모두 남인의 핵심인물들이다. 그러므로 이 시기를 포함한 조선 후기의 신분을 알 수 없는 <팔역가> 작자의 자장 안에 있는 남인학맥의 인물들을 살펴볼 필요가 있다.

먼저 <팔역가>의 중요한 저본의 저자 이중환과 오광운의 관계이다. 이 두 사람을 연결하는 것은 바로 시사詩社이다. 두 사람은 '백련사白蓮社'를 함께 했다. 1721년 윤6월에 결성된 '백련사'는 국포菊圃 강박姜樸(1690-1742)을 비롯한 남인 인물들이 주였고, 이들 외에도 신절재 이인복, 모헌 강필신 등이 있었다. 국포 강박은 부인의 외조부가 약산의 재종조부인 오시겸이어서 약산과 인척 간이고,[470] 청담과 국포 강박은 동서 간, 국포와 모헌은 한 집안, 국포와 신절재는 사돈 간이니 이 모임을 연결하는 중심은 국포라고 해야 할 것이다.[471] 이후 강박은 약산과 '서천매화사'도 같이 했다.

469) 성호의 종자 병휴에 의하면, 원래 성호 문하의 제공(諸公)이 한 곳에 모여 충분히 의론·검토한 뒤에 선사(繕寫)하여 정본(定本)으로 만들었어야 할 것이었으나, 그들이 모두 산거(散居)하는 형편이므로 그리 되지 못하고, 초본을 먼저 베껴 놓은 뒤에 검토할 계획을 세웠었다. 따라서 『사설』의 원본은 정고본(定稿本)으로 마련된 것이 없었던 것이다. 몇 가지 사본으로 전해오는 것이 있어, 규장각본 외에도 순조초(純祖初)에 등사된 것으로 보이는 이른 바 재산루장본(在山樓藏本) 등이 있었다고 한다. 한우근, 국역 『성호사설』 해제, 한국고전번역원 참조.

470) 여운필, 같은 글, 16면.

1719년 무렵에는 당상관급으로는 이인복, 당하관급으로는 오광운·채팽윤 등이, 참하관급으로는 강박 등이 등용되어 있었다. 이들은 북악산 백련봉 아래 정토사에 모여 아직 정치적 입지가 확실하지 않은 자신들의 생각을 시로써 나타내었다. 이들은 서로의 시에 화답하고 차운하는 방식을 주로 했으나, 여기서 더 나아가 역사를 소재로 시를 쓰는 데에 뜻을 같이한 계기 또한 밝히고 있다.[472] 이런 관심은 강박과 강필신의 <세시기속시>로도 나타났다. 이들에게 영향을 끼친 사람은 채팽윤과 이서우로 알려져 있다.[473] 그러나 1721년 10월 세제世弟(영조)에게 대리청정을 하도록 청하는 조성복의 요청에 반대하는 의사를 밝히며 최석항이 상소를 올리자,[474] 남인도 같은 상소를 올렸는데 이들 모두 이에 연명하였고 1722년 이후 이들은 '문외파'로 규정되기도 하며,[475] 뜻을 더욱 같이하였다.

1721년 '백련시사' 결성 이후, 1722년 백망 사건 등으로 1723년부터 이중환은 옥고에 시달리게 되었고, 1726년에는 절도로 유배되었다. 오광운은 이 무렵 세제인 연잉군의 흠모를 받았으나 영조 1년(1725) 사퇴하였다. 영조 5년(1729) 영남안핵어사로 파견된 외에는 칩거하였다가 5대조인 오준吳竣이 삼전도비문三田渡碑文을 쓴 것에 대해 모함을 받자 이를 변무했으며, 1730년

471) 부유섭, 「17-18세기 중반 근기남인 문단 연구」, 한국학중앙연구원 박사학위논문, 2009, 63-65면.

472) 맹영일, 「국포 강박과 백련시사의 한시 연구」, 『동아시아고대학』 32, 동아시아고대학회, 2013, 94면.

473) 맹영일, 같은 글, 88면. "이들의 시명은 널리 알려져서 당대의 중요 시인으로 체제공은 국포를, 정약용은 국포와 약산을, 강준흠(姜浚欽, 1768-1833)은 국포·청담·사천 이병연을 들었다. 국포는 남인 시맥에서는 언제나 손꼽히는 시인이었다."

474) 상소는 1721년 10월 11일 경종이 세제 연잉군의 대리청정을 표명한 때부터 10월 17일 비망기를 거두기까지 수차례 계속되었다. 『경종실록』 1년(1721)/10/11일(무진)~경종 1년(1721)/10/17일(갑술) 참조.

475) 1722년 남인은 의견 차이로 인해 문내파(門內派), 문외파(門外派), 과성파(跨城派)로 나뉘는데, 남하정(南夏正)의 『동소만록(東巢漫錄)』에 의하면 문외파는 허목 등의 청남 세력을 지지하며 허적·윤휴의 신원 요구에 극구 반대하는 입장이다. 이인복, 이중환, 오광운, 강박 등이 중심인물인데, 스스로가 남인 중 청류 세력으로 자처하면서 떨어져나갔기 때문에 문외파라 불린 것으로 추측한다. 박광용, 같은 글, 131면.

사직한 후, 잠깐씩 나아간 적은 있었으나, 1741년에야 정계에 복귀했다.

1739년 강박 등과는 '서천매화사西泉梅花社'(매화사)를 결성했다. 이 시사는 서대문 인근 이진급의 집에서 매화를 감상하던 것을 계기로 결성하였는데, 대부분 소론계 인물이 주였으나 당파를 초월하여 서대문에 인근에 거주하던 국포 및 전주이씨의 6진眞 8광匡[476]의 몇몇 인물들 또한 함께 하였다. 서천西泉 이진급李眞伋(1675-1748), 중옹中翁 이광찬李匡贊(1702-1766), 항재恒齋 이광신李匡臣(1700-1744) 등이 그들이다. 이 모임은 1755년 나주벽서사건으로 인해 일어난 을해옥사로 이광찬의 백부 북곡北谷 이진유李眞儒가 유배되고 그에 연좌되어 문중 대다수가 화를 입은 시기까지 계속되었다.[477]

약산의 「해동악부」 창작은 1737~1738년으로 추정한바, 이 무렵 결성한 '서천매화사'에 전주이씨 8광匡의 일원들이 참여하고 있었으므로, 이 인연으로 강화학파의 한 사람인 이광사가 약산의 작품을 볼 수 있었을 것임을 이를 통해 짐작할 수 있다. 매화시사에 참가한 인물은 아니지만 8광의 인물들로 구성된 '강화학파' 중 이광사와 신재 이영익이 오광운의 「해동악부」를 차운하며 「동국악부」를 지었다. 또한 신재의 형인 이긍익은 『연려실기술』을 지었는데 <팔역가>의 저본 중 하나임은 본 바와 같다.

또한 <팔역가>에 성호의 해동악부가 인용되거나 표면에 드러나지 않으면서도 성호는 <팔역가>의 저본 인물 모두와 관계되어 있다. 성호는 약산에게 선대부 문집의 교정을 맡기기도 했고 부친 이하진李夏鎭의 문집 『육우당집六寓堂集』의 서문과 형 이잠의 문집 『섬계유고剡溪遺稿』의 서문을 맡기기도 했다. 또 종손從孫 이중환의 『택리지』의 서문을 쓰기도 했다. 시사의 인물들과도 깊은 관련이 있다.[478] <팔역가> 인용시 4수의 저본인 『동사강목』

---

476) 조선 2대 왕 정종의 열 번째 왕자 덕천군의 9대손 진(眞)자 항렬 6명과 10대손 광(匡)자 항렬 8명을 가리킨다.

477) 이승용, 「중옹 이광찬의 생애와 시세계에 관한 일고찰」, 『한국한시연구』 23, 2015, 211-249면.

478) 호주 채유후(1599-1660), 성호, 약산의 3가는 이잠이 약산의 종고조부 시복의 딸을, 성호

의 저자 순암順菴 안정복安鼎福(1712-1791)은 이익의 제자이며, 그의 역사관은 거의 모두 성호 이익의 입장이 개재되어 있다. 성호의 지리에 대한 해박한 식견[479] 및 역사관과 함께 그의 「해동악부」에 대해 몇 가지를 살펴보아 <팔역가>의 것과 비교해보면, <팔역가>의 문화지리의식이 더 명백해질 것이라고 생각한다. 곁여 또한 중요한 표지이기 때문이다.

성호 이익은 명문 남인南人의 가계를 이었으나, 그의 생애는 당쟁의 화란禍難 속에서 시작되었다. 경신대출척庚申大黜陟(1680) 다음 해, 부친 하진夏鎭의 유배지, 평안도 운산에서 탄생하였고, 부친은 다음 해 운명하였다. 15세 되던 1655년에는 증광시에 응시했으나, 녹명錄名이 격식에 맞지 않았던 탓으로 회시會試에 나아가지 못했다. 그 다음 해에 둘째형 잠은 진사進士로서 장희빈을 두둔하는 글을 올렸던 탓으로, 역적으로 몰려서 장살杖殺당했다. 성호는 이에 큰 충격을 받고서는 과거에 응할 뜻을 아주 버리고 평생 동안 학문에만 몰두하였다. 부친이 1678년 사신으로 연경燕京에 들어갔을 때, 구입한 많은 서적을 통해 공부하여 '정심굉박精深宏博'한 그의 학문을 완성하였다. 또한 경기도 광주廣州에서 조상이 남겨 준 은덕으로 토지와 노비를 갖고 집안을 경영하며, 형제자질兄弟子姪 및 후손을 두루 돌보았다.[480] 본고의 관심 분야로 좁히면, 그는 『성호사설』을 통해 국가 강역疆域에 대한 강한 의식을 나타내었으며, 『성호전집』에 119수의 「해동악부」를 남겨놓았다.[481] 휴

의 장자 맹휴가 희암의 딸을, 희암의 조카인 응만의 딸이 약산의 아들을, 응만의 조카인 채제공이 약산의 아우 필운의 딸을 배필로 삼는 등 복합한 인척관계를 맺고 있다. 여운필, 「역주 약산시부 해제」, 역주 『약산시부』 1, 15면에서 재인용.

479) 삼한(三韓)·한사군(漢四郡)·안시성(安市城)·철령위(鐵嶺衛)·윤관비(尹瓘碑)·폐사군(廢四郡)·여진(女眞)·두만쟁계(豆滿爭界)·조선사군(朝鮮四郡) 등에 대한 성호의 변증은 본고의 주제와 연관된다. 이익, 『성호전집』 권1·2·3, 「천지문(天地門)」 참조.

480) 성호의 생애는 한우근, 『성호이익연구』, 서울대출판부, 1983 참조.

481) 권7~8은 「해동악부」로 모두 119수이다. 권7에는 신라 때부터 전해온 <도솔가(兜率歌)>, <회소곡(會蘇曲)> 등을 비롯하여 백제, 고구려, 통일신라, 고려까지의 악부 60편이 실려 있는데 제목 아래에 세주(細註)로 그 유래와 내용을 자세하게 설명해 놓아 역사에 대한 저자의 박학한 식견을 엿볼 수 있다. 권8에는 <과정곡(瓜亭曲)>에서 문익점(文益漸)의 고사를 읊은 <목면가(木綿歌)>까지 고려 때 악부 21편이 실려 있으며, <임강곡(臨江曲)>

옹이 「해동악부」의 서문에서 언급한 "「동국동감」을 누가 읽는가?"라는 말을 성호 역시 인용하면서 "우리나라의 역사를 편찬하여 한 시대의 이목耳目을 깨끗이 씻어준다면 크게 다행스러운 일"이라 하고, "역사를 기록하는 자가 안목이 없었던 까닭에" 제대로 후세에 전하지 못한 여러 사례를 들었다.[482] "만약 단군부터 기원한다면, 단군과 기자가 정통이 되어야 하고 … 삼국은 신라의 문무왕文武王이 통일한 뒤를 정통에 연결하고, 고려는 태조 19년 견훤甄萱이 망한 뒤를 정통으로 삼"는 견해에 대한 순암의 물음에 성호는 이를 긍정하며 "마한은 소열제昭烈帝의 사례와 같이 시조로 삼아야" 한다고 덧붙인 데서[483] 그의 역사 체계를 알 수 있다.

약산의 「해동악부」와 이긍익의 『연려실기술』을 참조한 <팔역가> 작자는 남인과 여주이씨, 소론과 전주이씨의 인물들과 친교 범위에 있거나 그들의 저서를 볼 수 있는 범위에 있다고 볼 수 있다. 거론된 이들은 또한 조선후기 사찬 문화지리서의 저자들이기도 하다. 당론과 처지가 같다는 공통점이 있는 것은 사실이지만, 그들의 저작에는 적지 않은 역사관의 차이도 드러나 있다. 그 중 <팔역가>의 저자가 취사선택한 관점은 어떤 것이었는지를 고찰하는 것은 이들의 문화지리의식을 구체적으로 살펴보는 데 필요한 작업이다.

그러므로 <팔역가>의 저본으로 알 수 있는 남인들에 공통된 이론적 배경과 이들의 문화지리관을 함께 정리해보고자 한다.

이하는 조선시대의 것으로 유관(柳寬)의 청렴함을 읊은 <수산행(手傘行)>, 김종서(金宗瑞)의 고사에서 나온 <사준행(射樽行)>, 김시습(金時習)의 일을 읊은 <유시탄(流詩歎)>, 마지막으로 광해군 때 권필(權韠)의 필화(筆禍) 사건을 읊은 <궁중류(宮中柳)>까지 실려 있다.

482) 이익, 국역 『성호전집』 권25, 「서」, <안백순에게 답하는 편지(答安百順) 병자년(1756, 영조 32)>.

483) 이익, 위와 같은 책, <안백순의 문목에 답하는 편지(答安百順問目)>.

4.4.2. 「해동악부」의 문화지리 교과서 『동국통감』

『동국통감』은 세조가 1463년(세조 9) 신하들에게 빈약한 고대 역사기록에 대한 아쉬움과 편년체 통감에 대한 필요를 언급한 후, 편찬이 시작된 역사서이다. 양성지梁誠之(1415-1482)를 중심으로 '동국통감청東國通鑑廳'을 만들어 추진했으나, 1485년(성종 16)에야 총 56권 28책으로 완성되었다. 편년체로 단군조선에서 고려 말까지 서술한 것으로, 외기外紀·삼국기·신라기·고려기로 나누었다. 신라기를 따로 독립시켜 신라 통일의 의미를 확실히 한 점과 상고사 체계를 세운 점이 큰 의의이다.[484] '단군조선-기자조선-위만조선-한사군-이부(평주도독부·웅주도독부)-삼한'의 상고사 체계는 단군조선을 앞세우고 있다는 의미가 있다. 발해는 한국사로 포함하지 않았다.[485] 1484년 서거정과 훈구파들이 중심이 되어 만든 최초의 『동국통감』은 엄격한 유교적 명분론을 우선으로 하지 않았고 사실을 온전히 보전하자는 목적으로 찬자 자신들의 사론을 적어 넣지 않았다. 이후 1485년에 신진사림이 중심이 되어 개찬하여 나온 『신찬동국통감』은 유교적 명분론에 입각한 서술이 주를 이루며 약 400여 편의 사론이 추가되었다. 현존하는 것은 1485년 판본이다.

우선, 『동국통감』은 기자조선－마한－신라를 정통으로 한다.[486] 이 기자조선의 사관史觀이 후대에 영향을 준 대표적인 경우는 율곡栗谷 이이李珥(1536-1584)의 「기자실기箕子實記」를 들 수 있다. 이보다 앞서 윤두수尹斗壽(1533-1601)가 1580년 사서史書 등에서 기자에 대한 기존 기록을 모아 기자상箕子像을 비롯한 10개의 도판까지 곁들인 「기자지箕子志」를 지은 바 있으나, 율곡은 이로써는 기자에 대한 통기統記를 살필 수 없다 하며 이를 시정

---

484) 내용은 크게 단군조선~삼한을 외기(外紀), 삼국시대~신라 문무왕을 삼국기(三國紀), 문무왕~고려 건국을 신라기(新羅紀), 이후 고려 말까지를 고려기(高麗紀)로 나누었다. 『동국통감』 해제 참조.

485) 박찬승, 같은 글, 16면.

486) 한영우, 「『동국통감』의 역사인식과 역사서술 2」, 『한국학보』 5-3, 일지사, 1979.

하고자 직접 지은 책이다.[487] 「기자실기」는 기자에 대한 사서의 내용 요약·정리, 찬시贊詩, 간단한 논평으로 이루어져 있는데, 『동국통감』의 내용 구조를 그대로 따르고 있는 한편, 앞선 「기자지」에서 언급하지 않은 '홍범구주洪範九疇'와 '팔조금법(犯禁八條)'의 중요성을 강조하여 올바른 예와 법도의 시행이 필요함을 강조하고 있다.[488] "율곡이 「기자실기」를 통해 기자를 체계화하는 작업을 하지 않았다면 양란 이후 그렇게 많은 기자 관련 글이 나오기는 어려웠을 것"이라고 하는 주장까지 있는 것은 이이가 「기자실기」 외에도 많은 글에서 기자를 강조하였기 때문이다.[489] 이이의 「기자실기」의 후대 영향력이 적지 않은 것은 사실이나, 앞에서 소개한 1576년(선조 9)에 평안도의 선비들이 '홍범서원洪範書院'(이후 1608년 선조로부터 인현서원仁賢書院으로 사액 받음)을 지어 기자를 숭앙하는 등의 사실, 윤두수의 「기자지」 등 조선사회의 전반적 분위기의 일환으로 이익 역시 이를 짓게 된 것이라고 보는 것이 옳을 것이다.[490]

휴옹은 악부에서는 단군을 따로 다루지 않았으나 <용남인用南人>에서 단군을 '성조聖祖'라고 칭하고 있다. <용남인>은 고려 태조가 '차령 이남 사람은 등용하지 말라'는 <훈요십조>의 가르침 때문에 쓰이지 못한 사람들이 원한을 품게 되었다는 내용인데 사화를 통해서는 단군을 언급하지 않았으나, 휴옹은 "우리나라 사람은 백두를 조종祖宗으로 해서/ 성조聖祖께서 강림

---

487) 이이, 같은 글.

488) 임훈, 「「기자실기」에 나타난 이이의 기자 인식」, 한국교원대학교 석사학위논문, 2011, 6면.

489) 「동호문답(東湖問答)」, 「만언봉사(萬言封事)」, 「자경별곡(自警別曲)」에서도 기자를 언급하고 있으며, 기자에 대한 시 5편 및 짧은 글 8편을 더 남겼다. 임훈, 같은 글, 3-4면.

490) 이런 분위기를 생각하면 「기자지」를 지은 이유가 1577년 명나라에 사은사로 갔을 때 명나라의 사인士人들로부터 기자에 관한 질문을 받았으나 제대로 답하지 못한 아쉬움 때문이라는 윤두수의 저작동기도 부분적인 문제로 보인다. "尹公斗壽 曾奉使朝天 中朝士人 多問箕子之爲 尹公病不能專對 旣還 乃廣考經史子書 裒集事實及聖賢之論 下至騷人之詠 摭而成書 名曰≪箕子志≫ 其功良勤 而其嘉惠後學 亦云至矣 第念雜編經傳 統紀難尋 珥乃不揆僭濫 竊採志中所錄 約成一篇 因略敍立國始終 世系歷年之數 名曰≪箕子實紀≫ 庶便觀覽焉 萬曆八年丙辰仲夏 後學德水李珥 謹志", 이이, 같은 책, 10면.

하여 토지를 소유하였거늘/ 어찌하여 배척하여 거두어 쓰지 않아/ 사람들로 하여금 원한을 품게 하였나我國山川白頭祖 聖祖降生有土宇 胡然擯斥不收用 使彼之人懷恨怒"라 하며 백두산과 단군을 함께 언급하였다. <팔역가>는 『택리지』가 "옛날 요임금 때 신인神人이 평안도 개천현价川縣 묘향산妙香山 박달나무 아래 석굴石窟에서 태어났다. 이름을 단군檀君이라 하고, 구이九夷의 임금이 되었으나, 그의 연대와 자손에 대한 자세한 기록은 없다."라고 한 말은 일부 따르면서도 "元年(원년) 戊辰(무진)은 唐堯(당요)의 二十五年(이십오년)"이라고 연대를 덧붙여 신빙성을 더하기는 했다.

> 檀君(단군)은 神人(신인)이라
> 千年(천년) 後(후)의 箕子(기자)올줄 아르시고
> 九月山(구월산) 避位(피위)ᄒᆞ야 神人(신인)다시 되야ᄯᅩ다
> 箕子(기자)으 ᄂᆞ오심은 我國爲(아국위) 臣僕(신복)이라[우리나라가 신하됨 이라]
> 周武王(주 무왕) 己卯年(기묘년)의 白馬(백마)타고 나오실제 …

그러면서 <팔역가>는 단군의 성지를 백두산보다 평안도 묘향산과 더 밀접하게 연관하고 있다. 또, 기자-마한의 관계를 보여주는 『택리지』 내용과 휴옹의 <차지한> 등 평안도의 내용을 <팔역가>에서는 전라도 익산에서 인용하고 있는 것은 그 연속성을 더 확장하는 효과가 있다. 뿐만 아니라 기자를 제사지내는 '숭인전崇仁殿', 즉 평양에서 소개할 내용도 함께 여기서 부연함으로써 그 전통의 현재성까지를 더 명확히 부각시키고 있는 것이다.

이뿐 아니라, <팔역가>는 '충청도'에서 이를 한 번 더 자세히 전개했다.

> 여긔져긔 귀경ᄒᆞ고 夫餘邑(부여읍) 다다르니
> 이 ᄯᅡ은 옛 百濟國(백제국)이라
> 始祖王(시조왕) 高溫祚(고온조) 高句麗(고구려)東明王(동명왕)의 庶子(서자)로
> 恐不容於(공불용어) 嫡兄(적형)ᄒᆞ야[유리왕자가 두려워서] 鳥于等十人(조

우 등 십여 인)으로 南來(남래)ᄒᆞ니

ᄯᅡ른百姓(백성) 許多(허다)토다

漢城(한성)을는 望氣(망기)ᄒᆞ니[기운을 바라보니] 稷山(직산)이 可居(가거)로다[살 만하도다]

馬韓(마한)의게 百里(백리)ᄯᅡ을 비러 엇고[빌려 얻고]

十人(십인)을 신ᄒᆞ삼아 國號曰(국호왈) 十濟(십제)라ᄒᆞ니

元年(원래) 癸卯(계묘)는 漢武帝(한 무제)[491] 鴻嘉三年(홍가 삼년)이라

百姓(백성) 悅東故(열동고)로[기뻐 동으로 오므로] 改號曰(개호왈)[고쳐 부르기를] 百濟(백제)로다

二十七年(이십칠년) 己巳(기사)의 馬朝(마조)이 侵弱(침약)[492]커놀

出獵(출렵)이라[사냥하러 나간다고] 일흠ᄒᆞ고 馬韓(마한)을 襲滅(습멸)ᄒᆞ야[습격하여 멸망시키고]

夫餘(부여)의 移都(이도)로다[도읍을 옮겼도다] 以後(이후)는 三國時節(삼국시절)이라

新羅(신라)는 天朝(천조)늘[를] 恪事(각사)ᄒᆞ고[정성껏 섬기고] 高句麗百濟(고구려백제)는

新羅(신라)을 侵伐(침벌)ᄒᆞ야 天朝(천조)을 拒逆(거역)다가

唐太宗(당태종) 十九年庚申(십구년 경신)의 蘇定方(소정방) 보니야

新羅兵(신라병) 合勢(합세)ᄒᆞ야 百濟國(백제국) 쳐滅(멸)ᄒᆞ고

義慈王(의자왕) 被虜(피로)ᄒᆞ야 中原(중원)가 身死(신사)ᄒᆞ니[죽게 되니]

歷年(역년)이[역사가] 六百七十八年(육백칠십팔년)이라 '신라의 통일토다'

白馬江(백마강) ᄯᅡ라니려

釣龍臺(조룡대) 귀경ᄒᆞ고 落花巖(낙화암) 올나보니

蘇定方(소정방) 이江(강)의 臨(임)할젹[적]의 雲霧(운무)四塞(사색)커놀[운무가 사방을 가리거늘]

卜者(복자)[점쟁이]의 일론말이 神龍(신룡)이 護國(호국)이라

白馬(백마)로 밥을ᄒᆞ야 神龍(신룡)을 낙가내니[낚아내니]

霧捲(무권)[안개가 걷히고] 天晴(천정)이라[하늘이 맑아지도다] 아모리 神龍(신룡)일둘

491) 한 무제는 한 성제(成帝)의 잘못. BC 18년이다.

492) '侵掠(침략)'의 오기.

天命(천명)을 어이할가 後人(후인) 詩曰(시왈)
(인용시 34, 오광운 <조룡대釣龍臺> 수록) (253면)

가사는 마한이 백제가 되는 과정을 다루었고, 바로 백제의 멸망을 그렸다. '신라는 천조天朝를 섬겨 통일했고, 백제·고구려가 신라를 침범한 것은 천조를 거역해 멸망했다'는 작자의 생각은 휴옹보다는 <조촉사朝蜀槎>를 쓴 약산에 가깝다. 그러므로 이어서 "용 또한 천명을 따른 것"이라는 약산의 <조룡대>를 인용하였다.

이런 관점은 작품에서는 기자동래와 연속성을 가지게 하는 효과가 있다. 단군조선·기자조선·위만조선 3조선의 옛 땅을 평안도 지역으로 비정하는 것은 한백겸韓百謙(1552-1615)의 『동국지리지』(1614)에서 비롯된다. 그는 상고사의 전개를 남·북의 이원적인 체계로 정립하고, 남은 '마한-호남·호서, 진한·변한-영남'으로 비정했다.[493] 그러나 그는 백제를 신라와 함께 한강 이남의 정통으로 인정하고 있으므로[494] 해동악부와 <팔역가> 등의 '마한정통론'과는 거리가 있다.

'마한정통론'의 부각은 『택리지』 시대에는 일반적인 것이고 이보다 후대에 지어진 <팔역가>에서는 더욱 전략적으로 활용될 수 있으나, 휴옹(1577-1624)의 시대에는 많이 부각된 것은 아니었다. 모두 『동국통감』의 영향 하에 있는 것은 사실이나, 정통론은 당대의 예민한 문제와 연계되어 시기적인 변이를 보이는 것 또한 사실이다. 마한정통설이 대두된 것은 더 정확하게는 명·청 교체 후 정신적 상실감에 처해진 조선의 지식인들의 극복방안 중 하나였던 것이다. 마한정통론은 홍만종洪萬宗(1643-1725)의 『동국역

493) 문창로, 「조선 후기 실학자들의 삼한 연구」, 『한국고대사연구』 62, 한국고대사학회, 2011 참조.

494) '마한정통론'은 백제를 위만처럼 기준에게서 차지(借地) 후 눌러 앉은 참국(僭國)으로 보는 데 비해, 『동국지리지』는 한강 이남지역은 삼한-백제·신라로 이어진다고 본다. 정구복, 「한백겸의 동국지리지에 대한 일고-문화지리학파의 성립을 중심으로」, 『전북사학』 2, 1978 참조.

대총목東國歷代總目』에서 논리적으로 체계화되었다고 한다. 기준이 마한으로 이은 것을, 한나라 유비劉備가 전한前漢의 후손으로 촉나라를 세운 것을 정통으로 강조한 주자朱子의 논리에 견준 홍만종의 주장이 조선 지식인에게는 존주대의尊周大義의 명분에 입각하면서 자국사의 전통을 세울 논리를 주었기 때문이다.[495] 즉, 중국의 대부분을 차지한 위나라의 조조를 인정하지 않듯이 고조선을 다 차지한 위만을 인정하지 않는 데서 정당성을 찾을 수 있다고 여겨졌던 것이다.[496] 이와 함께 사론 중심의 역사서도 성행했다.

한편, '안시성'이 부각된 것은 영고탑회귀설[497]이 17세기 말부터 꾸준히 회자되고 산성山城 축조에 대한 논의가 방어의 방법으로 부상된 것과 관련 있다. 안시성 사수死守는 '무력적 중화복구'를 가능하게 한 예로서 재생의 원동력을 얻게 된 것이다.[498] 이는 안시성주에 대한 호평으로, 나아가서는 고구려에 대한 긍정적 시각으로 이어짐을 볼 수 있다.

중화의식에 대한 이러한 미시적인 변화를 염두에 둔다면, 휴옹 <해동악부>에 나타난 소재 개발은 시대를 앞서간 독창적인 것이었다는 평가를 하지 않을 수 없다. 휴옹이 이를 쓴 시기는 1617년 이전이었으니 그가 다룬 중화와 이적에 대한 제재들은 이들이 조선사회를 풍미하게 되는 시기 이전에 그의 문학관에 의해 주목된 것들이라고 할 수 있다. 물론 왜란으로 인한 '재조지은' 인식의 고조로 모화사상이 커져 중화를 조선의 뿌리로 여기는

---

495) 허태용, 「조선후기 중화계승의식의 전개와 북방고대사인식의 강화」, 고려대학교 박사학위논문, 2007, 105면.

496) 같은 논리로, 이보다 한 세대 뒤인 이익이 명대에 완성되어 원나라의 정통성을 인정했던 『자치통감강목속편(資治通鑑綱目續編)』의 논리를 원용한 것은 남명에 정통성을 주지 않음으로써 현실적 지배자인 청을 인정할 수 있는 가능성을 남겨주었다고 볼 수 있는 방법이기도 하다. 허태용, 같은 글, 106면.

497) 본서 3부 3장 <북새곡>, 283-287면 참조.

498) 이 '무력적 중화회복'은 남명이 완전히 멸망한 1662년을 계기로 사그러들기 시작한 것으로, 삼번(三番)의 난(1673-1681)을 청이 완전히 진압한 이후는 공식적으로 주장하거나 논의하는 일은 없어졌다고 보지만, 개별적인 추모의 분위기와 함께 중화회복의식은 여전히 여러 곳에서 드러나고 있다. 허태용, 같은 글, 81-82면 참조.

논리가 강조될 수밖에 없었고, 왜란에 짓밟힌 조선의 자강自强에 대한 필요성이 커진 시대적 분위기도 함께 했지만, 휴옹은 자신의 악부에 당면한 과제들을 선별할 수 있는 혜안을 가지고 있었음은 강조해야 할 사실이다. 그가 <해동악부서>에서 『동국통감』의 중요성을 특히 언급한 것도 그의 창작 동기가 그 시대에 유행하는 소재이기 때문이 아니라 자신이 유배생활에서 깨달은 철학과 『동국통감』의 독서로 인해 긴요하다고 자득하게 된 소재들이기 때문에 그 원천을 강조한 것이다. 휴옹 자신도 유배에 처해지지 않았더라면 『동국통감』을 정독하지 못했을 것이라는 깨달음을 전달하고 싶은 간절한 마음이 서문에서 보인다. 휴옹이 주목한 소재들은 상당한 양을 보이는 이후의 해동악부들에 결정적인 영향을 끼쳤다.

또한 남인의 역사의식의 또 다른 뿌리를 볼 수 있는 것은 허목의 『동사東事(1667)』이다. 『동사』는 동국의 역사를 '본기本紀'라 하지 않고 '세가世家'라 하였다. 삼국시대까지를 다루며 세가(「大國」)에는 단군 · 기자 · 위만 · 신라 · 고구려 · 백제가 포함되어 있고, 나머지 부여 · 삼한 등 10개 국은 열전(「附庸小國」)에 포함돼 있다. 허목은 "조선을 제후국 수준의 나라로 인식하면서도 '방외별국方外別國'이라 하여 '중국과는 산천이 구별되고 풍습이 같지 않은 나라, 즉 조선의 문화적 독자성을 강조'했다.[499] 그럼에도 천자天子적 지위의 대국을 본기라 하지 않은 것은 천자와의 지위 격차를 일단 긍정한 것이기는 하다. 중국의 역사와는 위상의 차이가 있다고 본 것이다. 조선 후기 남인의 문화지리서는 '기자조선－삼한－(삼국)－통일신라의 계통'을 정통으로 삼았다. 이처럼 '기자정통론', '소중화의식'은 일반적인 것으로 보인다.

이를 집대성한 것이 안정복의 『동사강목』(1778)인데 이것은 홍만종과 이익의 '단군정통론', 홍여하 · 홍만종 · 이익의 '기자-마한정통론', 임상덕 · 이익의 '삼국무통론'을 모두 수용하여 체계화한 것이라고 평가된다.[500]

---

499) 한영우, 「17세기 중엽 남인 허목의 고학(古學)과 역사인식」, 같은 책, 114면.
500) 한영우, 「18세기 후반 남인 안정복의 사상과 『동사강목』」, 같은 책, 320면.

4.4.3. 성호 이익의 문화지리의식과 〈팔역가〉의 거리

앞에서 <팔역가>에 직접적인 영향 관계가 드러나는 저본의 문화지리의식을 고찰했다면, 여기서는 강력한 영향을 드리우면서도 <팔역가>와 거리를 보일 것으로 추정되는 성호의 문화지리의식에 대해서 살펴보기로 한다. '단군정통론', '기자-마한정통론', '삼국무통론'으로 요약되는 그의 역사체계가 해동악부들에는 어떻게 드러나는가를, 앞에서 다룬 해동악부 작품들과 공통되는 소재를 위주로 "소국이 대국과 부딪힐 때 어떻게 해야 하는가?" 하는 문제들을 중심으로 고찰해 보고자 한다.

악부 <철성탄>[501]은 휴옹의 악부 <철성원>과 같은 소재인데, 성호의 국방 계책이 종합되어 있다고 생각하므로 가장 먼저 살펴본다.

高山矗矗城在巔	높은 산 우뚝하고 성은 산꼭대기에
洋海瀲瀲環成池	바닷물은 빙 둘러 해자되었지
有臣名犀睢陽匹	충신 박서는 수양성 장수(장순張巡)에 짝할 만하니
積水鎔金益出奇	물을 쏟고 쇳물 녹여 기책을 내었다네
食足民殷兵甲利	군량 넉넉하고 백성 많고 무기도 예리한데
胡不堅守反毁爲	어찌 굳게 지키지 못해 도리어 허물게 되었나
公然發卒鑿睥睨	공연히 병졸 동원하여 성가퀴 부수니
白日轉石驚山魑	대낮에 돌 구르는 소리 산도깨비 놀라네
嵯峨百雉埽地盡	드높던 성 흔적 없이 사라지니
下民不語墮淚悲	백성들 말도 못하고 눈물지으며 슬퍼하네
東方亦是千乘尊	우리나라 또한 천승의 존엄한 나라인데
底事自弱而至斯	무슨 일로 스스로 약해져 이 지경에 이르렀나
權臣執命君不君	권신이 권력 잡고 임금이 임금답지 못하니
國勢[illegible][illegible]危九棋	국가가 불안하여 누란의 위기였는데도
偸安頗似燕巢幕	안일을 도모함은 제비가 군막에 둥지 튼 것과 같은데도
萬人拍手助歡嬉	모든 사람 박수 치며 환희에만 빠져 있었네

501) 이익, 국역『성호전집』권8,「해동악부」, <철성탄>.

諸君入侍皮幣走	여러 사람 입시하여 분주히 예물 바치는데
大將壓境風雷馳	대장이 국경 압박하니 바람과 우레 내달리듯
至今欲食崔竩肉	지금 최의의 살점을 씹어먹고자 해도
無策更退松吉師	송길의 군대 다시 물리칠 계책 없도다
吾聞御宇必上游	내 듣건대, 왕궁은 반드시 강의 상류여야 한다 하니
建瓴高屋合深思	높은 지붕에서 기와고랑에 물을 쏟는 형세 깊이 생각해야 했네[502]
彈丸黑子水心都	작고도 작은 물 가운데의 도성
縱使全完非計宜	설사 온전했더라도 좋은 계책 아니었네
重關保障視等閒	겹겹의 관문과 보루 등한히 하였으니
八路生靈付在誰	팔로의 백성들 누구에게 맡길 것인가
近聞廟籌重綢繆	근래에 들으니 조정이 축성을 계획하여
萬夫執役登摩尼	수많은 인부 부역 나와 마니산 오르겠네[503]

이 악부는 1259년 4월 고려가 태자를 보내 몽고에 항복의 뜻을 전달한 후, 고려가 투쟁을 위해 일껏 쌓았던 강화도 외성을 몽고의 강요로 허물어야 했던 상황을 소재로 하고 있다. 첫머리 1~4행에 그려진 것은 이때의 상황이 아니라, 이와는 대조적으로 몽고의 1차 침입을 성공적으로 막아내었던 1231년 박서朴犀의 귀주대첩 장면이다.[504] 7~10행이 천도까지 하여 몽

502) 원문의 '건령고옥(建瓴高屋)'은 '높은 지붕 위에서 물병을 거꾸로 엎어 물을 쏟는다'는 말이다. 높은 지붕 위에서 동이의 물을 쏟아부으면 물이 거침없이 아래로 흘러내리니, 전쟁을 할 때에 지리적 전세가 높은 쪽을 차지해야 형세가 유리하다는 것을 비유하는 말로 쓰였다.

503) 이익, 이민홍 역, 같은 책, 321-322면.

504) 강감찬의 귀주대첩(1018)은 거란을 물리친 것이며, 박서의 귀주대첩은 1231년 9월부터 1232년 1월까지 몽고군을 물리친 것이다. 1차 승리는 5천의 병사로 몽고 살리타(撒禮塔) 1만 군에게 대승한 전투로, 공격하는 몽고군을 성벽에 구멍을 뚫어 끓는 쇳물을 성 위에서 쏟아 적이 쌓은 풀과 나무를 불태워버리는 등 치열한 전투 30여 일 만에 물리쳤다. 이후에도 5회의 침입이 있었지만 모두 물리쳤다. 그러나 이미 1231년 몽고와 고려의 화친 협상이 시작되면서 결국 박서는 왕명에 의해 성문을 열고 항복했다. 박서는 몽고 병력의 3분의 1에 해당하는 1만 군을 귀주에 묶어놓음으로써 이때의 협상은 몽고가 완전한 항복이 아닌 화의 형태로 전쟁을 마무리할 수밖에 없게 했다. 그 뒤 몽고의 압력으로 그는 서북면병마사에서 해임되어 낙향했다. 조선 조정은 1703년 귀주성에 박서와 그 휘

고에 항쟁한 무신정권이 항복한 후 몽고의 압력으로 성을 허물고 있는 장면과 눈물짓는 백성의 모습이다. 그 뒤 10행은 이렇게 된 원인인 20년 동안의 권신의 농간과 왕실의 무능한 현실 대처에 대해 분개하고, 이어 항복을 위해 왕자를 보내 폐백을 보내는 장면, 그럼에도 불구하고 결국은 몽고 장군의 압박을 받는 장면을 빠른 호흡으로 이었다. 덧붙여, 성의 올바른 전략적 위치를 말하고, 강화성은 결코 그런 입지에 있지도 않은데 "겹겹의 관문과 보루 등한히 하여" 침입을 막지 못한 결과 이 지경에 이르렀다고 했다. 이 논리는 『택리지』에서도 지적된 사항이다.[505] 같은 통로로 몽고도 청나라도 들어왔으니, 집어 말하지 않아도 고려의 판단 착오와 무능에 대한 불만은 그대로 조선에도 적용되는 것이다. 그러니 과거 회상에 그치지 않고 장면은 자연스럽게 현실로 옮겨간다. 1679년(숙종 5)에 강화도 외성이 손상되었음을 보고한 후 외성 건축이 다시 이루어지고 있는 현장-1743년 벽돌로, 혹은 1754년 다시 돌로, 외성을 쌓고 있는 모습-을 그린 성호 당대의 실상이 마지막 두 행에 그려져 있다. 전개하는 중에, 왕궁의 적절한 위치란 어떤 것인가를 지적한 것은 1631년 건립한 강화행궁은 그다지 효용가치가 있지도 않음을 경동벽서警動擘西로 넌지시 지적하는 셈이다. 고려는 이 철성撤城의 시점부터 몽고의 지배에 들어갔으며, 같은 강화도에서 참패한 조선 역시 청에 굴욕적으로 항복해야 했다. 그런데도 지금의 방책 또한 적절치 못하다고 보는 것이 성호의 관점이다. 성호의 부친이 강화도 돈대 축성 등에 대해 반대하는 상소를 올린 것으로 유배당했던, 개인적인 아픈 기억 또한 지울 수 없는 장소가 강화도이기도 하니 이 지적은 더욱 하지 않을 수 없는 것이다.[506]

하 김경손의 충정을 기리는 사당과 사적비를 세웠다.(『숙종실록』 29년(1703)/7/29 계유 참조)

505) 본고 452-454면 참조.

506) 강화도 돈대 축조는 1679년(숙종 5)에 이미 진행 중이었는데 여러 민원이 많았다. 이에 대해 성호 부친인 매산(梅山) 이하진(李夏鎭, 1628-1682)이 1680년 2월, 1675년(숙종 1)부

이 <철성탄>을 보면, 외세를 적극적으로 방어하는 박서는 칭송하지만, 누란의 위기에 올바른 계책이 없는 지도자는 지탄하고 있다. 당연한 논리라고 할 것인데, 성호는 해동악부를 통해 고려의 사례를 특히 강조하고 있다.

앞에서 휴옹과 비교한 악부 소재인 고려의 만부교 사건은 성호가 그의 악부 여러 작품에서 언급한 것으로, 지도자의 태도, 특히 소국 사대 외교에 대한 성호 생각의 핵심을 보여주므로 자세히 볼 필요가 있다.

昔過青木都	옛날에 청목도[개성]를 지나
走上橐駝橋	달려서 탁타교에 올랐네
往史記丁寧	지난 역사책에 이 사실 자세하고
厥名起前朝	그 이름은 전 왕조[고려]부터 시작되었네
如何不自量	어찌하여 스스로 헤아리지 못하여
妄意攖强遼	망령된 뜻으로 강한 요나라를 건드렸나
小大鄒敵楚	크고 작은 형세는 추나라가 초나라를 대적하는 꼴
寇賊桀非堯	구적은 요가 아니고 걸이로다
震亡干何事	나라는 흔들려 망하는데 무슨 일을 범하는가
麗運日飄蕭	고려의 운세는 나날이 쇠퇴하나
但見橐駝死	낙타 죽은 것만 보고
未覺蒼生凋	백성 죽는 것은 깨닫지 못하네
自從隣不睦	이웃 나라와 화목하지 못한 이래로
藩缺棟益撓	울타리가 없어 기둥이 더욱 흔들리네
仁宗最明智	인종은 가장 현명하고 지혜롭나니
詘迹事和調	옛날과는 달리 화합에 애를 썼네
皮幣恭事大	폐백을 공손히 하여 큰 나라를 섬기고
辭令禁伐驕	사령에는 자랑과 교만을 금했네
東邦亦偏安	우리나라는 치우쳐 있어도 편안하니

터 허적의 건의로 축조하기 시작한 개경의 대흥성 축조와 함께 강화도 돈대 축조는 "일을 하지 않고서 명분 없이 백성을 소란케 하는 정사를 억지로 행하여 북쪽(청나라 사람의) 의심까지 많이 불러들인다면 한갓 이익이 없을 뿐만 아니라, 마침내 반드시 해가 있을 것"이라며 간한 일로 그는 대사간에서 진주목사로 강등된 바 있다.(『숙종실록』 6년(1680)/2/25 을유) 그는 이후 운산으로 유배되었으며, 1682년 그곳에서 졸하였다.

昆鬻與同條	곤이와 훈육은 같은 가지였도다
謀猷有經權	계책에는 경도와 권도가 있으니
禍福皆自招	화복은 모두 스스로 부른 것이다
已哉何可悔	끝난 일이라 후회한들 무엇하리
社稷不自聊	사직이 편안치 못하였네
願言銘橋柱	원컨대 이 사실 다리 기둥에 새겨
後戒示昭昭	후세에 경계하여 밝게 보이노라[507]

그는 "어찌 스스로를 헤아리지 못하여/ 망령된 뜻으로 강한 요나라를 건드렸나"라며 "백성들이 시드는 것은 깨닫지 못했다"는 점을 꾸짖었다. 성호는 일에는 정도正道와 권도權道가 있다고 하며 거란·금 등과는 권도를 썼어야함을 강조했다. 왜냐하면 "거란은 걸이지 요가 아니기" 때문이다. 만부교 사건은 방도를 잃었다고 보는 『동국통감』의 관점과 같다. 그가 고려 태조와는 달리 17대 왕인 인종仁宗(1109-1146)에 대해 '가장 현명하고 지혜롭다最明知'고 한 것은 인종의 시대(재위 1122-1146)가 중국 송나라가 1127년(흠종 1) '정강靖康의 변變', 즉 정강 원년 송나라가 금나라에 패한 사건으로 결국 167년 북송 역사를 마감하고 남송으로 바꿀 수밖에 없던 격변의 시기였기 때문이다. 송나라 황제 흠종欽宗과 태상왕 휘종徽宗 및 470여 명 왕족은 포로로 잡혀 갔으며, 흠종의 동생인 강왕康王이 강남의 임안臨按(항저우)으로 가서 남송(1127-1279)을 세우고 고종으로 즉위하는 중원의 세력 변화로 인해, 고려는 송 : 고려, 여진 : 고려, 금 : 고려, 남송 : 고려라는 복잡한 외교관계를 헤쳐나가지 않으면 안 되었다. 이 시기를 보낸 인종의 처세가 '最明知'하다고 보는 것이 성호의 국방관, 문화지리관이다. 이는 『택리지』를 지은 청담의 생각과는 차이가 난다.

성호는 "곤이와 훈육은 같은 가지였도다昆鬻與同條"를 통해 '교린국交隣國

507) 번역, 이민홍, 같은 책 및 김남형, 「성호문학의 실학적 성격 2」, 『조선시대 한문학 연구』, 계명대학교출판부, 2018, 164면 참조.

하는 도道'를 말한 『맹자』의 논리를 환기시켰다. 문왕文王은 곤이를 존중하고, 태왕太王은 훈육을 섬겼는데, 이 두 경우는 『맹자』 「양혜왕 하」에서 말한 "오직 인자仁者라야 큰 나라로서 작은 나라를 섬길 수 있다. … 오직 지자智者라야 작은 나라로서 큰 나라를 섬길 수 있다."[508]에 각각 해당하는 예이다. 그러나 거란은 문왕이 아니고 걸桀이었고, 고려 태조는 태왕이 아니었던 것이 문제였다.

그는 이 만부교 사건을 다른 악부 <구인행蚯蚓行>에서도, <사산사안蛇山射鴈>에서도 다시 인용하였다. <구인행>에서는 『고려사절요』 권1에 실린 "태조 8년(925)에 궁성宮城 동쪽에 몸길이가 70척이나 되는 지렁이(蚯蚓)가 나타났다. 당시에 사람들은 발해국渤海國이 투항해 올 징조라 하였다."를 사화로 인용하고, "9년에 거란이 발해를 침공하여 멸망시키자, 발해의 세자 대광현大光顯 및 장군 신덕申德 등이 수만 호를 이끌고 고려로 도망쳐 왔는데, 고려왕이 그들을 매우 후하게 대우하였다. 대광현에게는 왕계王繼라는 성명을 하사하여 종적宗籍에 붙여 그 제사를 받들게 하였다."고 발해 유민을 고려가 거둔 것을 밝히고, 악부를 지었다.

王運方隆大運衰	왕씨 운수 융성하고 대씨 운수 쇠퇴하니
白山以外靡西風	백산 바깥이 서풍에 쓰러졌네
五京十五府何處	5경 15부는 어디에 있는가
卷向旄丘作寄公	애타게 모구[509]를 바라보며 기공[510]이 되었구나

508) "제 선왕(齊宣王)이 물었다. '이웃 나라와 교제하는 데에 도(道)가 있습니까?' 맹자께서 대답하셨다. '있습니다. 오직 인자(仁者)만이 대국(大國)으로서 소국(小國)을 존중할 수 있습니다. 그래서 탕(湯) 임금이 갈(葛)나라를 존중하고 문왕(文王)이 곤이(昆夷, 은말 주초(殷末周初)의 서융(西戎)의 나라 이름)를 존중하였던 것입니다. 오직 지자(智者)만이 소국으로서 대국을 섬길 수 있습니다. 그래서 태왕(太王)이 훈육(獯鬻, 흉노(匈奴)라고도 함)을 섬기고 구천(句踐)이 오(吳)나라를 섬겼던 것입니다. 소국으로서 대국을 섬기는 자는 천리(天理)를 두려워하는 자이니, 천리를 즐거워하는 자는 천하를 보존하고, 천리를 두려워하는 자는 자기 나라를 보존하는 법입니다.'", 『맹자』, 「양혜왕(梁惠王)」 하.

509) 『시경』 <모구(旄丘)>에 "모구의 칡덩굴은 어찌 저리도 마디가 길게 자랐나. 숙씨와 백씨는 어찌 이토록 오래 아니 오시는가(旄丘之葛兮 何誕之節兮 叔兮伯兮 何多日也)" 하였다.

回頭鴨綠波嗚咽	압록으로 고개를 돌리니 물결이 오열하고
但見松都氣鬱蔥	단지 보이는 것은 송도의 왕성한 기운뿐
三拜禮數託悲懷	삼배 예법 갖추고 슬픈 소회를 의탁하니
百年丁鶴歸期空	백 년 뒤에 돌아갈 기약 부질없게 되었구나
彼哉無道那忍說	저들의 무도함을 어찌 차마 말로 하랴
交隣信盟非英雄	교린에는 맹서를 지켜야 하니 영웅이 아니로다
君看橋邊槖駝死	그대는 보았겠지, 다리 가에 낙타가 죽은 것을
可惜恢疆意不終	애석해라, 강토 넓히려던 뜻을 이루지 못함이여
至今月照扶餘墟	지금도 달은 부여의 옛터를 비추리니
彷彿想見虯髯翁	아른아른 규염옹[511]이 눈에 보이는 듯하네

성호가 규탄하는 '저들'은 거란을 말한다. 거란이 발해와 화친을 하였다가 맹서를 저버리고 발해를 공격하여 멸망시킨 것(926)을 두고 한 말이다. 그는 발해가 "강토 넓히려던 뜻을 이루지 못"했다고 애석해 하였다. 반면, 고려에 대한 성호의 평가는 인색하다는 인상을 지울 수 없다. 사화에서 발해유민에 대한 고려의 후한 대접을 소개한 것을 보면 성호가 이때의 고려 처신을 비난하는 것 같지는 않다, 그러나 『시경』「모구旄丘」장을 인용해 발해를 도와주지 않는 고려를 원망하는 소리를 중첩해 놓았을 뿐 아니라, "교린에는 맹서를 지켜야 하"는데 그렇게 하지 않고 발해를 멸망시킨 존재로 거란을 비난하는 동시에, 만부교 사건을 거론해 고려 또한 같은 존재로 비

이 시는 여(黎)나라의 군주가 나라를 잃고 위(衛)나라에 우거(寓居)할 때에, 여나라의 신하들이 자신들을 구원해주지 않는 위나라 군신을 원망하는 내용이다. '모구'는 앞이 높고 뒤가 낮은 언덕을 말하는데, '고국에 돌아가지 못하고 타국에 오래도록 얹혀 지내는 것'을 비유할 때에 썼다. 이익, 국역 『성호전집』 권7, 「해동악부」, <구인행> 주해 참조.

510) 자기 나라를 잃고 타국에 기거(寄居)하는 제후를 뜻하는 말이었는데, 후에는 지위를 잃고 유망(流亡)하는 자를 두루 가리키는 말로 쓰였다.

511) 발해를 건국한 대조영의 아버지 걸걸중상(乞乞仲象)을 말한다. 국역 『성호사설』 제17권 「인사문(人事門)」 <규염객(虯髯客)>에 "걸걸중상이라는 자는 발해의 대씨(大氏)의 조상이다. 대씨는 요(遼)의 전부를 통합하여 그 땅이 동쪽으로 바다에 닿았는데, 뒤에 거란에게 멸망되었다. 그 처음에는 부여(夫餘)의 옛 땅으로 서경(西京)을 만들어 거란을 방비하였다. 규염은 중상(仲象)이 틀림없다."고 하였다.

난하고 있기 때문이다. 만부교 사건(942)에 대해 다시 한 번 "끝난 일이라 후회한들 무엇하리/ 사직이 편안치 못하였네"라고 한 것은 아무리 생각해도 만부교 사건이 그가 생각하는 지자智者의 사대 외교, 즉 '천리天理를 두려워하는 자'의 계략이 아니었기 때문이다. 뿐만 아니라, 다른 악부 <사산사안>에서 "충군은 무력"했다고 지적한 것을 보면, 당시의 구체적인 방법조차 미흡했다고 성호는 파악하고 있다.[512]

반면, <탁타교>에서 그가 높게 평가한 고려 인종은 송나라가 금나라에 의해 축출되는 그 시기를 어떤 정책으로 통과했는가를 살펴볼 필요가 있다.

송, 여진, 거란 등이 충돌하여 고려의 북방이 본격적으로 시끄러워진 것은 1100년 무렵이다.[513] 1114년 여진은 요나라(거란)를 격파하고, 1115년 금金나라를 건국했다. 1118년 금나라의 사신이 들어와 요를 점령한 사실을 고려에 알려 왔다. 이후 1125년 요는 금나라에 멸망했고, 송나라도 금나라에 항복을 청했다.

1125년 5월 고려는 사신을 금나라에 보냈으나 금은 국서國書가 표문이 아니고 또 칭신稱臣하지 않았다는 이유로 받지 않았다. 이 사건으로부터 고려는 금에 사대해야 하는가에 대해 조신들과 상의하는데, 모두 불가하다고 하였다. 오직 이자겸李資謙과 척준경拓俊京이, "금은 옛날에는 소국으로서 요遼 및 우리를 섬겼으나 지금은 이미 사납게 일어나 요와 송宋을 멸하였으며 정사가 잘 다스려지고 병사가 강하며 날로 강대해지고 있으며, 또 우리의 경계와 더불어 강역이 서로 닿아 있으니 형세가 섬기지 않을 수 없습니다. 또,

---

512) "요동의 옛 강토를 다시 회복하길 기약하니(遼左封疆期重恢)/ 태조 당시에는 깊은 계획 있었으리(太祖當年有深算)/ 충군은 무력하고 낙타가 죽었으니(充軍無力橐駝死)/ 오랑캐의 기마병 날듯이 압록강을 건너왔네(虜騎飛渡鴨水岸)", 이익, 이민홍 역, 같은 책, <사산사안>, 239면.

513) 1000년대에는 중원에 송나라가 버티고 있었으나 주변에는 서하, 거란, 여진 등이 성장하고 있었다. 고려는 개국 초부터 거란과 국경 문제로 전쟁을 불사하는 관계였으나, 여진과는 견제하는 동시에, 협동하기도 하는 관계였다. 거란은 일찍이 1026년 동북 여진을 치는데 길을 빌려줄 것을 청하였으나, 고려는 거절한 바 있다.

소국이 대국을 섬기는 것은 선왕의 도이니 마땅히 먼저 사신을 보내어 빙문聘問해야 합니다."[514]라고 하여 이를 따라, "신은 척박하고 작은 땅과 작은 몸과 변변치 못한 덕으로 예사롭지 않은 뛰어난 공적을 듣고 공경하는 마음을 기울여 온 지가 오래되어 넉넉하지 못한 예물로 충성과 신의를 펴고자 하니 비록 변변치 못한 예물을 드리는 것이 부끄러우나 크신 은덕(山藪之藏)으로 받아주시기 바랍니다."라고 1126년 4월에 표문을 올린다. 이에 금은 "무력으로 위협하거나 재물로 꾀지 않음에도 스스로 온 것은 훌륭하다."고 답하고 군신의 관계를 허락한다.[515]

이로부터 두 달 뒤, 금과 송의 전투가 치열했을 때, 송나라는 고려에 협공으로 금을 공격하자고 요청한다.[516] 이에 고려는

> "처음 받들어 읽으면서부터 저도 모르는 사이에 눈물을 흘렸습니다. 생각하건대 금나라 사람의 근본은 본디 일찍이 우리나라에 신속하였으면서도 항상 약탈을 일삼아 우리나라는 변방을 막 안정시켜 사달을 일으키지 않고자

514) 『고려사절요』, 인종4(1126)/3/(미상). *이하 『고려사절요』는 한국사DB http://db.history.go.kr 인용.

515) 『고려사절요』, 인종4(1126)/4/(미상).

516) "중국과 왕은 요해(遼海)를 두고 멀리 떨어져 있으나 은혜와 예우가 이와 같으니 다른 이유가 있는 것이 아니고 어려움이 있을 때에 함께 분노하며 대적하기를 바랐던 것이다. 왕의 나라는 금과 서로 바라보는 거리가 수백 리도 되지 않는데 그 소굴을 소탕하여 중국에 보답하지 못하니 어찌 여러 대의 조정이 남달리 특별히 대우하던 뜻이겠는가. 금나라 사람은 본디 일찍이 왕에게 신속(臣屬)하며 바닷가 모퉁이에 살던 추한 족속인데, 하늘을 배반하고 신을 거역해 거란을 멸절시켰고 드디어 중국을 업신여기어 음란하고 포악함이 점점 더 심해지니, 만약 그들이 원하는 대로 된다면 왕에게는 무엇이 있겠는가. 고립된 군사가 깊이 들어왔으니 마땅히 쳐서 없애야 하겠으나, 짐은 그들이 위협하여 숙왕(肅王)을 인질로 삼아 데려갔기에 다만 장수와 병졸들에게 명하여 국경 밖으로 내쫓았을 뿐이다. 이제 곧 천하의 병사를 일으켜 작고 추한 족속을 문죄할 것이니 왕은 군대를 거느리고 서로 안팎이 되어 천벌을 내리도록 하라. 왕에게 죄를 진 자를 다스려 멀리하고 본조(本朝)에 포로를 바쳐 중국이 여러 대에 걸쳐 내린 은혜를 갚도록 하는 것이 큰 충성이고, 어지럽고 어두운 것을 공격하고 음란하고 포악한 것을 쳐서 사막의 바깥까지 위엄을 펴는 것은 큰 의리이며, 국경을 확장하고 그 소굴을 뒤엎어 교만하고 신하로서의 도를 지키지 않는 오랑캐에게 보복하는 것은 큰 위엄이다. 일거에 세 가지를 모두 얻을 수 있는데 왕은 무엇을 꺼리고 하지 않는가. 높은 작위와 후한 하사품은 짐이 왕에게 아까워하는 바가 없을 것이니 왕은 이를 힘쓰도록 하라.", 『고려사절요』, 인종4(1126)/7/(미상).

오면 곧 징계하여 방어하고 물러가면 곧 방비하여 지켰으니 근본이 견제(羈縻)에 있었을 따름입니다. …

황제께서 등극하신 초기로 다 멸망시키지 않고자 하여 그들이 화평을 청하자 이를 허락하였으니 중국의 큰 힘으로도 이와 같은데 하물며 소국은 고립된 처지에 장차 무엇을 의지하겠습니까. 올해 4월에 특별히 사신을 보내 수호하고 이미 여러 달이 지났으나 아직 회보回報가 없고 본국은 천재天災가 유행하여 부고府庫가 다 없어지고 방어할 병장기도 보유한 것이 없어 바야흐로 공인工人을 모아 부흥시키려고 논의하였습니다. 오늘 조서에서 자세히 유시諭示하신 대로 이는 실로 옛 치욕을 씻고 큰 은혜에 보답할 날입니다. 그러나 피폐한 병사로써 새로이 이긴 오랑캐를 당해내는 것은 억지로 시킨다 해서 할 수 있는 바가 아닐까 두려우니 다만 군사를 훈련시키고 병장기를 수리해 놓고 왕사王師가 저 국경에 임하여 제압하는 것을 기다린다면 폐국弊國이 감히 힘을 다하여 서로 안팎이 되지 않을 수 있겠습니까. 신령의 위엄에 가탁하여 오랑캐를 평정하는 데 조력하는 것이 제가 원하는 바이니 하늘이 실로 이를 내려다 볼 것입니다. 사명을 받든 선찬이 복명하는 날에 마땅히 이 뜻을 주달奏達해 주십시오."라고 하였다.[517]

고려는 양쪽을 적절히 무마한 것이다. 금나라는 같은 해 12월 "고려가 사신을 보내 왕래하는 모든 일은 마땅히 모두 요의 옛 제도를 따르도록 하고 보주로保州路 및 변경의 인구로써 그쪽 경내에 사는 자를 취하여 반드시 모두 돌려보내도록 하라. 만약 하나하나 이르는 대로 잘 좇으면, 곧 보주保州 땅을 사여할 것이다."라고 하였다.[518]

반면, 송나라의 국운은 급격히 기울어 다음 해 1127년 3월 패망했으며,

---

517) 『고려사절요』, 인종4(1126)/7/(미상).

518) 보주는 오늘날의 의주이다. 『요사(遼史)』 「지리지」에 의하면 1015년 거란은 보주와 정주를 얻었다고 하였는데(안정복, 국역 『동사강목』 6하, 을묘년 현종 6년 1015), 1117년 요가 금에 쫓겨 가며 고려에 인계하였다고 일반적으로 알려져 있다. 위의 내용은 1125년 고려가 항의하자 1126년 이 땅을 돌려주겠다는 것이다. 보주는 최유청 때(1130)도 아직 돌려주지 않았다. 한편, 보주의 위치를 의주로 보지 않고 요동지역으로 보는 견해도 최근 제기되었다. 윤한택, 「고려 보주 위치에 대하여」, 『고려 국경에서 평화 시대를 묻는다』, 더 플랜, 2018, 159-160면.

이에 대해 금나라는 9월 그 '경사'를 알리는 선경사宣慶使를 고려에 보내 송 멸망의 자초지종을 알려왔다. 송이 맹세를 지키지 않았기에 "장수를 한 번 보내어 정벌하는 수고로 곧 소굴을 뒤집어엎는 데에 이르렀으니, 종묘가 지킴을 잃고 아비와 아들이 사로잡혔다. 군주의 자리(神器)에 주인이 없어서는 안 된다고 하므로, 새로 책봉하여 내려 보낼 것을 의논하였다."고 하며 "조씨 임금 부자를 왕족 470여 인과 함께 압송하여 궐에 오게 하고, 예의를 갖추어 명하여 망한 송의 태재大宰였던 장방창張邦昌을 대초황제大楚皇帝로 삼아 금릉金陵에 도읍하도록 하였다."고 하며 이를 '역성易姓의 일'이라고 전했다.[519] 금나라는 송을 대리할 괴뢰국 초나라를 세워 왕을 새로 임명한 것이다. 금나라의 전갈대로 송나라의 두 황제는 포로가 되었고 송은 북송시대를 마감하고 남송을 열 수밖에 없었다.(포로로 간 북송의 황제 휘종[520]은 1135년 금나라의 유형지에서 죽었다.)

다음 해 1128년 6월 남송의 고종(1127-1163)은 고려에 사신을 보내, 지금은 "대의에 의지하여 왕실을 위해 충성할(勤王) 때"라고 하며, '가도입금假道入金'을 요구하였다. 즉, "송의 사신이 뱃길로 고려로 들어가 금나라로 가서 두 황제를 모셔오겠다."는 것이다. 이는 고종 즉위 초부터 고려에 여러 번 요구하던 것인데, 고려는 금나라로 가는 길이 막혔다고 주장하고 있었다. 이에 난처해진 고려는 금과 억지로 교류는 맺었으나 지금 금은 성벽을 수리하는 등의 움직임이 있어 언제 고려를 침략할지 모른다고 하며, "만약 사절이 길을 빌려 국경으로 들어간다는 것을 듣는다면 반드시 시기하고 의심하여 일이 일어날 것입니다. 다만 이뿐만 아니라, 반드시 보빙報聘한다는 명

519) 『고려사절요』, 인종5(1127)/9/(미상).

520) 송나라 제 8대 임금(재위 1100-1125). 그는 온갖 예술에 통하고 글씨와 그림에도 능했으며 도교를 숭상하여 스스로 '교주도군황제(教主道君皇帝)'라 일컬었다.' 1127년 아들 흠종(欽宗)과 함께 금나라에 잡혀가 1135년에 오국성(五國城)에서 죽었다. 오국성은 우리나라 함경북도 회령(會寧) 서쪽, 강 건너 지금의 만주 길림성(吉林省) 연길현(延吉縣)에 있으며 거기에 휘종의 무덤이라는 황제릉(皇帝陵)이 있다. 아들 흠종은 재위 1년 4개월 만에 휘종과 함께 포로로 잡혀가 역시 오국성에서 죽었다.

분으로 우리나라에 길을 빌려 사절을 보내 입조하겠다고 하면 우리가 장차 무슨 말로 거절할 수 있겠습니까. 만약 바닷길의 편리함을 알게 된다면 우리나라의 보전이 어려울 것이고, 회남淮南・양절兩浙의 연해緣海의 지역도 그들이 틈을 엿보는(窺覦) 우려를 얻을 것"이라며 진심을 알아달라고 하였다.[521] 이에 송나라는 1128년 12월 고려의 입장을 이해한다는 답서를 보내왔다.[522] 이 사건은 청담이 『택리지』에서 이 일이 결성되었더라면 "천하에 기이한 사건이 되었을 것"이라고 했던 일이다.[523]

1129년의 현실은 고려에게는 진퇴양난의 형국이었다. 고려는 금나라에 충성 맹세를 하지 않으면 안 되는 상황이어서, "속국屬國이 감히 다른 마음이 있겠습니까. 엄한 명령을 계속 이르시니 감히 공손히 이행하지 않겠습니까. 삼가 마땅히 군신의 의리로 맹세하여 대대로 변방 제후의 직임을 수행할 것이니, 충성스럽고 믿을 만한(忠信) 마음은 밝은 해와 같습니다. 만약 혹 변한다면 신이 저를 죽일 것입니다."[524]라고까지 하였다.[525] 그런 한편, 고려는 송나라에도 사신을 보내, 길을 빌리라는 일을 사절했던 일을 다시 사죄한다.[526] 이런 외교 덕분에 남송과의 관계는 원활하여 1135년 고려에 묘청의 난이 났을 때 송은 원병 10만을 보내 난을 토벌할 의사가 있음을 알려

---

521) 『고려사절요』, 인종6(1128)/6/(미상).

522) 이 무렵 1128년 12월 남송 유예(劉豫)는 금에 항복했다. 1129년 9월 금은 남송 수도 임안을 점령, 남경을 함락했고, 유예를 왕으로 하여 제(齊)나라를 세웠다.(1137년 금은 제나라를 멸망시키고 화북(華北)지역을 직접 통치했다.) 1130년에는 남송 악비(岳飛)가 금군을 격파하는 등 진회(秦檜)와 함께 금을 상대로 종종 선전하기도 했으나 1140년 금이 남침하여 악비 등을 격파하였다. 1141년 악비가 죽자, 남송은 금과 화평하고 신(臣)을 칭했다. 1142년에 남송은 금과 대산관(大散關)・회하(淮河)를 국경으로 삼아 지내다가, 1234년 몽고와 연합하여 금나라를 멸망시켰다. 남송은, 몽고에서 국명을 고친 원나라(1271)에 의해 멸망하는 1279년까지 존속했다.

523) 이중환, 같은 책, 45면.

524) 『고려사절요』, 인종7(1129)/11/(미상).

525) 금나라가 태황태후의 부음을 전하자 온 나라가 사흘 동안 소복(素服)을 입은 일도 있다. 『고려사절요』, 인종14(1136)/2/(미상).

526) 『고려사절요』, 인종10(1132)/2/(미상).

왔고, 이에 고려는 "큰 나라(大朝)에서 작은 나라를 사랑해주시는(字小) 뜻"으로 감사하면서 사양했던 일도 있었다.[527]

이러한 인종의 태도는 1146년 인종이 붕어했을 때 김부식으로 하여금 "금나라가 갑자기 일어나자 여러 의견을 물리치고 표문을 올려 신하라고 칭하고 금나라 사신(北使)를 예禮로 접대하기를 매우 공손하게 하므로, 금나라 사람들(北人)도 사랑하고 공경하지 않는 이가 없었다. 문사文詞를 담당한 신하(詞臣)가 왕명을 받들어 글을 지을 때(應制) 혹 금(北朝)을 오랑캐(胡狄)라고 칭하면 깜짝 놀라 말하기를, '어찌 신하가 대국大國을 섬김에 있어 이렇게 오만하게 부를 수 있는가.'라고 하였다."는 사평을 남기게 하였다.

이런 중원 변동기의 고려 인종의 처세는 휴옹이 <철성원>의 자평에서 "약한 나라는 자립할 수 없는 것이 이러하다.弱國不能自立 每每如此"고[528] 한 말을 기억하게 하며, 성호가 인종을 두고 "가장 지혜로웠다"라고 하는 말을 이해하게 한다. 더욱이 인종이 송의 요구를 거절할 때 고려의 지정학적 위치를 들어 "만일 우리가 울타리와 병풍이 되지 않는다면 회수淮水와 절강浙江의 끝이 금과 이웃하게 될 것이니 진실로 상국上國의 이익이 되지 않을 것입니다. 또한 상국이 군사를 일으켜 우리나라에서 길을 취한다면 저들 또한 이곳을 경유하여 갈 것이니 그렇다면 바다에 연해 있는 여러 현縣은 틀림없이 방비하는 데 겨를이 없을 것입니다. 엎드려 바라건대 집사執事는 깊이 생각하여 계획을 세워 우리나라(小國)로 하여금 금과 원한을 맺지 않도록 하시고, 상국上國 또한 순망치한脣亡齒寒의 근심이 없게 하신다면 매우 다행이겠습니다."라고 했던 것은 주목해야 한다.[529]

---

527) 『고려사절요』, 인종13(1135)/6/(미상); 『고려사절요』, 인종13(1135)/9/(미상). 이는 또 다른 송의 요구를 접한 고려가 간곡한 사절의 뜻을 송에 전함에, 송나라는 과거의 원군 요청은 말을 전한 오돈례의 혼자 생각이었다고 답변하였다. 『고려사절요』, 인종14(1136)/9/(미상).

528) "麗代昔被兵 入避海島中 積甲江擬越 築城防其衝 立國不自强 還撤不旋踵 始也虜兵抗 終焉虜命用 廊摧聲如雷 城塌夷爲地 當年周仡仡 纔能認遺址 民勞迄可息 可哀亦可憐 怨氣感傷和 怨聲上撤天 築城尙可撤 不可無使後人怨則那", 심광세, 같은 책, <철성원(撤城怨)>. 같은 내용이 국역 『동국통감』「고려기(高麗紀)」, 고종 46년, 기미년(1259), 여름 6월에 있다.

그런데 이런 고려의 입장은 명·청 교체기의 조선의 입장과 다르지 않다고 본다. 1618년 조선 역시 후금을 협공하자는 명나라의 원군 요청을 받았다. 조선은 고려와 달리 이에 응해 1619년 10,000여 명을 파견하였음은 본고에서 다룬 '심하深河의 전투'에서 설명한 바다.[530] 반대로 병자호란의 패전으로 군신의 의무를 강요당한 청나라로부터는 대명전對明戰을 지원하라는 요청을 물리칠 수 없어 조선은 1640년 명나라와 대적하는 조·청군으로 나갈 수밖에 없었다.[531] 그러나 전자는 칭송된 반면, 조·청군은 지탄받았음은 주지하는 바다. 그 차이는 무엇인가? 고려는 망해가는 송나라의 지원 요청을 여러 핑계를 대며 피할 수 있었던 데 비해, 조선은 망해가는 명나라의 지원 요청에 응했는데, 고려를 칭찬한다면 조선의 행위는 비난받아야 하는 것 아닌가? 또, 이적夷狄임에 틀림없지만 강대국이 되어 가는 후금, 즉 청나라의 요청을 거부한다면 사직을 보존할 수 없을 것이 뻔했던 난감한 처지에서 작은 나라가 큰 나라를 섬기는 데에 그들의 요구를 따르는 외에 다른 방법이 없는 것은 고려가 금을 섬겼던 것과 다른 것인가? 성호의 해동악부의 시대배경은 광해군 시대에서 끝났으므로 악부를 통해서는 알 수 없지만, 그의 <화이지변華夷之辨>[532]을 참조할 수는 있다.

> 이웃 나라와 교제하는 도리에 있어서는 작고 약한 자가 크고 강한 자를 당할 수 없으므로 등滕나라가 제齊·초楚의 사이에 끼어 섬기기를 오직 정성스럽게 하였다. 그러고도 화를 면하지 못하면 피하여 멀리하기를 주 태왕周太王이 적인狄人에게 하듯이[533] 하면 되는 것이나, 갈 만한 땅이 없는 자는

---

529) 『고려사절요』, 인종14(1136)/9/(미상).

530) 본고 328-330면 참조.

531) 본서 3부 2장 <총병가>, 194면 참조.

532) 이익, 국역 『성호사설』 권9, 「인사문(人事門)」, <화이지변>.

533) 이 말은 주나라 태왕(周太王) 즉 고공단보(古公亶父)가 빈(豳) 땅에 있을 때 적인(狄人)에게 했던 일을 말함. 즉, 주 태왕이 빈 땅에서 선정(善政)을 하고 있을 때 적인이 쳐들어와서 재물을 구하므로 그대로 주었더니, 뒤에 다시 와서 땅과 백성을 요구하므로 백성들이 노하여 싸울 것을 주장함에, 태왕이 "백성이 있어 임금을 세우는 것은 백성을 이롭게 하기

멸망을 기다릴 따름이다. 그러나 망하기 전에 해볼 수 있는 일이란 오직 피폐皮幣와 견마犬馬로 섬기어 요행히 면하기를 바라는 것뿐이다. 이 밖에는 별다른 방책이 없는 것이다.

우리나라는 병력이 매우 모자라서 목전의 편안만을 상책으로 삼았는데, 고려高麗 때로부터 망령되게 고론高論을 내어, 무릇 외구外寇의 침략이 있으면 한갓 대국의 힘만을 의지했으며 그렇지 아니하면 형세가 궁하여 애걸하는 수밖에 없었다. 오늘에 있어서는 양상이 또 달라져서, 명明나라가 호원胡元을 소청掃淸한 뒤로부터 화華·이夷의 분별이 더욱 중해짐과 동시에 강약의 형세 따위는 계산에 넣지도 않는 실정이다.

결국 사대事大밖에는 '목전의 편안'을 유지할 수가 없는데 고려의 '고론'은 망령된 것이었다는 게 성호의 관점이다. 그러나 앞에서 살핀 고려의 역사를 참조하면, 이 글에 수긍하기는 쉽지 않다. '고려의 대국'이 송나라를 말하고, '외구의 침입'이 거란(요), 여진(금), 원을 말한다면, 인종의 경우는 예외로 하더라도, 고려가 송나라의 군사적 도움을 받은 적이 없으니 실상에 맞지 않는다. 또 명나라 이후, 즉 조선에서는 아예 '이夷'는 고려하지 않았다 하지만, 강압에 의해서 했던 조·청 연합군은 논외로 하더라도, 후금을 존중하려 했던 광해군의 외교는 성호의 논리에 맞는 것으로 얘기되어야 함에도, 아예 안중에 없는 듯하다. 이미 청나라가 지배한 성호 당대에 대한 판단은 회피하고 있는 것이 사실이다. 또 '고공단보의 행동은 백성은 보호할 수 있으니 괜찮다.'고 하지만, 그가 기산으로 옮겨간다면 왕이 바뀌는 것이므로 중세에 그렇게 중요시하던 '종묘사직'은 보존되지 않는 것인데, 그렇더라도 상관없다는 것 아닌가?

사실 그는 이 글에서 '화이華夷'에 대한 논변은 여기에 그치고, 문무文武를

위함인데, 이제 적인이 와서 싸우는 것은 백성과 땅 때문이라, 백성이야 내 밑에 있으나 그 밑에 있으나 상관없는 것이 아닌가. 백성들이 나를 위해 싸우고자 하지만, 나는 남을 죽이면서까지 싸울 수가 없다." 하고, 이에 빈을 버리고 기산(岐山) 아래로 옮겨갔다는 고사를 말한다. 『사기(史記)』, 「주 본기(周本紀)」 4.

막론하고 관리가 식무識務와는 거리가 먼 현실을 고발하고 있다.534) 다른 악부나 이 화이론에서나 공통되는 것은 지도자에 대한 강한 질책이다. 그렇기 때문에 구체적인 사안에 대한 해결책을 두고 일관성 있는 성호 사상의 체계를 논하기는 어렵다고 본다.

이런 문제들이 있어서인지 <화이지변>에서 말한 "망하기 전에 해볼 수 있는 일이란 오직 피폐皮幣와 견마犬馬로 섬기어 요행히 면하기를 바라는 것뿐이다."라는 말을 문면 그대로 성호의 본심으로 볼 수 없다는 설도 있으나, 다음의 글을 보면 그의 본심으로 봐야 할 것 같다.

> 백두산의 물이 이리로 모여드는데, 만일 토문에서 여러 물의 근원을 따라 올라간다면 지금 강 북쪽에 있는 지역은 모두 우리의 소유이며 선춘령도 그 안에 포함된다. 말하는 사람들은, 경계선을 논쟁할 때에 세밀히 따지지 못한 것을 탓하는데 그 말도 옳다.
>
> 그러나 오랫동안 버려두었던 것을 갑자기 회수한다 하여 찾아질 바가 아니며, 방어와 수호하는 문제에 있어서도 장래에 큰 걱정거리가 되므로 반드시 영토를 넓히는 것만을 능사로 삼을 것은 아니다. 지금 중국과의 관계가 잘 되고 있어 국경에 걱정이 없는 터에 다만 욕심만 부리고 문제가 발생할 것을 염려하지 않아서는 안 된다. 옛적에 한 광무漢光武는 옥문관玉門關을 폐

534) 성호는 조정의 무변(武弁) 천시, 무관의 매직, 문신의 출새(出塞)의 공 다툼 등을 비난하고, 무신은 "군(軍)의 고혈을 짜는 데는 범처럼 활개를 펴고, 당로(當路)에게 쓰이기 위해서는 여우처럼 애교를 부리고, 큰 적을 만나면 쥐처럼 숨을" '세 가지 짐승'을 면치 못할 것이라고 일갈했다. 또 "용맹을 파는 곳은 변경이 아니라 조정에 있고 도적을 막는 것은 갑병(甲兵)이 아니라 문묵(文墨)으로 하려 든다."는 말에 들어맞는 현실을 개탄했다. 여기서 비판한 '문묵'은 <육경시무(六經時務)>에서 비판한 바, 과거제도 때문이다. 관리들이 경전 공부는 했다 하더라도 육경(六經)과 시무(時務)는 서로 판이한 것이기 때문이다. 그러나 이제는 과거제도조차 문란한 시절이 되었으니 그 괴리는 더 커질 수밖에 없다고 했다.(이익, 국역 『성호사설』 권16, 「인사문(人事門)」, <육경시무(六經時務)> 참조) 그러나 그가 식무의 지침서로서 육경이 가지는 한계를 깨닫지 못한 점에 대한 비판 또한 존재한다. 이봉규는 성호가 관심 갖는 것을 '치용(致用)'이라고 본다고 하더라도 그 치용은 내면의 도덕성을 우선시하는 '덕행'을 말하는 것이고, 이는 성리학적 문제의식의 연장이므로 성호의 치용을 '탈성리학적'이라고 보기 어렵다고 결론 지었다. 이봉규, 「유교적 질서의 재생산으로서의 실학」, 『철학사상』 12, 서울대 철학사상연구소, 2001, 79면 참조.

쇄하고 서역西域에서 보내는 인질을 사절하였으며, 송 태조는 도끼로 대도하大渡河를 그으면서, "이 밖은 우리의 소유가 아니다." 하였는데 사람들은, 이를 원대한 생각이 있는 처사라고 하였다. 토지만 넓은 것이 영구히 안정된 방법이 아니므로 서혜비徐惠妃의 간한 글[535]이 사실 깊은 생각에서 나온 것이니, 우리의 땅덩어리는 한 곳도 건드리지 못한다고 하면서 사람의 말을 거절한 양 무제梁武帝가 잘못된 것이다.[536]

이 주장을 수긍한다면, 조선 초기 변경을 지키기 위한 태조부터 세종까지의 노력 등은 부질없었던 것으로 치부해야 한다. 성호의 변경관은 육진 개척을 반대하던 세종대의 보수주의자들의 것과 같다. 성호의 한계가 아닐 수 없지만, 국경의 배타성을 초월했다는 해석도 가능하다. 성호의 이런 점에 대해 "성호는 요즘 지식인들이나 소위 민중들처럼 고구려와 발해 옛 땅을 되찾겠다는 낭만적인 생각은 하지 않았다. 애석하긴 하나, 그 광활한 땅은 수복이 난감하다는 현실을 18세기에 이미 직시하고 있었다."고 이해하고, 나아가 "기자와 위만이 설사 한민족이 아니라고 해도 그들이 우리 땅에서 우리 선인들을 통치했다면 우리의 역사다. … 수천 년 간의 소중한 우리의 고대사를 야만적으로 잘라놓고 이를 일컬어 진보라고 강변하고 있으니 가소롭다."며, 지금까지 학계에서 성호의 실학적, 진보적 관점이 강조되어 온 것을 강하게 비판하는 시각도 있다.[537] 이 견해는 성호가 의도하지 않은 바를 현대의 연구자들이 강변해 온 것을 비난하는 말이지만, 이런 양극의 견해가 존재하는 것은 성호의 다면성 때문이다. 성호에 대해 "형편에 따라서는 중국중심주의에서 벗어난 확대된 세계관과 현실적이고 다변적인 실리 외교의 측면을 보여준다."고 한 평가[538]도 '현실적이고 다변적인 실리 외

535) 당 태종(唐太宗)의 후궁인 현비(賢妃) 서혜(徐惠)가 태종에게 글을 올려, "요해(遼海)에 군대를 주둔하여 곤산(崑山)을 토벌하는 것은 유한한 농업의 생산품을 소모하여 무한한 욕심을 채우려는 것이다."라고 간하였다.

536) 이익, 국역 『성호사설』 권1, 「천지문」, <두만쟁계(豆滿爭界)>.

537) 이민홍, 같은 책, 6-7면.

교'라는 측면만큼이나 '형편에 따라서는'이라는 구절에 더 방점이 찍힌 것도 사실이다. 그의 과거 외교에 대한 비판은 위에서 본 것처럼 일관성 있고 명확한 기준을 찾기 쉽지 않다. 대부분의 글이 성호 당대 조선의 문제점을 지적하는 것을 더 주요한 목적으로 한 것이기 때문이다. "이익의 실학은 '도학의 발전으로서의 실학'"[539]이라는 지적처럼, 그의 열린 국경관은 중화주의라는 대전제 하에 제후국임을 인정한다는 데 머물렀다고 본다. 다만 중화가 청나라임에도 그것을 수긍하는 점이 현실적인 부분이다.

4.5. 〈팔역가〉와 남인의 문화지리의식

<팔역가>는 그 저본들에서 확보한 남인의 문화지리의식을 촘촘히 엮어 놓았다. "텍스트의 통일성은 문화의 통일성이다. 서로 중첩되고 도식화할 수 없는 일단의 관계들과 유추들을 작품 자체의 엄격히 제한된 틀 안에 넣은 것"을 '자율적 텍스트의 형식'이라고 할 때[540] <팔역가>는 자율성을 획득하고 있다. 그런 만큼 본고가 관심을 가지는 것은 <팔역가>의 작자가 휴옹·약산의 해동악부를 대거 수용하면서 해동악부의 집대성이라 평가되는 성호의 해동악부는 왜 전혀 거론하지 않았는가에 대한 것을 추론해보고자 하는 것이다.

성호 「해동악부」를 안 보았을 가능성은 가장 쉬운 추론이다. <팔역가>가 성호 악부를 보완하여 해동악부 5편을 짓기까지 한 안정복의 『동사강목』을 여러 번 인용한 만큼, 그럴 가능성은 없다고 할 수도 있지만, 본고는 그런 추측이 가능하다고 본다. 현재의 편제로도 순암의 해동악부 5편[541]은

538) 김종진, 같은 글, 39면.

539) 이동환, 「도학과 실학 그 이분법의 극복」, 『한국실학연구』 8, 한국실학학회, 2004.

540) 사이먼 듀어링, 「민족주의의 타자? 수정주의적 논거」, 호미 바바 편, 류승구 역, 『국민과 서사』, 후마니타스, 2011, 224면.

541) 안정복의 악부 5장은 왕검성을 지킨 장수 성기(成己), 백제 망국 시 웅산성장(甕山城將),

『순암집』에 실려 있어 『동사강목』과는 구분되기 때문에 <팔역가> 필자가 『동사강목』은 보았어도 순암의 「해동악부」 혹은 성호의 「해동악부」에 대한 언급은 보지 않았을 가능성은 배제할 수 없다. 『동사강목』에는 '해동악부' 라는 용어가 책 전체에서 심광세 「해동악부」의 책 이름을 소개할 때 한 번 나올 뿐이고, <팔역가>가 인용한 4편의 기사에는 한 번도 나오지 않는다. '악부'라는 용어는 모두 궁중악이라는 의미로 쓰였다. 이 사실은 본고의 가설에 추측 이상의 가능성을 준다.

또 다른 추론은 성호 이익과 여타 해동악부의 생각이 다르기 때문이라고 본다. 이들과 <팔역가> 모두 '기자조선-마한'을 정통으로 생각한다. 그 다음에서 차이가 난다. 우선 성호는 기자조선-마한-삼한으로 연결되는 '삼한정통론'을, 가장 후대의 해동악부 창작자인 안정복은 기자조선-마한-무통(삼국)-통일신라-고려-조선으로 이어지는 '삼한무통론'을 주장했다.[542] 앞에서 본 바, <팔역가>가 평양에서 삼국을 '위만조선, 마한, 고구려'로 본 것은 마한과 진·변한의 영속관계를 말하는 '삼한정통론'과 다르다. 말하자면, 약산이나 휴옹의 「해동악부」에는 삼한무통론 등이 드러난 것은 아니지만, 삼한정통론 역시 드러나지 않았다. 그러나 <팔역가>는 삼한무통론의 입장을 드러내고 있기에, 그와 다른 생각을 견지한 이익의 해동악부는 활용하지 않은 것이라고 볼 수 있다.

다음, <팔역가>는 성호와 청담의 생각이 차이 나는 쟁점에서 성호의 의견을 지지하지 않기 때문이 아닐까 하는 생각이다. 성호는 '기자동래설'을 믿었으면서도 단군조선을 역사시대로 보고, 단군조선, 기자조선의 강역이

당 설인귀에 맞선 신라 천성(泉城) 전투, 수 양제를 쇠뇌로 저격한 고구려 인물, 신라의 일본 정벌을 증명하는 백마총에 대한 것이다.

542) 문창로, 같은 글 참조. 여기서 안정복의 사상을 비교한 것은 성호 이전의 사상은 대부분 시공간적으로 삼한의 역사적 실체를 복원하여 '삼한정통설'을 정교히 해나가는 과정이었기 때문에 명확하지 않거나 변별력이 없기 때문이다. 안정복은 이익을 계승하였으나 합리적 고증을 통해 '진국-삼한(마한-진·변한)-백제·신라·가야'로 이어지는 삼한정통설을 벗어났으며, 정약용(1762-1836), 한치윤(1765-1814) 등으로 이어졌다.

요심 지방에 있었다고 추정하는 반면,[543] 청담은 옛 영토가 압록강을 넘어 청석령까지라고 본 것은 같으나 단군의 시초 연대와 자손의 기록은 없으며, 기자가 평양에 도읍하여 다스렸던 까닭으로 조선의 풍속이 순화되었다고 보았으며, <팔역가>에는 이런 『택리지』의 기술이 그대로 드러나 있다. 이보다 더 큰 차이는 성호는 오랑캐라도 섬겨야 할 경우에는 섬겨야 한다는 생각인데 비해, 청담은 당대의 일반적인 화이관을 갖고 있다는 점이다.

<팔역가>는 첫머리 함경도에서 오두산성을 소개하며 송 멸망시 송의 두 황제가 포로로 된 사건에 관해 언급했다. 해동악부 <탁타교>에서 성호로 하여금 고려 인종의 처세가 현명했다고 판단하게 했던 사건이다. 고려와 송나라가 협력해서 금과 대적하자고 하는 송나라의 요구를 나라의 안위를 위해 피하는 고려의 논리는 조선의 일반 사대부에게는 이해하기 어려운 것이다. 청나라가 명나라를 멸망시키고 조선이 청나라에 굴욕을 당하는 경험으로 인해 망한 송나라를 조선과 동일시하여, 악비岳飛 등 남송 충신이 금나라에 원수를 갚으려고 최선을 다하는 등의 관련 고사를 신성시하며, 중화 : 오랑캐의 구도를 유지하고 있는 것이 조선 후기의 관점이기 때문이다. 송나라가 금나라에 쫓겨간 중화 정세의 변화로 금 태후의 상복을 입고(1132. 2.), 서하밀사 파견을 거절하는(1136. 9.) 등의 고려의 행위는 의義가 아니라고 보는 것이 일반적이다. 『택리지』에는 이런 일반적인 관점이 드러나 있다.

1128년 송나라가 고려에 요구한 '가도입금'이 실행되었기를 바라는 청담의 생각을 앞서 인용한 바 있거니와,[544] 역사에서는 송의 휘종·흠종이 금나라의 유배지인 사막에서 사망했다고 했으나, 우리나라에서는 확인되기

543) 순임금 때 창설한 병주(幷州)와 영주(營州)를 현재의 요동(遼東)과 요서(遼西)로 보고, 기자가 조선에 봉함을 받았다고 했을 때 그 '조선'은 바로 당시 고조선의 영역인 요동과 요서라고 하며, 처음에 단군이 해변에서 나라를 건설한 이래 그 인후하고 착한 기풍이 역대로 변하지 않고 전승되었던 곳이 그곳이라고 하였다. 이 발언을 두고 한우근은 성호가 "'동방풍화(東方風化)'는 기자 이전에 이미 인물이 있었다."라고 한 근거로 언급하였다. 이익, 국역『성호사설』, 「천지문」, <병영(幷營)> 참조. 한우근, 같은 책.

544) 이중환, 같은 책, 「팔도총론」, <함경도>, 43-45면. 본고 470면 참조.

어려운 전언傳言들을 통해 그곳이 함북의 '오두산성'으로 알려져 있어 <팔역가>는 『택리지』의 제안을 그대로 반복한 것이다. 『택리지』가 고종의 불효를 비난한 것은 고려가 송나라에 '가도입금'을 거절한 데 대해 거듭 사과하자 송나라가 "과거의 원군 요청은 말을 전한 오돈례의 혼자 생각이었다."고 답변한 것[545]을 알기 때문이 아닌가 한다. 청담은 운두산성은 고려와 바닷길을 사이에 두고 있다고 하여 송 황제가 우리나라에 머문 것이 아님은 알고 있으나 두만강 건너 오국성이 송 황제의 유배지라고 믿고 있는 듯하다. 그러나 사실 여부는 중요하지 않다. 그가 상상하는 것은 고려가 길을 빌려주는 정도가 아니라, 그들을 탈출시키는 역할을 했어야 한다는 것이다.

이 점에서 『택리지』는 앞에서 본 성호의 입장과 갈린다. 성호는 그렇게 하지 않은 고려의 입장을 '지혜롭고 현명하다'고 하였으며, 그것이 작은 나라가 보존하는 길이라고 하였다.

이런 차이로 인해 『택리지』를 가사화했다고 해도 과언이 아닌 <팔역가>는 성호 악부를 선택하지 않았던 것이라고 생각할 수 있다. <팔역가>는 위에서도 지적했다시피, 보다 일반화된 시점에서 각 장소가 상기하는 이야기, 인물들을 전달하고 있다. 그러므로 성호와 같은 독창적인 주장을 구술하게 하기는 어려웠을 것이기 때문이다. <팔역가>의 용도가 '교본가사'인 것만은 아니라 할지라도, 다양한 독자에게 사랑받는 독서물이 되려면 보다 보편적인 내용을 담고 있는 것이 적합했을 것이라고 본다.

이런 관점의 차이가 성호 해동악부를 <팔역가>에 채택하지 않은 이유일 수 있다고 보는 것이 본고의 입장이다. 약산, 청담과 성호의 견해가 다른 점들에 대해 <팔역가>가 취사선택한 것을 살펴봄으로써 <팔역가>가 반영한 조선 후기 남인의 문화지리의식의 편차를 드러낼 수 있었다.

545) 『고려사절요』, 인종14(1136)/9/(미상).

5. 〈팔역가〉의 성격

5.1. 〈팔역가〉의 적층성

5.1.1. 〈팔역가〉 작자 논의

<팔역가>의 작자와 창작 연대를 논하는 것은 작품을 다 분석한 후에야 가능한 일로 미루어 두었다. <팔역가> 논의에서 알게 된 사실들로 이 과제에 접근해보고자 한다.

<팔역가 오·권씨본>을 비교하면, 드러나는 차이들이 있다. 이를 통해 어느 한 쪽을 선행본으로 보거나, 그 결과로 그것을 원본으로 볼 수 있는가 하는 점이 문제이다.

본고의 시작 부분, 이본에 대한 논의에서 밝혔던 <권씨본>의 끝에 부기된 시③은 이 <권씨본> 필사자의 존재를 확실하게 부각시키고 있다.

八域歌成咏一篇　　팔역가 이루어짐에 한 편을 읊어보니
仙節遍踏海運邊　　신선의 지팡이 온 나라 땅을 두루 밟았나니
山川歷歷參與誌　　산천은 또렷또렷 지리지에 넣을 만하고
園竹斑斑證祀年　　정원 대나무 아롱아롱 세월을 증험할 만하네
物產消詳風土變　　물산의 소상함 풍토의 변함
人文擧槩事功賢　　인문의 대략을 들었으니 그 일한 공 훌륭하네
微公博識吾墻面　　공의 박식 아니라면 나는 담장을 마주한 듯 했으리
圓竹優…　　정원 대나무…(이하는 영인되지 않았음)[546)]

이 시의 작자는 '이 앞까지는 내석이 지은 것(右乃碩)'이라고 한 후, 이를 기재하였다. 권말 책장이 한 면 이상 더 있었을 것이고 시도 더 이어졌을 것이나, <권씨본> 수록 자료인 『역대가사문학집성』 권18의 영인면이 여기까지라 더 자세한 정보는 없어 유감이다. 그러나 7행 "微公博識吾墻面"에서

546) <권씨본>, 598면. 번역 필자. 이본 간 차이는 본고 307면 참조.

'微' 즉 '未'를 써, '공의 박식 아니라면 나는 이런 일들을 몰랐을 것'이라고 함으로써, 한시작자는 <팔역가>를 읽게 해 준 <팔역가> 작자에게 고마움을 전하고 있다. 자신은 필사자임을 분명히 한 것이다. 그는 한시 3~6행에서 <팔역가>의 내용을 일목요연하게 요약하며 상찬賞讚한바, 이 시는 전편을 필사하며 정독한 독후감인 셈이다.

그러므로 <팔역가>의 공통적인 특징은 작자의 것일 수 있으나, <오·권씨본> 두 이본 간의 차이는 작자의 것이 아니라, 필사자의 것이다. 노규호는 표지에 쓰인 각종 간지干支에 대해 말하며, "진씨본이 원본이 아닐 경우, 이러한 년기표시는 단지 남의 글을 베낀 전사연대를 지칭할 수도 있는 것"이라고 한 바 있다.[547] 이미 <권씨본>·<오씨본>은 <진씨본>에 비해 후대에 필사된 것이 밝혀져 있으므로 이는 두 본에도 해당되는 말이다. <진씨본>과 다른 <오씨본>의 특징, 또 <권씨본>의 특징은 필사자의 특징이다. 그 중에서도 필사자의 존재를 밝힌 <권씨본>의 특징은 필사자의 것이라고 더욱 확실하게 말할 수 있다.

다음은, 이본의 차이를 통해 어느 것을 선행본으로 볼 수 있는가 하는 점이다. 어느 한 쪽에만 다른 쪽에 없는 부분들이 더 있는 것이 아니고, 양자에 서로 출입이 다른 경우라면, 그 차이로 선행본을 추론하기는 어렵다고 본다. <팔역가 오·권씨본>의 비교 결과가 이에 해당되지만, 우선 드러나는 몇 가지 특징을 <오씨본>을 중심으로 살펴본다.

첫째, <오씨본>에는 경상도 방언이 많이 드러난다.

<오씨본(인쇄본)>	<권씨본>
거창(181면) ①뉘아이 稱慶ᄒᆞ며 뉘아이 歎服ᄒᆞᆯ가	빠져있음. 대신, "장할사 ~로다"(548면)
밀양(188면) ②뉘아이 悲感ᄒᆞᆫ가	뉘아니(551면)

547) 노규호, 같은 책, 43면.

안음(182면) ③베살을 하직하고 벼살(548면)
고성(189면) ④충신이자 키게씨고 크게쓰고(551면)

이 예들은 <권씨본>에는 표준어로 '뉘아니', '크게쓰고'로 고쳐져 있다. 많이 나오는 '아이'는 <권씨본>에는 거의 수정되어 있다. <오씨본> 소장자의 거주지로 인해 작자를 전라도 사람으로 추정한 연구도 있으나, <오씨본>의 필사자로 한정하자면 경상도 사람이 맞다.

둘째, <오씨본>에는 중종 때 문신인 나세찬과 관련된 일화가 특히 많다. 송재松齋 나세찬羅世纘(1498-1551)에 대해 간단히 소개하자면, 1533년 문과중시에 장원급제할 때, 당대 권력의 전횡자인 김안로를 통박한 것 때문에 1534년 경상도 고성에 위리안치된 인물이다. 1537년(중종 32) 김안로가 사사되자 복직되었고, 1538년(중종 33) 현직관리를 대상으로 실시된 탁영시에서 문과 갑과에 합격, 이후 중요직을 거쳤으나 이기李芑(1476-1552) 등과 대립, 체직되기도 했다. 전라도 나주의 송재사松齋祠에 제향되었다.

송재에 대해서는 <팔역가>에 세 번 언급된다. ①나주에서는 송재에 대한 언급이 '林松(임송)'이라고 극히 간단하게 지나가고, ②공주에서는 그의 선정善政을 '소백召伯[548]의 가르침'이라고 전해오고 있다고만 했다. 그러나 그가 위리안치 되었던 ③고성에서는 그에 관한 일화가 길게 나온다. 더구나 <오씨본>과 <권씨본>이 차이가 있어 저자의 신분과 연결될 수 있는 여지를 준다. 우선 ③을 본다.

固城(고성)을 지ᄂᆡ다가
A 悵然(창연)니 [松齋事蹟] 싱각ᄒᆞ니 悠然(유연)ᄒᆞ 懷抱(회포)로라
中廟朝(중묘조) 羅松齋(나송재) 對策(대책) 時(시)의
安老(안로) 痛斥(통척)타가 安老(안로)의 重誣(중무)되야
이ᄯᅳ의 安置(안치)ᄒᆞ시니 栫棘[549]中(천극중) 座隅(좌우)의

548) 소공(召公). 주(周)나라 문왕(文王)의 아들로 성왕(成王)을 도와 훌륭한 정치를 구현한 인물.

忠信二字(충신2자) 키게씨고[크게쓰고] 日日(일일)의 외외ᄂᆞ니
聖經(성경) 賢傳(현전) 朝聞道(조문도) 夕死(석사)[夕死可矣]로다
B 聖王(성왕)니 中使(중사)을 潛遣(잠견)ᄒᆞ야 忠義(충의)을 살피시고
內翰(내한)[550]으로 불너셔 醞酒(온주)을 쥬신後(후)의
有教曰(유교왈)
當國家大事(당 국가대사) 此(차) 羅世纘(나세찬)이라 ᄒᆞ시더니
文定后(문정후) 垂簾時(수렴시)의 先生(선생)의베술리 憲長(헌장)이라
諸賢(제현)을 訟冤(송원)타가 奸黨(간당)이 積怒(적노)되고
僞勳(위훈)을 抗拒(항거)타가 李芑(이기)[551]의 側目(측목)되야
出補僞(출보위) 全州府尹(전주부윤)ᄒᆞ야 任所(임소)의 卒(졸)ᄒᆞ시니
先生(선생)이 累慍于群小(누온우군소)ᄒᆞ되 乙巳禍(을사화) 免(면)ᄒᆞ시문
先大王(선대왕)의 遺教(유교)로 文定后(문정후)의 追念(추념)ᄒᆞ시미라
이아니 追感(추감)ᄒᆞᆫ가 統營(통영)을 ᄎᆞᄌᆞ드러 (이상 [ ] 안은 <권씨본>)

고성을 지나다가
A 쓸쓸히 [송재사적] 생각하니 느긋한 회포로다
중종조 나송재 대책시에
김안로를 통렬히 배척타가 안로에게 거듭 무고되어
이 땅에 안치되시니 귀양살이 벽면에다
충신 두 자 크게 쓰고 매일 외는 것이
경전 속의 "조문도면 석사(가의)"[552]로다

---

549) 가시로 울타리를 만들어 죄인을 가두는 위리안치에서 가시나무를 둘러치던 일.
550) 문필을 맡은 직책으로 여기서는 봉교(奉教)의 직책.
551) 1533년 김안로의 탄핵으로 강진에 유배되었으나 1537년 풀려나와 재등용된 후, 1545년(명종 원년) 우의정에 올라 소윤 윤원형과 손잡고 대윤 윤임을 꺾고 윤원형과 함께 을사사화를 일으켰다. 명종의 즉위와 외척 윤원형의 권력 유지를 위해 윤임, 계림군 등이 사사되고 1547년 문정왕후의 수렴첨정을 비난하는 '양재역 벽서사건'으로 이언적 등 20여 명이 유배되는 정미(丁未)사화 등으로 훈구파에 의한 사림파의 인물 100여 명이 희생되었다. 이기는 이후 영의정에 오르는 등 개인적 성공을 거뒀으나, 선조 초에 훈작이 취소되고 묘비도 제거되었다.
552) "아침에 도를 들으면 저녁에 죽더라도 한이 없다.(朝聞道 夕死可矣)"는 말. 『논어』「이인(里人)」편.

B 임금이 내시를 몰래 보내 충의를 살피시고
내한으로 불러서 빚은 술을 주신 뒤에
가르침을 주어 말하기를
나라 큰일은 나세찬과 할 것이라 하시더니
문정후[문정왕후] 수렴청정시에 선생의 벼슬 대사헌이라
어진이들 두둔타가 간신들의 노여움 사
거짓 공훈에 항거타가 이기의 눈에 거슬려
전주부윤으로 내쫓겨서 그곳에서 돌아가시니
선생이 소인배 원한 샀어도 을사사화를 면하심은
중종 임금의 유언을 문정후께서 추념하심이라
이 어찌 느낌이 없겠는가 통영을 찾아들어…

이처럼 <오씨본>에는 그의 일화가 크게 부각된 반면(189면), <권씨본>에는 A 부분만 수록되었다(551면). <오씨본>의 B 일화는 한수재寒水齋 권상하權尙夏(1641-1721)가 지은 송재의 행장에,

(중종께서) 너그럽게 용서하라는 특명을 내리고 고성에 유배하였다. 유배생활에서 식량이 부족하여 끼니를 굶을 때도 많았으나 공은 태연히 개의하지 않고 날마다 성현의 글을 외웠으며, 일찍이 가사歌辭를 지어 북쪽을 바라보며 읊조리며 눈물을 흘리곤 하였다. 상이 은밀히 중인中人을 보내어 생사여부를 살펴보게 하였는데, 중인이 돌아와서 보고하기를, "『근사록』 등 여러 책을 손에서 놓지 않고, 자리에는 충신忠信이란 두 글자를 크게 써놓고 있었습니다."하니, 상이 크게 감격하여 깨달았다. 무술년에 김안로가 패사敗死하자 상이 봉교奉敎로 공을 불러 편전에서 인대引對하고 내온內醞을 내리며 뉘우쳐 사례하는 뜻을 보였다. 이 해에 또 탁영시擢英試에서 장원으로 뽑혔다." … 일찍이 듣건대, 중종中宗이 문정왕후에게 항상 말하기를 "이 사람은 국가의 큰일을 담당할 만하다."고 하며 정성껏 대하여 마지않았다 하는데, 이 때문에 을사년의 사화士禍 때 문정왕후가 선왕이 부탁한 뜻을 미루어 생각하여 차마 중죄를 내리지 않았다고 하니, 당시 임금과 신하 간의 관계를 여기에서 또한 알 수 있다 하겠다.[553]

라는 내용에 바탕을 둔 것이다.

B의 1, 2행은 같은 시간대의 일인 것처럼 기록되어 유배된 송재를 그대로 불러올린 것처럼 보이나, 두 사건은 다른 사건이다. "임금이 내시를 몰래 보내 충의를 살피시고"는 고성 유배 때(1533-1537)의 일이고, "내한으로 불러서 빚은 술을 주신 뒤에/ 가르침을 주어 말하기를"은 그가 1538년 다시 기용되어 탁영시에서 장원을 차지한 이후의 일이다. 그러나 "나라 큰일은 나세찬과 할 것이라"고 했다는 일화는 잘 찾아지지 않는다.

<오씨본>에는 B 일화 중 중종과 송재 일화를 특별히 자세하게 서술한 반면, <권씨본>에는 짧게, 그 외 [가사문학관] 다른 본들은 모두 "固城을 지니다가 統營을 ᄎᆞᄌᆞ드러"라고만 되어 있고, 고성을 가지 않아 A·B 부분이 아예 없다.[554] 이본 다수에 송재에 관한 것이 빠져 있는 것을 보면 원본에는 고성과 송재 일화가 빠져 있고, 이후에 추가된 것으로 볼 수 있다.

이를 [가사문학관] 세 원본과 비교해본다. <오·권씨본> 두 본에 모두 있는 ②공주 감영에서 송재의 선정을 소백에 비긴 것은 [가사문학관] 세 본 중 한 본(<6793>)에는 아예 빠져 있고, 나머지 두 본 또한 다르다.

> [공주]監營(감영)을 다달라 宣化堂(선화당) 善政事蹟(선정사적)
> 듯ᄉᆞ오니 中廟朝(중묘조)의 羅松齋(나송재)의 善政事(선정사)
> 召伯(소백)의 遺風(유풍)이라 至今(지금)도 誦傳(송전)터라(256면)

<오·권씨본>의 이 부분을 [가사문학관] 두 본은 '宣化堂'을 '萱化堂', '羅松齋'는 '羅松需'(70/91, <6448>; 70/92, <6461>)로 필사해, 의

553) 권상하, 국역『한수재선생문집』권34,「행장」,「대사헌 송재 나공(松齋羅公) 세찬(世纘) 행장」.

554) 세 본 모두 원본 이미지에는 이 부분이 없으나, 누락 사실을 반영한 전자본은 <6461>뿐이다. <6448>은 전자본 원문, 현대어에 모두 AB를 다 넣었으며(43/91), <6793>은 원문에는 없는데 현대문에는 A, B를 다 넣었다(31/58). 결국 <6448>·<6793> 모두 실상과 많이 다르다.

미가 통하지 않는다. 그 중 이 내용이 없는 한 본의 현대문에는 이에 대한 것이 있는 등, 세 본 모두 표기와 오독의 혼란상이 지나치다.[555]

다음, ①에 대해 <오・권씨본>은 나주에서 송재서원을 언급한다.

> 羅州邑(나주읍) 다다르니 蘆嶺下(노령하) 大都會(대도회)라/ …
> 居平面(거평면) 南山(남산)다녀[556] 林松(임송) 봉심ᄒᆞ고"(223면, 563면)

'거평면'은 1914년 모계면・용문면과 합쳐져 현재는 전남 나주시 문평면이 됐는데 송재서원松齋書院이 있는 곳이다. 송재서원은 나주 출신의 조선 중기 문신인 금호錦湖 임형수林亨秀(1504-1547)와 송재 나세찬 두 분을 향사한 서원이다. 가사에서 '林松'은 그 두 사람을 말한다. [가사문학관]의 원본은 세 본 모두 '임송'을 '松林院'이라 필사하여 뜻이 통하지 않는다.[557] '송림원'은 전남 무안의 사액서원이므로[558] 여기서는 지명이 맞지 않는다. '림송'의 오기로 보는 것이 맞다.

이상의 사례들은 송재에 대해 세 번 언급한 <오씨본>의 가사 구문을 여러 본을 대상으로 비교한 것이다. 차이가 있기도 하지만, 송재에 대해 이렇게 거듭 인용된 것은 분명 이유가 있다고 봐야 한다.

<오씨본>에는 송재 외에도 송재와 친밀한 사람들의 일화가 별다른 맥락 없이 여러 번 등장한다. 함경도에서 미암 유희춘[559] 부인 송씨의 시(인용시

---

555) 원문 독해에서 "宣北堂 善政事蹟 듯ᄉᆞ오니/ 中廟朝의 羅松齋의 善政事/ 召伯의 遺風이라 至今도 誦傳터라"(<6448>)로 원본을 고치거나, "監營을 다다라 萱化貴/ 善政事蹟 듯ᄉᆞ오니 中廟乾의 羅松需善ᄒᆞᆫ/ 政事召伯의 遺風이라"(<6461>)로 원본보다도 더 오자가 많다. 또 <6793> 원본에는 "或以爲 惡詩로다/ * / 監營가셔 宿所ᄒᆞ고 瀋陽을 向ᄒᆞ야"로 * 부분이 없다. 그러나 현대어에는 "공주감영 다다라 선화당 선정사적 들어보니/ 중종 때 나송재의 선정사실/ 소백이 남긴 가르침이라며/ 지금도 칭송터라"가 들어있다.(45/58)

556) '山村(산촌)단여', <권씨본>, 563면.

557) 원문 독해는 "居平面 南山단여 林松 奉審ᄒᆞ고" (56/91)<6448>; "居平面 南山단여 松林院 奉審ᄒᆞ고" (57/92)<6461>; "居平面 南山村當ᄒᆞ야 松林院 奉審ᄒᆞ고" (38/58)<6793>.

558) '송림원'은 전남 무안의 사액서원으로, 1706년 유계(兪棨, 1607-1664)를 추가 배향한 곳이다. <6448>에만 유계의 행적이 나와 있다.

2 참조), 경상도 고령에서 신잠(155면)[560]을 회상하고 시를 인용한 일 등이다.(인용시 12 참조) 특히, 영천자靈川子 신잠申潛(1491-1554)에 대한 것은 [가사문학관]의 세 본에는 모두 없는 내용이다.[561] 그는 고령에 거주한 적이 없는데 고령에서 그를 상기한 것은 그의 본관이 고령이라는 연고밖에는 없다. 그런데도 무리하게 신잠 일화를 추가한 것은 송재에 대한 개인 연고 때문일 가능성이 크다. 한편, 심광세 <해동악부서>, 오광운 <척사이창발>에서 인용되었던 "누가 『동국통감』을 보겠는가?"라는 말을 한 이기李芑는 송재와 대립했던 인물이라는 점도 <팔역가> 작자와 관련해 주목할 만한 요소이다.

반면, <권씨본>에는 청도의 자계서원을 지나면서, 다른 본에는 없는 김일손金馹孫(1464-1498)에 대한 회상이 들어 있다.

> 淸道(청도)을 지닉다가 紫溪院(자계원) 奉審(봉심)하고
> 戊午(무오) 士禍(사화) 史蹟(사적) 살펴보이
> 濯纓公(탁영공) 戊午(무오) 首死之(수사지) 寃也(원야)라
> 宋尤庵(송우암) 있은말씀 先生(선생)은 天地間間氣(천지간간기)[562]라 ᄒᆞ얏더라
> 낙동강 건너오니(<권씨본>, 543면)

김일손은 청도 출신으로 점필재佔畢齋 김종직金宗直(1431-1492)의 제자이다. 스승의 <조의제문弔義帝文>을 사초史草에 실은 것이 발단이 되어 1498년

---

559) 송재가 미암 등의 억울함을 소변(疏辨)하다 사간직에서 체직된 사실(인종 1, 1545년)이 있으며, 송재 행장에도 송재에 대해 "위험한 일을 당하면 견고하기가 마치 돌과 같다."고 한 미암의 말이 인용되는 등 송재와 미암의 친분에 대한 일화는 많다.

560) 신잠은 연배 차이는 있으나, 송재와 함께 칙서를 맞이하는 일에 천거되었던 인물이다. 『중종실록』, 38년(1543)/11/26(병인).

561) <6448>의 (30/91), <6461>의 (31/92), <6793>의 (22/58)에 모두 통청정 및 신잠의 시는 아예 빠지고, 정과정에서 현풍으로 바로 이어진다. <6448>, <6793>의 원본에는 신잠, 통청정, 시 모두가 없는데, 현대문에는 다 실려 있다.

562) 빼어난 인물이 세상에 드물게 품부받고 태어나는 천지의 특수한 기운을 말함. 세상에 드문 영걸의 기운.

무오사화가 일어나 극형으로 희생되었으며, 점필재 또한 부관참시를 당하였다. “성종조成宗朝에 대책對策으로 급제하였는데, 세상에서 이른바 중흥책中興策이라는 글이다. 그 문장의 기세가 웅장하고 분방하여 마치 강물이 흐르는 듯한 글이다. 탁영 선생은 뜻이 높고 도도하며 강직한 성품이라 사관史官의 붓을 잡게 되자 직필을 행할 뿐 간사하게 아첨하는 글을 용납하지 않았다. 마침내 이 때문에 동시東市의 화禍를 입게 되었으니 지금까지도 『무오록戊午錄』을 읽는 사람들은 모두 몇 줄기 눈물을 흘리곤 한다.”[563]는 조경趙絅(1586-1669)의 간략한 설명이 탁영에 대해 핵심적으로 말해준다. 자계서원은 1518년(중종 13)에 그의 덕행과 학문을 기리기 위해 지어 모셨고, 1661년(현종 2) 사액서원이 되었다.

<팔역가>의 이 부분은 경주에서 신라의 역사를 약술하고 “여긔져긔 귀경ᄒᆞ고 洛東江 건네오이” 하여 낙동강 서쪽의 경상도를 상주부터 다시 시작하는 부분이다. 다른 본들도 모두 비슷하다.[564] 다만 <권씨본>만 청도에 들른 셈이다. 경상도적 성향이 강한 <오씨본>이 굳이 <권씨본>의 청도 자계서원의 내용을 빼고 서술할 이유가 없기 때문에, 자계서원 부분은 원본에 없던 것이 <권씨본>에 첨가되었다고 본다. <권씨본>의 가필(아래의 「 」 부분)은 청도출신 필사자나 권씨 집안의 필사자에 의한 것으로 추정된다. 그러나 <권씨본>은 경상도 말과는 거리를 두고 있음이 나타나므로, 후자일 가능성이 더 크다. 억지로 이 부분을 보충하느라 음보도 맞지 않고 다음 부분의 연결도 부정확해졌다.

<오씨본>
‘김씨 삼십칠 세는 존성유픙 아닐런가’

---

563) 조경, 국역 『용주유고』 권12, 「잡저」, <절효 선생의 효문명석 이야기(節孝先生孝門銘石說)>.

564) “於斯於彼 귀경ᄒᆞ고 洛東江을 건너오니”(26/58) <6793>, “여긔져긔 귀경ᄒᆞ고 洛東江 건너오니”(36/92) <6461>, “여긔져긔 귀경ᄒᆞ고 洛東江 건너오니”(36/91) <6448>.

김씨 삼십칠 세는 존성유풍 아닐런가

여기저기 귀경하고 '낙동강 건네오이'

여기저기 구경하고 낙동강 건너 오니

강의 '上流(상류)는 太白山(태백산) 上峰(상봉)下(하)로'

강의 상류는 태백산 상봉하로

數百里(수백리) 逶迤(위이)ᄒᆞ야 一道中央(중앙) 되야시니

수백 리 굽어 내려 한 도의 중앙 되니

江東(강동)은 左道(좌도)요 江西(강서)는 右道(우도)로다

강동은 좌도요 강서는 우도로다

상주에 다다르니 이곳은 사벌국 옛 나라라(170면)

상주에 다다르니 이곳은 사벌국 옛 나라라

<권씨본>

'김씨 삼십칠 세는 존성유풍 아닐런가'

「청도을 지ᄂᆡ다가 자계원 봉심하고

무오 사화 사적 살펴보이

탁영공 무오 수사지 원야라

송우암 있은말솜

선생은 天地間 間氣라 ᄒᆞ얏더라」

'낙동강 건네오이'

'상류는 태백산 상봉하로'(이하 위와 같음)

위 인용에서 ' ' 부분이 두 본에 공통된다. <오씨본> 등에서는 "여긔져긔 귀경ᄒᆞ고 洛東江을 건너오니/ 江의 上流는 太白山 上峯下로"하면서 『택리지』의 내용이 이어지고 있는데, <권씨본>은 '여긔져긔 귀경ᄒᆞ고'와 '江의'가 빠져 음보가 맞지 않다. <권씨본>과 <오씨본>을 두고 보면 <오씨본> 쪽이 더 가사에 능숙하다.

이런 일화의 차이는 개인적인 연고와 관련해 고찰할 여지를 준다. 그러나 어떤 의미 있는 추정이 가능하다 할지라도 <권씨본>과 마찬가지로 <오씨본>의 경우도 역시, 원작자의 특성이라기보다는 필사자의 특성이다. 이

렇게 이본 간의 출입이 다르기 때문이다.

위의 비교를 통해 필자가 주목하는 것은 <권씨본> 뒷면에 있는 '나내석羅乃碩'이라는 인물과 송재 나세찬의 관련 여부이다. 경상도 소양의 <오씨본>에 전라도 나주 출신인 송재의 일화가 더 많은 것은 추론을 약화시킬 수도 있는 요소라고도 볼 수 있다. 그러나 전라도에서 수집된 세 본에서도 <6793>처럼 '송림원'이라는 소통되지 않는 정보 외에는 그에 대해 아무 것도 전하지 않는 계열도 있고, <6468>·<6461>처럼 송재에 대한 정보를 싣고 있으면서도 그것으로 인지될 수 없는 잘못된 정보만 싣고 있는 경우도 있다. 결국, [가사문학관]의 세 본은 모두 송재에 대한 인식 없이 필사한 것이라 할 것이다.

이상 두 본의 차이점을 보면 <오씨본>은 새로운 자료가 더 많고, <권씨본>은 정제된 자료가 더 많은 편이다. 그런데 두 본이 차이가 나는 부분들은 [가사문학관] 세 본에서는 다른 어느 부분보다 혼돈된 양상을 보인다. 이런 양상들은 <팔역가>가 계속해서 개발되는 자료들로 확충되는 적층적 성격을 지니고 있으면서도 필사자들이 이를 선별하고 있음을 말해준다.

가사에서 말한 송재의 일화는 1702년(숙종 28) 권상하權尙夏가 지은 행장에서 이미 확고한 전승으로 자리 잡은 반면, ②공주 감영에서 송재의 선정善政 칭송은 과장된 점이 없지 않다. 송재가 충청도 관찰사가 된 것은 1547년(명종 2) 9월에서 다음 해 10월까지의 1년 동안으로, 그에 대한 글에서 한 줄 이상의 기록을 찾기 어려운데도 가사에 언급된 것은 특별한 연고가 없이는 어려운 일이다. 송재의 문집은 1777년(정조 1) 초간 후 여러 번 중간되었는데, 1863년(철종 14)의 문집은 그에게 '희민僖敏'이라는 시호가 내려지는 영예가 있어, 조두순이 지은 시장諡狀 등 자료를 보완한 바 있다.[565] 그에

565) 1777년(정조 1) 초간 후, 1830년(순조 30) 중간, 1863년(고종 1) 추각(追刻) 후쇄(後刷), 또 1912년 다시 중간한 바 있다. 1863년 문집은 중간본에 연보(年譜)·추록(追錄)과 기정진(奇正鎭, 1798-1879)의 발(跋), 유묵(遺墨)을 추각(追刻)하여 후쇄한 것으로 현존하는 문집이다.

대한 관심과 자료의 소통이 더욱 확산될 수 있었던 계기가 마련된 셈인데 <오씨본>의 자료 보충 또한 그런 시점과 관련이 있을 수 있다.

지금까지의 비교로 보면, <권씨본>은 수록 내용이 적으므로 <오씨본> 보다 앞선다고 볼 수 있다. 그러나 <권씨본>의 김일손과 자계서원 일화가 <오씨본>에 없는 것을 보면, <오·권씨본>은 같은 계열임은 분명하나 이보다는 일화가 적은 어떤 저본이 있었으며 거기에 각자 일화를 보태거나, 좀 더 정서하거나 한 것으로 보아야 하기에, 선행본 논의는 의미를 가지지 못한다고 생각한다. 이 기준이 되는 저본을 [가사문학관]의 <6793>으로 볼 가정은 해볼 수 있다. 가장 분량이 적은 것이기 때문이다. <6793>은 『택리지』를 율화한 부분에서 <오·권씨본>보다 더 『택리지』에 근접한 양상이라는 것도 중요한 단서이다.[566]

> 無學이 解曰
> 花開能成實 鏡落必有聲 背負三椽ᄒᆞ니 王字之像이라ᄒᆞ니
> 太祖王 奇異너겨 登極後 重創ᄒᆞ신절이로다(110면; 519면)

> 無學이 解曰
> 背負三椽ᄒᆞ니 王字之像이요 花飛ᄒᆞ면 能成實이요
> 鏡落ᄒᆞ면 豈無聲가ᄒᆞᆫ니 太祖王心 獨喜自負ᄒᆞ야
> 水陸齋 지ᄂᆡ실졔 五百羅漢 現形이랴
> 寺號을 고쳐싯니 이안니 釋王寺가 (8/58<6793>)

무학스님에게 물으니, "등에 서까래 세 개를 진 것은 임금 왕王 자입니다. 꽃이 날렸으면 마침내 열매가 있을 것이고, 거울이 깨어지면 어찌 소리가 없겠습니까" 하였다. 태조는 크게 기뻐하고 임금이 된 후에 절을 세워 석왕사

566) 이 부분에서는 <6448>, <6461>은 <오·권씨본>과 같다. 종합적으로 보면, <6448>, <6461>의 두 본은 불성실한 필사본으로 평가할 수밖에 없다. 의미 전달에도 문제가 있고, 좀 더 자세한 논의 후에 결론지어야 할 것이지만, 내용의 가감에도 계열을 말할 만한 특성이 없다.

라 하였다. 그 후 수륙도량水陸道場을 크게 베풀자 이틀 만에 500 나한이 공중에 형체를 나타내는 감응이 있었다.(『택리지』, 48-49면)

無學對曰 背負三椽者王字也 花飛終有實 鏡破豈無聲 太祖大喜 後建寺名曰釋王 大修水陸道場 二日有五百羅漢現像空中之應(『택리지』, 원문 304면)

이 경우 <6793>본은 <오씨본>에 비해 오자도 없고 수륙재 이후의 감응까지를 가사에 반영하여 『택리지』의 내용이 충실하다. 물론 『택리지』의 내용을 얼마든지 변용할 수 있는 것이고 그것이 더 바람직한 가사화라고 할 수도 있겠지만, <팔역가> 작자가 『택리지』를 그대로 율행화하는 경우는 앞에서 충분히 확인한 바 있으므로, 『택리지』를 활용할 경우 저본의 의도에 가장 접근한 것은 <6793>본으로 보는 것이 합리적이다.[567] <6793>본은 <오씨본>에 비해 인용시는 2수 정도 적고[568] 일화도 앞에서 본 차이 등이 있다. 자세한 비교 고찰이 필요할 것이나, [가사문학관]의 세 본을 기준으로 비교하는 것은 다음 기회로 미루기로 한다.

한편, <권씨본>과 <오씨본> 두 필사자 중에서는 <오씨본>의 필사자가 더 능숙한 필사자이며 편집자이다. 일화를 가감할 때도 <오씨본>이 더 무리 없이 능숙하다. 방언이 필사에 반영된다는 것도 능숙하지 않으면 어려운 일이라고 생각한다. 반면, <권씨본>에 있는 작은 글씨로 첨자添字된 지식들은 필사자가 아닌 누군가가 모본의 틀린 내용을 정서해준 원문을 필사자가 그대로 베낀 후, 공부를 위해 여기에 모르는 것을 더 써넣은 것으로 보인다.

이상을 통해 본고는 <팔역가>의 작자를 보여줄 수도 있는 몇 가지 정보—남인, 경상도 사람, 금성 나씨 집안 인물—중 작자의 신분에 해당하는

567) 황해도에서 <오 · 권씨본>의 대청도 부분(129면; 527면)은 <6793>에는 아예 빠져 있다. <6793>의 분량이 적은 이유는 이렇게 빠져 있는 부분이 많기 때문이며, 다른 본들이 이후 여러 일화들을 더한 것으로 보는 것이다.

568) 본고 [인용시 12] 신잠의 시와 [인용시 22] 어무적의 시 등이 일화와 같이 빠져 있다.

것은 4장의 논의를 통해 얻은 남인이라는 경향성뿐이며, 나머지는 필사자에 해당하는 내용으로 본다. 그러면서도 이와는 다른, 오광운의 문집 간행을 대구에서 한 일, 이를 도운 인물과 이긍익의 주변 인물과의 관계 등을 통해 작자를 추정할 관계망은 어느 정도 설정해볼 수 있으나, 지금으로서는 근기 남인의 성향을 우선적으로 인정할 수밖에 없다. 그리고 이 역시 <팔역가>의 창작연대와 맞물려 해결되어야 할 것이기 때문에 작자 추정은 현 단계로서는 유보할 수밖에 없다고 생각한다.

5.1.2. 〈팔역가〉 창작시기

<팔역가>는 다른 본에는 없는 청도의 자계서원을 '자계원'으로, 화양서원도 '화양원'으로 '부르는 등 모든 서원을 '○○원'으로 표기하고 있다. 이런 호칭은 일반적이지 않다. 이런 의문의 연장으로, 나주에서 송재를 모신 송재사를 언급하지 않고 "林松(임송) 奉審(봉심)ᄒᆞ고"라고 한 부분에서 <팔역가>의 창작연대를 추정하는 일단을 생각해본다. '서원'을 '원'이라고 부르는 것은 송재사가 1868년(고종 5)부터는 서원폐철령에 의해 없어졌기 때문이 아닌가 한다. 이후 1901년부터는 옛터에 단을 설치하고 향사를 지냈으며 1924년 복설하였다. 또한, '화양원'이라는 화양서원 역시 서원철폐의 본보기로 가장 먼저 1865년(고종 2) 철폐되었으며, 자계서원 또한 1661년(현종 2)에 사액되었고, 1871년 서원철폐령으로 훼철된 후 1924년 중건하였다. 이런 실정이 서원의 이름을 제대로 부르지 못하는 것은 아닌가도 생각하게 된다. 앞서 노규호가 추론한 창작연대는 1834년에서 전국이 13도로 바뀌는 1899년 사이인데, 본고는 1865년 이후에서 1899년 사이로 본다. 이 시기는 송재에게 시호가 내려지고(1863) 그의 문집이 추각되는 등 그에 관한 정보가 늘어나는 시기라는 점도 근거를 더해준다. 또한 '조선 팔도'라는 명칭은 지금도 일반적으로 쓰이므로 1899년이라는 하한선보다도 더 근대로 내려갈 수도 있다는 생각이다.

무엇보다 <팔역가>에 인용된 시 45수의 인용 원전의 존재 때문에 조선 후기의 한 개인이 이렇게 10종 이상의 책을 자유롭게 활용하였을 가능성은 어느 정도인가를 생각하는 것도 한 요소이다. 특히, 거질巨帙 전집류를 6종류가 넘게 활용하는 것이 가능한 경우와 환경을 상상해볼 때 <팔역가>의 창작 여건이 궁금해진다. 물론 만 권을 소장한 대장서가도 네 명은 있었다 한다. 강준흠은 담헌 이하곤의 완위각, 월사 이정귀의 고택, 안산 유명천의 청문당, 유명현의 경성당을 당시 4대 장서각으로 꼽았다.[569] 이들은 사설도서관 역할을 했다고 하니 이런 곳에서 <팔역가> 작자가 저본이 되는 책들을 보았을 가능성은 물론 있다.

그 외 가능성은 읍지 등 많은 자료가 모이는 작업의 현장과 관계된 경우이다. 연상해볼 만한 경우는 『조선환여승람朝鮮寰輿勝覽』의 편찬 환경이다. 이는 한국의 역사와 지리 그리고 여기에서 비롯된 문화와 유적 및 인물들을 망라해 일목요연하게 정리한 지리서이다. 명칭의 조선은 고대의 단군 조선이며, 환여寰輿는 환우寰宇와 여지輿地를 합칭한 것이다. 환우는 천하라는 뜻이며, 여지는 만물을 담은 지구라는 의미이다. 이 책은 1932년 충남 공주의 독지가 이병연李秉延(1894-1977)에 의해 편집되었다. 그는 발문에서 『동국여지승람』의 차례를 본받고 여기에 읍지邑誌와 군지郡誌의 인물을 보충하여 인물지리지를 편집한다고 했다. 고대부터 당대까지 국가의 연혁과 인물들을 업적별로 분류하여 기술하였으며. 특히 기존에 소개되지 않았던 인물들의 발굴에 중점을 두어 인물지의 가치가 있다. 또한 <팔역가>처럼 지역에 해당하는 제영題詠과 역대의 한시漢詩를 배분하고 있기도 하다. 이병연은 1910년부터 1937년까지 전국 241개 군 중 129개 군의 인문지리 현황을 직접 조사하여, 1933년부터 1935년까지 3년 동안 26개 군에 관한 것을 책으로 만들어 간행·보급하였으나, 나머지는 일본 경찰의 감시와 재정난 등으로

569) 강준흠, 같은 책.

간행되지 못한 상태로 보관되어 오다가 최근 공개되었다고 한다.[570] 이를 준비한 연도가 1910년부터라는 것을 볼 때, 두 책의 성격이 공유하는 바가 적지 않으므로 <팔역가>의 작자 혹은 필사자가 이에 참가하였거나, 주변 인물이 <팔역가>의 필사 등에 관여한 것은 아닌가 하는 생각을 해본다. 인용시들은 본문 완성 이후에 더해진 것이라는 견해가 있으므로, 본문은 『택리지』를 저본으로 하여 쓰인 후 필사되다, 시가 첨가된 것은 이렇게 자료가 모이는 환경에 의해 가능했던 것이 아닌가 하는 것이다. 이는 추론일 뿐이지만, 이미 선행연구에서도 박준규가 표지 등에 기록된 간지에 의거, 1910년대로 창작연대를 제안한 바 있는데, 일정 정도 가능성은 열어둘 수 있다는 생각이다. 이렇게 연대가 늦을 경우, 어떻게 이런 복고적인 사고가 가능할까 하는 또 다른 의문이 당연히 생기지만, 『조선환여승람』의 발간동기가 일제 강점 하에서 나라에 대한 자긍심을 위한 것이었다는 것을 생각하면 <팔역가>와 같은 작품의 창작·유통도 무리한 발상만은 아닐 수 있다고 본다. 앞으로 많은 연구를 통해 본고가 열어놓은 가능성들이 더 검토되고 연구되기를 기대한다.

5.2. 〈팔역가〉 또는 〈접역가〉의 의미

기본적으로 이익, 오광운, 이중환 그리고 <팔역가>의 작자 모두 기자조선을 우리 문명의 큰 줄기로 보았던 것은 틀림없다. 고려 이래로 동국사의 독자성이 계속 강화되어 온 것이 사실이며, 또한 명·청 교체 시기 이후 "당대인들의 중화인식 속에 '두 개의 대명인식'—특정국가로서의 명에 대한 인식, 보편적 중화문명을 상징하는 명에 대한 인식"이 존재하는 것[571]도

570) 허경진·강혜종, 「<조선환여승람(朝鮮寰輿勝覽)>의 상업적 출판과 전통적 가치 계승 문제」, 『열상고전연구』 35, 열상고전연구회, 2012 참조.

571) 허태용, 「조선후기 중화계승의식의 전개와 북방고대사인식의 강화」, 고려대학교 박사학

사실이다. 그렇더라도 조선 후기 문화지리서들이 주장하는, 조선이 독자적인 유교문화론을 통해 자기정체성을 확인하려고 하는 주장이 소중화론과 구분되기 어려운 것 또한 인정하지 않을 수 없다. 이들의 상고사 인식이 "단군시대에도 중화문화, 유교문화의 수용이 일정하게 이루어지고 있다는 판단에서 나온 것일 뿐이었다."[572]는 말은 시사하는 바가 크다.

중화문화의 구심점 명나라가 사라지고, 오랑캐 백년설도 무너진 시대, 한문학 일변도의 시대가 지나갔다는 것을 깨닫고 있기 때문에 한시가 아니라 우리말 문학, 가사로 시를 짓는 시대. 이 시대에 <팔역가>를 쓰면서 작자가 힘써 기재한 해동악부들에 나타난 기자로부터 시작되는 우리 역사, 중국의 신하를 자처하는 우리 역사를 인용하여 전달하고, 그럼으로써 우리 역사를 중국에 부속된 '접역鰈域' 혹은 '내역鯠域'의 역사로 보려고 하는 작자의 의식은 기자를 "보편적 중화문명을 상징하는" 인물로 보는 것이고, 기자도래는 그러한 중화문명이 우리에게 도래한 시기를 찾고자 하는 의식으로 보아야 할 것이다. 오늘날 우리가 한자를 중세보편문어로 보고 한자가 우리에게 들어온 시기를 중세를 시작하는 시기로 보는 문화사의 관점과 마찬가지로 중화문명의 정신이 우리에게 들어온 시기를 찾고자 하는 관점이 기자동래설에 내재되어 있다.

<팔역가>의 제목으로 <접역가>, <내역가>라 쓰여 있는 것(<오씨본>)이 있다.[573] 모두 중국에서 우리나라를 부르는 명칭으로 통용된다고 한다. 19세기 말 지도 중 <접역지도>[574]도 있는 것으로 보아, 가치평가를 동반하

위논문, 2007 참조.

572) 박찬승, 같은 글, 27면.

573) <오씨본>에 '접역가'라고 쓰여 있다 했으나(노규호, 같은 책, 38면), 누군가 볼펜으로 '鯠' 라고 글자 위에 덧써 놓았으므로 '내역' 또한 고려해야 한다.

574) 중앙도서관소장(1877-1896), 프랑스국립박물관소장(1894-1896)으로 버클리대학소장 <대조선국전도>와 동일하다. <대동여지도>가 제작된 1861년 이후 제작된 것으로 본다. 정상기(鄭尙驥, 1678-1752)식 <동국지도> 계열의 지도에 속하지만 정확성은 더 떨어진다. 이상태, 『한국 고지도 발달사』, 혜안, 1999; 남영우, 「구한말과 일제강점기의 한반도

지 않은 중립적인 용어로 생각할 여지가 없는 것은 아니다. 접어(鰈 혹은 鲽魚)나 내어나 모두 가재미류의 생선을 가리키며 위에서 보았을 때 두 눈이 몰려 있는 모양 때문에 붙여진 이름이라고 하는데, 지봉芝峯 이수광李睟光의 『유설類說』에는 '가좌어加佐魚', 즉 가자미를 가리킨다고 했다. 이 접어가 우리나라에 특히 많이 난다고 해서 '접역'은 동방을 대신하는 명사로 쓰이게 되었다고 한다. 한편, '내역' 또한 같은 과 생선 '내鰊'에서 유래된 말이나, 두루 쓰이는 말이 아니어서 '내역'의 용례는 많지 않다. 어떤 것이든 중국의 입장에서 우리나라를 보는 시각의 명칭이며, 이 명칭의 관점이 작품에도 반영되어 있을 것임을 무시할 수 없다.

아무리 '접역', '내역'이 일반적으로 쓰이는 용어라고 하더라도, 안녹산의 난을 만나 피난 간 당 현종을 찾아 양자강을 거슬러 올라가 성도成都에 이르러 조공을 바친 일을 소재로 한 해동악부를 소개하며 이를 '존주대의尊周大義'라고 감탄하고,(인용시 19 참조) 합천 해인사의 팔만대장경을 신라 애장왕이 죽었다 살아올 때 지옥 관리와 한 약속으로 중국에서 구해온 것이라는 정보[575]를 18~19세기에 전달하는 태도와, 굳이 우리나라를 중국에서 보는 명칭으로 부르고자 하는 태도는 무관하지 않다고 생각한다. 이런 입장을 '보편적 중화문명'을 지향하는 입장이라고 보기에는, 또 이것이 19세기의 실학을 이끈 남인의 문화지리의식이라고 설명하기에는 실망스러운 것이 사실이다.

6. 결론

이상에서 살펴본 바, <팔역가>의 작자는 국문시가에 내용과 깊이를 담으려고 노력하였고, 그 결과 문학·역사·철학이 있으면서 많은 사람에게 인기가 있는 가사 작품을 만들었음을 알 수 있었다. 한시의 유행 장르인

지도 제작」, 『지도학회지』 7-1, 한국지도학회, 2007 참조.

575) <인쇄본> 179면; 이중환, 같은 책, 「복거총론」, <산수>, 183면.

<해동악부>를 가사에서도 시도했다는 것은 아이디어 그 자체로도 의미를 강조할 수 있다. 이러한 시도는 한글로 된 가사를 한시 수준으로 끌어올리려 애쓴 것으로도 볼 수 있으며, 한문학과 국문학이 소통하는 작품을 창작하고자 한 것으로 평가할 수 있기 때문이다. 장소와 영사詠史는 한시에서는 기본적인 소재였으며,[576] 이미 한문학에서는 휴옹 심광세가 해동악부를 지으며 17세기에 주목한 소재들이 지대한 영향을 끼치며 이후 상당한 양의 해동악부들을 창작하게 해 한문학사의 일부를 이룬 시기였다. 반면 한글시가에는 이런 소재가 많지 않은 상태인데, <팔역가>가 이 모든 소재를 가사에 담으려고 시도했기 때문이다. <팔역가> 작자는 국문학과 한문학 양자에 조예가 깊은 인물로 보이나 국문학에 대한 이해는 당대의 대가들보다는 깊지 않은 듯, 그 의식이나 기법에서는 미흡함이 있지만, 한시의 중요한 소재·주제 그리고 당대 지식인의 감각을 한글시가로 표현하고자 한 의도는 중요한 문학사적 진전임에는 우선 동의한다. 이로써 가사의 독자층을 한문학 향유층에까지 넓힌 효과를 가져온 것이다.

게다가 <팔역가>는 조선 후기의 많은 독자를 확보한 『택리지』를 저본으로 활용함으로써 주제에 대한 접근성과 화제성을 높였다. <팔역가>는 『택리지』를 다른 장르로 만든 것이다. 이는 오늘날 스토리텔링 작업과 같다고 할 수 있다. <팔역가>의 여러 시도가 아이디어 자체로 의미 있는 것임은 앞에서도 강조했거니와, 더 주목해야 할 것은 <팔역가>의 개성적 측면이다. 작자는 『택리지』를 그대로 따르면서도 풍수지리적 지식은 최소화하고, 자연지리적 정보는 여행자의 감상으로 조정한 데다가, 한시를 인용하여 새로운 텍스트로 만들었다. 『택리지』의 중심사상인 사대부론을 예로 들면, 『택리지』는 지리를 소개하고 있으면서도 그 목적을 '사대부가 살 만한 곳,

576) 많은 사례 중 한 예로 동명(東溟) 정두경(鄭斗卿, 1597-1673)의 <기자사(箕子祠)>는 기자조선을, <단군사(檀君祠)>는 단군의 덕화를 시화했다. 윤재환, 『조선 후기 근기 남인 시맥의 형성과 전개』, 문예원, 2012, 235-236면 참조.

가거처'를 찾는 데 두고 있다. <팔역가> 역시 많은 부분 각 지역 출신 사대부의 이름을 언급하거나 행적을 소개하는 데 할애하고 있다는[577] 점은 공통점이다. 그러나 이를 소개하는 태도는 차이가 있다. 청담은 『택리지』를 통해 조선에는 결국 "사대부가 살 만한 곳은 아무 데도 없다."는 절망을 말하고 있다. 그의 절망적인 성찰은 전편을 통해 읽는 이에게 전달된다. 그러나 <팔역가>는 이와는 다르다. <팔역가>의 화자가 각 지역마다 출신出身 명사名士를 소개하는 것은 고을을 자랑한다는 이상의 느낌을 주지 않는다.

이처럼 <팔역가>는 『택리지』에서 체재는 빌려왔으나 전체적인 의미 전달에는 상당한 차이가 있음을 볼 수 있다. 그 차이는 미묘한 것에서부터 분명하게 포착되는 것까지 다양한 편차를 보인다. 이는 <팔역가> 작자가 여러 자료를 율문화하면서 어색함을 드러내지 않을 수 없었던 작품 창작 초기의 단계에서 가사 창작에 점점 익숙해짐에 따라 소재를 의도에 맞춰 다루는 능숙함을 보여주는 것처럼 단계별로 다르기는 하나, 그가 『택리지』를 완전히 이해하는 가운데 이를 여행자의 시선에서 활용했기 때문이다.

---

577) 본고는 관심인 문화지리인식을 주로 논하느라 이에 대한 언급이 미흡하였음을 자인한다. 지역 인물 소개의 한 예로, "光州을 向ᄒᆞ야 無等山 올나보니/ 山上의 大石數十이 空中의 排列ᄒᆞ야/ 望望 如卓笏이라 山勢 雄峻ᄒᆞ야/ 一道을 눌너도다 / 世稱 光州ᄂᆞᆫ 人才 府庫라ᄒᆞ니/ 이아이 地靈인가 擧大概 ᄒᆞ오니라/ 道學이 奇高峰朴思庵이요 節義의 高霽峰金健齋요/ 將帥의 鄭將軍地 鄭錦南 忠信이요/ 仕宦의 吳贊成允謙이요 忠勇이 金德齡이라/ 이아이 壯ᄒᆞᆫ가/ 以後로 科第ᄂᆞᆫ 連綿ᄒᆞ고 人物이 許多로다/ 昌平을 지닉다가 鄭松江所居村 ᄎᆞᄌᆞ드니/ 官爵이 綿綿ᄒᆞ고 子孫이 赫赫ᄒᆞ니/ 忠直蔭德 이아인가(225-228면)"라고 한 <팔역가> 이 부분은 『택리지』, 「팔도총론」, <전라도>를 저본으로 하면서도 <팔역가> 나름의 시구를 만든 부분이다. 비교하면, 『택리지』는 "인걸(人傑)은 땅의 영기로 태어나므로 전라도에는 인걸 또한 적지 않다. 고봉(高峯) 기대승(奇大升)은 광주(光州) 사람이고 일재(一齋) 이항(李恒)은 부안(扶安) 사람이며, 하서(河西) 김인후(金麟厚)는 장성(長城) 사람으로 도학으로 이름이 높았다. 제봉(霽峯) 고경명(高敬命)과 건재(健齋) 김천일(金千鎰)은 광주 사람으로 절의로 이름이 높고, 고산(孤山) 윤선도(尹善道)는 해남(海南) 사람이다. 묵재(默齋) 이상형(李尙馨)은 남원(南原) 사람으로 아울러 문학으로 이름을 떨쳤다. 장군 정지(鄭地)와 금남(錦南) 정충신(鄭忠信)은 함께 광주 사람으로 장수로 이름이 높고, 찬성(贊成) 오겸(吳謙)은 광주 사람이고 의정(議政) 이상진(李尙眞)은 전주(全州) 사람인데 재상(宰相)으로서 현달하였다."(이중환, 같은 책, 80면)이다. <팔역가>는 여기에서는 『택리지』의 건조한 내용을 리듬감 있게 옮겨 놓았다. 이런 부분은 각 도에서 볼 수 있다.

그러나 <팔역가>의 창작시기는 1860년대 이후일 것으로 추정되므로, 곧 이어 닥치는 조선의 위기를 생각하면, 작자가 소중화를 재확인하고 그 근원에서 명분을 찾고 있는 것은 안타까운 일이다. 이는 위에서 언급한 1910년 이후가 창작연대라고 생각할 때보다, 1860년대 이후를 창작연대로 생각할 때 더 부정적으로 보게 됨은 어쩔 수 없다. <팔역가>에 나타난 문화지리의식의 평가는 1910년대일 경우, 이미 일제 강점 후 패배의식에 기인한다고 볼 여지라도 있지만, 1860년대일 경우, 조선 후기의 혼란한 현실에서 방향감각을 잃고 있다고 볼 수밖에 없기 때문이다. 이 사상이 또한 조선 후기의 진보적 지성을 담당하고 있는 것으로 평가되고 있는 남인의 의식이기도 하다는 생각을 하면 아쉬움이 더 크다.

종합적으로 보면, <팔역가> 작자가 한문학과 국문학이 소통하는 작품을 창작하고자 한 발상의 의의, 또한 제한적으로만 긍정할 수 있는 것임을 분명히 해둔다. 조선 후기 한문학이 민풍民風을 수용하여 한문학의 체질 개선을 시도한 것과는 역방향에서 가사의 한문학화를 시도한 것으로 보면 그 의미가 경감되는 것도 피할 수 없기 때문이다. <팔역가>가 오늘날 이해되기 어려운 것은 바로 이런 역방향의 한계 때문이기도 하다.

본고는 문학작품에 대한 나타난 국경에 대한 의식을 고찰하는 일련의 작업을 해왔지만, 소중화의식을 단순하게 되새기는 작품들을 연구대상으로 생각하지는 않았다. 구태여 분석할 의의가 없다고 생각했기 때문이다. 임경업 장군을 다룬 <총병가>의 경우는 그가 가진 숭명의식이 너무 강고하지만, 이데올로기에 갇힌 인간이 세계 변동이라는 큰 질서와 대결하여 패배하는, 경계인이기를 자처한 결말을 보여주므로 예외적으로 다룬 것이었다. 그런 한편, 조선 후기 문화지리학자들을 많이 배출한 남인 학자의 사상을 다루지 못하는 것은 필자의 역부족으로 생각하고 항상 아쉬운 마음이 있었다. 그러나 이 <팔역가>를 공부하면서 알게 된 이들의 의식은 피상적으로 알고 있던 것과는 상당한 격차를 보였고, 이를 확인해가는 것은 그렇게 즐거운 기분은 아니었다. <팔역가> 연구를 마무리하면서 <팔역가>의 작품적 가치는 만만하지 않다는 생각이 들어 재평가할 의의가 있다는 생각이지만, 거기에 나타난 사상은 조선 후기의 공고한 대세를 다시 한 번 상기하게 했다는 점에서 안타까운 생각이 드는 것이 사실이다. 진실을 마주한다는 것이 쉽지 않다는 것을 <팔역가> 연구를 통해 재삼 기억하게 된다. 문화지리학의 명제로 "이곳은 몇 시일까요?[578]"라는 유명한 질문이 있다. <팔역가>의 시간관은 순환적이다. 17세기 중반 이후 전개된 조선 후기 사회의 변화상에 근거해 "현재화한 과거와 현재화한 미래가 맞부딪치는 곳에서 접속, 단절의 개념이 생기는" 시간대라는 의미에서 '말안장 시대Sattelzeit'[579]라고도 명명된 우리 역사의 이 시기, 1860년에서 갑오개혁의 1894년까지는 "저무는 시간과 생성되는 시간이 겹치는 부분, 운동성과 연속성이 중첩되는 시간대"[580]이다. 이 중 저무는 시간을 보여주는 <팔역가>는 기원전 12세기 경 주나라가 건설될 때로 돌아가기를 원하고 있다. 반면, 국경에서의 새로운 시간은 제국주의가 마련하고 있었다는 것은 유감스러운 일이다. 이런 점에서 최한기(1803-1879)[581]의 새로운 세계 구상의 의미는 더 크게 다가온다.

이상, 본고를 진행하며 깊이 알지 못하는 많은 분야를 다루어야 했기 때문에 적지 않은 실수가 있을 것으로 생각한다. 많은 지적에 의해 본고가 더욱 다듬어질 것을 기대하며, <팔역가>에 대한 연구 또한 더욱 진전될 수 있기를 바란다.

---

578) 한국역사문화지리학회 편, 같은 책, 27면.
579) 박근갑 외, 『개념사의 지평과 전망』, 소화, 2009, 31-59면.
580) 송호근, 『시민의 탄생』, 민음사, 2013, 34-35면.
581) 본서 1부 2장, 69면 참조.

결론

한국고전시가에 나타난 조선시대의 국경에 대해 고찰하기 위해 이 책에서는 먼저 '국경'이라는 단어의 다양한 의미에 대해 고찰하였으며, 그 논의에서 요구되었던 연구자, 필자 자신의 시각 전환을 위해 근대·탈근대·대안적 근대성론에 의한 국경론에 대해 고찰하였다. 또한 이들을 문학연구에 적용하기 위해 문학지리학·문화지리학·비판문화지리학의 개념을 살펴보았다. 이 부분은 인문과학의 학제적 관심과 소양을 요구하였고, 무엇보다 필자 자신이 매몰되어 있는 국경에 대한 고정관념으로부터 벗어날 것을 요구하였다. 서론의 작업들은 필자의 문제의식들을 정립하고 가다듬는 과정을 방법론으로 정리한 것이다.

이를 통해 고전시가를 연구하는 새로운 관점들을 확보할 수 있었던 것은 큰 수확임에 틀림없지만, 보다 큰 수확은 이 방법론을 사용하기 위해서는 부단히 자신의 정신을 추슬러야 한다는 것을 깨닫게 된 것이다. 불경不敬을 허락하지 않는 단일한 국가관이란 가해자의 위치에 서야 가능하다는 것을 새삼 깨닫는 순간, 우리가 부국강병을 이뤄 반드시 갚아주리라고 별렀던, 근대를 통과하며 우리가 받았던 치욕, 모순, 아픔을 더 이상 같은 관점과 강도로 바라볼 수 없게 되었기 때문이다. 연구방법의 진전이 연구자의 인식, 문학작품의 재인식을 가져오는 것은 당연히 바람직하지만, 그 인식이 나의 현실과 얼마나 부합될 것인가를 생각할 때 스스로의 변화를 자신할 수 없다는 것이 솔직한 고백이다. 그럼에도 그 인식을 갖게 된 것은 다행으로 생각한다. 이를 이 주제에 관심을 가졌던 초기에 깨닫게 되었기에 이후의 논의들에서 같은 관점을 유지하려고 노력할 수 있었다. 한편, 이 책이 조선시대의 전체 국경을 다루지 못하고 북쪽 국경에 대한 연구에 국한되었던 것은 한계로 생각한다.

2부에서는 이 방법론을 고전시가 작품의 대표적 장르인 시조와 가사에 적용하여 앞으로의 고전시가 연구에 어떤 전망을 제시할 수 있을 것인가를 살펴보았다.

1장에서는 시조가 가진 짧은 형식과 유흥적인 요소 때문에, 시조를 문학연구라는 강한 칼에 견디기 어려운 무른 재료로 속단하고, 소재의 소개에 그치는 현재의 연구 상태를 벗어날 수 있다는 전망을 제시하였다. 한시나 중국 역사·지리 등을 소재로 한 용사用事를 사용한 시조들은 의미의 내포 범위가 넓지만, 그 중에는 상투적인 관용어로 전락한 고사성어를 답습하는 시조들도 많다. 반대로 우리말의 평이한 일상어로 시간과 공간을 읊고 있는 시조들 중에서도 보다 넓은 의미의 장 속에서 광대한 의미를 건져 올릴 수 있는 작품 역시 많음을 문화지리학이라는 연구방법이 드러낼 수 있다는 것을 보이고자 하였다.

2장에서는 17세기와 18세기의 가사를 대상으로 국경이라는 장소에 대한 의미를 찾아보았다. 그 결과, 그 시기의 국경에 대한 의식의 중층성을 확인하였으며, 작품과 담론에서 이 중층성은 적어도 8단계로 나눌 수 있음을 보이고, 앞으로의 연구가 다원적 개성의 실체를 파악하는 것에 노력을 기울여야 할 것임을 주장하였다. 또 '사이-속'의 존재로서의 조선의 현실이 더욱 연구되어야 하며, 그 와중에서 구체적으로 모색했던 국가의 입장과 다양한 역할이 앞으로의 연구를 통해서 드러나야 한다는 것을 과제로 제기하였다.

3부에서는 악장, 가사 작품에 대한 문화지리학적 접근을 통해 조선 시대의 변경·국경의 형상화와 그 의미를 고찰하였다. 이들 작품연구에서 필자는 연구대상을 문학작품으로서 보는 기본 입장에 소홀하지 않기 위해 한국 고전시가에 합당한 문학적 논의 또한 각 작품에서 수행하였다. 이 바탕 위에서 문화지리학적 관점의 연구가 행해졌음을 밝혀둔다.

1장 <용비어천가> 연구는 지금까지 이 작품을 조명했던 의미들에 더해, <용비어천가>는 이성계가 참여한 여말선초의 영토전쟁을 세종 당대의 지식과 문화의 융합으로 드러낸 결정체라는 것을 새로운 의미로 추가하였다. 이는 세종 스스로가 제기한 "나라란 무엇인가?"라는 질문을 감당하고자 하는 지성적 노력의 문화적 결과물이며, 사대의 한계 속에서 주권의 역사적 정통성을 보이고자 한 것임을 밝혔다. 또한 건국의 어려움 속에서 변경을 유지하기 위한 작품 속의 역사적 사실들을 구체적으로 거론하여 국경과 다른, 배타적이며 공존적인 변경의 의미를 명확히 할 수 있었다. <용비어천가>는 개국의 정당성을 우선한 중세의 교술적 양식이기 때문에 '결정적 본질로서의 조선의 기원에 대한 믿음'을 강조한다는 점에서 비판을 벗어날 수 없다. 그러나 태조의 영토전쟁은 누구나, 어느 시기나 할 수 있는 것은 아니므로, 이후 <용비어천가>의 역할은 애국심 고취이다. <용비어천가>가 보여주는 애국심은 충忠의 개념을 넘어선다. 개인적 야심보다는 나라를 사랑하는 마음에 덧붙여, 국적을 초월하는 '인류'와 같은 추상적 개념을 세종이 의도했기 때문이다. <용비어천가>에서 강조된 '무덕武德', 그리고 변경의 '공존'은 지역적 특수성을 반영하면서도 이를 넘어서려는 이성이 중세 애국심에 더해졌다는 점에 의의가 있다.

2장 <총병가> 연구는 '조선인 디아스포라'라고 할 만한 임경업의 생애를 가사화한 작품을 통해, 17세기의 조선이 겪은 변화와 이로써 처음으로 국경이 생기는 18세기를 통과하는 조선사회와 개인의 모습을 조망하고자 하였다. 조선은 임진·병자 양란을 거치며 세계관의 큰 변화를 맞게 된다. 특히 병자호란은 조선의 북쪽 변방이 당대 세계의 중심이 되는 사건의 일부였고, 그 결말인 명·청의 교체는 조선의 지식인으로 하여금 정신적 조국의 상실을 겪게 하였다. 이후 조선의 지식인들은 '조국' 명나라의 원수 청나라에 대한 복수와 멸망한 명나라의 재건을 희구하며 자신들의 정체성을 형성하고 조국을 향한 비애를 공유한다는 점에서 이들은 조선이라는 공간에 위치하지만, '정신적인 떠돎'을 겪는 디아스포라라고 할 만하다. <총병가>의 주인공 임경업은 청나라에 굴복한 조선을 떠나 실제로 명나라에 망명하는 인물이기도 하다. 그러면서도 그의 망명 의도는 인질로 심양에 잡혀 있는 소현세자를 구출하는 것, 즉 조선에 충성하는 것이다. 그러나 그의 시도들은 수포로 돌아가고 그는 조선에서 투옥되고 죽음에 이른다. 어느 곳에도 속하지 못하는 '끼인 존재', '사이-속'의 인물은 경계를 연구하는 문화지리학의 중요한 주제임을 보일 수 있었다.

3장 <북새곡> 연구를 통해서는 중심의 눈으로 쓴 주변에 대한 보고서의 한계를 논의하였다. 이 작품은 1812년 함경도 암행어사가 다음 해에 쓴 변경지역의 파노라마적 보고서이기에 그 작품의 다양한 측면을 구체적으로 논의한 후, 이를 통해 이 작품에 대한 지금까지의 논의들처럼 주변을 신기하게 기록한 점을 그 의의로 평가해서는 안 된다는 점을 지적하였다.

한편, 변경민의 삶은 국경을 논하는 중요한 주제인 혼성성을 드러내고 있다. 중앙에서 파견된 관리인 <북새곡>의 저자는 그들의 특수성을 이해해 중앙에 전달해야 하는 입장인데도, 그가 중앙의 위치에서 변경을 보며, 혼성성인 변경의 특수성을 관광한다는 것은 문제라고 보는 것이 본고의 입장이다. 그는 중심 : 주변이라는 서구의 근대가 보여주는 시각을 보여주는데 우리가 그것에 동참해서는 안 되기 때문이며, 그럼으로써 우리의 역할이 그런 그가 본 '낯선 것'을 재전달하는 데 그쳐서는 안 되기 때문이다. 그의 관점을 어떻게 판단할 것인가 하는 것은 우리 시대의 문제인 것이다. 이 작품이 제기하는 문제들은 저자나 이 작품의 의미의 장場 속 어느 누구도 짐작하지 못했겠지만, 근대의 국경에 대한 논의들의 쟁점을 보여준다는 것을 작품에 나타난 구강의 감정을 분석함으로써 지적할 수 있었다. 그리고 <북

새곡>은 말할 곳이 없으므로 말 못하는 사람으로 치부되는 북관민에게 감각의 능력을 나누어 줌으로써 공동체의 감정 경계선을 흔든 의의가 있다는 점을 강조하였다. 한편 문화지리학의 관점에 의해서만 포착될 수 있는 오기誤記 몇 가지를 바로잡아 시정하는 성과도 있었다.

4장 <팔역가>는 팔도를 가상으로 여행한 기행가사로, 조선 후기 문화지리지식과 한문학·국문학이 결합된 거편巨篇의 작품이다. 이 작품은 배경이 국경지역에 한정된 것은 아니지만, 국토로써 국가를 다루고 있다는 점에서 대상으로 선정하였다. 이 글은 우선, 이 작품에 인용된 45수의 한시의 원전을 처음으로 밝혀 작품의 전모를 연구할 수 있게 하였다. 이런 결과 위에서 이 작품이 1800년대 남인 문화지리학의 문학적 버전임을 밝혀낼 수 있었다. 세부적인 논의를 위해 <팔역가>의 저본인 남인 문화지리학자들의 저술, 한시 악부를 고찰할 필요가 있었으며, 이를 통해 <팔역가> 및 조선 후기 지식인들이 가진 장소감의 양상과 근원을 살필 수 있었다. 그들은 유학이라는 울타리 안에서 초국경인이라는 사실을 1800년대 후반의 작품에서도 확인한다는 것은 국경에 대한 의식의 중층성을 다시 확인하는 것이어서 연구의 지향을 다짐하게 하는 의의도 있었다. 또한 <팔역가>의 방대한 저본들에 대한 논의를 통해서 조선 후기 문화지리학의 여러 쟁점을 고찰하게 되어 앞으로의 작품 연구들에 활용할 지식을 정치하게 할 수 있었다. <팔역가>는 한시의 해동악부에서 시도되고 있던 문화지리학과 문학을 접목하여 한글가사에 담으려 했다는 점에서 가사의 영역 확장과 독자 확대를 그 의의로 평가할 수 있다. 그러나 이미 그 시대에는 사회의 모순을 직시하며 새로운 변화를 추구하는 한글문학들이 다양하게 시도되고 있다는 점에서 한글가사에 다수의 한시를 원저자 소개 없이 삽입하고, 기자동래箕子東來를 우리 문화의 원천으로 재생산하는 시도 등은 시대를 거슬러가는 것이었음을 지적하지 않을 수 없다.

이 연구는 <팔역가>를 국문학 연구의 영역으로 편입하는 의의가 있는 동시에 <팔역가>의 한계를 명확히 지적함으로써 앞으로의 문화지리문학에 대한 연구가 단편적인 시야에 갇혀서는 안 된다는 문제의식 또한 강조하였다.

이상의 내용을 정리하며 돌아보면, 이 책을 준비하는 동안 필자는 국경의 미래를 바라보며 새로운 시간을 준비했던 인물들을 발굴하는 데 더 많은 노력을 기울였어야 했을 것이지만, 이 책은 저무는 시간을 정리하는 데 주력한 결과가 되었다.

다행히, 이미 인문학계에는 상층 지식인의 선진적인 역할에 대한 탐구가 적지 않게 진행되었다. 필자의 얕은 학문이 이제야 눈을 떴을 뿐이다. 지금에서야 좀 더 예민해진 자각과 이 책의 세계관이라고 할 문화지리학에서 갖게 된 문제의식으로, 앞으로의 연구는 선행연구들을 활용하여 지방과 중앙의 관계에 대한 것에도 더 집중해야 할 것으로 생각한다. 중앙과 연계를 갖지 못하며, 가질 가능성이 없는데도 '국가'와 '유학'의 이데올로기를 반복하는 것으로 보이는 국경 지역 지식인의 실제 목소리에서 지방을 표현할 수 있는 지역성과 국경 지역의 탄력성을 표현할 수 있는가를 찾아내는 것이 중요하기 때문이다. 또한 선진적 유학자들에게 내재된 경계는 어떻게 작용하며 어떤 의미를 가지는가도 좀 더 살펴보아야 할 것이다. 중앙을 대표하는 목소리들이 표현하는 지역의 생활상은 어떤 모순을 드러내며 중앙과 지방의 경계를 떠오르게 하고, 또 고정된 경계를 움직이게 하는가 하는 점은 과거에도 현재에도 중요한 문제이기 때문이다. 그것은 국경이 끝이 아니라 새로움을 열어가는 경계선일 뿐일 미래에서는 더욱더 중요한 문제일 것이기 때문이다.

그리고 가려서 보이지 않을 수밖에 없었던 것들을 찾아가는 길 또한 계속 가야 할 것이다. 이제야 지도를 하나 얻은 느낌이다.

참고문헌

〈자료 및 주해서〉

김성칠·김기협 역, 『역사로 읽는 용비어천가』, 들녘, 1992.

구 강, 『휴휴자자주행로편일기休休子自註行路編日記』, 성균관대학교 존경각 소장 필사본.

구 강, <북새곡>, 최강현, 『기행가사자료선집』 I, 국학자료원, 1996.

노규호, 『논주 팔역가』, 민속원, 1996.

류정기 역, 『국역충민공실기임경업장군國譯忠愍公實記林慶業將軍』, 평택임씨종친회, 1985.

심재완 편, 『교본 역대시조전서』, 세종문화사, 1972.

세종대왕기념사업회, 고전국역편집위원회 역, 국역 『동국통감』, 1996.

오광운, 여운필 역, 『역주 약산시부』 1·2, 월인, 2012.

윤행임 편, 『임충민공실기』, 국립중앙도서관 소장, 1791.

이윤석 역, 완역 『용비어천가』 상·중·하, 효성여자대학교 한국전통문화연구소, 1992.

이 익, 이민홍 역, 『해동악부』, 문자향, 2008.

이중환, 이익성 역, 『택리지』, 을유문화사, 1993.

임기중 편, 『역대가사문학전집』 18·47, 여강출판사, 1988.

임기중, 『한국역대가사문학집성』. [KRpia] http://www.krpia.co.kr

임형택, 『옛노래, 옛사람의 내면 풍경』, 소명출판, 2005.

정구복 편, 『해동악부집성』 1~3, 여강출판사, 1988.

정우량, <총병가>(필사본), 송시열, 『임장군전』(한국학중앙연구원 소장) 후첨.

정인지 외, 『용비어천가』 全, 아세아문화사, 1972.

최강현, 『기행가사자료선집』 1, 국학자료원, 1996.

허 웅 주해, 『용비어천가』, 정음사, 1977.

[한국가사문학관DB] http://gasa.go.kr <팔역가> 6448, 6461, 6793.

국사편찬위원회, [한국사DB] db.history.go.kr

『고려사』

『고려사절요』

『비변사등록』

『삼국사기』

『삼국유사』

『승정원일기』

『조선왕조실록』

[한국고전종합DB] 한국문집총간 db.itkc.or.kr
김낙행, 『구사당집』
김시양, 「부계기문」
민인백, 『태천집』
성해응, 『연경재전집』
신 혼, 『초암집』
심광세, 『휴옹집』
심정진, 『제헌집』
오광운, 『약산만고』
유 근, 『서경집』
이광사, 『원교집』
이영익, 『신재집』
이정형, 『동각잡기』
이학규, 『낙하생집』
임창택, 『숭악집』
정사호, 『화곡집』
홍세태, 『유하집』
홍양호, 『이계집』
조상우, 『시암집』

[한국고전종합DB] 고전번역서 db.itkc.or.kr
국역 『대동야승』
국역 『신증동국여지승람』
길 재, 국역 『야은집』
김성일, 국역 『학봉전집』
김종직, 국역 『점필재집』
남구만, 국역 『약천집』
박지원, 국역 『열하일기』
서거정, 국역 『동문선』
송시열, 국역 『송자대전』
송준길, 국역 『동춘당집』
안정복, 국역 『동사강목』
유성룡, 국역 『서애선생문집』
윤 기, 국역 『무명자집』
윤선도, 국역 『고산유고』

이규경, 국역 『오주연문장전산고』
이긍익, 국역 『연려실기술』
이 노, 국역 『송암집』
이승소, 국역 『삼탄집』
이유원, 국역 『임하필기』
이 익, 국역 『성호문집』
이 익, 국역 『성호사설』
이정귀, 국역 『월사집』
이제현, 국역 『익재집』
정여창, 국역 『일두집』
조긍섭, 국역 『암서집』
최치원, 국역 『고운집』
허 균, 국역 『성소부부고』
홍대용, 국역 『담헌서』

〈논문 및 저서〉

강석화, 「1712년 조·청 정계와 18세기 조선의 북방경영」, 『진단학보』 79, 진단학회, 1996.
_____, 『조선 후기 함경도와 북방영토의식』, 경세원, 2000.
강세구, 『순암 안정복의 동사강목 연구』, 순암선생 탄신 300주년 기념사업회, 성균관대학교, 『순암연구총서』 1, 2012.
강전섭, 「남호 구강의 <북새곡>에 대해」, 『한국학보』 69, 일지사, 1992.
계승범, 『조선 시대 해외파병과 한중 관계』, 푸른역사, 2009.
고부응, 「변경의 지식인」, 『초민족시대의 민족 정체성』, 문학과지성사, 2002.
고승희, 「조선 후기 함경도 내지진보內地鎭堡의 변화」, 『한국문화』 36, 서울대 한국문화연구소, 2005.
_____, 『조선 후기 함경도의 상업 연구』, 국학자료원, 2003.
권영국, 「일제시기 식민사학자의 고려시대 동북면의 국경·영토 인식」, 『사학연구』 115, 한국사학회, 2014.
구본현, 「이안눌 변새시 연구」, 『한국한시연구』 12, 한국한시학회, 2004.
국사편찬위원회, 『국역 중국정사조선전』, 1986.
권내현, 『조선 후기 평안도 재정 연구』, 지식산업사, 2004.
김경태, 「이익과 안정복의 동국정통론 재검토」, 『한국사학보』 70, 고려사학회, 2018.
김구진, 「공험진과 선춘령비」, 『백산학보』 21, 백산학회, 1976.
김 근, 「동아시아에 국가는 있는가?」, 『중국어문학지』 16, 중국어문학회, 2004.

김남형, 「성호의 임장군전에 대하여」, 『한문교육연구』 17, 한국한문교육학회, 1993.
_____, 『조선시대 한문학 연구』, 계명대학교출판부, 2018.
김덕원, 「맥국의 실체와 신라의 교섭」, 『역사민속학』 24, 한국역사민속학회, 2007.
김명호, 『열하일기 연구』, 창작과비평사, 1990.
김무진, 「조선 전기 촌락 사회의 구조와 농민」, 『한국사』 8, 한길사, 1994.
김상준, 「중층근대성」, 『한국사회학』 41-4, 한국사회학회, 2007.
김석회, 「조선 후기 지명시의 전개와 위백규의 <여도시>」, 『고전문학연구』 8, 한국고전문학연구회, 1993.
김성언, 「용비어천가에 나타난 조선 초기 정치사상연구」, 『석당논총』 9, 동아대학교부설 석당전통문화연구원, 1984.
_____, 『문학과 정치』, 동아대출판부, 2004.
김성칠·김기협 역, 『역사로 읽는 용비어천가』, 들녘, 1992.
김세일·백상기, 「조선조 암행어사제도 연구(2)」, 『사회과학연구』 11-1, 영남대학교부설 사회과학연구소, 1991.
김순자, 「고려·조선-명明 관계 외교문서의 정리와 분석」, 『한국중세사연구』 28, 한국중세사학회, 2010.
김승우, 『용비어천가의 성립과 수용』, 보고사, 2012.
김영숙, 『한국영사악부연구』, 경산대학교출판부, 1998.
김용흠, 「조선 후기 역모사건과 변통론의 위상-김자점 역모 사건을 중심으로」, 『사회와 역사』 70, 한국사회사학회, 2006.
김유경, 「18세기 후반 물기재 강응환의 관방지도 제작에 관한 연구」, 성신여자대학교 석사학위논문, 2009.
김종진, 「해동악부를 통해 본 성호의 역사 및 현실인식」, 『민족문화연구』 17, 고려대 민족문화연구원, 1983.
김철수, 『헌법학개론』, 박영사, 2000.
김태준, 「책을 펴내며」, 김태준 편, 『문학지리·한국인의 심상공간』 1, 논형, 2005.
김태훈, 「숙종대 대일정책의 전개와 그 성과」, 『한국사론』 47, 서울대 국사학과, 2002.
김학주, 『중국문학사』, 신아사, 1989.
김호일, 「눌재 양성지의 국방사상」, 『유교사상문화연구』 22, 한국유교학회, 2005.
김흥규, 「선초악장의 천명론적 상상력과 정치의식」, 『한국시가연구』 7, 한국시가학회, 2000.
_____, 「장사치-여인 문답형 사설시조의 재검토」, 『욕망과 형식의 시학』, 태학사, 1999.
_____, 「특권적 근대의 서사와 한국문화 연구」, 『근대의 특권화를 넘어서』, 창비, 2013.

남의현, 「원·명교체기 한반도 북방경계인식의 변화와 성격 : 명의 요동위소와 3위(동녕·삼만·철령)를 중심으로」, 『한일관계사연구』 39, 한일관계사학회, 2011.
_____, 「원말명초 조선·명의 요동쟁탈전과 국경분쟁 고찰」, 『한일관계사연구』 42, 한일관계사학회, 2012.
노요한, 「심광세 해동악부의 사료 출처와 형식에 대한 연구」, 고려대학교 석사학위논문, 2014.
류기옥, 「암행어사 설화 연구」, 우석대학교 교육대학원 석사학위논문, 2005.
류인희, 「임·병 양란기 전쟁시가 연구」, 숙명여자대학교 석사학위논문, 2007.
류재춘, 「15세기 전후 조선의 북변 양강지대 인식과 영토 문제」, 『조선시대사학보』 39, 조선시대사학회, 2006.
맹영일, 「국포 강박과 백련시사의 한시 연구」, 『동아시아고대학』 32, 동아시아고대학회, 2013.
문창로, 「성호 이익의 삼한 인식」, 『한국고대사연구』 74, 한국고대사학회, 2014.
_____, 「조선 후기 실학자들의 삼한 연구」, 『한국고대사연구』 62, 한국고대사학회, 2011.
박광용, 「기자조선에 대한 인식의 변천-고려부터 한말까지의 사서를 중심으로」, 『한국사론』 6, 서울대 국사학과, 1980.
_____, 「이중환의 정치적 위치와 『택리지』 저술」, 『진단학보』 69, 진단학회, 1990.
박근갑, 「말안장 시대의 운동 개념」, 박근갑 외, 『개념사의 지평과 전망』, 소화, 2009.
박래겸, 조남경·박동욱 역, 『서수일기』, 푸른역사, 2013.
박승길 외, 「용비어천가 찬술의 역사사회적 의미에 관한 연구」, 『한국전통문화연구』 7, 대구가톨릭대학교 인문과학연구소, 1991.
박요순, 「구강의 휴휴문집고」, 『한남어문학』 19, 한남대학교 한남어문학회, 1993.
_____, 『한국고전문학신자료연구』, 한남대출판부, 1992.
박원호, 『명초조선관계사연구』, 일조각, 2002.
박재민, 「임경업전의 형성시기」, 『국문학연구』 11, 국문학회, 2004.
박정순, 「감정의 윤리학적 사활」, 정대현 외, 『감성의 철학』, 대우학술총서, 민음사, 1996.
박종기, 「고려 후기 정치체제의 변동과 정치세력의 추이」, 『한국사』 5, 한길사, 1994.
박종성, 『탈식민주의에 대한 성찰』, 살림, 2006.
박종평, 「명량해전 철쇄설 연원에 관한 연구」, 『이순신연구논총』 18, 순천향대학교 이순신연구소, 2012.
박준규, 「팔역가에 대하여」, 『한국어문학』 1, 한국어문학연구회, 1965.
박찬승, 「고려·조선시대의 역사의식과 문화정체성론」, 『한국사학사학보』 10, 한국사학사학회, 2004.
박철승, 「이광사의 『동국악부』 연구」, 배재대학교 석사학위논문, 1996.
박혜숙, 『형성기의 악부시 연구』, 한길사, 1991.

박희병, 「17세기 동아시아의 전란과 민중의 삶」, 벽사 이우성 교수 정년퇴직기념논총, 『민족사의 전개와 그 문화』, 창작과비평사, 1990.
방동인, 『한국의 국경 획정 연구』, 일조각, 1997.
배우성, 「홍양호의 지리 인식」, 『진단학보』 100, 진단학회, 2005.
배주연, 『이안눌의 동아시아 체험과 문학』, 보고사, 2013.
백봉석, 「대명충의임공전大明忠義林公傳」, 류정기 역, 『국역 충민공실기 임경업장군』, 평택 임씨종친회, 1985.
백순철, 「강응환과 그의 <무호가> 소고」, 『어문논집』 39, 안암어문학회, 1999.
백승국・윤은호, 「한국 감성체계 연구를 위한 소고」, 『감성연구』 1, 전남대 호남학연구원, 2010.
변원림, 「안정복의 역사인식」, 고려대학교 석사학위논문, 1986.
부산대학교 한국민족문화연구소 편, 『장소성의 형성과 재현』, 혜안, 2010.
서대석, 「임경업전연구」, 국어국문학회 편, 『고전소설연구』, 정음사, 1979.
서동윤, 「1637년 가도 전투를 둘러싼 기억의 전승에 관한 연구」, 『진단학보』 123, 진단학회, 2015.
서봉석, 「<북새곡>」, 『향토연구』 10, 충남향토연구회, 1991.
서영숙, 「조선 후기 가사의 서술적 변모 양상」, 사재동 편, 『한국서사문학사의 연구』 V, 박이정, 1995.
서인석, 「가사와 소설의 갈래 교섭에 관한 연구-소설사적 관심을 중심으로」, 서울대학교 박사학위논문, 1995.
석진주, 「전고 사용을 통해 본 성호 가문 『해동악부』의 3인 3색」, 『동양한문학연구』 42, 동양한문학회, 2015.
성기옥, 「용비어천가의 서사적 짜임」, 백영 정병욱 선생 환갑기념논총 간행위원회 편, 『백영 정병욱선생 환갑기념논총』, 신구문화사, 1982.
성낙인, 『헌법학』, 법문사, 2001.
성범중, 「이계 홍양호의 북새문학에 대한 일 고찰」, 『관악어문』 9, 1984.
소재영 외, 『연행노정, 그 고난과 깨달음의 길』, 박이정, 2004.
소현세자 시강원, 정하영 등 역, 『심양장계』, 창비, 2008.
송용덕, 「고려전기 국경지역의 주진성편제州鎭城編制」, 서울대학교 석사학위논문, 2003.
송종관, 「임병양란을 배경으로 한 우국시조」, 『한민족어문학』 23, 한민족어문학회, 1993.
송호근, 『시민의 탄생』, 민음사, 2013.
송호정, 『단군, 만들어진 신화』, 산처럼, 2004.
신안식, 「고려초기의 영토의식과 국경 분쟁」, 『군사』 105, 2017.
신태수, 「하층영웅소설사의 발전과정」, 『한국소설의 전개』, 여송이동희교수정년퇴임기념논문집 간행위원회, 1998.

신항식, 「신자유주의와 자본디아스포라의 역사」, 『비교문화연구』 12-2, 비교문학회, 2008.
심경호, 「조선 후기 한시의 자의식적 경향과 해동악부체」, 『한국문화』 2, 서울대 한국문화연구소, 1981.
_____, 「해동악부체 연구」, 서울대학교 석사학위논문, 1981.
심장섭, 『한국의 악부시와 작품세계』, 이치, 2008.
심재석, 「용비어천가에 보이는 고려말 이성계가」, 『외대사학』 4-1, 한국외대 사학연구소, 1992.
안대회, 「소사전투에서 활약한 원숭이 기병대의 실체-임진왜란에 참전한 명明 원군援軍의 특수부대」, 『역사비평』 124, 역사비평사, 2018.
양보경, 「조선시대 읍지의 성격과 지리적 인식에 관한 연구」, 서울대학교 박사학위논문, 1987.
양태진, 『한국변경사연구』, 법경출판사, 1989.
_____, 『한국영토사연구』, 법경출판사, 1991.
엄원대, 「영사악부의 춘추대의春秋大義적 연구 : 신라 소재의 반복적 모티브를 중심으로」, 경성대학교 박사학위논문, 1999.
염은열, 『고전문학과 표현교육론』, 역락, 1999.
예경희 · 김재한, 「청담 이중환의 국방지리론」, 『청대학술논집』 9, 청주대학교 학술연구소, 2007.
오기승, 「공민왕대 동녕부정벌의 성격」, 중앙대학교 석사학위논문, 2010.
오병무 외 역, 국역 『용성지』, 남원문화원, 1995.
오　성, 「택리지의 팔도총론과 생리조에 대한 고찰」, 『진단학보』 69, 진단학회, 1990.
유연석, 『한국가사문학사』, 국학자료원, 1994.
유정선, 『18 · 19세기 기행가사 연구』, 역락, 2007.
윤재환, 『조선 후기 근기 남인 시맥의 형성과 전개』, 문예원, 2012.
윤한택, 『고려 국경에서 평화 시대를 묻는다』, 더 플랜, 2018.
윤한택 외, 『압록과 고려의 북계』, 주류성출판사, 2017.
이경선, 「임경업의 인물 · 유적 · 전설의 조사연구」, 『한국의 전기문학』, 민족문화사, 1988.
이동찬, 「18 · 19세기 가사에 나타난 관북민의 삶-<갑민가>와 <북새곡>을 중심으로」, 『한국문학논총』 32, 한국문학회, 2002.
이동환, 「한국문교풍속사」, 『한국문화사대계』 4, 풍속 · 예술사, 고대민족문화연구소, 1970.
이문종, 『이중환과 택리지』, 아라, 2014.
이민웅, 『임진왜란 해전사 : 7년 전쟁, 바다에서 거둔 승리의 기록』, 청어람미디어, 2004.
이복규, 「정우량 작, <총병가>와 <탄중원>」, 『국제어문』 8, 국제어문학회, 1987.
_____, 『임경업전 연구』, 집문당, 1993.
이봉규, 「유교적 질서의 재생산으로서의 실학」, 『철학사상』 12, 서울대 철학사상연구소,

2001.
이삼성, 『동아시아의 전쟁과 평화』 1, 한길사, 2009.
이상면, 「개항기 조선 주권론 충돌」, 『서울대학교 법학』 47-2, 서울대 법대, 2006.
이상보, 「갑민가」, 『현대문학』 143, 현대문학사, 1966.
_____, 「작자미상의 갑민가」, 『한국고전시가연구·속』, 태학사, 1984.
이 선, <충민공전忠閔公傳>, 류정기 역, 『국역 충민공실기 임경업장군』, 평택임씨종친회, 1985.
이순신, 노승석 역, 『난중일기』, 민음사, 2010.
이승수, 『삼연 김창흡 연구』, 안동김씨삼연공파종중, 1998.
이승용, 「중옹 이광찬의 생애와 시세계에 관한 일고찰」, 『한국한시연구』 23, 한국한시학회, 2015.
이우성, 「이조후기 근기학파에 있어서의 정통론의 전개」, 『역사학보』 31, 역사학회, 1966.
이유진, 「율곡 『기자실기』의 연구 : 화이론을 중심으로」, 『율곡사상연구』 8, 율곡학회, 2004.
이윤석, 『임경업전 연구』, 정음사, 1985.
이은숙, 「지리학과 문학의 만남」, 김태준 편, 『문학지리·한국인의 심상공간』 2, 논형, 2005.
이 이, 한국정신문화연구원 역, 국역 『율곡전서』 4, 1988.
이존희, 「조선 전기 지방 행정 제도의 정비」, 『한국사』 7, 한길사, 1994.
이형대, 「<북새곡>의 표현방식과 작품 세계」, 고려대학교 고전문학·한문학연구회 편, 『19세기 시가문학의 탐구』, 집문당, 1995.
이혜순, 「한국악부연구 1」, 『한국문화연구원논총』 39, 이화여대, 1981.
_____, 「한국악부연구 2」, 『동양학』 12, 단국대 동양학연구소, 1982.
이화자, 『한중국경사연구』, 혜안, 2011.
임 훈, 「「기자실기」에 나타난 이이의 기자 인식」, 한국교원대학교 석사학위논문, 2011.
임기중, 『연행가사연구』, 아세아문화사, 2001.
임보연, 「임제 백호의 변새시 연구」, 경희대학교 석사학위논문, 2009.
임일환, 「감정과 정서의 이해」, 정대현 외, 『감성의 철학』, 대우학술총서, 민음사, 1996.
임종욱, 『중국역대인명사전』, 이회문화사, 2010.
임주탁, 「이두란 시조의 맥락과 함의」, 『문학교육학』 52, 한국문학교육학회, 2016.
임지현 편, 『근대의 국경 역사의 변경』, 휴머니스트, 2004.
임치균, 「세종대의 서사문학」, 한국정신문화연구원 편, 『세종시대의 문화』, 태학사, 2001.
장순순, 「17세기 후반 '울릉도쟁계鬱陵島爭界'의 종결과 대마도(1696-1699)」, 『한일관계사연구』 45, 한일관계사학회, 2013.

_____, 「조선 후기 왜관의 성립과 왜관정책」, 『인문과학연구』 31, 강원대학교 인문과학연구소, 2011.

전종환, 『종족 집단의 경관과 장소』, 논형, 2005.

전진국, 「삼한의 실체와 인식에 대한 연구」, 한국학중앙연구원 박사학위논문, 2017.

전진성, 『역사가 기억을 말하다』, 휴머니스트, 2005.

전혜영, 「약산 오광운의 「해동악부」 연구」, 『한국한시연구』 17, 한국한시학회, 2009.

정구복, 「용비어천가에 나타난 역사의식」, 『한국사학사학보』 1, 한국사학사학회, 2000.

_____, 「한백겸의 동국지리지에 대한 일고-역사지리학파의 성립을 중심으로」, 『전북사학』 2, 전북사학회, 1978.

정두희, 「용비어천가와 조선 왕조 건국사」, 『왕조의 얼굴 : 조선 왕조 건국사의 새로운 이해』, 서강대출판부, 2010.

정무룡, 「<용비어천가>의 주해문 일고」, 『한민족어문학』 56, 한민족어문학회, 2010.

장미경, 「상상과 체험의 전쟁시」, 『우리어문연구』 24, 우리어문학회, 2001.

정병설, 「조선 후기 한글 소설의 성장과 유통」, 『진단학보』 100, 진단학회, 2005.

정옥자, 『조선 후기 조선중화사상연구』, 일지사, 1998.

정용화, 「주변에서 본 조공체제 : 조선의 조공체제 인식과 활용」, 백영서 외, 『동아시아의 지역 질서 : 제국을 넘어 공동체로』, 창작과비평사, 2005.

정지훈, 「변새시조의 품격연구」, 『국어국문학』 18, 국어국문학회, 1999.

정한기, 『여행문학의 표현과 창작 배경』, 월인, 2010.

정해은, 「조선 후기 무과합격자의 신분과 사회적 지위」, 『청계사학』 11, 한국정신문화연구원 청계사학회, 1995.

조 광, 「조선 후기의 변경의식」, 『백산학보』 16, 백산학회, 1974.

조규익, 『조선조 악장의 문예 미학』, 민속원, 2005.

조동일, 「문학지리학, 어떻게 할 것인가?」, 김태준 편, 『문학지리 · 한국인의 심상공간』 1, 논형, 2005.

_____, 『한국시가의 역사의식』, 문예출판사, 1994.

조세형, 「가사의 시적 담화 양식」, 김학성 · 권두환 편, 『신편 고전시가론』, 새문사, 2002.

조흥욱, 「용비어천가의 편찬과 세종의 정치적 의도」, 『한국학논총』 39, 국민대학교 한국학연구소, 2013.

지두환, 「인조대 후반 친청파와 반청파의 대립 : 심기원沈器遠, 임경업林慶業 옥사를 중심으로」, 『한국사상과 문화』 9, 한국사상문화학회, 2000.

진성규, 「원감국사 충지의 우국정신」, 『논문집』 13, 신라대학교, 1982.

진재교, 「<북새잡요>에 나타난 북관의 진경眞景과 변경민의 삶」, 『한국학논집』 37, 한양대 한국학연구소, 2003.

최강현, 「미발표 관북가사 북정가」, 『풀과별』 6, 풀과별사, 1972.

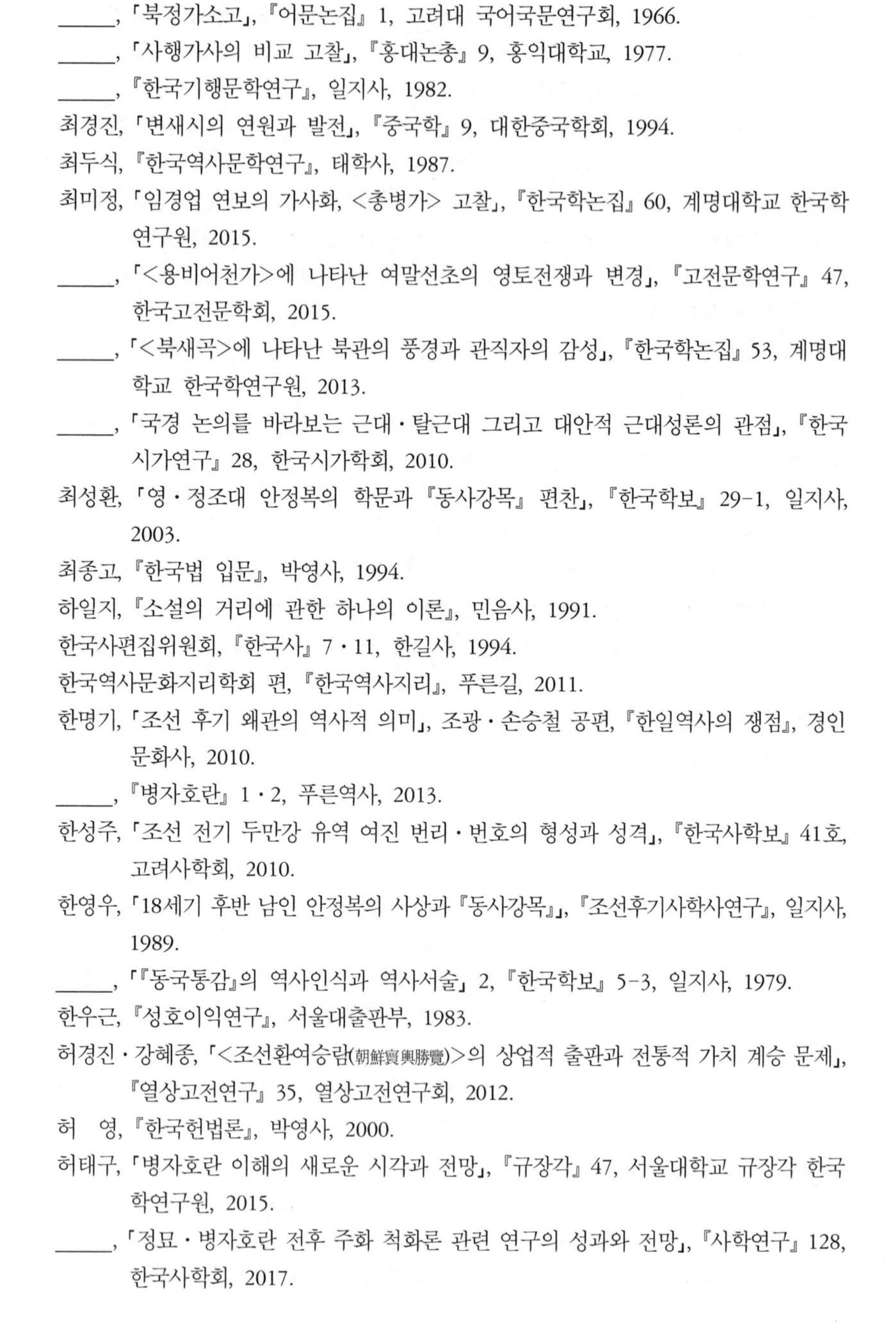

_____, 「북정가소고」, 『어문논집』 1, 고려대 국어국문연구회, 1966.
_____, 「사행가사의 비교 고찰」, 『홍대논총』 9, 홍익대학교, 1977.
_____, 『한국기행문학연구』, 일지사, 1982.
최경진, 「변새시의 연원과 발전」, 『중국학』 9, 대한중국학회, 1994.
최두식, 『한국역사문학연구』, 태학사, 1987.
최미정, 「임경업 연보의 가사화, <총병가> 고찰」, 『한국학논집』 60, 계명대학교 한국학연구원, 2015.
_____, 「<용비어천가>에 나타난 여말선초의 영토전쟁과 변경」, 『고전문학연구』 47, 한국고전문학회, 2015.
_____, 「<북새곡>에 나타난 북관의 풍경과 관직자의 감성」, 『한국학논집』 53, 계명대학교 한국학연구원, 2013.
_____, 「국경 논의를 바라보는 근대 · 탈근대 그리고 대안적 근대성론의 관점」, 『한국시가연구』 28, 한국시가학회, 2010.
최성환, 「영 · 정조대 안정복의 학문과 『동사강목』 편찬」, 『한국학보』 29-1, 일지사, 2003.
최종고, 『한국법 입문』, 박영사, 1994.
하일지, 『소설의 거리에 관한 하나의 이론』, 민음사, 1991.
한국사편집위원회, 『한국사』 7 · 11, 한길사, 1994.
한국역사문화지리학회 편, 『한국역사지리』, 푸른길, 2011.
한명기, 「조선 후기 왜관의 역사적 의미」, 조광 · 손승철 공편, 『한일역사의 쟁점』, 경인문화사, 2010.
_____, 『병자호란』 1 · 2, 푸른역사, 2013.
한성주, 「조선 전기 두만강 유역 여진 번리 · 번호의 형성과 성격」, 『한국사학보』 41호, 고려사학회, 2010.
한영우, 「18세기 후반 남인 안정복의 사상과 『동사강목』」, 『조선후기사학사연구』, 일지사, 1989.
_____, 「『동국통감』의 역사인식과 역사서술」 2, 『한국학보』 5-3, 일지사, 1979.
한우근, 『성호이익연구』, 서울대출판부, 1983.
허경진 · 강혜종, 「<조선환여승람(朝鮮寰輿勝覽)>의 상업적 출판과 전통적 가치 계승 문제」, 『열상고전연구』 35, 열상고전연구회, 2012.
허　영, 『한국헌법론』, 박영사, 2000.
허태구, 「병자호란 이해의 새로운 시각과 전망」, 『규장각』 47, 서울대학교 규장각 한국학연구원, 2015.
_____, 「정묘 · 병자호란 전후 주화 척화론 관련 연구의 성과와 전망」, 『사학연구』 128, 한국사학회, 2017.

허태용, 「전근대 동국의식의 역사적 성격 재검토」, 『역사비평』 111, 역사비평사, 2015.
_____, 「조선 후기 중화계승의식의 전개와 북방고대사인식의 강화」, 고려대학교 박사학위논문, 2007.
홍성덕, 「조선 후기 한일외교체제와 대마도의 역할」, 『동북아역사논총』 41, 동북아역사재단, 2013.
홍재휴, 「<총병가>·<탄중원가>고」, 『국문학연구』 9, 대구효성여대, 1986.
황위주, 「조선 전기 악부시 연구」, 고려대학교 박사학위논문, 1989.
황은주, 「조선 후기 고소설 연행과 <임경업전>」, 『한국어문학연구』 53, 한국어문학연구회, 2009.
가라타니 고진, 『세계공화국으로』, 도서출판 b, 2007.
기든스, 앤서니, 한상진·박찬욱 역, 『제3의 길』, 생각의나무, 1998.
니시카와 나가오, 윤대석 역, 『국민이라는 괴물』, 소명, 2002.
듀어링, 사이먼, 「민족주의의 타자? 수정주의적 논거」, 호미 바바 편, 류승구 역, 『국민과 서사』, 후마니타스, 2011.
랑시에르, 자크, 양창렬 역, 『정치적인 것의 가장자리에서』, 도서출판 길, 2013.
랑시에르, 자크, 유재홍 역, 『문학의 정치』, 인간사랑, 2011.
랑시에르, 자크, 오윤성 역, 『감성의 분할』, 도서출판 b, 2008.
렐프, 에드워드, 김덕현·심승희 역, 『장소와 장소상실』, 논형, 2005.
리, 피터, 김성언 역, 『용비어천가의 비평적 해석』, 태학사, 1998.
바바, 호미, 나병철 역, 『문화의 위치』, 소명출판, 2002.
베닝턴, 제프, 「포스트의 정치학과 국가 제도」, 호미 바바 편, 류승구 역, 『국민과 서사』, 후마니타스, 2011.
벡, 울리히, 『위험사회-새로운 근대(성)을 향하여』, 새물결, 1997.
사이토 준이치, 윤대석·류수연·윤미란 역, 『민주적 공공성』, 이음, 2009.
셀던, 라만 외, 정정호 외 역, 『현대문학이론개관』, 한신문화사, 1998.
아감벤, 조르조, 박진우 역, 『호모 사케르』, 새물결, 2008.
앤더슨, 존, 이영민·이종희 역, 『문화·장소·흔적』, 한울, 2013.
앳킨슨, 데이비드 외 편저, 이영민 외 역, 『현대문화지리학』, 논형, 2011.
오제, 마르크, 이상길·이윤영 역, 『비장소』, 아카넷, 2017.
이-푸 투안, 구동회·심승희 역, 『공간과 장소』, 대윤, 2005.
촘스키, 노암, 장영준 역, 『불량국가』, 두레, 2001.
카야노 도시히토, 김은주 역, 『국가란 무엇인가』, 산눈출판사, 2010.
풍국초, 이원길 역, 『중국상하오천년사』, 신원문화사, 2005.
혹실드, 앨리 러셀, 이가람 역, 『감정 노동』, 이매진, 2009.

찾아보기

ㄱ

ㄷ

ㅁ

ㅇ

저자 소개

최미정 서울대학교 국문학과 및 동대학원을 졸업했으며, 현재 계명대학교 국어국문학전공 교수로 재직 중이다. 주요논문으로는 「황지우 시에 나타난 환생과 자연의 작용」, 「상촌 신흠의 <방옹시여> 시조에 대한 『주역』적 해석」, 「조선 중기 향촌 유학자의 생태학적 상상력과 자연 읽기」 등이 있으며, 저서로 『고려속요의 전승 연구』 등이 있다.

계명인문역량강화사업단 한국학 우수 총서 ⑥

한국고전시가와 조선시대의 국경

초판 1쇄 발행 2019년 1월 30일
초판 2쇄 발행 2019년 8월 13일
지은이 최미정
펴낸이 이대현
편　집 권분옥
디자인 김보연
펴낸곳 도서출판 역락
서울시 서초구 동광로 46길 6-6 문창빌딩 2층
전화 02-3409-2058(영업부), 2060(편집부)
팩시밀리 02-3409-2059
이메일 youkrack@hanmail.net
홈페이지 http://www.youkrackbooks.com
등록 1999년 4월 19일 제303-2002-000014호
ISBN 979-11-6244-369-9 93810

* 책값은 표지에 있습니다.
* 파본은 교환해 드립니다.